收获

五年集
(2018—2022)

中篇小说卷　《收获》编辑部 主编

仰头一看
玫瑰在额头上

林那北　白　琳等 著

人民文学出版社
PEOPLE'S LITERATURE PUBLISHING HOUSE

图书在版编目(CIP)数据

仰头一看;玫瑰在额头上/林那北等著;《收获》
编辑部主编. —北京:人民文学出版社,2023
(《收获》五年集:2018—2022)
ISBN 978-7-02-017671-7

Ⅰ.①仰… ②玫… Ⅱ.①林… ②收… Ⅲ.①中篇小
说-小说集-中国-当代 Ⅳ.①I247.5

中国版本图书馆CIP数据核字(2022)第239593号

总 策 划　黄育海　程永新
责任编辑　朱卫净　邓安庆
装帧设计　汪佳诗

出版发行　人民文学出版社
社　　　址　北京市朝内大街166号
邮政编码　100705

印　　　刷　凸版艺彩(东莞)印刷有限公司
经　　　销　全国新华书店等

字　　　数　359千字
开　　　本　720毫米×1000毫米　1/16
印　　　张　25
版　　　次　2023年1月北京第1版
印　　　次　2023年1月第1次印刷

书　　　号　978-7-02-017671-7
定　　　价　148.00元

如有印装质量问题,请与本社图书销售中心调换。电话:010-65233595

| 编者的话 |

五年前,大型文学刊物《收获》创刊六十周年之际,我们编纂出版了共计二十九卷(册)的纪念文存,收入自一九五七年《收获》创刊号至二〇一七年各期发表的不同体裁的优秀作品,其作者凡一百八十余人。自"五四"以来不同时期走上文学道路的几代作家,藉以纪念文存集中亮相,与读者一起走入琳琅多彩的文学长廊,留下了一个甲子的辉煌记忆。

如今,《收获》已走过六十五个年头。最近五年间,《收获》继续收获中国文学硕果,赓续前六十年的创造,老树新花更赋风流,于是有了这套《收获》五年集。

现在这套文集遴选范围是《收获》二〇一八年至二〇二二年发表的作品,按创作体裁编为四卷(册),即散文一卷、短篇小说一卷、中篇小说两卷。这次的编目中没有安排长篇小说,这一点需要特别加以说明。先前作为纪念六十周年的文存,集中收存各体创作之菁萃,旨在完整呈示《收获》自创刊以来的整个历程,亦有积累文学史料之功;其中长篇小说超过三分之一卷帙,亦体现了这份刊物的原生状态,因为长篇体裁一向是《收获》之优长。这次编目思路的改变,不是由于长篇缺少佳作或其他原因,而是《收获》近年发表的长篇佳作皆有单行本行世,且发行甚广,不像早先六十年间有些作品如今已难寻觅。为节省篇幅和出版资源,长篇体裁在此付诸阙如,是根据现实情况而变通的考虑。

这新的五年,文学园地自是一番崭新景象。继往开来的《收获》同仁始终铭记刊物创始人巴金和靳以先生的旨意,着眼于青年和未来。巴老说过,"《收获》是向青年作家开放的,已经发表过一些青年作家的作品,还要发表青年作家的处女作。"前辈的远见卓识给这份刊物注入了历久弥新的生命力,亦预示文学事业可持续发展的光明前景。从现在这套文集选目来看，作者代际变化相当明显，作品的艺术视野和表现手法都有相应的开拓。

在有作品入选的五十六位作者中，王安忆、叶兆言、南帆、余华、毕飞宇等五零、六零后作家为数不多，可喜的是这些文坛常青树依然活跃此间，给我们带来"庾信文章老更成"的欣喜，而与此同时，再度收获的园地又见"递相祖述复先谁"的繁花硕果。七零后作家徐则臣、赵松、哲贵、李修文、曹寇、雷默等人，无疑已成文坛中坚，而更年轻作家亦纷纷进入读者视野。收入这套文集的林晓哲、周嘉宁、白琳、索南才让、董夏青青、班宇等一班八零后翘楚，早已为广大读者所关注。还有迅速崛起的夏麦、叶昕昀、渡澜那些九零后作家，更是能够让人相信明日的灿烂。

面对才俊辈出的新气象新局面，作为编辑者和出版人，我们充分意识到这项工作的意义。编纂这套文集，是为文学事业和全民阅读助力，是记录一种创造史。同时，我们怀有一种心愿，希冀日后成为读者眼中的名山事业。

当然，任何选本也许都会有遗珠之憾，取舍之间自是交织着喜悦与惋惜，文学的价值标准可能永远是见仁见智，一切还是留给读者去判断。

最后，还是要说一句：感谢读者。无论是《收获》杂志，还是眼前这套文集，归根结底以读者为存在。

《收获》杂志编辑部
上海九久读书人文化实业有限公司
人民文学出版社
二〇二二年十一月十七日

| 目 录 |

林晓哲	鸭子与先知	1
宁 肯	黑雀儿	39
白 琳	玫瑰在额头上	72
林那北	仰头一看	124
曹 寇	鸭镇往事	181
哲 贵	化蝶	214
夏 麦	盛年的情人	270
赵 松	谁能杀死变色龙	330
黄立宇	马厩岛	359

鸭子与先知

林晓哲

1

那日下午四时许,我在杭州拱宸桥桥西历史文化街区,遇见了一位故人。当时我正向周芹提议,后退至某小铺买一至三根冰淇淋。至于一根,两根,还是三根,由周芹定夺。但周芹只是拖拽着哭闹的孩子朝前走去,因为力不从心又显得气急败坏。停!我叫了一声,结果仅有我一人停住脚步。跟上脚步朱小叨不会善罢甘休,而贸然后退周芹更可能失控。正在这两难处境中,故人与我擦肩而过。她的穿着、装扮、体味我已不熟悉,我几乎是瞧着她离去的后脑勺才确定是她。她步履轻快,低垂着头,提着手机说着什么。很难想象我在街头的喊叫竟没有引起她的注意,何况我的声音穿透力强,辨识度也高。我转过身子,等待她回头看我,接着跟着她的背影迈了几步。我停在某小铺门口,买了两根黑巧克力冰淇淋,看着她消失在一个拐角的前方。

我举着冰淇淋,貌似在搜寻周芹两人,内心却在还原与张宛相遇的瞬间。诚然,在喊出"停"的刹那,我正眼巴巴地盯着周芹,但余光尚可瞥见两侧少许光景——我的余光确实感知到某一时刻另一目光的投射,即使时长不足一秒。或许,张宛早在我喊出"停"的刹那之前,就已经发现我。也可能,张宛是在发现我之后低下头提起手机的,她不仅看到了我,也看到了周芹和我的孩子,甚至包括我们一家三口的纷争。张宛走路向来闲散,方才未免轻快了些。而她在前方最近的拐角处拐弯也十分可疑:假如她要走向大马路,何必恰恰是在遇到我之后呢?

周芹锐利的目光与我的迷茫形成对峙,这使朱小叨挣脱周芹破涕为笑显得无足轻重。周芹推开我递过去的冰淇淋,露出鄙夷之色。才三十二块,不贵。我又递上冰淇淋。留着你自己吃吧。周芹的目光越过我,望向前方最近的拐角处。

  我:你吃吧,我吃了准稀肚。

  周 芹:那女的你认识?

  我:谁?

  周 芹:那女的。你刚才盯着看的那女的。

  我:我盯着看谁了啊?

周芹咬了口冰淇淋,抬了抬下巴。这时我才意识到张宛可能又出现了。我沿着周芹下巴的指向望去,果然又见到了张宛。她胸前半举着一只旁轴相机,看样子像是随时会抓拍什么。张宛拐过弯,我们的目光触碰在一起,彼此露出惊讶之色。我们至少有十年未见了吧,十年后几分钟内就见了两次,不由得我们不惊讶。当然,我的惊讶主要是给周芹看,而张宛的惊讶可能是我们依然停在原地。张宛叫了一声"朱盾",我也叫了一声"张宛"。她问我怎么会在这里,我回答说一家人出来玩,顺带介绍了周芹和孩子。但向周芹介绍张宛颇为犯难,只得以"同学"搪塞。张宛向周芹点头致意时,摸了摸朱小叨的头,说都这么大了,好像她之前见过似的。之后我们不知道该说些什么,我瞥了一眼张宛胸前的相机,是徕卡M10。

  张 宛:给你们一家拍张合影吧?

我：好啊。

张　宛：把你相机给我。

我：我没带相机，只有手机。

张宛愣了一下，举起胸前的相机，后撤两步，在眼睛未探向取景框时便连续单手按下快门。之后，才正儿八经地指挥站位，把我和周芹的一脸假笑定格在浑浊的运河前。这正是我熟悉的张宛，那些被抓拍到的表情常常让她莫名亢奋。当然，日后周芹只看到假笑的照片，而另一张，闭着眼享受冰淇淋的朱小叨，为只有手机而羞愧的我，以及紧锁眉头斜乜着什么的周芹——她是肯定看不到的。它只存在我的网盘里，需要打开五个文件夹才能看到。张宛拍了照片后，如何给我又成了问题。我早已更换了手机号码，又没有张宛离开后的联系方式，事实上连她之前的我也记不得了。当着妻子的面和前女友互留电话或互加微信，多少有些尴尬，何况周芹向来是一个嗅觉敏锐的女人。但除此之外，别无他法。总不能不要照片了吧？

加过微信，一行四人一起朝前走。我们一家本来就是朝前方的游轮渡口而去，而张宛若不朝前走，即坐实了她的回头是为与我重逢。当时，周芹领着朱小叨在右，我居中，张宛在左，这种情景殊为难得，但离前方渡口至少还有三百米，张宛不至于一直这样陪我们走下去吧？我和张宛不痛不痒地扯了几句，大致明白她依然行踪不定，依然在玩摄影，依然爱闲荡街拍。很少回家吧？我不经意地问了一句，未料周芹马上瞟来一眼，可见她对我和张宛的关系早起疑心。很少。张宛侧过脸，只让周芹瞟到她的右耳。张宛耳垂朝后，耳背空凹，还长了一颗不大不小的黑痣。她侧脸之处恰好可见一间厕所，这让她有了脱身而出的借口。

就这样，我和张宛的重逢结束了，日后我们也没再提起此事，我也无法确定她当时是否真的进了女厕所。时隔多年，张宛看不出有什么变化，只是头发短了，话更少了，让她原本就缺乏的女人味又少了些。坐游轮的时候我搜索了一下"张宛"的词条，网页跳出的大多是别人，而和此时此地有关的，都离不开摄影，新浪上有一个"张宛摄影"的博客，已经五年多没更新，最后一篇里有一张和森山大道的合影。我回想起了一些事情，特别是看到运河里游着的一群鸭子后。倒不是两人生活的细节或身体的缠绵,事实上,我一时还没想起和张宛同居的那段日子。我和张宛互不为初恋,这种既不是起点又不是终点的爱情大概是最容易被遗忘的。

周　芹:你们是什么时候的同学?

我:大学吧?

周　芹:怎么从没听你提起过?

我:不够要好吧?

周　芹:不够要好你怎么知道人家很少回家?

我:我随口问问啊?

周　芹:你随口问问问到人家家里去干吗?

说的也是,周芹的睿智让我省了不少事,通常只需招架几个回合就可以坦白了。我对周芹说,如果你不介意,我倒真想絮叨絮叨我和张宛的往事。

神经病。周芹说。

2

我和张宛是在老李的摄影棚里认识的,那时有一群人常常聚在那里谈摄影。我去的时候张宛肯定没在,至于之后什么时候加入,我也不太清楚。张宛是极个别慕名而来的那种,起初和在场的所有人都不相识。以她不算出众的姿色,又从不参与讨论,如此冷而不艳,被人忽视也在情理之中。我现在知道的大部分摄影家的名字都是在聚会上听来的,比如萨尔加多、布列松、寇德卡、森山大道等,国内提到的就大多不太客气了,处处洋溢着崇洋媚外的激情。只有老李的前妻李嫂正统些,每回都会和颜悦色地给我们沏茶泡水。有一天晚上,李嫂端来的不是茶水,而是一桶尿,泼在我和张宛中间一位白衣男士的身上,颤颤巍巍地说着搞鸭搞什么鸭之类。老李和白衣男士从此消失,很快获悉两人去了杭州。一个朋友还曾特地拜访过两人新开的摄影棚,回来的时候说，看小两口过得挺好的。我们都很怀念在老李摄影棚里聚会的日子。

李嫂泼尿的时候不够小心，将一小部分尿撒在无关人等的身上，其中就包括我和张宛。当时我匆匆赶回宿舍，打算冲一个热水澡，无奈宿舍停水了。这种情形并不多见，这么说来，我和张宛在碧水湾里相遇好像是命中注定的。张宛倒不是因为停水，她本来就常常出没于此，还在此寄存了好几套换洗的衣服。张宛住在新城，说是新城，当时建成的，也就是一条百来米宽的大路和一个叠墅小区。新城现在是热闹了。想想当年夜深人静，张宛在出了好几桩命案的叠墅小区凭栏远望，看到最近的灯光还是头上的月亮，这不能不说是一件恐怖的事情。

我是在咖啡厅遇见张宛的。想必当时情形大致如下：张宛穿着睡衣，一袭长发遮住了大半张脸，俯首看着一本摄影集，一只手翻着书页，一只手拨弄着徕卡M7相机。这台相机之后作为我的婚前财产被封存在老家的仓库里，我已经多年没见过它了。在那样的场景里，张宛无疑是风姿绰约的存在。摄影集和照相机都是搭讪的好借口，我没多想就坐到她的对面，定睛一看才知眼熟。当晚我们坐了很久，我点了两杯咖啡后又点了几瓶啤酒。点啤酒就有些刻意而为了，可惜张宛没喝。那个晚上我和张宛聊得不多，许多时间我只是在喝啤酒，而张宛也只是在拨弄照相机，但周围的气息依然是暧昧的。我们眼神的波动和嘴唇的蠕动都充分印证了这一点。

没过几日，我就去了张宛的家。这是自然而然的，谈不上谁提议还是谁邀请。一进叠墅小区我就有些发怵，还有一股阶级意识涌上心头。张宛的家里挂满了名家摄影。侯登科的素朴，阮义忠的温暖，吕楠的恢弘，张照堂的荒诞，陆元敏的忧郁，卢广的严酷……诸多名家真迹一一呈现，我真是大开眼界，也更加自惭形秽，直到坐上沙发还心神不定。张宛倒没什么，连一杯茶水都没泡给我。她大概只是把一本摄影集递到我手里，平静地坐到沙发的另一端。张宛的客厅只有一张四人位米白色大沙发，很宽，可躺。

张宛似乎对卢广尤为倾心，客厅的背景墙上，是几张卢广的污染主题摄影，和墙壁的素白倒也不违和。沙发背后是大书柜，张宛的摄影集就是从这里抽出的。从那天开始，我多次出没在张宛的家里，翻了不少摄影集，翻的最多的是外文原版，多数作者无从知晓名姓。当时，我靠在沙发的这头，而张宛靠在沙发的那头，我裸露的脚尖伸向她的屁股，她的脚尖则仅抵我的大腿外侧。我会不时瞄一眼张宛，从裤管瞄到胸，从胸前的一绺头发瞄到眼睛。有一天，我们的裤管不小心碰在一起，彼此感知了一下大腿的肉感，我立即挪开又挪了回来。张宛始终不为所动，可见她对摄影的兴趣远超过我。我们一起学习了一阵子，这样看来，说我和张宛是同学也不过分。

张宛的家里只住着她一人。她妈妈去世了，爸爸是一家民营企业的老板。她妈妈去世没多久，爸爸就娶了新的女人，年纪和张宛的大哥相仿。这位年轻的后妈很快生下了两个儿子，那时才五六岁吧，可想而知她的爸爸有多么忙碌。张宛很少去探望两个同父异母的弟弟，她和两个哥哥也很少来往，那时他们也有了孩子，比两个小叔叔小两三岁吧。总而言之，张宛对妈妈走后家里接二连三迎来新的生命不太适应，她的两个哥哥很快搬出去了，她大学毕业一回来就在外租了房子，几个月后，她的爸爸给她买下了现在的房子。

自从她爸爸又当了爸爸后，坊间就有传闻，说她妈妈是被爸爸推下阳台致死的。这个传闻很快传到张宛的外婆那里，外婆就带着几个舅舅和外公的遗照来找爸爸讨个说法。其中一个舅舅居中调停，认为爸爸不至于坏到把妈妈推下阳台，但对他们的姊妹照顾不周是肯定的，爸爸明白其中的道理，给了几个舅舅每人一笔抚恤金，恳请他们好好安抚外婆的情绪。这事就这样了了，张宛和外婆的关系也疏远了，而她是外婆一手带大的。张宛相信爸爸没有说谎，妈妈是从阳台跌落的。妈妈一直患有严重的抑郁症，死亡对她而言是一种解脱。妈妈在最后几年带给张宛的全是痛苦的回忆，她只是觉得爸爸和哥哥把痛苦忘得太快了，这是她难以接受的。

张宛说这些时没有哭哭啼啼，偶尔苦笑一声，使我没法以安慰的名义抱住她。坦率地说，当时无论是生理、心理还是伦理，我都需要一个可以谈婚论嫁的女朋友，张宛各方面条件无疑是优越的，我也想借此告别那间破宿舍。另外一面，张宛也需要男朋友，躲在浴场里睡觉绝非长久之计，何况那里也不太卫生。还有一点，我们总不能一直干巴巴地坐在沙发上看摄影集吧？有一天，我找到一本法国摄影家杜瓦诺的集子，里头有一张被称为"最著名的吻"的照片，那是在巴黎市政厅前，一对年轻的恋人忘情接吻，周围行人行色匆匆，死气沉沉。我捧着摄影集从沙发的那头走到这头，半跪在张宛身边，使以两张嘴为端点的虚拟线段与地面基本平行。

我：杜瓦诺这张照片我看是摆拍的。

张　宛：就是摆的呀。

我：看来我眼力不错，要不，我们也摆一个吧？

张宛像是惊呆了，嘴唇一凸，反倒缩短了端点之间的距离。我凑过去，让两个端点叠合在一起，又倏忽间分离。张宛莞尔一笑，低下头，盯着手中的摄影集，指了指某页上的照片，示意我一起看。我坐下来，沙发两端的重量至此严重失衡。两个年轻的身体终于紧挨在一起，这才是它们该有的样子啊。

3

傍晚时分，张宛就把照片发给我了。当时我正在一家餐馆吃饭，周芹则在我对面训斥不吃饭的朱小叨，我们都表现得极为专心。如上所述，张宛发来了两张照片，我把另一张照片转存到网盘，接着删除微信记录，以备周芹查阅。我对张宛说了声谢谢，迟迟未收到回复，就把照片发给周芹，好让不吃饭的孩子缓口气。周芹的手机放在手提包里，没听见，我只好举起手机给她看。周芹斜乜一眼，突然较真起来，还把我的手机夺走了。拍得不错嘛。周芹手指在屏幕上比画着，大概是在放大自己的面孔，或只是想把我和朱小叨清除到屏幕外。唉，就是胖了点。一点都看不出她刚刚还在发脾气。要不回去把照片冲出来？我们家是有多久没合影了？

张宛就是在这时回微信的。因为手机在周芹手中，我在几分钟后才得知二者聊天的内容。

张　宛：如果冲洗，可以找老李，他也在杭州。爱普生艺术微喷，效果不错。

张　宛：怎么没带相机？

张　宛：老李现在在做手工摄影集，也许你也有需要。

周芹（我）：怎么联系老李？

张　宛：李记摄影工坊，导得到，不远。

周芹（我）：好，谢谢。

张　宛：我这几天会回家一趟。

周芹（我）：嗯？

张　宛：到时联系。

周芹（我）：好。

周芹（我）：你觉得我老婆怎么样？

张　宛：问你自己。

周芹揣摩了一会儿才把手机还给我，脸上写着"免费帮忙打字，不谢"。老李的微信我有，逢年过节的也没少转发网络图片致意。此时周芹不再关心儿子是吃还是不吃，而是张宛的"到时联系"到底是什么意思。

周　芹：你去还是不去？

我：你不是说"好"了吗？

周　芹：你问问你自己，会说不好吗？

我：那你说我是去还是不去？

周　芹：你想去就去。

我：如果你不想我去，我就不去。

周　芹：你去可以，别背着我去。

我：好。

周　芹：好啊朱盾，你是一心想着去啊？

周芹毕竟是我的妻子，我没理由让她在去不去见张宛的事上感到不快。我向周芹坦言，假如张宛的事无关紧要，我就不去见她。张宛联系我能有什么事呢？总不至于是见不得人的事吧。但这一话题不宜纠缠过多，我便乘隙联系了老李。老李就在店里。周芹声称从未在生活中见过同性恋者，她怀着巨大的憧憬去见老李，结果大失所望。大概她憧憬的是见到一张张国荣那样的面孔。多年不见，老李扁了许多，胡子拉碴的，和摄影工坊倒是般配。那间摄影工坊狭长逼仄，远不如当年我们聚会的地方敞亮，看来城市越大，容纳我们的空间越小。我拖家带口的和老李站在角落里喝茶叙旧，只见两个忙着上网的男店员，不见白衣男士的影子。

老李摄影工坊不仅逼仄，还很乱，每个角落都在展示心无旁骛的忙碌。墙壁上几张色彩浓烈的照片挂歪了，地上裁剩的艺术纸和卡纸沾满脚印，一排书柜最上方横放的一大叠书摇摇欲坠，纸篓里塞满了废纸和瓜皮果屑，墙脚堆着的相框积了一层灰。有个相框上还摆着两团针线，连我都产生了打扫卫生的冲动。李嫂如在，绝不会出现这种情况。在老李摄影工坊，唯一让人赏心悦目的就属手工摄影集了。我很快看到张宛的摄影集，占据书柜第二排一整排的地方，足有一米宽。由此看来，张宛把我引入老李摄影工坊，未必不是有意为之，一张普通的家庭合影犯不着艺术微喷啊。

当时，周芹正满心欢喜地盯着刚刚微喷的合影看个不停。为掩人耳目（主要是周芹），我不得不选择在别人的摄影集和张宛的摄影集之间周旋，其间还得和老李扯上几句，用余光掌握周芹的动态：周芹手中的照片被老李拿走装框；周芹瞟了我一眼；周芹看着老李裁切卡纸；周芹兀地瞪大眼睛，冲向门口的朱小叨；周芹跟着朱小叨上街了，上街之前，又瞟了我一眼，大意是我要抓紧时间了。我确实是抓紧时间的。在上述时段中，我潦草地翻了几本张宛的摄影集，在此后周芹和朱小叨上街的几分钟内，我又翻了几本摄影集。我大致看到了张宛十年摄影的精华。假如我和张宛没有分手，我即使不在其中的一些照片里，也会在拍下照片的镜头边。我会是这些照片的当事人或见证者。我好像和张宛一起穿梭在照片呈现的街景里，以及海岸线、矿区、民工聚居地、校园等各个地方。也许我们会为某段行程的安排或某张照片的取景争吵不休，也许我们会在拍摄现场情不自禁地拥吻，也许我们会为躲避被摄者的袭击而狼狈逃窜。这样一来，张宛第一本摄影集（名为《西行》）里的第一张照片，就可能不是在一个小镇路口，一左一右呆望镜头的一只猫和一条狗，那是我们分手后不久拍的。她静穆庄严的"海岸"组照里，画面主体就可能不是死在滩涂的鸟、破渔网、泡沫垃圾和一脸苦闷的渔民。她可能也就不会拍"二十一岁的雨季"，那些被雨淋湿的、目光迷离的女生肖像。二十一岁，是妈妈去世时张宛的年纪。

老李把装了相框的合影递给我，我摆了摆手，相比之下，合影实在没什么看头啊。老李凑过来，以为我被他的设计吸引，就开始吹牛了。我没有打断他，也谈不上在倾听，我翻到了张宛的又一本摄影集——《房间》。张宛把房间里的生活毫无保留地袒露在镜头前。她的房间一片素白，除了一张床和一把椅子（也是白色），几乎什么都没有，连她本人无论以何种方式出镜，正装、休闲、睡衣或裸身，也变得虚幻和空洞。这些照片让人不忍多看，我几次合上书本，又按捺不住重新打开。我想这一定是张宛的自拍。总之，我是不太希望按下快门的另有其人，特别是男人。

别盯着这本看，你老婆回来啦。

我赶紧合上摄影集，瞥一眼门口，没看见周芹。

张宛的？以前聚会常来，记得吗？

唔……

真不敢相信，她这几年拍了那么多片子，有些片子还是冒风险的。我一直很困惑，她的勇气从哪里来？可惜，她很少谈及拍片的事。

哦。

最近她爸破产了，不知道对她会不会有影响。

哦？

前几天我把你的号码给了她。你在政府，说不定帮得上忙。她没找过你？

没有吧。

张宛该不会是为她爸联系我吧？我又抽出一本摄影集——《看鸭子》。假如老李的设计不是清一色裸背线装，或者，假如我抽书的顺序不是从左到右而是从右到左，我早就翻到这一本了。这本书里是各种各样的鸭子、白鸭、黑鸭、绿鸭、火鸭、水鸭、麻鸭、番鸭、绒鸭、栖鸭什么的，活的，死的，生的，熟的，应有尽有。很难想象张宛在拍渔民、矿工、民工、学生的时候，还会抽出时间去找鸭子。我又朝门口瞥了一眼，周芹没到门口，但一定是正在无限接近门口，我当即解开外套，松开皮带，拉出衬角，把摄影集塞了进去。

兄弟，这本送我。我巴求道，别跟我老婆说，她讨厌鸭子。

老李一惊一乍地愣是没缓过神来。这时恰有一阵车轮声传来，一个五大三粗的女人骑着一辆单车直接冲进老李的店铺。我系好皮带，严阵以待。

好你个王八蛋老李，害我白跑那么多路，那些铺子都关门啦！

老李对我赔笑着说，是嫂子。

不知道这是什么时候的事，老李也从未在微信上晒过。新任李嫂后头跟进来周芹和朱小叨，我们差不多也该告辞了。

4

总而言之，把张宛的摄影集塞进衣服肯定是失策了。回宾馆的路上，我就不得不思忖应付的办法：如何不让周芹发现，发现之后又如何补救。但比二者更为急迫的是，我得找个地方翻翻这本书。现在的问题是，假如无法避开周芹，厕所就成了唯一的去处，而如需在厕所顺利待上一段时间，也只能拉稀了。下了出租车我就捂着肚子直奔宾馆房间。周芹对此早就习以为常。

毕竟那些鸭子与我素昧平生，翻了数十页之后我又翻不动了。我给张宛发去微信，告诉她我去过老李那儿了。张宛很快回了一个"嗯"字。

我：拿了一本摄影集，《看鸭子》。

张　宛：哦。

我：这些年拍了不少片。

张　宛：你不拍了？

我：孩子小，出不去。

张　宛：你什么时候回去？

我：明天吧。

张　宛：好。

不知道张宛的"好"是什么意思。我坐在马桶上，卷起书本捂在胸口。我记得那时新城还有一大片湿地，阡陌间是一排排木麻黄，再过去是海塘和滩涂，张宛的叠墅就在海塘的西南侧。一条河歪歪扭扭地穿过湿地，把百来米宽的大路缠缚了好几圈，河里游着一群群鸭子（现在看是麻鸭）。当年张宛从老城往新城，或从新城往老城，湿地是必经之路。也就是说，张宛驱车在百来米宽的大路上来来去去，见过的鸭子可比人多多了。只不过她走陆路，而鸭子走水路。

有一天，张宛问我夜里能不能陪她去个地方。那时我俩恋爱不久，我二话没说就答应了。

你怕狗吗？

不怕。

五条狗怕不怕？

什么？

拴着的，很凶。

不怕——你这是上哪儿去啊？

张宛去的是鸭棚。她显得有点兴奋，不知是因为我陪她去，还是即将实地观察鸭子生蛋——鸭子通常在子丑时辰间生蛋。显然，鸭蛋是鸭生的，不是鸡生，也不是鸟生，没什么可兴奋的。晚上十一点左右，我们来到鸭棚外。此时鸭主人已在隔壁入睡，次日一早还要起来收鸭蛋。路口的五条中华田园犬果然凶悍，其中公狗母狗各一条，狗崽子三条，血气方刚，叫得更起劲。张宛把头埋入我的腋下，双手紧抱我的肋骨，右脚完全贴着我的左脚走，这让原想一溜而过的我好生为难。鉴于五条土狗拴的链子够长，完全可能一冲而上，我当时抱着张宛迎上前去，确实放任了身患狂犬病的风险。

我们终于安全抵达鸭棚。众所周知，鸭棚里很臭很脏，鸭子是随地大小便的，鸭主人不会为它们提供卫生间。为了方便我俩拍照，之前鸭主人把两盏节能灯换成白炽灯，使鸭棚里的木栅栏、稻草堆和泥地面都铺上一层暖色，充满田园诗意，假如当时我身患鼻炎，呼吸困难，感觉可能会更好。张宛拉开三脚架，装上相机，我则坐在一旁修炼闭气功，很快也放弃了。鸭子在栅栏里远远地躲着我们，几乎对任何细微的声响都会陷入惊恐，采取的行动基本一致：伸长脖子，成群地拥向某个角落，接着成群地拥向另一个角落。如此周而复始，让我俩承受了极重的心理压力。一整个夜晚它们都不太睡觉，只是歇息一会儿，有的蹲着，有的单腿站着，鸭嘴插入翅膀，眼睛忽睁忽闭，仿佛依然在警惕我们。说到鸭子的眼睛，这里还可补充一笔，那真是惹人怜爱，清澈，温顺，善感，让人觉得它们就是被呵护的。假如哪位女士对自己的眼睛不太满意而去整容，不妨试试装一双鸭子眼看看。

既然我们在鸭子眼里俨然是入侵者，随意说笑就更不得体了。耳语了几句后，张宛就把眼睛探向取景框。我坐在张宛身后，梳理着她的一袭长发，时而扎一下麻花辫，时而松开，捋平。过了一阵子，几只鸭子嘎嘎嘎地闹腾起来。张宛挺了挺身子，瞪大眼睛，一只手拖着云台，一只手转动手柄。我也警觉起来，鸭子果然生蛋了。我原以为鸭子生蛋会是一幅温馨的画面，鸭子那么一蹲，噗通一声，鸭蛋落到稻草上，接着鸭妈妈坐上去为它取暖。事实上，事情远没有那么简单。看起来，鸭子生蛋简直像便秘一样难受。鸭子伸长脖子，张大嘴巴，全身肌肉都紧绷着，屁股一紧一松，一紧一松，这样使了很大一把劲，鸭蛋还未生下来，难产概率极高。于是，鸭子又需调整站位。假如这一鸭子恰好占据有利位置，那么，其他鸭子就会上前推推搡搡，甚至发生争执。假如鸭子会说话，对话大致如下：

走开，别占着茅坑不拉屎。

你才拉屎呢，是我的蛋被卡住啦！

我沉浸在鸭子生蛋的艰险刺激中，不禁贴着张宛的耳朵为鸭子配音。张宛噗嗤一笑，靠在我胸前。她打开显示屏，让我看方才拍下的照片。观察鸭子生蛋容易，但直击鸭子下蛋的瞬间则颇为艰难。张宛在一个多小时里，仅记录了五六只鸭子下蛋的瞬间。她大有逆流而上的气势，又把眼睛盯在取景框上。我搭着张宛的肩膀，也探头仔细观察，及时提醒哪只鸭子即将下蛋。那只，看那只。我对张宛耳语着。两个并拢在一起的头跟随鸭子的屁股同频转动，那场景也真够感人的。

我们这样盯着人家的私密部位看不太合适吧？

张宛推了推我。由于毫无防备，我一个趔趄蹲坐在地上，把横梁上的三只老母鸡吓了一跳。在此之前，我从未注意到老母鸡的存在，也不知道它们蹲在上面做什么。它们扑棱了两下翅膀，引起鸭棚内一阵骚乱。尽管母鸡和鸭子性别一致，均属雌性，但我仍觉得这一场景极像几个女人误闯入男生宿舍。就在这时，两盏白炽灯熄灭了。鸭棚里倏忽漆黑一片，只剩下鸭棚外的一盏节能灯，透出一轮微弱的、惨淡的、寒冷的白晕。

怎么办呢？

我们接吻吧！

我可不想在天亮之前再面对那五条中华田园犬。我把张宛拥入怀中，一口咬过去，过了一小会儿，张宛却把我推开了。在此期间，她可能从未闭上眼睛。即使她的双眼至少有一只被我的脸完全挡住，但毕竟还剩下一只，可以观察鸭棚内线路的布局。门口有个开关，会不会是开关的问题？张宛说。我只好去试了试，没成功。张宛接着说，开关一定在鸭主人宿舍的附近，不然她怎么开灯呢？我依然照办。我跨过栅栏，蹑手蹑脚地穿过惊恐的鸭子们，从通往鸭主人宿舍的门出去，走到节能灯附近。夜色清朗，海风徐徐，呼吸也变得轻松了许多。鸭主人粗重的呼噜声从宿舍里传来。除了节能灯开关，我再没发现其他开关。我回来的时候对张宛说这下没辙了，离天亮还有两个多小时，我们还是安心接吻吧。现在想来，那确实是我经历的最长的一次吻了。空气中飘散着鸭屎的味道，不知道有没有鸭屎碎末飘到张宛的脸颊、额头或脖子上，即使有也被我卷进舌头了，或许又还给了张宛。鸭子生完蛋，安静下来，要么歇息，要么盯着我们看。假如某只鸭子盯得极为专注，那一定是带有报复性的。但这回张宛一直闭着眼睛，对此毫无戒备。我俩吻得舌头发麻，呼吸短促，筋疲力尽。

　　天蒙蒙亮时，鸭主人起来收鸭蛋了。她大概在门口站了很久，这样既不会打扰我们，又可以及时被我们发现。看到鸭主人的时候，张宛一把推开我，从摄影包里掏出徕卡M7相机。鸭主人走进鸭棚，不再正眼瞧我们，而是摸了几下与横梁相接的一根梁柱，问我俩现在是否方便开灯。开啊，开啊，是它自己关掉的，自己关的。我连忙澄清。白炽灯插上插头又亮了，鸭主人蹲下来，开始收鸭蛋。张宛越过栅栏，蹲在鸭主人正前、侧前、侧后方拍照。二者咕噜着什么，说说笑笑，看起来很熟络，不过我听不太清楚。那时我昏昏欲睡，即使眼睛半睁半合，都已经是付出了极大的努力。

5

　　天亮之后我把张宛送回家，一直送进二楼的闺房。我俩一起躺到床上，拖着疲惫之躯做了一次。整个过程大概十分短促，至今印象也很模糊。我只记得完事后，我睡不着了。尽管我到张宛家中数次，但进入闺房尚属首次。张宛很快睡着了，我望着对面墙壁上密密麻麻的一张张黑白照片，感到有些惶恐。那些照片呈中点扩散，已占据半块墙壁，边缘围着十来张和鸭子有关的照片。张宛与我之前认识的异性朋友大不相同，至少在耐臭耐脏上相距甚远。当然，我承认那时还不太了解她，也不清楚她为什么那么喜欢拍照，至于她正在拍什么也知之甚少。相比之下，我在老李那学摄影主要是方便结识女性，参加聚会是因为无聊，和张宛在一起看摄影集则是为了接近她。真不清楚我和张宛的男女关系再发展下去，她会牵引我到什么地方。

　　日后我俩又去了几趟鸭棚，我也带上照相机。自从亲历鸭子生蛋后，张宛拍照的视角也发生了改变，她有时撅着屁股匍匐在地，仿佛是以鸭子的眼光看鸭主人。我们拍过鸭主人喂鸭子抱鸭子赶鸭子的情形，还一起和鸭主人吃过一顿老鸭煲，不过我俩只是喝了点汤。我们拍过五条中华田园犬的狂吠，也拍过它们一家子的亲密无间。我们还曾迎着晨光爬上鸭棚拍刚下河的鸭子，有一回恰巧遇到一群白鹭从河面掠过，这一瞬间被定格在照片上。我是彩色冲印的，白鹭和鸭子在晨光中一派明净安宁。张宛的则是黑白的，广角镜头让二者变成两团灰，透出一股肃杀之气。直到鸭主人搬离湿地我们也未停止拍摄。鸭主人搬离在预料之中，那时湿地西边的稻田已被征用，一片荒芜，只有几处被村民盗种了蔬菜。搬离那天我和张宛也去了，鸭主人抽泣不止，几个外地民工在拆鸭棚，几个保安站在一旁抽烟，其间我也递了几根。那一天得以顺利拍摄，还是我事先向城管局的朋友打了招呼。搬离之后，张宛又拉着我去鸭棚，那时鸭主人和鸭子不见了，拆卸下来的梁柱和木板犹在，鸭屎遍地，还有几坨狗屎，但我已经没有拍片的兴致了。

　　我就是在那阵子搬进张宛家的。成为张宛家的一分子后，我发现整座房子和张宛的照片一样，差不多都是黑白的，除了客厅里的原木大书柜，二楼卧房的地板、窗帘和被单都呈冷灰色调，我还注意到，张宛的衣服也只在黑灰白中转换，假如不打开电视（在二楼视听房），几乎见不到彩色。我实在难以适应墙上密集的黑白，于是特意冲洗了一些自己的彩色照，填补在黑白照片的空隙中。我所做出的最大改变，是买了数盆绿植，包括琴叶榕、花叶络石、仙人掌、虎皮兰、绿萝等，好让房子显出几分生气。几年以后，我和周芹入住新房，买的也是以上几种绿植，可见我对这一布置相当满意。张宛见到房子的变化时仅报以淡淡一笑。你来打理吗？她问。我确实打理了一段时间，直到离开张宛的房子。

　　现在想来，那时我们算是度过了一段美好时光。我们在一起有许多安静的时刻，这主要是因为张宛的话不多。张宛每天清晨仅用粉底液一种化妆品，上下班从不准时，也不在意，下班后则是钻研摄影。在我们同居之后，谈论摄影的时间少了，只是一起看过几部摄影纪录片。记得有一天晚上，我下载了一部韩国情色片，连同纪录片一并拖入电脑播放器列表。看完纪录片后，情色片自动弹出来，张宛竟陪我看完了。我俩依偎在沙发上，从头至尾未发一言。那天夜里，我央求张宛像情色片女主角一样大声叫出来。那是我即将抵达高潮的时刻。可是张宛没有，她闭着眼睛，咬着嘴唇，紧锁眉头，看不出是在享受，还是在忍受。

除此之外，我俩还闹过一次不愉快，张宛反对我带她去见我的爸爸妈妈。我原想借此把我俩的婚事定下来。张宛说她还没有做好成为一个人的妻子的准备，更没有做好成为一个人的妈妈的准备。但我觉得她只是没准备好见我的爸爸妈妈，或者在见了我的爸爸妈妈后，如何去见她的爸爸和那位年轻的后妈。我甚至打算和她一起去祭拜她的妈妈，对此张宛依然反对。尽管如此，当时我还是觉得和张宛结婚是迟早的事情。我陆续从老家带来了一些物品，包括七八本日记本。我不太清楚和张宛分享这些日记是不是一个错误。显然，张宛在和我一起翻阅日记的时候是愉快的，我的童年和少年、天真和龌龊在她面前袒露无遗。比如，对一位香港女明星多年的爱慕，诸多不成熟的政治言论，几段暗恋史（次数难以界定）和大学时期一段失败的感情，以及关于张宛的，不可否认，这一部分内容有刻意之嫌。那几个夜晚我俩说说笑笑，她还极为难得地揶揄了我好几回。从小学一年级当班长开始，我就认为自己长大了会成为名人，在小学四年级拿了全乡作文比赛一等奖后，对此更毋庸置疑，此后就格外注意言行，即使高中学业最繁重的三年也几乎未落下一天日记，但大学后就少了，现在根本不记。

我和周芹结婚后，从未动过记日记的念头。这不是说我和周芹之间缺乏感情。我俩虽认识不久就结婚，但结婚之后不乏激情之举，其间从未出过大的波澜，自从有了朱小叨后，感情更趋于稳定。坦率地说，这两年我确实动过出轨的念头，但也仅仅是念头而已，从没有证据显示，我采取了行动。周芹对我大致是放心的，即使她多次查阅我的微信聊天记录，以及探寻朋友圈与我有互动的某位女性与我的渊源，但我更愿意相信，这是出于女性的本能，而非对我的怀疑。

在卫生间里，我听到周芹和朱小叨推门而入的声响，接着听到两人在床上床下闹腾的声响。我原本可以参与其中，但现在只能坐在马桶上。我决定冲个澡，把摄影集包裹在换洗的衣服内，以便顺利装入旅行包。

明天就要回家了，回家之后，我将无可避免地面对张宛，和她展开一段时隔多年的交谈。不知道为什么，我对此充满期待。

周芹敲了敲门。

还在稀肚？

差不多了。

肚子还痛吗？

一阵一阵，好多了。

带了午时茶，要不要给你冲一袋？

好的，谢谢老婆。

怎么倒锁了？小叨急着尿尿，能起来一下吗？

好，稍等，我刚想冲个澡。

我以最快的速度脱光自己，把摄影集夹在衣裤间。开门之际，朱小叨一冲而入，我捂着肚子站在衣裤上，对周芹一声苦笑。

倒锁了干吗？周芹又问道。

这不正想冲澡嘛。我说。

你从出租车跑出来到现在，已经四十一分钟了。

有这么长？

之前你拉的最长的一次，也没到二十分钟。

6

我怎么从未听你提起过张摄影师？

谁？

张摄影师。

哦，是吗？

你们是什么时候的事？

嗯？

我记得你说过大学谈过一次，工作后一次。那张摄影师又是哪一次呢？

　　谎言终究会有被戳穿的一天，对此周芹究竟有多少在意不得而知。这还是我和周芹刚认识时的一次坦白。当时我绝非有意隐瞒，而是正打算尽快忘记张宛。我把和张宛在一起的时间挪给了接踵而至的另一段感情。那是在张宛离开后不久发生的，我通过相亲认识了一个在乡镇上班的女人。我们很快打成火热，也见过了彼此父母。我是把她介绍给朋友们认识的时候出篓子的。也许是喝了酒的原因，当时聚餐尚未结束，一个朋友硬是把我拖进男厕所，历数了那个女人的种种劣迹。其实也谈不上是什么劣迹，只是男女纠葛较多而已，但我还是果断选择分手，毕竟乡镇来回也不太方便，有了孩子就更不方便。没过多久，我就和周芹在一起了。

　　此时我和周芹坐在南下的动车上，还有将近两个小时抵达终点。周芹向来明察秋毫，见微知著，即使在折叠内衣内裤、清理卫生死角、腾挪储物空间、擦洗外玻璃窗等方面都有一套独到心得，我们家在周芹的打理下可谓窗明几净，因此，多年来我养成一个习惯，不到万不得已，绝不对周芹撒谎。近两个小时足以阐明当年省略与张宛一段感情的缘由，问题在于，周芹愿意听吗？

　　周　芹：我想你不要去见她。也没有必要去见。
　　我：哦，昨天老李说了，张宛找我，是因为她爸破产了。
　　周　芹：她爸破产找你干什么？
　　我：惠来不是金融办副主任嘛。
　　周　芹：那你带她爸去见惠来就是了啊。
　　我：你说的是，我会转告她。

　　周芹搂着孩子，抬眼望向窗外，默不作声。据我对周芹的了解，她显然还有话要说。周芹至少还想问我，如何保证不背着她见张宛，以及我为什么不再拍照。事实上，当初我不是没有给周芹拍过照，但她一直心存抵触。比如，她不能接受我拍下她便秘的样子，不能接受她拿指头枪戳我时我依然举着相机，甚至在她穿上睡衣后也不能拍照，因为那样显胖，而且她也卸妆了，有了孩子后，我几次拍她肚子上的妊娠纹，她终于忍无可忍，差点没把我的照相机给摔了。你就这样喜欢看你老婆丑态？可谓伤心欲绝。次日一早，我就托朋友卖了照相机，换回德国进口爱他美奶粉二十六罐，她才转怒为喜。但现在周芹应该明白，我卖掉照相机另有其因。

孩子睡着了，双脚搭在我的大腿上，头靠在周芹怀里，让我和周芹二人均动弹不得。动车驶入隧道，窗外一片黑暗又复归光明。我拨了一个电话给惠来，结果惠来告诉我张宛爸爸早已破产，连法院程序都走完了。既然如此，张宛的"到时联系"到底是什么意思呢？

看来她爸都不用见了。周芹冷笑着说。

我点了点头说，这两年破产的企业太多了，乐冠也破产了，你知道吗？

张宛离开之后，她爸爸找过我几次，大概三次。在此之前，我们仅有一面之缘。张宛爸爸那年五十多岁吧，个子不高，人很白净，目光如炬。说实话，在办公室第一次见到他，我有些憷他。他礼貌地支开我的同事，关上门，简短地做了一番自我介绍，便径直谈起他对我的了解。他调查过我，主要对象可能是我的领导，其中部分过誉之词我不敢苟同。然后，他让我安排他和我的父母见个面，早点把我和张宛的婚事定下来。我吓了一跳。在此期间，我都没机会插嘴。我都不好意思说我和张宛分手了。张宛爸爸走后，我打了个电话给张宛，我觉得还是由她亲自向她爸爸解释为好。这时我才知道，我联系不上张宛了。我都没来得及把搁在办公室里的徕卡M7相机还给她。

几天之后，张宛爸爸又来找我，问我家长见面的日子定下了没有。看起来他很期待这次见面。看我支支吾吾的样子，他认定我和张宛吵架了，好像和张宛吵架很正常似的。张宛爸爸坐在我对面，告诉我张宛有很多缺点，这当然主要归责于他，他希望在今后的生活中我能多多包容她。他说到张宛脾气很倔，不懂礼貌，不善言辞，出了事只会埋在心底。我可以感觉得到，他在努力回忆与张宛相处的细节，但又力不从心，只能笼统地讲一点印象，显然他们父女二人相处得不太愉快，而且极易起冲突。之后，他谈到了经营一家企业的苦衷，以及和这座城市诸多政要的交集,他讲得很诚恳,也很委婉,理解其中的意味需要费点脑力。讲到最后,他又说男女朋友吵架是正常的,他和张宛妈妈也经常吵架,多哄哄就是了。我不太确定他指的是张宛的亲妈还是后妈,从表情来看,后妈的可能性更大。

  张宛爸爸离开后,我又尝试联系张宛。我去了张宛的家,在家门口守了一夜,坐在地上睡了一觉,次日一早又去了浴场,在大厅一直等到上班时间。之后,我还在张宛单位的楼下等了一会儿,想想不太合适才走开的。我大概产生了挽回张宛的冲动,一无所获后,又下定决心与之划清界限。因此,在张宛爸爸第三次来找我的时候,我就不太客气了。对此张宛爸爸没有感到意外,好像他就是来听我宣布答案的。离开的时候他拍了拍我的肩膀,低着头走出了办公室,之后我们再未见过。那时我想,我们之间没有互留联系方式是有原因的。

  从动车下来,我独自拎起全部行李,一回到家,就主动承担了洗衣服的重任。周芹对此大致满意,但又不太放心,没过多久就到阳台上监督我。周芹伫立一侧,既不离开,又没帮忙的意思。我把手机搁在窗台上,撸起袖子,老老实实地把上衣、裤子、袜子等一件件分类洗刷干净。衬衣,不是直接拧干而是双手多次甩干,挂上衣架后,还扣上全部的扣子;袜子,也是一只只拧干了再一只只夹;内裤,则是平整地勾在衣架的两端。张宛的微信就是在我勾周芹的内裤时响起的。我和周芹两人几乎同时瞄向搁在窗台上的手机,又彼此使了个眼色,我是防御性的,而周芹则是攻击性的。对于一对长年生活在一起的夫妻来说,有时真可谓是心有灵犀。

  你手机响啦。周芹试探。

  一定是垃圾短信。我断然拒绝。

  即便如此,我还是立即擦干双手,转身之际,发现周芹正赶在我之前抓起手机。这一点办法都没有,毕竟周芹只需一次鱼跃,而我则需付诸更多的行动,才能如愿拿到手机。

  我看看,是微信。呦,是张摄影师的微信。

  有那么一瞬间的空当,我希望这只是周芹一个不怀好意的玩笑。希望马上落空，于是接下去的几分钟内，成了周芹一人的独角戏。在此期间，我除了侧耳倾听，就是提起脸盆里另两条自己的内裤，加大力气拧出最后一滴水，然后横挂在衣架上。

周　芹：她说她到了。你说我怎么回好？

周　芹：要不就请张摄影师屈尊到我们家坐一坐？

周　芹：呃，她说好。你说这下我该怎么回呢？

周　芹：是不是还得请她吃顿饭，让我亲自给你俩烧几个菜啊？

周　芹：呃，她说不用麻烦。你说我是不是再客气两句？

周　芹：她说明天下午。直爽。你没问题吧？

周　芹：那就这么定，明天下午两点。

周芹把手机还给我，很难分辨她脸上的表情是挖苦是愤怒还是委屈，大概三者皆而有之吧。

如果你们一定要见，没有比这更合适的方式。你该谢谢我的仁慈。她总结道。

我接过手机说，也不知道她找我有什么事。

7

一大早我就出了家门。我把手机留在家里，以免周芹多虑。昨夜几乎没睡，周芹躺在身边，使我既不能辗转反侧，又需时刻保持均匀粗重的呼吸。在此之前，我都表现出一副若无其事的样子，直到确定周芹已经睡熟，我才从床头柜上拾起手机，翻看周芹和张宛的聊天记录。两人的对话不带任何感情色彩，从中揣测张宛答应来我家做客的缘由纯属徒劳，而由此定下两人见面的基调又非我所愿。我有晨跑的习惯，多在楼下公园，这一回我在公园里跑了两圈后，又绕了条道朝海塘跑去。我的家和张宛的叠墅小区相隔不远。我跑到叠墅小区门口，慢慢地荡了进去。除了外墙之外，我对小区里的一切均感陌生，连如何拐入张宛的房子都拿捏不定。一个晨间遛狗的女人好像在暗中监视我，她牵着的那条光亮的黑毛大狗显得颇为绅士，不知道为什么，看到大狗，我就断定她是个独守空房的女人。我转了几条道，仍觉没有摆脱女人的视线，索性从小区的后门走了出去。

穿过一丛灌木，我来到了海塘。我记起来，当年站在张宛房间的窗口，可以看见海塘和滩涂。现在从海塘望向小区，是否也可见张宛的房间？张宛是否正睡在房间的床上？究竟哪一处是张宛的房间？哪一扇紧闭的窗口曾经探出过我的头？我坐上堤坝，与多年前相仿，这一处滩涂尤其凌乱，退潮之后，被海水推搡而来的泡沫、塑料、尼龙等垃圾都留在滩涂上，到处都是。回想当年一只手牵着张宛，一只手拎着三脚架，一路泥泞地穿行在垃圾滩涂，真是恍若隔世。

走到这里差不多了吧？

不，我们得把下身沉到水里去。

过了芦苇丛垃圾就少啦。你看，漂在水面的可不多。

张宛看了看远方，又看了看我。

我先陷到前边的泥沟里，你看看能不能拍。

那时我俩简直是疯了。即使在看鸭子生蛋的时候，我都没觉着张宛是个疯婆子。此事源头大致如下：一天下午，张宛立在窗前，毫无征兆地对我卸下了衣服。我靠在床上，看着她把深灰的外套脱下来，把黑色的打底衫脱下来，把浅灰的内衣脱下来，我原以为她多少会留点什么在身上，结果她不假思索地把乳白的胸罩也一并卸下了。她从脖颈后拨了两绺长发，裹在两片乳房前，毫无羞涩感，好像那不是她的身体，或只是女衣店里的假人道具。

朱盾，你看看，这样会走光吗？

你想干吗？

你说会不会走光？

要我说，肯定是走得太多了啊。

你正经点。你快把衣服也脱了。我们会拍出一组很震撼的片子。

我当时的感觉是，张宛虽是对我说话，但眼前所见一定不是我，而是一个或多个不存在的影像。张宛的打算是，和我一起到本城诸多臭水河中拍照，视其深浅裸露上身或露个头。我疑心她之所以搭上我，是因为我水性好，而她只会狗爬式，随时有呛水或往水里钻的危险。从这一点看，我拒绝就是不义之举。我也只好把衣服脱下来，感觉腹部赘肉太多，因此提出了一个条件，让我先花点时间健个身，多少练出点胸肌和腹肌，以挽回一点男性的尊严。张宛同意了。话说回来，那时还是烟花三月，房间里还开着空调呢，谁受得了光着身子进水啊。

　　健身一事很快搁浅，我俩倒是去过几趟游泳馆，练习水中直立，张宛每回都得我扶着，这正体现了我的价值。除此之外，我俩常常出没的是本城的河流和滩涂，常常讨论的是如何取"景"，以及如何进场拍摄。不久之后，我与张宛将裸身处于河流中间，被各色垃圾包围。从构图来看，照相机在我俩正前方以广角镜头切入为宜，这就涉及在水面如何安放照相机的问题。我联系了一个老船舶木匠，央求他做了一只简易木船模型，宽六十公分、长一米二（恰好可装进车后备箱），船头装上一只三脚架，船身两侧各钻一孔，拴上绳子，另一端系上船锚，使用时勾在河流两岸，以免木船在水中晃荡。此其一。其二，购买防水遥控器。遥控器交由张宛控制，我俩以何种表情、何种动作入镜，均由张宛调度。其三，购置泳裤和保鲜膜。保鲜膜需牢牢缠缚下半身，以防止患上皮肤病。据说本城禁划龙舟，防止皮肤病即是理由之一。其四，购买防水服。其五，购买乳贴和糨糊。这是我的主意，如此方可避免张宛在被人发现时因手忙脚乱而走光。其使用方法为，先戴上乳贴，再用糨糊将长发粘在乳贴上。为什么这么复杂？因为假如仅有乳贴遮挡，张宛长发飘扬之时，仍会使一些男人特别是近视眼男人想入非非。另外，用糨糊而不用胶水，是因为糨糊在热水中更易于溶解。凡此种种准备就绪，方可进入拍摄环节。我俩商定，以天蒙蒙亮时进场拍摄为宜，进场之后，先由我下水将木船拖到事先确定的地点，再游到对岸和张宛一起拴上船锚。待张宛下水，我俩即以最快速度脱下防水服，扔进木船，游向（或走向）拍照位置。拍完之后，迅速穿回防水服，收拾木船，离开现场，一刻不留。

　　那时我们还在某山脚的小溪里演练了一回小木船装备，当日溪流湍急，而遥控拍下的照片，仍与手持无异。至于脱衣演练，则在室内完成，当日从脱衣到拍摄再到穿衣的时间间隔，未满五分钟，时间把控得可谓相当美妙。那也是我和张宛裸身相向的第一张照片。我俩头靠着头看着显示屏里的照片，能感知到彼此心脏噗噗地跳动。是的，我记得很清楚，事后我和张宛做了一次。那一次张宛出人意料地叫出了声。她微闭的眼睛如此虚幻，使我很难确定那是性爱的高潮，还是执着于某一景象的高潮。

此时我坐在堤坝上，望着前方的滩涂，仿佛望着和张宛一起陷进淤泥的样子。那时，东倒西歪的芦苇丛堆积着各色垃圾，我们差不多被掩埋在垃圾里。太阳从海的那边升起，让照片带上一层金属的质感。正值涨潮时分，渔民稀稀落落，相隔遥远，拍完照片后，我俩都不想立即穿回防水服，等着海水漫过脚趾，漫上膝盖。海水愈来愈近，眼前的景象愈来愈苍茫。那天我们如愿拍下了很多照片，对视的，背立的，凝视前方的，连吻照也拍了，之前我们从未如此打算过。我们很快把照片冲洗了出来，贴在张宛的房间里。

从海塘回到小区，我又见到了遛狗的女人。这回她径直朝我走来。

朱局长，你不认得我了吗？

哦，你是？

朱局长真不认得我啦……我是周芹的同学啊，上次的事多亏有你帮忙，都没好好谢谢你。

我仍没印象，这似乎让她有点失望，可是她没有走开的意思。

你是在找林市长的家吧？我知道。遛狗的女人神秘地说。

不不，我连忙澄清，我是来找亲戚的。

亲戚？什么亲戚？朱局长也有亲戚和我同个小区？是哪幢的？遛狗的女人露出惊喜之色。

我不知道怎么回答，显然她还不配让我连续撒谎。我张望了一下，那个既熟悉又陌生的身影依然没有出现。

一时想不起来是哪幢了。下次再来吧。再见。

我走得有点仓皇。可想而知，遛狗的女人还在背后看着我，甚至可能为没有撞破一桩奸情感到遗憾。

8

不知道那些照片是不是还挂在张宛的客厅里？

我的直觉是，张宛已经毁弃照片，这又不免让人惋惜。那时我们一起拍过七八组吧，七组是肯定的，至于第八组算不算我不确定。在这期间，我们几乎每天一下班就出去找河流，包括木船如何固定、人站（浮）哪里、取什么景等等，都需一一周密谋划。除此之外，我们每天晚上都会对墙上的照片发呆或痴笑，我们还一起记日记，把与照片相关的重要时刻记下来。张宛怎么想的我不知道，我是这么想的，假如有朝一日接受电视专访，就亮出日记给大家瞅瞅，我们究竟付诸了多大的努力，才换得今日。没有人能随随便便成功。

但是，在多数情况下，我和张宛之间是有分歧的。比如，我倾向从人烟稀少的田间河流入手，但张宛不以为然。我以为应视天气状况确定是否拍照，但张宛多次在阴雨绵绵中把我从睡梦中唤醒。我以为张宛在生理期时不宜下水，但张宛对此毫不在意。我以为一旦响起脚步声车轮声，应立即中止拍摄，静观其变，但张宛依然我行我素——到底是谁需要保护裸露的身体？是她还是我？在这一点上，张宛显然是太疏忽大意了。每次拍摄完成，我都是急着冲向木船，将防水服递给她，甚至直接帮她穿上。有一次，我已将防水服套在她肩上，她看罢拍下的照片，皱了皱眉。

这张要重拍。

我凑过去一看，以为尚可。

张宛却径自掀开防水服，回到原位，又丈量着后退了两步。我坚持了几秒钟，也只好跟了上去，还顺带捋了几条尼龙袋和几个泡沫盒浮于胸前。

我们当时所处的河汊又浅又窄，就三米宽吧，两岸是旧房，房子底下有几条直通河浃的管道，如若凑巧，没准会有屎尿喷出来。

一旦两人脚板无法直抵河床，拍摄难度就会陡然增加。如上所述，张宛水性不佳，即使之后随身配置了一个塑料壶，加之有我臂力搀扶，仍无法阻止她前俯后仰、摇摇晃晃，也因此没少呛几口水，此情此景我看在眼里，疼在心里，又爱莫能助。此时我俩仅有一张脸露出水面，和大大小小的垃圾掺和在一起，乍一看还真分不清哪个是人头，哪个是垃圾。人头一动，就像是两只凫水的鸭子，公鸭是我，母鸭是张宛。

我们确实曾被人视为鸭子。当时天色昏暗，我和张宛脱下防水服，游至垃圾堆中，岸上忽有一阵爆裂的歌声传来，歌声里还透着浓重的酒气。我俩借着几个塑料瓶子掩护，蜷伏在水中，然而歌声在离头顶不远的桥上停了下来，接着是投石下河的声响。那是一群比我俩还年轻几岁的青年，很难理解他们将石子投向脏兮兮的河水有何乐趣可言，何况还可能砸中我俩无辜的脑袋。我在塑料瓶后不敢动弹，备感屈辱，这又让我的脑袋愈发往水中退缩，河水漫过鼻子，只待呼吸时才稍稍提一下头。桥上的青年先是砸中了木船，接着又砸中了照相机。这就出问题了，张宛突然从塑料瓶后扑出来，鱼跃加狗爬地游向木船，护住照相机。张宛如此冲动，我当场就闷了，至于之后是她斥责声在先，还是单身青年惊悚的尖叫声在先，无法确定。那群青年很快从营救落水者的慌乱中回过神来，可想而知他们看到一对赤条条的男女会作何联想。在如此脏兮兮的河水里行那般勾当，不是变态是什么呢？

我刚才看到那里动了几下，还以为是鸭子！

张宛倚着木船检查照相机，将一整个香背（其实是臭的）奉献给桥上的歌者。我只好从塑料瓶后游出来，将防水服裹在她身上，侧身大叫：

别误会，我们是搞艺术的。

值得庆幸的是，我们遇到的不算是二流子，大概是一群在机关上班不久的单身青年，无所事事，精力旺盛，荷尔蒙分泌严重失调，这一点我曾深有体会。他们在我们（主要是张宛）的斥责声中离开了，只是激荡的笑声久久不散。他们离开之后，张宛执意完成拍摄，我当时很想发作，选择屈从完全是为了减少她裸身的时间。

当日中午，我就在本地一个热门论坛看到了帖子。也不知那群青年何时拍下了我和张宛，多亏当年手机像素不高，当日天色昏暗，当时拍摄者手又在发抖，观者只能借助标题才能确定，照片中系一裸身长发女子和一男子——至于男子性别都有赖推断而非照片本身。在上传的三张照片中，由于站位不错，我从未将一整个头完全暴露，最多的一张，也仅露出三分之二而已，其余部分则被张宛的身体挡住。如若我今日不说，无人知晓照片中的两人即是我和张宛，在之后的几次饭局中，几位朋友还当着我的面引为谈资，我和众人说说笑笑，肆意挖苦，没有感到不适。

自此以后，我和张宛一度搁浅拍摄，这让我感到十分轻松。我觉得这一计划应该适可而止了。有那么一段时间，张宛也没提起拍摄的事情。她只是把我俩选定的照片冲洗出来，每组一张，共七张，大小为二十四寸巨幅，以卡纸和实木镜框装裱，显得既厚重又富有张力。说真的，我从未见过如此震撼的一组照片。我们的照片替代了卢广的照片，挂在客厅最醒目的位置。张宛兀立在照片前，两眼放光。

张　宛：如果有一天我们能办这样一个展，该多好。

我：你还想公然暴露身体啊？

张　宛：你说到哪里去了。

我：千万别在我们这儿办展，会出人命的。

张　宛：这小地方有什么好办的，给谁看？

我：色鬼看……色鬼看看也就罢了，我绝不能容忍我的兄弟们对你指指画画。

张　宛：明天我们再出去拍吧？

我：你还没拍够吗？

这是我第一次违背张宛的意愿。之后我们的对话也不太友好。我一口气说出了多个不再拍摄的理由，而张宛的反击则更有力度，一番舌战后我们都累了，躺到床上一夜无话，未料次日一早张宛就把我推醒了。那时她已经准备停当。

朱盾，起来吧，我在开发区发现了一条红河。

张宛目光寒冷，没有央求，却有几分决绝。我又一次选择屈从，不过在马桶上拖延了一会儿，揣测假如我一直赖在床（或马桶）上，张宛该如何收场。从卫生间出来，张宛已经不见了，连那艘本来由我搬进搬出的木船也不在了。我怀着一股奔赴刑场的凄凉感，缠好保鲜膜，穿上防水服，慢腾腾地走出房子。

张宛正在车上等我。

我朝她挥了挥手说，我稀肚了。

她掏着扶手箱说，我带了泻停封胶囊。

在工业园区林立的厂房下，红河如生锈的金属般死寂。我和张宛没入水中，闷闷不乐，一声不吭，这样的后果是，张宛始终没有得到满意的照片。起初，是她认为我的站位不对，侧身幅度偏大，后来又说我的情绪不够饱满，萎靡有余而冷峻不足。很难说清楚我当时是不是故意的。我似乎真带着那么点恶意：看你被人发现了怎么办？还不得扑进我的胸膛寻求我的庇护？

我们真的被人发现了。确切地说，是我们先发现了他，之后他发现了我们。来人是慢跑过来的，身材发福，步态敦实，头上下颠簸得厉害，显然是跑过了很长的一段路。张宛咕哝着说，是我爸，后边是他的厂房。我说，没想到会这样和你爸见面，你能潜水吗？张宛说，别管他。我说，那我潜水。当然，我也没潜水（以防中毒），我只是屏住呼吸，眼巴巴看着张宛的爸爸一步步靠近，看着他为取悦一个年轻的妻子付出的代价。在三人目光汇合之际，他猛地停住脚步，发出一声惨叫。他跳入河中，朝我和张宛扑了过来。尽管我一直盯着他，但他朝我挥拳时还是有点猝不及防。张宛的爸爸下手很重，一拳就打得我门牙松动，我跟跄了两步，差点栽进水里。接着，他又想踹我，抬脚之时失去平衡，双手拍了好几下水面，栽进了水里。在这一过程中，张宛始终无动于衷。我的感觉是，即使是女儿，成年之后也不宜对爸爸裸露身体啊。可是张宛既没有护住胸口，也没有对我施以援手，更没瞧一眼栽进水中的爸爸，想必我还手她也无所谓。这一点让我害怕。

张宛的爸爸重新立稳后，父女二人对峙了一会儿，大概争吵了几句，然后他就上岸了。他走得很快，像是落荒而逃。

张宛对我说，继续拍。

我穿上防水服说，我再也不会陪你疯下去了。

9

离张宛来我家还有将近五个小时，三百分钟，一万八千秒，相当于数一万八千下。回到家后我就坐到沙发上，一边转换电视台，一边默数数字，很快就乱了。当时周芹一反常态，既没有打扫房子，也没有陪朱小叨，而是靠在沙发椅上翻一本家政学的书。朱小叨在房间里玩仓鼠，一听到电视机声响就跑出来抢频道，父子两人当仁不让，争吵旋即上升为武斗。周芹对此视而不见，我疑心她正在布局和张宛未来的对话。既然缺少观众，父子两人又达成一致，关掉电视，一起玩游戏。我和朱小叨玩了好几个游戏，木头人、飞行棋、捉迷藏等，还充当怪兽多次被他击毙。后来，我又让他数数，从一数到一百，假如中间不出差错，他将得到一根冰淇淋。

如果数对一百次，就能得到一百根冰淇淋。

耶！

我从未对朱小叨保持如此绵长的耐心。不过，那时确实只需差不多数一万下，张宛就会来了。但朱小叨低估了难度，连续十几次都没能挑战成功，一到吃饭时间就开始耍赖，对此周芹还是冷眼旁观。这一做法显然有失理智，让张宛看到一个和谐幸福的家庭生活实况，才是周芹该有的初衷啊。午饭过后，我问周芹是否收拾一下客厅，准备一点水果，周芹依旧爱理不理。我不得不自行决定，叫了两份水果外卖，以尽待客之道。骑手送达的时候，周芹说，这回很讲究嘛，接着去卫生间梳妆打扮了。说真的，当时无论是周芹还是张宛，都让我感到无比煎熬。

张宛是直接按下我家门铃的，比约定时间早了十来分钟。她穿得很随意，一件纯白文化衫加一条天蓝牛仔裤，看不出是否化了妆，胸前挂着徕卡M10相机，手上拎着一个橙黄色大纸袋，一看便知是玩具。张宛朝我微微一笑，她或许已经看到坐在大沙发上的周芹，但目光依旧在寻找什么。朱小叨从房间里窜出来，手中多了一根金箍棒。

你孩子叫什么？

小叨，朱小叨，唠叨的叨。

小叨，认得阿姨吗？看阿姨送给你的小礼物。

一看到张宛，朱小叨又认生起来，怯怯地躲在我身后。一边是张宛倾着身子递袋子，一边是朱小叨推着我的屁股够袋子，这使我和张宛之间的距离一下子缩短了。我连忙替朱小叨接过袋子。这时，周芹终于以一个女主人应有的端庄仪态起身了。

张老师来了啊，还让张老师破费，这怎么好意思？快请坐。朱盾，去泡茶。

张宛可能对老师的称谓不太适应，朝周芹看了看，又把目光落在朱小叨身上。我能参观参观你们家吗？她问得很小心，不知道是在问谁，也没征得谁的同意，就径自移步打量了。我的家不算宽敞，装修也很简陋，墙壁上没有一幅艺术品，连我当年拍的照片也没有。因为一次电脑维修，我丢失了所有照片。张宛走到餐厅，我们又相视一笑。

我把新沏的茶递给张宛，和她一起走出餐厅。为免周芹不悦，在接近客厅时我加快了两步。

张老师，不瞒你说，我跟朱盾结婚这么多年，你还是第一个来我们家的女同学。

张宛尴尬地笑了一下，双手捧着茶杯，坐在小沙发上。我绕过茶几，坐在大沙发的另一端。看来，周芹对座位也是有讲究的。

张老师是不是很少回来，都未见过？

唔……张宛犹豫了一下。

太忙啦？周芹追问道。

怎么说呢，确实很少回来。这次家里出了些状况，就回来一趟。

跟你爸有关？我问。

怎么说呢，也不全是，我想把这里的房子卖了。

卖了？

嗯。

干吗卖了？

确实有需要钱的地方。

现在摄影师不是很挣钱的嘛。周芹抢在我之前把话接了过去。

我的不挣钱。张宛正色说，把脸朝向我，那座房子有很多年没去了。

我若有所思地点了点头。

恐怕我都找不着那座房子了。

此后张宛对我们提起她今天早上走过了许多地方。这几年本城变化很大，新城尤大。当年张宛在新城遇见最多的是鸭子，现在不会再遇见一只。事实上，我现在就住在当年鸭棚的上空。也许不久之前，张宛就在当年鸭棚的附近徘徊。如若如此，她的目光一定曾停在我家的大楼，甚至掠过我家的窗台，而我在陪朱小叨玩耍之时，也曾多次将目光投向窗台。也就是说，假如目光是一道实线，二者早就在窗台的半空打结多次。直到走进老城才唤起她的些许记忆：道路两边的法国梧桐，一面专门张贴讣告的宣传栏，一条石板老街，一间开在过道的牛肉面馆，以及一家叫"一撮毛"的小酒馆，都是当年两人常去的地方。她没有找到碧水湾，碧水湾已经变成幼儿培训机构。她就是在幼儿培训机构的边上，看到一家儿童玩具店，买了一套乐高积木。

小叨多大了？张宛问。

七岁。我说。

六周岁三个月。周芹补充说，再过个把月就读小学了。

真可爱。长得很像朱盾。

是吗？都说像我多一点啊。

张宛目光飘移，像是在找朱小叨。朱小叨已经回房搭乐高去了。这是让人难以理解的地方，张宛总不至于是来找朱小叨的。相比之下，周芹比我谈兴更浓，她问了张宛一些问题，诸如有没有恋爱、想不想结婚、要不要孩子之类，见张宛支支吾吾，索性阐发了一通自己的看法，其语重心长颇有大姐风范，且隐隐透出乐于做媒的诚意。其间，我和张宛有过几次极为短暂的眼神交流,我主要传达的是无奈,张宛想传达什么,我不是很清楚,看起来好像并不介意周芹说三道四。周芹把一套结婚生子的逻辑掏完后,又回到摄影身上,她确实是有备而来,和张宛之间形成一种矛攻盾守的阵势,而我则沦为看客。张宛对她说,她拍照只是旅行之便,所以不挣钱,这显然是言不由衷的。当年我以为张宛拍照是追求理想,她要成为一名摄影家,现在看来,更可能只是一种情感的需要,她会在拍鸭子的时候成为鸭子,她会在拍河流的时候成为河流,她会不知不觉地成为她拍下的景象和人物,她在感知它们的爱与痛的同时又将它们转变成自己的爱与痛,这样一来,反倒对现实生活麻木了。周芹听到旅行就来了劲,她对张宛口中的西部深感好奇,又很快迁怒于我。

我们现在去的最远的地方还是上海,连北京都没去过。她说。

苏州比上海远,我们去过苏州。我说。

表面上周芹是嗔怪于我,实则只是做给张宛看,和电视上的肥皂剧情节差不多。她在我大腿上揪了一下,还要我发愿带她去西部。我敷衍了几句。之后,房间里沉默了下来,我和张宛沉默也就罢了,周芹为什么不吭声呢?想必在某一时刻的置身事外也是有意为之。大约持续三五分钟后,周芹抬起头,不经意地说,你找朱盾什么事现在就可以说啊。

哦,我没事,就是来看看老朋友。

张宛站起来,走进朱小叨的房间。她大概和朱小叨聊了几句,我只听到咯咯的笑声。出来的时候,张宛说她该走了。她几乎是直接往门口走的,虽然步伐不快,但足以让我和周芹感到突然。周芹是坐着挽留的,我则立刻起身。我把张宛送到门口,又送到电梯口。在电梯口,我听到周芹说,小叨,快出来,和爸爸一起送下张阿姨。还好电梯门打开了,我连忙跟随张宛跨了进去。我想和张宛单独聊一会儿。

我:什么时候走?

张　宛:房子卖了就走吧。

我:房子里的东西都清理了?

张　宛:我还没进去过。

我：以前的照片……都还在吗？

张　宛：在。

我：在你卖出去之前，我可以再进去看看吗？

张　宛：可以啊。

我：一言为定。

此时电梯到了。张宛好像还想说些什么，但咽下去了。我没有再送出去，周芹还在楼上等着我。

10

次日晨跑，我又进入了张宛的叠墅小区。

因为无法判定张宛房子的确切位置，我只能等待张宛出来带路。这就涉及一个问题，假如再次遭遇遛狗的女人，我必须在她发现我之前避开她，这让我在小区的举动又显得鬼鬼祟祟。张宛迟迟没有出现——后来我才知道，她和我一样，也是从外面进来的。由于我置身隐蔽，致使两人的碰面费了一番周折。在一片小树林里，张宛带着徕卡相机朝我走来，我也带着徕卡相机朝她走去。如上所述，我胸前的相机之前一直封存在我老家的仓库里。昨日张宛离开之后，我们一家人回了一趟老家，给我的爸爸妈妈送去了几袋从杭州带回的西湖藕粉，顺便蹭了一顿晚饭。我正是在那时乘隙溜进仓库，找到了这台久违的相机。虽然在见到张宛时仍没来得及充电，毕竟形式上已经如愿了。

我和张宛相视而笑。我们开始在小区里散步，彼此保持着必要的矜持，目光状态大致如下：时而正视前方，时而低头看地，时而侧视——我走在左边，左侧，张宛走在右边，右侧，左右皆有花木依傍。拐了一个弯，我感到张宛的房子就在前面了。这种感觉如此奇妙，只有张宛在我身边时才会发生。房子的外墙看不出什么变化，窗户和窗帘紧闭，仿佛包裹着一个幽远的世界。此时传来的狗叫声让我全身哆嗦了一下，我躲在张宛身前四下张望，没有发现狗的踪迹。

你什么时候开始怕狗了？

呃……是它叫得太突然。我说，你没睡在家里吗？

这里太久没打扫了。

我哦了一声，揣测太久是多久。

有十年了吧。我从未回过这座房子。这里的一切都保持着十年前的模样。

是吗？我说。

我有些震惊，但不知道该说些什么。我们一起走到门口。十年前的那天早上我穿着防水服从这里出来，没想到十年后才会再进去。对于一座房子而言，是不是可以视为时间停滞了十年？如若如此，房子的时间将在大门打开时重新启动，那么，它对我和张宛的接纳应该和十年前无异。

我想起来，你有很多东西留在这里，可以带回去。

我的身材日渐发福，衣裤之类肯定没用，牙具毛巾可以忽略，只剩下日记。很难想象在我和周芹的家里，会突然多出一大叠日记。

我说，那些东西你随便处理，无所谓的。

此时大门打开了。

你先站在门口，别进来。张宛端起相机说。

我缩回脚，看着张宛走进大门，接着转身，俯首，拍下自己留在地板上的脚印。空气中弥漫着灰尘的气味，张宛的脚印异常清晰，像是一个雕塑模子。玄关上的一盘绿植干枯得不辨其形，陆元敏的旧上海照片蒙着一层厚厚的灰。

张宛对着玄关咔嚓了一声。她背朝着我，离我最近的是她撅起的屁股。

我终于得到允许，走进房子。我跟在张宛身后，犹豫着是否也举起相机，又担心张宛识破相机没电的真相，毕竟它不能发出咔嚓的声响。张宛好像忘记了我的存在，她的目光和相机一起，一直聚焦在尘封多年的事物上。干枯的绿植，原木大书柜，摄影集，靠着书柜的卢广照片，照片下的一堆老鼠屎，以及四人位大沙发。大沙发的扶手上，悬着一条蓝色牛仔裤，看大小是我留下的。

啊，这是我的裤子。我说。

张宛把我和牛仔裤一并收入镜头。这样看来，还是没有存在感为好。

她回避了书柜对面的那一堵墙。那是被河流照片占据的一堵墙，其中四张对齐悬挂，还有三张斜靠在墙角。我看着它们，看看那两个比现在年轻十岁的身体，看着凝固的河流和流逝的时光。显然，我之前并未意识到，我和张宛都苍老了不少。

张宛指引我上二楼。

好好想想，别把东西落下了。

楼道拐弯处的天花板沾满霉斑，邻近的墙纸也发霉了，有一张下垂的墙纸露出更深更黑的霉斑。在二楼过道，我看见了木船模型，生锈的船锚搁在船身里。张宛俯身，拍下了一张船锚特写。

接着，我们走进当年同居的房间。

我一眼就看到那张一起睡过的床，那条一起盖过的被子，被子上堆着几片坠落的漆料。我看着被子起伏的褶皱，右边平整，是张宛躺过的地方，左边隆起如狗窝，是我躺过的。我仿佛看到那天早上，我从狗窝里钻出进入卫生间的情形，我在马桶上坐了很长时间，直至双脚发麻。我伸手捋了捋被子，黏黏的。可想而知，曾经有成千上万的螨虫在此建立巨大的王朝，最后集体死于饥饿。

床头柜上斜放着一本笔记本，想必是诸多日记中的一本。另外的，一定放在床头柜的抽屉里。我没有去看日记。我回过头，打量对面的照片墙，那些密密麻麻的黑白照片，穿插在黑白照片中的彩色照片，以及，我们拍下的鸭子，被认为是鸭子的我们。

张宛依然只是举着相机。她的大半张脸被相机遮住，使我无法看清她的表情。我是在她放下相机的时候说话的。我想我们总得说点什么吧。

现在我明白了，罗兰·巴特为什么说，通过摄影，我们进入了平淡的死亡。

所有的照片都是死亡的象征。

摄影理论的话题非我所长，我立即改口说，接下去有什么打算？

张宛说，不知道。

还会一直拍下去吧？

会吧，习惯了。

很抱歉，昨天让你来我家里。

为什么这么说呢？我本来就想看看你现在的生活。

我怔了一怔，拾起床头柜上的日记，掸了掸沾在上面的灰尘，又从抽屉里取出剩余的日记。它们唯一的去处也就是老家的仓库了。显然，周芹不能看到这些日记。

张　宛：再想想，还有没东西落了。

我：肯定没了。

张　宛：那你先回去吧，我还要拍些照片。

我：我陪着你吧？

张　宛：不，不用。我一个人会更好。

我：要不我出去等你？一起去哪里坐坐，一撮毛？

张　宛：我可能还要很久。

我：没事，我在下面等。

张　宛：以后再说吧。

我停在原地，如果此时离开，我不觉得我和张宛还有以后。有一个问题，曾经在我心里萦绕很久，在张宛来我家的时候，又冒了上来。我想把握最后的机会。

你是不是很喜欢朱小叨？

你孩子很可爱啊。

我想问你一个问题。那时候，我们是不是有过孩子？

张宛愣了一下，随即转开身，一言不发地举起了她的相机。

她对着房间一阵猛拍。

我也许是冲昏了头脑。我知道我不能待下去了，在张宛咔嚓咔嚓的快门声里，我离开了她的房子。

走出小区的时候，我看见一辆熟悉的红色小车停在门口，接着周芹从小车里走了出来。

一小时十七分钟,朱盾,我在这里等了你一小时十七分钟。

我抱着一叠日记,镇定地朝周芹走去。

先上车吧。我说。

（原刊于《收获》2020 年第 6 期）

黑雀儿

宁 肯

烈日，弓着身子，屁股撅起，一上一下。黑雀儿的爹是蹬三轮的，货重，坐着蹬不动，得常抬起屁股，脖子前倾，喘，耳边青筋凸起，肌肉与骨骼的运动非常清晰，腿肚子一鼓一鼓像有块砖在里面。要是赶上大上坡，就算屁股抬起也不行，得下来拉、拽，就像拽马。三轮车左边车沿有一个生铁把手，缠着布，一是为夏天吸汗，二是冬天不粘手。通常就是拽着这个地方，相当于拽着缰绳，扶着车把，把车拽上坡。上坡之后，油亮的、古铜色的身子如同水洗的一样，就也像水洗的马。我不想说牲口，像马也很棒。然后车夫从车把下的车筐拿起大罐头瓶的杯子，上面缠着发乌的绿玻璃丝，咕咚饮茶。车筐里除了大玻璃丝杯，必还有一把暖壶，竹的或塑料的，不管哪种，连晒带高温，茶水都浓得发黑。虽是三伏天，挥汗如雨，也喝热的、温的，不喝凉的，喝热的出汗舒畅。

三轮车的车把一般上下两层，上小下大，类似牛头，称牛头把。牛头把有一个功能，蹬累了可以趴在上层边蹬边休息，不是休息的休息。有时眼一动不动，直勾勾的，腿却在机械运动，好像不是自己的腿。当然，上午不会这样，一般是在下班回家的路上。这时黑雀儿爹不爱说话，迎面同行过来，努一下嘴儿就过去了，眼都不看一下。夏天还好，大家都光着板儿脊梁，晒得跟铁一样，没什么区别，往往一条黑布裤子，裤腿儿一高一低，全是白花花的汗渍，脱下后很快硬邦邦的。冬天就大不一样了，各式各样，大雪纷飞或北风呼号中，棉袄、大氅、棉猴、棉大衣、军大衣，五花八门，往往补着各式补丁，若说小孩的裤子是万国旗，他们的补丁才真正来自万国。有的补多了跟梯田似的，同时说明着家里有手巧的女人。也有补了又破了的，就那么穿着，棉花一会儿飞出一朵，和雪花分不出来，以致老天即使没下雪他也像下雪。黑雀儿爹就是这样，甚至帽子破了也不补，棉絮乱飞。爱飞不飞，黑雀儿爹习惯了。家里自然还是有女人的，毕竟还是有些不错的补丁的，只是有时补有时又不补。外人不知道原因，我们院那片人都知道，这家有个叫疯娘的疯女人，所以不但不觉得奇怪，反而觉得有时还能补补就算不错了。黑雀儿爹那呆滞的样子一看也是认头的。

不仅衣服破烂，回来时车也会拉着一些破烂儿。破烂儿不遮不掩，说不上招摇过市，但也够固执的。一行有一行不成文的规矩，你到底是蹬三轮的还是捡破烂儿的？黑雀儿爹将两者混淆起来，不管同行怎么看。家门口长年堆着各种风干的破烂儿，从这看他就是捡破烂儿的。疯娘坐在破烂儿上面也像破烂儿一样，唱："这么好的天儿，下雪花儿，这么好的媳妇，没脚巴丫儿。"唱完骂，笑，自说自话。红口白牙，披头散发，骂的净是我们老家话。一旦骂起来往往就越骂越冲动，越骂越失控，以致最后顿足捶胸、浑身颤抖、跳起脚来，好像身体里有个加速装置，踩到那儿了。而且骂的往往不是眼前的人，"×你娘，×你娘，×豁了，×烂了！×你娘！×你娘！×豁了！×烂了！"骂到口吐白沫、两眼上翻，几近窒息。风暴过后，又雨过天晴，自说自话："哟，是大进儿呀，屋里坐屋里坐，俺不咧俺不了，俺是来找顺晴的，顺晴呀，顺晴她不在，嗯，她不在，她和小栾儿出去了……这么好的天儿，下雪花儿，这么好的媳妇,没脚巴丫儿……天上的锁龙,王母娘娘栽,地下的黄河,老龙王开,杨六郎把守三关口,韩湘子出家未曾归。×你娘!×你娘,×豁了,×烂了,×豁了,×烂了!"与破烂儿相称。

黑雀儿有个弟弟(我),身高不足一米,大脑袋,小身子,四肢像藕,除厚嘴唇有点像黑雀儿爹,不像这家任何人。或者干脆不像人,但也不像猩猩,约在两者之间吧。疯娘骂院里任何人或外来陌生人,从不骂自家人,从没骂过黑雀儿、黑雀儿爹、黑雀儿的四个姐姐。但是她骂我,好像我是陌生人,永远的陌生人,哪怕我像黑雀儿一样喊她娘。

"娘,娘,娘!"

她有时认,更多时不认。

黑雀儿爹壮,沉默,木,浑厚的胸大肌、有力的臂膀似乎是他对一切无动于衷的资本。就是说,他还有别的资本吗?本来就黑,再日晒雨淋,比别的同行更有一种沉重的黑。不是古铜色,与一般的枣红马还不同,马有光泽,确切说他更像骡子,骡子没有光泽。再有就是嘴唇厚得惊人,后来因为非洲人送来了芒果,到处是非洲战友的招贴,原来很确切的"骡子"外号消失,改为了"刚果",大约也是赶时髦。人们总是抓住一点不及其余,事实上除了嘴唇,黑雀儿爹与非洲人毫无相似之处。而最不像的是他的眼睛,一条缝,刀裁一样,绝对蒙古人种。另外,他特别,不像别人喝热茶,他喝凉水,车筐放着搪瓷缸,到哪儿随便接点凉水饮尽。黑雀儿爹完全不关心外号有多少以及有何变化,骡子,刚果,牲口,甚至"椰林怒火",凡此种种,爱叫什么叫什么,谁爱叫谁叫。他在一家区级医院做勤杂,蹬一辆三轮拉各种东西,氧气、药品、器械,也做食堂的采购兼清洁厕所、打扫院子卫生。如救护车忙不过来,偶尔要拉病人或死者、家属,满满一车。就是说他不是街上三轮社的职业板爷,甚至他也不承认自己是板爷,破坏规矩大概与厚嘴唇有关。他不是拉砖的,拉钢筋的,拉沙包、拉冰块、拉蒸馏水的,除了拉氧气跟职业板爷没法比,不过只拉氧气一项他又技压所有板爷。氧气瓶呈蓝色,沉,危险,装车或卸车时一不小心就会失去平衡而翻车——就像马惊一样,每次黑雀儿爹会以厚嘴唇的大陆般的力量拦住惊马，压下扬起的三轮车。每次拉两枚，因为沉，无法坐着蹬，只能像开头叙述的撅着屁股蹬。遇上坡，棍子嘴唇绷开，那绝对的蒙古人种刀裁的一道缝儿的眼睛都会瞪得牛眼般大，拉，拽，低着头，像两个大陆使劲。到目的地，卸重仍是单枪匹马，一个人将一人多高的危险品竖起来，抱着，慢慢滚，进了楼道或上电梯或不上，就在一层，送到病床前。嘴唇不出汗，但厚嘴唇的爹会出汗，当然是上面流下来的。

但黑雀儿的厚嘴唇的爹工资不会因拉氧气瓶多一分，这也和职业板爷计件工资不同，虽然他是临时工——工资本可不固定——却像正式工一样工资是固定的。所谓正式工即国家的人，理论上还是国家的主人，主人怎么能计件工资？当然是固定的。黑雀儿爹不是正式工自然也不是主人，可他又干着主人的活，没人能说清楚他。但有一点是清楚的，他可以随时被辞退，而主人是铁饭碗，没有辞退一说，因为理论上行不通。但临时工不同，上午通知了下午就得离开，这点甚至不如走资派、历史反革命、反动学术权威，诸如此类。

当然，我们的爹是不会被辞退的，一个人干好几个人的活，见谁厚嘴唇都笑，哪怕眼睛并没笑。他的笑非常迷人，看上去是个粗人，实际礼貌有加，在我们老家早年他还读过点私塾呢，捡到破报纸会低头看看。谁会辞退他？相反，很多人一直都呼吁给黑雀儿爹转正，就连医院领导也多次向上面呼吁，因为区级医院领导没这个权力。事实上，上面也没这个权力，医院是事业单位，理论上都是干部，干部没转正一说。有些单位出现了以工代干，但很少。问题一个勤杂以工代干？事情一直就这么悬下来。说起来我们爹也真是坎坷，五十年代初凭着一点和院里的远亲张占楼的关系，拖家带口从老家到了北京，却一直没当上正式工人，本来在良乡的轮胎厂已很有希望，但六十年代，工厂大量下马，大量人回乡，本来要去三轮联社——一定时间可以转工，但我们厚嘴唇的爹却去了这家区级医院。

区级医院坐落在骡马市、虎坊桥两处，骡马市的只是一个门脸儿，类似药店，后面有个小院，有诊室病房。虎坊桥的是主院区，各种门诊、病房、食堂、库房、太平间一应俱全。黑雀儿爹两头跑，往往先到骡马市忙活一通，然后到虎坊桥，下了班再到骡马市照料一下。正常回家应该是从骡马市边上的魏染胡同到西草厂街，走南柳巷或东椿树胡同到前青厂胡同，黑雀儿爹不是这样，他从骡马市这儿下班要再回一下虎坊桥。两地垃圾——我们叫破烂儿——全权归黑雀儿爹清运到外面大垃圾站或者说土站倒掉。黑雀儿爹会从中挑出一些，但不希望人知道，他总是每天先把虎坊桥的破烂儿拉到土站，在那儿分拣出准备拉回家的，找个街角存放起来（一个小铁圈），在骡马市也是这样，下班到了骡马市拉上破烂儿就到虎坊桥，拉上虎坊桥的破烂儿又回骡马市，再从魏染胡同穿西草厂街回家。每天下班见谁都点头哈腰又躲躲闪闪，以致他的目光看上去和他的厚嘴唇完全不同，阴晴不定。没人知道是怎么回事，多年来竟也没人察觉他的古怪行为。哪怕是这些天拉氧气瓶，最后也走这个麻烦又多此一举的回家程序。他趴在牛头把上，同样眼直勾勾的，别人是空车，他还拉着破烂儿。

如果不是晚上的行为，如果仅仅是黄昏，黑雀儿爹的确不算严格意义上捡破烂儿的。事实上他拉回的东西让人羡慕，那些医疗破烂具有专业性，而且有条件能占到公家便宜还算一种特权，得管点事的才能做到，单凭这点他不仅不能与板爷相提并论，甚至地位高于我们院多数人。但黑雀儿爹似乎完全没想到这些，每天一吃完晚饭便蹬着三轮车，拉着黑雀儿、疯娘、黑梦，浩浩荡荡前往胡同各个土站捡破烂，比起在医院简直是放纵。

胡同的土站倒脏土有时间限制，只能在晚上八点钟到十点间，十点钟脏土车拉走脏土后不许再倒，因此白天胡同是见不到脏土的。土站通常在较大胡同口路灯下，清脏土的卡车可以掉头，脏土会摊到整个马路上，昏黄灯光下一派金黄，之所以不叫"垃圾站"叫"土站"不是没原因的。各家各户没什么垃圾，倒的都是烧水、做饭、取暖烧过的煤球。煤球里面有黄土，煤球一般都烧不透，里面会有一个核儿，剥掉外面的灰来可以再烧。所谓捡破烂儿，其实没多少破烂儿可捡，主要是捡煤核儿，因此捡破烂儿的通常也叫捡煤核儿的。捡了煤核儿就省了买煤，烧不了的还可以送给街坊四邻，不用说，当然不会是白送。

当然也还有别的捡破烂儿的，临时捡捡煤核儿的常有，但像黑雀儿爹这么专业、招摇，拉着疯娘、黑梦、黑雀儿，走街串巷，莅临于路灯底下各个土站，在我们那片独一无二，类似马戏团，后面总是跟着人。只是有人"观赏"，没任何掌声，更不消说"狂欢"。但也有另一种东西——孩子从来没有成人的麻木——就是兴奋，简单，条件反射，尖叫着将手里东西投出去。

"冲啊。""杀呀。""包子给给……"煤灰、烂菜叶、黄瓜头、烂西红柿飞过疯娘、黑梦的头顶或落在身上。我的名气甚至超过疯娘，疯娘毕竟还属于人的范畴，我属于外星。马戏团已消失多年，孩子们不知道马戏团，但成人是见过的，那时候马戏团在公园或某个空地搭起帐篷，小丑、动物、杂技、魔术轮番上场，长凳上的人们如醉如痴，那是过去。现在这些记忆只在成人的无动于衷的脸上偶尔呈现，比如看见这辆三轮时。

"马戏团"自身早已习惯投掷与呼喊，毫无感觉，天经地义，似乎是人们生活的一部分也是自己的一部分。不管出去面临什么，只要一出院门疯娘就开唱，好像演出开始。"这么好的天下雪花，什么人把守三关口？什么人出家未曾归么？"越有东西飞就唱得越与东西无关，偶尔落到身上也只是稍停一下又笑唱。更多投掷冲着黑梦而非疯娘，这也是疯娘怡然自得的原因，至少看上去如此。疯娘固然已足够取乐，投掷仍手下留情，对黑梦就不一样了，又准又狠又坚决。很难说投向什么，正如"黑梦"这名字一样。"黑梦"是我们院最有文化的人张占楼给我起的，在我众多千奇百怪的名字中最有文化，但不是一般的文化。

三轮车移动中，投掷有时会落在黑雀儿身上、黑雀儿爹身上，不过到了土站就非常准确了，黑梦固定、袖珍的小身子首当其冲，大脑袋更是如此，以至于常常落到眼睛上。我是大眼睛，有人说像灯一样，既不像疯娘也不像黑雀儿爹，谁都不像，只像黑梦自己。不知道为什么，眼睛总成为攻击对象。但有一点显而易见，在没有欢乐的大街小巷，黑梦一人甚至已足够撑起一个"马戏团"。特别当路灯光线从上面照射下来，跟踪的孩子们隐伏在四周，金灿灿的土站像露天的舞台，疯娘披头散发守着一个怪物，一种戏剧冲突，黑梦那种对"人"的天然的嘲讽无疑是主角。

"妖怪！妖怪！妖怪！"

"疯子！疯子！疯子！"

"你吃人吗？我不怕你，你过来，过来！"

声音在墙角或胡同口边上，通常只露出半个脑袋，如此幼稚的声音当然是七八岁至多十一二岁的孩子，较大孩子离得也远一些。当然，也有十五六岁的大孩子躲在墙后，根本不必要，或许是自我神秘，吓唬小孩子。应该说这些都是老实孩子，好孩子，多数即使投掷也非常不准。当然，事情不会这么简单，一些孩子一点没有隐藏意识，完全站出来，没有任何恐惧，有时只是为了投掷才站得稍远一些，因为太近了没意思。一切都是正常的，站得多近都是正常的，多远也一样，都还在"马戏团"范围。

有人从不投掷，或说不屑投掷，没有任何潜在的舞台意识，没有起码的界限，一出现便直接来到土站中央，面对黑梦，挡住人们的视线。这样的孩子不多，一两个，叼着烟，身体三道弯儿，永远站不直，冰冻三尺非一日之寒，头发也比别人长一点，像身体一样有点型儿。炉灰还很热，剥去外面的灰，里面的煤核儿更热，简直烫手。炉灰都是一盆一盆，倒地上也是一堆一堆，刚倒下还冒白烟，热气烘烘。黑梦、黑雀儿或蹲或坐在地上，每拿起一个煤球不得不快速颠来颠去着剥，再快速装进袋子。三道弯儿叼着烟的，一上来便吸引了所有明处暗处的目光，不知道这还是不是马戏。三道弯儿是这几个土站的一霸，绰号"蝈蝈"，初中二年级，年龄不大，一身赘肉，肚子尤大，但五官还带着稚气，嘴上不是胡子却有一层茸毛，类似小雀黄口转黑而尚未转成，哪儿都嘟嘟的，浑身都有一种一致的东西。有时只用嘴叼着烟，两手空空，晃晃悠悠到了黑梦跟前，扬起黑梦的下巴。黑梦从不反抗，让怎么样就怎么样，随便，人们也早已习惯。蝈蝈托起我的脸转动，再托起，大角度对着路灯，我龇牙，吐舌头，好让人看得更清。

"拍胸脯。"

"啃白菜疙瘩。"

"吃黄瓜头。"

黑梦一一照做，虽是重复，看的人还是津津有味。蝈蝈又拿一截劈柴让黑梦啃，黑梦啃了一下，躲避，被揭开嘴，露出牙花。黑雀儿沉默。厚嘴唇的爹沉默。一如既往沉默，什么事也没发生。倒是疯娘见啃劈柴，笑，唱："韩湘子出家未曾归，杨六郎……"好像认识另一个黑梦。

"砰！"有人用链子枪射击。

"谁打的？找死呢？"

蝈蝈侧过身，朝着打枪的方向吼，但手仍没离开黑梦下巴。黑梦被托得几乎离开地面，胳膊不由自主像虫子一样活动。龇牙吐舌头是黑梦主动，好像功课一样。蝈蝈既不像大人，也不像孩子，叼着烟威胁人比如威胁打链子枪的人简直像恶魔，黑梦倒像了几分人。下面一派寂静，没第二声枪。除了链子枪，向我们射击的还有弹弓、细长的玻璃管。附近有个玻璃管厂，时有玻璃管流出，拇指粗一米长的玻璃管，一头填装上胶泥团成的圆球，使劲用嘴一吹，能射出七八米远，适合命中头部——泥球是软的，无危险，但是射脑袋上好看。在所有发射装置中，链子枪最接近真枪，也最让人着迷。链子枪有撞针、火药、扳机，可发出清脆的声音和火药味道。

刚才应该是走火，火柴棍不知射哪去了。黑雀儿稍停，继续干活，而厚嘴唇的爹完全没听见一样，搓着烧透的热煤球，颠来颠去，上上下下，像演示一种极为专注的魔术。倒是受惊的疯娘突然跳起脚儿来冲空气大骂，不知碰了她哪根筋。蝈蝈并不理会疯娘，对疯娘没任何兴趣，继续缠着黑梦，向黑梦要烟盒，有就都拿出来。烟盒是土站最常见的东西，许多孩子也捡，当然，不如黑梦一家捡得多、好。黑梦拿出袋子里所有烟盒，包括黑雀儿捡的，黑雀儿爹捡的，甚至疯娘捡的。

"观众"的投掷或射击除了主要针对我和疯娘，有时也针对黑雀儿和像玩魔术一样的厚嘴唇的爹。黑雀儿有时也奋起反击，跳起来扔煤核儿、白菜疙瘩，连带黑梦也会扔东西，但这是厚嘴唇的爹绝对禁止的。他的厚嘴唇有多么浑厚手臂就有多么严酷，不可思议，往往一个大耳贴子扇得黑雀儿转好几个圈，踹黑梦，黑梦抱着肚子打滚儿。即使在外面，刚果打起儿子来也有一股疯劲，失控，甚至将黑雀儿和黑梦两手抓在一起打。完全不必要，像另一种疯，不可理喻的疯，有时反倒惊醒疯娘。疯娘往往风一样扑向浑厚的刚果，抓，咬，总让刚果一时手足无措，以至于"观众"哄堂大笑，狂欢似的乱扔东西，口哨四起。没有一句政治口号，最纯粹的娱乐，既有别于文化人类学，也有别于非文化人类学。每想起总泪水横流，如同雪虽然融化了却依然是雪水，不是河水，没有温度。对我而言，流出的不可能是温泉或热泪。

在院儿里也一样，只要孩子之间发生冲突，打起来（哪有不打架的，不打还叫孩子吗？），刚果不论三七二十一先揪住我们打一顿。不能喊屈，一喊他更"兴奋"，甚至"癫痫"起来，那样我们就算是彻底倒霉了，所以只能无声地降低他的兴奋。他不光打儿子也打闺女，对黑雀儿的四个姐姐也一样，从小就打。打孩子好像是一种绝对的乐趣，一种极快乐的条件反射，与"棒打出孝子"无关，与人类学无关，也与动物无关。黑雀儿大姐早已嫁人，自嫁出去再没回来过。另三个姐姐都插队去了，两个去了东北，一个去了云南，去东北的是"双伴儿"，即双胞胎，也基本不回来，只有单飞云南的姐姐每年雁子似的回来一次，黑雀儿算还有一个姐姐。

黑雀儿瘦，脖子就两根大筋，不吸气都很嶙峋，一吸气整个人跟透明的似的，浑身排骨。有时就是这样故意吓人，女孩子尖叫逃走，他甚至跟在后面，女孩一回头，再来一次，后来没人再回头。有一阵他总屙大虫子，还吐过大虫子，吐到半截吐不出来，挂在嘴上，就这么追着人跑，引起一片惊叫。扯出虫子还是到处跑，吓唬人，或者不如说恶心人。谁都有过虫子，并不新鲜，但从嘴里吐出来还是极少见的。当然，这是他小时候的事，上中学了虫子好像就没了，但还是那么瘦，豆芽菜，幸亏脑袋不大，有点尖，尖嘴猴腮，换了我的脑袋大概经不住。除了眼条线，刀裁一样，与刚果如出一辙，哪儿都不像刚果。

黑雀儿比我大两岁，在我十三岁他十五岁那年，也就是他不再吐虫子后过了两年，他突然开始咬人。我不知道是不是和吐虫子有关，怎么想也想不出有什么关系。小孩子急了咬人是常有的事，弄急了又没辙，在你手上咬一口。但黑雀儿已经不是小孩。有人说和疯娘有关，也许吧。黑雀儿咬起人来很疯，浑身颤抖，并且最大特点是一咬上就不撒嘴，怎么打都不撒。在这个意义上我不认为是受了疯娘的影响，因为黑雀儿看上去有股疯劲，其实很冷静：怎么都不撒嘴就是一种冷静的表现，深思熟虑的表现。

事情发生在那天晚上。谁也没想到。"马戏团"一如既往，虽百看不厌也还是太无新意，没一点新鲜：蝈蝈转动我的脑袋，尖叫。开始哨声都没什么激情，后来蝈蝈拿手电筒照我的牙时才有了些。那是一只用自动铅笔管做成的小小手电，头上是一只小灯泡，外挂一节三号电池，照的时候就像医生检查眼睛或喉咙。但这也已经不新鲜。

"照什么照？"蝈蝈朝黑雀儿吐了口烟。

黑雀儿低下头去，每次都这样，这次也是，继续搓煤球儿。但是又抬起头来。"看"也叫"照"，两者确有些不同。

旁边的观众看不出来，蝈蝈显然敏感，放下吐舌头的黑梦，蝈蝈戳了一下黑雀儿的脑门儿："你丫站起来。"

蝈蝈用脚尖挑黑雀儿的下巴。刚果雄伟的身体跑过来，但是一看就是非掠食动物，憨笑，点头哈腰，但转脸又像掠食动物——顺手看都没看黑雀儿就给了黑雀儿一耳贴子，非常准，黑雀儿应声倒地。这种身手要是给蝈蝈一下一样趴下，但跨着类别，根本不可能，一如大象与鬣狗。以往黑雀儿无声，蝈蝈骂几句瓢着嘴也就离开了。谁都没想到就在蝈蝈转身之际，黑雀儿弹起，在空中鱼跃，看准位置，一口咬住了蝈蝈肥滚滚的胳膊。

不是冲动，完全不是，咬上后黑雀儿身体都弓起来，尖尖的头部摇、颤，边咬边吸一样，手指头也都嵌进肉里，蝈蝈发出的那种惨叫与黑雀儿那种深思熟虑的狠劲正好成正比。想甩掉黑雀儿根本不可能，一块肉咬掉了接着又咬上一口,直到咬住骨头。蝈蝈踢、拽,怎么都弄不开,好不容易弄开又被立刻咬上。蝈蝈哭嚎,看着傻了的刚果,求助刚果。刚果拽黑雀儿,拽不开。终于拽开了,带着一块肉下来。黑雀儿再扑,被刚果一把抱住。黑雀儿疯了,顺势咬了厚嘴唇的刚果爹一大口。刚果松了手,黑雀儿扑向蝈蝈。

"我咬死你!"

"我咬死你!"

"我咬死你!"

"我咬死你!"

蝈蝈跑,黑雀儿追,喊声响彻后青厂,一前一后,穿过顺德馆,又折回穿到前青厂、永光寺西街,后面刮风似的随着"观众"。蝈蝈原本尿货,外强中干,又肥,跑不快,几次被尖嘴猴腮的黑雀儿追上,无论屁股肩头就咬上一口。黑雀儿几次被打倒,被使劲踢、踩、踹,鼻子、眼睛、嘴都给踩烂了。蝈蝈跑,黑雀儿爬起来,追,扑,尖叫……蝈蝈总算跑回了他们院,插上街门。黑雀儿窜,跳,砸。

"咬死你!"

这满脸是血满嘴烂烘烘的嚎声,响彻前青厂、后青厂、永光寺,成为我们那片儿最可怕的记忆。就算更多人没看到没听到,因为毕竟是晚上,大家都在屋里,但恰是这里面有些人后来说起更邪乎,他们声称一直跟着,说那不是人的声音,不是动物的声音,说就是宰了黑梦也发不出那种可怕的声音——我不知道这是高抬我还是贬低我,我觉得是前者。

黑雀儿一咬成名,但在刚果看来是大逆不道。蝈蝈还是另一回事,正像一个外国人所说"一种疯狂守护着思想";主要是黑雀儿咬了刚果,这是刚果没想到的。客观地说,如果黑雀儿咬人时有盘算,也是没将刚果盘算在内的。那时是真疯了,自己完全没意识到,事后也不记得咬了刚果。说实话我也忘了。我一直紧张地跟着黑雀儿,毕竟事情涉及我,起因在我,至少"照"的时候我是导火索,无论如何这时我们是兄弟,我必须一直跟着。黑雀儿被打倒在地,我也朝蝈蝈抡了几下王八拳,并且也咬了蝈蝈几口。事实是后来我们共同战斗。当然,我是微不足道的,但毕竟将疯了的黑雀儿引回了家。

刚果的胳膊竟然缠了绷带,透着是在医院工作,但这不是要表现的,主要这是标志,一望而知,什么也不用说。这提醒了我们,黑雀儿一下像死狗一样瘫地上——本来也快支撑不住了。

"你还敢咬我?反了你。"刚果就像包公似的。

刚果毕竟是读过一点私塾的——也许还不如不读,不然或许瞧黑雀儿这副战场归来的样不应该再把他吊起来。黑雀儿被捆时浑身的伤又渗出血,特别是嘴,确切说牙都是红的。之前疯娘给黑雀儿抹了一些紫药水,抹得跟花瓜似的。她只是胡乱倒了些紫药水在手上,然后抹黑雀儿,以致她整个手都是紫金色的,同时还弄了一脸一身,紫金闪烁,这使她看上去反倒像拿皮带抽的刚果的助手。当然,这会儿她整个身体蜷缩在炕的一角,并不可怕,也是个可怜虫。在家疯娘是绝不敢反抗的,只是到了土站才偶尔发作。

按理黑梦也该被吊起,黑梦后来也动了王八拳,但刚果不知道,于是幸免于吊。黑梦蜷缩在炕上的另一个角落,与疯娘相对。没有发抖,也没有惊奇,只是注视。完全不是猩猩,也说不上冷漠,两手戳着,看着黑雀。牙像疯娘一样在乱蓬蓬的头发下闪烁,但脸要宽得多了。厚嘴唇的刚果面对空中的黑雀儿,一脚踩在长条凳子上,一手拿着根皮带。还好,皮带没有颤悠,这点还是不同于电影。过去把人吊起来主要是出于权威,现在加上了防范,两者并重,不然捆那么多道绳子干吗?电影有太多类似场面,不足为奇。但黑梦的注视还不全因为电影,多少还是与动物园的眼神有关。刚果背后是一张掉漆、露裂缝但依然威武的八仙桌,八仙桌的标配应是一边一把同样深色的太师椅,但这张吱扭响的桌子没有,两边是板凳,像生产队,很不协调。黄灯泡比土站上空的灯泡还暗,基本只照着空中的黑雀儿,以致他成为房间最亮的部分。

因为亮,还真像英雄,一点声音没有,好像已浇过许多次水,睡着了。实际眼一直瞪着。眼凸,充血,青筋蹦跳,甚至他的眼睛都正放着战争电影。这次明显和以前不同,甚至有一种安详,一种咬过蝈蝈的安详,一种也咬了刚果的麻木,什么都干了,到头了。绳子是恒定的眼凸,皮带是暂时的。

"敢咬我？"刚果端起一小盅薄荷水。话不多，一晚上就这一句，没有两百遍也有一百五十遍。板爷大都喝酒，黑雀儿爹不喝，滴酒不沾，没有酒后失控一说。不抽烟。没任何不良嗜好。唯一就是喜欢薄荷水，信奉二分钱薄荷水治百病。的确，他还真没得过什么病。

"敢咬我？"喝一小口，小酒盅往桌上一戳。

黑梦和疯娘后来都睡着了。一觉醒来，黑梦有了某种孩子气——实际上仍在梦中——对着喝薄荷水的爹说："爹，他不是故意咬您的，放下他吧。"说得很直接，在平时是说不出的。刚说完，疯娘也像是在梦中，本是靠着墙睡的，一下出溜下来，在地上爬，好像返祖，比史前还史前，到了刚果面前，什么也不说，就是磕头。黑梦说完，朝尿盆尿了泡尿，响声清脆。因为疯娘的爬行黑梦真的醒了，目光又恢复到睡前的样子，似乎完全忘了刚才说了什么。当屋的地是土地，没有地砖或水泥，是很干的土地，所以疯娘虽磕得很使劲但声音很闷，像哑剧一样。刚果一只手薅起疯娘对襟的小脖领子，轻而易举或轻车熟路地将其放回原处。

"还敢咬我？"

黑梦再次依墙睡去。

关于那个夜晚刚果何时放下黑雀儿的，疯娘是否又在地上爬过，因为做梦我一点也不知道，醒来天已大亮。刚果不在，出车了，黑雀儿像往日一样躺在黑梦的身边酣睡。睡得非常深沉，像死了一样。除了嘴角结着深色血痂，身上其他伤痕变浅了。没有痛苦，只是深沉，嶙峋肋骨甚至显出从未有过的结实。他干了两件大事，咬了蝈蝈，咬了刚果。疯娘坐在敞开的门槛上啃窝头，骂，唱，寻常的场景。也许是昨天太疯狂了，黑梦一觉醒来好像在重新看世界，比起疯狂，安静原来这么好，虽然一切如旧。

窝头是昨天疯娘蒸的。疯娘一般还做饭，但也常不做，要等刚果晚上回来现做。通常一天就晚上做一顿饭，窝头、咸菜、次米饭、熬萝卜之类，通常总是多做出一些留待第二天中午吃。黑雀儿黑梦兄弟从没吃早点习惯，也搭上起得晚，一爬起来就得赶紧去学校。黑梦上五年级，黑雀儿上初三。两人并没有差三年，只是我九岁才上学。黑雀儿睡得这么香，又有伤，肯定不会上学了，不过黑雀儿上不上学和黑梦也没关系，别指望他带着弟弟一起上学。

　　黑梦出了家门，路上前后都是院里上学的孩子，仨一群俩一伙，或成群结队。五一子，文庆，大鼻净，大烟儿，小永，小芹，说说笑笑打打闹闹推推搡搡，有时忽然喊："给他一大哄哟，鹅吼！"或唱改词的歌："你们家茅房一排排，你们家尿盆一摞摞……老五叔指航程，七姑走向车子营，车子营哎哎……"黑梦也远远跟着一个人唱。我们院孩子不会给我一大哄，尽管我有最根本的被"哄"的理由，但太熟悉了，熟悉到和路上其他事物一样等于不存在。而附近的孩子，特别是更远一点的孩子见了黑梦还是新鲜，或起哄，或投掷，或拦住去路，或假装问这问那，大笑，将书包抢去往天上一扔，课本扬一地。这些从一年级起就司空见惯。最早黑梦渴望与哥哥一起走，但黑雀儿一天也没带黑梦上过学，有好几年他们一起就读琉璃厂小学，完全一路，等黑雀儿上了中学也还一路，黑雀儿上的四十三中与琉璃厂小学斜对门。因为上学时间一样，起得也一样，一个爬起来，另一个立刻爬起来，常常两人前后脚出门——黑雀儿总是命令黑梦离自己远一点，黑梦有时停下，有时快跑。有时不可避免地远远见黑梦被人包围，黑雀儿悠然走开。即使在家我们也基本上不说话，在外面不过是一种延续。

　　黑雀儿的咬是一种内部的成长。他不会使用器械，他的深思熟虑和内部成长从来都与器械无关。他不会拿着插子追着别人跑，尽管这是"后来居上"通常的做法。他没想后来居上。不使用器具使他羸弱的身体很容易被打飞，飞上一会儿，被踩倒在地，但别让他起来，起来他就会猖狞，猛扑，咬上就不撒嘴，会第二次、第三次——只要不死就永远会咬下去，他就等在院子门口、街口、学校门口，样子非常吓人，满脸青，嘴老是烂烘烘的。如果说咬人是一种动物性，黑雀儿已超出动物性，动物是不会这么执拗的。有人说黑雀儿得了狂犬病，这个比较接近，可整个城市没一只犬何来狂犬？但人们不管这些，确信黑雀儿是得了这种传说中的病。那么被黑雀儿咬了也会像黑雀儿一样狂吠追人，这个太吓人了。除非一刀扎死黑雀儿，但所有玩插子的看上去的亡命徒大都是蝈蝈这类虚张声势的东西。蝈蝈求和，黑雀儿罢手，黑雀儿也不要求别的，只要在土站能宁静地捡垃圾就行了。

前青厂、后青厂宁静下来，但我们那片儿不止这两条胡同，还有琉璃厂、校场口、香炉营、海柏胡同，和以前差不多。比如海柏胡同是一条很长的胡同，东起北极巷，西至茶食胡同、宣武门，比一般胡同宽，整饬。再早这条胡同住过不少名人，孔子六十四代孙孔尚任，朱熹的三十六代孙朱彝尊之类的，其院子多古槐、古藤、亭台。什么都有延续，虽历兴衰际遇，有家底儿的还是有家底儿，因此现在住的人家也和我们那片儿多有不同。不过说这个不是说这地方文明，某种意义上他们更狠。海柏胡同的人当然也听说了黑雀儿咬人的事，不信邪，全不当回事，不仅如此还很不屑，"马戏团"到那儿还是"马戏团"，照样尖叫、投掷、射击。如果像有的胡同一样仅仅如此，如果没有像蝈蝈那样破坏"马戏"规矩跳上"舞台"之人，事情当然还会像有的土站一样无伤大雅，其乐融融，就算黑雀儿想咬人也找不到对象。不过人所共知的是海柏胡同有个叫胡继军的，像蝈蝈一样，但比蝈蝈名声大多了，蝈蝈是傻狂，胡继军是阴狠。虽然不一定会遭遇胡继军，但遇到他是必然的、迟早的，黑雀儿心里有数，胡继军也知道了他。

所有人都有外号，玩闹更甭说，但奇怪的是胡继军没有外号，就是本来的名字。不知道是不是和胡继军他爸是公安十三处的有关，应该没关系，这能有什么关系？他们院门口常停一辆跨斗摩托，俗称"跨子"，那时挺扎眼的，都是自行车，很少机动车，就算不是自家的是公家的给自己开着也很少见。当然，并不常见胡继军他爸，那是个魁梧威风之人，开摩托时戴着风镜、大盖帽，一身藏蓝，领章、帽徽很特别，比军人特别。胡继军整天穿一身晃了晃荡的他爸的藏蓝制服，在众多国防绿中显得低调而阴沉。褐色馒头扣是一种无声的语言，叼着烟就打断了黑雀儿三根肋骨，内行人一看就练过，还不是把式，纯属格斗，给黑雀儿留下过了好多年后一阴天下雨就隐痛的内伤。胡继军虽然腰带上别着牛耳刀，刀把在藏蓝后隐现，但连摸一下也没摸，就是一种隐约的标志，也没用最常用的砖头。黑雀儿外表几乎看不出什么，但谁都看得出他离了歪斜，伤得不轻。黑雀儿还扑呢，被击倒，爬起来，扑。胡继军只得离开，但不愿走得太快。黑雀儿爬起来继续追，喘，狺狺。虽然他一口没咬到胡继军，但胡继军跑了起来，最后也像蝈蝈那样关上院门。

　　黑雀儿回到家不容易，表面看不如被蝈蝈打的那次狠，实际走路艰难，总是摇摇欲倒。一进门黑雀儿就靠在门边的墙角坐下，手捂肋骨，喘息，狺狺，不让刚果过来。刚果还真止了步，浑厚的身躯挡了我和疯娘的目光。疯娘一下扑过来，被刚果拎小鸡似的扔到炕里边去。刚果这身手跟任何一个玩闹过招都绰绰有余，跟一群也没问题，甚至可以"马踏番营"——这是刚果有时喝薄荷水高兴了嘴边常挂的一句，但也只是黑梦的胡思乱想而已。黑梦倒是不用给扔回去，从来都处变不惊，眼滴溜溜转。像上次一样，刚果拉黑雀儿时又受了伤，被黑雀儿咬的。这次黑雀儿不是冲动，完全有准备，且非常狠，像对胡继军一样。如果非要找到黑雀儿身体上的一点优势或说超常之处，非他的尖嘴猴腮莫属，特别是尖嘴，稍不留神就兜不住牙。黑雀儿也真是把自己研究透了，估计没少照镜子，我竟然没发现。

　　"你个驴日的！"刚果跺脚。

　　可不就是驴日的，他在骂自己。他也知道是在骂自己，但他语言实在贫乏，根本和职业板爷没法比。我们那片儿板爷骂起人来那叫一个花哨，怒到极点时能把你骂乐了。刚果明知道自己有牲口特征，而且众人皆知，却任何时候都一点不让人乐，非常枯燥。

　　"你个驴日的还回来干啥？！"

　　近在咫尺，止于咫尺，黑雀儿牙露出来。

　　"找死就别驴日的回来！"

　　"雀儿！雀儿！我的可怜的雀儿，我不活了，王八羔儿×的，把俺雀儿打成这样，×你娘，×你娘，×豁了，×烂了，×豁了，×烂了！"一骂起人疯娘就忘了黑雀儿，或者什么都忘了。要是光骂街厚嘴唇一般不管，都听惯了，充耳不闻。况且疯娘骂街的确有原因，我们家门窗外面围着许多颗小脑袋，脑袋挤来挤去，争先恐后。以前黑雀儿爹吊打我或黑雀儿也常有人扒着看，不过这次和以前不一样，这次黑雀儿咬跑了大名鼎鼎的胡继军，胡继军闭门不敢出来，和蝈蝈一样。蝈蝈见了胡继军得赶快上烟，不过是胡继军的喽啰。是的，我透过窗帘缝从他们谨慎地移动但没发出什么声音可以看出，他们和以往不同了。疯娘完全看不出，厚嘴唇更看不出。

在疯娘的顿足捶胸、浑身痉挛、口吐白沫的骂声中，厚嘴唇的刚果来到贴南墙的枣木大黑柜前，握住铜把手，打开厚厚的门，拿出一件破棉袄。他抖了抖褶子，立刻就有一股霉味充满房间。刚入秋，都还穿着背心裤衩，黑梦好奇地看着厚嘴唇，不知道他要干什么。疯娘也暂时闭了嘴。刚果找出破棉袄又找出了一副大棉手套，就是那种冬天蹬三轮车戴的、可达小臂的条绒手套，以及一根绳子。然后到了黑雀儿近前，慢慢穿上棉袄，套上手套。黑雀儿见这阵势，没露牙狺狺，反倒闭上眼，黑眼圈完全黑了。刚果没挨一口咬，顺利地捆上了黑雀儿，黑雀儿一阵阵痛楚地龇牙，没发出声音。

黑雀儿被吊上去，头几乎朝下。

刚果一小口一小口喝薄荷水，很慢。这次倒是没打，就是吊着。他慢慢地喝薄荷水，慢得我和疯娘都睡着了，黑雀儿大概也睡着了，如果还能睡。突然我一睁眼（不知过了多长时间），刚果和黑雀儿消失了。灯没关，还开着，屋里空空荡荡。我觉得是梦，分明看到此前发生的事：刚果将黑雀儿放下，没解开绳子而是提着绳子将黑雀儿提到外面，蹬上三轮走了。

我以为是梦，结果是真的。我实际看到了，只是半梦半醒。

刚果将黑雀儿送到医院。

黑雀儿在反修医院躺了一个多月，没死，活过来。反修医院坐落在虎坊路一片少有的红砖楼区里，自己是米色，很扎眼，黑色铁艺栅栏围着，绿树掩映，有雕塑、喷泉，建筑高大宽阔，并且是一组。门诊楼大厅黑色大理石的地面像镜子一样，楼梯宽阔，病房洁白，窗明几净，对黑雀儿来说这一切简直就是天堂、外国。在阿尔巴尼亚电影《勇敢的人们》中看过类似的建筑，好像是地拉那，而那也不过一个恍惚，一掠而过的街景，真正惊骇的是有女学生游泳不穿泳衣，穿了三点式，特别是胸罩，太扎眼了。一掠而过的地拉那街景之后便是那个鲜明的女生，在湖边……本来也算忘了，不知为何在这儿一下跳出来，激动难耐。多想再看一遍那电影，就看那段。我和黑雀儿从没住过院，对医院的认识就是刚果供职的骡马市院区，那个药店般的小医院，连虎坊桥院区都没去过，那昏暗的、三四间房子的小院就是他们对医院的认识。结果到了这么大的医院，简直不知到了哪儿，思绪一下就飘起来。平生第一次坐电梯，有点不敢坐。怎么坐？宽敞的大电梯像一间房子，有铜扶手、镜子。第一次在这么大的镜子里看到全面的可怜的自己。世界太大了，为什么我这么怪诞？但还是新奇得不得了！不知为什么叫"反修医院"，当然是因为不知道这医院是苏联援建，原来叫"友谊医院"。

　　黑雀儿肋骨骨折，内脏出血，视网膜损伤，牙龈破裂，唇颚撕裂，呼吸急促，刚果没将黑雀儿送到自己的医院而送到这么大的医院，算是没白在医院系统工作，没白拉氧气。能想到送医院就已不错了，不然真完了。黑梦后来多次想，如果刚果不在医院工作会怎样？不过等黑梦在医院见到黑雀儿时已经过去三周，一切已经大好，黑雀儿又白又胖，成了一个大白胖子，眼睛本来就细，现在变成一条线，黑梦简直不认识他了。同样他也看到病房其他病人包括家属对看的惊讶目光。所有人里只有黑雀儿不惊讶，事实上正是这漠然的目光让黑梦认出了黑雀儿。

　　病房宽敞、明亮、高旷，可以看见窗外树梢上的流云，有四张病床，每张病床旁都有一个和床一样白的茶几，茶几上都或多或少堆着吃的用的。黑雀儿茶几上竟有苹果！家里从没见过苹果，只在副食店和节假时的街上见过。刚果是怎么了？还给黑雀儿买大苹果？黑梦也简直不认识这个厚嘴唇的人了，难道谁在这都会变？黑梦想到自己的样子会变吗？像常人一样？要是他有什么事住这里该多好？黑梦都意识不到自己在想入非非。刚果同意黑梦去看黑雀儿，毕竟没分开过这么长时间，黑梦想黑雀儿。但黑梦也没特别怎么提，事实上只轻描淡写提过两次。可能发生了什么事，刚果虽然不说什么但脸上有了点光，然后这天下午突然就拉上他和疯娘去看黑雀。

送反修医院真是对的，反修医院的护士竟然报了案，以至于胡继军高大的父亲都来病房看黑雀儿。护士义愤填膺，实在看不过。"这是往死里打，打人都不带吐核儿的，跟他老子学的吧！""你瞧他爸那样儿，傻成什么样，非洲兄弟都不会这么傻，找他们家去呀，起码得让他们家付医药费。""这医药费你付得起吗？你还在医院工作。"护士们真是天使，这儿有天使一点也不奇怪。天使们什么大人物没见过，更不消说什么十三处的。胡继军父亲来了以后一切为之一变，更换了主治医生，甚至护士，病房（还是不得了）从六人房换到了四人房。这一切黑雀儿没感觉。每天都有牛奶、鸡蛋、水果、馒头、花卷、米饭随便吃，顿顿有肉，黑雀儿做梦都想不到。

当然，黑雀儿胖得走样儿主要是激素原因，不过黑雀儿个子长高了应该和激素没关系，还是和伙食和玩命吃吃疯了有关。可以想象一个平日窝头咸菜都不一定吃饱的人忽然到了天堂也不过像黑雀儿这样地吃，久旱逢甘霖，身体能不拔节吗？黑梦要是这样吃也会长高的，变长的。黑梦啊。也许不是遗传或突变，就是营养不良，营养会再次导致突变！

疯娘真是认不得黑雀儿了，怎么看都不认得，几乎发作起来要骂街，被黑雀儿制止。黑雀儿抱着娘泪流满面，使劲喊娘。胖得挤成一条线的眼睛能流出眼泪也真奇了，而且流了那么多，仿佛岩石忽然在无缝处流出水。"娘！娘！娘！"（我在心里流泪，羡慕极了）疯娘似醒非醒，似笑非笑，如果不是醒了就是陷入更深的黑暗——反正不再闹了，呆呆看着黑雀儿。疯娘来前换了衣裳，梳洗打扮了一下，露出了往日难见到的真容。花白头发还铰了铰，铰得不整齐，但也比平日整齐。娘脸其实挺白的，只是没遗传给无论黑梦还是黑雀儿。黑梦不太理解黑雀儿为什么哭，因为疯娘干净了？刚果同意带疯娘和黑梦来看黑雀儿是个谜。如果黑雀儿要求也只会求疯娘不会带上黑梦，从他们相视第一眼黑梦就看到了这点。离开时，黑雀儿将一根大黄香蕉塞给了疯娘，又抓了几块糖。疯娘笑，真的像花。黑梦离得远远的。黑雀儿看了一眼黑梦，没叫黑梦过来。刚果叫我过去，我却出了门。

事情并没完，黑雀儿出院后第一件事就是找胡继军。胡继军有一千个理由宰了黑雀儿，但已不可能。尽管胡继军他爸对黑雀儿好得不得了，几次亲自来看，还带着胡继军；尽管不说别的光是吃的就丰盛得眼花缭乱，好多都是从未吃过的东西，但黑雀儿还是没有放过胡继军。黑雀儿憋在胡继军家院门口，胡继军不敢回来，或者不敢出去。最终胡继军托人递话讲和，什么条件都行，只要能办到。黑雀儿没条件，就是想见一面。两人见了面，事情过去了。无论是去过天堂还是地狱的人出来都有变化，医院这种地方两者兼而有之。

黑雀儿找胡继军吓死了刚果，他不能理解，也不能再打，不能说捆就捆起来，吊起。黑雀儿不仅还是个病人，还要吃很多药，人也不一样，好像换了一个人。而更让厚嘴唇意想不到的是胡继军说了软话，要和黑雀儿做朋友甚至做兄弟。胡继军家是什么人？不仅全额付了医药费住院费伙食费，出院还给了刚果一笔误工费。晚上捡破烂改成三个人，说是黑雀儿刚出院，实际不想再带上黑雀儿。倒不是怕惹是生非，主要是不乐意。但黑雀儿却在后面跟着，黑梦不告状刚果便佯装不知。

出院的第三天，黑梦便大声喊黑雀儿在后面，有种兴奋。疯娘一下也看见了，停止说唱，招呼黑雀儿，挤黑梦为黑雀儿腾地方。刚果的三轮车停下来，刹车踩得特别响、特别难听，像抽了筋似的。

黑雀儿没停下，慢慢走过来。

要是听话就不再往前走了或是回去。

"我没事了。"黑雀儿说，轻飘飘地。

"没事就想作事，是吧？"

"你看哪儿有事？"黑雀儿扬下巴。

"回去。"

"回去！"突然大吼。

黑雀儿转身，三轮启动，疯娘唱："这么好的天儿下雪花儿，这么好的媳妇没脚巴丫,杨六郎把守三关口,韩湘子……"

第二次黑雀儿没再转身,一动不动,刚果启动三轮,吱吱扭扭,特别响,特别难听,响彻胡同上空。胡同空荡荡,路灯昏黄,除了黑雀儿几乎没什么行人。一个个土站空寥寂静,像出了什么事故,没有投掷、喊叫、射击,剧场消失了,或者"观众"消失了。即使有个别"观众",也完全隐在暗处,偶有假装走过也不停留。黑雀儿在边上,一动不动,像个幽灵。黑雀儿比过去的主角黑梦和疯娘还引人注目。他从死亡中归来。狂犬。蝈蝈特别是胡继军先后销声臣服,不说蝈蝈、胡继军,光狂犬就已让人闻风丧胆。由于过于寂静无人喝彩,甚至疯娘都不再唱,只剩下劳动:捡煤核儿、破烂。疯娘只偶尔低吟浅唱:"这么好的天儿下雪花儿,这么好的媳妇没脚巴丫……"

但是我并不感谢黑雀儿,不喜欢他那股气味。

他不再跟我们出车,但土站还是一样,无论他在不在他都在,他的气味无所不在。他名声大噪,并与死亡相关,是死亡战胜了许多东西。我不喜欢的大概就是这种气味。疯娘唱,狂躁,劳动,我和疯娘慢慢习惯了土站的安静与收获。安静很美,我从来没觉得安静是美,没有注视也等于没有监视——过去偶尔捡到有点特别的东西不敢喜悦、声张而是不形于色,不然会立刻被人抢了去。现在捡了好东西,我在土站中央拿着倒立也没人注意。前两年清理阶级队伍,我们捡到过金条、金镏子,就是那时被抢学会了不动声色。

破烂儿并不简单,生活里有什么破烂儿里就有什么,生活里没有的破烂儿里也有。不定什么人就会把重要的东西丢进破烂儿里,还有秘密。疏忽大意把什么不小心跟着破烂儿一起丢掉,也是时有的事。有些能判断出来,有些不可思议——更多时候是不可思议。一般人根本意识不到捡破烂儿的人善于思考。因为无法不思考。你总会想这件东西怎么会扔掉?为什么会扔掉?有意无意?为何只扔了一只鞋,鞋还挺好的?半张男人照片——明显撕掉另一半。鞋盒里一只女人的手,吓死,却没报案,我没告诉任何人。其实这些东西还都在其次,不能指望,可遇不可求,我真正想说的是,或者我喜欢土站的原因是,日常捡破烂儿时随时地阅读。

昏黄灯光下，煤灰中央，我读烂报纸上的字，香烟盒上的字，鞋盒子上的字，药瓶、药盒、药膏上的字，罐头上的字，实在无聊会读出声。有一次读避孕药膏上的说明，被刚果一个耳贴子打得眼冒金星，失明好一会儿。读得最多的是皱成一团的烂报纸，有的擦过屁股、血，什么都有。种类并不多，其中有《参考消息》《人民日报》《解放军报》《红旗》杂志，还有《光明日报》。最多是《参考消息》，别的上面说的报纸团很难分出来，《参考消息》不管多皱多碎一眼就能看出来，因为写的都是外国的事，什么路透社、美联社、法新社、塔斯社之类，就觉路透社特怪，不知道什么叫路透。常在回家第二天一早坐破烂儿堆上接着读，正如疯娘在破烂儿上说唱或骂。极偶然捡到过一本书，黄色竖版繁体字，整个书都卷了边，像一种奇怪的刷子，没头没尾，中间穿了一个大洞。能不思考吗？没在土站生活过的人不会经历生活的另一面，土站是真正的思考之地。我无论如何都不明白为什么在书中钻一个大洞，像铜钱一样，只是内圆外方，反了过来。更不明白为什么钻完了扔掉，也许不是故意的，也许是完全有意的。要是故意的说不定也许还有第二本呢。黑梦像发现了宝一样一字不落地看完了全书，每一页读到圆洞这儿都是一个深井，既无法迈过去也无法跳下去，反正文言也读不懂，其实圆洞对我是一样的。我甚至修复这本书，做了封面，重新起了书名，做了目录，文内有若干卷，有小标题，有的小标题被洞吞噬，但都被我成功修复。我没别的擅长，在雕虫小技上特别擅长。不用说，你也看出来这和我的身体是相称的。

被修复的书从卷二开始，到卷十一消失，不知后面还有卷多少。我的雕虫小技特别典型地表现在：尽管修复了整个书，起了书名，补齐了所有黑洞的文字，但我一点没读懂该书。书是文言文，许多小标题都是人名，如：阿宝，九山王，胡四娘，婴宁，单道士。这些人名读起来没问题，但里面就读得幽幽暗暗、迷迷糊糊，像做梦，像阴间，冷飕飕的，经常刮起一阵风将我周围的破烂儿刮得满天都是。我敢保证是书里刮出的风，因为别处没风。我以前不认识繁体字，就是从这本书开始重新识字认字。这没什么难的，《新华字典》上有繁简对照，我不敢说认识了所有繁体字，但绝对比一般人认识得多，或许多得多。土站是我唯一可以获得书的地方，你在任何地方都不可能获得。只是书真的是太少，谁没事会扔掉一本书？当然，我还真的得到了第二本中间钻了一个洞的书，显然出自同一人之手。

黑雀儿没想成为顽主而成了顽主。别的亡命徒多是诈、讹、赌，黑雀儿不是，就是不想活了。不是一时冲动、失控，他非常理性——或者说还有什么比不知死不怕死更理性？而事实是无论以什么方式什么本能，黑雀儿一旦灭了顽主他就是顽主。反正别人这么看。如果别人这么看，他想不成为顽主都不可能，况且他是多么敏捷，比任何人都敏捷，他的根扎得太深了，而闪电出现他比谁不更敏感这闪电？价值？别人怕他——而且是巨大的怕——的价值？还有赞扬。恐惧与赞扬（赞美，吹捧，阿谀）——这于他是从未有过、不敢想象的，但是出现了。蝈蝈和胡继军，不单是他们两人的事，也是所有惧怕这两个人的事。有人拜倒在脚下，有人请他出山，胡继军有事都叫上他，两人并肩作战，胡继军的名声有多大他就有多大，甚至超过，胡继军的野心是有限的，而他是无限的。某种意义胡继军是飘浮的，而他来自深处。

与西城、海淀或部队大院的顽主不同，我们南城的顽主多出自底层，像胡继军这样的机关家庭凤毛麟爪。别看出自底层南城的顽主曾经与红卫兵势不两立，菜刀对菜刀，铁锹对铁锹，据我们那片儿现在已双目失明、口齿不清的当年的一个老炮说，事情起因是这样的：一九六六年八月二十三日——时间地点说得特别清楚，这一天，刚成立不久的红卫兵在北京工人体育场召开了一个据说有十万人参加的斗争"小流氓"的大会，大会现场发生了红卫兵殴打"小流氓"的事件，双方由此结下梁子。大会后北京各中学红卫兵成立了"镇流队"，我们南城的顽主也不示弱，有个叫"西山老大"的老炮针锋相对成立了"红山会"，专门与"镇流队"作对，双方多次大冲突，菜刀对军刺，板砖对武装带，红背心对红袖章。老炮说，"红山会"里最有名的顽主叫"宣武小混蛋儿"，"死得那叫一个惨烈，有一次'宣武小混蛋儿'一个人被一大群红卫兵堵在一棵大槐树下，寡不敌众，被红卫兵乱刀扎死，死时'宣武小混蛋儿'都抱着树不倒！"老炮悠悠地说："'宣武小混蛋儿'一死，整个北京的流氓顽主，每人挎包里都装着一把菜刀，声称'见红卫兵就办'。"这个应该是夸张了，估计有这情绪，又把情绪当成事实，说说而已。事实是，据我所知，所谓的南城顽主与红卫兵"势不两立"的事不过是昙花一现，时间很短，查史几乎是查不到的。这里面事多了，就不细说了，还是说回黑雀儿。

黑雀儿崛起于土站，与红卫兵无关，甚至也与"宣武小混蛋儿"或"红山会"之类的无关，及至一九六八年，无论红卫兵还是"红山会"，一样都被"广阔天地，大有作为"一勺烩了。历史就是这么有办法。尽管一些顽主回京探亲时仍有人朝拜，但毕竟江山不待，而"江山代有人才出"，历史的野火烧不尽，春风吹又生，新一代顽主已像荒草一样从废墟上长出来。新一代顽主有自己的特点，就是没有任何传统，石头子里蹦出来的似的，因为那年月就是"流氓文化"也出现了断层：都是像蝈蝈、胡继军及至黑雀儿这样的生混蛋。北京话的生混蛋，"生"就是这意思，没传承。此前——我是说一九六六年以前——顽主也是讲义气、讲规矩的，茬架约定了时间地点，不管对方带多少人，所有问题都在现场解决，讲单打独斗，胜负一出握手言和。蝈蝈、胡继军不是这样，十足地痞流氓，到黑雀儿这就只剩"咬"了。

黑雀儿打遍了我们那片儿的胡同，打到了达智桥、菜市口、宣武门、和平门、西单，越打越大，由武装带、菜刀、插子，到一条充满了想象力和仪式感的七节鞭。七节鞭成为新的传奇。人最多的一次茬架是在月坛，双方有近二百人，黑雀儿带来了七八十人，其七节鞭十分扎眼。黑雀儿一马当先，扬鞭就抡，犹如古代，以至于对方自行车阵脚大乱，掉头就跑，一个掉头往往全都跟着，兵败如山倒，况且乌合之众更是如此。黑雀儿就是这样疯——一般总得叫叫板，斗斗嘴，所谓茬架，真打起来的不多，往往会提谁谁谁，双方都认识，就和了。黑雀儿后来也是这样，也是常被提到的人——可一开始黑雀儿不，疯劲上来不管三七二十一。

月坛那次，黑雀儿一众竟然一下缴了十几辆锰钢自行车，名声大振。黑雀儿虽坏了传统，但标新立异，复古的打法又不能不说继承了更大的传统。那七节鞭原也是在一次茬架中缴获的，对手虽然有所谓师承，小有些功夫，但更多是装样子，并不敢照要害上使，又架不住黑雀儿亡命徒的打法，鞭便被黑雀儿生夺了去。黑雀儿不但鞭夺了去，那花架子主儿后来还教黑雀儿练鞭，甚至还带黑雀儿见了他师父。黑雀儿披起将校呢军大衣，衣裳架一样晃了晃荡，不过也因此有股妖气，十分瘆人。

黑雀儿是七一届的初中生。上一届的七〇届没下乡插队，都留城。七二届没恢复高中，但从这年改成十年一贯制，小学五学，中学五年，中学实际上恢复了高中，但不这样说。当初说学制要缩短、教育要革命，取消了高中，这点是不能变的。这点本来对我有意义，但上到初二我就退了学，本来中学就不想读，我觉得我还是一个人比较好。不知道我是不是有先见之明，由于中学改成五年，七二届、七三届没有毕业生，到七四届，毕业生又开始下乡插队，不是在外地而改成北京郊区，有的远郊也很远，远得堪比东北、内蒙了，比如密云、延庆，我要不退学估计至少得去延庆。像我这样的，要是下了乡不知道能不能成活，我想我还是活在北京，捡破烂儿也行，活着就行。七一届是幸运的，差一点七二届就得多上两年。黑雀儿分到了石景山钢铁厂，就是后来的首钢，炼钢工人是产业工人，工农兵的代表，无处不在的"工农兵"招贴画上就是戴白头盔缠手巾有护镜的炼钢工人，是偶像，不是谁想去就能去的。黑雀儿没想到自己轻易就去了，没想到发出恐吓——简直就是说着玩的——居然奏效。通常以为到了钢厂就是炉前炼钢工人，不是那么回事，更多是不在炉前的。

黑雀儿是钳工，主要是加工零件，手工作业，因为最常在工作台上使用虎钳得名。实际没这么简单，要錾削、锉削、锯切、划线、钻削、铰削、攻丝、套丝、刮削，大凡机械方法不适宜或不能解决的都要钳工。所谓"紧车工，慢钳工，溜溜达达是电工"，钳工特点就是慢，上班没出仨月，黑雀儿一点不遮掩就给自己打制了一条"十三节鞭"。原来的七节鞭是生铁棍做的，简陋，说是鞭也就是叫起来好听，其实就是条普通锁链，这次正规：鞭身由镖头、握把和中间若干铁节组成，全部镀铬，寒光闪闪，抡起来似车轮飞转，舞起来如钢棍一条。黑雀儿名声在外，尝到甜头，今非昔比，当然不会罢手。平时班儿上一身劳动布工作服，身上都是油，吊儿郎当，迟到早退常有的事，下了班没出厂就换上国防绿裤子、警蓝上衣，都是正宗的，这是玩闹玩到级别的标配，特别是上衣，没几个人有。冬天，在这基础上加上绿栽绒帽子、死带口罩、三接头皮鞋、黄色将校呢大衣、锰钢车、十三节鞭，陶然亭或什刹海滑冰，大出风头，众星捧月，时不时到老莫搓一顿。

这一切当然不是一个学徒工所能支撑的。学徒工每月才十六块钱，哪够花，但黑雀儿够——有"佛爷"，俗称吃"佛爷"。不是什么人都能吃上"佛爷"的，正经吃上"佛爷"的主儿得玩得比较大，名声比较大，相应的，"佛爷"也不是一般的"佛爷"，得有点绝活。因为"佛爷"不光彩，吃"佛爷"也不是什么光彩的事。"佛爷"在公共汽车、商场、电影院掏包，如过街老鼠，一旦被发现，人人喊打。玩闹毕竟自称江湖好汉，重义气，有人还会武功，比如黑雀儿的七节鞭、十三节鞭就被传得有模有样。"佛爷"与义气无关，纯属下三滥、下九流，也正因为如此，普通"佛爷"往往会遭一般玩闹敲诈揩油，通常也找不到硬靠山，而技术高超、号称"一蹭儿没""二指禅"的"佛爷"必找硬靠山。黑雀儿不用找，他们会自动送上门。黑雀儿不用学，到一定分上就什么都懂了，无师自通，只是黑雀儿比别人做得更隐蔽，后来越来越看重自己十三节鞭的名声——已用不着，完全形式。

黑雀儿的故事我见得并不多，其实更多是听五一子、大鼻净、大烟儿和四儿他们讲的。他们也不是对着我讲的，是一起吹牛聊天时我在一旁听到的。我喜欢听他们谈论黑雀儿，黑雀儿是他们的话题，更喜欢他们谈论黑雀儿时和我毫无关系。黑雀儿有时也会和疯娘讲一点，那是在他酒后也没醉就是特高兴的时候，比如：他怎么弄到警蓝上衣——我一直认为是胡继军给他弄的，居然另有其人。疯娘一直笑，像脏花一样，我从来没见过她笑得那么美、简直可以说谄媚的脏花，就像煤堆上的迎春。不过我和刚果一如既往地麻木，真说不好是刚果还是我更麻木。我可以听别人谈论他却无法听他自己谈论自己，对他的"功成名就"也不感兴趣。刚果喝薄荷水的样子比过去更慢，半天一动不动，像个假人。好在黑雀儿很少喝酒，喝多时更少。不喝酒的黑雀儿"功成名就"后变得比以前还要忧郁，我最受不了的就是他的忧郁。可以说他在所有方面都成功了，不仅是在外面，在家也一样。我可能用词不当，当然好像不是"忧郁"，他"忧郁"个屁，他也配"忧郁"，反正就是那种不可一世又心事重重的样子，看上去和"忧郁"一个意思。

黑雀儿早就不关心"遍插茱萸少一人"的出车捡破烂儿，很少见到他的影儿。有一次他跟刚果恶狠狠吵几句后几个月没回家，刚果让黑雀儿别再回这个家，他只当没这个儿子。黑雀儿冷笑，我认为他是同意了，但一个秋雨连绵的日子黑雀儿回来了。黑雀儿一回来就宣布禁止捡破烂儿，打了疯娘和我，用一把很长的日本军刺指住了刚果。不知黑雀儿发生了什么事。

我还从没见过那么长的刺刀，那是日本三八大盖上的军刺，在《地道战》《地雷战》这类电影里看到过。已经很旧了，不知从哪个仓库弄到的。的确，他身上有一股仓库的味道，当然也可能是缴获的，两种味道都在他身上。日本军刺虽然很旧，有许多搏痕，小弯钩破损，但锋尖很亮，刚果一动都不敢动。三八大盖枪身一百二十七点六厘米，刺刀三十八点七厘米，加起来是一百六十六点三厘米，刺刀上都会有一个铁钩子，白刃战中铁钩可以卡住对手的刺刀，详细我就不说了。这把军刺钩子都钩坏了，可见屡建"奇功"，现在即使破损，要钩住刚果的脖领子仍绰绰有余。但黑雀儿不会使用铁钩，他根本就不懂铁钩的作用，我也不懂，只是后来一再回忆往事，查了有关三八大盖的历史资料，才知道了铁钩的特别作用。在不断的回忆中我想黑雀儿不会真的刺刚果，只是他一贯的极限唬人手段，如果刚果真的有什么动作，黑雀儿毫无疑问会急中生智用铁钩卡住刚果，就像日本人经常对手无寸的农民那么干一样。不过从另一方面看，当时的情况是刚果不会有任何动作，他已经大气不敢出，刀尖就在他刀裁般的眼睛上，今非昔比，黑雀儿已不再是忧郁的黑雀儿，是不可一世的黑雀儿。

土站，破烂儿，是疯娘多少年的生活内容，一天中最快乐的时光，没有了"观众"，疯娘已很不自在，被禁止去土站，而且以后永远不能去了，疯娘没有扑黑雀儿而是扑到刚果身上，咒骂，撕扯，顿足捶胸。刚果任打任撕。黑雀儿出手凌厉，一把抓过疯娘膝盖与左手，抵住疯娘另只手，扇疯娘的耳光。这是从没有发生过的，疯娘瞬间一怔，好像一下醒了，其实更糊涂了，突然下跪，作揖，磕头如捣蒜，称黑雀儿"玉皇大帝"。刚果很早以前——黑雀儿黑梦特别小时——讲到过玉皇大帝，他的私塾世界对此深信不疑。那么疯子最怕什么？最怕的就是暴力，正如老虎怕电棍是一样的，一旦服帖反而会非常可爱。是的，就是那天开始，我们的疯娘见了黑雀儿就深度地作揖鞠躬。黑雀儿消失了，她也更深地消失，下落不明，不再有儿子，只有玉皇大帝。

但就在黑雀儿扇疯娘时，黑梦不知怎么一下扑了过去，结果黑雀儿好像早有准备，身子一抖，连头都没回将黑梦甩了出去。黑梦看上去为疯娘——实际上也是，但真正的原因是为自己。黑梦和疯娘俩唯一的共同之处是土站，深深地眷恋土站，这点和刚果不同，与黑雀儿的差异更不用说。但黑雀儿也和疯娘一样对反抗毫无准备，否则也不会仓皇扑上去。黑梦像一个玩笑一样清醒了，不得不生平第一次把希望的目光投给刚果、父亲、丈夫——黑梦的目光祈求地承认着父亲、丈夫，代表了疯娘，我觉得我可以代表。

刚果夺下刀，骡子一样的巨大身体轻而易举制服了只是邪恶但很单薄的黑雀儿，拧断他的手臂，单手就可以将黑雀儿提起来，像不过一年前一样吊在房梁上——那个黑洞还留着，灯光都照不到里面。但情况正相反，黑梦和疯娘看到的是一张崩溃的脸，特别是厚嘴唇，简直就像供品，诱惑，等着甚至期待被下刀。不过没流下口水也还算好，但无论如何表现都不如电影里一个老农民面对日本鬼子的刺刀所表现得镇定自若视死如归，那时农民真棒。当然黑雀儿也确实太邪，与刚果如出一辙的一条线的眼睛，目光竟是三角形的，说实话刚果从未有过这种几何目光，正如非洲大陆的人无论如何也都没这目光——那么黑雀儿这种目光是哪儿来的？

"我早就想宰了你，"黑雀儿指着刚果，"现在就宰了你，你信吗？"

"我信。"刚果扬头，俯视三角形目光。

不是一条线的眼睛而是厚嘴唇充满了不解，一种原始的不解、猩猩的不解、骡子的不解，几乎返祖，瞬间长出毛。我出生在这个家完全有道理，但当时黑梦和他爹一样呆滞，担心黑雀儿的乌黑的军刺，应该是一九三七年的或者至少一九四五年的军刺。

"我是你爹。"刚果对着鼻尖下的刀。

"你要是我爹我能宰了你吗？"黑雀儿尖声尖气。

"我怎么不是？"

"你丫就一傻逼。"

我听懂了黑雀儿的话，这我俩都懂，刚果不懂。

黑雀儿穿着警蓝上衣，棕色馒头扣安静、优雅、毫无历史信息。黑雀儿一笑，收起日本军刺，在空中翻了几下，接得稳稳的。黑雀儿其实已经不必动刀，但他喜欢夸张，喜欢出人意料的震惊效果，你还没反应过来就已魂飞魄散。他就是有这种诡气，很显然与他最初的咬人有关，从中嗅出东西。他突然把刀递给刚果，让刚果看是不是三八大盖儿上面的刺刀，用指尖绺了下血槽。刚果不接，黑雀儿攥着刃（极危险）将军刺倒过来，金属刀把对着刚果。刚果还是不接，阴沉，一言不出。

黑雀儿说："你看看你看看，看看怕什么，你小时候不是见过？日本人不是烧过咱村吗？是不是这样的刺刀？"

我真担心黑雀儿又火了，拿着看看怕什么？

这时黑雀儿已完全像陌生人，像闯入的强盗。

流氓就是这样，让你摸不着底。

我要是刚果，一刀宰了他！

不知道黑雀儿手破了没有。

我从来没这么思想活跃，有两种声。

好在黑雀儿没生气，把刺刀"当"一声放八仙桌上，刚果要是这时拿起刀稳操胜券，就在他手边——我仍期待刚果有所作为。但就像两种动物，不在大小，食草的大象与掠食动物不能同日而语，反正刚果至少前世是大象，黑雀儿类似鬣狗或豺一类，豹都谈不上。自从《动物世界》开播后黑梦经常回忆往事，有时禁不住拍手，特别喜欢赵忠祥，黑梦几乎不用出门就成了一个动物研究者，而有些事当初就几乎想到了。黑雀儿研究发现没有一种动物对待子女特别狠的，掠食者不用说，食草动物更没有。反过来有吗？也没有。

黑雀儿放下刀后拿起桌上一小盅薄荷水，喝了一口，立刻吐了，"呸呸呸呸"吐了好几口，几乎失控："你丫喝的这叫什么呀？这能喝吗？"

黑雀儿是成心，不是不知道难喝，在别的地方找茬儿。黑雀儿绝顶聪明，在刀口上混日子的人就像登山者一样，没不聪明的。

"我现在叫你一声爹，你听着我叫你爹，你以后喝水就正经喝水，喝茶就正经喝茶，别喝这破玩艺儿了行吗？你要喝茶我给你买。你喝什么茶？"

刚果沉默，坐在黑色八仙桌旁的长凳上。

要是坐太师椅上是不是好点？

黑雀儿拿起刺刀，温和地说："知道咱家为什么捡破烂儿吗？就是你喝这破玩艺儿喝的，可全北京找找，谁没事整天喝他妈薄荷水？你不喝这破玩艺儿了也就不用捡破烂儿了。"黑雀儿拿起小盅手一扬，丢进土盆，又拿起搪瓷缸，也要扔，被刚果叫住，同意不再喝薄荷水。

干。

黑雀儿没扔，拿起薄荷水袋，在刚果面前晃了晃，扔进土盆。没想到这次刚果有反应，吸气，长出气，雄厚的胸肌鼓起来，缩回去。薄荷水的确是他的命根子，他喝了太多，比缸和小盅长久，或许还有许多往事。

"我给你换茶，高沫儿行吗？"黑雀儿安慰爹。

"我喝了几十年薄荷水！"刚果终于怒吼了，那是痛苦的怒吼，如同长鸣，鼻子扬起。

黑雀儿说："你干了几十年还是临时工，什么都没有，连我们他妈看病报销都报不了，你瞧他们俩，像人吗？你说，你像人吗？"黑雀儿很少跟我直接说话，指着我："你还整天带他们出去，你是不是成心呀？"

刚果话里有话地说："靠双手吃饭，劳动吃饭，不丢人。"尽管依然嗫嚅，毕竟反驳了，并且说出了连我都理解的话。明摆着，黑雀儿这行头这打扮看上去跟寿衣似的，谁不知道是吃"佛爷"吃来的。

刚果说的是真理。

黑雀儿又将刺刀抛向空中，接了几次，再次刀指刚果。

"我还是想宰了你，把他也宰了，都宰了。你信吗？"

"我不信。"我说。

但有些事实事求是地说黑雀儿做得也不错，一个流氓把家里八百年没换的窗帘换了，把太师椅配上了——尽管两个明显不是一对；买了时新的塑暖壶、搪瓷茶盘、茶壶、茶碗，当然也买了茶；顶棚多处的洞补上了，耗子下不来了，跑来跑去跑了一阵没声了；多年糊着纸条的破裂玻璃换了新玻璃，当屋土地抹上了水泥成水泥地。疯娘有了一件新的大方领蓝条绒上衣，一穿上人整个变年轻了。这衣服像学生穿的，根本不适合花白头发人穿，但疯娘喜欢，穿上就再不脱下来，笑，突然骂起人来更加干脆。变化最大的还是刚果，在我看来刚果的新衣服更像是寿衣，黑雀儿的眼光实在是和一般人不一样，竟然让厚嘴唇的刚果穿一身四个兜的中山装。中山装就已经够寿衣的了，深色的还好一点，竟然是淡灰色的，竟然是明兜，竟然还有一顶同样颜色的圆檐帽子，如此厚的嘴唇，一条线的眼，穿上就跟长眠不醒似的。黑雀儿发誓要解决刚果转正"以工代干"的问题，而要想成为干部就先得有干部的样子，勤杂的样子永远不可能成为干部。问题是浅灰四个明兜的干部的样子也太大了，无法想象灰色领袖级的刚果——甚至戴着类似的帽子出现在胡同，蹬着三轮，但就是这样。其实蓝色的卡就已顶天了，典型的以工代干，街上没一个板爷穿一身蓝中山装的（刚果不久后得了癌症，衣服还很新，很合适）。

这个家都变了，所有人都是新人，只有黑梦没变——黑梦就像专供回忆过去的。屋里，当然，还有不少属于过去的东西，黑梦只是其中之一。此前黑梦还真找到了第二本同样无头无尾、中间有一个洞的书，但是在另一个土站。这很奇怪，难道还有一个人？但书的样子完全一样，还是竖版，繁体字，没有标点的文言，难道两个人做着同一件事？或去了两个土站？谁呢？黑梦一天到晚如饥似渴地阅读，查字典。他已经退了学，不再和"人"打交道，只和书打交道，和似是而非的疯娘在一起，毫无关系。疯娘已完全不认人，只认黑雀儿，也不骂人了，就是成天说、唱，都是她小时的事、小时的戏，说，唱。饭每天刚果穿着中山装回来做，每天都像新人，和以前疯娘时做时不做的一样简单至极。黑雀儿很少在家吃饭，多数是三个人的饭。黑梦帮着做，过去帮疯娘现在帮黑雀儿爹。自然，刷碗、收拾屋子，都是黑梦的事。收拾得真不错，干干净净。黑梦也喜欢这个变新的家，也曾希望有新衣——新衣和新的家才相配呀，黑梦想。黑梦想，要是买点布他自己做——这些年黑梦都是拆了别人穿剩下的，剪裁，自己缝制，也不能完全赖黑雀儿，外面没卖小衣裳的，但要是真买了儿童服，改改也能穿，不是不能。有些思绪在翻书和字典中飘来淡去，若有若无，不是特别认真，或是下意识的。《新华字典》都翻烂了，比两本残书还烂，以致背下来了。听着疯娘像说唱小时候就像一种遥远伴奏。有一天吃过晚饭，我也不知道黑梦怎么那么自然，他拿起布袋往外走，布袋在炕脚，黑梦被喝住好像才注意到黑雀儿和厚嘴唇刚果也就是黑雀儿他爹惊讶的目光，黑雀儿是还来不及愤怒的惊讶，但是黑梦没止步，只是回了下头，走出去。

　　那天是星期天，入冬，飘着小雪花。黑雀儿一早出去了，下午回得早，脱下将校呢大氅、皮靴，躺倒就睡了，好像从前线回来。刚果出去买了肉，准备包饺子，我以为是为黑雀儿，后来才知道不是。因为包饺子，疯娘少见的明白，立刻动手和面，刚果、疯娘、黑梦三人一起包。那天吃完热气腾腾的饺子，疯娘脸笑得像一朵真正的花，至少是干净的，花白头发衬托的花，还破天荒给黑梦夹了饺子。黑梦收拾完，没任何征兆。

　　黑雀儿这天也高兴。黑雀儿没追出来，只说了句别回来了。

　　黑梦去了三个土站，捡了煤核儿、烂纸、烟盒，过去捡过什么今天捡了什么，轻车熟路，一往情深，如醉如痴。没找到第三本有洞的书，应该不会超出这三个土站。坐在路灯底下，土站中央，小雪飘飘，如饥似渴地读报，一小片一小片地读，一小团一小团地读，读后放在布袋里。没有"观众"，昏暗中的眼睛，非常安静。

　　黑雀儿和黑梦最终达成协议：黑雀儿发动人，一周给黑梦找一本书，无论什么书、大小、薄厚、有没头尾，是书就行，小人书更好。
　　黑梦不再去土站。
　　黑雀儿无法阻止黑梦，如同当初无人能阻止他。
　　阻止他的牙，嚛，满嘴的血。
　　他们是兄弟。不是兄弟。是，不是，是。

（原刊于《收获》2021 年第 1 期）

玫瑰在额头上

白 琳

1

师大南门有一栋金辉小苑，周太太每隔一天就从门洞里走出来，左拐，走过一道一人半高的红砖围墙、一条恰好能容纳一辆中型城市越野车通过的弄巷去上班，中午在附近的大学村买了熟食蔬菜，再原路折返回来。

爬山虎已经挂在了墙壁上，周太太躲太阳沿着墙根走，它们就伸着触手抚摸她的肩颈。脖子臂膀这些年也跟着老了，逐渐干枯萎缩，肌肉筋膜都皱在一起，像是放久了的木版画，没了水分。她自己撑不开缩成一团的这些东西，动不动就得上理疗院去按一按，不然酸痛。植物的触手轻拂，力道不够，它们长得新鲜，虽然年年都要枯萎一遍，却每每唤起她从前的记忆。那时候"金辉小苑"还不叫这个名字，叫"博士楼"，上世纪九十年代初期，师大专门为学校的博士盖了这栋楼来安置家属。当时周先生刚在德国拿到学位，他们一家毫无悬念地被分配到了一间七十三平方米的单元。当年楼是新盖的，总共三栋，一条短短的线段，遥立在师大后背。那会儿和学校还有一段距离，从"博士楼"到周先生任教的工程系，走路要走二十五分钟，中间经过一片草地、一片果园、一片树林还有一个池塘。达利小时候，周太太经常带他到池塘边玩。达利就喜欢盯着水面看，他视力极好，经常看得到周太太看不见的细微之处。四五岁的达利不但爱看，也爱提问，周太太觉得他智力是高于一般人的。那时候池塘里还养着斑点叉尾鮰，又称沟鲶，吃底栖生物、水生昆虫、浮游动物、轮虫、有机碎屑和大型藻类。

后来随着时间的推移，师大南扩，逐渐逐渐，草地和果园没了，池塘也被填平，小树林如今是硬化好的网球场。再之后工程刚要走到"博士楼"，校领导被查出贪污工程款和助学金，之后扩建就停了，倾倒的石灰，挖出的深沟都在楼前摆着，傍晚之后就没人在外面散步了，生怕一不小心失足跌落。这样的情况持续了好几年，不太好熬的几年。刮风会扬尘，下雨一片泥泞，晴天走一趟也灰突突云烟四起。好容易有家建筑公司接手了后续的工作，却和博士楼无关。那时候师大又买了后面城中村的大片农田，从南往北盖，停在了三栋旧楼的脊梁后，建了"紫藤花园"，西边是几排联栋别墅，给学校里的院士专家领导住，东边D区是楼中楼，六十五平方米、八十八平方米两种户型。再往南就是整排的高层公寓，教职工们大多数都选了公寓楼。

紫藤花园二〇一〇年完工，时价每平方米六千块，学校统一购买有优惠，只要四千五。只是曾经分到过房子的职工必须腾出从前的旧公寓，补上差价才可以购买新房。那时候达利刚上高一，周太太正忙着给他攒出国留学的钱，是以房子的事想想就过了。钱的事都由妻子说了算，周先生对这些从来不上心。

盖好新楼，旧楼就出了问题，先是管道不通，再是暖气坏掉，但也没人管理。南边盖房子叮叮咣咣响了两年，尤其是夏天，白天太热，工人们不干活，活都在晚上干，夜里吵得人无法入睡。周先生的失眠症就是那时候患上的，到现在都没有好。这些年周太太也逐渐睡不着，她睡不着不是因为吵。不知道是不是到了更年期，总是心烦意乱，每晚在床上躺平，记忆不由自主卷土而来，都不是什么值得记住的愉快的经验。她在床上辗转反侧，周先生就更睡不着，后来两个人自然而然分房而睡。达利走了许多年了，房间的布置还是他高中时候的模样，书架子上还有一个蝴蝶标本镜框。周太太在一米二的小床上躺好，抬着眼能看到架在窗户边上的格兰仕空调。达利在的时候，夏天空调要开到二十二度，然后盖着棉被睡觉。那时候夏天，总觉得比现在要热，为了省电费，空调只开达利房间的，他们夫妇开着房门睡觉。现在达利也走了，夏天却不怎么热了，这几年也开空调，开一会儿就觉得骨缝里冷飕飕的，胳膊冷膝盖凉。再加上这一片住宅区不似从前热闹，楼下早不见结伴玩耍的小孩，也不闻站在路边寒暄聊天的人声，热度自然不高。这栋楼的旧人都走了，如今虽然仍住满了人，却都像一个又一个的窟窿。从前，和他们一起来的留洋博士，一个个都去了外地，爬山虎紫藤花一般攀着墙壁逃逸了高升了，本来还留一些本土博士和他们在一起，后来那些博士也大多搬去了新房。

周家住在二号楼 502。楼是六层旧公寓，没有电梯，顶上热得很，十年前集体铺了石棉瓦，也还是酷热难熬，新教工区一盖好，602 住着的化学系陈博士一家就毫不犹豫地换掉了房子，搬去紫藤花园。601 住的是中文系徐教授的儿子一家，做着建材生意，在城里商务区安了家，这房子空置着，也不外租，说就当是父亲的藏书室。周家对面原本住着朱博士一家，两年前也搬走了。紫藤花园起建时，就不见朱家人特别上心，他们迟迟没有动静也让周太太略感安心，她觉得生活中还是少些动荡为好。后来紫藤花园盖好了，整栋楼都在闹哄哄地搬家，就剩下了他们两户。在楼道里碰到朱家人，她还问过他们会不会换紫藤花园的房子，得到的都是否定答案。

朱家只有一个女儿，比达利大三四岁，学习成绩不好，勉勉强强考上了省里的二本大学，在底下的地级市里念了四年，后来搞了好多手脚才回了师大读研究生。女孩子喜欢涂脂抹粉，脸上总是刷得很白，白成一张水分不够掉皮的墙面，每一丝微笑都有成为裂缝的可能。和一张真正的墙面一样，这张脸很平，五官都不立体，扁扁地趴在平面上。女孩子学设计的，有一天就开始设计自己的脸，制了3D立体图，去医院调整几次，鼻子高了眼睛深邃了整个人都脱离了二次元。周太太回家常常和周先生说两句那个女孩，周先生说没什么奇怪，全是像她爸，年轻的时候就喜欢捯饬自己。朱博士不仅年轻时喜欢打扮，年纪大了也不遑多让，出门上课总是西装笔挺。不知怎么，周太太觉得自己见了他多少有点不自在。这种不自在的记忆有一个很细节化，那天她上楼上到一半，看到朱博士手上拎了大大小小的垃圾袋往下走，他新染了头，发底发红，发梢栗色，大概是自己在家染的，上面爆了顶。他在楼梯拐弯的小平台上站住，侧身让她通行，两个人寒暄两句。她问最近有消息说学校又打算再往南盖两栋教工楼，他们家有没有打算买新房。朱博士穿着一件白底棕条纹的衬衫，仰头看她的脸。不买，他犹犹豫豫地回答。

不买这话多少还是让她安了些心，在买房子这件事上，朱家一直是周家的同盟。那次卖的是商品房，地不是学校的，但是和开发商有协议，教工集体购买有优惠，旧房子也不用退。只是价格比八年前贵了一倍，她心里纠结得很。

尽管那之后想了又想，第二次集资的房子他们还是没买，后来她有些追悔，也是有一点怨恨朱博士的。原本她想要给达利买一套婚房，但想到达利以后也未必在晋城生活，本就犹豫这一大笔钱是否花得值，听到朱博士肯定的那一句不买之后，似乎就更不值了。晋城这两年的空气质量一直很不好，不知何时雾霾占领了整个城市，外面总是灰蒙蒙一片，看着叫人心情不舒畅。一到冬天，就越发觉得达利留在国外不要回来的好。以后有了小孩，她可以过去给他们带。在学校，好多人都是这样生活的。国外有大片绿地和新鲜空气，干什么都开阔宁静，钱还是攒着给达利在外面买房子用。有时晚上睡不着，她就会想这些未来的事，也有时她会想起那时候，他们刚搬来的时候，窗对面还有一片树林，树林里还有松鼠在乱跑。

达利的生物课就是从一只小松鼠开始的。那天他们一起伏在阳台上看外面，视野透亮清晰。人生没有几个高光时刻，那一刻就是为数不多的一刻。她可以感觉得到由内而外的放松与平和。蓝天白云，微风轻拂。学校里刚放暑假，学生们几乎都走光了，教职工也走了不少，只留下一片宁静。周先生去杭州开会，请他去的老同学已经荣升一所三流大学的工程系副主任。那么不知名的学校。她想。心里松弛了一点。她在那个早晨醒来，抱着达利走到了阳台，将他放在一把木头椅子上，他们就那样看着外面。微风拂过树林，树叶沙沙响着，她可以看到几只松鼠在跳跃，深灰色或是灰褐色的。那是什么？达利问她。松鼠。她说。松鼠是什么？他又问。她答不上来。达利手中的巧克力要化掉了，她没有像以往一样忙着擦他的手，而是去翻了《新华字典》。松鼠：又称"灰鼠"。哺乳纲，松鼠科。体形细长。耳端有黑色簇毛，尾毛长而蓬松……一只小动物。回来时她说。喜欢吃树上的果子。她说。达利没有再问下去。他粘着巧克力的手扒着栏杆，又在看一只鸟。

高光时刻就那么一瞬没了。总是这样。天空中忽然飘来了一片灰色的云，她又想起了那个已经是副主任的同学，不但是副主任，也是副教授了。就算是一间不入流的大学，也是副教授了。雨掖在云的被褥之下，到下午才下起来，如同绞索从高空垂下，上面还奉拉着风的尸体。她的情绪跟着那些被捶打的树叶一起低落，一点点的高光总会对应无穷尽的昏暗。达利那时候在做什么，她竟然不记得了。

之后一天她去了一趟书店，买了套儿童百科全书，花了两百多块钱，几乎是她半个月的工资，但是她觉得值。她和达利一起学习，达利负责看图，她负责给他念旁边的文字。文字写得比《新华字典》丰富，到现在她还能记得松鼠的特征：四肢强健，趾有锐爪，爪端呈钩状，雌性个体比雄性个体稍重一些。花鼠属与松鼠属其脸颊内侧有颊囊的构造，能储存很多食物。尾毛密长而且蓬松，四肢及前后足均较长，但前肢比后肢短。耳壳发束……只是显然达利不记得了。

念初中那年，小树林要被整个推平，她十分惋惜，达利回家时，她对他说，对面的树林以后就没有了。

是吗？他在厨房，把加了冰糖的冰镇绿豆汤倒进一只碗里，显得漫不经心。

以后松鼠就都没有了。她又说。

我们什么时候看到过松鼠？他说，那片地里哪有松鼠，有只鸟就不错了。

有过，她肯定地说。

反正我没看到过，他把碗里的汤喝光了，走进了自己的房间。她追了过去，问他，你不记得和妈妈一起看过松鼠吗？你小的时候。

我哪能记得。他不耐烦了，这些不耐烦也是被隐忍过的。

我那时候给你买了百科全书。她忽然非常固执，不相信他对此没有一点记忆。

不记得了。他开始写作业。

这是无声的驱离。

2

转开门锁，把身体塞进去，关上门才觉得松弛。客厅不大，中间摆着一张玻璃茶几，越过去就是一张镶红木的窗框。每天回来换完鞋子，就习惯性地朝左看，也看不见什么，就是看一个天光，明了暗了。

周太太把钥匙挂在玄关，包扔在沙发上，跟着人也躺了上去。沙发巾被拽下来，折在她的腰上。沙发上有一种味道，和她母亲家里的一样。以前她觉得那个味道很难闻，你无法辨别，它在那个家里根深蒂固地存在。刚结婚的时候，她常常往房间里喷空气清新剂，茉莉花香，但是周先生有鼻炎，对这种味道相当排斥，后来她就不喷了，不喷家里味道也是好的。可是现在，每当她从外面回来，家里的味道就扑面而来。一股浓郁的陈旧的厚重的湿腻，很像是皮脂味。她躺在沙发上，觉得自己和那些味道融合在一起。是老人的味道，她知道的，不饱和醛的味道。皮脂腺分泌的脂肪酸被氧化之后，会产生一种叫作棕榈烯酸的脂肪酸。人到了三十岁，脂质过氧化物的分泌也会开始增加，在被分解氧化之后，棕榈烯酸和脂质过氧化物会结合，而产生不饱和醛的味道。有一天她闲着无聊，翻了翻健康报，上面有一个豆腐块就写着这个，她认真看完了，将报纸折进了垃圾桶。

化学系的朱博士也知道这个吗？会知道吗？他是不是因为身上这样的味道越来越重，所以才不停地喷各种各样爱马仕香水？这两年，朱博士多多少少成为了她心中一道过不去的坎，她总能想到他在楼道里看她的眼神。那时候她不知道那个有点困惑的眼神现在可以衍生出更多层的涵义，比如自得、骄傲和对他人的怜悯。她在楼道里问他买不买新房时，他原来已经被聘去深圳的一所大学教书，她竟然对此一无所知，甚至周先生也不知道。朱博士行动迅捷，上上下下打理好关系，调离手续不到一个月就办好了。他走之前还送给她很多东西，也算是精心挑选过的，但归根结底都是他们用不着的高级垃圾，不送人也得扔掉。她想要拒绝这些馈赠，但碍于情面还是收下了。后来她想要偷偷扔掉它们，包括一盒还算新鲜的特级鲍鱼，但最终也还是做了一锅海鲜炖汤。

你什么时候买了鲍鱼了？周先生问。

中秋节发的购物券，她说，只能报米面油肉蛋奶，这家可以开发票。

味道还行，他说。

味道是还可以。她承认这盒鲍鱼不错，但是吃了两口就胃口尽失。她看着周先生蠕动的两腮，能感觉得到鲍鱼的嚼劲……她离开了餐厅，觉得自己不能够再继续看下去。

朱博士房子卖给别人，净赚一百多万。隔了一个月不到，来了一户新邻居，是一对小夫妻。男人叫丛睿，女人叫聂倩。两个人都在本校外语系念到硕士，之后丛睿又去北京读完博，小两口留了校。丛睿教法语，聂倩因为是硕士，不能代课，被安排去留学生处。周太太一家和他们没有交道，一起住了两年，只是在楼道里碰见了打打招呼。

周太太在校图书馆就职，工作比较清闲。图书馆之于整个学校，如同一个置物架，摆着各种关系的瓶瓶罐罐，空瓶的半瓶的尚未拆封的，什么种类都有。从前人们来当这些瓶罐还算容易，现在要到这个置物架上来，难度高了很多，也要求有硕士学位了。来的年轻人大多数都埋头再念念书，只当这里是个接驳车，转头就考博士出走或者读了本校的博士就直接调去代课。

图书馆工作不多，每天五点就下班，每学期还有勤工俭学和社会实践的学生帮忙打扫和整理书架。就这工作，也分几等。最忙的是一楼的社科馆和二楼的期刊馆，平时去的学生多，到考试周就是自习室，馆内常常爆满，乱糟糟一片。刚来的新人，先得从这些馆里开始干，最好的也是在电子期刊部，管着几十台电脑，供做论文的学生教师来查资料。周太太资历久，被安排在四楼古籍馆《四库全书》部，这个馆对外有限制，能来的都是文史类硕士博士，凭普通本科生的借书证来不了。

学校里硕士博士相对本科生少很多，他们大多也不需要找座位上自习，除非真的闲得无聊，没几个人跑到馆里来看书。现在图书馆电子书库里有很多古籍的影印本，学校里的文史类学者登录网站就能查到这些资料，用不着往馆里跑，周太太满打满算，一周也才能见十来号人。

于是本来是一周的班，她与同事刘老师商量了一下，连报告都没打，直接两个人轮班，一人一天。周五下午闭馆，早班她们就象征性地去一两个小时，见面格外亲切，聊聊天，就到了下班时间。

工勤人员五十五退休，刘老师过完春节就没再回来，去美国帮女儿带孩子了。正月十七新来的职员第一天上班，周太太正从卫生间摆完抹布回来，在旋转木楼梯口撞见聂倩。她穿着一双黑色羊琼高跟靴，黑色系带羊绒外套，咯噔咯噔往古籍馆走。周太太没跟她打招呼，跟在身后。馆里的白炽光透亮，明晃晃耀眼，聂倩一走就走到了沉甸甸的古籍架子里去了。

就此两人成了同事。

古籍馆是师大的一个特点。师大最早闻名的专业是传统戏曲研究，现存最早的南北杂剧曲谱，全国仅存的明代手抄孤本，都摆在这里。上世纪六十年代初期，馆里有钱，又重视古籍，专门派人到北上广等地的古籍市场和书店买下数以千计的古籍善本。《太和正音谱》也是那时候购入的，馆藏的钱谷手抄本，还是全国仅存孤本。因着这些古籍，师大图书馆古籍馆成了全国古籍重点保护单位，新建的古籍书库配备循环系统，空气过滤，自动消防，隔热遮光，恒温恒湿。书库内摆的都是一排排整整齐齐的全樟木书柜，沁着淡淡的纸香木香，调位非常高级。整个馆里都铺着深色地毯，走起路悄无声息，别有一派典雅庄重之气象。

她和聂倩就在紧邻书库的古籍阅览室坐台。内室摆着博古架，还有几丛兰花绿萝点缀，布局独具匠心，若隐若现，颇有宋代书院之遗韵。雪白的墙壁上挂着几幅字画，都是艺术学院的严天鼎教授的作品，周太太也不太懂得欣赏，只觉得山山水水之间有几分雅趣。风和日丽的时候，煦暖的阳光从落地窗照进来，深红色的实木桌椅折射出柔和的光晕，聂倩伏在案子上看自己的书，扶额支颐托腮，做得自自然然，宛若变幻的美人图。

周太太此前知道聂倩卷入一场不大不小的桃色绯闻，却没想到她来了图书馆。师大说小不小，可是新闻长了一双大长腿，很快就走遍角角落落。绯闻冬天闹开的，大约十一二月，据传聂倩和一个日本留学生夹缠不清，这倒不要紧，要紧的是男孩子差一点从留学生公寓的顶楼跳下来。事情闹大，学校领导受了惊，下达了一条新规定，留学生处分为男生部和女生部，男老师对接男学生，女老师对接女学生。周先生嘲笑说这是 gender binary，周太太问他什么意思，他说就是性别二元论。对于这个名词她还是一无所知，但是她停止继续追问下去，她懒得听周先生用更专业的词汇解释专业词汇，也不感兴趣。她专心揣测聂倩的年龄，脸上很光，皮肤也紧实，近看眼角也没有皱纹，面貌是二十中段的样子，但算算履历怎么也是三十出头了。留学生还在读大三，最多也就是二十一二岁，上下有接近十岁的年龄差。这几年流行姐弟恋，电视上也总有这样的桥段，她认为自己并不老派，可以理解现代女性，也觉得女大男小女强男弱不是什么不自然不舒适的事，但超过五岁以上，周太太就觉得有点过头。三十岁的女人还看得过去，四十岁就不一定了，四十岁就算还看得过去，五十岁肯定不行。要好也就是短暂的好一阵子，长久不了的。

外面再怎么沸沸扬扬，对门也没见得有什么惊天动地的阵仗。要不是实在有太多有鼻子有眼的证据，周太太倒是很怀疑这个绯闻的真实度，大约都是因为对门男人的表现也太过淡然。那段时间丛睿一切照旧，见人笑着打招呼，一派和煦。几次三番，她还是能看到那夫妻二人手拖手走上楼，由不得她对绯闻的真实性存疑。可这样的事情谁也说不准，打开手机，一不小心就刷到娱乐圈恩爱夫妻反目的消息，何况这世上人人都是演员。平地里生不出风言风语。于是跟聂倩一起工作的时候，周太太总也忍不住留心观察，然而聂倩很是从容，就算传言有一百个版本，故事原型也像是没事人。周太太有次在吃饭的时候和周先生讲这些，周先生喝一碗小米稀饭，下颏的须子上沾了亮晶晶的米脂，抽出一张带点状纹路的压花清风纸巾，揩了嘴，放下碗，说她：出门别乱说。都是邻居，省得人说你传闲话。

过几天似乎是想起来了，接着又问：上次你说那个留学生多大？

二十一。

3

来图书馆工作没几天聂倩就换了打扮，牛仔裤老爹鞋，硬生生又穿年轻了几岁。她不咯噔咯噔走路，周太太却觉得这清汤寡水的样子，也莫名地叫人想要与她多纠缠两眼。

书库的两侧分别安排有古籍编目室、修复室和整理室。编目室和整理室常年不开，如同摆设，只有修复室偶尔开一下。整个馆里的破损古籍都可以送到这里来修复，学校花大钱买了纸浆补书机、冷光工作台、超声波清洗仪之类的修复设备，也聘了两位古籍修复专业的研究员定期来一次。那些痼疾缠身的书籍，不论是鼠啮虫蛀，还是水渍发霉，到了这里，都能重获新生。在修复室工作的两个博士，恰好都姓王，年纪大一点的叫大王，小一点的叫小王。聂倩没来的时候，大王小王都不怎么来，聂倩来了之后，大小王肉眼可见地大频率来。

周太太倒是觉得兴味盎然。经常站在修复室门口和他们打趣，有时捎带把聂倩也塞进来，但聂倩总不那么配合，往往在字与字的间距中溜回她自己的世界，疏林远树，平淡幽深，老有一种傲气，好像只有她活在山巅。周太太不忿——不也是个图书管理员嘛,有什么傲的?

自打来了古籍馆,聂倩明白周太太的眼睛就没从她颅顶剥脱过。她早已习惯了身上粘着许多只眼睛,自己沉甸甸的像一只凸凹不平的蟾蜍。从前她和丛睿下楼扔垃圾,都是一个在前一个在后,现在反而要手拖着手,扔给大家看。有几次他们手拖手一起出入金辉小苑二号楼,对上周太太,对方总含着笑,仿若拥有一百种的乐趣。

不管周太太是不是隔三岔五去上班,聂倩是天天都要去的。有一阵大小王也天天去,说是暑假到了,在家也没事,还不如来馆里吹免费空调。

我看你们是不想帮忙看孩子。周太太说,还是馆内的文气养人,进来就心旷神怡。

聂倩不搭茬,冷着脸坐在架子后面,见着他们连眼皮也不抬一下。大王识趣,过阵子就不来了,小王反应慢,有一天就在馆里挨了骂:放着一两岁的孩子不看天天跑四库捣什么乱,这儿是查阅资料的地儿,不是聊天室。聂倩把笔记本合扣下,边起身边冲身边的小王说。当着周太太的面。

我跟你讲,我年轻那会儿,可比你横多了。小王走后,周太太说。她站起来,从桌子后面走到桌子的腰间。她还是和聂倩保持一定的距离,不会走到她的鼻子上去。

聂倩从自己的书上抬起头,微笑着看她。这种微笑让周太太感到不适。她想伸手拽下来聂倩的假笑,那不是有礼貌,而是一种隐藏的又故意不愿意隐藏的鄙夷。她总是会在这种鄙夷之下沉不住气。

我见过的美女多了,真的是标准版的大美女,就拿我同学王玉静来说,年轻的时候……好多话周太太一说就多,又常常在自己的话的分叉里迷失方向,说到后边也不知自己究竟是要说什么了。但总得回家不是,快到五点钟的时候,所有的话头就会有一个急匆匆的收梢:

懂了吧?她说,你不能这么横。懂了吧?等你过两年再看看。懂了吧?你现在是年轻。懂了吧?

聂倩客客气气地听,看上去又似乎没在听。

谁还没个年轻的时候呢。你也过了三十了，看你还能撑多久。周太太闷气地想。

话跟人，和周太太待得时间久了，聂倩回家这话也还跟在她身上。有一天她正做饭，拎着一只汤勺站在琥珀色玻璃锅前和丛睿聊天。

啊，像是忽然想到了什么，丛睿说，叶欣要结婚了。

在哪结？国外吗？

应该是国内。

和一个男的？

不然呢，难道会和一个女的吗？

怎么不会？你得尊重性向和信念跟你有差别的人。懂了吧？

这三个字一出，聂倩惊得跳脚，慌忙把玻璃盖子盖好，仿佛不盖上就会有更多个这样的话如锅里蒸腾的气体一般轰地冒出来。

这年春天刚冒头，丛睿得到了去法国交流一年的机会。机会难得，大家各显神通，丛睿险胜一个老公在校办的女博士，拿到了名额。秋天走，到第二年的九月再回来。聂倩忙着给他置办行李，从六月买到八月，6.18、8.18，每一个淘宝打折季都赶着买，结果收行李时也装不了几件。聂倩弓着身子往下压箱子，丛睿手指抠着行李箱沿，一点一点往里塞跑出来的真空压缩袋的边角。聂倩脸色通红，满头是汗。夏天已经过去了，可仍热得难受，老式的橱柜桌子都在身后柔和地燃烧，还没等她开始流眼泪，丛睿倒先哭了。聂倩开箱又拿出两条夏天的短裤，说夏天她去的时候再给他带上，反正现在也用不到。这么说的时候，她觉得拂过心头的一点悲伤又转瞬隐去。

九月份丛睿刚走，聂倩就先后不断收到大小王的微信轰炸。大小王个性不同。大王直接，小王暧昧。大王外向，小王含蓄。不管哪种，聂倩一概不理。

时间久了，周太太和聂倩说话也放松起来。她说，你是不是觉得大小王长得不好？聂倩说，和长相没关系。周太太说，都是因为你现在还是好年纪，挑得厉害。如同被刺了一下，聂倩眼睛忽然一跳，从下眼眶跃上眉底，直视周太太，目光里多了几分不常有的不耐。乍看之下，周太太吃了一惊，这眼神太熟悉了，有一阵子达利也是这么看她的。她不自在地别过了自己的头，把几本工读生整理好的古籍又重摆了一遍，指头在书脊上摩挲着，布纹触感粗糙，她的指头顺着条纹慢慢往下滑，听到聂倩在身后声音陡峭，很严肃地说并不在乎别人喜不喜欢自己，也不享受。周太太热笑里夹着冷笑，说你这是因为大小王质量不高，搔不到痒处。聂倩不再吭声，垂头继续看自己的书。

4

　　入了秋就是冷雨季，晋城的阴雨天常常连绵数日。这种天气周太太是不愿意去上班的。早晨起来，她会敲聂倩的门，告诉她说自己腿有旧伤，阴天就疼，没办法下楼。这都没有关系。聂倩说自己有雨靴雨衣，反正也是要去。聂倩撑着门，楼道里有一股湿湿的土腥味。周太太身上还有护肤品的香味，她的脸上油亮亮发着光，那些水乳还没有被完全吸收。周太太纹了韩式半永久的眉毛，除了双眼皮格外下垂，倒也不算老态。她说着话的时候总有意无意往里探看，聂倩觉得自己像一本淫书，周太太想看却不敢正大光明地翻，总要偷偷窥视两眼。

　　几次下来，周太太大约感到不好意思，一定要约她去家里吃饭。

　　你一个人，也怪可怜的。自己不想做饭的时候就尽管来我家吃。

　　聂倩应和一声。再隔一阵子，周太太托她代班的时候又说。聂倩仍是应和。又过一阵子，周太太说周先生出差，晚上家里没人，两个人可以一起打个火锅。聂倩应了，自然也不去。周太太也没真当她会去。这世上不知道怎么就生出这么多没必要的社交废话。

　　丛睿起初在国外十分不适应，总是在晚上打来电话。聂倩觉得既然语言过得了关，又有什么困难可言。在国内丛睿也没有这样黏她黏得紧，他们是秉持着自由主义的夫妻，对对方的私生活互不干涉。多少年下来，两个人就处成了朋友关系。没有别的朋友听你倾诉吗？有一天聂倩问他。这问题有时候就在嘴边，但很快便滑到别处去。她不想叫丛睿尴尬。某种程度而言,她与丛睿之间,还是有爱的。对方有难的时候,另一个人多少是个依靠。他在她面前总表现出脆弱的一面,聂倩知道这是一份信任,但她毕竟还是希望男人有男人的样子。

好容易丛睿在巴黎熟悉了环境,抱怨的话讲得少了,两个人就讨论欧洲旅游的事。她买了几本书,抽空坐在馆里看看。看到聂倩在计划欧洲之行,周太太说自己三十年前就去过日本。那时候,能去日本的是真的有钱人。周太太说,现在出国都简单了,人人都能出去,没有什么稀罕。不像以前,那出国的含金量才真的高。

聂倩不拦自己的坏心眼。她问:当年周先生去德国,你为什么不跟着去?

周太太就无话了。

快入冬的时候,有天半夜,楼道里有动静,聂倩睡得浅,披起衣服走到猫眼前看,就看到几个人在周家门口推搡。猫眼太小,一个男人的背影正对着她的一只眼球。高大,纤细。套着开衫外套,头发长得茂密。背后扔着两只大皮箱。周先生将那人往外推搡,周太太抵着防盗铁门不肯松手。哐哐啯啯的声响在楼道里震动,每个人都不肯出声,是个默剧,偏偏动静极大。

聂倩本来是不愿意搅和进这些别人家的家务事的。这么大的响动,醒来的邻居恐怕也不止她一个,可明显没有人愿意管这鸡零狗碎。

抬眼看了一下挂在客厅的钟,凌晨三点多,她打算折回书房去看书,忍下心中想要继续看热闹的念头。有时她觉得,自己一直想要克制内心十分庸俗的一面,尽量不要在别人故事的边缘看那些与自己毫不相关的事件。

正要掉转头的一瞬,就听见一声巨响,像挨了一颗炸弹,也好似爆裂了一根蒸汽管,整栋老房子的灰泥墙粉几乎要跟着这轰隆声噼啪往下掉。她只好重新凑近去看那猫眼。大约是两只行李箱朝楼下滚去,一只野兔子跳跃着,另一只紧跟。她看不到它们,只能想象它们前后左右一蹦一跳下楼的情形。高个子男人松开了手,周先生脱了力,整个人往后栽倒,上身压住了周太太,她的脑袋重重地磕在旧式防盗铁门上。

晋城的黑夜，并不如想象般漆黑一团。路面上，到处都有灯。有一些商店的外面，已经竖起了圣诞树，彩灯从树尖绵延至玻璃橱窗的上沿，花花绿绿闪烁不停。聂倩开了暖风，车里还是不够热，后视镜里，周家夫妇并排坐着，中间却隔着距离。周太太的头朝车窗偏去，像一根头重脚轻的豆芽。她头部没有出血，但昏厥了半刻，他们开出学校大门的时候她醒了，闹着回家。聂倩说，不管怎么样，还是去医院做个检查，有事没事，心里有底。

达利坐在她的身边，身上有一股青草或者染湿了的松枝的味道。她不方便看他的脸，只觉得他高、瘦、白。他穿着牛仔裤，双手放在膝盖上，身上透着湿冷，像是刚从水底浮上来的水鬼。聂倩又往后视镜里看了看，周先生直视前方，没有表情，眼睛里却有一份偏执的锐利，他的眼袋特别大，现在更往颧骨上耷拉下去。聂倩不想再看下去，收回了视线。

他们一路上都没有再说话。

自那晚开始，周太太就有意躲着聂倩，直到时间将尴尬缓缓瓦解。时间真好，越往后越显现它的力量。当她不再反抗，时间就总能想办法解决她解决不了的事情，再疼痛难忍的时刻，也都会被时间改变。终于终于，她感觉到自己正式进入退休倒计时，生命的倒计时。自打暂时性休克之后，她有了更合理的托词，去馆里的次数越来越少。不知道是不是因为觉得聂倩看过了他们身上丑陋的疤痕，她反倒在自尊受挫之余，多了一份放松，这是古怪的对立和谐。聂倩一切照旧，并没额外打探那晚的事，这一点也让她在她心中多少可亲起来。很快的有一个叫杨乐乐的古籍刊本硕士生来馆里实习，分配给大小王，自此之后，两个男人的注意力都转移到别处了。周太太努力克制，还是忍不住用一种我还是比你清楚的语气对聂倩说：年轻就是好啊。

原是想要刺一刺聂倩，可这句话说出来，周太太倒觉得自己的嘴里泛出苦味。这些年常常觉得嘴里苦涩，上火感冒的时候，嘴里的苦味就总不消退。年纪大一点以后，对苦的忍耐度好像加深，比如吃药，药片放进嘴里，舌头也不必卷起，也不再慌慌张张找水喝，可以慢慢举杯，缓缓送下。药也喝得越来越多，这些年他们夫妇开始一起镇定地喝药，已经不再像三十多岁时有一点病就着急忙慌，现在吃多少片似乎都已经没有多大关系。

周太太举着杯子喝水，想起小时候每一次吃药都要在事后放一颗糖进嘴里。后来达利也怕苦，每次吃药后嘴里不放糖，放的是巧克力。他小时候，她常常买巧克力，巧克力是这样一种东西，如果她不能深刻地了解到他的需求，那么巧克力总不会错。这是她对他最牢固的把握。可是他现在连巧克力也不喜欢了，茶几上放着的糖果盒他一次都没有打开过。

有进口巧克力。她说。

知道了。他回答。和从前一样，她一听就听得出来他的敷衍。

达利说他不愿意继续留在德国，他们夫妇并不同意。可他已经折射出一个讯息：他的一切都将与他们无关。这她不能接受。就连逢年过节他们也不像别人的父母家人盼着孩子回家，现在不像旧时千里迢迢多有不便，只靠一根电缆就能够如在眼前，想儿子时就通通视频电话，说得最多的也是：安心在那里待着，回国干什么，来回折腾浪费钱。

那晚，当她打开那扇铁门看到达利时她就知道，一切都完了。她从来不具备掌控力，连自己都无法掌控更何谈他人。

不回去就不回去吧。她退一步想。居留权拿不到就拿不到吧，现在出国又不像从前那么难办。她安慰自己。她溯本寻源，想他们为什么坚持一定要让达利留在国外。想来想去，只有一张朦胧的镜像，只能映照出自己的脸庞。

周先生去过了，她没去过。他们都没有在那里留下来，留不下来似乎就是无能的证明，就跟他们从金辉小苑走不出去一模一样。

就这样回来了也没关系。她想，达利还年轻，还有很多的可能性。她安慰自己。她从达利的房间腾挪出来，第二天看到摆放蝴蝶标本的地方换了一个画框。画面中心描绘了一张变成果盘的脸，而果盘又是装满画布其余部分的狗的一部分。狗的头从山地上劈开，眼睛是穿过岩石的隧道。由三个拱门支撑的桥形成了狗的项圈。碗里的果实也可以看作是女人头上的鬈发和狗背的一部分。女人的嘴和鼻子的尖端不仅是碗的底部，而且是穿着打扮的女性身体，坐在海滩上，背对着观众。她原想问问达利这画是要表达什么意思，转念作罢。她恐惧他的冷漠。她关上房门，把那个女人合在门缝之后，看上去——是年轻的肉体。

自己有没有年轻过呢？似乎想不起来答案了。然而年轻总好像和男人有关。她的心底有一个男人，不是周先生。很多年后，因为达利上高中的事儿他们再次有了联系。那个人说，对不起。她对那个人说，去庙里拜拜的时候我都会帮你祈福。

她明明白白知道他们记忆的体量不一样。一个人对另一个人的回忆如果多于对方对他的回忆，首先是因为记忆能力因人而异，其次是因为他们对于对方的重要性的失衡。

5

达利要请聂倩吃饭，说感谢那晚她开车送周太太去医院。聂倩站在门口，把门框撑得老开。好啊。她说。以为还是老样子，这个对面的邻居只是客套几句。达利的语气中没有诚挚，反倒是一丝尴尬戳得两人都不自在。

下午，她打开柜子，将丛睿夏天的衣物一件件拖出来，塞进压缩袋。离出行还有几个月，她却有些迫不及待，总要找点相关的事来做。

整理中间手机响了一声，点开微信，是达利的消息：

今晚怎么样？

可以。她想了想回复道。

七点，蕉叶？消息很快回了过来。

好的。事情总是径直找上她来，模模糊糊，无声无息，都赋予她人生奇特的沉重与有趣。

虽然是冬天，餐馆外院子里的桌椅前却坐满了人。达利先到了，正喝一杯水，喉结滚动，敞开的领口中露出一小节锁骨，有直峭的美感。

聂倩的胸膛也凉凉的，仿佛那冰水灌进的是她的食道。

师大的边缘还剩最后一堵老墙，据说曾经也是一道城墙，旧砖石被窃得七七八八。十年前政府城市改造，学校将青砖砌上残存的夯土，沿着这道边建了小花园，树影连地，红叶满廊。花园四角都有些小餐馆和咖啡馆，是学生们谈恋爱最爱去的地方。晴天好日的时候，满园子都是花红柳绿的嘈杂声。

他们打了招呼，上菜之前还是有些尴尬。但很快他们谈到了达利的头像，那幅眼睛是穿过岩石的隧道、有鬈发女人背影的画作。

不是女人。

什么？

那个鬈发的背影。

那是？

那是我的背影。我把一些照片剪接拼凑，又做了图，把它们重叠调色。

那么你有很漂亮的直角肩。

谢谢。达利说。

大约是户外温度过低，饭菜很快凉了，握筷子的指尖像冰锥一样。似乎为了不让陌生的尴尬坠地，达利零零星星讲了讲这些年在国外的事，他像是解开衣襟，请聂倩伸手去他的身体里捞一捞，像是只要她把手指伸进去，就能捞出她想要的东西。聂倩这么做了，她静静听着，觉得自己的手伸入冬日的池塘里捞了一遍，掬起满手泥泞。

所以你要开始相亲了吗？吃餐后甜点时她问。

是的。我妈已经给我挑了好几个相亲的对象。

那你打算怎么办？

不怎么办。先见见。因为我不想一回来就吵架。

那么，你和阿尔弗雷德……

真好。达利望着她的眼睛说，我觉得我们快要是朋友了。他的声音融入周遭嗡嗡的人声：我就知道，你可以理解。但那都是过去的事了……也许我们下次可以去试试烧烤。我在德国这么久，都没再吃过这东西，以前还挺想念，现在完全失去了兴趣……但我还是想去试试，看看能不能唤起我对于它的记忆。

可以。聂倩说。Anytime，Anywhere（随时随地）。

这么说让我想起了叫这个名字的一首歌。这可真不妙：哦，我会一直看着你，你所做的所有事情。我随时随地，都在附近，我会等待失败的那一刻，我会等待你失败。

你知道我不是这个意思。

我知道。

遮天蔽日的晦暗，黑压压的墙，潺潺流动的游泳馆，干涸的水泥荒原上的人。还有达利的喉结，自己的手指。高高的砖砌步行道两边夹持着凹陷的深巷，一个女人的鬈发像藤蔓一样把黑夜撕裂。哦，不是一个女人。是一个男人。一个眼睛里有隧道的男人。

早晨醒来聂倩就企图抖落这个梦。不祥，阴郁，负能量。她站在自家阳台上背了半小时法语单词，这梦还是挂在脑门。聂倩觉得这个梦有着说不出的忧伤。以往，她对于此种忧伤是不屑一顾的，因为那是别人的脆弱。

小倩，你有没有认识的朋友，合适达利的，帮忙介绍一下？久久不来上班的周太太重新站在了借书台的接缝处，前倾着问。她恐怕就是那扯开夜幕的藤蔓。聂倩想。梦是有隐喻的。

有没结婚的，可我认识的都比达利大，不合适。她回答说。

哦，周太太思忖着道，我就是觉得你跟达利好像还能说得来，说不定你给他介绍的他还能看得上。我跟他说了几个他都不愿意……

我其实跟达利也没有很熟悉……对话坑坑洼洼，聂倩不打算兜圈子。

你们不是还一起吃饭？

昨天达利说要谢谢我送你们去医院。聂倩站起来，从她的身边划过。周太太企图用鼻腔嗅出一丝额外的气味，但都是徒劳。

周太太倒也没有完全烦躁，只是觉得胸闷。金辉小苑的门洞里，昨夜碰到的是晚餐归来的儿子与聂倩。达利回国之后就没有那么放松地笑过，这种微笑带给她扑面的热浪和压迫，咄咄逼人地沸腾着。她难以入眠，仰头躺在双人床的边缘，思绪翻飞。睡眠可以摆脱与这个世界的纠缠，但是她只能这么躺着。时间久了，她都能看到房屋内部墙角的每一根棱线。周先生的呼吸已经平稳，丝毫不能够影响她的入睡，但是分居这么多年之后再躺到一起，总有种说不出的怪异。

她把脸转向他的方向，很快又转了回来。他们已经是三十年的夫妻了，这一点不可思议。他们已经有许久没有融入过彼此了。

虽然有些担心，但还是不大相信聂倩与儿子会有什么纠葛。不会有的。她想。他们差了好几岁，聂倩还结了婚。但转念又会想起聂倩的桃色绯闻，二十一岁都可以，为什么达利不可以？

这些年和达利通话，从未询问过他的感情，好像每次说话的时间都有限，要争执的事情也很多，根本匀不开时间到那方面去。可当达利回来，她先想到的就是儿子成家的事。他二十七岁了，到了谈论这件事的时候了。她忽而对儿子的感情有了好奇，她想他有没有处过对象，有没有和异性发生过深层的关系。但这些显然都不是他们母子之间能够谈到的，甚至也是自己不为人知的秘密。

如果说第一次性关系决定了这个人的重要性，那么周先生就不是那个最重要的人。她得承认那个不能忘却的男人是她生命中很重要的一部分。后来他们没有在一起，之后几十年他逐渐发达了，所以他的重要性就始终没有退减多少。说起来她曾经和这样一个人物恋爱过，这是她的一点小小得意，不能为外人道，但是每当有人提到他的名字，潜在的优越感会浮上来。

那时候没人察觉到他的亮度，只有她，在男人最不闪亮的时候发现了他。当然也只有在最不闪亮的时候才可以。绝大部分女性都是成熟的VC投资人，投资目标是具有基本盈利能力且具有高度成长性的男人。他就是这样的男人。上班的第二年，在有限的能力范围内，她借给他五百块钱，这些钱帮他找到了一份临时工作。她是感激他的，比他感激她的分量还要更重。是他实现了她人生中最强大、最重要、最有影响力的一面。他完成这一使命之后，她身上的光芒就熄灭了。

她不再具备任何能力，不再有影响力。多年之后，所有人都不尊重她的愿望、她的志趣，她也得不到自己所渴望的赞誉。大部分人自动忽视了她，另外一部分则对她生出了自然而然的轻视，包括她的家人。

你为什么和她一起去吃饭？她追在达利身后问。

有什么问题吗？我和谁吃饭你也要管？

你知不知道她名声不好？她原本不想这么说的，这让她觉得自己不再像一个知识分子，至少她不能在儿子面前不是。

达利没有说话，但是他转过身，让她看了一个故意的明确的充满讽刺的微笑，然后他关上了卧室的门。

你不能和她搞在一起，听到了没有？她在这扇门外振翅高呼，被周先生一句短剑生生切断：

小点声，还不够丢人？

6

四十岁时周太太忽然有一点想要信个什么宗教的想法。她不知道为什么这个念头就冒了出来。一开始她去城南的天主堂做了几次礼拜，但是她不懂那些人都在说什么。她买了一本《圣经》来看，被里面的人名搅得头晕。周先生看她看《圣经》，有时会和她讲几个故事，比如约书亚的故事、约拿的故事，她总是要把这两个人搞混。她不知道迦南是在哪里，为什么要去那里。一切看上去对她的困惑似乎都没有帮助。后来她开始去离学校两三公里的宫庙拜拜，遇上庆典有僧人会在那里唱经，她也不知道他们在唱什么，总之她就是听着心安。

她追求的是解脱，是阻止不了流失感之后唯一的选择。如果她不能阻挡流失，那么她只能接受。她最后要找一个自己最舒适的角度去接受。她看着那些人和事物哗啦啦从面前流过，而自己就在这景观房里坐着，日复一日，如不死假活的仿真植物，落了些灰褪了点色，一眼看去就不像真的，但好歹还绿着。

最先流失的是友谊。王玉静，到现在她都说那个人是她的闺蜜。和聂倩聊天的时候，她无数次提到这样的一个人。她们都是电厂职工子弟，唯一有差别的是她父亲是一个普通职工，而王玉静的父亲是一个小干部。这细微差别在小时候不大显现，她们同龄，同出同进一起读书，上的都是电厂子弟学校，小学中学零零星星在一个班里也一同待过五年之久。她学习一直很好，王玉静长得漂亮。这两种风格拥有自然的平衡。她们走在一起都带一点风。但也有不愉快的时候，比如那时候流行港片，男男女女总喜欢敞着衣服走路，她也敞着，王玉静就说，你不要这样搞，因为你身高不够，看上去有点搞笑。周太太身高不高，到现在，就算是膝关节总有不适，也还穿着高跟鞋。有很多瞬间，一些话会深入到一个人的心灵，成为她自卑感的一部分。

　　后来高考，周太太考了外省名校，王玉静自自然然上了一个本省大学——虽然没有周太太毕业的院校好，毕竟也不算差。更何况，不管学校的好坏，毕业之后她们又在相同的单位里碰到了。有时候周太太觉得，一个人可以看到的世界真的有限。她出生在宜井门棉花巷，念书在宜井门东二巷，现在回到宜井门南二巷。她父母在这个弹丸之地待了大半辈子，而自己的前半生，也几乎都搭了进去。

　　回到宜井门之后，她发现厂里的男孩子们捧着王玉静，像在捧一位公主。有一次她在食堂吃早饭，看到王玉静后面跟着十几个男人，撩了门帘走进来，带着风。周太太读大学之后，就再也不带风了。会念书的人很多，她成绩不再拔尖，但至少那时候她的自信还没完全跌进地心，直到大一时她喜欢一个男同学，暑假前写了情书，约对方在学校北门的一个公园门口见面。她在那里站了三个多小时，男生没来。后来同班的另外一个男生来了，说我来看看你走没走。原来人人都知道周太太给"高岭之花"写了情书，甚至文采飞扬。但对方读信之后只说了句：人丑不自知。这话后来她才知道，那时候已经过了一个暑假。同宿舍的室友在聊这个的时候，她安安静静站在门外听完。后来她拎着暖壶去水房把刚打的热水倒掉，又折回锅炉房新打了一壶，回宿舍时话题已经告一段落，她自自然然把壶放好，什么都没说。之后她去找辅导员，上上下下狠磨了一番。大约她的事那个男老师也有所耳闻，他从来没问她为什么，这就是证据。最后终于换了专业，她去念自己根本没有兴趣的古生物考古学。

周太太最初念的是历史系古代史专业，后来调至考古专业下属的古生物考古学，后面三年里大部分时间学的是榆社的古生物考古，这地方曾经河湖纵横，气候炎热，草木丰茂。在这河湖之中和岸畔林区，曾栖息过大量的鱼、陆龟、各种象类，还有剑齿虎、三趾马、大唇犀、额鼻角犀、长颈鹿、祖鹿、巨驼、牛鼠和各种猪、羚羊等生物。它们死后，被水冲入河湖之中，很快被泥沙埋了起来。它们的肌肉腐烂，而坚硬部分和骨骼、牙齿等被岩石中的矿物质填充替代，从而形成了化石。化石是研究古地理、古气候和生物进化的珍贵资料和最可靠的依据，有极大科研价值。

但无论它们有多大的价值多少的意义，她都不喜欢。很多年之后，她回味过来原来她从内心里真实无比地热爱这个专业的时候，一切都晚了。时间不留情面，所有的人生选题都是快速问答题，不会留几十年供人思考衡量。这个专业人不多，他们那一届，满打满算才十四个，出人意料的是，这些学中国古生物的家伙最后大多没有留在国内。十个漂洋过海，剩下的四个，一个成了大老板，一个身居要位，一个早死。只有她，以世俗的眼光来看，是最没出息的。因为即便是早死的那一个，毕业之后也早早成功转型成了一个律师，心肌梗塞时还在念政法大学法学院的博士。

周太太年轻时也爱文学，初中每次作文都被当作范文诵读，甚至有几次还传到别的班级。但是后来再没有人关心她，也不知她这些"辉煌"过往，更没兴趣听她细说当年。宜井门王玉静从系花变成了厂花，有几次联谊会的男男女女打算排演话剧，都说请中文系大才女王玉静编剧。周太太把亦舒的小说撂到一边，总算见识了言情小说中的众星捧月，自此再也没有尝试过融入那个圈子。

遇到周先生，周太太以为自己终于可以扳回一局。周先生当时硕士毕业留在师大，虽然没什么钱，但好歹出身书香门第。她一年内相了三四次亲，到周先生时双方的家庭背景才比较合趁。周家父母都是中学教师，收入不高，她父母虽然算不上知识分子，但是电厂效益好，经济一直都算宽裕。恋爱一年之后，恰好周先生考取了德国的公费留学奖学金，申上了博士，更是让周太太扬眉吐气了一回。

实际上，人生哪有那么顺遂，周先生也不是一定非她不娶的，但如今那些故事都依随岁月流沙，盖棺定论。这社会早已经不是需要冠夫姓的社会。可是偶尔当他国外的朋友同她打招呼，称她为周太太时，她感受到了一种雅致。她接受这个称谓，它现在已经跟了她三十年。

结婚之后，周先生去了德国，留她住在娘家，当时她已经怀有达利。辞了工作，脱离了宜井门，她才觉得自己和王玉静可以联系了。或者说她嫁给周先生之后，她觉得自己可以重新和闺蜜王玉静走到一起了。她喜欢她常常来家里坐坐，陪着她在一个旧到木纹里有清不掉的泥垢的矮椅上坐着聊聊天，陪她一起择豆角，把两边的头掰断，拉出两条长长的有韧劲的丝带。王玉静来了一阵子，有一阵子不常来，周太太预产期到的那几天，她又来了，说有好消息告诉她。

是什么呢？周太太笑着，可是心里莫名发堵。王玉静穿着藕色短袖小衫，下身是一条墨绿色绉丝长裙，来的时候摇曳娉婷，像是生在湖面上的荷花。

荷花立在院子中央，那时候他们仍是好几户人家分享一个院落，晋城的城建还没有轰轰烈烈地展开，还有些百年老院好好留着。可那时候没人珍惜，反而以身处这陈旧性历史伤痕之处为耻。

我调入电视台了，王玉静说，手续刚刚办好。

去做什么呢？周太太觉得自己喉咙坚硬，和多年以后患了甲状腺增生一样，吞口唾沫都觉得难。

先做记者，然后看看能不能转做主持。

周太太动了胎气，九月九号，达利就是那天生的。

7

达利在德国一共待了九年。三年的本科，他读了五年才拿下来。五年里他有过无数次想要放弃的念头，甚至有一次，在旅行中他差点跳下了一条河。

起初，他尚存希望，希望自己重新回到国内。那时候他还在西部一个小镇读语言，一切还来得及。他常常这样想，如果，人生需要在某个时刻坚持自我，那么一定是那时候，十八岁，一切都还来得及。

镇子坐落在一座小山上，连买床被子的商店都没有。从山顶上走到山下的火车站需要半个小时，如果去大一点的城市，要倒好几趟巴士。一天中往返车辆非常有限，最后一班车是下午六点钟，如果赶不上，就只能外宿。山间很美，云雾总是浮在人的眼前。山下有大片的田野，春天秋天都是黄黄绿绿的一片。他在那里待了整整八个月，但他从未享受过这美感。

你爸爸当年只用了一年就拿下了博士，你凭什么喊苦喊累？母亲说。

我小时候我父母可没有这样管过我。如果我有你这样的机会，就不会是现在这个样子了，年轻的时候不吃一点苦怎么成？她还这么说。

傍晚之后，山村就陷入了宁静，达利总喜欢爬上山道，去山顶上看看。日落总是令人不安，无论它是绚丽抑或是贫乏。他可以看到山下的教堂，他俯瞰着它们，万物矗立，唯有他想要将自己的脚拔出土地。太阳最后的闪耀使原野生锈，地平线上再也留不下斜阳的喧嚣与自负。他拍下了很多这样的照片，存在手机里，一次也没有回头看过。那些照片全部象征着他想要死亡的瞬间，它们形成了一个结界，将他牢牢锁死在其中。要抓住这紧张而奇异的光有多难，那是个幻象，人类对黑暗的一致恐惧把它强加在空间之上。想要纵身跃入一个深渊的念头就是那时候诞生的。

困难最初来源于洁癖，他不能和室友们一同生活，他觉得他们脏。房间里到处都是蟑螂，他每个月都要灭一次，但是挡不住他们照旧把没吃完的饭放在餐桌上发酵，一周都不扔垃圾。清理公共空间似乎变成了他的责任，最初他做了这些，后来也只有他一个人在做。如果他可以忍受打开砂糖就会发现一层蚂蚁，或者蟑螂从餐桌的边缘施施然地爬过，他也就不必做。但是他不行。干净的习惯是周太太帮他养成的，从小他就懂得规整自己的东西，如果不知道，反倒好了。有时候他也这么想。因为知道脏，所以就更不能接受脏，最后的结果就是他成了一屋子人的免费用人。

有一天他在整理冰箱时翻出一盒已经拆封半个多月的鲜牛奶，奶已经发酵，冰箱里有一股恶臭。他把牛奶放到垃圾桶旁，傍晚的时候听到一声尖叫，有一个人高喊：是谁把我的牛奶扔了！怎么可以随便扔别人的东西！这句话让达利浑身的肌肉都紧绷起来，他想缩在房间里，就像一只蚌牢牢关上自己的壳。但是那叫声不肯休止，他听到另外两个室友走了出来，都为自己做了辩解，于是质疑变成了声讨。他明白他们高声说话的理由。他明白，只有等他走出去，才能让那些音量降低。但是他仍然选择了沉默。这是一种懦弱。他一直都知道的懦弱。周太太喜欢他变成一个懦弱的人。当然她并不认为这是懦弱，而是有教养。什么是有教养呢？就是永远不要和吵闹的孩子争辩。小时候如果和邻居的谁起了争执，为着一本书或者一个游戏机什么的，周太太永远会戴上自己骄傲又平和的面容牵起他的手离开。他们不争辩。

你有你自己捍卫权利的能力。有一次他听到一个父亲在对他的孩子说。他们争着玩一台从德国买回来的遥控飞机，几个孩子扭打在了一起。那一次他只是看客，实际上后来他常常是看客。看客的同义就是边缘化。他看到那个父亲站在孩子的身后，教他的小孩用肢体夺回属于自己的权益。成年以后，纵使似乎有了自己的思想，他也无法判断哪一种教化更为合理，人的存在与发展都像是无数个偶然。

稍晚一些时候，他走出房门，向那个室友说明了理由。室友脸上写满严肃：你应该提前和我说一声，怎么可以随便扔别人的东西呢？达利解释说牛奶已经过期，但是自己确实有不当之处。他平静地、微笑着对着那个人讲话，他明白了周太太所说的教养，它的本质是忍耐与精神制胜。"我觉得你下次不要乱动别人的私人物品。"室友轻易地击碎了他努力营造的高贵。达利感觉到了一种欺辱，这之后他更加沉默，沉默着做一切因他人而产生却要因他而结尾的事件，然而这样的付出并未能够为他赢得友谊，反而使他与众人格格不入，不知道从什么时候开始，人们开始喜欢针对他。他感受到了孤独与无限孤独。

谁不孤独呢？周太太说。达利每一次听到她这么说的时候，都加深了内在的无助。从小到大，所有他不能够做到的事，她总是逼迫他去做，他满足了她的要求，按照她的意见来，然而他们从来没有成功过，一次都没有，反而失败来得迅速又凶猛。

咱们高中一定要上三中。她说。

那对于他来说是一个完全不合理的规划。他的成绩，在班里勉强排得上中等，想要去全省最好的中学，简直是痴人说梦。他母亲不止是痴，还爱梦。

没有考上三中的暑假，周太太以泪洗面。后来他们托关系上了师大附中，又强行安排进了重点班，从那时起他就开始了垫底的人生。考上大学几乎是无望的，周太太也意识到了这一点，但是没有人捅破，她对外人说，原本就是要大学在国外念的。果然如此，高中二年级开始，他们着手出国事宜，连换新房的机会也放弃了。多少年过去，周太太还把这些事挂在嘴角。

读完语言之后他去了科隆，最初选了机械制造专业，但是他完全跟不上课程，语言像是白学了一般，课堂上的内容录了音，回去也仍然听不懂。第一个学年他的主修专业课挂了两门，到第二个学年补考了三次都没有通过。至此全德范围内的机械制造专业他都没有办法再念，只能换专业。然而换专业又面临着专业匹配的问题。这时候他才意识到，他已然面临退学或者无学可上的局面。

周先生飞了一趟德国，把他从科隆带到慕尼黑。周先生的学位就是在那里拿到的，在和旧日校友几经联系之后，达利改学文学，英德双语授课。

二〇一六年年初，他在《欧洲时报》上看到一个男生因为学业压力大而在吕根岛自杀的消息时，竟然对自己生出了鄙夷。他一无是处，甚至连自裁的勇气也没有。

那几年，母亲说她似乎得了抑郁症。他感到好笑。明明遭受这一切重创的是自己，为什么会有人说，都是因为你让我崩溃。因为迟迟不能毕业，她的同事见了面就问了又问。她以他为耻。这些话她没有明着说，但是他知道。他知道自己天分有限，即便是狠狠读书，也难得跟得上。当她在他的深夜打电话来的时候，他常常假装没有听到。好多天之后，她问他，你为什么不接电话，他会说自己在做作业。

她很想到欧洲来，做一次母子间的旅行。但是他以各种各样的理由拒绝了。

一号楼刘阿姨家的小虎在英国留学，他带着他妈妈游玩了半个多月。

她总会提到那对母子，先是从博士楼说起。原来博士楼里都住着些什么人，现在什么人都能住进来。刘阿姨一家不过都是工勤人员，怎么也能住到这里，这里可是博士楼啊，住的满当当的都是留洋回来的教授和家眷们。又说，你看一个后勤和一个校医院的护士生出的孩子都能如何如何，你怎么就连毕业也不行？

他自惭形秽，因为在他念了五年大学终于可以毕业之际，刘阿姨的儿子已经申请到了博士学位。

最后，他母亲会说，你和你父亲是一样的冷血动物，那时候他就不让我去欧洲，现在你也不让我去。

本科毕业之前，他说想要回国，周先生周太太都坚决反对。说这么多年搞回来，就是个一般大学的本科，这让大家的脸往哪里放，更何况回来干什么呢？工作也难找。于是他咬着牙又申请了本校的硕士。这许多年了，他也已然适应了环境，或者也适应了绝望。

他从来没有谈过女朋友，初中时他曾经对一个女性有过好感，唯一的，短暂的。那时他们排一个英文短片，女孩子演爱丽丝，他演柴郡猫。他实在爱极了这个角色，想出现的时候就出现，想消失的时候就消失。出现的时候他要转到一面，露出道具服的一侧，消失的时候要转到另一面，和背景色融为一体。排练时都好好的，但是上了台他大脑里一片空白，转错了所有出现消失的瞬间。下面的人乱哄哄笑个不停。下了戏，所有人都宽慰他说反而这样带了许多意料之外的喜感，包括那个女孩子，她第一次同他说额外多的话，她说达利这个名字很有趣。还没等他回话，就看到周太太找来了。她站在小小的后台更衣室的中间，问：哪个是导演。嘈杂声渐渐沉寂，爱丽丝站了起来。

达利英文拿过全国少儿口语大赛的优秀奖，你们谁拿过，为什么不让他演主角要演一只猫？她说。

那一刻，什么都完了。

8

和阿尔弗雷德是在一次高山草甸的徒步旅行中认识的。徒步是达利唯一自我救赎的方式。在德国也并不是没有朋友，虽然经受了孤独，但他并不孤僻，甚至在外人看来，还有一点幽默。只要不和中国人密切地联系在一起，似乎就会轻松很多。至少那时候他是那么觉得的。他克服着社交障碍，除了学业之外，连课外活动也积极地参加，甚至是学校管乐团的黑管演奏者。在慕尼黑的第三年，他租了一个独居的老先生独栋房子的一层，一间自己住一间放些垫子，每周二和周四教人做瑜伽。小学四年级之前，他一直在学习芭蕾，这让他的身体很软，软得像一团海参。来学瑜伽的人并不多，收入仅仅勉强够他支付相应的房租，但是他一直在坚持，这几乎是他唯一能够放松自己的时刻。

冷中生的多年生草本植物伴生中生的多年生杂类草，在眼前密密匝匝地铺开，植物种类繁多，莎草科、禾本科以及杂类草都很丰富。脚落在这些植物上，衣摆蹭着绒须而过，达利有种落在实处的安慰。植被群落结构简单，层次不明显，生长密集，植株低矮，有时形成平坦的植毡。领队一路解释着他们能够看到的草本植物和小灌木以及下层常有的密实的藓类，形成植被的茎层。蒿草、羊茅、发草、剪股颖、珠芽蓼、马先蒿、堇菜、毛茛属、黄芪属被他们踩出一片沙沙的声响。他始终更热爱此时此刻的触感，对于母亲总是拿来说的古化石不感兴趣。

山上到处都是小动物，欧亚红松鼠和松貂偶尔可见。达利不再记得那本画着松鼠的百科全书，因为他后来有了很多本同样类型的书。他从小对生物感兴趣，他隐隐约约记得的。后来他不再敢于表现他有兴趣的一面。因为兴趣会被覆盖。周太太买了很多国外出版的书给他读。有一些一整套要一千多块钱，周太太狠狠心都买了来。每买一次，周太太都会告诉他价格，小时候他不知道她为什么要这么做，后来他猜她大概想要告诉他，我对你的爱值这么多钱。钱可以用来衡量爱吗？大概是可以的。以前会有人说，哇，你妈妈给你买这个，羡慕死了。他也会因为这些话心中腾起一点骄傲，这些虚荣是对更深层次的压力的缓解。许多套书除了有限的几本，他对剩下的并没有表现出特别的兴趣，几乎连翻也没有翻过。倒是周围的同龄人，常常来他这里看书。书被几双手翻烂了。周太太等孩子们走了就说，花了这么多钱，就是叫别人来看的，你说说你是不是糟蹋钱。

每每如此，孩子们走了之后，就是他紧张的最高峰。这还真是讽刺。孩子们来看书会带给他趋于两极的体验，这就是他为何不能放手的原因。大多数时候同学们走了之后，周太太就会叫他进屋读书。张博士和王博士家的孩子都看了什么，他也必须看。晚上还有测试。周太太举着一本书，随意地翻着，当知识点一般考着问题。他答不下来。不但周太太冷了脸，连周先生也是。重复的苛责会在晚餐期间到来，他们在餐桌上没有别的说的，只好讲他的事情作为最重要的交流。达利常常把头低下去，想要塞进面前的饭碗里。他从小胃口不佳，都是吃饭时养成的坏习惯。

下山时他不小心踩到了一块滑石，跌了一跤。这一跤让阿尔弗雷德和他成为了朋友。他帮他背了一段行囊。实际上除了尾椎骨隐隐刺疼之外，没有大碍，但是阿尔弗雷德一直帮他把行李背到了车站。他住在距离慕尼黑三十多公里的一个小镇，坐火车半个小时就可以进城。他是那个镇子上唯一的游泳教练，有生物硕士学位的游泳教练。

你的家人同意你做这个？达利问。

为什么不可以？只要我能够赚到自己生活的钱。阿尔弗雷德说。

达利很想问问他能够赚多少钱，因为他想知道赚多少钱才可以让父母对孩子的人生选择不置一词任其发展。但这些话他从来没有开口问过，他有他的教养。这个教养就是你心里再想知道别人有多少钱你都要装作不想知道。然后你就总会对对方做出估量评分直到你能够算出数额，这个魔咒才会解除。

后面他们常常相约徒步，有时候随团队，有时候就他们俩。达利也在周末坐火车去过阿尔弗雷德任教的游泳馆。那天阿尔弗雷德不在，他进城去见他的女朋友。达利走进那个室内游泳馆，发现只有三条窄窄的泳道。他在其中的一个边缘坐下来，看到泳池里几乎所有的人都在看他。他觉察到了自己的失误。这是一个小镇子，从头走到尾不超过三十分钟，首先他是一个陌生人，其次他是一个特征鲜明的外国人，这样的特征很容易被传播，第二天阿尔弗雷德上班的时候就会有人告诉他一件奇怪的事：昨天这里来了一个没有肌肉的瘦高的亚洲人。他有黑色的头发和黄色的皮肤。

游泳馆简陋寒酸，连淋浴房也只有两只龙头，他没有下水，却还是冲了一个澡。水温不是很高，他的皮肤紧缩，他身上的每一块肌肉也在紧缩。走出游泳馆时，他觉得自己蠢得可笑，他看着面前碧绿的田野，发现春天已经到来，再有几个月，他就要回到中国。他决定了，这一次他一定要回到中国。

在回程的火车上他收到了阿尔弗雷德的消息，他问达利要不要晚一点在城里见个面，那时候他会带上他的女朋友，他想要介绍他们认识。女朋友在CELINE柜台做导购，常常会接待一些中国客人，会说简单的中文。如果达利有朋友去买包，她可以给出更优惠的价格，当然也希望他多多带人来。

达利说自己很忙，没有办法见面，祝他们周末愉快。他放下手机，心脏酸涩得发疯，嫉妒和焦虑几乎要把他绞磨成肉屑。但隔几天他发信息给阿尔弗雷德，说他要买一个包给自己的母亲，一个五十多岁的女士，让他的女朋友帮着挑一款。阿尔弗雷德没有回信息。他心里紧张起来，这个紧张无比巨大，笼罩了他的世界。又过了几天，他收到阿尔弗雷德的短信，如他预测的一样，他问他是不是去过他的游泳馆。

没有。他说。你为什么这么问？

没什么。阿尔弗雷德回答。但许久之后，他说：我只是想确认一下。

两三周之后一个女孩子给达利打电话，问他还要不要CELINE包。

他说要，于是他们约好时间在店里见面。那是一个健康可爱的女孩子，和他的初中同学爱丽丝竟然长得很像，有着黑黑长长的头发和蜜色肌肤。他想，他此前想象的都不对，原来她是这个模样的。她递给他一只包，说是当季的新款，比折后价格还便宜了五十欧。那只包很好看，他刷了信用卡，知道这是自己能够支付的最后一件物品。

女孩子在包装袋上用粉红色的丝带打了一个蝴蝶结，达利觉得在回国之前他只好将这个盒子供起来，不然美好的形式会被破坏。她送他出门，在尴尬的余韵中告别。

她对他说，她已经和阿尔弗雷德分手了。

他很意外，极力从女孩子的面容中拼读她剩余想要表达的内容，但她只是深深地看了他一眼。再见，她说，随即转身走进了商店。

回家的路上他努力说服自己，花两万多块钱来见这个女孩子一面不是因为别的什么，而是因为他确实很想要带一份礼物给自己的母亲。

9

冬天很快过去，第二年三月份聂倩收到了一份喜帖，请的人是丛睿，聂倩并不想去。你都不在，我又跟他们不熟，不然就包一个红包好了，婚宴就不去了。聂倩在电话里说。丛睿说小叶已经打过几次电话了，还是代跑一趟吧，也是一份情谊。

参观这种大型作假现场，算什么情谊。聂倩不满道。

婚礼办在晋城南边围湖而建的一片高档小区里的酒店。在晚上举行，是个小众婚礼，亲友左左右右不超过五十人。新娘叶欣是丛睿的学生，毕业之后开了酒吧，是个衣食无忧的富二代。叶欣和丛睿的关系一直亦师亦友，在国内时丛睿每个月都要去酒吧一两次，他说那里自酿的啤酒味道很好。他尤其喜欢店里调制的百香果酒。

聂倩和他一起去过几次，觉得还是嘈杂，所以后来也不常去。她记得清楚，叶欣的身边一直都有一个女孩小林，外地人，调酒技术很好。

她一个人在吧台上无聊闲坐时，小林总会很体贴地找她聊天，请她试试她的手艺。聂倩对叶欣没有太多好感，她打扮很中性，喜欢热闹，喜欢秀酷炫的调酒技术，喜欢网络游戏，整个人咋咋呼呼。但小林却很招她的喜欢，她长得甜美，也很沉静，和酒吧的喧嚣是两极。后来熟悉了，她对小林的好感又多了几分。小林家境不太宽裕，念书时一直都在工作，工种就是酒吧卖酒的小妹，大学念完不但还了助学金，还帮家里修了房。她个性坚韧，每天跑步，沿着城北的奥林匹亚大道往返十公里。三年来只要开店，就一定陪叶欣到打烊，大学毕业之后她们就在一起。叶欣的父母很喜欢她，还认她做了干女儿。

那么叶欣父母到底知不知道实情？

谁知道呢？丛睿说，就算知道了也不会鼓励。

春寒料峭，晋城的树都还没染绿，小区里的常青树也不怎么青。车开进去，绕了一圈也没找到办事儿的点，没有气球没有条幅没有一个张灯结彩的喜字。这一带是富人区，各种高级会所嵌在其中，都是一副不显山不露水的门脸。绕第二圈的时候正好又过大门，她看到一个瘦瘦高高的男人从计程车上下来，穿着咖色的羊绒大衣，敞开领口的衬衫。她摇下车窗喊他的名字。

达利坐上车，指挥着她开下地库。也真巧，叶欣是达利的同学，那年演爱丽丝的爱丽丝。

婚礼很简单，也挺奢华。到处是灯光，到处是鲜花。空运来的薰衣草铺遍了通道的两侧，每张桌子的中央都摆着大束玫瑰，一只巨大的摇臂摄像机在圆厅里转来转去，努力要给这场婚礼留下一些永恒的东西。所有人都被安排在仪式中，流程固定，真和假变得没有任何界限。几乎每一个人都深切知道的事实被压在美轮美奂的场面之下，爱丽丝的父母甚至流下了眼泪。

观礼结束，新人们敬过酒，达利转向聂倩。我们走吧，他说。他站了起来，在她身边半步远的距离，侧着肩看那一对新人。爱丽丝换了中式礼服，金丝线的龙凤褂，手上环佩叮当。聂倩把餐巾折好，把手机塞进包包，把外套套上，达利看着远处的觥筹交错，不知道在想些什么。

走出大厅，有两张圆桌上摆着花样繁多的西式糕点，每一个都做工精良。小林穿露肩蓝礼服，手里捧着一只翻糖蛋糕发呆，上面立着一个小人，穿着蓝色的纱裙，和她长得一模一样。

外面有点冷，你穿着这个裙子还是待在室内比较好。达利对她说。

都OK的。小林笑着，伸手撩起蓬松的裙摆，露出黑色打底裤。我穿着这个呢，你都不知道，这个是高科技的充电保暖裤，我穿着这个在室内还出汗，一点不夸张。她伸手又拿了一只蛋糕递给聂倩：这个你真的得尝尝，是我找了好几家蛋糕店耐心试出来的，翻糖的中看不中吃，这个味道却很好。

聂倩接下蛋糕，上面有一只大大的蝴蝶结，洒了糖霜还有很多细小的糖豆。我肯定舍不得吃，她说，也太好看了。

这些图都是我一个一个自己设计画出来的，小林笑着说，大胆吃，以后你要还想要我帮你在店里订购，反正酒吧里的点心我们也想换这家。

她们不再多谈，聂倩走上前去，抱了抱她的肩头道别，一只胳膊撑着，把蛋糕举得很远，生怕红色的奶油蹭到她的身上，也怕那只蝴蝶结糊成一片。

电梯下行，喧嚣和嘈杂被屏蔽，显得异常安静。电梯内的四壁有三面都是镜子，虽然只站了两个人，可显现了许多他们不同的维度。聂倩尽量不去观察那些影子，对着电梯门对达利说，我记得大概十五岁左右，刚开始有那种破洞牛仔裤，我觉得很好看，就兴冲冲地买了一条，还挺贵，花了不少钱。结果我妈却不喜欢，认为惊世骇俗，不成体统，说只有小太妹才那么穿，然后没收了那条裤子，不知道塞在哪里，我翻了好多次都没找到。大概过了十年，我研究生都毕业了，过年回家，我妈又找出来那条裤子，说我可以穿了。那时候满大街都是那种裤子，她觉得没问题了，但是我已经不想穿了，年轻时对破洞牛仔裤的热烈渴望早没了。

那就不要穿了。好歹还有不穿的自由。达利说。

他们并没有急着回家，而是开到四环之外的一个山顶上。雾霾不是很严重，可以隐约看到很多星辰。山上的风有些大，两个人都裹紧了自己身上的衣服。达利讲起了他的少年。从松鼠讲到了爱丽丝。

我没想到,她会这样结婚。达利说。叶欣以前是我们班最好看的女孩子,一直留长发,我第一次从德国回来看到她变了样子时还受了一点惊吓。你看我,我也是一个保留刻板印象的人。她从小就很有主意,那时候搞什么活动都是她带头,我小时候还是挺崇拜她的。而且那时候我们班男生应该都很喜欢她,但是她就是大家的好哥们儿。

我猜他们没有领证。聂倩从达利手里接过蛋糕,刚张嘴就觉得有点后悔,冷气灌进口腔,她干脆转身,背着风把一大块塞进嘴里。

领了。达利说。你没注意看,刚才大屏幕上放出来各种合影,还有结婚证。

聂倩吞着蛋糕,像在吞一把淤泥。

从山上下来,达利说想要看看这座城市,聂倩开着车在东南西北四个方向绕了一大圈。环形道将整座城市画地为牢,修整成了扎扎实实的四边形。他们上了一座高架,又下了一座高架,看着城市边缘稀稀落落的建筑和零零散散的工地和农田,极力地感受边缘的荒败。

念书时我们有门课,专门讲建筑的功能性。依据日照、间距、流线、使用需求,简单直接地用色块、画线的方式,在二维平面上进行粗暴又隔离的功能分区,中国满大街都是这种。因为来得快,效率高,但失去了历史和文化,也失去了边界。我有时候会怀念德国。达利说。

那里好还是这里好?

不知道。他说。居住的权力、生活的权力和不被剥夺本性的权力,我在哪里都没得到。

车驶进一片黑暗,城市扩张得太快,路灯都还没装好。丛睿在的时候,他们有时也会这么环城绕上一圈。她还记得就是在这样一片黑色的路上,丛睿问她,你爱小坂正雄吗?不爱,她说,但是我因为他喜欢我而感受到了一种被恭维的满足。

代替路灯的是荒郊野外几座孤楼上的灯火。聂倩车速不快,它们缓缓从达利的右肩划过。

我有时不是很能够同情别人的处境,因为我觉得是可以改变的,为什么不改变。聂倩说。

那是你没有真的尝到痛苦的滋味。所以我即便看到别人的可怜，也觉得自己比他们更可怜。达利说。

你不回德国去了吗？

不回了。

为什么？

过够了。

那么这里不够吗？

不知道。

过了一阵子，好像是经过了一场短暂的回忆和思考，他补充道，真的不知道。

金辉小苑最麻烦的是没有停车位，他们回去得太晚了，楼前的一排空地已经被塞得满满当当。聂倩只好往前开，紫藤花园的路面上还有一些临时停车的公共区域，她把车停在了一个花圃前面，下车时有一只狗叫了起来。

那是哈库桑。她对达利说。主人一家访日去了，现在被另外一个教授家的保姆兼差喂着，挨不了饿，就是不能出来放风。这狗关了半年的禁闭，一开始每天在小小的庭院里来回绕圈，冲着每一个在围栏前停下来的人扑冲撒娇。后来它见人也不理了，只是伏在铁门边上，伸着手进去，可以摸到它的头。小区里住着的人经常顺路去摸它。最初它还有回应，会拿爪子搭住人的手，但人总归要走，再往后它就成了一个没有感情的玩具狗，静静地躺在那里任人摸。

一只随便给点爱就能顺从你的狗。关车门时她说。

一只给多少爱都不会忠于你的狗。过了一会儿她又补充。

他们沿着长长的夜路往博士楼走，隐约可以看到更远处的一片工地，建筑材料和盖了一半的房子都堆在黑暗背后，可是也还是不够黑，他们可以看到那些钢筋水泥的骨骼。

从我有记忆开始，这里从来没有停过工。达利说。先是水塘没了，然后是小树林，接着是周边的村庄。你看，他指着脚下的路面，以前这里都是土路，我去德国之前它们就变成了这样，把自然生长的树木砍掉，盖了这些奇形怪状的东西，然后又在旁边栽上树，这样一点也不美。

可是有功能。聂倩说。

那时候我住在山上，总能想起我小的时候。从我家窗户望过去，是一片绿地，另外一面都是果园，我们经常去摘果子，吃了很多梅子。我父母总是会给果农额外多的钱，比如有一次我只不过吃了两只桃子，我妈就给了人家十块钱，可现在那些人都是千万富翁。

他们在楼梯口道别。

我可以拥抱你吗？达利忽然说。

可以。聂倩回答。

两个人在短小的平台上彼此环绕。感应灯灭了，黑暗浸润了全部。聂倩的手伸展在达利崎岖的脊梁，和她想象中一样，隔着厚重的衣物，他也仍然如此单薄。

她感受到了脖颈里他温润的沉重的呼吸。我懂。她安抚他说。大概是讲话的声音传到了屋里，周太太打开了铁门。楼道里恢复了光明，白炽灯衬得周太太脸色铁青，但是聂倩懒得答疑，她朝她笑笑，把他们都关在了身外。

10

周太太又请了病假，几乎有两个月没来上班。五月过后，她终于露面，站到了两条桌子的接缝处。你觉得这个女孩子怎么样？有时她会翻一个女孩子的朋友圈给聂倩看，都是年轻的女孩子，皮肤都很白，画着形状一致的眉毛。相似的生命体从聂倩的眼前滑过，可是她总会想起那些隐鱼。原来软弱也是一种生物值得被厌恶的理由。

还不错。聂倩说。

她觉得自己有一天大概会常常回忆起这个时段，因为她们在重复着相同的动作，一遍又一遍。每当她从书本上抬起头，就总能遇到周太太审视的目光。她不避讳她对她的研究、探索和防御。聂倩知道她重复对自己说着没有音量的台词：不许勾引达利。

金辉小苑要被拆除的消息跟着夏天一起到来。学校说这栋一九九〇年建的老楼地基不稳，有住户反映去年紫藤花园扩建的过程里，只要那边一施工，这边就会跟着晃动，三栋楼里的住户每人都收到了一份问卷调查，上面有是否同意拆除重建的意向、补偿条件以及想要在未来置换的公寓大小和户型。周太太的问卷一直塞在一份《晋城晚报》的中间，聂倩看到她总是时不时把那张正反页打印的纸抽出来看看，又插进报纸的缝隙。

报纸的社会新闻版有一块不大的消息，一个女人砍了她闺蜜的老公十几刀之后自杀。受害者和施害者皆当场死亡，砍人的原因不明。整个事件写了不到三百字，小小的一块。周太太把这一页折在报纸的中间，它的皮肤贴着问卷，像一个人的人生贴着另外一个人的人生。

28寸的行李箱始终在客厅的角落里摊着，几个月来聂倩总是断断续续整理自己的东西，她填进去，拿出来，如此多遍，像是海参在不断吐出和生长内脏。每次她感到不能够坚持，就将它塞实，一次又一次放到电子秤上称重。一把黑色的雨伞被她拿了出来，距离航空公司要求的行李额度，只多了这把伞，色彩和这间房子内脏一模一样。化学系的朱博士喜欢黑色，她也喜欢，这是她最后决定要买下来这间旧房子的一个原因。更主要的是她觉得自己并没有扎根的意愿，所以不去买紫藤花园的新楼。买来了还得装修，两年后不等住进去，自己就不知道漂在何处了，为什么要费那个工夫。因为对一个房子的功能不够期待，所以她也不嫌弃。刚搬进来的时候拉开次卧的一个抽屉，露出一个长脸的留着黑色短发的姑娘相片，她把它扔进了一只黑色的垃圾袋，里面还塞着一件防雨布工作服、一双手套、几只袜子、发卡、难看的毛绒玩具。朱博士一家走得急，留下了许多他们的余韵。这房子一直是他们的，后来又变成她的了。她用酒精把所有的家具擦洗一遍，又用稀释过的84消毒液把地板拖干净，扔掉了一只巨型化妆收纳盒和一只生了锈的折叠晾衣架。

她收拾了两三天之后，打开行李箱把衣服取出来放入那家人刚刚腾出来的屉柜里，连衣橱似乎都还有他们身上的温度。她这个外来人正在取代他们，变成了他们，他们的穿衣镜，挂在墙上的钟表，以及不能随身带走的一切东西都留在这里变成她的，就是说他们与各种东西、各个地方和各种人的关系正在变成她与这些东西、地点和人的关系，同样她则在变成他们，在她与她周围的人和物的关系中取代他们的位置。当聂倩在楼道里第一次遇到周先生周太太的时候，她觉得她完成了取代的最终一步——社会关系的建立。

现在，她把自己的行李一件件从橱柜里清理出来，就像是又一次替代游戏的开始。两三年前朱博士扔东西时也是这样的心情吗？她见过他两面，他身上有和丛睿一样的香水味，但是细枝末节里又有差异。丛睿身上的松木味道更清透敞亮，朱博士身上有一种黏腻，发出渗着油花的甜。她对于他的模样已经不能记忆，但对于他的女儿印象深刻，她发现那张照片之后并没有第一时间扔掉，而是拿着仔细端详了一下子，想着要不要联系原来的屋主寄还回去。但是后来她觉得那张照片并不出色，一个女孩子一定不会在意这么一张既无神态也无韵味的旧照，甚至也许都是故意丢下的，所以看过几次之后她把它自自然然扔进了垃圾袋。

前一夜，她与好久不打电话来的丛睿几乎通联了五六个小时的视讯。中间断过两次，每打一个半小时，网络就会自动断掉。她原本以为丛睿不会再打来了，可是一分钟之后电话还是响起。他们商量着什么东西要彻底扔掉，什么还要留着。丛睿的记忆力很好，对自己衣橱里的东西十分了解，位置、颜色，都不用聂倩费力找。他的衣服品质都不错，聂倩觉得扔去垃圾站可惜，都整整齐齐叠好，准备放到紫藤花园里的衣物回收站去。

她叠衣服，丛睿在电话那头发出感叹。他说他真的没有想到会是那个样子，怎么会杀人？他问聂倩叶欣现在怎样，聂倩说她怎么会知道，她又不是叶欣的朋友。你没有打电话给她吗？她问。丛睿说他打了好多次，但是电话根本没人接听。

你那时候去参加婚礼，都没觉得有什么古怪的地方？

没有。

那到底为什么？

不知道，也许是小叶提出让小林搬出去住。我不知道细节，只知道后来她们还有一些经济纠纷，小叶打算给她经济补助，而小林想要那个酒吧。

不可能的，她们感情那么好。

丛睿，我累了，聂倩说，你那里是早晨，而我现在还在半夜。

聂倩把收拾出来的丛睿的衣物装进黑色的塑料袋，又塞进纸箱。叫了快递来，打开电子快递单，输入地址。快递员说这一箱子的运费四十块，聂倩掏了钱。她把这箱子衣服捐到了一个朋友的扶贫点，虽然觉得荒唐，却想着总比扔在紫藤花园无人处理更好。至于其他人怎么善用丛睿的潮牌，那不是她考虑的事情了。

傍晚的时候，达利从次卧里走了出来，他的头发长长了，盖着他的眼睛。聂倩的行李箱已经收拾停当，她坐在那只箱子上默默地望着他，一边心不在焉地敲打着那只有点歪斜的箱子把手。她看到他走到她的身边，慢慢地蹲下，然后又坐到地上。他穿着一件黑色的亚麻西装，睡觉的时候没有脱掉，现在被压得皱皱巴巴，他哭了。聂倩拍了拍他的肩膀，他身体抖动，她看到他的眼泪喷涌而出，滑落在脖颈里，湿腻腻的，鼻涕也跟着跑出来，糊满嘴唇。可是她不觉得恶心，抽出纸巾递给他。一大早他就去殡仪馆，六点钟他敲开聂倩的门，问她要不要一起去。聂倩想也没想就拒绝了。她说她只睡了一个小时不到，太累太累。她把自己的车钥匙递给他，也忘记问他是不是有驾照。

现代社会已经很少用"寡妇"这个词汇了。但是叶欣自称寡妇，向每一个人介绍自己的新身份。有了这个称呼，她就完成了一段表演。她演给所有主动选择观看的人，但悲惨的是，寡妇这个词对于她而言，从里到外都是真的。

达利十一点左右回来，却没有回家，直接敲开了她的门。他说他想睡一会儿。大概是太疲倦，他的脸都是灰色的。他在房间里睡得安静。中间聂倩几次去看，他的脸都埋在黑色的被罩之下。他和那团黑暗融为一体，如此和谐。她将房间的遮光窗帘拉好，造就一团更加真实的浓墨。

门铃被按响了，聂倩没有站起来，达利也没有。她抚着他的肩膀，感到自己的安慰是如此薄弱。他们已在这冰冷的地砖上坐到了黄昏，可达利的眼泪却仍然奔流不止没有尽头，仿佛足足能够哭泣一个世纪。她没有劝他停下来，她想也许他想要这么哭泣很久了。

更晚一些时候，门铃又被按响，这一次对方很固执，周太太的声音在屋外响起——小倩，她说，小倩你开门，我知道你在。

达利身上的肌肉迅速蜷缩，像是不小心被外界震慑的爬虫，浑身缩成硬邦邦的一团。

不要开门。他说。

但她还是剥脱了他的手臂，走到猫眼前去察看。

屋外的人听到了她的脚步，她开始捶门，聂倩，你开开门。她说。你不能这么干事儿，懂了吧。她说。

聂倩站在猫眼前，视线像一把爪子，伸进了周太太的身体。她像是一棵弯腰的老树，头夹在两臂之间，松鼠从她的左肩跳到右肩，颤抖的鸟栖息在她的腋下，飞行的门随时都会把她的腿撞断。她看上去那么可怜。

聂倩打开了门。

11

这一年，晋城的雨水尤其多，从初春开始，每个月都会有两场连绵数日的大雨。周太太的腿一到雨天就疼，有时候疼得凶一点，有时还好。腿上有旧疾，这是她身上的刻印，一个阴暗的图腾。

大学毕业那年，她回到宜井巷，感受到了一种回归的安逸，又同时感受到了再次逃离的焦虑。从前，她总向往外部世界，等她看了一阵子外部世界，她还是要回到这个壳子里来。回来了，她才发现不适感并没有降低，她还是要出去。

后来周先生要去德国，她有一种得偿所愿的满足和兴奋，她觉得自己像是一口不断喷发的活火山，总是寂灭又点燃。那一团火来势汹汹，她几乎无法阻拦。她问他：

我可以和你一起去吗？

那时候她坐在他的身后，一辆自行车的后架上。她的手环抱着周先生的腰间，是一种不知廉耻的、绝望的捆绑。他没有回答，他骑过了百货公司，骑过了刚刚建好的沁河公园。她远远地还能够看到河流的尾巴以及绿地之上的风筝。

天空是容器，鲜血却不会倒流上去，她的腿逐渐失去了知觉。她一路都在等他的回答，等待的过程中，她也问自己这样一个问题：为什么？

她以为这个答案模模糊糊，连她自己都厘不清。可冒上来的答案竟然比她想的简单，因为那是浮上她心头的第一个答案——王玉静——她想要比她更优秀，从她可以改变的角度。

去德国是那个角度吗？她不知道，但至少是一个可以改变的角度。

快到她家的时候，他终于开了口。他说，不行，我们没有多余的钱。

我可以问我的亲戚们借……

我连我自己都顾不了……如果你来，用什么名义呢？靠什么拿到签证？

我是你的家属……

家属并不能办下来居留。你要来，就只能靠你自己的能力。

你就是不想让我去。她说。

他开始蹬得缓慢，到她家去的巷子有一条长长的上坡，以往他骑到这里，她都会从后座上跳下来。你太累了，她会说。然后他们并肩一起往上走。但是这一次她仍然扎扎实实地坐在那只窄小的、勒得她腿麻的架子上。

下来吧，我骑不动了。他说。

她假装没有听到。但他的意愿不与她相关。他从车子上下来了，她没有预料到他会这么决绝，瞬间失去了重心，整个人往后栽倒。车子也被带倒了，腿是那时候压伤的。她不会忘记他眼中的惊愕和慌张，因为那里没有一点急切与心痛。她知道了自己要嫁给一个不会为自己感到心疼的男人。

她的腿骨裂了，去医院检查时她对他坦白其实自己已经怀了孕。这是个意外，一个让双方家庭都意外的意外。可是周先生格外地意外，甚至有点气急败坏。那现在怎么办呢？他说，你这个样子还能不能治疗？尽管医生说打石膏应该对胎儿没有大的影响，他们最终还是选择不加治疗，回去慢慢养。她说她不疼，没有关系。他才慢慢顺了气。后来他们领了证，他出国时她的腿还没好完全，只送他到家门口。

你不方便就不要出来了。他说。

自己说了什么却总也想不起来，她只记得自己好像流下了眼泪。

此后的生活里，每过一阵子就也会塞进来一点意外，比如六月底，聂倩递了辞呈。周太太原想着，也许是她们之间那么一闹，对方理亏，可也不必辞掉工作。她马上就要退休了，聂倩大可不必这么决绝。后来才听大小王提及，原来聂倩申请到了巴黎的一所大学的博士项目。周太太以为自己早已无所谓了，然而心头还是一堵。她回想过去的一整年，有了原来如此的答案。那时候她每次走到聂倩的对面，她的眼睛总埋在书上，头都不愿意抬起来，原来是在干这个。她总是以为，聂倩顶多不过是要仰仗丛睿，去那边陪读一阵子。太太们都是这样的，就算现在男女平等，学院里也多的是这种例子。

她讨厌聂倩，她不愿意承认但必须承认——并不仅仅因为达利。她自己活得够久了，很快就能辨识到一个人的根本，她讨厌所有这一类型的女人，从王玉静到聂倩。可生活从来不肯放过她，叫她总是躲在一个阴暗的苦难的角落一直观察另外一个人。可是那些个人从来没有在意过她。

她最讨厌的就是那一份不在意。

没有可比性的不在意。

只不过那天，当她闯进这个邻居的客厅，她从聂倩的眼睛里第一次看到了一丝关切，真实的，诚恳的。那时候她丝毫没有在意这一份关切，而是对自己的儿子产生了深深的厌恶。他蜷缩在角落，流出痛心疾首只有电视上才会看到的深情的眼泪。这让她瞧不起，觉得他是一个懦弱的可怜虫。多少年以来，她都不愿意承认自己的儿子是一个懦弱的人，和她一样懦弱的人。她甚至希望他可以像周先生一样表现得冷酷，但仔细一想，周先生也是一个懦弱的人，他们一家三口都是，然而每一个，都不愿意面对自己是可怜虫的现实。

她在达利这个可怜虫面前也流下了眼泪，她一边捶打他一边号啕：你至少知道，不能和结了婚的人搞在一起。我教育出来的你怎么会是这副模样？

是吗？

周太太听到聂倩的声音从头顶传来，和她想象过的许多次的一模一样，冷酷、傲慢、狠辣。她在她头顶上说：至少你应该要知道，达利，让你妈妈知道，如果不是今天，你还有什么机会？

我不要知道！周太太说，她说得很快，像是身体的本能反应，她拥有了巨大的力量，把达利从地上拎起来，像一只雌鸟把雏鸟叼回鸟巢。她忽然发现她不能够知道，不管是什么，她都不能知道。

入夏气温升上来之后，整个校园都散发着勃勃生机。可这一切似乎并没有延伸到金辉小苑。和达利在楼道里也碰到过两次，他让聂倩想起了一种治愈修复树木伤疤的方法：每年五月，待树木津液生长最旺的季节时，在树疤左右边缘处的树皮上，用刀竖向分别直划一刀，使树皮内渗出的津液向外流，第二年的五月份在疤痕两侧第一刀的内侧，再重复上述动作，分别再竖划第二刀，疤痕两侧的津液就会由刀口涌出，再向凹陷的疤痕中间渗流，流入的津液就会在疤痕中生长发育成树皮向内延伸，如此每年的五月份重复上述切刀技术，直至树皮将疤痕覆盖完毕，即将树干复原。

她不知道达利被划了几刀，但现在他看上去没有伤口，是一个滑溜溜的人，离那个傍晚很远很远。祝贺你。他说。谢谢。聂倩回答。

出国前事务繁多，从未失眠的聂倩忽然夜里睡不着了，每每这时她就在外面走走。周太太曾经说起周先生睡不着的时候会沿着曾经的池塘和小树林那一片地走一走。其实那么走的人不止周先生一个。这个校园里，有不少半夜出去走一走的人，大家走到不同的独属于自己的领域去，互不干扰，独自排遣。聂倩下楼，走到了那片池塘上。现在那上面泊着许多机动车辆，像曾经泊在池塘上的浮萍。柏油马路两边是夜灯，安安静静地把光打在池面，红的，蓝的，黑的，白的。她想起达利对自己描述的池塘果林田野，发觉自己的感知能力很差。她在车辆与车辆中穿梭，又记起曾经看过的一个灵媒节目，一个通灵者只要走过一辆车，就可以感应到这个人的生活，巨细无靡。多么神奇的技能。丛睿说这一切也许只是一个心理游戏，通过外部观察来监测内部活动。当她走过这些车辆时，她感到没有余力，没有观察他人生活的余力。

风刮来，哗哗哗哗，网球场四周的树叶翻动，像一把裁纸刀裁开纸张。它裁得很快，在阴影和光明之间，打开一扇又一扇灰色的空白。叶子翻动，并不整齐，像是书口被裁得毛毛刺刺的露着纸纤维，散开来的细小而弯曲的纸屑偶尔落下。还没有到秋天，一切都迫不及待地往下一个场景转化。触觉、听觉、视觉，聂倩觉得自己像在密林中前进。绕过一座白色的山峰时她看到另外一个人也和她一起在这些车辆中穿梭，他虽然没有达利高，但是背影还算笔直。

在停车场遇到周先生并不意外，毕竟这不是他们第一次走进这片池塘。

恕我冒犯，你在和达利恋爱吗？他们走到池塘边缘，绕过网球场沿着马路往图书馆方向走去时，周先生问。

没有。

据我所知……

您知道的大概都是白老师说的。她对我们有点误会。

那我可以知道你们现在的关系是什么吗？我指的是姐弟、朋友，还是邻居？

大概哪一种都不是。我是达利的一个工具人。

什么是工具人？

可以被当作工具来用的人。

什么工具？

有杀伤力的工具，但是杀伤力又不太强。一把没上膛的手枪，一支没有矢的箭，剂量不够的安眠药，只会痛但死不了的毒药，不够结实的上吊用的绳索，有点钝划不破动脉的刀片。诸如此类。

用来杀谁呢？

我想您大概知道。

他们走到了图书馆那个黑洞洞的入口，不约而同地折返。

听说你的叔叔是聂书记？

是的。

你当时的工作是他安排的？

不止我的，丛睿的也是。

你很幸运。

是的，我很幸运。几乎没有困难。

那么我不知道能不能请求你一件事？

跟我叔叔有关吗？

对。

应该不会有用的，她说，他明年就退休了。

这我知道，周先生说，但是事在人为。

为了达利？

对。

对您来说，只要为了，就会有结果吗？

当然不是。他笑了。我这一生，不知道尽力做过多少没有成功的事。我总是被某种东西驱赶，去做这个去做那个，但几乎无一成功。有一年，我甚至还想着开公司做个生意。

达利并不想这样生活。

没人想这样生活。我们大部分人不具备随心所欲生活的能力。

12

丛睿一直以为聂倩不过是去探亲两周。后来她跟他说要过去，不是一年两年，也许是很多年，是一辈子。丛睿对她的决定非常不赞同，他说她过于冲动。

聂倩懒得争辩，只淡淡告知他自己会辞职并且卖掉房子，如果他不愿意配合，她也可以和平分手。他没有立刻回答，她知道他还在衡量。丛睿的人生和她衔接在一起，是非常顺遂的。他需要好好考虑究竟是不是要继续顺遂。

为什么要告诉我你的真实？参加婚礼的那晚，坐在漆黑的山头，达利曾经这么问她。

因为，你告诉我了真实。而我对你而言几乎是个陌生人。

所以你觉得少数的我们可以辨析彼此吗？

是的。不然你为什么要告诉我？

那么你先生呢？

小时候坐在自行车后座，却发生了追尾事故，从此成为只剩一只环的青花花鸟哥釉双耳花瓶……所以他和一个 Asexuality（无性向）是最好的伙伴。

最好的伙伴。达利重复，我没有你幸运。

如果你需要，Anywhere，Anytime。

Anywhere，Anytime.

另外，这不是幸运。

嗯，这当然不是。

金辉小苑的房子虽然是老房子，但转手很快，刚把消息散出去，就有两个本校的年轻老师要来看房。一个是数学系的，一个是哲学系的，一个三十多岁，一个四十多岁，都未婚未育。巧的是，数学系博士也是在慕尼黑拿的学位，看房子时碰到了对面的达利，两个人互相觉得眼熟。数学博士对原来打进墙体的书橱感到不满，认为既不好拆也不美观，问可不可以便宜两千块。聂倩说大家都再考虑考虑。后来他们从书房出来，他忽然像是想起什么一样，啊了一声。聂倩问他什么事，他犹豫了一下，笑笑，硬是把话头扭到厨卫的问题上去。聂倩知道他原本不是要说这个，但也不再勉强。

房子最后还是转手给了数学博士,哲学博士需要贷款,聂倩觉得麻烦。她价钱要得不高,搬来之后因为几乎没有置物,过着极简生活,所以环境很清爽,新住户也根本无需重新打理。她和一百公斤的数学博士一起去银行转账,填好单子,等待业务员出单时,数学博士云淡风轻地对聂倩说:

你对门的那个人在留学圈里挺有名。我记得他弄过一个瑜伽馆,后来被另一个中国留学生举报,查出来是无证经营,告上法庭。再后来听说他聘了律师,说自己只是交流学习,并不是营利性质,官司打了两年,花了不少钱。好在律师是德国人,又是他朋友,这才险险脱身。但这个还不是他最出名的地方。

那是因为什么?

因为去的都是男人。

什么?他语速很快,声音又低,聂倩本能地又问了一句。

因为去瑜伽馆的都是男人。那个人觉得她完全get到了自己句子的精髓,于是又扬扬得意地加重了语气。

他猥琐地笑着,黑色的阿迪达斯T恤的下部隆起。不过才三十多岁,他就已经成了一个油腻的男人且无回旋余地。聂倩觉得学历不能够解决的问题实在太多,比如一个人的品格。

聂倩走了以后,古籍馆里又来了新人,年纪四十上下,从公共基础馆里调来的。周太太没有再费心经营,算一算,再有一年半就可以退休了,干什么都多此一举。她觉得自己身边充斥着神来之笔,王玉静,朱博士,聂倩,还有那所有从博士楼搬出去的人,每一个都鬼鬼祟祟在下面干了好多事,而她从头到尾都没有一双善于发现的眼睛。

至于那晚,聂倩想让她知道什么,这问题总是和博士楼外墙上的爬山虎一样,从肩颈攀爬上来。每每如此,她总会坚决地扯下它们,踩在脚底。她心里明白,无论是什么,她都不能知道。以往的一切不都是这么模模糊糊就过去了吗?她的人生从未清晰过。这没什么大不了的。

她不再与达利谈及回到德国的话题,而是一个接一个帮达利安排相亲。新介绍的女孩是计算机科学系主任带的一个研究生,土生土长的晋城人，父母都是中学老师。达利嘴上答应了，却也没去。

你喜欢什么样的？聂倩那样的吗？有一天她忍不住问。

儿子罕见地没有冷脸，而是叹了口气，说，我记得那片树林里的松鼠。

什么？她没有顺应他跳跃的思绪，茫然发问。

达利张了张口，却不知道从哪里说起。他想说他记得她时常挂在嘴边的松鼠与池塘，那些他的记忆都是他人生为数不多的高峰体验，和现在截然不同。但他觉得她不会明白。

没什么。后来他说。就是聂倩那种的。他看向自己的母亲，在她的面庞上找到了自己期待的不满与失落。

他开了家瑜伽工作室，生意不太好，来的人不很多，托叶欣找了两个本地网红友情宣传，也到处打团购广告，虽然渐渐有了一点起色，还是入不敷出。后来叶欣的另一个朋友想要开舞蹈工作室，看到工作室的装修很符合她的要求，就问能不能转给她，省得自己再操心。达利犹豫了一下，还是同意了，前前后后也就四五个月的时间。

最后一晚只来了一个学员，她躺在地下跟着达利的声音冥想放松，从脚底一直放松到头顶，很快她就睡着了。她有一点胖，打了呼噜，睡得很好，达利不忍吵醒她。他走到窗前，关好支出去的一扇，对着对面静静凝望。工作室装修的那阵子，每到晚上六点，工人收工走掉，达利都会站在夕阳余晖浸泡的窗前，看看眼前的景致。整个城市都像是放了两百年的铁胆墨水画，被酸性腐蚀了，发出一种昏黄，露出不均衡的破碎的洞口。晋城最不缺的就是工地，他站在玻璃窗前，感到了一种平静。这种意外的平静偶尔让他回想起十八岁登上的山顶，那里有一个堡垒，但不是他的。现在他似乎有了一个自己的堡垒，但也不是那么肯定。

他带着聂倩来看过一次，那时候镜面还没有装好，一切都显得更加的空旷萧条。甚至连窗户都是坏的。他说他决定开一家瑜伽工作室，聂倩说，都到了这个年纪，做什么思量清楚就好，不必想前想后。她还说人最不能够亏欠的不是他人，而是自己。

工作室租的场地在大学城东边的这栋叫摩尔大厦的新建筑。一楼是各种咖啡馆和新式餐馆，二楼是服装饰品店，三楼是网吧和桌游吧以及电玩区，四楼是美容会所。五楼有一部分是一个小艺术影院。另外一部分就是这里。

旁边是小影院，不会吵吗？

不会，他们有隔音防护。

这面玻璃不错。聂倩说。她站在整面的落地窗前。看着还没有盖起高楼的那片土地。大概也是因为没有建筑的丛林，所以这块地看上去有一点荒凉，却通透无比。

就是那边，以前有一大片树林，还可以看到松鼠。他指着学校的方向。夕阳从他的指尖滑了下去。它们都四肢强健，趾有锐爪，爪端呈钩状，尾毛密长而且蓬松，四肢及前后足较长，但前肢比后肢短。它们跑得可真快……一转眼就跳到枝叶里，怎么找都找不着。

你有钱吗？她看着日落，过了一小会儿问。

有一点。剩下的叶欣说她来投资。

你有资格证吗？

没有。瑜伽证书从来都没有国家认证、教育部认证、体育局认证、劳动部认证这些说法。

会有学员来吗？

不知道。

你妈妈会同意吗？

大概不会。她正在想办法给我在学校里找个工作。

也许你可以兼职。

不。他说。

我觉得你妈妈会误会。

误会什么？

误会我们……

如果我说我就是想要让她误会呢？他转过身，看着她。

她觉得他很可怜。而自己被当作一柄投掷出去的矛也未必有那么令人不快。

你知道海参？过了一会儿，不知道为什么，他对她说。也许为了打破寂静，也许只是想要单纯地卖弄一下知识。

知道。聂倩仍然望着窗外，并没有移开自己的视线。

这是一种很恶心的生物。

为什么？

因为它不知道怎么保护自己。

比如？

比如它们常常成为隐鱼的寄宿的对象。那些鱼会从海参的肛门里钻进它的身体，住在里面。

听上去就让人感到不适。

这还不是最恶心的。他说。它们钻进它的身体，会把它的内脏当成食物，它们吃掉它的所有内在器官，甚至是生殖腺。

那么海参不会死吗？

这就是最令我恶心的部分了。它不会死，它会再生。也就是说，被吃掉的部分会重新再长出来，一遍一遍。

所以它们总是在忍耐被吃的痛苦。

是。所以也有一些想要反抗的海参。

怎么反抗？

它们在肛门的地方长出一些钙质凸起物，你可以简单地把它们想象成牙齿。它们很像是科幻电影里的那种舱门。

它们长这个就是为了把隐鱼赶走吗？

对。可仍然是个蠢办法。它们不会永远紧闭肛门，所以当它们不小心放松的时候，隐鱼还是会钻进去。而遇到外在的别的威胁，它们又会把自己的内脏吐出去，期望吓倒进攻的敌人——用一种自残的方式。虽然听起来损伤很大，可是它们只要短短几周就可以把失去的器官再次生出来。

久而久之就习惯了吧。

可是，也许海参永远也追不到姑娘了，毕竟它已经自动丢弃了自己的生殖腺。

最后一个会员醒来了，她说她是被冻醒的，她说自己很容易感冒，不能着凉，言下有点抱怨，怨达利没有及时叫醒她。

达利想，自己的失败一直都是同一种源自温柔的软弱。他觉得没有比海参更像自己的生物了。

阿尔弗雷德后来发过这样的消息：我知道你来找过我，我知道那个来游泳馆的亚洲人就是你。我思考了很久，我什么都想不清楚，但我知道我想念你。

我想你大概是误解了，达利回复说，我确实撒了谎，但是我只是很好奇你能够在那个游泳馆赚多少钱，多少钱才可以让一个生物系硕士去那里工作，我只是想知道你的父母为什么可以同意、原谅。对不起，这是我没有办法说出口的好奇。

他没有再收到回信。

他不知道这辈子他还有没有机会，有没有能力说出真实的话，可是这些话哽在他的喉咙里，哽得越久，它们肿得越大。那天他去参加葬礼，叶欣哭得很可怜。他难得觉得谁可怜，可是他觉得她很可怜，比自己可怜。他从那个群里退了出来，出了这样的事，群组里退出了几个人，一点也不显眼，之后还会有新的人加入进来，人们像做一个糟糕的城市规划一样，劈掉自己的左膀右臂，装出闪光的义肢，在流光溢彩的世界遨游。

参加完葬礼，他在聂倩家睡了一大觉，梦里他看到了十八岁的山巅，他没有哭，他知道一切就那样过去了，他看到了树林和松鼠，看到了鱼、陆龟、各种象类、剑齿虎、三趾马、大唇犀、额鼻角犀、长颈鹿、巨驼、牛鼠和各种猪、羚羊。它们的肌肉腐烂，泥巴一样糊在被抽干的池塘底下，发出阵阵恶臭。他看到了一个女孩把 CELINE 包递给他，对他说，去吧，我想你不用怕，因为我们都知道为什么。因为我们都能识别爱，这是我们最后最后的本能。这就是你花三千多欧从我这里买到的你想要听的答案。

后来他醒了，他发现自己在做梦。多么好的一个梦。如果可以，他愿意被束缚在梦境中，不要醒来。

（原刊于《收获》2021 年第 5 期）

仰头一看

林那北

一

天是阴的，雨在前一天已经下过，并没有立即再下一场的打算，但也不是太坚定，或者只是歇一口气，喘一喘，等过一两天攒足劲了，再拿点水分往地面洒。这就是初秋让人最舒服的日子了，风似乎都刚洗过澡，裹着一股说不清的淡淡香甜，脸被吹拂时，每个毛孔都张大嘴一口口吸着。

徐明噘噘嘴，把头向上举起。四十六年前初秋的这个阴天，他才九岁，眼睛很大，形状像两枚横下来的橄榄，眸子黑得出油，泛着星星点点的光，眼梢还宛若燕尾向上翘出一条柔和的线条。他姐姐徐华单眼皮，整天没睡醒似的眯缝着。妈妈林芬奇左右一比较，长吁一口气。徐明这样的眼睛放在女孩脸上，只能以妩媚来形容，一不小心就徐徐散发出狐狸精的气息，肯定会惹出一堆是非，放徐明脸上就安全多了。男人注重整体性，身高和气质才是取胜法宝，一定拿脸说事，鼻子挺不挺是唯一的评判标准，而眼睛一直不算重要器官，但既然眼睛好看了，也不多余。

徐明九岁时个子在同龄人中偏高，长胳膊长腿，脖子也长。他还有一个特点，就是好奇心重，学了"水滴石穿"这个成语，就端一盆水到楼下，双手捧起水，往石板上持续滴落，试一试石板会不会穿。个高本来是好事，正如眼睛大原本值得庆幸，好奇当然更是。人类所有的发明都建立在好奇的基础上。但在那个初秋的阴天，大眼、高个和好奇凑在一起，却几乎置他于死地。

那天晚上部队礼堂放电影，中学英语老师林芬奇本来要骑车带徐华和徐明去看，结果前一天发现英语小测一塌糊涂，一气之下她决定把全班留下来补课。天下电影那么多，反正看不完，就不看了。也就是说，傍晚放学，徐明本来直接回家，那就什么事都不会发生。没有了电影，徐明放学后到操场上打一会儿乒乓球，然后才往家走。从小学到军区宿舍得经过奋发路，五六百米长，两旁的樟树已经种了二十多年，树身经过无数次蓄意修剪，分别整齐地往路中央倾斜，枝丫和树叶在半空中密密麻麻交错在一起。这是一段没有天空的路，树梢离地面至少是十个徐明的距离。

路旁加了围墙的是市委机关宿舍，大门是拱形的，顶上有一颗粗壮的红星。徐明走在人行道上，看到拱形门前的夏伟伟了，还听到叮叮当当的声响，响声是从夏伟伟掌心发出来的。罐头厂用剩下的边角料压出麻雀、飞机、公鸡、蜻蜓等形状的小铁片，和爆米花装在一起卖，每包五分钱。爆米花不如糖果经吃，进嘴就化了，但包里有块铁片，这足以让人把有限的钱舍弃买糖果而买了爆米花。课间时，两人先锤子剪刀布，输的把铁片放地上，让对方用铁片摔。不是直接摔铁片上，而是砸旁边，两个铁片碰到一起就犯规认输，所以这需要技巧，靠得越近，冲击力越大，地上的铁片就越容易翻转过来，翻过来就赢了。夏伟伟其实不是本地人，父母都在江苏一家纺织厂上班，一个挡车工，一个修理工，兄弟姐妹共七个，三餐都顾不过来，就把最小的夏伟伟送到叔叔这边。叔叔结婚多年生育不了，夏伟伟来了当儿子养，但据说婶婶很不喜欢他，打打骂骂，还严控叔叔把钱花到他身上。夏伟伟没有零花钱，他买不起爆米花，但臂力好，总是轻易就能把别人的铁片摔翻过来。今天又赢多了吧，所以抓在手心得意地捣来捣去。

　　徐明和夏伟伟关系谈不上好也谈不上差，碰到就一起很嗨地玩，碰不到互相也不会思来想去。他紧走两步，本来想喊一声夏伟伟。如果他喊了，夏伟伟应该会停下来，转过身等着他，那接下去一切就不会发生。可是还没开口，陈力力出现了。陈力力铁青着脸从旁边的树后闪出，估计早就埋伏在那里等着了。他们马上吵起来，每一句话都围绕着铁片，大意是今天夏伟伟从陈力力手中赢走的铁片都是靠下流手段，在铁片摔下的瞬间，巴掌同时着地，这就大大增加了冲击力，铁片是被这股力带翻的。两人课间交手时陈力力就发现这一点，马上就戳穿过，但夏伟伟不承认。陈力力输光了为数不多的铁片，整堂课都听不进老师的一句话，越想越气，然后就早早溜出校门，不是为了回家，而是留在奋发路上，把身子贴在樟树后，等着夏伟伟经过。他让夏伟伟把赢走的铁片还给他，夏伟伟不肯。两人扯起来，身子粘到一起扭来扭去，脚下趔趄着。

　　这时徐明慢慢走近了，离他们只有五六步远。他没打算帮谁，甚至也没想劝架。打架本来就很吸引人，两人都是他同班的，脸这么熟，就更有吸引力了。人行道上有一块砖坏了，一脚踩下，身子一歪，上身就很自然向下低去。待到他重新抬起头，脑子还是空的，脸向左上方微微仰了仰。上面有东西，不大，如果是晴天，阳光会把树叶打得半透明，那么飞行中的东西，就会显出形状。但天一阴，叶子就跟着暗了，这时候一块不大的飞机状铁片闪过，它的形状就似是而非。

　　后来才知道陈力力要抢夏伟伟手里的铁片，夏伟伟抓牢不放。夏伟伟手臂有力，但陈力力更有劲。两人揪住互相扭着，如同发动机被摁下马达，每一下都是加速度。突然陈力力把夏伟伟捏住铁片的那只巴掌往上重重一拍，夏伟伟受惊，松开巴掌，十几个铁片像从一张怪兽嘴里喷出，在空中划出不同弧线，扑向徐明。徐明四周水泥板叮叮当当响起，飞机形那个却没响，它没有砸到地面，而是直接扑进徐明的眼睛。

　　眼黑了一下，是左眼，徐明脱口叫起，然后蹲下，双手捂住脸，头插到两膝间。

半个小时后,他被小学老师用自行车送进附近的市一医院,然后老师拨通中学校长办公室的座机,林芬奇赶来,摇摇晃晃跑进急救室,一把抱住刚用白纱布做过简易包扎的徐明,哗的一下,张大嘴。徐明吓一跳,从来没有人这么近地对他哭。哭原来这么丑陋。一个多小时后父亲徐刚健才来,把他转到部队医院去。穿军装的人,对部队医院总是更信任。

眼球破了,飞机状铁片最尖的部分,差不多是横着切过他眼球,球体正中央裂开,长度不大,但伤口恰好在瞳孔上。医生在瞳孔左右两边各缝两针,瞳孔却没缝,让其自然愈合。倒是合上了,但留一个米粒大的白点,按林芬奇的猜测,可能是里头的晶体流出来,凝结在那里。

一个多月后徐明出院时,林芬奇皱着眉走得像舍不得离开。到大门口,林芬奇把徐明右眼捂住,指着医院大门上的字问他:"写着什么?"徐明摇头。其实林芬奇问得多余,医生早就告诉她,徐明左眼视力丧失,只剩下隐约光感。她无非抱着侥幸心理,徐明一答,她眼睛就湿了。徐明脸无表情,主要一时之间他不知该有什么表情,他的表情已经跟左眼视力一起,从脸上逃走了。

整个世界还是完整的,可徐明却只能微微侧过脸,慢慢习惯用剩下的右眼看东西了。

二

徐明和夏伟伟、陈力力都是一九六六年出生的,月份也差不多。事情发生后夏伟伟就被叔叔送回江苏,陈力力参加高考,考上外地什么大学。高考跟徐明无关,连高中他都没上,初中离毕业还有一个月,红星通讯修理厂招工,招的都是部队子弟。也不是所有部队子女都招得进,至少得高中毕业。徐明不够格,但林芬奇怕以后未必再招。这事徐刚健认为有不正之风嫌疑,他不管,也反对林芬奇管。林芬奇哪里听得进去,她到处跑，在很多领导面前说徐明眼睛，边说边伴着众多眼泪。从前许多人印象中非常清高的林芬奇老师，突然变成另一个人，头发蓬乱，声音颤颤，一开口就一脸涕泪。她这副形象多少让人震惊，这一惊，就惊出效果，徐明因此被招进红星厂。即使不去，其实高考仍然跟他无关。九岁初秋那个阴天后，他除了住了一个多月医院，后来又三天两头请假，接着干脆休学一年，一年到了觉得不够，又休了一年。徐刚健但凡去北京、上海、广州这样的大城市出差，都把他带上，托人找医生瞧瞧，看能不能动手术换晶体，让视力得以恢复。据说现在这已经不是大问题了，跟白内障手术有点类似，但那时谁都摇头。学校很快习惯了徐明请假，徐明自己更习惯，动不动说眼睛难受，林芬奇就明白他不想上学，很配合，说："好，那就别去了。"

接着总要再骂一句："什么破学校！"

徐明觉得徐刚健对他眼睛的反应远没有林芬奇大。在病床边照顾徐明，林芬奇一急得骂起，徐刚健就冲她摆摆手，小声说："都是孩子嘛，又不是故意的，计较什么？"林芬奇哭腔就出来："我们徐明也是孩子，他以后可怎么办啊？"徐刚健紧张地看看左右："谁都不愿意这样，但已经这样了，你闹有什么用？传出去不好。"

徐明很久以后才知道那时徐刚健被提为副团长不久，正对自己职务十分受用，做好团长、副师、正师一路上升的眺望，他认为高风亮节是必要的，所有人的形象都是靠自律一点点建立起来的。"这里是部队医院！"这是他当时最常凑近林芬奇耳边提醒的话。在部队医院里，当时部队家属看病是免费的，也就是说徐明住在这里，除了吃，其余都不需要花钱。受了伤，纯属意外，那就治呗。夏伟伟的铁片是被陈力力打飞的，但陈力力的手并没有碰到铁片，他打的是夏伟伟的手，责任因此就不好算了。如果要赔偿，夏伟伟父母肯定拿不出钱，他叔叔也不可能背这个债。至于陈力力，他家更穷，父亲以前是搬运工人，一天夜里喝点酒回家被汽车撞倒，腿骨被车轮碾碎，车跑了，他没钱，到医院草草治一下，没治好，路都走得一瘸一拐，再也扛不动货，一直在家歇着；母亲是扫马路的，赚的钱还不够一家人糊口。

徐刚健和林芬奇都有工资，确实比他们家境好，至少三顿饭菜不至于愁，穿衣买鞋也大致有保证。但那都是之前，徐明眼睛受伤后，林芬奇一下子捏紧了钱包，饭桌上肉少了，鱼不见了，衣服太短了接个边照样穿。

祁小燕后来一直对这件事叨个没完。哪有伤了人却不要人家赔的，二百五啊？责任是谁就是谁，陈力力打了夏伟伟的手，铁片从夏伟伟手里飞出去，那两个人就是同谋了，管你穷不穷，反正都得赔。祁小燕说："你爸你妈太傻了，就是缺心眼！"

徐明叹口气，不完全同意，但也不是一点认同都没有。副团长军装上已经有四个口袋，跟夏家和陈家这两个老百姓公开较劲确实不太方便，但脱掉军装冲上门去，至少横七竖八骂一顿，顺便把他们家的碗摔碎一两个，好歹发泄一下作为父亲应有的愤怒。什么都不说，都不做，连个道歉都没有讨来一句，好像徐明只是被蚊子叮一个包，这算什么？升官当然好，但徐刚健最后转为文职，职位也仅相当于副师。副师多如牛毛，多一个少一个都不稀奇，但徐明多一只眼和少一只眼，却完全不一样。

也只有像红星通讯修理厂这样的工厂才不在意徐明的眼睛。但是很奇怪，祁小燕为什么也对他眼睛不在乎？这是徐明不明白的。他进厂时，祁小燕已经在厂办上班一年，做着收发信件、替客人倒水这类清闲的活。她其实不是部队子弟，老家在离这座城三百多公里外一个盛产茶叶的村子，传说前厂长去村里出差，喝了几天好茶，认下一个干女儿，就是祁小燕，眨眼祁小燕就出现在红星厂办公室了。有人怀疑不是干女儿这么简单，但也仅是怀疑而已，收着信倒着水的祁小燕对谁都像对前厂长一样好，脸上浓厚的笑意可以融化红星厂每一块砖，张口就是哥长叔短，姐呀姨呀地叫，声音又柔又甜，大家慢慢心里就捋平整了，甚至觉得再对她说三道四很无耻。

见到徐明第三个月祁小燕就开始倒追，这让徐明吓得不轻。他接到祁小燕写给他的信，约他看电影逛马路，又给他买衬衫、皮凉鞋之类的。徐明那时还小，祁小燕比他大三岁。回家徐明在饭桌上怯怯聊起这事，林芬奇马上放下筷子，眉头拧起片刻，一字一顿地说："可以！"边说边往徐明左眼瞳孔上瞥一下。徐明只有一边视力，算半残疾，祁小燕虽是农村的，父母大字不识，下面还有两个智力不全的弟弟，但她手脚齐全五官正常，脑子也一点毛病都没有。林芬奇的"可以"，指的就是把她娶进门不亏。

几年后徐明真的就跟祁小燕结了婚，生下儿子取名徐平安，眨眼三十岁了，五官像祁小燕，个子却像徐明，一米八六，腰瘪瘪的，背向前躬去，看上去就像半截细长的括号。儿子一天天长大，祁小燕的埋怨就一天天增加，她认为如果当初拿到赔偿，哪怕仅三千五千，那时钱值钱，一套房子才多少？用一只眼换一套房，也不过分，那样徐平安结婚时，也能有自己的新房。现在什么都没有，一只眼等于白白坏掉。

如果徐刚健活着，还能补贴他们一点，毕竟部队工资高。徐明和祁小燕也在部队，但只是工厂工人，而且祁小燕前几年五十岁，已经退休，退休金每个月四千多。徐明还没退，也只是名义上在岗而已，工厂早废了，每月只拿到基本工资，比祁小燕的退休金高不了多少。两个人加起来每月收入上不了一万，这点钱孤立起来看，也够日常开销，但一比较就不够了。

跟谁比呢？跟夏伟伟和陈力力。

三

徐明住院时，夏伟伟和陈力力一次都没出现，他们家长明显约好了各自写封慰问信，夸徐明是勇敢的好孩子，未来肯定是前途无量的国家栋梁之材，好好休息，病好了广阔天地大有作为。林芬奇一下子把信撕碎，狠狠甩地上，吐几口痰，再用脚掌拧几下。尽管不是故意的，可徐明眼睛毕竟被弄破了，作为肇事者，他们来医院看看，当面道个歉，又不是多难，为什么却不来呢？

因为休学两年，徐明眼睛受伤后，回江苏的夏伟伟就见不到了，陈力力变得比他高两级，他也见不到。上初中后更没见到，也许陈力力去了另外一所中学，或者远远见到徐明，就早早躲开，反正徐明视力没他好。徐明那时也特别不想见他们。一开始他没意识到自己不想，直到姐姐徐华要出嫁的前一天，一家人围着吃饭，徐华盯着徐明看片刻，突然把筷子往桌上重重一搁，说："好好的一个人，成这样了！"

当时祁小燕已经住进家里好一阵了，是林芬奇一开始就故意弄出各种借口，让祁小燕早早来过夜，显然要把生米做成熟饭。家里只有两房一厅，之前徐明睡在客厅沙发上，林芬奇逼徐华和徐明对换一下，也就是徐华睡沙发，腾出来的次卧让徐明和祁小燕住一起。徐华挺不高兴，她一个大姑娘，因为一个外来的陌生女孩，就得搬离自己从小住到大的房间，每天把身体摊在沙发上，再也没隐私可言。林芬奇反驳她不满的武器就是一句话："那你快找个人嫁掉呀。"

徐华二十二岁嫁给小学老师王明胜。论脸蛋，王明胜配不上徐华，单眼皮的徐华，小时候老是让林芬奇不满，但慢慢长大后，发现单眼皮安在鹅蛋脸上，跟高鼻梁和小下巴真是绝配。可惜徐华的身材不配合，只有一米五五，再高十公分，去当电影明星都够格。徐刚健和林芬奇都不矮，徐明最后长成一米八二的高个，徐华却从十一岁起，就不怎么往上长了。她十一岁时，徐明九岁，左眼被铁片划裂，在医院住一个多月。这一个多月，以及后来的十几年，徐刚健和林芬奇仿佛就只剩下一个孩子了，他们轮流去医院陪徐明，后来又带徐明去各地医院。徐明眼睛出了这么大事，一门心思往上扑，徐华也不是不理解，但她又不是圣贤，不高兴是正常的。有时候徐刚健和林芬奇离家走得匆忙，连钱都忘了留点，到北京或者上海了才记起。幸亏部队通个话方便，徐刚健的战友找上门，把哭得快别过气去的徐华领去住几天，徐华要是不去，他们就给点钱、捎些菜，让她囫囵吞枣对付着。

"好好一个人，成这样了！"徐明听出来了，徐华说这话有多重意思，最核心的问题归结到他的眼睛。那个阴天，他从学校打完乒乓球，走在两旁种着大樟树的奋发路上，正要回家，铁片飞来了，划过眼睛，眼球破了，在医院住一个多月，缝了几针，但一边视力没了，成了残疾人，其实这个家也残疾了，否则徐华不至于这么匆忙就嫁给长得那么难看的王明胜，鼻子塌，嘴巴宽，比徐华还大了八岁，结婚时大半个脑袋已经秃了。徐明就是在这一刻突然想起夏伟伟和陈力力，只是一闪而过，但身子马上紧了一下。他垂下眼皮盯着自己的胳膊，上面变得非常陌生，像鸡褪毛后密布着一个个浮起来的疙瘩。"真是受够了！"徐华猛地站起，扭头走进厨房。家里没有属于她的房间后，她只剩下厨房。以前三顿饭菜林芬奇做起来绰绰有余，但徐明一住院，厨房的主人就从林芬奇变成徐华。十一岁的徐华在小小的厨房里慢慢变大，终于熬到可以出嫁。

当时徐明发现祁小燕正瞥他，想跟他对视。他把脖子梗住，脸就是不转过去。他不需要跟谁对看。夏伟伟和陈力力有姐姐吗？出嫁了吗？徐明一点都不知道，他甚至都记不得他们长什么样了。

他知道夏伟伟的消息是去年，也就是五十四岁时。那时他和祁小燕带着儿子刚搬到新房，房子所在的小区叫大成江山，是林芬奇出钱买的，三房一厅，有电梯，每幢四十层，他们家在第十六层，连装修也是林芬奇出钱出力，整天灰头土脸地跑前跑后，家具配齐了，连车库和小车都买好，徐明一家三口才直接入住。有一阵林芬奇明里暗里收学生补课，英语嘛，怎么补都不见底，多收一个是一个，中午、周末、傍晚，她骑着自行车去这家跑那家，赚到的钱一分一厘攒着，最后变成这套房子。幸亏早买，再迟房价涨起，而林芬奇岁数大牙一掉，发音不准，新教材又跟不上，就没人付钱请她了。

"哎呀徐明快打开电视，本市一频道，对，新闻台，晚间八点新闻，快点快点！"林芬奇在电话里气喘吁吁地说。徐明"噢"了一声，并没有动。林芬奇的声音以前被讲台弄大了，现在改不了。"你不要光'噢'，快打开电视！"林芬奇加重了语气。徐明想你倒是说呀，电视里到底有什么。他不喜欢电视，林芬奇又不是不知道。按他的意思，家里根本不必装电视，反正他又不看。他只剩下右眼视力，世界就不再是三维的。静态的东西还可以，一旦动起来，眼睛没法对焦，就好像一个人本来两条腿走路，突然丢了一条腿，剩下的那条勉强也能走，但可想而知完全不一样了。反正电视也没什么好看，别人的新闻，别人的故事，安在那里，祁小燕看连续剧，儿子看足球赛，根本轮不到徐明，轮到他也不看。

他打开电源,抓起遥控器,按来按去找不到本市一套。话筒里林芬奇还在催,急得跟着火似的。他转过头朝厨房里喊:"小燕,来一下。"祁小燕正收拾晚餐后的碗筷,半晌才慢吞吞出来。徐明先把遥控器递给她,马上又把话筒也一并递过去。

祁小燕"喂"了一声,眉头很快皱起,然后像被人按了快进键,手指头在遥控器上哗哗跳动,屏幕上很快就出现一个男人的画面。祁小燕话筒还压在耳朵上,脸转过来盯着徐明,嘟嘟嘴,紧着嗓子问:"他是不是夏伟伟?"

徐明一时间没反应过来,他看看祁小燕,又看看电视,不知道里头这个人跟祁小燕有什么关系。

"快说,他是不是夏伟伟?"祁小燕提高了嗓门大声喊起。

"妈,他还晕着哩。"这话祁小燕是对话筒里的林芬奇说的。

话筒很快就射出一声尖叫。祁小燕把话筒拿远一点,她盯着徐明说:"妈问,这个人是不是当年弄伤你眼睛的夏伟伟?"

徐明脑袋嗡了一下,脸马上转向电视。里头正在开会,镜头拉大时,上方的横幅标语写着是市人大闭幕,主席台上一个男人正站在左边发言席上读着稿子,微胖,中等个,细眼,三七开的分头梳得极其工整。可能读的时间有点久了,稿子已经翻到最后一页,读完,他长呼一口气,下面掌声顿起。他走出来,对台下鞠个躬,又转过来对主席台再鞠个躬,然后走到自己位子坐下。刚才屏幕上打出字幕是夏伟伟,这会儿坐到前排正中央位置时,桌牌写着的也是"夏伟伟"。

这个夏伟伟就是那个夏伟伟?徐明没把握,他完全联系不起来。

"有他以前的照片吗?"徐平安不知什么时候从自己屋里出来了,头伸到电视前看着。

徐明摇头,没有。

徐平安说:"合影也行。"

徐明还是摇头。那时照相机还没普及到小学生头上,哪有合影?他盯着徐平安后背,觉得奇怪,儿子对家里的事从不过问,整天关在屋里闭紧门,这会儿怎么突然有了兴趣?

第二天一大早祁小燕出门了，徐明以为她照例去公园跳广场舞了。快中午祁小燕才回来，一进门就冲着徐明喊："真的是他，就是你那个同学夏伟伟，他当市长了。"话音未落，电话响了，是林芬奇打来的："徐明啊，就是他，弄伤你眼睛的人居然当上市长了，你说巧不巧？"

弄伤徐明眼睛的人，林芬奇以前每次说起都恼火，恨不得提刀扑过去，这会儿话语里却透着一点喜气。联想到刚才祁小燕进门时的表情，徐明相信这两个女人在这件事上，情绪是一致的。后来祁小燕说起来他才知道，不仅两个人，加上徐华，应该是三个女人。祁小燕找林芬奇，林芬奇和她一起找徐华，然后徐华逼她老公王明胜找在市委办公厅工作的同学打听，问到的情况如下：夏伟伟考上南京大学，毕业后留在江苏工作，读了在职研究生，从乡镇做起，一步步升到厅级，然后调来，先当代理市长，再正式被选为市长。小时候他曾在这座城市短暂生活过，算衣锦还乡。

祁小燕突然说："徐明，你应该去找找这位同学，是他把你眼睛弄半瞎的嘛。"

徐明在客厅沙发上缓缓坐下，闭上眼，心咚咚咚地跳着。市长，夏伟伟居然是市长了，这太意外了。

四

就是在得知市长夏伟伟就是小学同学夏伟伟的第二天，徐刚健体检报告单出来，肺癌晚期。过六十岁之后，别人动不动就往医院跑，徐刚健相反，他不去医院。部队医院跟以前不一样，已经对地方开放，每天乌压压地挤满人，没病都会被挤出病来，这是徐刚健的看法。其实不挤病也照样来，他咳了很长一段时间，气喘不匀，走几步就得歇下，被林芬奇拉去查，报告一出来医生让他马上动手术。

徐刚健和林芬奇还住在原先部队分的两房一厅老房子里，五楼，没有电梯，每天得爬上爬下。大成江山这套新房子，徐华认为应该让父母住，老人有电梯毕竟方便，但林芬奇不肯。老房子是砖混结构的，顶上架着预制板，据说五级地震都够呛。林芬奇认为年轻人的命更值钱，他们上年纪了，真要撞上，死就死呗。徐华当时撇撇嘴，脸拉得老长。

徐刚健动了手术。其实也没用，拖了一年多还是死了。从火葬场回来，徐华在老房子边帮忙收拾东西，边愤愤地说："我爸说不定是爬楼梯累死的。"

屋里一下子静下来。

林芬奇已经哭了两天，主要哭之余还得操心所有的后事。这会儿累了，正闭眼靠在客厅沙发上养神，听到徐华的话，她眼猛地睁开，又很快闭上。当时徐明和祁小燕也在，祁小燕用脚尖踢了踢徐明，徐明没理她。徐华是他姐姐，这是他家内部问题。徐华不缺房子，当年她嫁给王明胜，就是因为王明胜家老房子大，后来拆迁分到四套单元房。王明胜有一个弟弟一个妹妹，弟弟妹妹各分一套，王明胜是长子长孙，就多分一套，一套自己住，一套出租挣钱。但不缺是不缺，父母给徐明买房，却没给徐华买，徐华心里不舒服不是一天两天了。文化课她比徐明强，但也没强太多，只是高中毕业。如果林芬奇能像为徐明招工时那么不要命地托关系，她个子矮是矮点，进部队当兵也不是绝对不可能，但林芬奇把所有能找的人已经为徐明都找过了，轮到徐华，无论是否求得动，又重新清高，谁也不求，想都没想过去求人。徐刚健关系比林芬奇多，但徐刚健脸皮太薄，前些年他出差时顺便带上徐明去治病，被人举报了，说假公济私，进步的事就停下了，几乎被焊住，很多在要害部门任职的上级，都是他以前的下级，他最沮丧的就是这一点，所以根本不想出面。"不要搞不正之风。"他还是这句话。徐华于是下乡当了知青，几年后招工进市橡胶厂，八十年代中期下岗，在家闲着，终于捱到有房租收入，手头才松下来。

徐刚健从发病到死去这一年多，跑医院的基本是徐华。徐华的女儿大学毕业后留在上海工作，所以她平时除了打麻将，也没其他可忙的。有时她懒得动，在电话里冲林芬奇喊："又叫我，你不会叫徐明去？"林芬奇马上用更大的声音顶回去："他只有一只眼，你呢？你也残废了？"徐明倒是主动提出自己也可以去医院顶一顶。林芬奇马上说："你要上班她不要上班。"徐明悄悄叹一口气，心里知道林芬奇是故意的，她不是不知道红星通讯修理厂的情况，还有什么班可上呢？挂在车间门后面的签到本早被人当草纸撕光了。

按说祁小燕也退休了，可以帮徐明跑跑腿，但从一开始林芬奇就不让祁小燕做事，舍不得似的，其实是怕她做着做着一恼火就把徐明蹬掉。这也是徐华一直介意的。一个外人住着林芬奇花钱买入和装修的房子，亲生女儿却当牛做马。

徐明理解徐华的想法，换他应该也会这样，但理解是一回事，试图改变又是另一回事。一直以来，他从来没有动过改变什么的念头。林芬奇说招工，他就去了；徐刚健带他去外地看医生，他也去了；再就是林芬奇认为跟身体健全的祁小燕结婚很合算，他二话不说就结了。九岁以前他肯定不是这样，他手脚长，体育老师挑乒乓球人才时，还把他算在内，大概七八个人站一起，体育老师若无其事边说话边向前走，突然一转身，扔出几个粉笔头，其他人都条件反射地闪开了，只有徐明没动，粉笔头直接击中他脸。反应能力不行，身体协调性差，就这两点，就不适合乒乓球。可是徐明真是太喜欢乒乓球了，白色小球一来一往噼噼叭叭的脆响，简直是天下最美妙的声音，他就自己每天后裤腰带上插一块球拍，有空就冲去操场上练。反应能力而已，他觉得完全可以练出来。但还没等练出来，铁片划过他眼球，证明他反应能力确实不好。出院后他只拿过一次乒乓球拍，发现更不好了，不是一般的差，球冲过来时，他靠仅剩的右眼根本无法对焦，哪还看得清楚？眼球一破，一切都不一样了。

徐华在主卧里收拾徐刚健遗物时，徐明和祁小燕跟林芬奇一样，整个身子窝在沙发上。祁小燕看手机，徐明看窗外的云。云也是动的，但变化不大，缓慢柔和地变，仿佛正是为徐明这样眼神不好又需要持续锻炼的人存在的。大成江山的新房子买在十六楼，装修时林芬奇特地在朝南大阳台弄出五六平方米的小空间，侧面用磨砂玻璃推拉门隔断，正面也围起来，从栏杆到天花板立起一面贴有3M防晒膜的大玻璃，再以格子状的白色铝合金固定住，安了空调，摆一张深褐色的牛皮大沙发，旁边搁个小茶几，再放张小矮凳，这样徐明大部分时间都可以摊手摊脚躺在那里看云。只有晴天才有边缘清晰的云交错上演,所以几十年来他都喜欢晴天。天一阴他就浑身毛孔都缩紧了,他讨厌阴天。

林芬奇看来累坏了,徐刚健患病这些日子,她瘦了很多,却并没有想象的悲伤。徐刚健前天死了,昨天很多亲友来吊唁,今天送去火化,一切处理得紧凑利索,都是林芬奇自己一手操办的,她永远不相信别人能办得比她好,二十岁是这样,四十岁是这样,现在八十三岁了还是这样。

主卧里不停传出响声。徐明走到门旁,见徐平安在徐华边上走来走去,就也凑过去。有本相册装的都是徐刚健和林芬奇年轻时候的照片,其中有几张是徐刚健在上海或北京,他的旁边站着瘦削的小男孩,就是徐明。徐平安把照片从塑料套里抽出来,摆平了,一张张拍照。徐华问他:"以前没见过吗?"徐平安摇头。徐华又问:"拍这个做什么?"徐平安说:"玩。"

徐华把徐刚健的衣服一件件清出来,摸过口袋,准备抱下楼烧掉。这时林芬奇喊起:"徐华,来来来你过来。"顿一下又喊:"徐明,你也来。"

徐明就放下相册,从主卧出来。

"你爸其实是没用的人,"林芬奇摇着头,"我也没用,这一辈子我都听他的。那年他要装高尚,我也只好装了,可是这一口气我几十年都没顺过来啊。是眼睛啊,又不是哪里破个皮……"

徐明抿抿嘴,他觉得父亲刚死,母亲就在背后说坏话不妥。

"这些日子被他这一病,差点误了一件事了。我心里其实一直惦记着,只是腾不出空来,年纪大了,精力实在不够花。哎,徐华,"林芬奇看着站在旁边的徐华,"你让王明胜的同学转个口信,让夏伟伟来我们家坐坐,我要见见他。"

徐华瞥一眼祁小燕,祁小燕抬起头,嘴咧了咧,轻微一笑。徐明没看懂祁小燕为什么笑,这日子本来不适合笑。

徐华说:"妈,这么多年你一直说我爸是窝囊废,我跟你说,王明胜才是真正的废物。上次找在市政府办公厅的同学打听夏伟伟情况后,他吓得吃了十几天安眠药。还敢再托口信?要敢托,小燕早让他托了。小燕提了酒和茶跟他磨了多少遍，还是一点用都没有。不是不愿意，是借十个胆他也不敢了，他不是这个料。"

徐明和林芬奇唰地一下，同时把脸转向祁小燕。

祁小燕反复尝试找夏伟伟，徐明一点都不知道。

五.

徐刚健第一次见祁小燕就摇头："跟我们不是一路人啊。"他一这么说，林芬奇就急了："什么跟什么呀，人家不嫌我们就好啦！"徐明当时垂下眼皮。他只有一只眼，他知道林芬奇指的是这个。徐刚健指的是什么，他不太明白。得有个老婆，老婆有了得再有个小孩，人生不过如此。但祁小燕究竟是哪一路人呢？这个问题有时会猛然闪过，但他懒得再往下琢磨。他眼睛坏了，一眨眼大半辈子就过去了，他已经习惯了是祁小燕的丈夫、徐平安的父亲这样的角色。习惯是个好东西，身心都因此放松下去，过一天是一天。

祁小燕也习惯吗？他不知道，没问过。两人间的对话其实一开始就很少，就像两根并排竖在操场的旗杆，在别人眼里是一体的，其实却各自站立。唯一重叠的是在同一张床上，还联手制造出徐平安，但细想起来仿佛钥匙插锁孔，彼此也不过如此一下而已。

徐平安高考两次才考个三本，学新闻，毕业后去当地都市报应聘，当了跑时政新闻的记者。报社搞末位淘汰，上稿量最少的每半年开除一位，徐平安第一次就轮到了，也就是说他只上了半年班，就迅速成为末位。稿子他不是不会写，时政的新闻每天都上头版，接二连三的会议通常人家早备好通稿，去了拿回，安上个"本报记者"就不愁工分了。问题在于徐平安对开会有看法，他懒得去，就有其他人抢着去。祁小燕气不过，哪能这么对待一个老实本分的年轻人？她这么一说，徐平安嘴角一扯，一脸都是不服，喃喃道："老实个屁。"

大成江山小区旁边有个全市最大的公园，林芬奇看中的就是这个。

大前年交房，装修，又透气大半年，去年初徐明一家三口才搬过来。他们房子装修时，大成二期开建，住进来后三期也动工了，都围着公园C形展开。之前传说市里本来要把公园再扩大，最后没扩成，预留的地都被地产商拿走了。又传说地铁本来并不经过这里，也是地产商让地铁拐道了，报道出来的理由是为方便市民上公园，地铁站就设在大成江山三期门口，房价立马噌噌涨了几波，连一期二手房价格也跟着上跳一大截。

公园有空地，空地如今都不可能白白空着，只要不下大雨，每天早晚都有穿着花花绿绿、挂着鲜艳长纱巾的女人在那里高声放出音乐，起劲地跳来跳去。年轻时她们只能远远看别人在舞台上跳，现在不需要舞台，有块十几平方米以上的草地就行，水泥地也行，可以从藏舞、蒙族舞、新疆舞，一直跳到古典舞。不过举个胳膊蹬个腿，她们觉得自己会。

徐明不知道祁小燕是怎么混到其中的，她突然变成一个文艺妇女，家里就多出歌声，不是她唱，而是手机里反复播着视频，她坐着站着都盯着看，冷不丁就手一举比画几下，再转两圈，连煮菜做饭都可能突然屁股一扭，弄出个造型。时代真是进步了，以前跳舞是件多高不可攀的事，哪怕像林芬奇这样，读大学时曾在几千几万人马中放声唱歌，被掌声热烈包围过的女人，要让她到演出场地以外的地方扭动身姿，都是不可能的。按林芬奇的说法，没有舞台，就是裸跳。胸罩三角裤不是也把该遮的都遮住了吗？但穿出去逛街，是不是让人笑掉大牙？道理是类似的。

对动起来的东西，从九岁那个阴天起，徐明就下意识地避开，所以祁小燕手脚一动他眼皮就像被烫了般垂下，或者转开脸，这样他打量祁小燕的时间就比以前又少了大半。

祁小燕要王明胜帮她找夏伟伟，王明胜怎么都不敢。舞友就给祁小燕出主意，让她打市长电话。祁小燕果真就打了一阵，但每次接电话的都不是市长。对方问她反映什么事，她支吾一下，就把电话放下了。受打电话启发，她开始写信，然后在文印店打印了一大叠，一周寄出一封，没有回音再寄下一封。

徐明对家里的东西从来不细究，就是一只大象戳在那里，他一般也不多看一眼。眼睛不好，他得省着用。打印回来的那些信，祁小燕一大意，就随手扔在沙发上。那天徐明从阳台进来，恰好一阵风也跟进客厅，掀翻沙发上的纸，一张张落地上。徐明走过去，脚踩着纸，然后坐到沙发上。屁股下还有纸，嘎吱嘎吱响，他伸手抽出，往旁边甩去，然后猛地就停下了手。他右眼看见"夏市长您好"这几个字了。

　　当时祁小燕正在厨房准备晚饭，徐明一扭头，把她喊出来。"你都写了什么呀？"他很恼火，事情不能这么做，而且瞒着他。结婚以来家里大部分事都是祁小燕处理的，不需要跟徐明商量，徐明不听，不理，不管。但这件事毕竟不一样，信是以徐明名义写的，却瞒着他。"夏市长您好，我是徐明，以前是您在奋发路小学的同班同学……"信里没提到眼睛的事，这件事过去这么久了，当时也没道歉，夏伟伟还会记得吗？

　　徐明早就不是个好奇的人了，但这会儿他突然有了点兴趣，他问："他回信了？"

　　祁小燕迟疑一下，摇摇头，说："没有，电话也没打。"

　　祁小燕在信里写了自己家的住址，还写上她自己的手机号，而不是徐明的。徐明对这个细节在意了一下，他想不明白以他名义写的信，却为何不留他的电话电码。他问："你是不记得我手机号吗？"

　　祁小燕两肩一耸，反问道："你看手机吗？你手机随身带吗？以前给别人电话你哪次不是留我的手机号？"

　　徐明想想也对，但问题是留你的手机号，人家也不打来啊。他已经不愿意在这件事上争论下去了，任何人任何事他都不争。他说："以后信别寄了。"

　　祁小燕把那叠信从徐明手中抽回来，转身进了卧室。

　　林芬奇很快也知道这件事了，她打电话来问信具体怎么写的。祁小燕不在，电话是徐明接起的。林芬奇说："你去把信拍个照，发微信我看看。"

　　徐明忽然想起徐刚健。活着时，徐刚健智能手机不会用，上街买菜必须用现金。"都像你们这样，再要执行'三大纪律八项注意'，你们说说看怎么办？钱都看不见，不拿群众一针一线怎能说得清楚？"这话徐刚健说得甚至有点生气。林芬奇其实微信支付也不会，但她至少会用微信语音，图片也懂得点开看。同样是老人，林芬奇还是不一样的。

徐明说："妈，我爸刚过世不久，你好好歇一歇，别管这事了……"

林芬奇打断他，说："他刚死我更要管这事。他都死了，他儿子眼睛被人伤了的账都还没有算哩。以前是他拦着我，现在他死了就没人拦了。这个夏伟伟，我得找找他。他是市长了，市长也是人嘛，也会伤人。无论有意还是无意，反正事实摆在那里，他想要赖不可能。唉，跟你说有什么用，一会儿我问小燕去。"

徐明把话筒放下，悄然长吁一口气，然后用巴掌从眼眶的左边拉到右边。以前老听人说眼睛左右是相通的，这边有什么问题，另一边也一定会出现相应的问题。他暗暗捏了把汗，左边视力没了，右边如果再没有，他就是瞎子。祁小燕肯去跳广场舞锻炼一下身体倒也好，他万一真瞎了，以后一切还都指望她哩。但其实这么多年右眼的视力并没有怎么改变，不如以前了是肯定的，但哪个渐渐上年纪的人，不是眼睛渐渐不好使的？每年体检他都略去查视力这一项，不查了。前些年徐刚健还催他去问问医生，看能不能动手术，他不问。九岁起，他不得不慢慢习惯以右眼独览，如果手术成功了，他不知道该怎么重新同时使用两只眼球。

第二天早上六点多，祁小燕照例要去公园。晴天在空地上跳，雨天她们缩到自行车棚里跳，不跳是不可能的。广场舞居然能被女人当鸦片，真是不可思议。每天祁小燕都早早去公园，从不迟到。每天去她都要化妆，穿得也越来越花哨，紧身上衣、长裙、纱巾，马尾束得高高的。据说有很多早锻炼的人围观，围观的人越多，祁小燕和同伴越觉得自己跳得好。她们的共同点就是，每个人都认为自己最风姿绰约。

祁小燕一走，徐明也马上从床上翻下来。人把身体横下来跟地球平行，真是最舒服的，刚生下来是这样，死了也这样，这么一想，出生和死去原来是人生最舒适的两个阶段。今天徐明不打算舒适下去，他趿着拖鞋开始拉每个抽屉，打开每个柜子。家里有电脑，但没有打印机，祁小燕会打字，但无法把信一封封打印出来。那一叠文印店打印回来的信，他记得祁小燕从他手里抽走，然后就进了卧房，可是卧室里没有。

房子一共三间，朝南的主卧他和祁小燕住，朝东南面的次卧儿子住，朝北的客房也放了床，装修时林芬奇是准备自己和徐刚健偶尔过来住的，其实一天都没来过，就成了储藏间，什么东西都堆进去。徐明也进去找了一遍，没有，再找一遍，还是没有。

儿子的房间他没进去。离开报社后徐平安一直不再找工作，每天迟迟睡再迟迟起，中午出来吃一口饭又关到房间里，一般都反锁着门，好像跟自己房间焊到一起了，一步都舍不得离开。忙什么呢？不知道，祁小燕曾贴在门上听过，没听出什么。屋里电脑似乎二十四小时都开着。写文章？不是；看别人写的文章？应该也不是。除电脑外，他最迷恋的是手机，华为一部，苹果一部，总是不离手，动不动就拍照或录视频。独生子女这一代真是奇怪，可以天天自己跟自己玩，挣钱不急，找对象更不急，除了电脑，其他什么兴趣都没有，需要的东西就网购，包裹直接送到家门口，连街都不用上了。

林芬奇一直叨叨这样不行，一点本事都没有人就废了。祁小燕整天上人才网找招聘信息，但没用，徐平安不去应聘。徐明倒是无所谓，不去就不去吧，没本事有什么关系，在家老实待着，不害人也是本事。

主卧有个抽屉上了锁，徐明知道这是祁小燕用来放钱和首饰的。家里的钱徐明不管，事实上他什么都不管，工资卡一直放祁小燕那里。抽屉是祁小燕锁的，但告诉过他钥匙放哪里，他走来走去，想不起究竟在哪里。要打开这个抽屉，得先找到钥匙。

看看时间，已经快八点，一般祁小燕早上在公园的时间是一个半小时，太阳出来前她们得散，晒黑了不值得。从公园往家走，二三十分钟，快的话她八点五十分就会推开家门。

很巧，八点二十七分时，徐明在衣橱最角落一个茶叶罐里，找到了抽屉钥锁，打开来，果然有一叠打印好的信，共十二份。"夏市长您好……""夏市长您好……"每封都一模一样，以徐明的口吻介绍自己，说多想念他，见他当了市长有多高兴，请他有空来家里坐坐。

徐明双掌一用力，嗤的一声，再几声，十二份精白的A4打印纸就不完整了，碎成大小不一的块状。客厅也有一部电脑，他不会打字，平时也很少开，但懂大致的操作。打开文档，找到那封信，删除。

终于忙完了，他抬头看看钟，八点四十七分。整个早上他像被摁了快进键，额上已经一层汗。他想不起自己何曾这样过，九岁之前也许有过吧？不知道，不记得了。

门上有响声，钥匙孔开始转动。祁小燕回来了。

六

徐平安从来没喊过"爸"，他对家里其他人喊得也不多，但称呼都正常，轮到徐明却卡住了。林芬奇以前一直催徐平安喊，但越催徐平安越不喊。这事徐明不急，细算起来他也没喊过徐刚健几声"爸"。一个称呼而已，又不是器官，有没有不重要，血缘关系又不是靠嘴喊出来的。何况徐平安从小话就少，能不说就不说，也不黏人，自己独自蹲一旁拿个魔方就能玩大半天。那二十六个小正方体方块被他扭来扭去，手指头飞快动着，六个平面的颜色一次次被打乱，眨眼又归位了。徐明对他不管吃不管穿不管上学，这些事都归祁小燕，每天能平安进家门就够了。有时心里会突然一怔：儿子居然这么大了？

晚饭后徐明照例坐到阳台那张褐色沙发上。快中秋了，月亮歪斜地吊着，云被月光一照，镶了金边似的，一绺绺地散开，无序中又有几分奇怪的周正。徐明觉得应该把林芬奇喊过来过节，毕竟这是徐刚健走后第一个节，林芬奇独自留在老房子里，难免睹物心酸。

电话通了，林芬奇似乎早就等在那里了，马上说："徐明啊，你看夏伟伟现在天天在电视里露脸，又是开会又是去哪里视察，他凭什么这么风光啊！"

徐明咳一声，嗓子眼似乎真有口痰堵着。

林芬奇说："我天天看电视，天天生气。明明就是他把铁片弄进你眼睛的⋯⋯"

"明天中秋到我这边过节吧。"徐明打断她。

"什么节不节的，不去！"林芬奇话音一落，手机挂了。

徐明叹口气。他不明白本市新闻有什么好看的，连徐平安这一阵也凑同样的热闹，祁小燕每天一打开电视，徐平安就从屋里冲出来，等着夏伟伟出现。既然见了生气，换个台夏伟伟不是就不见了吗？

风凉起来，节气一到，气温就准点起变化。徐明起身把玻璃门关上，然后重新坐下。这幢楼在小区大门旁，一墙之外就是马路。但从这个阳台是看不到马路的，阳台在南面，马路在东面。去年这条路开挖地铁，争议一直没停过，地方志专家不停地在报纸上写文章，说路下面是东汉古城旧址，不能挖。开工不久确实停过一阵，以为不修了，没过多久又继续修，打桩机、挖掘机、水泥车每天轰隆隆响着。徐平安的卧室正对着工地，祁小燕怕他被吵着，说过几次，让徐平安搬到客厅住，徐平安说不吵，他喜欢吵。

玻璃门被推开，是祁小燕："我打印的那些信呢？"她声音很硬。

徐明不看她，也不答。

祁小燕跨进来，问："我打印的那些信呢？"

徐明说："小燕，别惹事了好不好？你找他干什么？"

祁小燕眉头拧起，说："我只是让他来喝喝茶，惹什么事了？"

玻璃门暗了一下，徐平安瘦高的身子立在那里，两手交叉在腹前，不说话，抿着嘴，这个看看那个看看。

祁小燕问："信到底在哪里？"

徐明说："撕了。"

"神经病啊，干吗撕？"祁小燕抬脚正要往沙发重重踢去，胳膊被徐平安揪住了，一把拉了出来，再推向客厅。然后徐平安又返回，倚到门上，脸转向栏杆外，看着越来越清晰起来的月亮。"你为什么不是市长呢？"他说得很小声，像是自言自语。但接下去徐平安看着徐明，提高了声音，又说："如果反过来，是你弄伤了他眼睛，市长会是你吗？"

徐明身体在沙发里挪了挪，正不知怎么答，徐平安已经转身走掉了。

手机响了，徐华打来的："你们怎么回事啊？过节了都不管妈吗？"

徐明说："她不来。"

徐华喊起："你不会过去接？你要不去，我只好把她接来啊，虽然我房子不是她出钱买的。"

"好吧，"徐明说，"我去接。"

第二天徐明跟祁小燕说起这事，他要出门接林芬奇，被祁小燕拦下了。祁小燕说："我去吧。"她会开车，徐明不会。但一会儿她却一个人回来了。"今天平安去那边了。"祁小燕一脸惊讶。徐明看了次卧一眼，门依然关着，他也不知道徐平安什么时候出去的。祁小燕说："他居然要在那边跟你妈一起过节。"徐明在脑中把儿子跟林芬奇的关系捋一遍。很一般，不见得特别亲，主要徐平安跟谁都亲不起来，搬到大成小区后，从不独自往林芬奇那边跑，为什么今天突然去？

祁小燕想起什么，碎步跑进卧室，一会儿再出来时，上身绣花红褂子，下身纱质绿肥裤，脚上则是红布鞋，手里还握着一把圆形绢扇。"好看吗？"她双肩微张，又把扇子握到小腹前，转一圈。"好看吧，是不是很好看？"徐明嗯嗯两声。祁小燕应该听出他在敷衍，但情绪并没有消减下来。"后天我们要演出，跳《梨花颂》。你也去看吧，舞友们都把家属喊去围观了。"徐明又嗯了一声。这一阵祁小燕的手机里循环响着一个又尖又脆的嗓音，"梨花开，春带雨……"，据说是一个男人唱的，男人捏着嗓子唱得比女人还女人。居然要演出了？

祁小燕把扇子一挥，单腿转一圈，再翘着兰花指比画一下，说："去吧去吧，就在公园里啊。我们公园成先进了，有领导来视察，还有电视台的人跟着。是不是很意外？我们跳的舞说不定可以上电视哇。"

徐明眼皮眨了眨，他意外的其实是祁小燕。他十七岁进厂就认识她了，那时起直到她退休，他从来不知道祁小燕能跟跳舞这件事沾边。也许所有女人都有演员梦吧。林芬奇有吗？不知道，看不出来。

第三天早上祁小燕不到五点就起来了，煎三个蛋，摆好面包牛奶，就提着服装出门了。她走时徐明也起床了，正在洗漱。祁小燕喊："徐明，早点去噢！"徐明还没答，门已经砰的一声关上了。

来视察的领导说是九点到，徐明八点十分出门。应该事先安排好的，公园里到处是煞有介事地舞剑打拳踢毽跳绳唱歌的人，甚至踩着单杠整个身子一圈圈地甩出三百六十度。他们头发白了，看上去年纪都比他大，但一个个都打算活三百岁似的，荷尔蒙爆棚。公园中央喷水池旁，十几个女人穿着上红下绿的衣服，头上斜插着硕大的红绢花，化极浓的妆，腮鲜唇艳，大都额上泛一层汗，正拿着镜子用纸巾小心地按压着。眼光扫一遍，徐明终于在她们中找到祁小燕。很陌生，即使祁小燕昨天已经穿着这套衣服在他面前摆弄过，他仍然觉得怪异。祁小燕也看到他了，很高兴地站起来，摆了摆手。

太阳非常大，是一种热烈过头的秋高气爽。九点过了，九点半又过了，围着看的人近一半是家属，另一些显然是特地组织来的，默默刷着手机，脸上都是见惯世面的淡定。徐明想走，他不刷手机，也没有认识的人可交谈。他忽然觉得自己跟公园里这些人根本就不是一个星球的，也许从九岁那个阴天，他就直接跳到老年，所谓年轻，他不清楚究竟是什么滋味。

人群突然抽搐般动起来，两个拿对讲机的中年男人微躬着身子跑来，压低嗓子连声说："快快，来了，来了！"

音乐很快就响了，红衣绿裤的女人刚才已经像一堆捞到盆子里的鱼，蔫蔫残喘着，这会儿水猛地灌下，霎时活蹦乱跳起来，排好队，脸上摆出夸张的笑。"梨花开，春带雨……"歌好听，在这么好听的歌声中，拿扇子的女人们僵硬地扭来扭去。真丑，像一堆在菜市场上摆了一上午卖不出去的青菜与红萝卜。徐明下意识转开头。九岁之前他常被徐刚健带去部队礼堂看演出，之后再也没去过，连电视晚会都不看，对舞蹈他真不懂，这会儿竟还是看出了丑，那就是真丑了。但显然祁小燕她们都有不同看法，一个个仰着脸，咧着红艳艳的大嘴使劲陶醉……真的醉了。相比较，祁小燕个子高，身体协调性不错，虽然肩颈也僵硬，手臂每次往上举都像抡起的棍子，却仍算是她们中最好的一个。

徐明突然意识到，祁小燕活在任何地方，似乎都可以是最好的，整个村子唯一被招工进城的，整个红星厂年轻人中唯一进了厂办公室的，徐家的人中唯一会跳舞的。

一阵脚步声，围着看的人脸齐刷刷转向后面。先是扛摄像机的人跑在前方，边拍摄边后退。然后是一群人，以中年男人为主，大都穿着精白的长袖衬衫，中间那个微胖，中等个，细眼，三七开的分头梳得极其工整……

原本围成一圈的人群，已经被分流出一个缺口，恰好可以让这群新来的人站定。

"梨花开，春带雨。梨花落，春入泥。此生只为一人去，道他君王情也痴。天生丽质难自弃，长恨一曲千古谜，长恨一曲千古思。"祁小燕她们立即从头跳一遍，曲子终时，她们高低不同举起扇子摆出个古怪的造型。掌声，是站中间的那个男人带头鼓起的。接下去是握手，合影。一个显然是当陪同的女人很高兴，大声说："欢迎夏市长发表重要讲话。"

马上是一片更尖利的掌声。

徐明往旁退了两步。刚才他在愣神片刻之后，已经认出迎面走来的这个男人与那天电视上做报告的是同一个人。夏伟伟！夏伟伟说："我市群众性文体活动真是丰富多彩啊。你们跳得非常好，一点不比市里、省里，甚至中央电视台的春晚节目差，啊……"

他的话被鼓掌声和叫好声打断。徐明看了一眼祁小燕，他没弄清祁小燕之前是否已经知道今天来视察的就是夏伟伟。

"就是你们这个服装……"夏伟伟笑了笑，"要是换一套服装，会不会跟这首京剧味的歌更协调呢？"

陪同的女人马上说："对对对，市长说得太对了，我刚才也这么觉得。"

徐明只看到这个女人的背影，她上身白衬衫，下身黑色一步裙。可能腰围太松了，中间那道本来应该从屁股中间竖下来的车缝，这会儿已经往旁边歪去，裙摆下的那个开口也就斜斜地向旁张开。从女人的肩膀穿过来，是一个熟悉的身影，虽然又宽又大的手机横在脸前，应该正拍着视频，但后脑勺扁平的脑袋，驼得像半截括号的背，还能是别人？他一怔，徐平安，徐平安居然也来了？

这时夏伟伟挥了挥手说："没关系啊，群众性的活动大家高兴就好，不用那么讲究。"

看上去视察已经接近尾声了，夏伟伟欠欠身子，正要走，那堆青菜红萝卜突然动起来，其中一株猛地脱离队伍，向前急走几步。是祁小燕。

"市长，夏市长！我是祁小燕啊，我给您写过很多信……"

旁边几个人立刻伸过手拦住祁小燕，想把她推开。夏伟伟停住，对旁边的人摆了摆手。

祁小燕大声说："我是徐明的爱人，您还记得他吗？他是您小学的同学啊。噢，他在那！徐明，徐明快过来见见夏市长！"

徐明像被人打了一棒，双脚虚浮地定定立在那里。所有人都扭头看着他，每一道目光都像一束火扑过来。他闭上眼，天地一下子黑下来，什么都不见了，再睁开时，夏伟伟已经站在跟前。

七

从公园回来，家里是空的。徐平安还在公园？徐明先去撒泡尿，然后在镜子前站了许久。他不是自己看自己，而是以另一个人的眼光看——对，是市长夏伟伟的。镜子里的人眼睛仍然像两枚横下来的橄榄，眸子却不黑了，泛不出光，连眼梢也不再上翘，而是呈下垂的八字形了。左眼比右眼木，瞳孔上还有个米粒大的白点，但如果不细看，外人并不能看出异样。夏伟伟算不算外人？

"你好啊。"当时夏伟伟这么说，还一下子伸过手来握。

徐明只觉得手心软了一下，像一块面团塞过来，温热、细腻、柔顺。以前他握过这双手？肯定没有。事实上他想不起自己曾跟谁握过手，突然夏伟伟以市长的身份站到眼前，说你好，说好久不见。脑子嗡嗡响，他只往对方瞥了一下，就犯了错似的立即闪开，垂下眼帘。在那块铁片飞来之前，他们是能够四目相对的，如今却只剩三目互相看，他不敢看。但在低头的一瞬，他看到夏伟伟眼光在他左眼定了两秒。那么夏伟伟其实是记得的？

祁小燕已经挤过来，因为抹着厚厚的浓妆，整张脸变得像一具塑料模型，上面浮着一层粉，又黑又长的假睫毛像两片毛刷僵硬地横在那里。

"夏市长夏市长！"她一只手直直戳向徐明，"他就是徐明，您小学同学徐明……"

"徐明你好。"夏伟伟在徐明手背上拍了拍，笑得很平稳。

徐明点点头，现在他已经适应了，可以抬着脸看着夏伟伟。上次见到是四十六年前，在奋发路上，那个有红星的拱门前，夏伟伟把铁片托在掌心，哗哗哗地抛着，然后跟陈力力扭在一起，巴掌突然被拍，铁片飞起，到了徐明眼里。

祁小燕抓住夏伟伟的胳膊："夏市长您真记得他呀！"

站在夏伟伟旁边的中年男人贴过来，隐蔽而坚定地把祁小燕的手从夏伟伟胳膊上扯开，然后巧妙地挡在祁小燕和夏伟伟胳膊之间。祁小燕还要往前挤，边挤边喊："夏市长，夏市长……"

徐明瞥了她一眼，她嘴张得很大，口红把她嘴唇的边缘清晰勾勒出来，像古地图中的城郭，比平时大，又比平时难看。徐明把脸左右转两下，人群中一转头有徐平安，再一转又找不到了。他低下头，朝鞋尖处看了看。如果下面有缝隙，他会像条蚯蚓一头钻下去。

夏伟伟摆摆手，这个动作不是对徐明做的，而是对四周的人。然后夏伟伟又特地对徐明也摆手："老同学，见到你很高兴啊，我还有事，以后我们找机会再聊啊。"

徐明没答，他清楚夏伟伟也不需要他答。果然话音未落，那个中年男人已经侧过身，站到夏伟伟和徐明之间，并且手臂向前伸，做出"请"的姿势，顺便把旁边的人向外挡去，转眼他们就只剩下一堆背影，谁也没有回过头来。

徐明就是在这时也转过身，朝另一方向走去。祁小燕在后面叫他，问他去哪里。他没理，脚像被她的话给推了一下，竟越走越快。还能去哪里？他无非是回家，回到阳台的沙发上。

祁小燕是一个多小时后才回来的，妆还在，红衫绿裤倒是换掉了。她先去厨房噼噼叭叭忙了一阵，才进卫生间把妆卸掉，然后边用纸巾擦着脸，边走到阳台，问："哎，我今天跳得怎么样？"

徐明没有答。祁小燕又问："中午吃面可以吗？"

徐明还是不答。吃什么不重要，他一直无所谓，什么都能吃，少吃一两顿也无关紧要。祁小燕以前从来不会征求他意见，端上什么就是什么。祁小燕说："要不要炒几样菜，再来点酒，庆贺一下？"徐明眼皮一抬，侧过身子瞥了她一眼："庆贺什么？"他确实脑子没转过来。祁小燕笑起，说："庆贺你和夏伟伟终于见面了嘛。"

徐明猛地把眼重新闭上，有一股气流正从肚子里冲上来，顶到喉咙。他打个嗝，鼻孔长长呼出一口气。

祁小燕转身要走，马上又回过头，说："你等着，他肯定会找我们的。今天当着这么多人的面哩，还能再不理？"

徐明眉头一皱。你等着？他什么时候等了？他为什么要让夏伟伟理一下？他侧过头，重新看祁小燕，只看到祁小燕的背影，屁股仿佛被改造成另一种东西，腰间的螺丝松了，随着脚步向两侧边走边有节奏地荡来荡去。她的肢体似乎还留在《梨花颂》里，仍缓缓春带雨中。

午饭前徐平安才回来，徐明问："你今天也去公园了？"徐平安头都不抬，也不答，洗了手就坐到饭桌旁。饭桌是长方形的，三个人分坐在桌子的两边，祁小燕与徐平安并排，徐明独自坐他们对面，这个格局从住进这个小区第一天起就形成了。一般徐明和徐平安都不怎么开口，说话的主要是祁小燕，话的内容都围绕着菜，这个有营养、那个要多吃。说这些时她总是侧过脸冲着徐平安，或者干脆边说边把菜夹进徐平安碗里。徐平安很烦这样，徐明看着也烦。儿子要是生在旧社会，这岁数都快能当爷爷了，祁小燕还是把他当婴儿。

把一块煎带鱼夹到徐平安碗里时，祁小燕侧着头问："哎平安，如果市长帮你安排工作，你想去哪里？"

徐平安马上眉头拧起来，说："哪里都不去，我不要工作！"

祁小燕说："你怎么这样？不工作怎么办呀？这种关系别人求都求不来……"

徐平安把碗筷重重一放，站起走掉，进了自己房间，关上门。

徐明也站起，走到阳台，贴着玻璃往下看，脚马上一虚，连忙后退两步。房子买太高了，以前老房子在五楼，他都不敢往下看，现在十六层，要不是林芬奇用玻璃围起来，他都没法到阳台上来。他坐下，闭上眼。这次夏伟伟来公园视察，祁小燕之前一定是知道的，却没告诉他。为什么不说？如果提前知道今天会在公园见到夏伟伟，他会去吗？不会。祁小燕还是了解他的。并不是所有人的生活里都需要一个市长的，看上去祁小燕需要。祁小燕想给徐平安找工作，可是徐平安不乐意。

第二天一大早祁小燕又去公园跳舞了，她刚走，林芬奇就开门进来。每次来她都像来灾区，总是先拐去超市买一堆鱼肉菜，然后大包小包提来。把鱼肉清洗，分袋装好，再放进冰箱后，见徐明坐在阳台上，她也过来，在旁边小凳子上坐下，手在腿上拍两下，说："徐明我跟你说一件事。"

徐明欠欠身子看着她。虽然入秋了，天气其实仍很燥热，家里的空调从夏天一路开下来，还没断过，林芬奇却已经穿着长袖衬衫，外面再套一件双层灰马甲。她是真瘦，背也驼了，脖子好像已经扛不住脑袋，斜斜向前倾去，整个人看上去就像随时打算向什么地方钻去。以前林芬奇不是这样的，翻徐刚健留下的旧相册，在每一张照片里年轻的林芬奇都清新鲜艳，长辫子时系着蝴蝶结，短发时烫着大波浪，衣服从列宁装到布拉吉，都雅致得体，微微颔首，嘴轻抿，笑得花好月圆。

那样的林芬奇早已不见了。

林芬奇眉头皱了皱，嘴里还小声嘀咕一句什么，在手机上拨几下，然后把手机递过来。她用的是徐华换下来的旧智能机。徐明瞥过去一眼，屏幕上是一个发福的中年男人，脸圆圆的，泛出红光，下巴堆着三层肉。

林芬奇问："这个人你认得吗？"

徐明探过身子看了看，摇头。他认识的人很少，以前在红星厂他连三分之一的人都认不全，大家都知道他视力不好，不认人是正常的。厂里不用上班后，他见到的人更少了，他确实也没有认识谁的念头。

林芬奇说："他是陈力力啊！"

徐明半晌没反应过来。

林芬奇说："就是那年，跟夏伟伟一起把你眼睛弄破的那个人！"

徐明太阳穴猛跳几下。陈力力？他想起这个名字了。那年陈力力也只有九岁,很胖,是结实苗壮的胖,跟现在的雍肿完全不一样。隔着几十年的光阴哩,他怎么记得?

林芬奇叹了口气,收回手机,把屏幕搁在膝盖上搓两下,好像手机刚才被徐明看脏了:"你知道他是干什么的吗?你根本想不到,他居然是做房地产的。我们市里最大的房地产公司是哪家?大成集团。陈力力就是大成集团的老板。啧啧啧,大成集团啊,都上市了。我们都像个死人,这房子其实就是大成集团建的,可是当初买房子时,我一点都不知道。我要是知道就好了……"

徐明缓缓坐直,转过身看着林芬奇,半晌才问:"你现在又是怎么知道的?"

林芬奇头微仰着,看着上方的玻璃:"徐明啊,都怪我,那天我要是不发神经把全班学生留下来补课,你就能早早到家,然后晚上我们一起去看电影。看个电影多好啊,什么都不会发生……你一直很恨我吧?"

"没有!"徐明脱口答道,他真的不恨,事情太大了,那块铁片一下子把他眼前的东西撕碎,他当时根本来不及恨,后来好像又忘了该去恨一恨谁。

林芬奇又叹了口气,说:"我们都太笨了,傻乎乎的,这么多年一直吃着哑巴亏。还是小燕聪明,她一直说冤有头债有主……"

徐明一怔,马上问:"陈力力是祁小燕找到的?"

林芬奇犹豫了片刻,才小心地点点头。她看着徐明,嘴唇动了动,还没开口,徐明抢先问:"祁小燕找陈力力干吗?"

林芬奇伸过手在徐明胳膊上拍了拍。"你呀,我以前真的很担心你找不到老婆……你爸当初老嫌祁小燕素质低,但她对你对这个家不差啊,是不是?好歹人家也没不三不四地搞外遇,还给我们家生个儿子。而且,她脑子确实比我们都活络……徐明啊,她怕夏伟伟找你,你不理人家,特地让我来劝一劝。要是夏伟伟真找你了,你不许不理啊。做亏心事的又不是我们,干吗我们要避开呢?"

徐明定定地看着林芬奇:"他找我干吗?"

林芬奇眼皮垂下,好像在思考什么,一会儿再抬起时,眉头微微拧起来。"徐明啊,"她语气里很清晰地夹着几丝不满,"他是市长,我们跟他有来往,总不是坏事。平安这么大了,再怎么样也得替他考虑了。是不是这个理?不要任性,你看你这样子小燕都一直守着这个家……"

徐明打断她:"我什么样子?"

林芬奇一愣,局促笑起,摆了摆手,说:"唉,我又乱说话了。我的意思是,小燕也不容易,她脑子比我们都好使,就听她的吧。如果人家真的找你,你不要使性子,好不好?"

徐明闭上眼,嘴唇抿住。

林芬奇又说:"你答应我,好不好?"

徐明迟疑了一下,点了点头。他突然想,在公园里见面时,当着那么多人面,夏伟伟没多说什么,私下再联系他,会不会专程为了道歉?

八

三天后徐明午睡还没醒,手机响了,是陌生电话。他接起,一个外地口音的男人问:"请问你是徐明先生吗?"

徐明局促地应一声,他被人称为"先生"还是第一次。

对方说:"您好,我姓齐,是大成集团董事长办公室的,您喊我小齐就行。董事长请您抽空聚一聚。请问明天晚上有空吗?"

"董事长?"

"我们董事长叫陈力力,您是他小学同学吧?"

"噢……对。"徐明终于回过神来。

"那就好,徐先生我们董事长请您明天晚上吃饭,具体地点我已把定位发给您太太了。"

"你说……太太?"徐明犹豫了一下,还是问了。

"噢,刚才我已经跟您太太通过电话了,还加了微信。她让我再直接给您打个电话。"

直接?一直到放下手机,这个词仍跟石块似的硌在徐明胸口。祁小燕跟人家都说妥了之后，还要让对方再给他一个电话，她是怕自己说了他不信或者不听？他从床上下来，在屋里各处转一圈，没有看到祁小燕。

天黑下来后祁小燕才回来，左右手各提着两个纸袋，脸上显见是兴奋的，嘴咧着，但来不及说话，先冲进厨房开始忙晚饭。等到吃过饭，收拾好了，她才把纸袋里的东西掏出来：一双中跟黑皮鞋、一件紫碎花连衣裙。"好看吗？"她问。徐明瞥一眼，没有答。祁小燕又去敲开徐平安的门，问好不好看。徐平安眯起眼打量一下，不置可否地歪了歪头，就把门重新关上了。

徐明走到阳台，往外看几眼，又俯看几眼。要看什么他并不知道，也许什么都没有看进去，只是把看的姿势做一遍罢了。可能因中秋的时候月亮把该亮的都亮过了，相比之下，这一阵总是显得又瘦又窄，仿佛疲倦了，连光泽度都减下去。月朗星就稀，现在月不朗，星也仍是稀的。明晚呢？在这样相似的月色中，他将和几十年前的小学同学陈力力见面，这个人当年在奋发路上突然出现，向夏伟伟的手掌猛地拍去，如果不是他，夏伟伟掌心里的铁片不会挥起来，再落下，然后划破徐明的眼球。

徐明觉得左眼隐隐有点疼，他闭上眼，用手揉了揉。明天他要带着这只早就破掉的眼睛去见陈力力？之前祁小燕一直要见夏伟伟，在公园里算是见上了吧？然后轮到陈力力。

为什么陈力力要请他吃饭？

很奇怪，一直到第二天傍晚去酒店前，祁小燕都不提这事，徐明几次想问，又觉得不问也罢。他本来以为只是自己一个人去，看时间差不多了，让祁小燕把地址给他。祁小燕从卫生间里出来，已经穿上那套紫色碎花连衣裙了，还化了妆，连假睫毛都粘上了。"你要地址干吗？"她很诧异，抹上口红的嘴唇微微噘起，突然艳起来的唇把牙齿衬得又涩又黄，"我开车呀，可以导航嘛。——平安，平安快点，要走了！"

徐明怔怔地看看她，又转过头看向儿子的卧室。门恰好开了，徐平安穿一套西装出来，打着领带。他平时从来都穿运动休闲服，西装什么时候买的？徐明不知道。"他也去？"他问祁小燕。祁小燕头一晃，说："是啊。"

徐明继续问:"你们都去?"

"是啊。"边答着祁小燕边走到门后,打开鞋柜,取出新买的黑色中跟皮鞋,套上,拉开门。徐平安跟在她背后也出了门,徐明还原地站着不动。"快走啊。"祁小燕喊。

徐明不想走了,一动都懒得动。陈力力请他吃饭,祁小燕一起去已经算过分了,还要再加上徐平安,这都算什么事呀。祁小燕好像猜明白了,踩着中跟鞋大步进来,把手上的黑色小坤包往他腿上一甩,说:"怎么回事你,跟人家都说好了,快点!"

徐明往门外瞄一眼,儿子正侧着身子低头看手机,手指头在屏幕上利索地划来划去。

徐明问:"是他们让你们去,还是你们自己提出要去?"

祁小燕说:"有什么区别?快走吧,今晚说是陈力力请客,其实夏伟伟也会去的。人家是市长哩,你不能让人家等着你。"

夏伟伟也去?徐明脑子嗡了一下。但不容他多想,胳膊被祁小燕拉住了,她用上了力气,把徐明往门外推去。

吃饭不在酒店,而是一家外表很朴素,内里装饰却非常华丽的私人会所。一个中年男子站在门口,一见到车来就迎上前,躬着腰问:"是徐先生吧?"

祁小燕连忙摇下车窗答:"对对对。"

中年男人保持着刚才的姿势,脸上的笑更多了,说:"我是小齐。曾给您打过电话。"

祁小燕朗声说:"原来齐先生就是您啊,太好啦。我们……"

小齐往旁招了招手,马上有个穿灰色中式制服的清瘦男孩小跑上前。小齐说:"请你们下车,泊车交给他。"三个人在车内都怔着,最先明白过来的是徐平安,他打开后车门一脚跨下来,回头招呼还愣坐着的徐明和祁小燕:"下来,你们下来呀!"

徐明打开车门,在伸出脚即将跨下去的一瞬,突然记起一件事。他返过身对祁小燕说:"别跟他们提起我们家住哪里!"祁小燕眉头微微皱一下,马上又笑开了。她不是对徐明笑,而是把脸朝向车外,紧接着就

仰头一看

155

利索地跨下来。

车果然被服务生开走，三人跟着小齐进了屋。房间还是空的，但几盏罩着米色绢缎的方形吊灯已经全亮了，光柔和富贵。屋子非常大，足以摆下五六张八仙桌，却只在中央孤零零放着一张直径三米左右的圆桌，铺着精白的桌布，已摆放好餐具。椅子是红木的，窗上嵌着雕花玻璃，地面铺着松柔厚实的羊毛地毯，有隐约的香水味和细微的音乐轻缓飘着。小齐招呼他们先在圆桌旁的茶台边坐下，话一说完就匆匆转身出去了。他一走，三个穿旗袍美女就出现了，端着茶盘，分别走到徐明、祁小燕和徐平安脚旁半跪下，先是递来热毛巾，紧接着几杯热茶也依次摆好了。

徐明没想到现在酒店是这样伺候人的，他捏住热毛巾，以为是让他擦脸的，举到半空，看徐平安只是在手上擦了擦，连忙也依样画葫芦。正拿着热毛巾不知放哪里，门外传来声响，小齐小跑着出现在门口，仍然微躬着身子，先对门外做出"请"的动作，又转过脸说："董事长到了。"

徐平安一下子站起来，接着祁小燕也站起，徐明手里的热毛巾已经被美女用夹子取走，他却仍愣着没反应过来。董事长到了，董事长就是陈力力。陈力力从门外进来，肚子顶在最前头，一脸是笑。小齐指了指徐明，说："董事长，徐明先生在这里。"

"哎呀，徐明啊徐明！"陈力力张大双臂，声调拉得高，边说边大步向前。

徐明从椅子上站起，脚下意识地向后微微一退。小时候徐刚健抱过他，九岁铁片划过他眼珠那天，林芬奇跑进医院一把抱住他，哭得呜呜响，之后他不记得还被谁在大庭广众之下搂抱过，连祁小燕好像都没有。但其实是他多虑了，陈力力手臂只是象征性地张了张，并没有往下持续，他甚至立住，脸转向圆桌，说："怎么不上桌呢？来，坐下坐下。"

祁小燕小声问："夏市长……"

陈力力好像没听到，挥了挥手，说："坐下，来徐明，我们坐下，坐下。"

陈力力径自坐到主位，中年男子让徐明坐陈力力左边，祁小燕坐右边，徐平安坐正对面。小齐走到陈力力边上俯身问了一句什么，陈力力马上手掌举起来一甩，说："上菜吧。"小齐"好好好"连声说了几句，就退出了。徐明心里嘀咕了一下，眼光在小齐背上追了片刻。硕大的圆桌旁只有四张椅子，仅仅四张，徐明是这会儿才意识到的，刚才进门时他并未发现。不是夏伟伟也来吗？来了坐哪里？

陈力力转过脸，看着徐明，说："今天本来伟伟要来，临时开会，走不开。不管他了，我们自己吃吧。唉，这么多年没见到你，跟做梦似的，对不对？眨眼间我们也都老了，你看你儿子都这么大了，时光无情啊。"

服务员开始上菜了，都是即位式的，每一道菜都提前分了四碗或者四碟。鲍鱼、龙虾、大闸蟹、海参，还有一些海鲜徐明叫不上名，见都没见过。祁小燕很高兴，她的脸一直侧向陈力力，筷子极少提起，提了也仅夹一点，偷吃般缓缓放进撮成小圆形的嘴里。

徐明对此没有太意外，或者说他所有的意外都集中给徐平安了。知子莫如父这句话现在一点都不适用，突然之间徐平安变陌生了，坐到这张圆桌旁，他的嘴仿佛霎时换了一张，唇一直忙乎地上下翕动，倒不是胡说乱说，该停时停，该歇时歇，一旦陈力力开口，他马上直直看着，不时以脆亮的笑声应和。话题不稳定，东跳西跳，包括国际局势、个人打拼经历、股票、地铁……这期间，夏伟伟不时被提起。"伟伟"，陈力力都是这么喊，说得好像是位跟他恋爱一百年的女人。可是那天在奋发路上，陈力力突然从树后出来，明明是和夏伟伟打成一团。他们不打，铁片就不会飞起，更不会落进徐明的眼里。

陈力力对红星厂兴趣也很大，问了又问，徐明只是"嗯嗯""就那样"应付着。工厂不是他的，他在里头混了一辈子，实在所知不多。他惊讶的是徐平安居然对红星厂很熟悉，厂里目前的情况说得一清二楚，包括徐明现在工资和祁小燕的退休金。徐明第一次知道徐平安居然酒量这么好，每隔几分钟就要站起，端着酒杯过来，向陈力力敬酒。有一次他甚至把瘦高的分酒器直接提过来："敬您啊，我是晚辈，先干为敬了。"话音未落，分酒器已经底朝天贴住嘴唇，仿佛他嘴里又长出一个透明的舌头。

桌子上开的是瓶茅台，徐平安一个人至少喝掉六成。

祁小燕要开车，喝的是饮料，脸竟也红扑扑的。她说："董事长，我们家就是买您大成的房子哩。"

"咦？"陈力力马上转过脸盯着祁小燕，"哪里？"

徐明嘴巴动了动，刚想把话岔开，祁小燕已经开口了："大成江山一期啊。"

"噢。"陈力力点点头，转过头问徐明："那个小区不错吧？旁边有公园，小区外不是正在修地铁吗？到时有个站就设在小区外，出行太方便了。"

徐平安马上问："地铁站真能建起来吗？前一阵停工过哩。"

陈力力说："不是又开工了吗？停不了，谁敢停？"

徐平安提着酒杯过来，俯身问："夏市长肯定大力支持了吧？"

陈力力在徐平安背上拍了拍，说："这还要问吗，年轻人？你问问你爸，伟伟跟我是什么交情。哈，反正你们房子买对了！"

徐明一口酒都没喝。怕酒刺激眼睛，林芬奇以前从来都不让他沾酒，连煮菜当佐料都不行。奇怪的是整晚没有人劝过他酒，他坐在陈力力边上，陈力力不停让他快吃，多吃点，却一次都没有劝他喝点，他前面的酒杯始终是空的，没有倒上酒。

变化太大了。陈力力父亲腿被车撞断，母亲一个人扫地养活一家人，九岁时这个人穷得没有买一袋水果去医院看望他，跟他说句对不起，现在却富成这样，公司上市了，能呼风唤雨，而徐明住的则是他建好出售的房子。

九

祁小燕要加陈力力微信，陈力力犹豫一下，对，犹豫了，这个徐明看到了，但只一瞬陈力力就掏出手机，嘀一声，加了祁小燕微信。轮到徐明，陈力力主动把手机伸过来，说："我扫你。"徐明坐着没反应，祁小燕连忙说："他呀，用的是老人机，上不了网。"

陈力力脖子一挺，显然很意外，然后手向上一举，小齐马上从门外跑进，耳朵伸到陈力力嘴边。陈力力说了句什么，小齐点点头，转身小跑出去。几分钟后小齐再进来，双手托着一个白色的长方形小盒子，盒子上有手机的照片。小齐把盒子递给陈力力，陈力力没接，下巴往前伸了伸，小齐就转过身，把盒子递给徐明。

"什么意思？"徐明一直到这时候都没反应过来。他身子向后仰去，试图离盒子远一点，眉微皱着，垂着眼睑看着盒子。

陈力力说："我车上刚好多一部新手机，用不了。手机更新换代太快了，放着就旧了。别嫌弃啊，徐明，麻烦你了，帮我用一用啊。"

徐明仍盯着小盒子一动不动。

这时祁小燕走过来，从小齐手里接过盒子。她笑得眼都只剩两条细线了："哎呀还有这种好事啊，董事长你待我们家徐明太好了。"

徐明侧过脸看着祁小燕，祁小燕却不看他。

陈力力的手机响了，他接起，嗯嗯两声，马上站起。他屁股离开椅子的那一瞬，小齐就出现在门口了，然后碎步跑进，弯腰抵近陈力力。陈力力收了手机，对小齐说："临时有事，我得先走，你好好陪徐明一家再多吃点。拣好菜上，别总是一桌子烂菜！"

小齐连忙点头，说了七八个"是"。

陈力力在徐明肩上拍了拍，说："徐明啊，真是不好意思，今晚我本来什么电话都不接，专程陪你喝一场。你看我们好不容易见个面，最后还是被一个破事给搅掉的。没办法，我得先走，身不由己啊。以后找时间好好再聚聚，叙个旧。哎呀，多少话要说啊，是不是？"

徐明坐着没动，祁小燕已经站起，掏出手机说："哎呀董事长，能跟你合个影吗？"。

陈力力不置可否地嘴咧了咧，祁小燕马上把手机递给徐平安，自己站到陈力力边上，头微微靠过来。

拍过照，陈力力双拳抱起作个揖，说："得罪了得罪了。"

徐平安跨前一步，站到陈力力跟前，问："董事长，据说我们小区前面修地铁,挖出了东汉古城,市里的文史专家一直反对,是不是真的啊?"

徐平安说这话时,陈力力正低头取放在桌上的手机。徐明仍坐着,他是仰起头,从下往上看的,他看到陈力力伸过来的手曾停了半秒。待完全站起,又一脸乐呵呵的了。看错了?徐明只有一只眼管用,他眼神不好,但那半秒非常清晰摊在面前,应该不会错。

"怎么可能啊?"陈力力声音一下子大了,"我跟你说,那些地方志专家为什么闹你知道吗?他们想买大成的房子,要求我们打折。房子那么俏,一开盘就卖光了,你说干吗打折啊?打折其实是对业主的损害,是不是?"

祁小燕附和道:"就是就是。想得美,就是你们要打折,我们也不同意!"

陈力力好像被逗乐了,双手往半空中一张,又朗声笑起,边笑边大步往外走。走到门口,马上要闪身时,头也不回丢下一句话:"徐明,我们再约啊。"

小齐跟在背后跑去,几秒钟后又返回。

徐明已经站起,他要走了。小齐拦住他:"哎呀徐先生,我本来要送送董事长,但他不让送,要我回来陪你们再吃点……"

祁小燕说:"就是,刚才我还没吃什么东西,肚子还是饿的。"

徐明脚没有停,他说:"那你吃吧,我先回去了。"

徐明很快就听到后面熟悉的脚步声了,徐平安几个大步跨到他前面,说:"我也回,我去开车。"

"别别别,我开,你车不熟。"说着祁小燕已经冲到徐平安前面去了。

小齐也追来,很为难地躬着身子说:"哎呀,你们都走了,我怎么向董事长交代呢?"

徐平安突然站住了,看着小齐,问:"齐先生房子也在大成吗?"

小齐讪讪笑起:"见笑见笑,我哪买得起那房子啊?"

徐平安又问:"你知道我们大成小区那边挖地铁,下面挖出东汉古城吗?"

小齐后退一步,连连摆手说:"我刚到公司上班两个多月,不知道啊，真的不知道……"

到门口了，祁小燕把车开过来。小齐冲过来开车门，徐明和徐平安钻进去。车子刚动，小齐身子弯下，头探进来，说："不好意思，董事长要是问，您就说今晚你们又继续吃了很多啊，拜托拜托！"

徐明正犹豫着要不要答，徐平安身子探长了，把手机伸出窗外说："齐先生我们加个微信吧。"

小齐有点意外，从裤兜里慌忙掏出手机。两部手机重叠一起时，嘀的一声。徐平安一收回身子，祁小燕就把车开动了。徐明扭过头从后车窗看出去，见小齐立在那里，举着手摇着。看不清他脸上的表情，灯光在他背后，不过徐明猜他应该仍嘴角上扬，挤出笑来。他多大了？比徐平安大不了七八岁吧？刚才门外明明没看到他，结果陈力力手一扬，他怎么就冲进来了？他们坐下吃饭，他却没坐下，这会儿还饿着肚子？

红灯，车停下，祁小燕回过头说："徐明，人家好好请我们吃饭，你干吗整个晚上都在叹气？"

徐明一怔，叹气了？这顿饭他吃得不舒服，但他一点都没发现自己整个晚上都在叹气。

两天后刚吃过晚饭，小齐找上门来了。门铃响后是徐明去开的门，看到两手拎着几袋花花绿绿的礼品盒的小齐，他嘴马上咧到最大："你怎么知道我住这？"

小齐笑笑，把手里的东西往上举了举，好像是它们领的路。

祁小燕正在洗碗，听到动静从厨房冲出来，很惊喜："哎呀，快进来坐。是啊，你怎么知道我们家在这幢这间？"

小齐脱鞋进屋，把手里的东西放在客厅茶几上，转动身子四下看了看，说："这房子不错吧，南北通透的，结构好，功能区分非常合理。你们是一手房还是二手房？"

祁小燕说："一手。"

小齐嘴一噘，脖子同时往前一伸，做出一种敬仰与羡慕相交织的表情。

祁小燕端出水果，开始泡茶，让小齐坐。小齐正要坐下，突然身子一紧，转过头看向徐平安的卧室。不知什么时候徐平安已经打开门，靠着门框，静静看着。小齐喊："平安兄您在家啊。"

徐明眉头皱了一下。徐平安看上去明明比小齐小多了，居然成"兄"了？

小齐已经不往下坐了，他对徐明和祁小燕欠欠身子，小声说："不好意思啊，我能跟平安兄单独聊一聊吗？"

徐明没有答，嘴反而抿紧了。

祁小燕显然也很意外，但她马上说："可以可以，你们随便聊。噢，就坐这里聊吧？"

小齐边说着"好好好"，边向徐平安走去。走近了，两人非常默契地对看一眼，一起进了屋子，门马上关上了。

徐明坐着不动，祁小燕怔了片刻，走到徐明身边，揪住徐明的胳膊往厨房拖。"怎么回事？"祁小燕一脸都是不解。徐明摇摇头，他确实不知道。"很奇怪啊，是不是？"祁小燕又说。徐明点头。小齐是陈力力的手下，他突然来，准确无误敲开门，然后进了徐平安的屋子。他找徐平安干什么？

"会不会是……"祁小燕好像想起什么，"噢，其实那天晚上从酒楼一回来，我就给陈力力发过微信了……你别瞪我，我只是想让平安去陈力力公司上班。刚才我以为这个小齐来是为这事，可是也不像啊。上个班光明正大的，还要单独说话？"

徐明叹口气，不知说什么好。

祁小燕很不满他的叹气，说："你除了叹气，还会什么？儿子这么大的人，整天待在家不出去工作怎么行？老婆都找不到。陈力力公司财大气粗，又有你们这一层关系，安排个好职位这辈子就不愁了。我们就这个儿子，不管管他，以后怎么办呀？"

徐明眉头皱起。徐平安能有个正当的工作当然好，可是隐约又觉得有哪里不太好。他往徐平安的卧室瞥一眼，门仍然关着，关就关吧，两个大男人在里头而已，还能弄出什么是非来？他转身去了阳台，把屁股陷进褐色沙发里。世界太大了，而他有这几平方米就足够。没有星也没有月，天凉下来了也不需要风。地铁工地咚咚的声响很清晰传来，从这里却看不到。市里有规定夜间不许开工扰民，这里却通宵都没有停下。专家越闹，工期越要往前赶？他把玻璃门推上，闭上眼，咚咚咚还是反复灌进耳朵。一个多小时后他听到小齐从徐平安房间出来，站在客厅跟祁小燕的道别声，祁小燕先是挽留他再坐坐，小齐不坐，祁小燕就把他送出门，结果祁小燕自己也一起出了门，过二十多分钟门才重新开了。祁小燕趿着拖鞋进来，走到阳台，推开玻璃门看他一眼，似乎想说什么，又走掉了。

这个晚上剩下的时间都很安静，洗漱，上床，三人各忙各的，都没有话。躺上床，关掉灯后，祁小燕左转右转。徐明想，可能祁小燕有话要说，如果她不说，也就算了。过了一阵徐明已经开始迷糊了，祁小燕还是开口了，她问："哎，你知道小齐今晚来干吗吗？"

徐明身体向外侧着，不答。

祁小燕摇摇他，再问："你猜他来干什么？"

徐明含糊地说："不知道。"理论上他是这个家的男主人，可第一次登门的客人离开时却不向他告别。把他忘了？忘了就忘了吧，无所谓，这个人来干啥他也无所谓。

祁小燕可能在说与不说之间又犹豫了片刻，才缓缓开口。她的话很简练，归纳起来是下面两点：

一、小齐说陈力力让徐平安去公司上班，月薪三万起，但徐平安拒绝了；

二、徐平安有一台手持高清摄像机和一架小型无人机。被报社末位淘汰后，他开始做视频放网上，以前内容以游戏为主，他自己怎么打，再教别人怎么打。这些天他突然转向关注社会问题，动不动就拿地铁工地说事。

十

早上五点多林芬奇就来了，她先敲了徐明和祁小燕睡的主卧门，再去敲徐平安的门。徐明从床上下来，揉着眼走到客厅。林芬奇青着脸问："还睡得着啊，你们！"徐明没答，坐下。他差不多一整夜都没睡着，是啊，他怎么睡得着？

一会儿祁小燕也出来了，她肯定也没睡好，眼袋浮肿，从内眼角、鼻翼、嘴角向下拉出好几根八字形的线条。林芬奇朝徐平安房间瞥一眼，正要再过去敲门，祁小燕拦住她。"妈，"她低声喊，"我们再商量商量。"林芬奇愣一下，点点头，两人同时向主卧走去。祁小燕走两步，回头看一眼徐明："你也来！"徐明只好跟上。一进屋，祁小燕就关上了门。

主卧只有两张椅子，徐明坐到床铺上。他不知道接下去要干什么，一只腿别起来，双手搁上面，木然看着两个女人。林芬奇问："你们是死人吗，居然都不知道？"

徐明垂下头。房间里现在阴盛阳衰，之前整套房子都是，祁小燕统揽家里一切，两个男人这也行那也行，都随她便。可是眨眼间，阵地上却只剩下徐明一人了。他什么都不知道不奇怪，祁小燕怎么也没发现徐平安根本不是曾经的那个徐平安？

"平安要干什么？"这个问题是徐明从昨夜到现在都没弄明白的。

祁小燕摇了摇头："昨晚小齐一说平安偷偷录音录像，我整个人都懵了，谁会想到呢？还无人机，天哪！回到家我马上问他这些东西哪里来的，他说网购的。问他买了干什么，他说不用你们管。妈，我知道徐明从来不管，所以昨晚那么迟了还给你打电话。我是真的六神无主了。你们说平安到底怎么了？"

林芬奇说："我想了一夜，我们家平安会不会是特务？"

"什么特务？"祁小燕一下子坐直了。

林芬奇重重舞了一下手，说："徐明啊，以前你爸说过他们部队抓到水鬼，会同时缴获发报机之类的东西，都是往台湾那边发情报用的。你们说平安居然买了那么多设备，普通人要那些干什么？徐明，你说话呀！"

徐明嗯了一声。"特务"这个词已经很陌生了，突然冒出来，他虽然不相信，心里还是急跳了几下。

祁小燕嘴唇动几下，重重呼一口气，站起："妈，不用跟这种人商量，浪费时间！"说着她把林芬奇往屋外拉去。林芬奇回头看几眼，大概觉得祁小燕说得有理，也就出去了，还把门又带上。

徐明继续呆坐一会儿，索性一仰，躺下了，揪过被子盖住肚子，闭上眼。困，这是他此时最真实的感受。还真睡着了，醒来时已经十点多，起来发现家里非常安静。走到徐平安的门外，以为他还睡着，拧了拧把手，门居然开了，里头空无一人。迟疑一下，徐明走进去。他记不起上次进来是什么时候，每天他要下楼，在小区草坪里走走，再去公园散散步，这屋子对他来说，竟比小区和公园还陌生。床、柜、桌、椅，以及桌上的电脑和一部小游戏机，看上去没什么特别。录音机、无人机、手持摄像机呢？拉了拉抽屉，上锁了。飞机那么大，无人机究竟多小，难道也能藏得进抽屉？屋角立有一个半人多高的铁架子，顶部是个巴掌大的横向支架。徐明提起掂了掂，不重，他没弄懂这是干什么的。

从桌旁那扇门出去，是比桌子大不了多少的阳台。住进来快两年了，徐明到这个阳台来过吗？没有，应该没有。从十六层往下看，看到小区围墙外的马路，中央被围起来的那部分横七竖八的，挖出深坑，堆着钢筋、木板、推车、挖掘机以及各种杂物，几部打桩机和吊车架子高高朝天立着。路一下子变丑了，也许所有东西刨开来都是不堪的，包括人的肚子，五脏六腑也没一个会是悦目的。原来从这里可以这么清晰地俯瞰到工地，但很奇怪，工地非常安静，一个工人都没有，所有机器都是静止的。刚才他其实已经觉得不对，明明昨晚施工声还非常响，这会儿却突然息下了，原先留着让工人和水泥车进出的缺口也挡上了。又停工了？他不敢久待，主要他不习惯来徐平安房间，徐平安肯定更不习惯他来，所以还是走吧，万一撞上了，彼此别扭。

餐桌上是空的，什么都没有，这种情况之前从来没有过。祁小燕有很多问题，但对家里人是尽心的，有了这一点，他才睁一眼闭一眼——他本来就只剩一只眼，另一只九岁那年闭上了。他去厨房转一圈，没发现什么可吃的，连一块饼干都没找到，那就算了，不吃反正也死不了。

中午十二点过了，外面才有动静。林芬奇和祁小燕回来了，两人的声音从客厅传来，很快就没了。徐明出去转转，发现她们正在厨房里忙着。看到他，林芬奇上前两步，把他拉到餐桌边坐下。徐明想，自己已经两顿没坐到桌旁吃上东西了，这会儿桌上仍然是空的，让他坐下算什么？

"平安去哪里了？"林芬奇问。

徐明摇头。

林芬奇说："早上我和小燕出门时，他还反锁在里头睡，这会儿不在里头了。"

徐明问："他去哪儿了？"

林芬奇头往后一仰，大声喊起："问你哩，你问我？我这辈子到底作了什么孽呀，生出你这样的废……"

徐明点点头。林芬奇虽然把后面的话吞下去了，但意思已经表达出来了。废什么？当然是废物。这时祁小燕端了一碗面出来，转身又进厨房三次，一共端出四碗面摆在桌子上。徐明往她脸上瞄一眼，从碗里蒸腾起来的热气把她五官遮模糊了，但也可能跟热气无关，只是他眼神不好，看不清她脸上的神情。

"吃吧。"祁小燕说得有气无力。

徐明眼睛闭了一会儿。胃想吃，脑子却不想吃。最后脑取胜，他站起，转身又走到阳台，坐进褐色沙发。祁小燕很快就过来，说："快去吃吧。"他一动不动，眼都不睁。过一会林芬奇也过来，恼火地揪住他胳膊往上拉。他仍然一动不动，眼也不睁。林芬奇说："唉，都是人，这几十年，我从早到晚心里塞得满满的都是你这个儿子儿子儿子，可是你呢，你的儿子你什么时候上过心？"

徐明眼仍闭住，鼻子却突然酸了。林芬奇再上心，他也不过成这样，九岁左眼就戳进铁片。徐平安至少眼没瞎，而且大学毕业，这怎么比？这时他听到轻微的窸窣声，眼不好的人耳朵总是格外好。他抬起眼皮瞥了一眼，祁小燕巴掌挡在嘴前，正趴在林芬奇耳边嘀咕着什么。两个女人对视一下，微微点了点头。祁小燕嫁进来三十多年了，虽然对林芬奇一直作出客气恭敬状，却从未如此水乳交融过。原来身边两个女人蓦然和谐起来，竟有几分吓人。

"你起来，"林芬奇上前拉徐明，"来，我们要跟你谈一谈。"

徐明从沙发起来时，祁小燕已经先离去了，她坐到餐桌旁，双臂像小学生上课似的工整交叉在桌面，脸却车开，呆呆望着屋角。

林芬奇也坐下，顺手拖了一张椅子让徐明坐。徐明站片刻，只能坐下。说什么？他想到徐平安。果然，林芬奇开口了，她向徐明前倾着身子，问："你知道什么叫网红吗？什么是直播吗？"

徐明犹豫了一下。网红他能猜个大概，至于直播，电视里不是经常有吗？但他马上意识到林芬奇显然不是指春晚、体育比赛之类的，就又摇了摇头。

林芬奇眉头拧得更紧了一些："徐明啊，平安不仅仅拍视频，他还开抖音、微视什么什么的，把拍的很多东西放到网上。"

徐明没有答。抖音、微视都是什么？连林芬奇都懂了，他却不懂。

林芬奇手在桌上重重一拍，说："你知道这一阵他做直播吗？"

"不行！"祁小燕猛地站起，"他这样肯定会惹祸，惹大祸的！"

徐明浑身紧了一下。"什么事？"他像是怕惊醒了什么，问得很小声。

祁小燕白了他一眼，用快得有些失真的语速，说了徐平安的大致情况。徐明上半身微微探出，一条胳膊支在膝上，像棵台风中被支住的树。老实说他听得不是太明白，但他没问，不问也大致猜得出来了：徐平安在网上突然红了，有很多粉丝。他用无人机拍下面的地铁工地，有时还站在阳台上直播，或者把之前拍摄的视频剪成短片播放。徐明不明白的就在这里，建地铁有什么好拍的？拍了又有什么可看的。年初地铁开建，路挖了，圈起围挡，他每次路过，最多往围挡上设置的不停喷射的水雾瞥一眼，起初不知道它们要干吗，后来明白是为了降低粉尘的飞扬，还感动于建设者为往来的人着想。难道是拍这个？

突然他意识到另一个问题。他问："你们怎么知道这些的？"是啊，怎么知道的？

林芬奇看了祁小燕一眼，祁小燕点点头。林芬奇这才开口："上午我和小燕去大成公司，本来要找陈力力，他不在，我们就去找小齐了。他其实不想跟我们说,是被我们一点点挤出来的。"

"找陈力力干吗?"徐明不懂。

"你怎么还不明白,"林芬奇坐直了,嗓子一下子大起来,"平安就是冲着陈力力啊!"

"妈您别急,"祁小燕这时候倒平静下来了,"这事最后可能只有徐明出面才有用了,陈力力铁片伤的人毕竟是徐明,这个账怎么也都记着。徐明,妈的意思还是要让平安去大成公司上班,我们今天找陈力力,就是想让他给我们平安安排个更好的职位。职位高,收入就高。以前那个,平安可能嫌钱少吧,钱多了他就会去。去了,这些乱七八糟的事就没时间弄了。妈,你说是不是?"

林芬奇点点头,手指在桌上叩几下,说:"徐明啊,你真的得向小燕学一学。"

徐明长吸一口气,又悄然吐掉。周围的所有人一下子都如此陌生,他能学谁?他谁都不想学。

十一

电话响了,是徐华打来的,她居然想买大成三期的房子。买就买呗,难道还要徐明同意?徐华说:"我昨天就找小燕了,她拽得要死,爱理不理的。哎,还是你去找那个陈力力给我打个折吧。"徐明马上说不行,打折哪是件小事啊?徐华马上不高兴了,她说:"祁小燕前几天跟陈力力拍那么亲密的合影,今天还去陈力力办公室,这是什么关系啊,打个折算什么?"徐明马上问:"你怎么知道的?"徐华说:"她自己晒朋友圈啊,我还能杜撰?"徐明心里噢了一声,就把手机摁掉了。徐华又打来,他不接。

祁小燕跟陈力力合影他知道,祁小燕上午和林芬奇一起去找陈力力他刚才也知道了。但他不知道祁小燕没找到陈力力,只是见到小齐,却拍了陈力力办公室的照片,然后晒到朋友圈去了。他没微信,手机不能上网,他一时想不明白祁小燕为什么要把照片发上网,不发徐华就看不见。

徐明仍坐在餐桌旁,他相信自己跟徐华通话的内容,林芬奇和祁小燕肯定也听出大概了。他把手机重重捏在巴掌里,看着祁小燕,祁小燕却不看他,眼下垂,盯着手机。她用的是陈力力给的那部新手机,手机里传来的是徐平安的声音——徐明一怔,站起,走到祁小燕身后。他果然看到徐平安一张脸正装在屏幕里,徐平安在说话,说得很快,头晃着,手不时舞动。然后祁小燕手指往下一划,另一个徐平安穿着另一套衣服又出现了,还是很快地说,头动手动。

祁小燕手指再在屏幕上一划,徐平安不见了,但声音仍然是他。是一个片子,镜头从上往下拍,越来越大,变成了特写。十几个工人俯身在地面捡着什么,旁边站着几个穿干净T恤和白衬衫的人,双手叉腰,戴着草帽,看不清脸。徐平安在说什么呢?嗡嗡嗡的,还是地铁地铁。

徐明喘一口气。所谓嗡嗡嗡不是徐平安咬字不清,是他脑子仿佛塞满了乱草,连耳朵也堵上了,他听不清。"你为什么要把跟陈力力的合影还有他办公室的照片发上网?"徐明觉得这个问题他得先弄明白一下。

祁小燕把手机一摁,徐平安和地铁一下子都消失了。"你怎么知道的?"她眼斜过来,问。

徐明说:"徐华看到了,刚才她不是要买房吗?"

"噢,"祁小燕嘴角向左扯了一下,"我自己朋友圈不能发吗?徐华看就看吧,她这么有钱,已经有那么多房子了,居然还要再买。"说到这里,她瞥了一眼林芬奇。林芬奇刚要说什么,门响了,徐平安进来了,背着一个鼓鼓囊囊的双肩包。祁小燕先小跑过去,问:"平安,你去哪了,我给你打了好多电话,怎么都不接?"徐平安没吱声,直接进了自己的卧室,关上门,过了几分钟才出来,走到餐桌边坐下,说:"饿了。"

林芬奇已经在厨房了。刚才徐平安的面温在锅里,这会儿端上来。徐平安抓起筷子,快速往嘴里扒去,嗞溜嗞溜的声音一下子荡开。

祁小燕问:"你去哪里了?"

祁小燕又问："你为什么要拍地铁的施工？"

林芬奇马上插上一句："你干吗要去惹事啊？陈力力发达了，得让他把以前亏欠的补偿给我们。平安你还是好好去他公司上班吧。"

徐平安脸趴在碗上方，没有答。

"对啊，"祁小燕站在徐平安旁边，手搭在他后背上，"大成公司多牛啊，在里头上班我们也有面子。你现在这样做，有什么好处？"

徐平安头也不抬，说："没好处。"

林芬奇骂道："那你为什么还这样？小齐说了，他们公司好不容易才把东汉古城的事摆平了，结果却被你坏事了。你听听今天地铁有施工吗？听听！工人全撤了……"

徐平安仰头把面汤倒进嘴，放下筷子，站起，肩一耸，说："撤得好。"

"撤了？"徐明话一出口就开始后悔。上午在徐平安的房间阳台往下看时，他已经看到工地是空的。撤了难道跟徐平安有关？他想问的其实是这个。可是没有人理他，谁也没打算回答他，他完全像不存在。

祁小燕说："平安啊，东汉都多少年以前了，关我们屁事，快把那些视频都删了吧！"

"干吗删？"徐平安站起，大步进了自己的卧室，关上门。

祁小燕和林芬奇对看几眼，表情很一致，都呵着嘴，脸色难看。她们都不看徐明，徐明就也走了，到阳台上，坐进沙发。他得缓一口气，理一理头绪。小区前面在修地铁，施工挖地时挖出东汉古城，祁小燕认为是屁事，徐平安不知道怎么认为的，但徐平安把这些拍下来，放到网上……怎么拍的？

铃声响了，是徐明装在裤兜里的手机。平时他手机几天都不会响一次，今天特殊，刚才徐华打过，这会儿又响，屏幕上显示的是一串陌生的号码。接起，是小齐。小齐说："徐先生，有空吗？我们董事长想见您。"徐明像被烫着，脱口说："没空！"小齐说："就一会儿时间，我开车过去接您，可以吗？"徐明说："不行。真的没空。"

放下电话时，他心跳得很快，可是他做错了什么？

祁小燕仍坐在餐桌前，低着头，盯着手机，里头仍然传出熟悉的声音，是徐平安，一会儿变成老年人沙哑的嗓音，很激动地扯大嗓子说东汉古城有多重要，接着则是几句听起来耳熟的话："怎么可能啊？我跟你说，那些地方志专家为什么闹你知道吗？他们想买大成的房子，要求我们打折。房子那么俏，一开盘就卖光了，你说干吗打折啊？打折其实是对业主的损害，是不是？"

徐明一怔，他记起了，这几句话陈力力是在那晚餐桌上说的。俯下身盯住屏幕，看到那张直径三米的餐桌上的自己，还有陈力力和祁小燕。

祁小燕脸色也变了。那天晚上徐平安一直不停地说话喝酒，他什么时候拍的，又用什么录了？徐明大跨几步，站到徐平安卧室外，没有犹豫，他先是拧动门把，拧不动，马上又举起手重重拍打着。

"平安，开门！"喊的人是祁小燕，她和林芬奇也跟过来了。

又敲门，又喊，三个人接连喊了好一阵，徐平安才打开门，脑袋上罩着一副大耳机，手仍抓住门沿，随时打算再关上。徐明向前一步，身子抵住门，祁小燕马上挤了进去。结婚这么多年了，夫妻间从来没有这么默契过。

"你们干什么？"徐平安很不高兴。

徐明盯着徐平安。这个人因为那副耳机，头一下子大了一圈，变得陌生且奇怪。自己生的儿子，也许他从来就没有熟悉过。

"你在直播？"祁小燕问。

徐平安把耳机扯下，耸了耸肩，说："没有。"

徐平安的声音又响起来了，不是从徐平安嘴里，而是从祁小燕手机里。然后祁小燕把手机递过去，另一只手指着手机屏幕。

徐平安眼皮一垂，笑起："你居然也有抖音啊。不是直播，发了一个短视频而已。"

徐明问："什么时候发的？"

徐平安侧脸瞥了一眼徐明，显然他有点意外，说："刚才啊，你也有抖音了？"

徐明说："快删了！"

徐平安噘噘嘴："为什么要删？"

林芬奇揪住徐平安的胳膊说："你叫平安，只要平平安安就行了。还是删了，回头去他公司上班吧。"

祁小燕也上前一步："就是啊，干吗这么傻去得罪他？他欠我们的，得把钱赚回来。"

徐平安很不耐烦："这多劲爆，劲爆才有流量嘛，上传才这么一小会儿，你们看看阅读量多少了。别管我，你们不懂，走吧走吧。"

徐明手机又响，接起，没想到是陈力力："徐明，有话好说，你们这样就没意思了。"

徐明用舌头舔舔唇，唇一下子成两片沙漠，非常干。

陈力力说："至于吗？过去的事早就是陈芝麻烂谷子了，那时我们几岁，现在又是几岁？"

"嗯……"徐明嘴张了几下，还是说不出话来。

陈力力说："房子你们当时买多少钱？我可以退你，白送你一套房行吗……"

徐明打断他："不行。"

陈力力大概没有料到徐明会这么说，手机里安静了几秒："嫌少？大成的房子现在一平米多少你也知道。"

徐明说："不知道。我不要你钱。"

陈力力说："那你想怎样？"

徐明觉得耳疼——是头疼，胸口也疼。他重重地吸一口气，说："抱歉，我还不太懂……"

陈力力呵呵笑起："徐明啊，装傻就没必要了。这么多年我什么风浪没经历过？你要是念旧情，大家还是朋友。过分了就不好，你说是不是啊？就这样吧，我还有事。"

手机传来嘟嘟嘟的信号音，断了。徐明把手机从耳旁取下，无措地盯着上面看。这部机子已经用好多年了，屏幕只有一小块豆腐那么大，亮了一会儿，很快就黑屏了。他左右一看，林芬奇和祁小燕不知什么时候起已经站在他两侧了。

"谁呀？"林芬奇盯着他问。

祁小燕问："是陈力力？"

徐明去倒了杯水，喝下。居然这么渴，仿佛体内的水分在陈力力那通电话中都顺着电流跑光了。

祁小燕突然叫起，她把手机往上举，大声说："哇，没了！"

林芬奇问："什么没了？"

"你们看。"祁小燕把手机立起，转一圈，全屏是黑的，中间一块白，写着"此账号已被封禁"。

场面静止了片刻，徐平安转身到桌前抓起自己的手机点开，然后嘟囔一句："靠，被封号了？本事这么大啊。"

"你看你看，"林芬奇说，"现在知道人家是何等人物了吧？"

徐平安恼怒地走过来，把三人推出去，重重地关上门。

徐明走到阳台，坐到褐色沙发上，仰起头，闭上眼。很不舒服，像有几个拳头在心里头横七竖八地击打着。这一天都发生了什么事啊，一大早林芬奇就来，然后祁小燕和林芬奇去大成公司，然后小齐和陈力力打来电话，所有的一切都围绕着徐平安，徐平安拍地铁施工，徐平安拍了那天晚上吃饭——是偷拍！

徐明猛地坐直，头向上仰，这个瞬间眼前一黑，如同九岁那年，他走在奋发路上，从夏伟伟掌心蹦起的铁片迎面而来，插进他眼球。

十二

晚饭徐平安不出来吃，祁小燕去敲门，他隔着门说已经带外卖回来了。

徐明早餐忘了吃，午餐吃不下，这会儿肚子也不饿，但还是被林芬奇拖去吃了几口，然后又回到阳台的褐色沙发上。一会儿林芬奇跟出来，坐到矮凳上，僵着身子，双掌按住膝盖："这几十年我没有一天心里是踏实的，总是怕出事，现在你看还是出事了。人家有钱有势，平安真是太傻了。好好的大款不去傍，反而这样。他会不会被抓走啊？而且，要是门口地铁建不成了，小区里的人不也恨死我们？他们会不会气得打平安？"

徐明长长叹了口气，胸口那里像一枚充气中的气球，正不断胀大撑起。为什么要偷拍呢？他掏出手机，给徐平安打了电话，他说："我在阳台，你来一下。"徐平安嗯了一声，但十几分钟后才出来。"为什么要偷拍呢？"徐明问的还是这个。

徐平安噘着嘴一笑，一种你懂什么的意思布满全脸。

徐明想自己是不懂，所以得问："为什么要偷拍呢？"他重复一句。

徐平安身子往玻璃门上一靠，问："眼睛这事，你真的从来都不介意吗？"

徐明不知道怎么答。九岁一只眼就坏了，神仙才不介意吧？中秋前一天徐平安曾问过他，如果换过来，是他弄坏夏伟伟眼睛，他能不能当市长？不能，不是谁都能当市长的，但至少他和夏伟伟的距离不会像现在这么大啊。

林芬奇仰起头问："平安你是不是要报仇才这样做的啊？"

徐平安耸耸肩："也不是，只是巧，反正让我赶上了。这事有含金量，含金量等于流量。你们忘了我大学是学什么的吧？"

林芬奇说："你就别乱搞了，听话，还是老老实实去大成公司上班吧。"

"什么叫乱搞？"徐平安一下子不高兴了，"东汉古城你知道有多珍贵吗？那样破坏性乱挖，良心不痛吗？从地铁开工到现在，专家一直在呼吁，不能挖，文物不可再生，毁了就没了。我采访了好几个专家，他们急得不行，说着说着都掉眼泪了。"

祁小燕从客厅出来，推了推徐平安："听说挖出来的都是破砖烂瓦，那些东西送我都不要，根本没意思。"

徐平安往旁闪了闪，说："你把跟人家的合影晒到朋友圈虚荣一下就有意思了？"

徐明站起，看着徐平安，问："你到底是不舍得古城，还是为了做那个什么流量?"

徐平安已经提不起劲回答了,斜着眼问:"都有,不行吗?"

徐明说:"流量干什么用?"

徐平安说:"赚钱啊。"

徐明不知道流量是怎么赚钱的,但现在这已经不是他想知道的问题,他问:"为什么要偷拍?不管为了什么,都不能偷拍。偷是下流的,你干吗偷?"

徐平安鼻孔里哼了一声,转身走掉。徐明要追出去,祁小燕说:"算了,反正他账号都已经被封,再也发不出来了。"

徐平安已经走到客厅,这时候冲这边喊道:"封得住吗?越封我越要放大招。"话音一落,就传来重重的关门声。

徐明猛地从沙发上站起,粗粗喘着气,一会儿又身子一松,颓然坐下了,双手支在膝上,勾着头。夏伟伟能管一座城,陈力力有那么大的公司,他却连一个儿子都无能为力。

"平安的大招是什么?"林芬奇很紧张,声音有点打结。

祁小燕说:"我一起跳舞的姐妹也有开抖音的……"

林芬奇打断她:"也是说地铁的事?"

祁小燕说:"不是,是专门发自己跳舞的。我向她们打听过了,号一封,就发不了视频了,更不能直播。"

"噢。"林芬奇吁一口气,将信将疑。

徐明伸手把林芬奇一撮散乱下来的头发捋起,往她耳后夹去。"妈,"他说,"今晚迟了,你别回去,就在客房睡下吧。"

林芬奇摇头:"我自己的床睡习惯了。公交车还没停,我这就回。你们也累了,我在这里,你们也睡不好。"

林芬奇走时,徐明把她送出门,被林芬奇拦住。徐明不说话,也不回。电梯里没有人,灯从头顶罩下,把林芬奇一头白发和佝偻的背一下子放大了——也许本来就是这样了,只是徐明之前没有细看。他也很久没注意过林芬奇的步态,僵硬、迟缓,每一步都迈得细碎微颤,眨眼间她就这么老了。

到小区大门时，林芬奇说："你回吧，早点睡。"

徐明突然把手插进她胳膊，这是他从来没有做过的动作，林芬奇也愣了一下。这时手机响了，徐明接起，是祁小燕打来的，祁小燕说："你们等等，我在车库里了。我开车送妈回去。"徐明把这消息告诉林芬奇，林芬奇显然有点意外。其实徐明也意外，祁小燕对林芬奇一直只是嘴上乖巧顺从，实质性的东西却不多。

车到了，徐明给林芬奇开了后座门，他也坐进去。林芬奇这会儿没阻拦，她来这边多少次了，从来没人开车送过她，突然被送一次，似乎都不知所措了。从大成小区到老房子不算远，不过七八公里的路程，一路上谁都没开口。到了，林芬奇下车，徐明也下，再次把手插到她胳膊上，扶住她，跟她一起上楼。走台阶时林芬奇手按在膝盖，每跨一次身子都歪一下，先把一只脚支撑住，再把另一只脚提上来，嘴呵着，用力呼出气。徐明咽一下口水，突然想起徐华说过的，徐刚健说不定是爬楼梯累死的。大成小区是电梯房，他已经习惯上上下下都不需要费力气了，他多久没爬楼梯了？他气也喘。"妈。"他小声喊。林芬奇可能没听到，一点反应都没有。"妈，要不以后搬我那边住吧。"他又说。林芬奇还是没反应，她低着头，正一心一意对付台阶。

到五楼了，林芬奇让他快走，祁小燕的车还在楼下哩。徐明下楼，每一步都跨得犹豫。这台阶他从小到大走了几十年，每一寸都是熟悉的，现在，在昏暗的灯光下却如此陌生恐怖。终于到楼下，爬上车，祁小燕很不满，问："怎么去这么久？"徐明不觉得久或不久。祁小燕又说："急死了，刚才打你电话也不接！"徐明摸了裤兜，刚才他没听到铃声。祁小燕把手机往他跟前一递，说："看，平安干什么了！"

屏幕里在动，画面一闪一闪的。车内很暗，发动机还没点火，车灯也没开。祁小燕坐在驾驶座上，头向后仰，无力地靠在椅背上。这是徐明最不想用眼的环境，他不能在黑暗中看动和亮的东西，可是现在他必须看了。年轻的穿军装的徐刚健、同样年轻的烫着大波浪的林芬奇、年幼的瞪着大眼看镜头的徐明，这些照片都曾被徐刚健工整装在相册里。徐平安在说话，他有时露出脸，有时候人没了只剩下声音。他说铁片，对，飞进九岁徐明眼中的那块铁片，这样饭桌上陈力力就出现了，不时说着"伟伟"，公园里和跳《梨花颂》大妈在一起的夏伟伟也出现了，他跟徐明握着手，说"你好徐明"……徐明仿佛置身于一台轰鸣的机器中，眼前有很多光影在闪，他忽然想起两个字：大招。

"你不是说号封了就发不出来了吗？"他像跟自己说，声音低得甚至有点浑沌。

祁小燕说："不是发抖音，他把你和夏伟伟、陈力力的这件事做成纪录片了，发在自己的微信公众号上，这是完整的视频。他还有一大堆微博、微视、视频号、西瓜视频等等，有的整个发，有的分段发。真的疯了！"

徐明说："你知道他还有那些东西，也不制止！"

祁小燕身子猛地从椅子靠背上跳起："我哪里知道了？刚才都是小齐发给我看的。小齐本来想处理好这事，他要买到公司折扣低的房子，可是因为平安发那些抖音，他已经被开除了。你懂吗？你什么都不懂！"轰的一声响起，点火了，祁小燕手动得很快，仿佛是方向盘得罪了她。车子拐上大路，车和人都不多了，两旁路灯在树丛间泛出塑料感十足的光。树很密，树干发黑，枝叶往路中央聚拢，遮住了天空，跟奋发路很像……噢，就是奋发路啊。徐明拨直身子，摇下车窗，盯着外面看。恰好正经过一个宽阔的大门，门前加了栏杆，站着保安，拱形门上有颗硕大的红星。

市委机关宿舍大院！作为市长的夏伟伟应该也住在里头吧？还有夏伟伟的老婆。他收回身子瞥了祁小燕一眼，想让祁小燕停车，他要下去走走。祁小燕在他左边，他左眼坏了，就把全脸都侧了过来。其实只有一瞬，马上又转开了。正开车，祁小燕专注盯着前方是对的，但也有不对的地方。这会儿她脸上堆满了恼怒、委屈、厌恶，灯光从前车窗打进来，她的脸一会儿亮一会儿暗。夏伟伟和陈力力的老婆什么样的？他突然想到这个，一个是市长，一个是董事长，他们的老婆美色和素质哪里是问题呢？有问题也可以换。而他，按林芬奇的说法，他这样的人，只能娶到身体正常没缺陷的祁小燕。一个小铁片把他和夏伟伟、陈力力分隔到两个世界里了。

徐平安卧室门关着，祁小燕一进屋就直接走过去敲门。"平安，开门！"这一句她重复了十几次，但门一直没开。祁小燕一扭身抓起沙发靠垫往门上扔去，靠垫是软的，撞击声比巴掌更小，不过恰好这时徐平安打开门，靠垫往他怀里冲去，他一把抱住，像抱着一个婴儿。

"把那些删了，你要惹大祸啊，快删掉！"祁小燕弓起身子，声音嘶哑地吼。

徐平安嘴一撇，说："反正他们都会删的，不急，让子弹先飞一会儿。"

徐明唇动了动："为什么要偷拍呢？偷是下流的。"除了这句话，他不知道还能说什么。一路上祁小燕都气呼呼的，在小区地下车库停好车，也自己先下来，径自往前走，走出十几米，等徐明也下了车关上车门，她把手里的钥匙远远一按，嘟的一声锁上了，头也没回。然后进电梯，然后进家门。她从来没发过这么大的火，可是徐平安却若无其事，似乎不过多吃了一个苹果。

他猛地转身向外走去。祁小燕喊道："你去哪里？"他没答，带上门，下了电梯。

小区里已经很安静，夜越来越深，人也越来越少，但大部分屋里的灯光还亮着。他在楼下的草坪上坐下，双手环在膝上。能去哪里？哪里都去不了。一个灰暗的夜晚，月亮根本就不知去向，天上像铺着一块厚厚的粗布。他取出手机，屏幕在暗处亮得格外刺眼，他忍住了，调出最后通话，那是陈力力打来的，他回拨过去。嘟嘟嘟一声接一声地响，没有通，最后一个女声出来，说"您好，您拨打的号码暂时无人接听，请您稍后再拨"。

找陈力力什么事？他握着手机愣了一会儿。

这一阵祁小燕急着找夏伟伟，徐平安又把夏伟伟和陈力力都弄到网上去。他不上网，但听过网的厉害。九岁那年，他一个仰头，然后一切都变了。现在徐平安把这些弄上网，夏伟伟会丢官吗？陈力力会做不成生意吗？铁片不是故意落进眼睛的，偷拍就不一样了，偷都是害人。

他又拿起电话，这回调出的是倒数第二个通话。他记得这是小齐的，小齐已经辞职，但说不定仍然愿意帮忙找陈力力呢？徐平安发上网的那些东西，陈力力得尽快知道，陈力力知道了，夏伟伟也就知道了。删掉，封掉，处理掉。可是仿佛约好的，小齐也没接，那个女声同样让他稍后再拨。

楼在七八米外，他仰头看着，一层层往上数，数到第十六层，停住了。太高了，其实已经糊成一团，只剩栏杆上立着被铝合金白格子固定住的玻璃墙隐隐约约，微弱的灯从客厅里透出来。他的家，刚才他匆匆出门，原来是要向陈力力通消息。可是他打不通电话，也不知道他们住哪里。他站起，腿有点麻。在原地立会儿，再走出小区。风过，有点凉，他紧了紧身子，把衣服扣起，步子也加快了，几乎是小跑。

然后他就到那个顶上有红星的拱门前了。奋发路早就拓宽了一倍，原来左边的那排树现在立在路中央，拓宽出来的路旁新种下的也是大树，扎根几年，叶子已经茂盛地与原先的树融合一起。仍然是一条没有天空的路，在夜色里向上看，更是什么都看不清。

今晚他已经第二次到这条路上了。红星门内有保安，肯定不会让他进去。他只是贴近了，在门外角落里站着。夏伟伟会不会这时候恰好进出？

汽车喇叭突然从背后传来，他扭过头，看到几米外停着车，车门开了，一个女人跳下来，跑向他。祁小燕！

"回去睡觉吧，"祁小燕揪住他衣角，说得声音轻缓，"平安的那些视频都被删掉了，删光了。走，回去。"

徐明鼻子猛地一酸。祁小燕只在跟他刚交往的那些日子，用这种腔调跟他说过话。他问："真删了？"

祁小燕点点头，衣角一直揪着，把徐明往车上拖。徐明顺从地走着，上了副驾驶室。车开了，他整个人后仰在椅背上，仰得非常彻底，整张脸与车顶天空形成两个平面。这几十年他一直刻意回避这个动作，连睡觉都必须侧躺，头向下勾，用手臂挡住。脖子那里的零件似乎坏了，他仰不动头，原来竟可以。"小燕。"他叫。

祁小燕轻轻按一下喇叭算是回答了。

徐明唇动了动，又闭拢了。他本来想告诉祁小燕，明天他要去找陈力力，最好也找到夏伟伟。不该偷拍，很抱歉，但不是他指使的，无论他们信不信，这一点他都必须亲口解释一下，再当面道个歉。

另外，路下面真的是东汉古城吗？古城真的像徐平安说的那么重要吗？他只有一只眼睛，很多事都不懂，也一直懒得懂，但这个他想弄明白。是文物，地铁就该绕道，不能再挖！这话他也要大声对夏伟伟和陈力力说出来。

他重重地吸口气又重重吐掉，突然觉得一直蜷起来的心舒缓了很多。

（原刊于《收获》2021年第6期）

鸭镇往事

曹 寇

一九九六年，刘利民中师毕业，遵照当年统招统分定向分配的原则，他已经做好了回老家当一名小学教师的准备。出乎意料的是，他那个在省城当一名小公务员的姑父，也不知用了什么神通，利民收到的工作报到通知单居然来自省城鸭镇初级中学。鸭镇虽然并非市区，仅为省城周边的一个乡镇，但对于利民老家的人来说，足够好了，很是了得。更何况利民这种按理说只能去小学担任教师的中师生居然要去教中学，这更是额外的荣光了。利民也很高兴。其实此前姑父与父母的商议以及相关操作利民并非一无所知，他只是对姑父这个省城人感到陌生并保持警惕不抱希望而已。看来利民确实小觑了家族情感在关键时刻所能发挥的作用，低估了一名省城小公务员大于己身的能量。

刘利民还记得去鸭镇中学报到之日，少不了要应父母的要求去看望姑父一家以示感谢，所以行李不少。即便如此，父母还是要求利民额外拎上一大堆家乡特产。部分留与姑父，以解姑妈思乡之情，其余让他到了工作单位学学"做人"。桃酥、牛轧糖之类的零食可以放在办公室和同事共享，上好的茶叶和香烟需要以不经意的方式分别赠与校长和教导主任，等等。利民很是不以为然。尤其让他反感的是，在这些礼品中居然还有一只活鸡。这是他奶奶饲养有年、并用其蛋给孙子补脑的老母鸡（据说如果没有那些后来被誉为"草鸡蛋"的蛋，利民不仅考不上师范学校，更不可能到省城工作）。她老人家唯一能瞧得上的也确实就是这么一位姑爷。这只从老家县城出发在长途车上颠沛流离的老母鸡见证了母婿情深和家族团结，刘利民责任重大，必须确保把它活着递给姑妈好让她一刀杀掉。事实也正是如此，利民在餐桌上还有幸吃掉了它一整条腿。犹豫再三，利民终于没有把骨头丢在姑父家的实木地板上，而是无师自通地放在了桌上，心下不禁替远在老家的狗感到惋惜。姑父说，这也就是过渡过渡，先好好干个几年，然后再替你想办法。而这其中尤为重要的是，利民必须再弄一张稍微体面点的文凭。成人高考？自学考试？还是函授？姑父说这个不重要，重要的是起码有张东西。利民只能似懂非懂地点头。

利民没有观察考证过鸡能活多久，也不知道狗的寿命，总之，那只鸡当天就死得其所，稍后几年，刘家的狗据说也被偷狗贼毒死带走了。再两年，刘奶奶也含笑九泉去了……二十多年，确实漫长，但也转瞬即逝。

二十多年前的鸭镇是这样的：利民从公交车下来就被一群奇形怪状的中年汉子包围，"到哪块？""走啊！"让出身位，并向后礼让式地伸出一只胳膊好让人看见他们身后停着的三轮蹦蹦车。之所以说奇形怪状，是他们中有残疾人，也有四肢健全之士，要么肥头大耳，要么尖嘴猴腮。理论上说，三轮蹦蹦车的发明原是残疾人士的代步工具，它们的便捷和不择道路很快就让这些被视作社会负担的人找到了自力更生的谋生手段。接着，四肢健全却又生活拮据之士也加入了这个行业。大致如此。不谙世事年幼无知的利民选择了一个四肢发达的家伙。到鸭镇中学要五块钱，这是当年的标准价格。但这个四肢发达的家伙收了利民十块钱，找还的五块则是假币。之所以说他不谙世事年幼无知在于，逢此情形，若是瘸子，他可以据理力争，料想诉诸暴力，瘸子也不是对手，而面对四肢发达的村汉，利民只得自认倒霉了。

鸭镇中学的大门和所有乡镇中学的大门完全一样，唯一让人称奇的是大门上方悬挂的横幅：一块长条红布上粘贴着十个白色菱形纸张，每张纸上分别用毛笔写着一个遒劲的汉字，连起来是"欢迎新老师，欢迎新同学"。后半句很常见，几乎是所有大中小学校在每年九月都要张贴的欢迎词。"欢迎新老师"确实闻所未闻，让利民很是受宠若惊。稍后他就知道是自作多情了。新老师并非他一人，另有五位，已齐刷刷在会议室正襟危坐，唯等姗姗来迟的利民了。也不知道为什么，当年的鸭镇中学生源充沛，新生入学人数在一九九六年前后达到了峰值。该校不仅急缺教师，破旧校园一侧还正在加班加点建设新校舍——整整两年，利民和他的同事们必须在课堂上使用声震屋瓦的音量来压制来自工地的噪音。两年后搬入新教学楼，课堂上除了个别学生交头接耳，可以清晰地听到校园外田野里传来的虫声鸟鸣，这时候利民等人才突然发现自己嗓门太大了。他不知道其他五位和他同时入职的教师是怎么解决这个问题的，反正利民最终选择了通过涣散课堂纪律来保持自己的声若洪钟，并戏剧性地将这一生理特征延续至今。当然，这只是玩笑，是利民二十多年后的自嘲。事实是，到了这时候他费了老鼻子劲终于通过自学考试混到了一张文凭，然后种种不适让他觉得自己已经受够了鸭镇中学的教师生活，正口干舌燥地等待他那个神通广大的姑父给他寄来一纸调令。虽然离开鸭镇中学还要再过两年，但利民确实没有白等。这是后话，按下不表。

话说同年进入鸭镇中学的六位教师，除了刘利民是中师，还有另外两位，钱晓华和杜娟。钱杜二人同一所师范毕业，都是女孩，都是鸭镇本地人。作为乡村少女，她们满怀抱负，成绩优异，立志改变村姑最终嫁给村夫的命运，刻苦学习，指望通过考试跳出农门。三年前，品学兼优的她们也曾信心满满地填上了重点高中的报考志愿，被父母获知后，后者挟持着她们连夜找到相关老师，要求重新填写志愿。在父母看来，国家政策这么好，读那么多书干什么？你真的以为你能考上北大清华？得了吧，先考上一个能够端上铁饭碗的师范学校就行了。这个朴素的道理，言之有理，无需多言。二人于是都报考了省城的师范学校，然后毫无悬念地考中。三年前谢师宴上的鞭炮声还在屋梁上绕着，一转眼，三年后她们又以教师的身份重返母校，与刚从谢师宴上下来至今还在剔牙的恩师们成为了同事。对此，利民感同身受。

所以，初来乍到，相比于其他几位毕业于师专或自他校调入的教师，刘利民更愿意跟晓华杜娟亲近。不过，他也很快发现，这不太可能，颇为难搞。有两个障碍：一，利民是男的，她们是女的；二，晓华和杜娟因履历重叠，同乡同性同学同事，据说二人长期处于竞争关系。利民是两个一起亲近呢，还是亲近一个，或逐一亲近？

说来话长，钱杜二女在中学阶段就互相觊觎，你追我赶，互为劲敌。听曾经教过语文的老教师李瑞强说，他当年身为二人的班主任经常很是为难，三好学生、优秀班干部、共青团员等等名额永远有限，在此消彼长实力相当的钱晓华和杜娟之间总是需要作出残忍的取舍。无论给谁，另一位就会伤心难过，以至于哭了起来。为此老李同志还尝试过在此类荣誉名额上为自己的班级跟校长和教导主任青筋暴起大争特争，以便钱杜二女利益均沾，减少嫌隙，从而使班集体更加团结，可惜常常以失败而告终，还一度饱受同事的诟病和冷眼。真没意思。老李同志也不知是看透了还是其他原因，在利民刚入校之时，正值壮年的他已退居二线，负责起了油印室的工作。这份工作单调而清闲，无非是把置身教学一线的老师们所刻写的蜡纸油印成卷。早年手工，之后电脑操作，皆不费脑子。油印室的工作一般集中于期中和期末考试前，平时门可罗雀。闲来无事，看着用来油印试卷的成捆的白光纸，老李同志顿感右手奇痒，不禁捡起运动年间抄写大字报时培养出来的兴趣爱好，颜筋柳骨笔走龙蛇了起来。利民刚到鸭镇中学抬头所见的那十个大字，就是他的手笔。这也挺好，在校方看来，平时校内其他需要书写告示通知和标语口号的时候，这位老李同志也算是废物利用了。与早年教书时对待两个女生的态度一样，他既然给钱晓华班级黑板上方写了八个大字的班风，杜娟决定摘抄名人名言张贴于两个窗户之间的墙壁上激励学生，他也不会推辞。

看样子刘利民显然是被李瑞强误导了。通过观察，他倒是没觉得钱杜二人有多么激烈的竞争关系。恰恰相反，在利民的眼中她们关系相当亲密。同为班主任，杜娟教语文，钱晓华教数学，还彼此互为对方班级的相关任课教师，对待对方班级学生均表现出视如己出的责任感和敬业心。这不重要，重要的是，刚来那一两年，二人在校内几乎形影不离，连上厕所都是结伴而行。利民就不止一次在男厕听到二人在隔壁的交谈声。不过这些交谈在女厕内部的瓷砖墙面撞来撞去然后再由书本大小的男女厕所共通的粪池荡漾过来，已是模糊不清，相当神秘。中午在食堂吃饭，二人相对而坐，相谈甚欢。下午放学，她们也基本上是同时跨上二六女式凤凰自行车一起离开学校，把利民一个人留在陡然空旷秋风萧萧的校园内。

当然，和利民一起住在操场北面教工宿舍区的教职员工大有人在，男女老少，就不一一具名了。但如前所述，利民初来乍到，学历普通，也看不出什么了不起的背景和能力，没人会青眼相加。比如跟他住在一个宿舍的罗东昶，后者不仅正经专科学校毕业，而且有好几双臭气熏天的钉鞋，每天这时候都穿上其中一双和另外几个肌肉发达的家伙在操场上围着足球满头大汗地奔跑。利民曾尝试着也上场去拦他的球，结果皮球穿裆而过，还被东昶撞了个狗啃泥，很没面子，也只好作罢。

东昶有一天问：你喜欢谁？

什么？利民确实没想到他会这么直接，虽然心里明白他在问什么。

钱晓华和杜娟，你喜欢谁？

刘利民喜欢杜娟。

所有人都会这么去想，利民自己也从未否认。但他喜欢杜娟还有另外一个可能,那就是罗东昶经常在宿舍当着他的面怀念刚刚在校门口消失的钱晓华丰腴的肉体,迫使利民不得不放弃喜欢钱晓华的权利,而只能去喜欢杜娟。当然,他从来没有像东昶那样直抒胸臆,他羞于直言。他只说我才参加工作,年纪还小,暂且还没有考虑这种问题。

哦,东昶像刚明白过来似的,也是,你比我小好几岁呢。

自诩天性敏感的利民立即感受到了语言所指,屈辱感油然而生,脸应该红了,不知道说什么好。

像你这么大,我也没开窍。东昶不依不饶似的,跳下床笑着拍了拍利民的头,然后直挺挺倒了下去,在即将触地的瞬间两手撑地,一二三做起了俯卧撑,口中还不断发出下流的呻吟。日光灯照耀着他的脊背,块状肌肉随着动作扭曲、恢复……周而复始,闪烁着让利民绝望的光芒。

其实利民在师范交往过一位女同学,因为年深日久,他现在不仅忘记了她的相貌,也弄不清自己是否喜欢过她了。他能确定的是,他拉她手的时候起过生理反应,但当他试图进一步的时候,对方过分的冰清玉洁使他难以下手。在师范学校,女多男少,几乎所有的男生都能搭上女同学,既然如此,利民又岂能免俗。约会吃饭,互赠礼物,争风吃醋,哭哭闹闹,也蔚然成风,场面宏阔。但这一切都在私底下展开,因为师范学校严禁学生谈恋爱,将此誉为早恋。早恋不仅影响学习败坏校风,甚至会和手淫一样有碍生长发育,对身体造成不可弥补的损害。无论这是否属实,反正在师长看来必须是利民那一代中师生所应达成的共识和自我规范。

与所谓的初恋对象不同,利民能清晰记得杜娟二十多年前作为鸭镇中学青年女教师的样子。她身体细长,胸前平平,爱穿长款衣物,一双白色的旅游鞋,走路有点外八字。相比于爱穿中低跟皮鞋的钱晓华那种铿锵有力的步伐(若干年后穿高跟时确实相当性感),杜娟呈现出飘的样子,在校园内的桂花树下和栀子花旁飘来飘去。教研活动时(利民也教语文),他们坐得近,利民这才可以认真打量杜娟:微微上翘的右嘴角,认真阅读书本的褐色瞳仁,以及瘦削面颊上逆光的绒毛。她的皮肤并不白，夏天裸露的小臂上泛着黄色的光。老实说，杜娟谈不上好看，缺乏晓华那种天然的性别魅力，但一点儿也不难看。二十多年后的利民仍然这么说，耐看。尤其她偶尔抬起眼睛没承想与人构成对视又赶紧避开目光时的慌乱形态，真是让人心疼极了。她几乎不看着人说话，但训斥学生的时候却睁大了眼睛一动不动地直视对方，以至于让对方主动垂下脑袋，怒火显得极其真实、纯粹和吓人。怎么说呢，这是一个与众不同的姑娘。果然，过了没两年，她不仅不再与晓华形影不离，也不见她参与任何同事间的闲谈和其他娱乐活动。除了上课，人们只能看到她因为伏案而尖锐隆起的背部。她似乎更愿意和学生在一起。自习课和午休期间，她总是坐在自己班级里批改作业写写画画。她的班级总是静悄悄的。学生们很怕她，据说也很喜欢她。与她在教学工作上的勤苦有关，利民一度认为，杜娟内心强大，生活空虚，她只能用学生和工作来填补巨大的虚空，如此巨大的空间蹿进一个叫刘利民的小伙，好像也在情理之中。

作为同学科同年级教师，利民所能做的，或者他只能这么做的，就是每次考试成绩排名时让杜娟遥遥领先。公开课、说课、赛课等教科研活动，利民也甘拜下风。他们屈指可数的单独相处的机会也不外乎一起进城参加进修学校组织的培训学习以及一同参加自学考试补习和考试之际。为了珍惜这样的机会，利民还恬不知耻地一再强调他是外地人，不认识路，需要和她一起走。行，善良的杜娟对此没有异议。利民得寸进尺，进而提出，自己可以先骑车到她家，然后和她一起到鸭镇车站坐车进城。不好，杜娟毫不犹豫地指出，她家与车站的距离比学校到车站还要远，刘利民此举完全是脱裤子放屁。约好时间，在鸭镇车站碰头即可，她说。

他们按约定的时间一起上车。如果车里空，杜娟热衷于选择后排最靠窗的位置；人多，她则选择站立或让座。总之，若非迫不得已（比如所有座位都坐满了人，偏偏有并排两个空座位不怀好意地等着二人并直到他们下车都没有出现需要她让座的情况），杜娟才会坐在利民的身边。公交车难以避免的各种动作使利民偶尔能感受她的体温，洗发水、护肤霜之类的气味或少女应有的清香阵阵袭来。他们并没有过多地交谈，或曰杜娟并不想跟刘利民说点什么。就算一定要一问一答，杜娟也仅仅是直视汽车前进的方向张几下嘴。九十年代中后期的公交车还是人工售票，但利民已明白自己无需抢着替杜娟买票。就算他坚持己见，杜娟要么会将一枚硬币硬塞给他（因为拉扯，有时硬币滚落车厢，还需要利民一顿好找）。没有硬币奉还利民，转车的时候杜娟就会抢先替利民买票，以示扯平。利民甚感无趣。在培训学习中，杜娟自始至终表现出的强大的求知欲，也让利民十分困惑。那些讲台上的专家学者啊，滔滔不绝，还经常自以为幽默地说两句俏皮话，而台下却是一群昏昏欲睡或被烟瘾折磨得哈欠连天的人，若非到了散场时分，掌声和笑声总是很零落的。独有杜娟，也不管专家学者有没有看到她，她总是面泛潮红，不断地冲他们颔首微笑。精彩之处，唯有她掌声热烈笑声如银铃，着实让刘利民感到醋意和愤恨。可怜利民到底扛不过无穷无尽的精彩和幽默，只能忍痛放下杜娟，跟着众人一起昏睡过去。

　　他甚至还做起了美梦。初春阴晴不定的天空在他们返回鸭镇的时候下起了经久不息的大雨，加之道路泥泞，鸭镇尚无路灯，利民提议他和杜娟二人不要骑自行车了，由他叫一辆三轮蹦蹦车，先送她回家，再自己返回学校。

　　她冷笑一声，问，那自行车不要了？

　　利民说没关系，明天让我们班那个叫顾益群的大块头男生来拿就行。

　　怎么拿？她没法理解。

　　利民于是描述并赞美了一顿本班老留级生顾益群同学的天赋异禀。益群同学可以自己一手骑车，一手扶住另一辆自行车龙头，以一己之力让二车并行于鸭镇的鸡鸣狗吠之间。这确实是九十年代鸭镇一道有目共睹的靓丽风景线。

　　那让他跑两趟？

　　嗯，利民有点费劲地想了想，没法不承认益群同学即便天赋异禀，好像确实要跑两趟。

不行！这是她的态度。

以上当然不是梦境。梦境是下面的情节——

刘利民不容分说，生拉硬扯把杜娟拽进了一个货真价实的瘸子的蹦蹦车。雨水已经局部打湿了他们，尤其她的发梢粘在呼吸粗重的嘴唇上，画面让利民忍无可忍，不得不在行驶中的蹦蹦车的巨大噪音中手脚并用地向她表白了积压已久的爱慕之情。她未必能听清利民说什么，他连自己在说什么好像也听不清。他们在黑暗的乡村冒雨前行，不知何往，在一个瘸子的身后嗓门巨大，动作也极其粗暴……

刘利民说他其实无非是想看看杜娟的家，给她的父亲递一根烟，仅此而已。这么简单的事，利民终其一生也没有做成。他从来没有去过杜娟的家，没有见过她的家人。这让利民感到极其沮丧，尤其是他去过绝大多数鸭镇本地教师的家之后。

鸭镇中学有一点是很特别的，起码那些年是这样，因端午、教师节（中秋）和元旦等节日而起的各种酒局和牌局一般都会安排在某位同事家开展。具体是，由校方或年级组出资，委托某位教师及其家属购置酒菜负责烧煮，人手不够还需请三亲四邻赶来帮忙。炊烟自上午就开始袅袅升起，肉香在前夜即已飘散。铺排桌凳，驱鸡撵狗，总之准备有时。学校这边，辛勤一天的工作终于结束啦，夕阳西下，但见鸭镇中学的人民教师们或骑自行车或骑摩托车，在九十年代晚期的田间地头，浩浩荡荡，逶迤而去，然后蜂拥而入该位教师家中。一时贵客临门，蓬荜生辉。先慰问本家老人，礼节性谦让再三，然后按职位高低落座。校长首席居中就座，起立致辞，共同举杯，走起。所谓甩开腮帮子，掂起大槽牙，胡吃海塞。其间划拳行令，觥筹交错，直至杯盘狼藉，真是过瘾。撤席之后自由活动，打牌的打牌（麻将和扑克），散去的散去。怎么说呢，聚餐活动作为九十年代乡村教师为数不多的福利，却以单位出资、员工轮流坐庄的家宴形式表现了出来，可以将或和谐或敌对的干群关系和同事关系溶解在某种家庭情义之中，从而消解矛盾，促进集体感情，最终积极作用于校园管理，这不能不说是一项有地方特色的高超的领导艺术。据说此乃鸭镇中学首任校长的发明创造，已历数代，堪称优良传统。

刚刚工作不久的钱晓华居然主动提出申请，这年教师节去她家。经校长室认真研究决定——就这么办吧。大家欣然而往。晓华家三间楼上下，另在院内有两排厢房，人口俱全，其时在鸭镇算是中等殷实之家。进门只见中堂高悬，画中蝙蝠翩翩，白胡子老头携鹿而去。方便时可闻茅厕奇臭，一旁猪栏里那头短吻黑猪却相当性感。其母早年还跟着人学唱过几句扬剧，喝得兴起，还给大家唱了两段《鸿雁传书》。当其时也，一轮即将圆满的明月在院墙东侧的刺槐树杈间十分稳健地升了起来，村落中影影绰绰熄灭了几点灯火，墙根远方的虫鸣狗吠亦并不热烈，真是一个美好的夜晚啊。刘利民之所以记得如此清楚，关键在于，他们赶到钱晓华家时，罗东昶已提前到了。但见东昶系着围裙，好一根蜂腰；袖子高高撸起，真壮实的两臂；身形矫健，忙上忙下，递烟倒茶，谈笑风生，俨然以主人自居。

那晚，广大教职员工酒兴空前高涨，喝倒了好几个。校长还叫来顾益群帮两位醉酒教师把自行车给弄了回去，不赘述。利民也喝了不少酒，而且没醉。他第一次发现自己酒量挺好的。这一好酒量日后在他一路高升的道路上起到了巨大的作用，也无需赘言。

东昶相当得意，晓华父母对他那是"相当满意"……总之，钱晓华家的家宴不得不让利民重新梳理一下严峻的形势。晓华和东昶的神速似乎在表明，他在杜娟身上使用的那些鬼鬼祟祟的伎俩不仅毫无成效而且相当可笑，让人无地自容。

不过，通过李瑞强老李同志等人之口，利民大致还是了解到杜娟的一些家庭情况。

杜娟家境一般，也可以说较差并惨。其父出身不堪，两代吃瘪，只得娶了一个哑女为妻。先生大姐，次女杜娟。杜父担心家门不继，老无所依，又违法生了三妹。生三妹已被罚款，还想再生四弟。其时哑母已有孕在身，一日到河塘捶打衣裳，三妹跟着，不慎落水，哑母呼救无声，只得自己奋身去救。结果母女两个连带着腹中胎儿，就这么没了。大人好捞，三妹怎么也找不着。该河塘面积宽广，借来水泵抽了三天三夜，才在对岸水草间找到其幼小的尸身。有一说法，杜娟当时也在场，因为年幼，被吓傻了，也不知叫喊。自此家境日窘。大姐小学毕业即辍学操持家务，长姐为母，现已远嫁，一年回不了一趟鸭镇。杜父本意让杜娟认得两个字就行了，谁能想到此女成绩太过优异，不忍中断，只得让她继续读书。好不容易供了出来，拿工资了，眼下才稍有起色。

如此家庭环境中长大成人的杜娟想来心理过于脆弱或坚硬，不像晓华那么正常，处理情感问题怕是因人而异。说不定小火慢炖，总有一天能把杜娟焐热。考虑到之前的策略未见成效，利民决定另辟蹊径——那就是保持对杜娟的各种好，在背地里帮助她。比如在亦可争取的荣誉面前保持必要的谦逊，让与杜娟。而在男女之情应有的攻势上，尽量收敛锋芒，不再积极主动。无论是情欲还是工作，利民努力使自己看起来显得云淡风轻。看起来此招还挺管用，兼有额外之喜。一段时间下来，利民得以集中精力复习功课，自学考试合格进度居然超过了晓华和杜娟，连他自己都对自己肃然起敬起来。他注意到杜娟看他似乎有了异样的眼神。更让利民没想到的是，杜娟居然还主动找上门来了。

这个礼拜四省城三十四中的教研活动，你真不去？

利民故意懒洋洋地说，去了有什么用，不想去。

不去的话，上头（教研室）会批评你的。

无所谓，我不在乎。

去吧，一起。杜娟似乎在发出邀请。

利民眼睛一亮，但掩饰得好，啊呀，到时候再说吧。

上了公交车，二人的表演虽然还是照旧，甚至更加沉默，利民却想到了此时无声胜有声、于无声处听惊雷之类烂俗的话。

且说这年期末考试结束，不外乎集中阅卷、誊写分数、计算总均分、师生排名次。刘利民任教班级语文成绩均分低于杜娟，所任班主任班级优生率和及格率低于钱晓华,凡此种种,都是应有之义,也不说了。只说学年结束大会上,评了优秀,发了奖状,校长祝了大家暑期愉快后,却额外加了一句:三十岁以下青年教师继续留下来开会。

香港已经回归,澳门回归好像要到冬天,诗朗诵和歌咏比赛也没听说啊,这会儿能有什么节目要排练吗?青年教师们议论纷纷。校长示意大家安静,说,省城最高学府要来一批大学生下乡开展为期一个月的暑期社会实践,作为鸭镇最高学府的鸭镇中学,接上级通知有必要有义务与这群天之骄子进行对接,负责接待、食宿和相关工作安排。考虑到中老年教师不仅年老体衰,文化程度低,家里还有农活要干,青年教师则多数接受过层级不等的正规教育,与大学生们有共同语言,所以经校长室认真研究决定,安排青年教师们放弃假期全面负责,是合适且必要的。"这既是一个交流的机会,也是一个学习的机会,说不定……"说不定还能搞搞男女关系呢。校长没把话说完,反正利民是这么想的。食堂已经打过招呼了,青年教师也不需要全部参加,有一男一女两个生活助理,另有一位班主任可以调动学生暑期来校让大学生练练教学就行了。主动报名,稍后公布名单,散会!

事实上,多数人与利民一样都懒得报名,谁乐意大热天陪着一群大学生在烈日下玩?已婚教师首先排除,家不在鸭镇的也要慎重。但考虑到青年教师理应表现出积极向上的样子,大家还是都应景地去报了名。名单公布了出来,果然不出所料:钱晓华和杜娟两位本地教师被首先选中,前者负责接待和在生活上照顾女大学生,后者负责调动她的班级学生偶尔来上课。负责接待男大学生的人员是罗东昶,这出乎意料(东昶和利民一样都是外地人),也在情理之中(谁叫他跟晓华浓情蜜意的呢,不看着点,当心钱晓华另择高枝)。大家鼓掌通过,都觉得领导安排真是英明。唯有利民心里有说不出来的滋味。他不是想自己被选中,而是未卜先知地觉得这其中隐隐有什么不妙。所以离校之前,利民跑来找东昶,他说他暑假可能会到省城姑父家,到时候顺道来玩玩?

这就对啦!来嘛!东昶说得干脆,还挺有深意似的。

刘利民中途只来过一次，论在场，却是两次。

既然东昶话都那么说了，他也没什么不好意思的，并没有急着回老家过暑假，而是在学校滞留了几天，想看看这群大学生都是些什么货色。

一辆大巴车停在鸭镇中学，上面嘻嘻哈哈跳下一群学生，数一数，有十来个。从学历角度来看，虽然他们的年龄未必比利民等人小，但在所有人看来（包括那些从庄稼地里直起腰的农民），他们确实更像孩子。文化衫，短裤，旅游鞋，背着沉重的双肩包，却表情轻松，毫无怯意，相比于校长（他需要在他们到来日露个面）、东昶、晓华和杜娟，显得更为热情大方。利民没有出现在欢迎队列中，他仅仅是站在远处看了看。到了晚饭时，他才应东昶隔着操场的呼唤出来。

四张学生课桌拼凑而成的一张大桌面，所有人围坐一圈。见杜娟左右都是大学生，他只好自己动手搬了张小凳子挤到东昶一侧，另一侧是晓华。坐下后，他才警惕地看了看杜娟左右两位，都差不多。没看出杜娟有所倾向，他略略放下心来。

桌上四个不锈钢大脸盆，分别是五花肉红烧笋干、辣椒炒干子、蒜泥空心菜和西红柿蛋汤。标准的一荤两素三菜一汤，就着东昶腿边那一大桶热气腾腾的米饭，大学生们看来没见过世面，居然流露出了垂涎欲滴的模样。

要不要搞酒？东昶看了眼杜娟，又看了眼刘利民，要不你叫校门口小卖部的人送两箱啤的来？

杜娟左侧的一个男的赶忙站起来，说，谢谢罗老师，我们不喝酒，你们，你们请自便。

看来此人是领头的，利民立即知道刚才东昶不是征求杜娟意见，而是问他，心里一沉，预感大事不好。

那，这次东昶只看着利民说，我们也不搞了吧？

利民没搭话，而是又瞟了眼那个领头的。此人姓彭名飞，虽然看不出与其他大学生有什么区别，介绍却是个助教，众大学生以彭老师呼之。

二八分头，戴着一副金丝眼镜，面部线条清晰，就刚站起来看，能有个一米八的样子。难怪杜娟坐在他的身边。不仅如此，吃饭过程中，二人交头接耳有说有笑，看着委实叫人胀气。

没吃几口，利民就嫌这里没有电风扇，要回宿舍吹两下子再说，连那几个漂亮女大学生都没来得及细看。

在宿舍，电风扇开到最大挡，还是能听见食堂方向传来的人声。后来他们还唱起了歌，无非当年流行的港台歌曲。再后来，声音越发清晰，原来他们出来了。再后声音向阶梯教室那边远去。学校安排他们住大会议室，大会议室空阔凉爽，屋顶还有两排大吊扇。已经事先放置十来张单人床。男女生之间以一条布帘相隔。至于是否有男生半夜越过布帘爬到另一边去，鸭镇中学概不负责，要负责也是那个姓彭的活该。

等到夜深人静，听到自行车穿越校园，越过操场跑道，最后消失于夜色，利民知道晓华和杜娟回家了。不久东昶光着膀子哼着小曲进门，利民只好装睡，心里却是翻江倒海。东昶要喝酒凭什么叫我到小卖部跑一趟？他算老几？此人平时的种种不是也便在装睡的利民心中沉渣泛起。正想着，又听到食堂浴室那边传来好听的女声，想是女大学生结伴洗澡了。只听见东昶咕咚一声跳下床，静默片刻，这才返身，床板吱呀发出一声长叹。女生洗过男生们什么时候洗的，怕是不仅利民没注意，东昶累了一天也扛不住睡着了。

次日，利民算是对大学生们的社会实践有了点粗浅的了解。物理系的那两个学生在东昶的带领下好不容易找到一户黑白电视机坏了的农民家里，鼓捣半天，也没弄好。但农民大爷表示理解，大学生没有工具，连个电焊钳都没有，二极管就更别提了，不怪他，改日还是送到镇上专门修家电的孙矮子那修吧。孙矮子是大爷外甥，还不要钱咧。本日重点是音乐系的那个时髦姑娘给杜娟班上的孩子上一节高水平的音乐课，其他人员坐教室后面听课。利民注意到杜娟仍然与那个姓彭的坐在一起。所以这堂课他完全没听进去，什么五线谱简谱，都什么玩意儿，真是一堂乏味的又臭又长的课啊。利民几乎已经坐不住了，他觉得如果再不下课，他可能会站起来走上讲台给那个时髦姑娘来一个拥抱。至于之后能发生什么，还没展开想象，不经意间，他瞥见教室窗外露出半个脑袋，虽然只是半个，利民也知道那是顾益群，不禁心下大喜。

他悄悄走了出来。

益群见是前班主任（此时再次留级），拔腿想跑，但被叫住了。

你来干什么？利民蓄意厉声问道。

益群讪笑着表示，他也想上课。我最喜欢上音乐课了。

就你这五音不全的德性，你拉倒吧。利民觉得自己的大嗓门真的没有浪费，再说了，又不是天天上音乐课。

没关系，别的课我也愿意上。益群说。

利民假装想了想，说，也是，给你补补也好。

益群想在这年暑假当杜娟班级的插班生的愿望遭到了后者的拒绝。这在利民的意料之中，他当然并不指望杜娟会答应。但他却明确告知益群：可以，你来吧，但不准旷课。

好嘞。益群欢天喜地。

说说顾益群。顾益群是鸭镇教育界也是鸭镇当代史上的传奇人物。按鸭镇的话说，他是个"老留级胚"，在小学就蹲过三次，年纪其实与刘利民钱晓华杜娟三个中师毕业生相仿佛。在小学阶段，他曾有幸和钱杜同窗共读，目睹两位女同学不带着他兀自升级而去，很是哭了一回。等他好不容易升入初中，哪里想到自己居然有幸和这两位老同学久别重逢，真是高兴得手舞足蹈。逢人就直咂嘴，乖乖，你们不晓得哦，我往教室里一坐，新班主任进来，一看，不是别人，居然是我小学三年级的同学钱晓华，嘿嘿。闻者也素知其性，对着顾益群竖起大拇指，赞颂他非凡的人生经历。顾益群接着说，还有呢，上语文课的时候，也进来个女的，说着顾益群拍了拍自己的胸膛，无比自豪地说道，还是我同学，叫杜娟，杜娟的杜，杜娟的娟，嘻嘻。

晓华和杜娟却有点难以接受，她们不愿意做小学同学的老师。后经校长室研究决定，这才把他重新安插到利民的班上来。按照鸭镇某种约定俗成的规矩，益群既然不是读书的料，父母早就该让他到社会上施展身手了。更何况益群身体发育良好，块头巨大，小学没毕业就被教育局督导员误认为该校青年教师。其父母何尝不这样想，怎奈他们顾虑重重。好在无论是小学还是中学，老师们一致认为，益群不错，是个好孩子。首先，他上课从不调皮捣蛋；课后也从不跟人打架斗殴；且浑身豪气，仗着一身腱子肉，往那一站就能起到保护弱小见义勇为的效果。此外，益群替男教师去小卖部买包烟，帮女教师到食堂打一壶洗头的热水，包括帮无数师生带自行车，凡此种种，真是比谁都能干。运动会上，铅球跳高跳远等等，都是名次选手。大扫除时，割草搬砖捅厕所，样样精通。从另外一个角度来说，老师们分析得大概也对，此乃身心发育脱节所致。益群纵有一米七八的身高，其心智却始终处于他就读的年级水平上，这很难说不是一个奇迹。有个别会说话的教师还对益群父母断定：此子与众不同，大器终将晚成，届时救国救民创下一番伟业也未为可知。还是让他继续读吧。好的，给老师们添麻烦了。不麻烦不麻烦。如此花言巧语，益群父母也不至于当真。夫妇二人是当地有名的企业家伉俪，俗话即发财人士，二人长年跑码头搞货运，阅历哪里会比这些酸文假醋的中小学教师浅薄。他们只是叹息，恨不得纵身跳到前世看看自己造过什么孽，如此精明的两人怎么就生出这么个现世宝？叹息之余，无非积德行善，比如年年邀请老师们下馆子吃饭。他们确实担心儿子到凶险万状的社会上去势必要吃亏，家里也不缺那几块钱学费，那就放在学校里先待着再看吧。

　　其实，包括其父母在内，人们还忽视了另外一条也是最重要的一条，那就是益群享受他长期滞留校园的生活。别的同学苦于考试成绩、升学压力，他没有。别的父母望子成龙，韶叨不已，他听不到。有的人难以忍受校园生活提前走上社会，逞凶斗狠，打打杀杀，致残致死，益群一根汗毛都没损失过。至于那些考上名校、奋斗拼搏、前程似锦之辈，更是于他如浮云。他仅仅是喜欢父母给他买的闹钟，每天早上准时把他叫醒，从来没有让他上学迟到过。在校尊敬师长友爱同学，上课认真听讲，下课追逐嬉闹，好不快活。学习《穷人》，他总是被善良的渔民夫妇感动得鼻涕直流，读到"鱼戏莲叶东，鱼戏莲叶西，鱼戏莲叶南，鱼戏莲叶北"这种啰嗦的句子唯他一人哈哈大笑。音乐课上，他嚎得比谁都起劲。英语课后，路过菜地，时值暮春，看着一片金黄上飞舞的蜜蜂，他非常高兴，居然停下车来，捉住一只蜜蜂，对它说：B-E-E, Bee, 你是 Bee, 你们全是 Bee。

出于报复，刘利民此次暑假回到老家后没再忤逆父母，遵从安排一连相了好几个亲，也无非是家境相当条件彼此彼此之辈。其中一位家境优渥相貌出众的姑娘在邮局上班，每日都戴着护袖坐在营业窗口伏案劳作，总有当地青年才俊有事没事跑到窗口撩骚，该女烦不胜烦，一概白眼相向。好在邮局报刊充裕，姑娘闲暇时居然也迷上了读书看报，不禁对他乡生活尤其省城风光产生了幻想。因此，她对刘利民倒是态度温顺，频送秋波。刘利民也承认自己被姑娘的美貌所打动，更为其不俗的谈吐所折服。如果把夏夜的蚊虫叮咬忽略不计的话，二人也曾一度花前月下，相见恨晚。只是将姑娘送回家中，独自夜行的时候，抬头仰望因为雾霾而不可见的星空，刘利民又感到心如刀绞。杜娟怎么样了？她难道真的跟那个姓彭的搞上了？不行，一定要去看看。

利民并没有像他自己对父母所说的那样去省城看望姑父母，而是直奔鸭镇。扔给一个货真价实的瘸子五块钱后，就慌不择路地冲进了校园。正是午睡时分，烈日当头，赤地发白，不见一个人影。他只好先去自己的宿舍，打算洗掉一身臭汗，换件干净衣服再去找其他人等。掏钥匙开门，门却是虚掩的。推门而入，利民发现自己的床上正坐着一男一女，自己上年购买的摇头台扇也被他们擅自插电打开，正不知羞耻地摇来摇去，次第吹拂着男女二人。不是别人，确实是杜娟和姓彭的。二人大吃一惊，中断谈话，有如被捉奸一样纷纷站起，还蓄意各走一步，拉开一段距离。

啊，刘老师。姓彭的满面通红。

杜娟倒很沉着，咦，你怎么来了？

利民咧了咧嘴，忙致歉打扰打扰，声明自己突然返校，仅仅是路过省城姑父母家，顺道来取一本《文艺概论》。自学考试就剩这最后一门课程了，考了两次都没过。这次不能再耽误了。

啊，杜娟先对利民的话大吃一惊，继而惭愧地对姓彭的说，她除了《文艺概论》，还有一门《古代汉语》没过呢。但她有信心下半年就能全部通过。

姓彭的因为紧张没有接话，利民更是没有心情听她说这些。他直奔自己的床铺。若非席子，相信两枚臀印都能清晰可见。让人气炸了肺的是，席子并非自己的席子，再看，枕头和毯子也都是陌生的，床头更不可能找到他想找的《文艺概论》。

是这样的，利民回老家过暑假后不久，罗东昶未经前者的同意就自作主张邀请姓彭的来自己宿舍睡利民的床。他的凉席、枕头和毯子确实被裹巴裹巴像一具尸体那样架在了衣橱上方。姓彭的见状，像打开自己抽屉那样打开了利民的抽屉，从中取出那本《文艺概论》递给了后者。

真的没想到，姓彭的再三致歉，我马上就搬回会议室。

不用！利民斩钉截铁道，我就是拿书，马上就走！车还在校外等着呢。

似乎是为了落实自己的话，他头也没抬，完全无视二人面面相觑的神情，拿上书转身就出了门。要不要给他们带上门？利民在出门的瞬间问过自己这个问题，然后狠狠地答道：去他妈的。

也不知道是怎么出的校门，他站在马路边的烈日下相当难受，无遮无挡，酷热难耐。而平时在马路上川流不息的三轮蹦蹦车此时踪影皆无。身后是他想象的六道目光（姓彭的戴了眼镜），不停地戳弄着他汗津津的脊背，更是让他忍无可忍。他索性迈开步子走了起来。

本来他还想乘坐三轮蹦蹦车赶赴晓华家，大骂一顿东昶（刚才杜娟和姓彭的告知了东昶此时的下落）。但他的步子却是向着数公里之外的鸭镇车站而去。在桥头，专事补胎打气的孙大个子（鸭镇电器修理师傅孙矮子之弟）在树荫下沉睡，并不知道那个中学的小刘老师曾于二十多年前某个暑假的午后时分在他摊子上偷过一把红把手的起子。菜场对面棋牌室的风韵犹存的老板娘倒是隔着玻璃看到了在烈日下暴走的小刘老师，她看不清小刘老师手中拿的是起子，看他边走边练习刺杀的样子，她只能把它想象为一把匕首。利民后来将这把起子赠给了巧遇的顾益群。正好，最近益群的闹钟不太灵光了，有了这把起子，他就能亲自修好闹钟。多谢多谢。多年以来，如果说益群有什么缺点的话，那就是他不爱睡午觉。所有人都浸泡在午后的汗水中腌制梦境让他感到甚是困惑，不得不骑上二八大杠在鸭镇到处晃荡，看看有没有遗漏在路上需要及时送回家的老大娘。老大娘倒是没有，巧遇敬爱的刘老师，益群又惊又喜。问清缘由，益群一个熟练的急转弯，车头调成刘老师同一个方向。也不下车，一脚撑地，高声叫道：刘老师，上！利民也不客气，纵身一跃，跨上书包架。益群真是了得，骑车又稳又快。此时陡然涌现的三轮蹦蹦车似乎都赶不上他们。只见二人向鸭镇车站疾驰而去。因为速度，还激起了风，书包架上的利民感到凉爽无比，心情一下子通顺了不少。

关于那一个月姓彭的带领大学生们在鸭镇所开展的社会实践，前后发生过哪些事，罗东昶最为清楚。他也承认，姓彭的风度翩翩，一表人才，琴棋书画样样精通。不仅杜娟，连钱晓华也芳心异动，屡屡施展身手，与杜娟一争高下，反过来却对东昶百般嫌弃起来。东昶也不甘示弱，屡出奇招。比如尽力撮合姓彭的和杜娟，创造一切有利条件让二人共处。邀请姓彭的到宿舍来睡刘利民的床就是其一。而自己瞅准时机跑到钱晓华家挑水做饭，百般讨好，既能看住晓华，也望天热衣单，姓彭的把持不住，与杜娟在利民那张床上把生米做成熟饭。晓华又哪里愿意听天由命认尿服输，就在利民拿着《文艺概论》刚走不久，她就风驰电掣般赶到了校园（其速度也应与身后追赶的东昶有关）。推开宿舍房门，一屁股坐进彭飞和杜娟的中间，还把利民的摇头电扇定住，对自己狂吹一番。

鸭镇往事

稍后赶来的东昶希望晓华能够让电扇继续摇头，恩赐自己一点潮风热浪，居然还遭到了拒绝。

看来是利民愚钝，或失去了理智，竟然连那天杜娟全新的打扮都视而不见。东昶发现，杜娟不知什么时候进城买的新衣服，身穿一件带有泡泡袖的藕色连衣裙，因为过于崭新，衣领后方的商标标签以及由标签垂直而下的压线都历历在目。这显然被晓华抓住了把柄，她唉哟一声，蓄意提醒杜娟忘了剪掉标签，说着还动手找来一把剪刀，亲自帮好闺蜜杜娟剪掉了。杜娟满脸通红，鉴于其固有肤色，接近猪肝，也只得任由钱晓华取笑作践。杜娟也不笨，以退为进。她一方面宣扬晓华和东昶的关系，大赞特赞鸭镇中学聚餐传统，小小地提一提罗东昶去年教师节上的东道之谊；另一方面则当着三人的面，问晓华是不是遇见彭飞彭老师后犯了花痴？

当然，犯了也没什么，我能理解，相信罗老师也能理解，是吧？说着杜娟像征询意见似的看了看东昶。后者笑笑，点头表示同意。

瞧你说的，晓华反唇相讥，我还是觉得你这条裙子跟彭老师更般配。

哪里哪里，杜娟呵呵一乐，说，我不行，你不仅跟罗老师般配，跟彭老师也般配。

晓华真是恨不得上来撕杜娟的嘴，又不能，唯有故意抚摸抚摸坐在一侧的罗东昶的小臂，笑道：你觉得呢？

东昶也来了劲，甩开钱晓华的小手，哈哈一笑，把球扔给了姓彭的：彭老师，你真有福气，你选一个吧。

哈哈，彭老师也附和着笑了起来，并大摇其头，赞道，好玩，没想到啊没想到，你们真是一群风趣的人儿。

社会实践和给杜娟班级的学生上上课之外，更多的时间他们确实是想着法子玩。好不容易盼来个凉爽的阴天，杜娟提议过到江边柳林中野炊。一群人也便从食堂借来锅碗瓢盆油盐酱醋到菜场买了蔬菜肉蛋欣然而往。老远就见杜娟已等在江边，在郁郁葱葱的柳林之间，被身后阔大明亮的江水所衬托，有如一截枯枝。让彭老师惊喜的是，杜娟带来了酒。

虽说多日来他一再阻止罗东昶搞酒的提议，但后者毕竟没有如其所言真的买酒。杜娟一声不吭，径直把酒带来，大家岂有不喝之理。顾益群也闻着酒肉味儿中途赶来。大家都很高兴，晓华和杜娟不仅这次没再撑他，还争着递吃递喝。柳林野炊确实让人印象深刻，不虚此行。即便后来突然天降大雨，众人挤到排灌站下躲雨，酒精作用下，眼见女孩子们外衣被雨水打湿，露出色彩不一的内衣轮廓，男的们反倒更加亢奋。要说还是顾益群，他一高兴，索性不躲雨了，冲到雨中蹚泥踩水，大呼小叫。姓彭的首先响应。杜娟等见状，觉得这也不乏道理，一干人等如法炮制。兴尽而返，雷电交加，冒雨狂奔，最终难得地在盛夏体验了一把瑟瑟发抖之感，继而又在热水澡中感受到了母亲般的温暖。

再之后就是那场有惊无险、改变诸多人命运、既是当年暑期，也是本文的高潮事件。笔者誉之为"龙塘事变"。

想来那天也未必是当年夏天最热的一天。但人们记得桥头孙大个子补胎打气摊位是空的，人不知所踪；棋牌室老板娘也迟迟没有等到一个来她家打牌的人，兀自垂胸叠肚趴在桌上睡着了，据说还梦到了自己的少女时代，一个糙老爷们正将胡子拉碴油不拉几的嘴凑过来的时候，及时被鸭镇中学那群人救了。阿弥陀佛。

此时，鸭镇中学那边却传来了不合时宜的喧闹。由远及近，那群大学生由小钱和小罗两位老师带领，男的只穿短裤，光着膀子，女的穿着也好不到哪儿去。他们或戴墨镜，或背着手扶拖拉机内胎呼啸而过，向着龙塘方向去了。唯有小杜老师落在最后，烈日下形单影只，磨磨蹭蹭。

鸭镇在历史上曾经有过一次溃坝破圩的惨痛经历。江水暴涨，大堤松动，然后一泻而下，在平整的地面活活冲出一个大洞。洪水退去，大洞自此形成一块大塘。龙塘何谓？据说有个孩子曾在暴雨之日于此看到过一条黑龙自塘底出，升腾而起，游于天际，消失于乌云之中。之后这个孩子日夜蹲守，不再长大，希望与黑龙再见，但直到他娇小的身材被盛入棺材埋入地下也没有等到。黑龙一去不复返，再也没有回来。为了纪念这条龙，或者为了纪念这个古老的孩子，它就叫龙塘。看来，潜伏过黑龙的龙塘确实神奇，此后无论旱涝，它均能保持水位；无论怎么往里面倾倒垃圾，其水质也始终清冽。作为鸭镇天然泳池，一到夏天就吸引远近乡民肩搭一条毛巾赶来"干一把澡"，实为此乡避暑纳凉胜地。至于有人溺亡其中，亦为应有之义。鉴于溺亡河塘乃乡村固有之常例，如杜娟哑母，且属偶发现象，也没人太当真。杜娟对去龙塘干澡表现得不积极，情有可原。至于其他人等，都仗着高超的泳技以及打足气的几个手扶拖拉机内胎，毫无惧色。

我不会游泳，我俩在岸上看他们游，好吗？彭飞故意降慢速度与杜娟并行，说。

杜娟喜出望外，脱口而出，好啊。

刚开始二人确实是这么干的，并排坐在河岸树荫之下，仅让四条腿伸进水中荡来荡去，一边看别人窜游戏水，一边谈天说地。凭借内胎在塘中苦练泳技的钱晓华实在看不下去了，她多次像条被卡住的鱼那样艰难地游过来邀请彭飞下水，大不了和她共享卡住她圆润身体的内胎就是。后者瞅着她的模样，只是微笑摇头，重复自己不会游泳的废话。晓华终于被激怒。不会？我教你。说着她两手朝天一伸，整个人向下一沉，水面只剩下一个空的内胎。众人正在寻找，在彭飞和杜娟脚前，晓华由脑袋、长发及上身，出水芙蓉般盛开了一把。近岸水浅，她站在水中，昂首挺胸，漂亮的嘴角微微撇开，挑衅式地看着岸上二人，面露鄙夷之色。不远处的罗东昶都看呆了，他没想到晓华的身材比他想象的还要好，碧波荡漾，芙蓉绽放，简直太美了。他真是佩服自己的眼光，并暗暗请龙塘作证，他罗东昶此生非钱晓华不娶！姓彭的见状想来也不能不为之所动，尤其是晓华以掌击水淋了姓彭的一身之后，后者忍无可忍，一头扎进塘中。怎奈晓华眼尖身快，已向深处游去。姓彭的谨慎地用脚尖踩着水底淤泥，伸手想勾住晓华，努力再三，未果。他也便照样学样，用手掌舀水，往晓华身上泼去，因缺乏力道，这也是妄想。而一俟彭飞沮丧起来萌生上岸之意，晓华又总能及时游过来，与彭飞若即若离，尤其是手下个别大学男生不识趣地也跑来跟晓华斗智斗勇之后，姓彭的急得不行。一来二去，他已经完全忘掉了和杜娟的约定，乃至于忘掉了身后岸上还有个人。

刚开始，杜娟确实沉着个脸。东昶记得很清楚，因为他在水中照见自己的脸也沉了下去，以至于整个人都在下沉，最后索性来了个没顶之灾。等他挣扎着起来抹把脸再看，岸上已无杜娟的身影，水中却竖立着呆若木鸡的众人。他们围成一个圈，圈内中央地带是姓彭的刚才站立的水域。没有姓彭的，他从水面上消失了。消失了多久，大家也想不起来了。快找！东昶大喝一声，众人才缓过神来，纷纷屁股一撅，钻进塘底，七摸八摸。有人摸到了河蚌，有人摸到了上千年的王八，还有人摸到了钱晓华肉乎乎的屁股，独独摸不到彭飞。大事不好。正在众人绝望之际，一个人像炮弹一样砸进水面，可能因为俯冲力度太大，此人扎进塘中，衣物却飘了上来。没错，正是杜娟那件泡泡袖藕色连衣裙。大家赶紧钻进塘底，把只着三点的杜娟拉出水面。杜娟哭喊挣脱，主动下沉，想亲手摸出个彭飞来。这又怎么可能？还是先把眼前的杜娟救了再说。一时场面极度混乱：一个不会游泳的杜娟一次次被救上来，又一次次地从他们营救的双手挣脱滑落。救命和拒绝救命，动作需要他们重复再三。了结这场混乱局面的要说还是我们的顾益群。也不知他何时来的何时下的水，只见他在十几米外缓缓冒出水面，然后站起身来，怀中赫然抱着一人——可不就是大家苦苦寻找的彭飞。长舒一口气的同时，众人也很愤怒，若非杜娟来捣蛋，他们怕是也早已找到彭飞，何劳益群同学。只见彭飞口中不断喷水，颇有奄奄一息之态。晓华一个箭步冲上来要开展人工呼吸，被东昶死死拦住，大叫：我来！正在他思考从哪里下嘴之际，姓彭的像鲸鱼一样滋出一根水柱，水柱散落在地，人也睁开了眼睛。

我的眼镜呢？彭飞第一句就是这个。

对，他的眼镜在哪里？杜娟逼视益群，似乎还有点责怪后者，而对自己三点式形象全然不知。

益群憨憨一笑，又跳入水中去摸眼镜，未果。其他没有被吓坏的胆大之士也参与了打捞眼镜的行列，也没有找到。

众人回到鸭镇中学后开了一个气氛严肃的会议。彭飞主动提议，大家对今日之事需要守口如瓶，以防给在座各位造成不利影响。没人表示异议，都垂首沉默。仅有惊魂甫定的杜娟义愤难平，她说，虽然她绝对不会说出去，但钱晓华对这件事负有不可推卸的责任。晓华百口莫辩，愧悔不迭，坐在一张小于臀部的方凳上哭得稀里哗啦。东昶试图伸出爪子表达抚慰，却在空中就被晓华截住，甩到一边。然后她猛地站起，扭身跑了出去，连食堂免费的晚饭都放弃了，跨上凤凰单车就走了。因为动作剧烈，那张小方凳还晃了三晃，最终体力不支，倒在了地上。凳子虽小，做工倒是讲究，四条腿互相平行，四条横杠又在这四条绝对平行的腿上组织了一个正方形。就好像第一次看到凳子的下身隐私那样，钱晓华一走，众人都盯着这个凳子看。屋外路灯从洞开的门斜射而入，给这张凳子上述细节制造了精准的阴影。他们谁也没有发现天已黑透，而天黑点灯正是人类区别动物之处。他们惭愧自己仅仅是一群动物，相当年轻的动物。

鸭镇其时还没有眼镜店。杜娟劝彭飞返城一次，配好眼镜再来。彭飞疲惫地一笑，表示不必。他近视度数并不是很高，没有眼镜完全可以凑合，另外就是为期一月的社会实践没有几天了，等结束返城之后再配眼镜吧。大概与此有关，剩下几天的活动也都呈现了疲态。彭飞不再风度翩翩，大学生们也一夜间长大成人，无不神情沉着稳健，一改初来乍到时的样子。钱晓华当然次日还是来了，虽然对待彭飞和众大学生的态度上看不出有明显变化，对罗东昶倒是时刻保持着距离。东昶百思不得其解，郁闷至极。所以在社会实践的最后几日，他也不再活跃。唯有杜娟跑得更勤了，对彭飞和众大学生嘘寒问暖。据说最后一晚，她干脆就没有回家，坐在刘利民的床上和彭飞畅谈了整整一夜。东昶识趣地出去了，跑到门房和看门大爷脚对脚凑合了一夜，鸭镇话叫"捣腿"。东昶心想，如果姓彭的跟杜娟需要，自己的床也任其使用。清晨，他回到宿舍，果然看到杜娟在自己的床上和衣而眠，彭飞则一脸菜色强打精神地向他招呼：早上好啊罗老师。

钱晓华准时赶来，和杜娟、东昶一起等大巴车，尽地主最后的心意，送别彭飞众人。车终于来了，大家互留联系方式，洒泪而别。

到了九月份新学期开学，刘利民按时返校，第一次全体教职员工政治学习会议上，他惊讶地听到校长宣读了一纸处分决定书。大意是，罗东昶同志有负信任不经汇报自作主张摇唇鼓舌诱使大学生们到龙塘游泳几乎造成人员伤亡情形十分严重影响极其恶劣经校长室研究决定给予记过留校察看处分此件……奇异在于，东昶并未当堂反驳，态度是低头认罪，无条件接受。这一处分决定的具体操作还包括，褫夺东昶政治课教学的资格，考虑到他浑身肌肉，暂且教一个年级的体育课。自此，师范专科学校政教系毕业的高才生罗东昶成为了迄今为止鸭镇中学最为资深的体育教师。二十年来，培养了一届又一届学生在学生运动会上夺取名次，还亲手发掘了三两个有运动天赋的好苗子，最终送进了体校。后升任体育教研组组长、区体育学科带头人、优秀少儿体育教练……诸如此类职务和荣誉倒也是一个不落。至于究竟谁没把嘴闭紧，把姓彭的差点淹死的事给抖搂出去的，至今仍是疑点重重，难以断定。

至于钱晓华之后的人生轨迹，亦有案可稽。她只比刘利民迟一年拿到了专科文凭，不久调入省城市区一所中学继续担任数学老师。因工作能力出众，现已升任为副校长。她是在此之前还是在此之后结识了后来的丈夫一位国企中层领导的？这也是一个谜。只听说生了一个女儿后，晓华夫妇又应二胎放开的政策添了个儿子，总之事业有成家庭美满。现已人到中年，据说保养得相当不错。

为什么跟你没成？利民问二十年后的东昶。

你问我，我问谁？东昶在二十年后的酒桌上砸了一拳，强调他也不知道。

经历暑期中途返校所遭受的打击之后，刘利民及时制止了自己的妄念，回到老家与那个邮局姑娘确定了关系。及至九月再次返校上班，他觉得自己基本做到了不再关注同事杜娟。杜娟在新学期的变化是众所周知有目共睹的，并非利民独到认知。所以说出来并不意味着利民贼心不灭。

　　杜娟变得活泼开朗了不少。首先，也常驻留别的办公室参与聊天，对即将到来的新世纪，杜娟的向往之情溢于言表，甚至慷慨陈词。她说，二十世纪多灾多难，二十一世纪一定会繁荣昌盛。对于鸭镇及学校的前景，杜娟遥指办公室窗外，正在修建的高速公路势必会缩短我们与省城的距离，鸭镇翻天覆地的变化完全是可以预期的，总有一天城乡差距会逐渐消失，世界上将再也不存在城里人和乡巴佬之分……这些话在利民听来，显然是暑假那个姓彭的灌输的结果。谈吐果然不凡，废话真他妈多。那你打算什么时候请我们吃喜酒呢？老同志李瑞强毕竟是杜娟的恩师，他更关心后者的生活问题。杜娟居然从姓彭的那儿学会了不正面回答问题，而是尽扯那些没用的，她对恩师的关怀居然是反问：李老师，婚姻真的那么重要吗？婚姻迟早也会消失的哦。利民注意到老李同志苦笑着摇了摇头，几根银发忽明忽暗。杜娟完全是在侮辱老李同志。所有鸭镇的人都知道，李瑞强结婚近二十年的老婆，前几年弃他而去，把儿子也带走了。二十一世纪对老李同志来说仅仅是一个孤寡老人的下场在等着他。难道他真的热爱书法吗？他只是没有能力也不知道自己该干吗罢了。这时候操场上传来了罗东昶上体育课全体集合的口哨声，刘利民看了看时间，打断他们，说：吃饭啦吃饭啦。

　　最大的变化可能是杜娟买了一部手机。当年在鸭镇中学，也仅有校长和教导主任因为日理万机需要手机，广大教职员工还是偏爱挪用校内座机往外面打电话。门房大爷的主要工作也是站在校门朝整个校园喊：钱晓华！电话！只见晓华踩着高跟鞋不紧不慢地穿过校园，来到门房，使用涂红指甲的右手，翘起一根兰花指才接起电话，使用二级甲等的普通话——喂，我是钱晓华，您是？没错，很难说杜娟买手机不是针对钱晓华电话特别多这件事而来。因为每每门房大爷一喊钱晓华三个字，杜娟的裤兜就振动不已。对不起对不起，我接个电话。杜娟说着奔了出去。场面是，一个晓华在门房嗲声嗲气，一个杜娟在竹林旁边细声细语。那边拜拜，这边也再见。

是不是她们两个在打电话？老李同志有一次突然问大家。

哈哈。无人不笑。

此时，钱晓华和杜娟势同水火已完全公开。晓华的态度是，别跟我提她。杜娟则向同事们暗示罗东昶是被冤枉的。但这并不表明杜娟同情东昶。替人背了锅，还被人给蹬了，真是可笑，说着她自己率先冷笑了起来。罗东昶太老实，他倒是真心实意。真心实意也没什么用，挡不住花心啊……杜娟似有替东昶鸣不平之意。也不知怎么的，话就传到了校长室。校长希望杜娟把话说清楚，说不清楚就不要胡言乱语，破坏学校来之不易的稳定团结的大好局面。其实此事中间有个核心的东西杜娟说不出口，而这一点不挑明点破，其他就无从说起，所以隔着宽阔的红木大办公桌面，对着面沉似水的校长同志，杜娟只好一声不吭。出了校长室，没过几天，她又照说不误。好事者也曾找来仍在鸭镇中学就读的顾益群问问情况，可惜益群除了知道自己应该学习雷锋叔叔见义勇为及时把人给捞起来，其他一概不知。总之，杜娟对暑期溺水事件语焉不详前后矛盾的絮叨，不仅没能讨好东昶，得罪了晓华，让领导不悦，也让其他同事侧目。罗东昶就从来没有给自己辩解过什么，别人说杜娟说你冤枉你怎么说，他说，杜娟很可能因为呛了几口龙塘水，疯了。

东昶一语成谶，杜娟后来确实疯了。

刘利民二〇〇〇年离开鸭镇，二十年后得了一场大病，险些丧命。酒量不复存在，嗓门陡然减小。卧床期间，往事浮现，发现人生这部大书委实叫人感慨万千，虽说一切人事不外乎因果，却也不少未明之处，如鸭镇一章，实在唐突潦草。故一俟大病初愈，就不顾妻儿阻拦，决意作一趟鸭镇之旅。

确如杜娟所言，二十一世纪刚刚过去二十年，鸭镇就变得不认识了。

下公交后，三轮蹦蹦车踪影全无。再看站牌，始知自己下车下早了。原来现在公交四通八达，在鸭镇中学即有一站。鸭镇道路宽广，两侧高楼林立，车水马龙，人物鲜亮，这都是应有之义。到了鸭镇中学，更是大吃一惊，大门雄伟气派，内部楼宇众多。鸭镇中学，四个烫金大字歪歪扭扭被镌刻在门楣正中。落款看不清，想是名人手迹。相比之下，利民还是觉得李瑞强老李同志的字更亲切更带劲。门房大爷应早已作古，拦住他的是手持警棍头戴钢盔的制服保安。利民有点激动，磕磕巴巴说了好一会子，保安才知道来人自称曾是本校教师。理论上保安应该敬礼，但这年头，天下无事，骗子太多。

那你说说你认识的教师名字吧？出于职业操守，保安觉得应该多加盘问。

利民想了想，记忆力还没衰退到不堪的地步，于是自上而下报出了当年校长、教导主任、工会主席、年级组长和教研组长等人的名讳。保安认真听着，最后摇了摇头，他一个也没有听说过。不过保安见利民穿着不赖，皮鞋锃亮，想想也应该有所来路，遂请他先进门房坐下，说：这样吧，我这里有张本校教职员工花名册，先生你先看看，有没有熟的，有就告诉我，我替你叫，他说认得你，让他来领，我才可以让你进，OK？

好，这样好，利民也补充道，OK！

扫视良久，利民确实没看到熟悉的名字，不禁有点出汗。再看，"罗东昶"三个大字像救命稻草一般赫然在列。罗东昶！利民情不自禁叫了起来。哦，罗老师啊，罗老师太知道了。说着保安还笑了起来，赶紧打开对讲机，叫道：二号二号，门房有客门房有客，找罗东昶老师找罗东昶老师，速速请来速速请来，OVER。对讲机里也传来了二号的声音：一号一号，收到收到，OVER。没多久，只见道路上走来一条中年大汉，腰板挺直，昂首阔步，一看就是教研组长和学科带头人的派头。可不是嘛，二十年后的罗东昶扑面而来。久别重逢，二人少不了一番熊抱，罗东昶两眼泛红，刘利民也抽了抽鼻子。保安一号见此，隆重地给利民补了个标准的敬礼。可惜利民没看到。

延请进校，先是像一位货真价实的领导那样大致参观一番鸭镇中学全面现代化的基建，后又到校长室被引荐给现任校长。校长是一个四十多岁的女人，穿着得体，气质高雅，照例风韵犹存。也不知道东昶从什么渠道听说了，他对利民的介绍表面上虽为本校老教师，侧重点却是利民现为机关处级待遇。"哦，刘处，久仰，请坐。"利民想纠正一下自己在处这个层级上面仅仅是个副的，想想还是算了。喝了杯茶，韶叨韶叨，这才被东昶带到自己办公室，开始详谈。无非是二十年来鸭镇中学翻天覆地的变化和东昶本人的家庭生活。被钱晓华蹬了后，东昶很不情愿地跟孙矮子的女儿结了婚，谁承想孙矮子的女儿子承父业，不仅能修电视冰箱，而且后来干脆卖起了电器，现已成为鸭镇电器行业的龙头老大，反正是比高级职称的东昶挣的多得多。最关键的还不是这个，而是孙矮子的女儿虽然也矮，但他和孙矮子女儿生的儿子却人高马大，此时大概正在省城高等学府的球场上扣篮呢。利民替东昶感到欣慰，也尽量简略地说了一通自己二十年来的奋斗史和生活史，并特意指出刚刚东昶介绍他为刘处的不妥，人到中年，还是谨慎为宜。二人唏嘘不已，直到把一杯茶喝没了色，还是口干舌燥。

要搞酒！时隔二十年，罗东昶再次提议。

好，你搞，我不搞，看着你搞，跟我搞一样。利民说。

东昶隔着衣服看看后者的胃部区域，这才想起利民复述生活史时所提及的那场大病，爽快地说：行！

杜娟的疯病其实自那年暑假姓彭的走后就有点苗头了。话突然变多就是一例，还有工作上不像之前那么要强了，东昶都记得有两回考试教学成绩还不如利民呢，对吧？利民当然也记得。还有自学考试最后两门，《古代汉语》和《文艺概论》杜娟始终没有通过。据说，像她这种情况，就算现在去考，能考过，其他已经过掉的科目也不作数了，可惜。真正明显有疯状还是利民调走不久后杜娟突然生了一场病。当然，跟利民无关，你别慌。她只说头昏，站不起来，在家里整整躺了半年。遍求鸭镇名医，也没一个医生能说出个所以然来。

那到底是怎么回事呢？

我也是听说的，也不知道是不是真的。她进城去找过那个姓彭的。不是留过联系方式嘛。发短信不回，打电话不接（刚开始应该都回都接，长了不行），她就去了，赖着不走。姓彭的没有办法，出来跟她见了一面。还是没戴眼镜，有可能是喝了龙塘的水恢复了 1.5 的视力，也可能戴了隐形眼镜，反正不失风度。姓彭的带她到咖啡馆坐了坐，也很坦诚。他说，他正在准备考北京一所大学的博士生，最近学业很紧张，而且自己将来也不会在这里生活，更别提鸭镇了，跟杜娟这样可爱的乡村教师怕是真的没办法在一起。自己暑期社会实践时如果给杜娟带来错觉和误导，他表示真挚的歉意。

畜生畜生。不过，想想，说的其实也挺对的，非常现实。现实是残酷的，大概就是这个意思？杜娟怎么说？

杜娟什么也没说，就是低着头。两个人就这么坐在咖啡馆干耗着。总不至于喝了一杯咖啡再叫一杯吧？姓彭的说他要回学校了，你还是回家吧。这时候杜娟突然开始撕身上的裙子。

是那件泡泡袖藕色裙子？

应该不是，应该是特意新买的。反正撕烂了，我们都没见过。大概只有姓彭的见过。

后来呢？

后来警察就来了。二人被带到警察局作笔录。姓彭的把前因后果从头到尾都说了，轮到杜娟，她还是不说话。警察也没有办法，只好联系校长，学校把她接回来了。

还是三点式？

那倒没有，披了件外套，是姓彭的脱下来给她披上的。姓彭的一米八大个子，能遮住。这件外套她没撕？

没撕，一直穿着，什么季节都穿着，要不怎么说她疯了呢？

咦，你怎么知道这么细的？

你猜。

钱晓华说的？

除了她还有谁。

就是说，她其实也跟那个姓彭的有联系，也去找过他？

肯定啊，而且关系远远不止这么简单。我真的怀疑钱晓华跟他上过床，这么细节的话只能在床上说对吧？

那你意思你跟钱晓华也上过床？

你不是废话嘛，这还犯得着问。她调走前，遵照她的意思，我俩又瞒着别人在一起过了一段时间。她什么都告诉了我，但她就是不承认跟姓彭的上过床，妈的。

现在跟钱晓华还有联系吗？

没了，好多年都没了。

真的？

真的。

杜娟躺了半年后，穿着彭飞的夹克回到鸭镇中学上班。刚开始，学校记挂着她以前的责任心和优秀业绩，仍叫她教两个班的语文。没一个礼拜，就出事了。学生一见她进教室就纷纷跑了出来。确实很臭，同事们早就发现了。校长找她，她说她忘了洗澡洗头，这就回家洗，回家洗了再来。校长说已经研究决定，暂且让她到阅览室做做收发报纸杂志的工作。她不乐意，就哭。都劝她，这只是暂时的，等她的病彻底好了再让她挑大梁。放屁，我没病，你才有病。这大概是同事们第一次听到她讲粗话。以后就家常便饭，习惯了。不过那段时间除了她仍然忘记洗头洗澡，也没什么。反正学校有了电脑房，接通了网络，也没人愿意去阅览室看报纸了。出事是上级督导组来检查学校工作那次。督导员也要检查阅览室，忍受着恶臭，问杜娟要台账材料看。杜娟没有。督导员就来找领导。领导就在大会上批评她。她直接操起凳子就砸了过去。如果她不是女的，那么瘦，搁着罗东昶这种壮汉，领导怕是性命堪忧。派出所又来了人，几条壮汉费了很大的力气才把她降住。真是难看，众目睽睽，广大师生眼见着一个二十出头眉清目秀的大姑娘被捆成个粽子似的塞进了车，然后送到了城里脑科医院。脑科医院能有什么好话，精神分裂，妄想症？不过，本着人道主义精神，加上她父亲反对，还是接了回来，没送精神病院。她爸爸照顾。

  大概是第二年，杜娟还怀孕了。谁干的？没人知道。派出所说，估计是一些小流氓听说小杜老师疯了，就起了歹念，然后潜伏在他们村子，瞅准机会把她糟蹋了。单个强奸都算好的，照着上回派出所降她时的吃力样子，怕不止一两个人，轮了也可能。她爸爸做主，把那个孩子拿掉了。这时候有坏东西逗她，问她那孩子是谁的？她想都不想，一口咬定是彭老师的。那彭老师人呢？她突然满地打滚哭了起来，说，都怪我啊都怪我啊，彭老师在龙塘淹死了！

  真的是彻底疯了。

  还是本着人道主义精神，学校请示了上级，还是按月给她发一定数额的生活费。年节发点大米色拉油什么的也不会漏掉她。但这一年端午的绿豆糕都长出了黄毛，她爸爸还没来取。到了中秋，校工会组织人去她家，过节福利送上门，了解了解情况，有什么困难尽量帮忙。很是奇怪，她家不在村子里，而是在村子外面老远的鱼苗场旁边集体化年代的公房里。据说她家跟村里人处不好，这就好懂了，不怪早年发生过哑母等三条命的悲剧。

  这是三间六十年代的砖瓦房，应该是单干后她家从生产队手上买来的。年久失修，瓦上长的全是枯草。她不在家。喊了喊，她爸爸好像也不在家。门开着，工会人员犹豫了会儿，还是进了房子。也不知是没交电费还是老鼠咬断了电线，灯拉不亮。隐约可见堂屋左右两间房。左边一间隔了一半做厨房，很久没有开伙的样子。后半间有课本教材，能看出来是杜娟的卧室。右边整间是个大卧室，料想是她父亲的卧室。这扇门倒是关着，总不至于破门而入吧。因为喊了半天没人答话，大家就自己找了凳子坐在堂屋等。左等不来右等不来，始终不见杜娟和她爸爸，以至于等到天黑。工会主席站起来，打开手机电筒照着，朝那扇关着的门走去，开玩笑地说，不会在里面吧？一推门，果然，门从里面反锁着。

派出所又来了，村民们也跟着跑来看热闹。撬开门，大手电一照，所有的人都吓得魂飞魄散。

两个人都死了是吧？利民不忍再听，打断了东昶。

是啊，太惨了。东昶喝得有点多，两行浊泪也掉了下来。

法医说，已经死了小半年了。父女两个人挂在那里已经成了骨架，如果不是姓彭的那件夹克还披在杜娟身上，怕是谁是谁都分不出来。村民也说过，夏天闻到过臭，入了秋也就不臭了。反正他家自二姑娘疯掉之后，从这过一直臭烘烘的，没人愿意进去看看究竟。现在看来，村民们擅自判断，估计是老头先把女儿吊死，然后自己上吊。对此，派出所没有如此定论。

利民和东昶终于把话说完，彼此陷入了长久的沉默。

眼看时间不早了，利民还要坐车返回省城，二人也便结账走人。东昶把他送到车站，与他一起等车，他说他要眼看着这位老友上车了才放心。

在车来之前，利民想活跃一下气氛，笑着问：对了，顾益群不会还在学校就读吧？

哈哈，东昶果然笑了起来，说，怎么可能，杜娟疯掉钱晓华调走之后，他也被父母接走了，多少年没见过了。

利民冲着马路上在秋风中飞舞的塑料袋点了点头，像自言自语那样声音细小地说道：唉，这个顾益群呀，我还真的很想他。

（原刊于《收获》2022 年第 1 期）

化 蝶

哲 贵

1

讨论会开始了。

这个会议对剑湫来讲意义非凡,是她的"施政宣言",也是团长价值的体现。"团长价值"是个比较笼统的概念,没有具体数字和指标。但剑湫不同,她是演员,有演员的出发点和标准,是艺术的,是自我的。简单地说,她当这个团长,就两件事:排新戏和出新人。在剑湫看来,排新戏和出新人是一体的,是相辅相成的——将新戏排出来,成为经典名剧,名剧催生名角。反过来说,也只有名角才能将一个戏经典化——名角身上的光芒可以照亮一个戏,让一个戏起死回生。

还是拿老戏做文章。当然也可以排新戏,新戏有新戏的好处,一张白纸,怎么画都行。但风险也是明显的,新戏缺少积淀，缺少历史感，缺少厚重感，显得浅，显得薄，显得仓促，压不住。排老戏当然也不容易，像《梁山伯与祝英台》这样的经典剧目，千锤百炼，千万人的心血结晶，每一个场景，每一个人物，每一句唱词，甚至每一个表情，都已印刻在观众心中，特别是那些老戏迷，心里都有一场自己的戏，改一句都不允许，那是犯上作乱，是欺师灭祖，要跟你拼命的。所以，如果要排老戏，必须出新，不出新就不能"出彩"，不"出彩"就没有表现力和说服力，就是"触犯众怒"，没有好下场的。问题是怎么出新？大家都想出新，都想把老戏排出新花样来，有谁做到了？谁能？

新排《梁山伯与祝英台》，剑湫有自己的想法。按照剧团惯例，先开会讨论剧本改编，这是第一步，也是最关键的一步。剧本"出彩"了，接下来就是演员的事。剑湫不担心"演"的问题。

这天下午，讨论会在剧团会议室举行，参加人员主要是这么几位：杜文灯和梅如烟是剧团顾问，重大的事，要邀请她们参加，她们的资历在那里，威望在那里，艺术修养在那里，舞台经验在那里，她们的意见至关重要；主创人员包括主要演员和编剧，主要演员是剑湫和肖晓红，再加一个编剧。好了，五位"首脑"到齐，可以讨论了。

剑湫是召集人，也是主持人，她先发言。剑湫保留了原剧基本框架，主要做了四处调整：第一，充实了第一场《思读》的内容，目的是突出祝英台的性格，她向往外面的世界，渴望知识，渴望自由，为后面情节的发展埋下"种子"；第二，拿掉《山伯临终》那一场，她不让梁山伯死，在戏里弄死一个人太容易，活下去才难；第三，她将《楼台会》和《祝父逼嫁》次序对调，《逼嫁》在前；第四，最后一场《哭坟》拿掉，梁山伯没死，哭什么坟？改成《私奔》，她要让祝英台和梁山伯私奔，剧名就叫《私奔》。

剑湫说，这次改编就一个目的：让这个戏现代起来，让年轻观众走进我们剧场。就这么简单。

有问题吗？当然没问题，戏曲的没落是有目共睹的，让年轻的观众买票走进剧场是所有戏曲从业人员的梦想。多么美好的愿望。

剑湫说完，会议室有很长一段时间的沉默。

最先发言的是杜文灯。杜文灯其实不想先发言，她眼角余光一直注意着梅如烟。梅如烟是演旦角的，演祝英台是她的拿手戏，应该由她先开口。但梅如烟没有开口，手一直扶着脑袋，一副"摇摇欲坠"的样子。杜文灯狠狠地瞪了她一眼，最先"表达自己不成熟的意见"，她说：

"《梁祝》原本是悲剧，这么一改，成了喜剧，年轻观众能不能接受？老观众能不能接受？这个我们要考虑。"

杜文灯提的意见太有道理了，《梁山伯与祝英台》是经典悲剧，已经深入人心，改成喜剧，确实有风险，甚至是冒险。剑湫的"一根筋"体现出来了：

"这就是我要的效果，只有新，才能出其不意，才能险中求胜。如果还是按照老路子排，祝英台还是原来的祝英台，梁山伯还是原来的梁山伯。我要借这次改编，拿出一部不一样的《梁祝》，塑造出不一样的生角和旦角。"

杜文灯有点下不来台了，但她是"老艺术家"，是前辈，不会跟晚辈"一般见识"的，更不会争论，一争论就输了，她只是"微笑"——两个嘴角的肌肉微微往上拉。在很多时候，"微笑"是一种态度，也是一种武器。

在信河街剧团，剑湫演小生，肖晓红演花旦。在舞台上，生和旦是一个戏能够成立的两根柱子，是所有故事生根发芽的种子，也是所有故事生长的主干。可以这么说，生和旦是每出戏的魂魄所在，所有悲欢离合都因他们而产生。他们是《何文秀》里的何文秀和王兰英，《西厢记》里的张生和崔莺莺，《屈原》里的屈原和婵娟，《红楼梦》里的贾宝玉和林黛玉，《梁祝》里的梁山伯和祝英台，等等。在剧团里，生和旦的关系是微妙的，不仅仅在舞台上，在生活中也是。很多时候，对于生和旦来说，特别是对于剑湫和肖晓红这样的演员来说，舞台和生活的界限是模糊的，甚至是混淆在一起的，是说不清道不明的。

大家都转头看肖晓红。剑湫说到这个分儿上，肖晓红的态度就很重要了。可是，让肖晓红怎么回答？老实说，剑湫这么改，她接受不了，不"哭坟"了，不"化蝶"了，最经典的戏没了，还是《梁山伯与祝英台》吗？她知道剑湫说得没错，如果按照老路子演，自己还是自己，祝英台还是祝英台，观众还是老观众，很难说有更加吸引人的地方，只有铤而走险，才有可能出新。可她又不能直接说"我同意剑湫团长的改编方案"，不能说的，她也不愿意说。刚才杜文灯已经说了，她说得很"委婉"，只是问"年轻观众能不能接受？""老观众能不能接受？"意思很明显了，她是站在"年轻观众"和"老观众"的角度问剑湫。但是，肖晓红也不能说"我不同意剑湫团长的改编方案"，她当然知道剑湫为什么要这么做，她是团长，要出戏，要出人，更要赚钱养活剧团，她需要"政绩"。但无论怎么说，演祝英台的人是她，她是旦角，从某种程度说，这次改编，是为旦角改的，变化最大的人物是祝英台，对她的挑战也是最大的。作为一个演员，遇到的挑战越大，内心越兴奋，这是无法拒绝的，也不会拒绝，明知前面是悬崖也要扑过去的。所以，肖晓红觉得怎么说都不合适，她用眼睛去看梅如烟，想听听梅如烟的意见。当然，也是转移"目标"。但梅如烟不看她，依然微闭着眼睛，谁也不看，又好像谁都看了。

还是杜文灯发话了，"微笑"着对肖晓红说：

"你是艺术总监，你谈谈感受。"

还有退路吗？有人拿"枪"顶着后脑勺了。肖晓红只能硬着头皮上：

"我觉得，剑湫团长的改编，人物性格发展的逻辑是对的，一开始加强祝英台追求自我、向往自由的性格，她能够女扮男装去杭州读书，为后来的私奔打下很扎实的基础。这么改编是出人意料的，又在情理之中。很讨巧，也很有新意。"

停了一下，肖晓红看了大家一眼，继续说：

"我觉得，杜文灯顾问说的也很有道理。将悲剧变成了喜剧，特别是对经典剧目的改编，确实既要考虑年轻观众的感受，更要考虑老观众的感受。"

肖晓红发言就到这里了，什么都说了，什么都没有说。"支持"了剑湫，也"支持"了杜文灯，谁都没得罪。这是她一贯的做事风格，既合情合理，又模棱两可。

接下来是编剧发言，编剧站在杜文灯一边。编剧的心态可以理解，改编剧本是他的事，剑湫将他的事干了，这不是砸他的饭碗吗？当然不干。

这就形成了对峙。如果说肖晓红属于中立的话，杜文灯和编剧形成了一个阵营。这个时候，梅如烟的发言显得尤为重要，她的态度不只是对艺术的讨论，而且是"站队"问题，是"政治立场"问题。

形成这个阵势，有剑湫和肖晓红的原因，但也不完全只是她们的原因。剧团的人都知道，剑湫和肖晓红背后，各站着一个人——杜文灯和梅如烟。

问题复杂化了。就拿谁来当剧团团长这个事讲，按道理，梅如烟肯定希望肖晓红当团长，肖晓红是她徒弟啊，是她一手带出来的。而且，梅如烟也看得出来，肖晓红对团长的位子怀有强烈的兴趣，几乎是跃跃欲试的。或许，正是肖晓红这种态度刺激了她，让她觉得肖晓红太不矜持了，太急了。还有一个原因，肖晓红并没有来找她。这是件很微妙的事。她想过了，如果肖晓红来找她，表达对团长位子的渴望，她会站在肖晓红这一边吗？会全力支持她吗？梅如烟不知道。但有一点，如果肖晓红这么做，自己会蔑视她。肖晓红没有来，招呼也没打，更不要说商量了，这是什么态度？这是忽视，是目中无人，是根本没把她这个老师当回事。岂有此理。所以，梅如烟在推荐表上，没有打肖晓红的钩。她也没有打剑湫的钩。剑湫是杜文灯的学生，杜文灯已经当了团长，难道还让她的学生接着当？天底下哪有这样的道理？梅如烟谁的钩都没打，她弃权了。文化局领导找她谈话时，她的话说得很好听：在人事安排方面，我听领导的。领导怎么安排，我都赞成。杜文灯也没有在推荐表上打剑湫的钩。不存在避嫌问题，站在她的角度考虑，剑湫确实不是团长的最佳人选。剑湫是自我的,是活在戏里的人,是按照戏中人物的性格和逻辑来做事的人,更主要的是,她也以这种方式来要求别人。这样的人,是不适合当团长的,当艺术总监也不一定合格。艺术总监也需要与人沟通,需要站在对方的立场考虑问题。杜文灯知道,剑湫在生活中做不到。其实,在杜文灯看来,这不是最重要的。她没有给剑湫打钩,最大的原因在于,她根本没想让剑湫当团长,不可能让她当。在她们这一行,可以毫不夸张地说,徒弟就是老师的天敌,徒弟就是用来取代老师的。多么不合理,多么心酸,多么残忍,多么可怕。还有谁愿意当老师?事实是,对于戏曲这个行当来讲,师承有时比天还大,而且,特别讲究。老师必须收徒弟,名气越大的角,越是要收,不收就是欺师灭祖。谁都是踩着老师走上来的,这是规律,谁也不能幸免。这个道理,杜文灯懂,她知道剑湫在艺术上胜过自己,在小生这个位置上取代了自己。自己那一页翻过去了,是被剑湫翻过去的,是被自己一手培养起来的徒弟翻过去的,翻得很彻底,剑湫在艺术上走得比自己远,比自己高。问题正在这里,杜文灯内心过不去的地方正在这里。她想,你剑湫已经拥有了艺术,得到了神灵的眷顾,难道还要争团长这个位子?你不能什么好处都要,世上没这么便宜的事。再说了,杜文灯还有一个小心思,如果剑湫当了团长,自己在生活中也将被她取代。杜文灯不愿意。杜文灯也没有给肖晓红打钩。肖晓红是梅如烟的徒弟,梅如烟没有坐上的位子,她的徒弟也不可能坐。文化局领导找她谈话时,她的态度跟梅如烟如出一辙,但表达方式跟梅如烟不同:我是一个即将退下来的人,我的态度不重要,重要的是剧团。推选上来的人要对剧团负责,而且有能力带好剧团。这一点,我完全相信组织,一定能选出好团长。

梅如烟的发言是谁也没有想到的,她"支持"了剑湫。她"醒过来了",脸上浮现着"微笑",说:

"我老了,退休了,头晕脑涨,本不该来开会和说胡话。"

她说的这句话,当然指的是自己,可是,在座的人都听得出来,也暗指杜文灯。她接着说:

"我这个顾问只是随便挂个名的，没做任何事，没起任何作用。剧团叫我来参加会议，来点个卯，现在唯一能做的是出个态度。我支持剑湫团长做任何事。我自己做不了事了，不能阻碍剧团做事，更不能在边上指手画脚。"

话说得不能再明白了。杜文灯听完，当即想离席，还想重重甩一下会议室的门。刚才梅如烟一鞭子打在她"要命的地方"了，梅如烟等于直截了当告诉她：这不是你的"地盘"了，你的"历史"已经翻过去，新的"历史"开始了。好或者不好，都属于剑湫，你瞎操什么心呢？杜文灯当然不会中途离席，离席就不是杜文灯了。她当然不会同意梅如烟的话，但也不会直接跟她发生"冲突"，这么多年来，她们已经摸索出一套相处模式，不会当着大家的面"动手动脚"。她们是艺术家，是名角，是信河街名人，这是身份，也是自我要求，要体面，更要优雅。杜文灯脸上也泛出和梅如烟一样的笑容，对着梅如烟，更是对着肖晓红：

"我完全同意梅如烟顾问的话，更不会反对剑湫团长对新戏的改编。对于肖晓红来说，这也是一次全新的尝试，我只是提了一点不成熟的意见而已。"

这是典型的杜文灯方式。她不是一个话多的人，更不是一个将话说死的人，她是话里有话，是有所指的。

剑湫太了解杜文灯和梅如烟的风格了，两个人刀光剑影"斗"了半辈子，还没有"停战"的意思。有意思吗？当然有意思。剑湫觉得，这种"角力"，差不多成了杜文灯和梅如烟的心理需求和生理需要，是她们的生活方式。如果缺少了对方，缺少了这种"角力"，生活就失去了意义。

不能说这种方式独属于演员群体，剑湫想，其他职业群体也应该有，但是，对于演员来讲，这种方式更为普遍，更为猛烈。她们在舞台上是戏中人，悲欢离合，相爱相杀，这个时候，她们是一体的，是彼此交融的。当她们走下舞台，错觉产生了：舞台上的生活变成了现实，舞台下的生活反倒成了虚拟，两者混淆在一起了。反差出来了，不适应也出来了，必须有一个渠道来发泄这种不适应，必须有一个对立面来呼应这种反差。杜文灯和梅如烟如此，自己和肖晓红何尝不是如此？

剑湫是自信的，也是清醒的。她能够站在舞台中央，能够成为名角，能够成为头牌，首先是遇到了杜文灯老师，得到好的传承。如果一开始就把路走歪了，拐到歪门邪道上，是很难拉回来的。当然也跟她下的苦功分不开，刻苦很重要，但是，作为一个演员，理解更重要，理解是衡量一个好演员和差演员的重要标准，是进入戏曲内部的钥匙。只有学会了理解，演员才能想象，才能飞翔；也只有学会了理解，才能体现出时代气息，才能演绎出与上一代演员不同的品质，才能在舞台上找到自己，才能在角色中融进自己；更主要的是，也只有如此，才可能吸引年轻观众，才可能引起年轻人共鸣，年轻人才愿意走进剧场，戏曲才有未来，作为一个演员，才有更长的艺术生命。

这差不多是剑湫对戏曲的全部理解了。她还没有能力形成系统的理论，她的理解是从感性出发，是从实际出发，是从排练和演出中体会出来的。她这么想，也这么做。剑湫看了看会议室里的人，说：

"那就先排起来吧。"

团长"拍板"了，该说的话说了，该留的余地留了。散会。

2

剑湫和肖晓红的竞争波澜不惊，却又暗流汹涌。除了杜文灯和梅如烟，剑湫和肖晓红之间还横亘着一个叫尤家兴的男人。尤家兴是剑湫的戏迷，也是肖晓红的戏迷；他跟剑湫的关系暧昧不清，跟肖晓红的关系一言难尽。有一点是明确的，尤家兴在追剑湫，追得声势浩大，却又细水长流。

尤家兴追剑湫不是一天两天了。他无法忘记第一次观看剑湫演出时的情景。他以前看杜文灯和梅如烟的《梁山伯与祝英台》，为杜文灯和梅如烟着迷。所谓着迷，就是上瘾，两天没看她们的戏，吃不好，睡不香，脾气暴躁，心不在焉。剑湫的演出是突然而至的，打了尤家兴一个措手不及。

那天是农历冬至的晚上，是家家户户吃汤圆的节日。尤家兴到了剧场才知道，晚上的主演换成了剑湫和肖晓红。对于尤家兴来讲，已经习惯了杜文灯和梅如烟，他熟悉杜文灯和梅如烟的每一个动作、每一句唱词，可以在脑子里反复"放映"，他来看她们演出，目的不在"看"，是"温习"，是"验证"。从某种程度上说，他"温习"和"验证"的不是杜文灯和梅如烟，而是自己，是他在"表演"，至少是他和舞台上的她们"一起演"。这已经成了他的"日常生活"，成了他"日常生活"中的"程序"。当他知道晚上的演出换了主演后，委屈了，天大的委屈。被杜文灯和梅如烟"抛弃"了，或者说，原有的期待落空了，惆怅了，忧伤了，哀怨了。他对杜文灯和梅如烟是信任的，而对两个新主演是陌生的，是忐忑的；他害怕失望，担心"程序"被打乱，因此，他的委屈是双倍的，无法言说，更无处诉说。怎么办？他不能要求将主演换成杜文灯和梅如烟，怎么演，谁来演，剧团说了算，他没有选择余地的。

他提心吊胆等待演出开始，好像是他在等待观众"检阅"。他能感觉到身体的颤抖，能感觉到气息的急促，舞台上的锣鼓声越来越急，他紧张得想逃跑，可他没有动，也不会逃，说白了，他的担心里有期待，可能期待大于担心。还有一种可能，他内心涌动着隐秘的兴奋，跃跃欲试，没头没脑，更是莫名其妙。

首先是肖晓红出场。看见肖晓红扮演的祝英台，尤家兴提着的心慢慢放下了，也可以说，更加紧张了。有点青涩，有点拘谨，眼神、动作、唱腔，都是对的，是灵动的，她扮演的祝英台就是祝英台，她是"入戏"的，也能带领观众"入戏"。这很难得，一个新演员，往往是人戏分离的，往往是不顾观众死活的。意外，也不意外，她一开口，尤家兴听出来了，是另一个梅如烟，是一个刚刚发芽的梅如烟，也是一个具有更大可能的梅如烟，无论是扮相还是唱腔，她都脱胎自梅如烟，她学了梅如烟的优点，也继承了梅如烟的不足。尤家兴能接受，完全能接受。他有点高兴，又有点忧伤，为肖晓红高兴，为梅如烟忧伤。纠结了。但他来不及纠结，他被肖晓红牵引着，被肖晓红扮演的祝英台牵引着，不能自已了。

　　第二场是《草桥结拜》，梁山伯出场了，剑湫扮演的梁山伯出场了。先是祝英台和丫鬟银心进了草桥亭，然后，舞台上的灯光一转，梁山伯从幕布后转出来，右手拿着纸扇，迈步走到舞台中央。当梁山伯在舞台上站定时，抬着的右手慢慢下压，左手上升到脸颊，偏左侧着的脸转向舞台正面，抬起眼睛做了一个"亮相"。尤家兴坐在舞台正下方的第六排，剧场座位是有坡度的，第六排差不多与舞台持平，他被剑湫的"亮相"吓住了：剑湫在抬眼之际，眼睛一瞪，射出两道金光，一下将剧场照亮了。一个优秀的演员，肯定明白一个道理，不只是"眼睛一瞪"那么简单，那是一个演员内心世界的呈现，是与观众的沟通，甚至是与观众的"角力"。能不能将观众镇住，能不能建立作为一个演员的自信心，"亮相"是至关重要的。尤家兴不知道其他观众的感受，那两道金光与他眼睛相遇的瞬间，立即照亮他全身。那一刻，他透明了，被控制了，失去了自我，也失去了整个世界。他全身麻痹，恍恍惚惚，飘飘荡荡，不知身在何处，似乎在舞台之下，似乎在舞台之上，又似乎在草桥亭之中，他是梁山伯，是祝英台，是丫鬟银心，是书童四九；他是草桥亭，或者是草桥亭边上的那棵枫树。剑湫站定后，张口唱道：

　　离故乡，别双亲，
　　求学上杭州。

　　这句唱词尤家兴很熟悉，就像熟悉自己的声音。可是，这一刻，他却感到那么陌生，就像聆听自己的声音。尤家兴没想到，剑湫会发出这样的声音。这声音跟杜文灯不同：杜文灯是纯正的生角声音，是低沉的，浑厚的，深情厚谊的；剑湫的声音也低沉，也浑厚，同时又是高亢的，

化蝶

223

嘹亮的，最主要的是，她充满雄性的声音里有一种无法言说的妩媚，有一种说不出的妖娆，勾人魂魄了，心驰神往了。那是一种魔力，是晴天霹雳，是呢喃细语，是宣告，更是叮咛，尤家兴从剑湫声音里感受到了复杂而又纯净的气息。在尤家兴看来，舞台上的剑湫，是雄性的，是醇厚的，是深沉的，是洒脱的。她的嗓音是那么沉着和辽阔，她的眼神是那么温柔与坚定，她的动作是那么优美和潇洒，谁能想到，剑湫是个女儿身？无法想象的。尤家兴被剑湫身上这种反差吸引住了，这种反差给了他无穷无尽想象，这种想象如一股旋风，将他卷裹其中，让他如痴如醉，欲罢不能。完蛋了，剑湫第一次"亮相"、开口唱了第一句，尤家兴"沦陷"了。从这一刻开始，他的魂魄被剑湫勾走了，再也回不来了，也不愿意"回来"了。

从表面看，尤家兴是剑湫的追求者，是剑湫的崇拜者，剑湫也接受他的追求和崇拜。在外人看来，他们是恋人关系，这点是确定的。但是，尤家兴对肖晓红的态度也让人产生遐想，他是不是在追求肖晓红？外人不知道，不过，外人看得出来，尤家兴迷恋舞台上的肖晓红，差不多到了痴迷的程度：凡是肖晓红的演出他都会捧场；凡是肖晓红的戏，他都会唱，连动作都学得惟妙惟肖。这就微妙了，很难说得清了。尤家兴从来没有挑明这种关系，剑湫和肖晓红也没有说，但谁都可以感觉得到，因为尤家兴的出现和存在，三个人构成了另一个舞台，那是属于他们的舞台，演绎的是另一个剧本和另一场戏。这种关系，剑湫和肖晓红是心知肚明的，她们没有任何语言和动作上的表示。不会的，她们是演员，是优秀演员，不会点明的，不会说破的，那是艺术，是美，是力量，是令人神往的；同时，那也是一种动力，一种状态，一种境界。她们无比煎熬，又无比享受。

对于剑湫和肖晓红来说，团长职务的竞争和任命，是她们关系的转折点，也是突破点。在她们之前，杜文灯是团长，梅如烟是艺术总监，她们到年龄了，剧团需要新的领导。职务任命与舞台无关，与艺术无关，是现实和坚硬的，是不能摇摆和无法模糊的，你死我活了，火焰熊熊，要爆炸了，吓人了。

就在这个要紧关口，剧团接到一个任务：参加华东六省一市汇演。说是汇演，其实是比赛。表面上是各个剧团在比，实际参与竞争的是各个省，比的是戏曲，也是文化，当然也是经济和政治。文化局领导给杜文灯和梅如烟下了死命令：当前第一任务是汇演，团长的事以后再说。

杜文灯和梅如烟心里清楚，汇演只能依靠剑湫和肖晓红。剧团成立了攻坚小组，杜文灯任组长，梅如烟任副组长，成员包括剑湫和肖晓红。剧目当然是《梁山伯与祝英台》，这一点没有任何不同意见，这不仅是剑湫和肖晓红的保留剧目，也是剧团的保留剧目。进入剧本调整和排练时，剑湫提了建议，主要是两点：第一，将《梁山伯与祝英台》改名《化蝶》。剑湫的理由很简单，既然要参加汇演，就要创新，先从名字开始。名字一改，这个戏的立意和重心调整过来了，更开阔，更有时代意义；第二，由原来十三场调整为十场，拿掉第三、六和第十一场，增加《山伯临终》那场的内容，唱词不动，只动旋律，既表现梁山伯临终前的神志模糊，又体现梁山伯对祝英台爱情的坚定。

剑湫的意见合情合理，没理由不按她的方案执行。不过，也没看出什么特别之处。但是，第一次彩排下来，杜文灯就知道，剑湫无论对戏曲的理解和表达都远远超过了她。

肖晓红的表演几乎无可挑剔，但杜文灯看出一处瑕疵，这瑕疵是无法弥补的：《哭坟》那一场，祝英台来拜墓，刚出场，就是一句："梁——兄——啊——"内行人知道，这是一句高音，是穿云破雾的高音，是异峰突起的高音。只有高入云霄，才能直抵人心，才能肝胆俱裂，才能表达祝英台当时的震惊和悲伤。这是呼唤，是信号，是生与死的转折，是祝英台对梁山伯的呼唤，更是祝英台与人间的决裂。这句高音是那么重要，可以这么说，如果没有这句高音，"化蝶"是不成立的，至少缺乏足够的合理性和饱满度。可是，肖晓红的高音上不去，至少不能立即拉上去，很遗憾，太遗憾了，她只能在低音部位酝酿和徘徊，只能迂回着上升。不够的，力量不够，高度不够，穿透力更不够，震撼人心的力量出不来，缺乏摄人魂魄的力量。这是肖晓红嗓音的问题，也是表现力的问题，是致命的，是无可挽回的。

同一个舞台，同一场戏，再看剑湫的表演，在《山伯临终》那一场，还是那个场景，还是那三句唱词：

爹娘啊，儿与她，
生前不能夫妻配，
死后也要成双对。

原来的剧本，三句唱词，梁山伯只唱一遍，那是梁山伯临终前的哀叹，老双亲陪伴床前，白发人送黑发人，气氛萧瑟，草木含泪。梁山伯唱得婉转凄凉，唱得肝肠寸断，唱得石破天惊，"死后也要成双对"，多么悔恨，多么无奈，又是多么斩钉截铁。问题正在这里，对于一般演员来说，唱一遍已经是巨大挑战：梁山伯僵卧病床，身体不能动，只能依靠声音传达那种悲凉，传达那种不甘，表达要和祝英台"在一起"的决心，那是无望的决心，在不可能中寻找可能。这对演员的要求是很高的，既要表现出梁山伯临终时的癫狂，又要表现出他垂死前的清醒和坚决，很难拿捏的。剑湫要唱三遍，杜文灯是演梁山伯的，她知道，这个难度系数不是乘以三那么简单，而是从一个空间上升到另一个空间，不是量的问题，也不是演员理解和表达的问题。杜文灯以前没想过这个问题，对她来说，这是无解的，她做不到，她无法想象梁山伯如何连唱三遍，更无法想象剑湫会怎么表达。她充满期待，也充满幸灾乐祸的担心。这是剑湫给自己挖的坑，看她怎么跳进去。杜文灯清楚地记得，听剑湫演唱《山伯临终》是在傍晚，是在剧团专门用来排练的小舞台，肖晓红和梅如烟都在。肖晓红在候台，她和梅如烟站在台下。随着音乐响起，幕布拉开，舞台呈现出来了：梁山伯卧在床上，额头上包着一条白色纱巾，双亲陪伴两侧，窗外草木呜咽，梁山伯张口唱道：

爹娘啊，儿与她，

　　不一样了。剑湫一张口，杜文灯身体一紧，所有汗毛竖了起来。她知道要坏事了，剑湫的声音里并不全是悲伤，恰恰相反，杜文灯听出了隐约的欢乐，听出了向往与期待。那是对生的绝望和对死的希望，交融在一起了。当剑湫唱第二遍"爹娘啊，儿与她"时，杜文灯知道，这是对爹娘唱的，他对不起爹娘，不能服侍双亲，不能给他们送终，他是愧疚的，更是无奈的。那是人间亲情，是天伦之情，是弥漫的，是悠长的，是无法言喻的。谁没有父母？谁对父母没有愧疚之情？人同此心，平淡却动人。杜文灯的眼泪一下涌出来了。丢人了，相当丢人。作为一个演梁山伯起家的小生，不应该哭，不能哭。可是，她哭得那么真心实意，哭得那么彻底放肆。那一刻，她内心是服剑湫的，甚至生出了骄傲——剑湫是我的徒弟，是我一手调教出来的。她知道，剑湫改动的不只是旋律，也不只是戏分，剑湫改动的是她作为一个演员和戏中人物的关系，他们如何成为一体，如何无缝地融合在一起。更主要的是，剑湫改动了戏中人物和观众的关系，她的三次重复，每一次重复都将观众的感情拉升一个浓度和高度，到第三遍，两种感情交融在一起了，纠缠在一起了，那是火，是风，是雷声，更是雨声，那是病人垂危的呻吟，更是婴儿落地的哭声。毁灭了。重生了。杜文灯号啕大哭，而且，她看见，站在她边上的梅如烟哭得更加悲惨，摇摇欲坠了，连候台的肖晓红也将妆哭花了。

　　剑湫将梁山伯演绎到这个地步，还有什么好说的？

　　果然，《化蝶》获得了华东六省一市汇演一等奖，剑湫拿到了最佳表演奖。

　　对于剧团，对于信河街文化局来说，这是天大的事。好了，扬眉吐气了。

　　领导交代的任务完成了，谁来当团长的事又重新摆上议事日程。不过，已经明朗了，《化蝶》得了一等奖，剑湫拿了最佳表演奖，为剧团和信河街赢得了荣誉，为省里争了光，除了她，还能有谁？她来当，名正言顺。

剑湫也是这么想的。

这个时候，梅如烟"站"了出来，她主动找了文化局领导，说了两句话：一、她不否认剑湫为信河街争了光，但是，剑湫也得到了应得的荣誉，她站到领奖台上了，名利双收，光芒万丈；二、她不否认剑湫的戏演得好，剑湫拿奖是对她付出的回报，实至名归。但是，《化蝶》这个戏，不是只有剑湫一个演员，剑湫是鲜花，后面有一大片绿叶衬着呢。

梅如烟一般不主动找领导，她是表演艺术家，艺术上的事，有自身规律，是用艺术手段解决的。她这次找领导，看似站在肖晓红这边，她是肖晓红的老师嘛。但她不这么认为，她是站在"道理"这一边，不能所有好事让剑湫一个人独占了。凡事得讲道理。

文化局领导找杜文灯谈话了。杜文灯是团长，又是剑湫的老师，让不让剑湫当团长，杜文灯最有发言权。当然，领导也谈了梅如烟的意见，梅如烟的意见在理嘛。杜文灯一听，心里不乐意了。说心里话，剑湫拿了奖，够了，这个团长应该给肖晓红。但是，梅如烟"唱了这么一出"是什么意思？是针对谁？杜文灯突然改变主意了，她并没有表明自己的意见，只是向领导抛出一个问题：剑湫为咱们省里争得了荣誉，自己也拿了奖，如果将团长让给别人当，会不会有人说我们不重视人才？

虽然只是轻轻一问，却问到领导心里头去了。是啊，这个"帽子"扣得太大了，这个罪名谁也担当不起。

好了，就剑湫了。肖晓红当艺术总监。启动干部考察程序吧。

想不到的是，剑湫这时主动找了杜文灯。她到杜文灯办公室说：

"团长给肖晓红当吧。"

杜文灯看着剑湫，既感到意外，也不感到意外：

"为什么？"

剑湫说：

"我拿了奖，肖晓红没拿。"

紧接着，她又补充一句：

"肖晓红比我更适合当团长。"

杜文灯一听就生气了，但她不会表现出来，声音更平静，更不带感情色彩：

"谁当团长更合适，是领导考虑的事。有一点我要告诉你，团长不是你和肖晓红的衣服和化妆品，更不是你们之间可以让来让去的小礼物。"

剑湫点点头说：

"这点我知道，我只是表达我的态度。"

杜文灯点点头说：

"你的态度我知道了。当不当团长，你的态度不算，我的态度也不算。"

话是这么说，杜文灯主意已定，这个团长就给剑湫。她越是不想当，就越是要她当。

剑湫和肖晓红是同时考察、同时公示、同时任命的。杜文灯和梅如烟办理了卸任和退休手续，但没有离开剧团，剧团聘请她们当顾问。她们还有任务，要扶新任的团长和艺术总监一程，要帮助团长和艺术总监排新戏，更要推新人。这是剧团的传统。传统是不能随便更改的。

在聘请梅如烟当顾问时，遇到一点麻烦。梅如烟提出来，自己身体不好，最近总是头晕，以为是高血压，去医院检查，没查出具体问题。头晕脑涨，走路跌跌撞撞，自身难保，没能力"顾问"了。肖晓红找她商量，让梅老师再"带她一程"，她没有梅老师"不行"，心里"不踏实"。梅如烟不为所动。新任艺术总监肖晓红束手无策，只能请新任团长剑湫"出马"。在肖晓红的提示下，剑湫自掏腰包，买了一束百合花，由肖晓红带领去梅如烟家"拜访"。梅如烟"态度"相当好，没有"摆架子"，更没有"给脸色"，对新团长的到访表示"衷心的感谢"，对百合花表示由衷的喜欢。她说百合花好，颜色好，干干净净，清清爽爽；香味她也喜欢，清淡的，却又是不屈不挠的，没有侵略性，但无法忽视它的存在。梅老师称赞剑湫"有心"，让她"破费了"。但是，一说到担任

"顾问",她立即装出头晕欲倒的样子,手扶着脑袋,话也说不出来了。事情僵住了,没有回旋余地了,百合花白送了,传统要被打破了。当然,如果真破了,也不是什么大不了的事。杜文灯老师倒是很爽快地接过剑湫递给她的聘书。当然,剑湫有经验了,也给她送了一束花,不是百合,是康乃馨。杜老师喜欢康乃馨,她以前对剑湫说过,她喜欢康乃馨的浓烈、奔放,康乃馨一点都不扭扭捏捏,多么豁达,多么大气。剑湫谈到梅如烟不接聘书的事,杜文灯老师很果断,几乎是以团长的口吻说道,那不行。沉默了一下,她让剑湫给梅如烟带一句话,是一句唱词,杜老师命令剑湫说,你唱给她听。剑湫不清楚老师为什么让自己给梅如烟唱这句唱词,老师没说,她也没问。她又一次敲开梅如烟的家门,说杜文灯老师让我给您带一句话。梅如烟诧异,但没有问。剑湫不再说什么,打开嗓子唱了起来:

生前不能夫妻配,
死后也要成双对。

梅如烟听完,脸上没有任何表情,默默从剑湫手中接过顾问聘书。

3

新戏很快排起来了,这就是剑湫的性格,她是寸步不让的。依然是剑湫和肖晓红搭档,也只能是她们搭档。但是,剑湫发现,她原本最不担心"演"的问题,现在却成了最大的问题。

肖晓红不在状态,很不在状态。她演的还是原来的祝英台,还是悲剧的祝英台。她依然在老路上横冲直撞,"轨道"不对,"跑"死了也是白死。这一点,剑湫原本是应该想到的。她高估肖晓红了。

剑湫的不满意是从第一场开始的,是从根开始的。第一场是《思读》，是祝英台的戏，每一个细节都在展示祝英台的性格，也是她命运的伏笔。经过剑湫改编后，祝英台还是追求知识、向往自由的女性，但她的追求和向往里有了更丰富的内涵，说得直白一点，祝英台女扮男装去杭州城读书，就是一次"私奔行为"，是胆大妄为，是异想天开，是无中生有。在剧团排练厅里，剑湫是这么给肖晓红"讲戏"的：

"在当时的社会环境中，祝员外不可能让祝英台去杭州读书，女扮男装也不行。这是辱没家门的事，是伤风败德的行为。再说，女孩子读书有什么用？那是女子无才便是德的时代，以祝员外的认知，祝英台想在祝家庄读私塾的可能性也不大，祝员外不可能同意她去杭州读书。那么，祝英台只能瞒着祝员外出逃。对于祝英台来说，离家出走当然是天大的事，是离经叛道的，是大逆不道的，她内心肯定纠结，肯定犹豫，肯定彷徨，肯定思前想后，肯定患得患失。但是，祝英台又是决绝的，她向往知识，向往外面的世界，最主要的是，她是个豁得出去的人，她的性格有极其决绝的一面，是个敢想敢做的人，是个奇女子。所以，从一开始就要将祝英台的纠结和决绝表现出来，这是祝英台的'核'，是她的精神状态，也是她行为的内在动力。这是第一场，也是祝英台性格的确立和生长，有了这一场，基础扎实了，定位准确了，才有后来的私订终身，才有最后的私奔。一切都是顺理成章的。"

照道理说，剑湫不应该说这么多，她凭什么给肖晓红"讲戏"？虽然是她主导改编这个戏，但是，肖晓红是艺术总监，按照分工，"讲戏"是肖晓红的事，即使她是团长，也不能大包大揽，忌讳的。这一点剑湫知道不知道？她当然清楚。可剑湫是这么想的：状态出不来，你是艺术总监又如何？我还是编剧呢，还是导演呢。剑湫焦急，她替肖晓红焦急，张嘴咬下肖晓红身上一块肉的心都有了，但她没有"表达"出来，不能。她们是什么关系？在生活中，她们是朋友，是姐妹，是相互帮扶关系；在工作上，一个是团长，一个是艺术总监，是同事和搭档关系。更主要的是在舞台上，一个是生一个是旦，那就更说不清楚了，是情侣？是夫妻？是冤家？是仇敌？什么都是，又什么都不是。她能对肖晓红有什么态度？什么也不能，只能忍着。其实，剑湫也知道，戏不是"讲"出来的，只能通过一场又一场的表演，只能通过一点一滴的"悟"。别人"讲"，只能提供一个方向，是外力；而"悟"才是内在动力，通过自己摸索出来的，才属于自己，才是结实的，才是独一无二的。剑湫知道，"讲戏"是没用的，"示范"也是没用的，肖晓红只会更加茫然无措。谁也帮不了，只能依靠肖晓红自己左冲右突，只能将肖晓红扔在水深火热之中，只有如此，肖晓红才有可能找到自己的方向，才能走出自己的路，才能演绎出一个全新的祝英台。剑湫心急如焚，表面上只能波澜不惊。

事实确实如此。剑湫说的，肖晓红都懂，她能理解剑湫对祝英台的性格分析，也能接受祝英台的变化，但是，她表达不出来，一抬眼，一举手，一迈步，一张口，以前的祝英台又回来了，不是"回来"，而是从未离去。肖晓红知道剑湫不满意自己的表现，她对自己的表现也不满意。从学戏开始，她一直是自信的，她对理解能力自信，对表现能力也自信；她知道如何分析人物性格，更懂得如何表现人物性格，差不多一点就通。可是，这一次"见鬼"了，卡在最拿手的"祝英台"身上了——老版的"祝英台"阴魂不散，新版的"祝英台"若隐若现，她被吊在半空了，迷茫了，不知何去何从了。进退两难，张口更难，似乎连戏也不会演了。

改变很难，要在熟悉、舒服的环境里作出改变更难。老版的"祝英台"，已经和她的身体合二为一，成了她的本能，可以这么说，老版的"祝英台"主宰了她的身体和灵魂，所以，这种改变需要改弦易辙，需要脱胎换骨。这一点，肖晓红当然知道。像她这样的演员，对舞台有自己的认识，对剧中人物有自己的理解，拥有自己的表演风格，更有一大批戏迷追随，她的内心已经建立起一个小宇宙，是坚固的，更是顽固的，很难改变的，连影响都很难。肖晓红更知道，最大的问题不在这里，自己的问题不是新戏和老戏的问题，也不是悲剧和喜剧的问题，甚至不是谁来当剧团团长的问题。到底是什么问题？肖晓红似乎是清楚的，可又似乎不是很清楚，但她知道，这个问题不能跟剑湫谈，不想谈；也不能跟梅如烟和杜文灯谈，无法谈。她想来想去，只有尤家兴。

当然不是找尤家兴谈问题，尤家兴不是用来谈问题的，而是用来解决问题的。她知道尤家兴将工厂的一个旧仓库改造成木偶陈列室，陈列室中间搭建了一个戏台。她在剧团的排练厅找不到感觉，想换一个"不一样"的环境试试。她突发奇想了，要找尤家兴演戏。

尤家兴当然是仗义的，是有求必应的，二话没说，立即带她去陈列室。

一进陈列室，不一样了，四周密布的木偶活起来了，手舞足蹈，挤眉弄眼，神态各异地从橱柜里跳出来，排山倒海地向肖晓红拥来。陈列室沸腾了。她听到锣鼓声响起来，听到所有木偶的演唱声，那些声音汇聚在一起，又各自散去，既遥远又亲近，既庞杂又清晰。肖晓红对那些木偶不陌生，对他们的演唱更是熟悉，那是她置身其间的世界，也是她心醉神迷的舞台。肖晓红再看中间变得缥缈的戏台，身体发热了，发软了，轻盈了，飘荡了。她情不自禁了。

尤家兴将她带到后台，其实也不需要尤家兴带，她早就摩拳擦掌了。到了后台，尤家兴问她：

"要不要化妆？"

无所谓了。对于这时的肖晓红来说，最主要的不是化妆，而是登台。她要成为祝英台，她就是祝英台，火急火燎了。但是，肖晓红按捺住了，她在化妆镜前坐下来，有条不紊地化妆。尤家兴播放了音乐，是《梁山伯与祝英台》里的《十八相送》。肖晓红觉得尤家兴这场戏选得好，这段音乐也好，既欢乐又伤感，既是相聚，又是别离。肖晓红很喜欢这种氛围，很迷恋这种状态，这是戏曲的氛围和状态，真实又虚幻，快乐又悲伤。肖晓红化完面妆，一丝不苟，每一个环节都没有省略。每位演员都知道化妆的重要性，不只是酝酿的过程，不只是进入角色的过程，而是一个演员自我修炼的过程，更是自我塑造的过程。在化妆过程中，一点一滴描绘和确立心目中的角色，也在这个过程中，将原来的自己一点一滴抹掉，让心目中的角色像雕塑一样凸显出来，立体起来，奔跑起来。

只差穿上戏服了，肖晓红转头去看尤家兴。这是她第一次看见尤家兴化妆。原来的尤家兴不见了，肖晓红见到的是梁山伯，一个熟悉又陌生的梁山伯。

对于化妆，尤家兴不陌生。

他的感受是，"化"跟"不化"是不同的。"不化"的梁山伯是"无限的"，是"全知的"，是超越时空的。然而，"不化"的感受却是单一的，他可以成为戏中之人，也只是戏中之人。他想到的只是梁山伯，只是和剑湫扮演的梁山伯合二为一，只是和剑湫合二为一，他忽略了其他，忽略了整个世界。"化"了之后，他的感受是复杂的，是犹豫的，他发现，戏中不止他一个人。当他和肖晓红完成了化妆，尤家兴和肖晓红不见了，世界呈现在他面前，有祝英台，有银心和四九，有山川树木，还有古道凉亭，他和他们是一体的，是不可分离的。没错，他们丰富了他，也触发了他，让他变得立体，变得饱满，让他真正成为一个戏中人，成为戏中的梁山伯。这个梁山伯的认知和视觉是"有限的"，他只能看到所看的东西，只能想到所想的东西。这是真实的梁山伯，是现实的，是可以触摸的。所以，他这时看对面的肖晓红不一样了，不，是祝英台，是同窗好友祝英台，是贤弟祝英台。这就对了，他的感受跟人物同步了，情绪表达准确了。好了，音乐重新开始，他们在后台相视一笑，尤家兴做了一个邀请的姿势，嘴里念道：

"英台请。"

肖晓红也做了一个邀请姿势：

"梁兄请。"

肖晓红一开口，尤家兴就觉得不同了。这不是以前的肖晓红，也不是以前的祝英台。尤家兴说不出不同在哪里，却能感觉到，这个肖晓红和祝英台比以前热烈和主动，比以前难以捉摸。

音乐里响起四句唱词：

三载同窗情似海，
山伯难舍祝英台。

  相依相伴送下山，

  又向钱塘道上来。

  这四句唱词很重要，时间、地点、人物、事件都在里面了。当然，对于演员来说，特别是对于即将上台的演员来说，最重要的是感情。

  两个人的关系，祝英台在暗处，她了解梁山伯的一切。梁山伯做梦也不会想到，跟他"同窗"三年的贤弟是女儿身。最主要的是，此时，祝英台心思已定，她"芳心暗许"了，她爱上了梁山伯，自作主张要嫁给梁山伯。所以，一路走来，祝英台都在暗示梁山伯，指着路边一棵树说，喜鹊满树喳喳叫，肯定是向梁兄报喜来。意思很明白了，祝英台提前向梁山伯道喜了——梁兄你交桃花运了。梁山伯是个书呆子，根本没听出祝英台的弦外之音，他很认真地对祝英台说，从来喜鹊报喜讯，恭喜贤弟一路平安把家归。祝英台无奈，只能继续往前走，"过了一山又一山，前面到了凤凰山"。这时，祝英台又开始"敲打"梁山伯了，说，凤凰山上百花开，独缺芍药与牡丹。梁兄你若爱牡丹，与我一同把家归。我家有枝好牡丹，梁兄要摘也不难。差不多是赤裸裸地示爱了，我们祝家庄有鲜花，只等你梁兄来摘，现在就可以去摘。梁山伯读书把脑子读直了，拐不过弯，或者说，他的心思根本没有拐到这上面来，他对祝英台说，你家牡丹虽然好，路远迢迢怎来攀？世间还有比梁山伯更笨的男人吗？至少在祝英台看来是没有了，她生气了。当然是又爱又恼，女人在这种状态下是要撒娇的，这是她们的专利。刚好经过一座古庙，对面过来一头牛，牧童骑在牛背上，唱起山歌解忧愁，祝英台指着梁山伯说，只可惜对牛弹琴牛不懂，可叹你梁兄笨如牛。梁山伯根本不懂什么是撒娇，他不解女人心啊，而且，他生气了。他是读书人，是好学生，成绩优秀，老师青睐，连师母也特别照顾，这样的学生最容不得别人说他笨，更不能说他"笨如牛"。他的书生脾气上来了，或者说牛脾气上来了，表情严肃地对祝英台说，非是愚兄动了火，不该将牛比着我。意思就是说，你把我比作牛一样笨，我生气了，不理你了。真是一个又呆又憨的书生，可爱又可叹。不过，祝英台爱的就是"这一口"，爱的就是他的憨劲，就是他的不世故不圆滑，这样的人不会三心二意，不会见异思迁，不会朝三暮四，哦，值得托付终身。所以，祝英台放下身段，对梁山伯说，请梁兄你莫动火，小弟赔罪来认错。有憨劲的人有两种，一种是只会钻牛角尖，不会拐弯，一钻到底，至死方休，那是死心眼的憨；另一种是会拐弯的，心大，拐个弯，一个结打开，豁然开朗了。梁山伯的性格，介于两种憨之间，他的心时大时小，弯也是时拐时不拐。但对于分别在即的祝英台贤弟，他只是假装生气而已，见祝英台认错赔罪，他觉得玩笑开大了，赶紧笑着说，好了好了，路途遥远，贤弟你快快赶路吧，前面就是长亭了，愚兄就送到这里，咱们后会有期。

背景音乐这时响起来了，有一句唱词：

十八里相送到长亭。

连唱两遍，一遍比一遍轻，一遍比一遍慢，一遍比一遍悠扬，那是不舍，是哀伤，是两情依依，是无可奈何。送君千里，终须一别，两人在长亭外作揖，祝英台转身回祝家庄。

到了这里，这场戏就算结束了。下一场是《思祝下山》。可是，今天不同，今天的音乐是循环播放的，也就是说，只要音乐没停止，这场戏不会结束。当祝英台转身离去之际，梁山伯还站在长亭外眺望，他要看着祝英台离去的背影，直到完全看不见为止。按照剧情安排，这个过程，祝英台没有回头。

音乐再一次响起来时，祝英台回头了。不仅仅回头，祝英台又回来了，风驰电掣，飞奔而来，双手拉住梁山伯，举到胸前，眼睛闪亮地看着梁山伯，嘴里喊了一句什么话，因为有背景音乐，梁山伯没听清楚，祝英台用更大的声音喊：

"你是谁？"

"我是梁山伯。"

祝英台很高兴，祝英台也很伤心，继续问：

"你到底是谁？"

"我是尤家兴。"

祝英台指着自己鼻子问道：

"我是谁？"

"你是肖晓红。"

祝英台说：

"我到底是肖晓红还是祝英台？"

"你也是祝英台。"

"你再大声说一遍？"

梁山伯高声念道：

"我是尤家兴，是梁山伯。你是肖晓红，是祝英台，是小九妹。我就是你，你也是我。"

祝英台突然"哇"地哭了起来，一把抱住梁山伯唱道：

"梁兄啊，榆木疙瘩能开花，你终于明白小妹的心。"

尤家兴觉得肖晓红今天的表现很不正常，仔细想想，也很正常。

4

剑湫没想到，肖晓红会和尤家兴走到一起。也不是没想到，她知道，他们三个人之间，什么事情都可能发生，不足为奇的。但她对肖晓红的做法持保留意见，肖晓红选择的时机不对，她现在首要任务是排戏，要尽快进入角色，要"在状态"，要找到新版祝英台的感觉，都火烧眉毛了，还有心思谈男女私情？肖晓红是个职业演员，应该拿出职业演员的精神，遇到问题不能逃避，能逃到哪里去？最终还得回到舞台上来，必须面对新版的祝英台，逃不掉的，没人帮得了忙，没有人。

让剑湫更生气的人是尤家兴。肖晓红是个演员，只要上了舞台，是什么事情都做得出来的，怎么任性都可以的。这一点，剑湫能理解，也能谅解。她不能理解和谅解尤家兴，尤家兴不是职业演员，他是冷静的，也应该保持冷静，不能由着肖晓红"胡来"。但是，尤家兴没坚持住，他跟肖晓红"演了同一出戏"。剑湫很失望。

算起来，尤家兴也是个"艺人"，他们家演木偶戏，同时制作木偶。到了尤家兴这一辈，才转行办起玩具厂，刚开始只是木偶玩具，后来拓展到塑料玩具，再后来做起了教具，工厂从一家发展成三家，他从尤厂长变成了尤总。身份和财富发生了变化，尤家兴"艺人"基因没变，并且开始"发酵"。他喜欢越剧，以前喜欢看杜文灯和梅如烟的戏，后来迷上剑湫和肖晓红，只要有剑湫和肖晓红的演出，他都看。剧团的人都知道，尤总是剑湫和肖晓红的戏迷，更是剑湫的戏迷。因为剑湫和肖晓红的关系，他成了剧团常客，成了剧团的"尤总"。

有一点是肯定的，尤家兴是追求剑湫时间最长的人，他的追求是一以贯之的。但是，尤家兴对剑湫的追求又是隐晦的，甚至是若有若无的。他的追求是付诸行动的，却没有实质性内容。

这么说有点绕，有点纠结，但这正是尤家兴的状态，正是尤家兴对待剑湫的方式。可以这么说，他喜欢舞台上的剑湫，那个雄姿英发的剑湫，但尤家兴知道，那是舞台，是戏，是不真实的。他更喜欢生活中的剑湫，回归女儿身的剑湫。这种喜欢源自他的想象，源自剑湫在舞台上和生活中的反差，更源自他对剑湫女儿身体的向往。问题正在于此，这种向往让他害怕，这害怕来自两个方面：一是剑湫的拒绝；二是对现实的失望。

剑湫从来没有拒绝过尤家兴，因为尤家兴从来没有真实的"举动"。他的追求里，"追"是显性，是主题，是明目张胆和锣鼓喧天的；"求"是隐性，是时隐时现和似有似无的，甚至是形而上的。他到剧团来，或者到剧场看剑湫和肖晓红演出，好像只是一种宣告：这是老子的地盘，闲人勿进。

尤家兴不是没有和剑湫单独相处过，剑湫带他回过单身宿舍。剑湫不是随便带男人回单身宿舍的人，她这么做，是态度，也是默许，等于承认尤家兴对"领土"的圈定。

　　尤家兴在剑湫单身宿舍是随意的，这种随意源自剑湫。他们可以说话，也可以长时间不说话；可以各做各的事，也可以各自发呆，好像他们是两个独自运行的星球，互相吸引，也互相排斥。他们在一起，看似平淡，却又亲密；看似危机四伏，却又相安无事。

　　他们见面一般在晚上，尤家兴白天要去工厂，剑湫白天要排练。晚上又分两种见面方式：一种是剑湫在舞台上，尤家兴在舞台下；另一种是在剑湫宿舍。尤家兴没有带剑湫去过工厂，他隐隐觉得，剑湫对工厂是排斥的，至少是冷漠的，是隔膜的。对于尤家兴来说，两种见面方式，两种状态，一种激烈，一种温和。他渴望激烈，也享受温和。他想，剑湫大概也是这种心态，所以，他们才能安然地交往下去。

　　在剑湫的单身宿舍，他们也曾有过身体交集。那天晚上，剑湫靠在床上看剧本，他坐在宿舍唯一一张桌子前画玩具草图。当他抬头看剑湫时，她不知在什么时候睡着了，剧本散在胸前，手停在脑袋上边。尤家兴静静地看着熟睡中的剑湫，他从来没有如此长时间地看着剑湫。舞台上的剑湫是流动的，是目不暇接的，是变幻无穷的；舞台下的剑湫，尤家兴从来没有认真看过，也不需要，他只需要跟剑湫在一起的气息和感觉，只需要那种不真实却又实实在在的氛围。这是他第一次端详舞台下的剑湫，他觉得，这个时候的剑湫，既是静止的，又是流动的。但是，有一点是可以肯定的，他的内心是宁静的，他的身体是安静的。但他还是站起来，走到床前，走到剑湫身边，弯下腰，更加仔细地看着剑湫的脸，差不多是脸贴着脸了。他不知道要从剑湫的脸上看出什么，也不知道自己为什么要这么做。就在此时，剑湫的眼睛突然睁开了。那是一双经过专业训练的眼睛，是一双戏曲演员的眼睛，一双小生的眼睛，无论在不在台上，她的第一反应肯定是"在台上"。剑湫的眼睛一瞪，射出两道光芒，这光芒不仅击穿了尤家兴的身体，也击中了他的灵魂。他没有动，也不能动。剑湫这时动了，伸出停在脑袋上边的手，缓慢而又敏捷地勾住尤家兴的脖子。尤家兴的脸跟剑湫的脸碰到一起了，不对，是他们的嘴撞到了一起。剑湫咬住了尤家兴。

触电一般，尤家兴的身体没有任何征兆地跳了起来，将剑湫的身体带了起来，又重重摔在床上。尤家兴没有惊慌失措地逃走，他还站在原地，诧异地看着剑湫，好像不认识她。剑湫依然保持着被摔在床上的姿势，她的眼睛看着尤家兴，又好像没有看着尤家兴。她的脸色是平静的，似乎早就料到尤家兴会有这种反应。整个过程，两个人没有说过一句话，一切都是寂静的，似乎发生了什么事，又似乎什么事也没有发生。

确实是什么事也没有发生。此后，两个人再没提起这件事，他们还跟以前一样交往，尤家兴还去剑湫单身宿舍。但是，心里都知道，不一样了，他们对自己的认识不一样了，对对方的认识也不一样了。

尤家兴当然知道这一点，同时，他又是迷茫的。他的迷茫在于如何处理和剑湫的关系，他的迷茫更在于如何理清自己对剑湫的感情。很难，太难了。他觉得自己是喜欢剑湫的，他无法想象离开剑湫自己将如何生活下去，意义何在？难道仅仅是多开几家教具工厂吗？有意义吗？当然有意义，多开几家工厂，就能赚更多钱，他当初放弃家传的木偶戏，选择做生意，不就是为了赚钱吗？但是，他也知道，钱是赚不完的，是没有尽头的。如果从这个角度讲，多开几家工厂又是没有意义的。有时候，尤家兴觉得自己并不喜欢剑湫，对她的身体没有强烈的欲望，他觉得这是不对的，甚至是不道德的。他为那天晚上自己不得体的行为深深自责，他认为自己是吓坏了，剑湫是他的神，怎么会动剑湫身体的念头？他更没想过剑湫会主动亲吻自己，吓死人了。

有过上一次的经验后，尤家兴终于"开窍"了：剑湫是可以"动"的。剑湫是人，而且，是个女人。女人有的，她"都有"；女人需要的，她"都需要"。剑湫回到"凡间"了。这是尤家兴不愿意见到的，但他必须面对这个"现实"，因为剑湫不可能永远在舞台上，她的人生必须由舞台上和舞台下两段构成，只有这样，她才是完整的。

尤家兴必须正视这个现实，他已经错过一次，接下来不是补救的问题，而是如何面对的问题。他不能回避，更不想躲避。他必须有所行动，既是对剑湫的试探，也是对自己的确认。

是尤家兴主动带剑湫到陈列室的。剑湫不想去他的工厂，她对工厂没有兴趣，尤家兴说不是去工厂，是去他的木偶陈列室。尤家兴对剑湫说过木偶陈列室，也说过陈列室中间的戏台。剑湫对木偶戏有兴趣，对陈列室里的戏台也有兴趣。好吧，那就去。

尤家兴发现，进入陈列室，剑湫的眼神就变了，迷离了，飘忽了，隐约了。走路姿势也变了，她"走"的是生角的步伐，是风流倜傥的，又是步步为营的。说话的声音和节奏也变了，变雄性了，抑扬顿挫了。当他们站在戏台上时，剑湫已经进入表演状态，呼吸也变了，既急促又舒缓，既沉重又轻盈，既真实又虚幻。戏台上充满了她的气息，阳刚又阴柔，温暖而湿润，上下翻腾，无孔不入。

尤家兴紧张极了，手脚发软，鼻子发酸，他想瘫在戏台上呼呼大睡，更想抱着剑湫大哭一场。尤家兴不想再错过机会，他提出来，用木偶跟剑湫配戏，一起演一场《梁山伯与祝英台》。这个时候，剑湫还会不同意吗？不要说有人跟她配戏，她一个人也愿意演，也能将整座戏台撑满。

尤家兴选了《草桥结拜》，是他第一次见到剑湫的那场戏。

剑湫一开口，尤家兴就知道，自己做了一件蠢事，怎么能跟剑湫演对手戏呢？剑湫在戏台上一亮相，尤家兴就感觉到一股山呼海啸的压力，那是来自剑湫身上的气势，一种凌厉的气势，咄咄逼人，气势汹汹，让人畏惧，又让人敬佩。当剑湫一开口，情况变了，不是咄咄逼人的问题了，整个戏台都属于剑湫，都在她的控制之中。尤家兴发现，这个时候，想象中的剑湫回来了，自己的身体有反应了，膨胀了，虚空了，真假难辨了，恍恍惚惚了。但是，这一次的恍惚与以前不同，他跟剑湫演上了对手戏，有互动。有互动是不一样的，是有对等交流的，是纠缠的，是不分彼此的。

尤家兴感觉到，自己是被剑湫带着前行的，是被剑湫包裹着的。他一开始担心跟不上剑湫的节奏，其实不是，在这一点上，剑湫掌握得很好，在戏台上，她是王，她掌控着整个空间，也把握着前行节奏，不会让任何人落下。优秀的演员就有这样的魔力。尤家兴很愉悦，从未有过的愉悦，他觉得，无论是身体还是精神，都已经和剑湫结合在一起了，飘起来了。

可是，尤家兴又是清醒的。这是在陈列室的戏台上，是和剑湫在演戏。也就是说，这种愉悦是不真实的，是空虚的。然而，对于尤家兴来讲，这种愉悦又是如此真切，如此身临其境。

戏台上的演出是打破时空的，短短一个选段，就是一生一世，就是万水千山，是整个宇宙，也是漫长无际的时光长河。对于尤家兴来讲，这一段"旅程"既漫长又短暂，他似乎与剑湫早就交融在一起了，忘记了开始，也永远不会结束。可是，他又觉得，这个过程稍纵即逝。他希望继续被剑湫推着，希望继续被剑湫包裹着，希望永远跟剑湫融合在一起，将两个人变成一个人。

尤家兴意犹未尽，他不满足。戏虽然结束了，但他没有离开戏台的意思。他看着剑湫，是的，眼前的人分明是剑湫，可是，也是梁山伯，她是剑湫和梁山伯的综合体。她是雌雄同体。这正是尤家兴需要的，他不能自拔了，眼前的剑湫是那么真实，又是那么虚幻；是那么触手可及，又是那么遥不可攀。不管了，尤家兴豁出去了，他扔下手中木偶，一把抱住剑湫。他抱住了一团滚烫的火，又像抱住一汪柔软的水，但他确信，自己抱住了剑湫，是戏台上的剑湫，是想象中的剑湫，是热气腾腾的梁山伯，是奔腾不息的梁山伯。是的，尤家兴意乱情迷了，喃喃地叫道，剑湫，剑湫。接着，又情不自禁地叫道，梁兄，梁兄。干什么？剑湫一把将他推开，很突然，很猛烈，推了他一个趔趄。他有点清醒过来了，依然站在戏台上，眼前依然站着剑湫。是生活中的剑湫，是没有化装的剑湫。剑湫冷冷地看着他，目光像一把寒光闪闪的剑，那是一道白光，尖利地刺进他的脑子。这一下，他完全清醒了。剑湫依然看着他，没有开口，但那眼神分明已经开口了，那是疑问，更是质问。可是，尤家兴无法回答，怎么开口呢？他惶恐而悲伤，不知接下来该说什么，更不知该做什么。

戏台暗了下来，世界也暗了下来。

走下戏台，剑湫已经恢复常态。脸色是冷淡的，跟平常没有任何区别。她没有再提陈列室戏台上的事，好像根本没有发生过。她依然跟尤家兴保持来往，没有比过去更热烈，也没有比过去更冷淡。

接触越多，越深入，尤家兴越是看不懂剑湫。他理解不了剑湫，或者说，无法走进她的内心，也无法靠近她的身体。剑湫的身体时而开放时而紧闭，没有任何征兆和规律。这当然有他的原因。面对剑湫的身体，他是犹豫、纠结、彷徨和举棋不定的，同时，他也感受到，剑湫的态度是不稳定的，是无法捉摸的。

5

剧团的人都认为，剑湫不会参加肖晓红和尤家兴的婚礼，毕竟和新郎有过一段说不清道不明的关系，忌讳是肯定的，尴尬也是肯定的。但是，也不能十分肯定。谁也摸不清剑湫的性格，摸不准她的行事方式，她做什么事，只看她想不想做，没有该不该做。

请柬是肖晓红送到剑湫办公室的。尤家兴没来，尤家兴也可能是"不敢"，他心虚，他内心是"怵"剑湫的。肖晓红送来请柬的同时，还有一个礼包和五百元礼金。肖晓红说，要来参加婚礼哦。剑湫接过礼包、礼金和请柬，表情平静，她对肖晓红说了一句"恭喜"，没说参加，也没说不参加。

结婚那天，剑湫准时出现在华侨饭店的婚礼现场，她跟剧团同事一样，包了两千元礼包，回礼是一百元红包和一包硬壳中华香烟。剑湫被安排在主桌，和杜文灯、梅如烟老师坐一桌。虽然是晚辈，但她是团长，完全有资格同桌，名正言顺的。

一切都很顺利，一切都很融洽。男方来的客人大多是老板，财大气粗，声音此起彼伏，是喧闹的，是热烈的，是生机勃勃的，是变化多端的。女方来的客人以剧团同事为主，都是文化人，文化人的热闹是暗流涌动的，是意味深长的，是山高水长的，是意会多于言说的。

婚礼主持人是剑湫的戏迷，没有人知道他是自作主张还是事先和尤家兴串通好,婚宴中途,他突然邀请剑湫来一段越剧,给新娘和新郎送上"特别的祝福"。

老实说,剑湫没"准备",她是来"吃喜酒的",不是来"唱戏的"。她可以拒绝,以她的性格和行事风格,拒绝是理所当然的。但剑湫是演员,演员是不会拒绝表演的,特别是在人多的场合,特别在"群情激昂"的时候,表面不动声色,内心早就蠢蠢欲动了,身上所有的肌肉都在跳跃,喷薄欲出了。不唱是不可能的。

剑湫接过主持人递过来的话筒,站了起来,大方地说,那就清唱一段吧,唱《梁山伯与祝英台》里的《楼台会》。她的话音刚落,主持人喊了一声"好",掌声迫不及待地响起来,大家也跟着叫好,跟着拼命鼓掌。掌声停息后,剑湫提了一个要求,她想邀请新娘一起唱,她唱梁山伯,新娘唱祝英台。这一次,主持人还没反应过来,带头喊"好"的是新郎尤家兴,他带头鼓掌,将新娘推上台去。新娘肖晓红虽然觉得这种场合不适合唱戏,特别是唱《楼台会》,但她是演员,唱戏是她的本能反应,特别是跟剑湫一起唱,即使尤家兴没有"推",她也会上去;即使心里不想"上",身体也会"上"。

肖晓红上台后,先对剑湫做了一个邀请动作,用了一句念白:"梁兄请。"

剑湫也弯腰做了一个邀请动作,对肖晓红说:"英台请。"

立即就进入角色了,剑湫拉开嗓子唱道:那一日,钱塘道上送你归,你说家有小九妹,长亭上面做的媒,愚兄是特地登门求亲来。

肖晓红唱道:梁兄啊,你道九妹是哪一个?就是小妹祝英台。

剑湫和肖晓红上台后,杜文灯没有去看她们。对于她们的表演,杜文灯不需要"看",她的眼睛用来盯尤家兴。当剑湫唱"那一日"的时候,尤家兴"不对劲"了,身体明显颤抖了一下,然后僵住,一动不动,好像失去了生命,怅然若失了。当剑湫唱到"久别重逢应欢喜,你因何脸上皱双眉"时,尤家兴身体随着唱词开始晃动,脸上的神情也随之变化,好像丢失的东西找到了,欣喜,却又不说出来。当剑湫唱到"纵然是无人当它是聘媒，我与你生死两相随"，尤家兴身体和脸部表情转变成了悲伤和无奈。当剑湫唱到"贤妹妹，我想你，哪日不想到夜里"时，台上的剑湫强忍泪水，台下的尤家兴却满脸红光，那红光几乎照亮他的身体，充满了力量和斗志。

自始至终，尤家兴的眼睛都围绕着剑湫，剑湫在哪里，他的眼睛就跟到哪里。他眼里没有肖晓红，肖晓红仿佛是透明的，不存在的。除了剑湫，整个世界都是不存在的。当剑湫最后唱到"我死在你家总不成"时，杜文灯发现，尤家兴眼里有一束光，一束柔和的光，似乎将剑湫笼罩起来，保护起来，不让她受任何伤害。他眼里还有另一束光，是凶狠的，是残暴的，也是贪婪的，似乎要将剑湫一口吞没。杜文灯从尤家兴的眼光看出来，剑湫是独属于尤家兴的，这事没得商量。

心惊胆战了。杜文灯知道尤家兴一直和剑湫"纠缠不清"，但她觉得只是青年男女的恋爱，是"剪不断理还乱"，是"一团乱麻"。现在看来，不是的，情况很复杂。现在，肖晓红成了尤家兴妻子，而尤家兴眼里没有妻子肖晓红，他眼里只有剑湫，只痴迷剑湫。三个人结成解不开的结，错综复杂了。这事怎么弄？杜文灯觉得没法弄。

演唱是成功的。当然，剑湫的演唱不可能不成功。选的"戏"有点小问题，跟婚礼的气氛不太协调。不过，没关系，剑湫的演唱能带领大家飞离现场，去一个熟悉又陌生的地方。确实如此，剑湫将大家带到了祝家庄，带到了祝英台的楼台。大家看到梁山伯兴冲冲来，来兑现诺言，来跟小九妹提亲，跟小九妹喜结连理。可是，哪有小九妹，只有祝英台，只有名花有主的祝英台。小九妹是个"骗局"，祝英台也将成为马文才的妻。一脚踩空了，失落了，心痛了，伤心欲绝了。这日子没法过了。楼台相会，成了诀别。祝英台想留他多坐一会儿，可是，再坐下去有什么意义？不能改变现实的逗留就是折磨，就是摧残，叫人肝肠寸断，叫人生无可恋。走了。

谁的人生没有经历过波折？谁的人生没有经受过挫折？谁的人生没有被爱情拥抱又被抛弃？谁的人生不是起起伏伏？剑湫的演唱唤醒了沉

睡在大家心底的感情,"百般滋味涌上心头"了,剑湫演唱的不仅仅是梁山伯,也不仅仅是她自己,而是所有听她演唱的人,她把所有人"带进去"了,触动了所有人的感情。这是剑湫了不起的地方。难怪她有那么大名气,难怪她有那么多戏迷,难怪她能得奖,难怪她能当上团长。她站在台上,就是主宰。她将舞台变成所有观众的舞台,所有观众成了主角。这是她的厉害之处。唱什么内容不重要,是不是悲剧也不重要,甚至连肖晓红和尤家兴的婚礼也不重要。剑湫这么一演唱,喧宾夺主了,不合适了。

有一点是可以肯定的,有了剑湫的演唱,肖晓红和尤家兴的婚礼变得"与众不同"了,艺术含量高了,内涵丰富了,给所有参加婚礼的来宾以艺术享受和情感冲击,那么,这就是一次成功的婚礼。不虚此行了。

没人会在意剑湫演唱的是悲剧,没人会注意尤家兴身体和精神的变化。

杜文灯注意到了,梅如烟也注意到了。她们互相对视一眼,没有说话,心照不宣。情况不妙,很不妙,她们也遇到过类似的事。那时候,她们刚刚成为信河街剧团的台柱子,刚刚"红"起来。她们是剧团"双姝",是冉冉上升的明星。也就在那个时候,她们同时喜欢上一个男人,是文化局一个处长。那时候的"喜欢"是不及物的,所谓"在一起",顶多去瓯江边散个步,再就是去大众电影院看一场电影。那个人约杜文灯看电影,又约梅如烟去瓯江边散步。这就是大事件了,就是脚踩两只船,就是花心,就是陈世美。要死啦,不可原谅的。

杜文灯和梅如烟谁也没有开口提这件事,不能说的。她们的表达方式在舞台上,通过戏中人将想说的内容表达出来。她们做得到,也只有她们才能领会。在演出《梁山伯与祝英台》中《山伯临终》一场戏时,杜文灯在舞台上悲凉地唱道:

生前不能夫妻配,
死后也要成双对。

在后台候场的梅如烟一听，泪流满面了。她听懂了，杜文灯这个时候是梁山伯，也是杜文灯，这句话是唱给梁山伯的，是唱给梁山伯爹娘的，是唱给祝英台的，更是唱给她梅如烟的。她突然有种奇怪的感觉，这种感觉突如其来，暖暖的，凉凉的，有点刺，有点痒，既迅猛，又舒缓。她不由自主打了个颤抖，是个很大很大的颤抖，随之，全身一阵麻痹，一屁股跌坐在地上。

从那之后，梅如烟再没有跟那个男人去散步。她发现杜文灯也是，她们不约而同地、委婉而坚决地拒绝了那个男人。

梅如烟和杜文灯没有任何口头上的约定，没有。在那之后，她们还是似友似敌的关系，还是你追我赶的关系，有时几乎水火不容，就差势不两立了。但她们从来没有发生过正面"冲突"，无论是语言，还是肢体，从来没有。梅如烟既害怕又享受，她想杜文灯也是如此。这种害怕与享受，成了她们之间的纽带，成了她们之间的默契，成了她们之间特殊的关系，一种既疏离又胶着的关系。她们谁也不需要谁，可谁也离不开谁。

后来，她们各自成立家庭，都老大不小了，没有家庭就是孤魂野鬼，去不了"封神台"的。特别是对于她们这样身份的女人来说，没有家庭会滋生出无穷是非，滋生出无尽的闲言碎语。

那就嫁了吧。

是梅如烟先成立家庭的，她没有选择追求她的人，没有选择与戏曲有关的人，而是嫁给一个政府机关办事员，一个从来不看戏也不知道她名字的人。紧随她之后，杜文灯也成立了家庭，没有嫁给众多追求者，她嫁给了一个军官。结婚前跟军官约法三章：她不随军，她是演员，根在信河街，在信河街的舞台上。

梅如烟觉得，她的家庭生活是幸福的，甚至是美满的。至少在外人看来如此。她从来没有对家庭表示过不满，当然，也没有表示过赞美。她从不对外谈论家庭，她发现杜文灯也是。外人从她们的穿衣打扮、语言神态、对生活的态度可以看出来，她们的家庭生活是和谐的，是安然无恙的。这就好，有什么比"安然无恙"更值得珍惜？但是，有谁知道她们内心的苦楚和失落？她和杜文灯都没有子女，不知道杜文灯怎么想，她是不想有。她从来没想过用身体生育出子女，她不能接受跟一个男人共同生育子女，那是不可想象的。她的子女在戏里，在舞台上，在塑造的角色中，那些角色既是她自己，也是她生育的子女，是独属于她的。在机关办事员委婉而坚韧的劝说下，梅如烟去医院做过妇科检查，没有查出不能生育的"问题"，这不是她的"问题"，至少不是"生理问题"。机关办事员也没问题。梅如烟清楚，"问题"在她这里，在"心理"上，如果她不主动"化解"，是没办法解决的。杜文灯和军官的婚姻维持了十二年，最终还是"友好而平静"地"解体"了。军官想让杜文灯去部队，在部队也可以唱戏，部队也有舞台，舞台更大，空间也更大，为什么非要留在信河街？杜文灯不走，她对军官说，我们有约在先的，你不能逼我离开信河街。十二年后，军官选择了"放手"，从那之后，杜文灯就"一个人过"了。梅如烟有时很想去找杜文灯说说话，她有许多话要跟杜文灯说，可以在办公室，可以去她家，或者来自己家，还可以去茶馆。可是，无论这个念头多么强烈，她都没有付诸行动。她不知道杜文灯是不是也是如此，杜文灯比她沉默、严厉。她知道，杜文灯是不会主动来找自己的。

只有梅如烟知道，她的家庭生活并不和谐，更谈不上美满。她不关心自己的丈夫，一点也不关心。她不愿意跟他做爱，不能接受，不愿意接受。她对丈夫说，你去外面找个女人吧。说出这句话后，她显得很轻松，甚至有无耻的感觉，好像从此之后再无义务，"两讫"了。她想过跟丈夫离婚，她对他说，这样过下去，你痛苦，我也不快乐。他想也不想说，不，我不会跟你离婚的，这辈子都不可能。

她的家庭只是表面看起来和谐、美满而已，在这一点上，她羡慕杜文灯。杜文灯做事比她坚决，比她干脆，从来不拖泥带水。但是，有一点她是知道的，无论是她，还是杜文灯，她们的人生都不完美，她们不会拥有世俗的幸福。她们的完美和幸福在舞台上,她们确实找到并享受了,不配再享有世俗的欢乐。

从自己和杜文灯的人生,梅如烟看到了肖晓红和剑湫的人生。肖晓红和剑湫的人生肯定和她们不同,选择空间更大。但有一点可以肯定,她们的感情生活和婚姻生活注定不会平静,也不会完满和幸福,她们的完满和幸福在"彼岸"。梅如烟相信,尤家兴在婚礼现场的表现,肖晓红也是"看到的",她不知道肖晓红怎么想,更不知道肖晓红接下来会怎么做。这可能就是代沟,是差距,是她这一代人和肖晓红这代人的差别。同是演员,扮演的是同一个人物,差别却是那么明显,那么巨大,她们有她们表达感情和对待感情的方式,外人是无法理解的。

6

对于肖晓红来说,和尤家兴结婚的念头是骤然而至的,她从来没想过要嫁给尤家兴,从来没有。这是不可能的,尤家兴不是她的"菜"。肖晓红不能确定自己想要什么样的"菜",但肯定不是尤家兴。她要的巍峨,要的不可一世,要的汹涌澎湃,要的气吞山河,要的酣畅淋漓,尤家兴身上都没有。尤家兴身上有犹豫,有徘徊,有辗转反侧,有当机立断,也有运筹帷幄,这些都不是她想要的,她从来没想过跟尤家兴"在一起"。不过,她也在心里问自己:为什么不能嫁给尤家兴?谁规定自己不能嫁给尤家兴?没有嘛,她是自由的,跟谁结婚是她的事。肖晓红没想明白的是,当时在陈列室的戏台上,自己为什么要那么做?为什么会那么做?肖晓红到现在还是恍惚的,演完《十八相送》之后,她应该离开戏台。演出结束了,她不是祝英台了,她是肖晓红。可是,她又返回了戏台,她不是以肖晓红的身份回去的,是祝英台;尤家兴也不是尤家兴,是梁山伯。可是,肖晓红似乎又是清醒的,她知道自己另一个身份是肖晓红，或者说，她这么做时，两个身份是混淆在一起的；而尤家兴也不是单纯的尤家兴，他和梁山伯合二为一了。她可以对天发誓，此事没有"预谋"，她去找尤家兴，要在陈列室里演戏，可能是事先想好的，或许，她曾经想过在戏台上与尤家兴建立某种关系，但那只是一种试探，一次放飞，是艺术的，是形而上的。在戏台之下，她从没动过嫁给尤家兴的念头，她从没想过成为"尤总的夫人"，那是不可想象的。

真正的问题是，完成结婚仪式后，她将如何面对尤家兴？如何"生活"？肖晓红茫然了，悚然了。结婚之前，她的所作所为，带有表演性质，她找到了舞台上的感觉，有创造的快乐，既写实又夸张，很爽。特别是在婚礼现场，她和剑湫演唱的那一场《楼台会》，剑湫的每一句唱词都是别有深意的，都是饱含深情的。她当然感受到了。她从那种深情里得到了力量，得到了进入另一个通道的动力。她既热烈又冷静，既充实又虚无，落地生根却又飘荡无依；她是新娘肖晓红，又是新郎尤家兴；既是旦角肖晓红，又是生角剑湫；既是祝英台，又是梁山伯，似乎什么都是，又似乎什么都不是。她感觉身上有一种摧枯拉朽的力量，有一种一往无前的勇敢，她觉得自己长出了三头六臂，翻江倒海，上天入地，不就是演个私奔的祝英台吗？没问题，放马过来便是。那一刻，肖晓红觉得自己是无所不能的，祝英台也是无所不能的，整个天下都是自己的。

搬进尤家兴的别墅后，肖晓红发现他们有一个巨大的卧室，有巨大的卫生间和换衣间，还有一张大床。肖晓红从来没见过这么大的床，哪里是床？分明是一个舞台。她要和尤家兴睡在这个舞台上，没有任何退避机会了，身体接触回避不了了。可是，她不知道如何与尤家兴"短兵相接"，也不想。她想象的人不是尤家兴，不能接受尤家兴。这个问题有点大了。

让肖晓红稍稍心安的是，尤家兴没有"碰"她。她裹一床被子，尤家兴也裹一床被子，各睡各的，相安无事。这就太好了。

肖晓红心里还是不踏实，太匆忙了，从戏台上的"演出"到举办婚礼，只用三天，好像她赶着上前线，一切都是急吼吼的。婚礼本身也像一场战争，一场轰然而至的战争。双方情绪还没到位，还在酝酿，还在发酵，还在犹豫，还在试探，战争"打响"了，很快进入"阵地战"。仪式完成了，轰轰烈烈的场面已经结束，接下来就是"赤膊上阵""拼刺刀"了。尤家兴暂时没"动静"，谁能保证他一直"按兵不动"？他有理由的，他是丈夫，"动"自己的妻子天经地义。肖晓红想，那就惨了，怎么对付？她能拒绝尤家兴吗？拒绝有用吗？尤家兴会不会使用"武力"？会不会"乱来"？会不会"来硬的"？肖晓红每晚提心吊胆，尽量把身体缩起来。她基本功练得扎实，身体柔软性好，身体的优势这时体现出来了，躺在床上，侧身而卧，面朝里边，手臂抱住双膝，几乎缩成一个圆圈。这个圆圈像一座"城堡"，让她找到一点安全感。但是，这种安全感是那么脆弱，肖晓红怀疑，只要尤家兴的手指头轻轻一碰，她苦心建造起来的"城堡"便会轰然坍塌，场面便会"失控"，"城池"必然失守。她像一个孤军奋战的将军，面对围攻已久的敌军，虚弱而坚硬地死守在城墙之上，做出奋力一搏的姿势。她明白，只是虚张声势，只是一个仪式，只要"敌军"发起进攻，城墙便应声而倒。她的防守形同虚设。

在忐忑之中，肖晓红并没有等来想象中的"惨烈"战争，没有，尤家兴"风平浪静"，他只是和肖晓红睡在一张大床上，肖晓红在左，他在右，只是两军对垒，并不"进犯"。肖晓红没有掉以轻心，她不敢脱了衣服睡觉，相反，她从剧团带回了演出打底服，白色、紧身那种，每晚临睡前，她将演出打底服穿在睡衣里面，将身体裹得密不透风，裹得自己也无从下手。她保持高度戒备，时刻警惕，提防尤家兴"突然袭击"。

一个月过去了，两个月过去了，尤家兴依然按兵不动。第三个月，尤家兴突然不见了。肖晓红夜里左等右等，不见尤家兴踪影。肖晓红产生了微妙心理，居然期望尤家兴出现。当然不是期望尤家兴的身体，她期望的是作为"符号"的尤家兴，他是她的丈夫，是"睡在同一张床上的人"。肖晓红差不多已经习惯了尤家兴作为"符号"的存在，她接受了这种存在。当尤家兴凭空"消失"之后，肖晓红有一种失落感，有一种被人抛弃的感觉。这种感觉很不好，让她产生了怀疑。是的，她不自信了，对自己的"魅力"不自信，对自己的吸引力不自信，对自己作为一个女人产生了动摇，最主要的是，对自己作为一个旦角演员产生了动摇。这一点是致命的。可以毫不夸张地说，判断一个演员好与差，自信心是一个重要标准，甚至是最重要的标准。一个好演员，首先是自信的，自信相当于演员的骨架，只有骨架立起来，演员才能在舞台上站得住，才能表现出独特的气质，才能拥有自己的气场，才能吸引戏迷。从这个角度说，自信不仅仅是一个演员的骨架，还是灵魂，是演员能够飞翔起来的重要依据。肖晓红发生"危机"了，作为"丈夫"的尤家兴不翼而飞了，没有任何商量，没有任何预兆。那只能说明一个问题，作为"妻子"的肖晓红的失败，也是作为"名角"的肖晓红的失败。无论是作为"妻子"还是"名角"，都没有对"丈夫"尤家兴构成吸引力，成了可有可无的"摆设"，虽然同床而眠，他却无视她的存在，这个打击是摧毁性的。肖晓红不能不对自己产生怀疑。

一个星期后，尤家兴出其不意地回来了。他那晚回到卧室时，肖晓红正在换衣间里穿演出打底服，即使尤家兴不在家，她也没有放松防护。她知道，最安全的时候，可能是最危险的时候。可不是，尤家兴破门而入了。当她看见穿衣镜里突然多出一个尤家兴时，双脚一阵乱踩，好像地上有一只飞蹿的蟑螂，她双手捂住胸脯，喉咙发出玻璃破裂的声音。

尤家兴没有进换衣间，他的眼睛直直盯着肖晓红，好像不认识她似的，又好像见到久别的亲人。他的目光突然迷离起来，似乎一直看着肖晓红，又似乎眼里什么也没有。

那天晚上，肖晓红睡得极不踏实，刚要入眠，便觉有双手摸到她身上来，双脚一蹬，立即醒来。醒来之后，不敢转身看尤家兴，只能竖着耳朵听，她似乎听见尤家兴的呼吸声，又似乎没有。

真是心力交瘁的一夜，虽然有惊无险，对于肖晓红来说，她和"城堡"外的敌军进行了无数次殊死搏斗。她是演员，"感受"比一般人灵敏：这一夜，尤家兴跟以前是不一样的，他的身体没有动，甚至连呼吸也似乎停止了，但肖晓红"感受"到尤家兴在动，他的心在动，气息在动,汹涌澎湃地动。可他的身体依然静止,依然保持"沉默"。这就可怕了,这是蓄势待发,这是等待时机。完蛋了,最后的"总攻"终于要来了。肖晓红心惊胆战,她害怕那个时刻的到来,对于她来说,那就是毁灭。同时,她又怀有一丝厚颜无耻的期待,在某一刹那,甚至到了迫不及待的程度。她觉得那一刻就是"燃烧",对她来说,既害怕燃烧成灰烬,又期盼烧成青烟之后的轻松。她就在这两难的选择中熬过了一夜,浑身酸痛,筋疲力尽。

接下来的那个晚上,尤家兴又消失了,他没有回到床上来。这一次,肖晓红很肯定,尤家兴很快会"去而复返",而且,尤家兴再也不会犹豫了,他要"出手"了。肖晓红觉得真正的"死期"到了,没得救了。

她想到过逃跑,逃回剧团,逃回单身宿舍。念头闪了一下,消失了。她不想逃。她不喜欢即将到来的那个时刻,也不能接受,可是,她居然做好面对的准备。这是为什么?她想不通。没人会阻拦她逃跑,只要她想离开,没人拦得住,但她没有离开。

那个白天,肖晓红记不得在剧团做了什么事,好像和剑湫开了会,也好像去排练厅参加了排练,又好像什么事也没有做。

到了晚上,她在剧团食堂吃了晚餐。回到家后,第一件事就是洗澡,然后将演出打底服裹在身上,她预感今天跟以往任何一天都不同,特意比平时多穿了一件。

尤家兴跟平时回来的时间差不多,不同的是,手里多了一个包袱,他直接进了换衣间,将包袱放在化妆台上。肖晓红看清楚了,是演出的化妆用具和化妆品,还有就是戏服。她诧异地看了尤家兴一眼,不知他葫芦里卖什么药。尤家兴对她微微笑了一下,肖晓红觉得他的微笑很诡异,似乎在掩饰什么,似乎怀有巨大阴谋。被他这么一笑,卧室里的气氛突然变得柔软和浑浊,变得暧昧和可疑,空间似乎被扩大了,变得虚无缥缈起来。尤家兴用手指着打开的包袱,命令肖晓红:

"你,化妆。"

肖晓红心里想,难道要在这里演戏?身体却像听了指令,坐到了化妆镜前。这一切太熟悉了,她入行十几年,几乎每天都要化妆,只要坐到化妆镜前,所有动作成了自然反应:第一个大步骤是头部和面部。她先用发带将头发向后拢起来、往脸上涂凡士林底油、拍面部底色、拍腮红、敷定妆粉、刷桃红、画眼圈和眉毛、抹口红、涂脖子和双手。第二个大步骤还是头部和面部。先是贴片子,从眉心中上方开始贴,然后一左一右地贴。接下来是勒头。勒头很关键,从某种意义讲,勒头是戏曲演员化妆中最关键的一步,演员状态好不好,演得出不出彩,跟勒头有很大关系。勒头就是用物理手段让演员进入半眩晕状态,进入似人非人状态,进入如梦如幻状态,通过勒头,将现实和虚拟打通。勒头还有一个作用,可以将演员的眼角拉上去,行话叫吊眉,使演员的眼睛更加有神,更加勾魂摄魄。再接着是戴头面和压鬓花。旦角有旦角的头饰,耳挖子是少不了的,顶花也是少不了的,具体头饰根据戏中人物而定:林黛玉有林黛玉的头饰,那是官宦人家的小姐;祝英台有祝英台的头饰,她是财主家的女儿。出身不同,身份不同,头饰上的区别,外行人是看不出来的。第三个大步骤是穿戏服。这就简单了,肖晓红已经穿好了打底服,等于做好前期功课,只要穿上彩裤,系上裙子,戴上护领,披上霞帔,套上彩鞋。行了,生活中的肖晓红变成了舞台上的祝英台。肖晓红看了一眼镜子里的自己,轻移莲步,出了换衣间,轻轻一跃,跳到床上,开口唱道:

问梁兄,今朝别后何日来?

不一样了,突然就不一样了。也算不上突然,尤家兴的不一样是从肖晓红化妆开始的,从头发开始,到脸,到脖子,到最后穿上戏服,肖晓红不见了,他见到的是祝英台。他也在变,从头发、脸、脖子,最后到全身,不是尤家兴了。他看着祝英台跳上了舞台,不对,舞台上不只是祝英台,还有梁山伯。对,祝英台一分为二,化出了梁山伯,他们一起在舞台上演唱《梁山伯与祝英台》中的《送兄》。或者,舞台上的梁山伯不是祝英台幻化出来的，而是他，他就是梁山伯，正和祝英台对唱。

《送兄》唱完了，梁山伯要离开祝家庄，回他的会稽胡桥镇。梁山伯没有回，也没有走下舞台。尤家兴也是，他突然扑向祝英台，一把将她摁倒。

当尤家兴将她摁倒在床上时，肖晓红的内心是挣扎的：拒绝还是接受？其实也算不上挣扎，只是一个念头闪动而已，她很快就放弃了拒绝的念头。当尤家兴的手伸进她身体时，因为练功服裹得太紧，尤家兴的手显得毫无头绪。她想坐起来，将戏服和练功服脱了，尤家兴急忙按住她说：

"不不不。"

尤家兴让她一动不动地躺着，替她重新插好头上撞歪的凤钗，理正被压皱的霞帔。肖晓红想脱去彩鞋，也被他制止了。尤家兴喃喃而坚定地说：

"就这样，对，就这样。"

他将戏服整理得纹丝不乱，然后，钻进去，进入她的身体。

肖晓红没做任何抵抗。事情的发展完全出乎她的想象。这么长时间来，她一个人排兵布阵，一个人抵御千军万马，一个人坚守孤城，最后，尤家兴却是以这种方式进入她的"城池"。她意外又茫然，仿佛还在舞台上，仿佛她依然是祝英台。可她知道，这一刻，她不是祝英台了，趴在她身上的人不是梁山伯，而是尤家兴。她不敢睁开眼睛，她想象还在舞台上，想象自己还是祝英台，想象进入她身体的人是梁山伯。没问题，想象是演员的基本功。她确实做到了，她就是祝英台，对方就是梁山伯。这就对了，这是情之所至，这是水到渠成，这是两情相悦，这是鱼水之欢。这么想后，她放松了。面对梁山伯，她不需要紧张，更不需要僵硬。她只需要放开，只需要温柔，只需要接受，只需要迎合。是的，她打开了自己，梁山伯长驱直入了，找到了归宿，成了城堡里的王，对她发号施令，又对她俯首称臣；对她残暴鞭挞，又对她奉若异珍；对她风狂雨骤，又对她春光明媚。

一切都是陌生的，却又是那么熟悉。一切都未曾经历，却已过万水千山。这是漫长的旅程，又是转瞬即逝的历程。这是一场惨烈悲壮的战争，又是一场把酒言欢的宴席，异峰突起，峰回路转，飞瀑万丈，溪水缓流。

开始了。结束了。那么粗暴，那么温柔。那么难堪，那么美妙。一切都不同了，一切似乎依旧。

整个过程结束后，肖晓红才从想象中清醒过来，才睁开眼睛。难受，太难受了。她的身体一动没动，似乎不会动了，失去了知觉。不是的，只是不会动而已，她的知觉比任何时候都灵敏，比任何时候都清晰。她依然穿着戏服，她觉得再也不会脱掉戏服了，不能，也不敢。她感觉到，戏服里面的身体已不属于自己，那是一具千疮百孔的躯体，是一具毫无美感可言的躯体。不完整了。不完美了。她感觉到被撕裂的疼，不是身体，而是精神。她感到恶心，想呕吐。可她的身体没有反应，只是精神上的恶心。她厌恶自己的身体，包括精神。想哭，却没有眼泪。她不能接受自己这时流出眼泪。

躺在右边的尤家兴已经睡着了，发出远在天边却近在咫尺的鼻息，沉着，均匀，心满意足，志得意满。肖晓红睡意全无，她错了，大错特错，她原以为可以借戏服和对戏中人物的想象转移感受，她想"移花接木"，想"狸猫换太子"。太想当然了，这种伤害是双倍的：一种是身体上的伤害，当祝英台离开她的身体时，她"回归"成了肖晓红，但她已经不是肖晓红了，与此前不同了，破损了，不洁了，一去不返，无法修复；最大的伤害还是精神上，她感到深深的羞辱，觉得自己一文不值，她被尤家兴"那个"了，尤家兴却认为"那个"的是舞台上的祝英台。必定是如此的，否则，尤家兴不会让她穿着旦角的戏服，不会将戏服整理得那么平整。最主要的是，尤家兴在"最后时刻"的喊叫，他"喊叫"了一个人的名字，不是肖晓红，不是剑湫，而是"英台"。多么大的羞辱啊，她不仅作践了自己的身体和灵魂，也无法面对舞台上的祝英台。她"出卖"了祝英台，"玷污"了祝英台，有何颜面再饰演祝英台？

不配。

7

剑湫惊奇地发现，仿佛一夜之间，肖晓红扮演的祝英台，与以前不同了。祝英台显得纠结，显得迷离，同时，又决绝，又孤注一掷。这就对了，这就是表演，这就是艺术，这就是剑湫心目中新版的祝英台。这是不一样的祝英台，一个既传统又现代的祝英台。剑湫疑惑的是，肖晓红是怎么做到的？她"开窍"了？这种"开窍"与她的婚姻有关？与尤家兴有关？那么，尤家兴到底用什么"魔法"让她"开窍"？

只有肖晓红知道，她为什么会有这种状态，那不是舞台上的祝英台，不是戏中的祝英台，而是现实中的自己。她在演绎自己。

没想到，人生会走到这一步。更没想到，和尤家兴会把这种方式维持下来。她无法接受，却欲罢不能。

第一次后，她觉得此生再也不会有第二次了。那种懊恼、耻辱和羞愧，几乎将她身体撕成碎片，可以听见每块肌肉被撕裂的嘶嘶声，那不是疼的声音，而是羞辱的声音，是咒骂的声音。可是，到了第二天晚上，尤家兴还没有将戏服递过来，她已经坐到化妆镜前。每一次结束后，那种被撕裂的嘶嘶声总是加倍地响起来，那种懊恼和羞辱感也在成倍增加。到了第三天，她发现，身体的渴望也在成倍增长。有几次，尤家兴故意迟点回家，而她居然迫不及待了，她骂自己：

"你是个贱货。"

她停不下来，身体不允许她停下来，她的身体在蠕动，每一块肌肉都在蠕动。没错，无论是身体还是精神都像在溃烂，无法制止。肖晓红也不想制止，她觉得自己处于癫狂状态，渴望被燃烧，渴望一次次化为灰烬。也只有成为一缕青烟时，她的身体和精神才能得到短暂的安宁，才能进入短暂的睡眠。

溃烂继续在恶化。一段时间后，尤家兴让肖晓红化妆成生角。尤家兴做得小心翼翼而又理直气壮。肖晓红知道他要干什么，更知道他为什么这么做。肖晓红没有拒绝。她以为会拒绝。应该拒绝。必须拒绝。可她没有，反而没头没脑地兴奋，手足无措地激动，浑身在颤抖，几乎要哭出声来。

当尤家兴进入身体时，她终于哭出声来了。她知道，那是宣泄的哭声，也是快乐的哭声。终于把身体放空了。

当一切结束后，那种隐藏在身体里的耻辱感涌上来了，像潮水一样涌上来，无边无际，无休无止，一下子将她吞没。这个时候，肖晓红想到了死，像梁山伯与祝英台一样，以死来结束，也以死来重生，但心里立即冒出一个声音：

"你能获得重生吗？你配吗？"

这当然是个问题。梁山伯和祝英台是为了爱情，为了自由，为了挣脱封建婚姻制度的枷锁，他们的死是"正义的"，是"有意义的"，是"崇高的"，是让人同情和惋惜的。而自己的死，只是为了挣脱耻辱，为了摆脱不堪的生活，没有任何"光彩"可言，怎么可能重生？怎么可能化蝶？自己会像臭虫一样死去，没有任何意义。

她没有问过尤家兴为什么愿意和自己结婚，她想，尤家兴必定有他的目的和理由，他不说，也不需要问。肖晓红倒是问过自己，老实说，她没想明白为什么，好像有无数个理由，好像所有理由都不成立。

她设想过和尤家兴婚后的各种可能性，唯独没想到，尤家兴会以这种方式和她相处。这种方式未必是尤家兴事先设计的，但肯定是他内心的某种反映，是他生理和心理的某种呈现。她能感觉到，尤家兴在羞辱她的同时，也羞辱了他自己。他不快乐，或者说，他的快乐是扭曲的，是变形的，像烟花刹那间的绚烂，然后就是死一样的黑暗和寂静。肖晓红能够感觉到，这种羞辱感在他心里不断加强，而他在现实生活中，却无法停止下来，只能用更加强化的方式覆盖不断涌上来的羞辱感。他没退路了。

那么，自己还有退路吗？谢天谢地，剑湫给她排了新戏，她将舞台当成了退路，将所有屈辱感释放在舞台上，释放在祝英台身上。已经不是以前的肖晓红了，也不是以前的祝英台了。这个祝英台是"非常态的"，是矛盾的，是混沌的，是纠结而决绝的，是半人半魔的。

这倒是符合了剑湫的口味，所以，肖晓红进入"状态"后，排练进行得很顺利，剑湫想到的地方，肖晓红都表达到位了，更主要的是，肖晓红的表演给了剑湫一连串意外。她势不可当了，不管不顾却又另辟蹊径，无法无天却又合情合理。她找到了一条独属于自己的通道，她拥有独属于自己的表演方式，她的表演既大刀阔斧又精雕细刻，既完美又残缺。剑湫知道那是一个演员梦寐以求的境界，肖晓红涅槃了，脱胎换骨了，羽化成仙了，她达到了"我就是戏，戏就是我"的境界。她抛弃了自己，也找到了自己。肖晓红感觉到剑湫的惊讶，以前在舞台上，都是剑湫带领她往前推进的，这次不一样了，很多时候，是她推动剑湫朝前走，是她主导着舞台。感觉很好，爽极了，她主宰了舞台。可是，她知道，舞台上每进一步，她的生活就往下深陷一层。她知道两者的关系，也知道最后的结局，可她无法阻止两者"各奔前程"，或者说，她想阻止，却无能为力。

不管了，燃烧吧。

《私奔》的正式演出是那年农历冬至晚上，日期是剑湫定的。老实说，剑湫不担心能来多少观众，她有一大批老戏迷捧场。但这次不同，她想要的不是老戏迷，而是年轻观众。剑湫还是扮演梁山伯，还是主角。然而，她清楚，这一次的主角不是她，不是梁山伯。在新编的剧本里，梁山伯的形象有很大改变，他依然被动，依然深情，依然书生意气，依然憨态可掬，但他的软弱里有了坚强，他的犹豫里有了坚定。他不再寻死觅活了，在祝英台的鼓励下，在爱情的召唤下，他不再逃避，不再寄希望于"死后也要成双对"；他不再哀叹，他选择与祝英台共同面对，共同奔赴不可知的未来。可以这么说，他和祝英台选择了爱情，为爱情而生，为爱情而活；为爱情，不惜与家庭决裂；为爱情，敢于跟整个社会对抗。梁山伯这种变化是了不起的，是石破天惊的。更主要的是，梁山伯这种变化体现了现代性，呼应了当下年轻人的价值观和世界观。这正是剑湫改编剧本的要旨所在，她要让年轻的观众有共鸣，要打动年轻观众的心，激励他们面对和追寻美好生活。她是这么改编的，也是这么演的。剑湫觉得自己做到了，她和梁山伯都做到了。

这次演出，也是一次试探，剑湫想看一看，到底能吸引多少年轻观众进剧场。剑湫有信心，只要年轻观众进入剧场，只要看完她和肖晓红的《私奔》，他们不会失望的。她会让他们喜欢上越剧的。

演出开始前，剑湫看见杜文灯和梅如烟来了，文化局领导来了，尤家兴来了，剧团编剧也来了。剑湫知道，他们是来捧场的，也是来评判的，评判《私奔》的成败，也评判剑湫这个团长的能力。剑湫还注意到，剧场所有座位都满了，遗憾的是，年轻的观众不多。剑湫想，这可能就是现实，是大环境，是戏曲目前的境遇。话也说回来，这可能正是她存在和当这个团长的价值，更是她改编、排练、演出新戏的意义。

音乐响起来了，剧场暗下去，舞台亮起来。

第一场是《思读》，是肖晓红的戏，是祝英台的戏，也可以说是肖晓红和祝英台的戏。肖晓红的表演很有层次感。刚上台时，祝英台的状态是收敛的，是正常的，其实已经不正常了，一个正常的妙龄女子，怎么可能想外出读书？这是不现实的，是痴心妄想，"想多了"。她居然郑重其事地请求爹爹，让她带着丫鬟银心去读书。只有"非正常"的人才会有这样的念头，才会有这样的行为。祝员外是正常的，他不同意，毅然决然地不同意。他不可能同意。遭到拒绝的祝英台，开始"走极端"了，性格的另一面体现出来了，执拗了，钻牛角尖了，也就是说，她下定决心想做的事，谁也拦不住。向爹爹请求，是礼数，是程序，也是信号，同意不同意，不重要了，阻止不了。她要"离家出走"，非走不可。祝英台将自己的想法告诉银心，小丫鬟吓坏了，这一步跨出去，算是犯了天条了。但是，银心是理解小姐的，她知道小姐是个什么样的人，小姐下定的决心，想做的事，是不怕犯天条的。最主要的是，银心的心也飞出去了,她想去杭州逛西湖,长这么大,她的脚还没有迈出过祝家庄呢。祝英台当然知道跨出这一步意味着什么,那就是决裂,就是一刀两断,她不再是祝家庄的小姐了,她成了祝英台,独属于自己的祝英台,前途渺茫的祝英台,更是前途艰难的祝英台。但她不管,她要出去,要离开祝家庄,离开这个生她养她却令她窒息的地方。她要飞,要自由自在地飞。不管了,女扮男装,趁着夜色,偷偷逃离祝家庄。

剑湫站在后台,她一边看着肖晓红的表演,一边在想,如果让自己来演祝英台,会怎么演?剑湫想象不出来,可以这么说,她想象不出比肖晓红更清醒更癫狂的表演。肖晓红的表演很到位,她将祝英台的新和旧融合在一起,这个祝英台是饱满的,是新颖的,既是旧小姐,又是新女性;既保守,又开放;既让人提心吊胆,又让人充满希望。

当祝英台和丫鬟银心女扮男装逃出祝家庄时,剑湫发现,自己的心也跟随她们出发了。她开始为祝英台未来的命运担忧了。

演出很成功,也可以说争议很大。这正是剑湫想要的,她要的就是这个效果。赞美和批评都没有超出她的预想,还是传统和创新之争,还是悲剧与喜剧之辩。她看到杜文灯和梅如烟鼓掌了,文化局领导鼓掌了,剧团编剧也鼓掌了。尤家兴没有鼓掌,他显得失魂落魄,显得无所适从。剑湫带领演员出去谢幕时,发现尤家兴的座位空了。

剑湫觉得肖晓红的表演超过了自己,也超过自己对她的期待和想象。这是肖晓红第一次在表演上超过自己,她为肖晓红高兴,同时又心有不甘。她失落了。她不能接受有人在表演上超过自己,哪怕只有一次也不行。她的心情是复杂的。

从剑湫的角度看,肖晓红好就好在全力以赴,好就好在浑然不顾,好就好在如痴如醉,好就好在如癫如狂,豁出去了。同时,肖晓红扮演的祝英台又是冷静的,坚定的。虽然也犹豫,也彷徨,可她最终是决绝的,是义无反顾的。特别是"私奔"那一场,是重中之重,是改编后的"灵魂"。那是专门为肖晓红改编的,无论是唱词还是唱腔,特别是她最拿手的低音部,她在低徊盘旋中坚决推进,从容不迫,同时,不容置疑。

她的声音浓烈中蕴藏着幽香,沁人心脾,让人陶醉,更让人心碎。那场几乎是祝英台的独角戏,梁山伯只是最后才出场。肖晓红在舞台上,剑湫在候台,她的眼睛一刻也没有离开肖晓红,不,不只是肖晓红,也是祝英台,她们合二为一了。剑湫看着她从祝家庄一路飞奔而来,向约定的胡桥镇桥头奔来。她是那么孤单,好似世间只剩下她一个人。她的孤单还在于,离开了祝家庄,便是众叛亲离,人间再无容身之地了。但是,她毫无退缩之意,奔走得那么坚决,好像与山川万物融化在一起了。是的,包括她的演唱,悲伤而又喜悦,忐忑而又坚定,既有不舍却又决绝。她的低音发挥得极其出色,缠绵悱恻,意味深长,山深海阔,鸟语花香。她是那么投入,那么专注,那么行色匆匆,那么独自彷徨。剑湫心疼,她不能让肖晓红独自承受那么大的孤单,不能让祝英台一个人背负那么重的负担。这个时候,必须和祝英台站在一起,承担这份两个人的"约定"。但她不能,这是肖晓红的戏,是祝英台的戏,必须由她一个人承担,必须由她一个人面对。剑湫的心疼正在这里,她眼睁睁看着肖晓红在尘世上奔走和挣扎,明知祝英台需要她,她也确有此心,可是,不行,这时的舞台属于肖晓红,属于祝英台,她必须一个人承担下来,必须一个人面对整个世界。

这哪里是喜剧?还有比此刻更悲壮的祝英台吗?还有比此刻更悲伤的梁山伯吗?不可能的。剑湫没有注意和观察舞台下观众的反应,她哪里有时间?哪里有心情?她的心被舞台上的祝英台紧紧牵引着,她的魂魄都在舞台上,舞台就是整个世界。世界充满了哀伤,可是,又充满希望。她在等待祝英台的到来。她相信,祝英台此刻也是同样心情,无论有多么悲痛和哀伤,她必定是满怀希望的,对前方抱有坚定的信念,也对即将到来的人生无比自信。这个信心显得那么一意孤行。

剑湫站在幕后,此刻的她,早已泪流满面。同时,她又满怀期待,看着肖晓红向自己奔来,看着祝英台向自己奔来。她早早张开双臂,敞开怀抱,她在等待,既在等待即将的到来,也在准备,随时准备冲向共同的未来。锣鼓声终于响起来,该上台了,她像一头蓄势待发的狮子,沉稳而又疾速地冲上去，一把将长途奔波的祝英台抱在怀里，紧紧地抱在怀里，融化进身体里。

8

肖晓红当然知道自己演得好，她塑造了一个新的祝英台，一个神魂颠倒的祝英台，一个不顾一切的祝英台。她让这个祝英台在舞台上立起来了，也在观众心目中立起来了。肖晓红知道，老版的祝英台也是一个勇于追求知识与自由的女性，是个敢于表达自我的女性。但是，她的勇敢是欲说还休的，是遮遮掩掩的，是迂回的，是踌躇的。她对梁山伯的爱不敢用行动表达出来，对祝员外安排的婚姻不敢正面反抗，即便是最后的"化蝶"，也是以"死"的代价换来的。老版的祝英台依然没有跳出当时社会设置的框架，她的悲剧是注定的。说到底，祝英台是软弱的，她只能选择"死"作为抗争。"死"当然也是一种勇敢，可是，何尝不是一种懦弱？新版的祝英台是个全新人物，"新"在哪里？"新"在思维，"新"在行为，她不会用"死"作为抗争，她要的是爱，要用实际行动去爱。不需要死，也不能死，活下去的爱才有现实意义。肖晓红觉得，新版的祝英台因此有了"划时代"意义，她的表演也具有"划时代"意义。她对自己的表演很满意，无懈可击，不敢说后无来者，至少前无古人。

这些都不重要，肖晓红更在意的是，她终于摆脱了剑湫，找到了自己，成了真正的祝英台，一个一骑绝尘的祝英台，一个勇往直前的祝英台。她飞翔起来了，包括身体，包括精神。

问题也正在这里，她发现自己停不下来了。她是祝英台，是一个飞翔的祝英台，她不想停下来，也不可能停下来，身不由己，无能为力。肖晓红消失了，只剩下祝英台，一个舞台上的祝英台，一个无休无止的祝英台。世界变成了她的舞台，她的舞台就是整个世界。这个世界只有一个主角，便是祝英台，演唱的只有一个剧目，就是《私奔》。她一遍遍地演绎，一遍一遍地"捋"，一句一句地"捋"，一个词一个词地"捋"，一个音一个音地"捋"，从第一场《思读》到第十场《私奔》，一遍又一遍地唱，从剧团唱到家，又从家唱到剧团。睁着眼睛唱，吃东西用鼻子哼，睡梦中都在演。她停不下来了，也不想停下来。

剧团的人都说，肖晓红走火入魔了。

尤家兴对此另有见解，这是一种修炼，是成为一个优秀演员的必经之路，当然也是危险之路。这是一种状态，通过了，便会上升到另一层境界，犹如有了神灵附体，成为剑湫那样的演员。如果没通过，就会停留在"通道"里，成了"戏疯子"。不过，尤家兴没有担心，恰恰相反，他很喜欢肖晓红现在的"状态"，着了迷地喜欢。他喜欢看着肖晓红一遍一遍地演唱，喜欢看着肖晓红旁若无人地表演，特别是她演唱《私奔》那一场，完全看不出肖晓红原来的样子了，那是祝英台，又不是尤家兴认知里的祝英台。尤家兴喜欢这个时候的肖晓红，比任何时候都喜欢，他喜欢看肖晓红表演的每一个动作，喜欢听她的每一句唱词。他陶醉地欣赏肖晓红，在肖晓红的表演中，他的身体一点点"粉碎"，变成一颗颗尘埃，飘散在空气之中。他忘记了身体存在，整个人在飞升，在蒸腾，化成虚无，无影无踪，无处不在。

尤家兴知道自己的"状态"有问题，肖晓红的"状态"也有问题。他应该带肖晓红去医院"看一看"，该吃药，该打针，甚至住院，他应该这么做。但尤家兴不想这么做。他知道肖晓红的"问题"在哪里，肖晓红的"问题"是只想唱，不停地唱。如果想解决肖晓红的"问题"，不能阻止她唱。如果不让她唱，她的"问题"会更大，她必须唱，不停地唱，将身体里翻滚的念头唱出来，只有唱出来，翻滚的身体才有可能平息，"问题"才有可能解决。反过来看自己，何尝不是如此，他必须看着肖晓红的表演，必须听着肖晓红的演唱，只有在肖晓红的演绎中，才能消解身体里的"问题"，才能获得平衡，才能回归平静。这是他的病，可他不承认这是病，这是他的"生活方式"，是他的精神追求。

他从来没说为什么娶肖晓红，肖晓红也没问。肖晓红不需要问，他也不需要说。对于他和肖晓红来说，此事心知肚明，心照不宣。对于他来说，娶剑湫还是娶肖晓红是有区别的，也是没有区别的。当然，剑湫和肖晓红是不同的，剑湫的"气场"比他大，他"驾驭"不了。正因为"驾驭"不了，他对剑湫的想象更旺盛，对剑湫的渴望更猛烈。或者，换句话说，在他心里，对剑湫更"珍惜"，更"宝贝"，他会"让"着剑湫，不敢"放肆"。相对来说，肖晓红没有对他构成任何"震慑"，这是没有任何道理可言的，是无法解释的。对于肖晓红，他可以肆无忌惮，可以为所欲为，他在思想上没有任何负担，在行为上不用任何收敛，肖晓红对于他来说，犹如囊中取物。事实也确实如此，在肖晓红身上，尤家兴"势如破竹"，攻城略地，迎刃而解。

遗憾了，失落了，没有难度就没有想象，也就缺少了刺激和兴奋。但尤家兴也不是"无视"肖晓红，不是的，这一点，肖晓红是能够"体会"的，也是心领神会的。他们有自己的沟通方式，有自己的交流密道，或者说，他们是用特殊的形式各取所需，也用这种方式互相取暖。他们是自愿的，是默契的，是心意相通的。这也是尤家兴没有送她去医院的原因，他知道肖晓红不需要。尤家兴知道她需要的是什么，在这个时候，尤家兴是无能为力的。那是肖晓红的事，或者说，是她和剑湫的事，只能由她独自面对。

尤家兴将肖晓红带到陈列室，让她在陈列室的戏台上唱《梁山伯与祝英台》，唱《私奔》。尤家兴特意将戏台作了布置——多了一座布景坟茔，那是一座有三个墓碑的馒头型坟茔，左边墓碑上写着"祝英台肖晓红之墓"，右边墓碑上写着"梁山伯剑湫之墓"，中间墓碑上写的是"梁山伯祝英台尤家兴之墓"。

这是尤家兴的"即兴之作"，也是神来之笔，他是在观看了剑湫和肖晓红的《私奔》后设置的。尤家兴能不能接受改编？当然能，只要是剑湫和肖晓红演的，怎么改都能接受。对于肖晓红和剑湫这样的演员，她们无论做出什么事，尤家兴都能接受：她们有资格。一个好演员，是可以在虚拟和现实之间自由穿梭的，是可以为所欲为的。她们有自己的行为逻辑。但他有点"失落",有点"抑郁",不能让"哭坟"就这么"没了",他觉得自己需要做点什么。在戏曲方面,他不能也不敢对剑湫和肖晓红"指手画脚",没资格。但陈列室是他的"私人领域",在这里,他想怎么胡来都行。

肖晓红的"非正常表现",剑湫看得一清二楚,肖晓红这种状态,她有过。剑湫的办法是将自己分化成两个人,一个生,一个旦,不断对戏,将每一个动作和每一句唱词拆开,重组,不断演绎。不同的是,剑湫只在脑子里演,她的身体没动,嘴巴也没动,一个人一动不动地坐着,脸上没有任何表情。她属于"文疯"。这可能跟剑湫的性格有关,跟她平时的言行有关,她是个"自我"的人,一直"不正常"。肖晓红属于"武疯"。她一直"正常",一直循规蹈矩。反差出来了,剧团的人不能接受了。剑湫知道肖晓红站在"悬崖边上"了。剑湫并不着急,这个时候的肖晓红也是最安全的,她"活"在自我世界里,没人伤害得了她。应该让她在这个状态中盘旋,盘旋得越久,对表演的认识便越高,对表演的领会也越深。这事急不来的。

三个月后的一个下午,剑湫突然造访陈列室,尤家兴惊慌失措了,他陪剑湫站在戏台下,一句话也说不出来。戏台上,肖晓红穿着便装,旁若无人地"演出"。剑湫在台下看了一会儿,什么话也没说,转身出去了。尤家兴默默跟到陈列室门口,剑湫也不看他一眼,用命令的口吻说:

"别跟着,我去去就来。"

剑湫果然很快就"来"了,她带来了梁山伯与祝英台的戏服,也带来了化妆道具和《梁山伯与祝英台》的伴奏带。尤家兴这时已经猜出剑湫想干什么了,这个猜想让他激动,让他手足无措。

尤家兴能感觉到,剑湫是善意的,是来帮助肖晓红"出戏"的,虽然他不知道剑湫会用什么手段。尤家兴知道,"入戏"是可以带的,就在这里,就在陈列室,就在这个戏台上,他被剑湫"带"过,差点"走火"了。也是在这里,他也被肖晓红"带"过,肖晓红将他"带"偏了,到了另一个轨道,他顺水推舟上去了。但是,"出戏"能"带"吗?他不知道。他喜欢"不知道"。他相信剑湫和肖晓红,不,是迷信,愿意被她们"带"去任何地方。他愿意。

剑湫将肖晓红带到后台,尤家兴也跟到后台,他担心剑湫不让跟,剑湫没有制止,也不看他。出乎尤家兴意料的是,剑湫将肖晓红化妆成了小生——梁山伯,她化妆成了花旦——祝英台。明白这一点后,尤家兴不只是激动了,是蠢蠢欲动,手心开始冒汗,头皮开始发烫,身体开始肿胀,迅速变大,大得无边无际,大得看不见自己。再看剑湫和肖晓红时,她们显得很不真实,很遥远,很虚幻。最主要的是,他已经分不清谁是剑湫谁是肖晓红了。

伴奏音乐响起来,梁山伯与祝英台站在戏台上。尤家兴站在戏台下,又不像站在戏台下,似乎他也站在台上,他既是梁山伯,也是祝英台。她们演的是获奖的《化蝶》。还是从《思读》开始,从英台女扮男装离开祝家庄开始。第二场是《草桥结拜》,梁山伯首次亮相。完全不一样了,这是肖晓红扮演的梁山伯,跟她以前扮演的祝英台不一样,跟剑湫扮演的梁山伯也不一样。肖晓红以前扮演的祝英台是清晰的,是简单明了的,是我见犹怜的。她扮演的梁山伯,清晰和简单明了依然在,但又不只是清晰和简单明了。她扮演的梁山伯,没有剑湫洒脱,也没有剑湫嘹亮,可肖晓红扮演的梁山伯是风流倜傥的,是温文尔雅的,既刚强又脆弱,让人欢喜又叫人惋惜,是叫人可叹又叫人可怜的。《山伯临终》那一场,还是那三句唱词,肖晓红唱得跟剑湫完全不同,剑湫演唱得那么潇洒,潇洒中裹挟着巨大悲伤,风狂浪巨,催人泪下,让人不能自持。这是剑湫的魅力,也是她的艺术感染力。没有人看到这里不掉泪的,特别是剑湫唱第三遍时,天地间已是一片皑皑白雪,肝肠寸断。肖晓红不同,她演绎的梁山伯也是悲伤的,她的悲伤是内敛的,即使死也是温文尔雅的,是得体的,是体面的。这是书生的骨气,也是书生的无能。此时,梁山伯的死是弱者之死,是代表天下爱情之死,也是你我之死。这种死如此之近,又如此遥远,如此切肤,又如此麻木。这种悲伤是哭不出来的,是欲哭无泪。这是肖晓红和剑湫最大的不同,她们走向了两极,也表现出各自的天赋和个性，当肖晓红的梁山伯唱最后一遍：

爹娘啊，儿与她，
生前不能夫妻配，
死后也要成双对。

唱完之后，戏台上寂静无声，戏台下的尤家兴呆若木鸡。难受，说不出的难受。他愿意替梁山伯去死，仿佛死去的正是自己。他悲从中来，可又无处发泄。忧郁了，惆怅了，身体和灵魂原地不动却又四处飘荡。

到了最后一场《哭坟》，这是祝英台的戏，也是剑湫的戏。剑湫还没有出场，一声"梁——兄——啊——"就将陈列室撕裂成了两半，她演唱得缠绵悱恻又急转直下。这是剑湫的风格，却又不是剑湫的风格。没人见过剑湫演花旦，更没人见过她演祝英台，这是剑湫的祝英台，是狂风暴雨的，是柔情似水的，是一往情深的，是一言九鼎的，更是视死如归的。她演唱的节奏很缓慢，却又如此急速，她是那么悲伤，却又有抑制不住的欢乐，当唱到最后一句：

梁兄啊！不能同生求同死……

电闪雷鸣了，狂风骤起了，天崩地裂了，光线似有似无，戏台影影绰绰，戏台与现实的世界模糊了，浑然一体了。

尤家兴想哭又想笑，哭不出来，也笑不出来。他觉得身体在猛烈生长，超过戏台，超过陈列室，升到空中。又觉得身体在缩小，小成一颗微尘，飘飘荡荡，酥软无力，随时会化为无形。他觉得自己是梁山伯，同时也是祝英台。似乎都不是，是个说不清道不明的结合体。

一声巨雷炸响，将戏台上的坟茔劈成两半，祝英台大喊一声"梁兄"，水袖甩到两肩，纵身扑向坟茔。与此同时，正在后台的梁山伯冲出来了。出来了，或者说"进去了"，确实是剑湫"带"的，合情合理，身不由己。站在台下的尤家兴灵魂出窍了，想喊，喊不出来；想动，动弹不得，但他能够感觉到，另一个尤家兴已经跃上戏台了。

　　　　　　　　　（原刊于《收获》2022 年第 3 期）

盛年的情人

夏　麦

一　癌归

1

　　这已经不是我记忆中的那座城市了。原先荒凉的机场高速沿线，已被新商场占满。锋利的几何线条把旷野割开。只是门都关着，黑黢黢，鲜有人声。

　　放下车窗，深吸一口春寒。有熟悉的铁与梧桐叶的气味。

　　车载音响正解析经济形势。转个台，熟悉的沛海之声响起，我仿佛置身于另一个平行时空。主驾坐着未婚夫，爸妈一同在后排。和平路新开了家西餐厅，找一个靠窗的座位坐下，点上牛排和红酒，把一张四人桌坐满。每个人都喜气洋洋，阳光中弥漫着灰尘。可这终究是幻想罢了。

我应该依旧一个人在乌岛。如果不是因为那一通辗转多人的电话。

第二人民医院。穿过气派的广场和半露天过道，头发花白的病人们正在挂号处安静排队。标识清晰，环境整洁，这里已不是十几年前熙熙攘攘的所在。

走到住院部，正对着大门，隔着二十米的距离，我看到一个老人的身影。他正眯着眼睛，四下张望，头发几乎全白了。面包羽绒服裹着他伛偻的身形，无法掩饰颓态。

我像被蝎子蜇了一下。

我走上前去，站到他面前。见到我，他愣了，一下子没有认出。而后热情地偎过来，笑着说，哎呀，我家囡囡回来了。他努力用脸上的沟壑堆出一个笑容。

我跟着父亲走到电梯旁，感到双颊有些麻木。他按了楼层，而后忽然弓起身子，着急地说，囡囡你等我一下，转身便往走道的尽头走。电梯已经送走七八拨病人，我忍不住发信息问他去了哪。

过了好久，他回：梦梦，你能不能自己到你妈的病房。她床头塑料袋里放了一堆换洗的衣服，你帮我拿条裤子来。

为什么？我问。

又过了好久。

爸等你，不敢上厕所，就……没忍住。他回。

我一个人上了电梯。脑里像盘旧磁带，肠子被扯出，缠作一团。我看到那张苍白而稚嫩的面庞，头发垂在胸前，嘴唇几乎没有血色。我看到他的脸庞，符号般的微笑，弥漫着青草与阳光的颜色，模糊又遥远。看到年轻的父亲，看到衣着华丽的母亲，在一个散发着金色磁场的氛围中，那种意气风发，仿佛一个梦。我看到一个巧克力罐，里面的糖纸五颜六色。母亲牵着我去买油盐，我踮着脚，恨不得用目光把巧克力偷走。那时我常幻想一个场景，如果我离家出走，或者得了绝症，母亲会不会主动捧着那一罐巧克力出现。

母亲确实抱着罐子出现了。只是罐子里装的，是一颗肿瘤。

推开病房门，是个双人间。两张病床上都躺着人，分辨了一下，盯住靠窗病床的那个身影。她正闭着眼睛，下半张脸上缠着纱布，皮肤焦黑。

在离她六七步的时候，我停住了。近距离地，我看着她干枯的头发，试图从她现在的样子中，找出一丝过往的影子。她已经不是我记忆中的那个母亲了。她的面容，她的轮廓，都变得模糊，这具身体，像是七魂六魄溃散后的战场，已丝毫不见当年的精明灵光。

我不知道该径直去取父亲的裤子，还是先喊醒她。踟蹰半天，走过去。

妈。

仿佛有人掐着我的嗓子眼。

声音太小，没有动静。

我再走近些。

她睁眼了。

一双无法聚焦的双眼，停留在我身上，读不出任何内容。像是不再认识我，又像在努力思索什么。不知道停留了多久，而后，她只是把目光移开，空洞地盯着天花板，不再有任何反应。

妈，我回来了。我又使劲儿喊了一声。

那双眼睛再次缓慢地投向我。片刻之后，忽然亮了起来。我听见她的嗓子眼发出微弱的呜呜声，舌头努力动弹，只是半张脸都缠着绷带，无法拼出清晰的字眼。

我被那目光钉住，僵在原地，只觉得小腿后面的肌肉，一阵一阵地酸麻。

她的声音越来越微弱，过了一会儿，似乎是因为虚弱，合上了眼睛。

我埋下头，径直走到床边，在床头的旧塑料袋里翻找，窸窸窣窣。她离我是那么近。我无法呼吸，塑料袋的噪声太大了，我越不想弄出声音，手越是抖，衣服掉了一地。

2

给父亲送完裤子，我径直去找了主治医师，才知道，离家七年，这已经是母亲第二次手术。第一次是脑部良性肿瘤。也不知怎地，母亲的视力开始下降，去眼科查了两次，都没什么问题，以为是眼睛花了。后来知道，是脑部肿瘤压迫了视神经。打开颅顶，用放射线刀把肿瘤烧空，视力下降才得以减缓。痊愈两年之后，母亲突然牙痛，去了牙科诊所，什么毛病也查不出来。又过了两个月，母亲疼得整夜睡不着，去体检，发现额窦里的一颗肿瘤，早已把牙根挤弯。

我不想再进病房，便等在门口，靠在走廊冰凉的白墙上。半晌，父亲匆匆而来，换下的那条裤子卷作一团，捏在手里。

我和他对视，说，我已经见过妈了。父亲神色局促，嘴唇嚅动着想说什么，但没有说。打开门，母亲已把身子支起，无力地躺靠在床头，像是等了很久。见我们过来，又虚弱地哼了一声。

你妈说，你终于回来了，梦梦。父亲说着，坐到床边的矮圆凳子上，又费力地起身，把床边另一把凳子拖过来，示意我也坐下。

现在，一家人终于又齐全了。过阵子，就回家，你妈说，她不想死在这个地方。

我蜷坐在父亲身旁，头缩在外套领子里。

母亲忽然向我伸出手。

你妈想握握你的手，阿梦。父亲说。

我愣了一下，僵硬地把胳膊伸出去。

手触碰到的那一刹那，割掉的腐肉重新长回子宫，我感觉有一个人狠狠地在我脸上抽耳光。我猛地站起身，胃里一阵抽动，我以为自己要吐了，等了几秒。然而没有。

母亲见状，把手覆在我手上，握了一下。

这双手早已不复往日的力量。曾经那么白皙光滑的皮肤，戴着华丽的珠宝，如今松弛赘余，像干瘪的泡椒凤爪，外面裹了层塑料膜。我低下头，嗓子里发出抽噎。

你妈说，没事的，都过去了。父亲拍了拍我的背。

晚上，出了医院，我送父亲回家。从一扇陌生的铁门进入，穿过一片槐树，进到一个单元楼。我们已不住在原先的高档公寓。父亲一边掏钥匙，一边使劲咳嗽，一楼的灯亮了，墙壁上贴满各种偏方广告。打开门，一股夹着霉味的中药味扑过来。这是个一居室，家具看得出有些年头。客厅桌上乱糟糟堆满药，铝箔和中药草纸揉作一团，一套没刷的饭盒藏在中间。墙上一挂金色的塑料时钟，我一眼便认出，它跟了我们二十余年，表面仿造罗马建筑的样式，漆面都已斑驳，像是不可逆的时间的唯一证物。客厅后面是一间狭小的卧室，站在门口，我闻见老年人身上所独有的气味。那是一种福报享尽了之后，被时间抛弃的气味。

阿梦，家里没地方，得委屈你住旅店了。父亲抓了抓身侧的裤子，说完背过身去，捣鼓桌上的瓶瓶罐罐。昏黄的灯光照在他后脑勺的灰发上。

我在父亲身后，喉咙噎住，找不到合适的语言。父亲转回身。

这么些年，你在国外，一个人过得好吗？

唔，挺好。

听说你成了呀。我们家阿梦啊，从小就画得好。父亲挤出笑容，一只手抓住椅背。

……这些年，你们过得好吗？话一出口，我便意识到它的多余。

父亲环顾四周，叹了口气。他说的每个字都那么吃力。这几年，我们没有去打扰你。现在，你妈这个样子，找你回来，希望你不要恨我们。

我低头，无地自容。

可阿梦啊，你怎么这么狠心。你怎么能……

父亲背过身，扶着椅背，头深深垂下去。

3

他们是大人。大人总有办法。那时，我只是侥幸地这么想。如今，经济危机席卷而来，光景摆在面前，比任何不抱希望的臆想都要糟糕。当一个家走了下坡路，坏运气便像滚雪球一般追着人跑。命运的一个浪头打下来，再大的船只都会倾覆。那二十年里，快速地积累了巨量财富的那些人，包括前未婚夫一家，大都没有逃过这场时代的洗牌。

尽管父亲宽慰说，他们不再怨我，我还是无法避免地自责。太久了，我已离开太久。年轻女孩的叛逆执拗，被时间消磨，已所剩不多。时间沉淀下来，成为日趋稳定的地面，支撑起上面摆置的一切。

最初的震骇过后，我开始照料母亲。父亲终于得到解放，吃完早饭，便去公园晨练，一去便是一整天。白天，我回到家里，煮米汤，蒸白蛋，或是做一些切得很碎的蔬菜，带到医院去。母亲从包裹住的绷带里，露出一个孔，我把饭菜放到勺子里，喂给她。她没办法咀嚼，只是小心地吞咽下去。可母亲的精神日渐涣散了。我看不见纱布后的表情，大部分时间里，她都目光木然，盯着虚空的某个点。偶尔精神好的时候，她似乎认出了我，也只是淡淡看着我。

又过了大半个月，我和父亲把母亲接回家。恢复过程还算顺利，伤口愈合，缝合线都已拆除，可我们始终没能适应解下绷带的母亲。三年前脑部肿瘤治疗后，右侧颅顶塌了下来，没有头发修饰，显出一种突兀的畸形。这次，左额窦的肿瘤摘除后，脸又瘪进去，过高的颧骨也无法支撑起一张正常的面部，下眼睑垂着，露出白色眼球。每当我看到这张脸，内心便浮现出深渊般的恐惧。

到家的第二晚，母亲把卫生间的镜子砸得粉碎。我们拆除了家里所有反光的物件，玻璃窗也贴上了纸。她不同我说话，也不同父亲说话，每日只是戴着毛线帽，坐在床边发呆。晚上也不睡，只是盯着天花板看。父亲的黑眼圈更深了。我只要一翻身，看到她，就再也睡不着。父亲说。

我开始庆幸，自己不必住在家里。

光景大约维持了一个月。有一天，午夜一点多，母亲起夜去卫生间，突然嚎叫起来。父亲赶过去，发现母亲正把屎尿往墙上抹。她一边抹，一边咒骂，用了许多从未听过的肮脏字眼。而后，她仿佛不再认识父亲，只是骂着，喂了许多安定，才控制住。

第二天，我和父亲把母亲送到医院复检。医生指着一片阴影说，癌细胞再次扩散，需要立刻进行靶向治疗。然而母亲没有再住院了。每日上万的治疗费用，我们再也承担不起，连同我在国外的积蓄，也尽数掏空。这倒没有什么，我再画便是。母亲的神志愈发不清醒。每天，她嘶哑地咒骂，从多年前的车间工友，到父亲，再到我的前未婚夫一家。她咒骂身边的一切，把排泄物涂抹到桌上、墙上，甚至厨房的碗里。父亲躲得远远的。我沉默地跟在母亲后面，系着围裙，戴着橡胶手套，在她闹过的地方，默默清理干净。

母亲的每一个字，我都听着，又都没有听进去。

我在那里，又不在那里。

4

天气渐渐转热。五月，洋槐花落了一地。那日，打开家门，空气中弥漫着一股馊味。检查了厨房、客厅、卫生间，并没有隔夜垃圾。卧室的门关着。今天倒是平静。

我把饭菜做好，盛到餐盘里，敲了敲卧室门。

没人应答。

我打开门，母亲正躺在床上。她穿戴整齐。那是她最喜欢的一套红色洋装，和父亲结婚时定制的敬酒服。我记起一个熟悉的画面。多年前，她也是这样，穿着这身洋装，躺在床上，双手交叉，捂住小腹。她吞了一整瓶安眠药，手边放着一把剪刀。父亲同另一个女人的照片被剪碎，散落在她的头发旁。

我走近些，看到母亲凹陷的头颅和焦黑的面颊，神色安详。

妈。我叫了一声。

没有回音。

我把手探过去。

没有鼻息。

我走出去，关上门，给父亲打了个电话。脊背上冒出凉气，仿佛有人在背后看我。打开窗，槐花香味飘进来，窗外的花瓣飘落，与泥土一起被踩踏，已分辨不清。

昨天早上，我照例回家，发现母亲居然弓着背在厨房里做饭。二十年前，她每天都麻利地套上围裙，在案板上切出马蹄声。只是这次，她的背影，拙笨而迟缓。听见我喊，她回过头，虚弱地说，囡囡来了啊，饭这就好。

我惊诧地坐下。母亲费力地把菜盛出来，蹒跚地端到我面前，说，囡囡，尝尝。我看了看，是红烧鳜鱼。母亲不完整的面容上显出一种久违的平静。我拿起筷子，鱼被做散了，鱼肉浸在汤汁里，一时夹不起来。好容易夹起一小块，送到嘴里，却没有咸味。我说，妈，这和小时候的感觉，一模一样。母亲说，知道你爱吃。说着，她拿起筷子伸向盘子，想夹一块，没夹起来，换了勺子，给我舀到碗里。

我闷着头全部吃了下去。

母亲说，囡囡，陪在妈身边。

我放下筷子，握住她的手。

我说，妈妈，以后我们一家三口人，好好过。

母亲努力扯了扯嘴角。那好像是一个笑。

母亲走了。挂掉电话，走出小区，天蓝得出奇。我不知道自己应当思考什么，就这样向前走。夜幕降临时，我恍惚走到一个地点。在我的记忆中，这里曾经是一片油菜田，现在是一栋购物商场。父亲曾骑着二八式自行车，前面带着我，后面带着母亲，迎着微风，颠簸在田埂上，穿越一片黄色花海。

我爬到顶楼，透过廊桥的一整面玻璃俯瞰地面。透明的克莱因蓝像一颗新鲜的水滴包裹着我。弯月如刀在苍穹温柔的笼罩下沉睡着。大厦的玻璃楼面映射着灯火，车辆川流不息，是地里渗出的岩浆。余晖将白房子的侧面映成粉色，橙光染在树丛的树冠上。我的身体忽然飘了起来，四向奔散，沿城市的轮廓线展开。血液是江水，骨头是人桥，头发随丝丝缕缕的公路飘向远方，腰肢成为起伏的山脉，眼睛化为湖泊，牙齿结成块状的楼房。

我飞了起来。

二　遗物

1

办完死亡证明，我和父亲着手整理遗物。父亲把旧衣物叠好，说，这都是她最常用的，以后烧给她。我站在椅子上，取下衣柜顶部的羽绒服，柜顶里侧露出一个小行李箱，白色皮革印着蕾丝图案，边角被肉粉色胶条包住。父亲说，那是她的嫁妆箱。我把它平放在床上，拂去浮灰，掰开陈锈的金属扣，一只檀木盒和一摞文件安静躺在里面。我见过那盒子，是外婆的，雕着扇面牡丹，我一直以为里面藏着宝贝，打开后，却空空如也，只有一簇红色的塑料胸花。盒下压着一堆纸质文件，全是手写的账本，蓝色钢笔墨水淡褪了，几乎看不清。最上层单独放着一张纸，拿起来看，是一张高中毕业证。

母亲没能读成大学。她是家中长女，县城人，下面有三个弟弟。这个县现在是沛海的一个区。当年最后一届插队到河东，为了回城，她铁着头皮，熬到二十八没嫁人。听人说，若不是遇到我父亲，她可能要做一辈子老姑婆。可我就是喜欢她身上那股劲儿。父亲说。

母亲个子瘦小，看起来柔弱，却比谁都意志坚定。话语充满命令的口吻，声调与面容却那样温柔，让人无法拒绝。父亲比母亲小些，对母亲很是顺服。他高瘦白净，戴一副金丝边眼镜，看似深有城府，实则没什么主见。高中毕业后，父亲顶替了老一辈的公职，日子便顺着过下去。母亲小时候，外婆家还有洋房住。外公出关，一去不回，家中物件陆续变卖，逐渐只剩个壳子，蝉蜕一样空荡。到最后，房子也卖了，得了钱分给几个舅舅做聘礼。外婆只得从城里搬回祖宅，不久和村里人一起生了乙肝。母亲带她去第二人民医院抽血，我踮脚趴在桌子上，听见稀疏的血液在针筒里发出骇人的嘶嘶声。那段时间，外婆住在我家，父亲让我们不要碰外婆。那一年，母亲与父亲开始频繁吵架。也是那一年，四岁的我，看着外婆干枯的四肢和深陷的肋骨，隔着空气摸到了死亡。

五十出头，外婆走了。

记得那个冬夜，屋里挤满攒动的人头。不知谁冲外面喊了句，人快不行了，让小孩见最后一面吧。我头顶的小舅舅说，还是不要了，传染了怎么办？话音刚落，母亲在人群最里面发出一声凄厉的哭嚎，众人的呜咽声顿时填满整个房间。

给外婆出殡那天，十来个亲戚扛着棺材，往祖坟去。到了地里，坑已挖好，旁边立了个碑。外婆的遗体已火化，但母亲坚持在骨灰盒外套上棺材，这样才显得出主人的隆重体面。棺材进坑，一铲一铲，土往上扑，很快便不见棺盖。纸头扎的花圈、豪车、洋房、首饰匣，堆叠在坟上。母亲低头呜咽。她说，你这辈子，净吃苦了。这些东西，我一定都给你挣回来。

2

一个喷嚏打断了思绪。我戴上口罩，把这些物件放到太阳下拍打，空气中飘浮着灰尘。这时，一幅画从某册账本中飘落。那是一张蜡笔画，红色线条从内到外旋转成圆圈，蓝色太阳泛出油渍，浸入薄薄的纸页。这是我儿时的第一幅画。我记得蜡笔擦在纸上的触感，手与桌面磕碰，粗粝的颗粒填充成色块，泛起蛋糕屑般的碎蜡，闻起来有牛奶的香味。十几年了，她居然一直收到现在。我只记得母亲反对我这项无用的爱好。她需要一个精明的头脑，协助她打理这个家。可我获得的天赋，是画画。

我曾对自己来到这个世界的原因，产生过强烈的困惑。在童年，我最好的朋友，是一支铅笔。父亲说，抓周的时候，我一下便抓到它。三岁，我便可以描摹小人书。爸妈白天都要去厂里工作，我自己待在家里，只是安静抄书。两年后，我的画把阳台都堆满了。

那时候，我们住在工厂的集体宿舍，五层，需要爬楼梯上去。大楼没有窗，白天也黑咕隆咚，转角堆着自行车，布满灰尘。四岁那年，外婆走后，我曾看到她坐在自行车上冲我笑。那时还没有独立厨房，人们在黑灯瞎火的走廊里做饭，整栋楼漫着油烟味。到了夏天，我们到阳台避暑，墙上爬满壁虎。父亲怕我害怕，会用晾衣竿把它们打掉。然而我并不害怕。更小的时候，我被放在小床上，正对卧室门，门上有两扇气窗。每天深夜，在呼吸声中，我能透过气窗，看到一张人脸。我只是默默看着它。

厂里的生活毫无波澜，只是在上小学的前一年，我们一家三口人突然搬走，去到郊区一处偏僻的住所。新家在二楼，要从外面的铁皮楼梯走上去。那个夜晚，我们费力地把锅碗瓢盆搬到房间。还没来得及整理完，在一盏昏黄的吊灯下，母亲把一捆硬纸壳拍到桌上。母亲说，现在我们要开始糊纸盒。每糊一千个纸盒，就赚一毛钱。阿梦，你也是个大孩子了，你现在的任务，就是好好糊纸盒，每糊一千个，这一毛钱里，给你存两分。

我开始对付眼前的纸盒。硬纸壳的边缘整齐锋利，已经裁好，上面画着虚线，我所要做的，就是当母亲按照虚线压出折痕之后，用胶水把连接处粘在一起。

从那天起,吃完早饭,父亲出去找活,我和母亲就开始糊纸盒。母亲不停,我也不敢停。我的手很痛,手指肚红肿起来,眼睛也很酸。我不知道自己在做什么。

或许这辈子都要糊纸盒了,我想。

一个星期日的下午,阳光照在桌面,落到手背,有些暖。我抬眼望向窗外,忽然产生了一种奇异的感受。那是一种抚慰,从另外一个空间倾洒下来。我在天上,飘浮在纯白之中,没有手指的疼痛,没有不知所往的空虚,只有一种和平。

我放下手中的活计,走到窗边。

背对着母亲,跳了下去。

我落到一个沙坑,右腿小腿骨裂。父亲说,幸好下岗搬家,要是在原来的五楼,命就没了。

我要画画。这是我昏迷前的最后一句话。

母亲再没有让我糊纸盒。养病期间,母亲为我熬制骨汤,一连喝了两星期。后来,闻到肉与骨髓混合出的脂肪气息,我便作呕。于是吃饭开始令人害怕,不快乐都盛在碗里。那天,我告诉母亲不想再喝。她一手拿着碗,一手轻轻用勺子喂给我。我想躲,母亲没坐稳,汤洒了我一身。她一下子哭了,用筷子打我手心。我不敢动,只是呆坐着。她见我没有反应,便让我站起来,更加用力地抽打我。于是我哭了。母亲突然平静下来,温柔地安慰我。她说,阿梦不哭,妈妈是为你好,以后要记住,不能再躲开大人的手。

家里的收入,在父亲到一家电梯公司工作后好起来。然而生活并没有得到改善。为了帮衬三个舅舅,母亲偷偷把家里的积蓄掏空,这令父亲大发雷霆。凑不够钱买画材,我常编出一些莫须有的教辅款项。第三次撒谎时,终于被识破,打断了一根扫帚。那之后,我不敢再向母亲开口要钱。父亲不忍,常把私房钱塞进我的书包。

后来父亲从公司出来单干,母亲是他的第一个合伙人,负责帮他打理财务。那时沛海新建了很多楼房,不知用了什么方法,他们竟签下许多大单，赚了第一笔巨款。那笔钱大约是普通人一年工资的一百多倍。第二年夏天，我们搬进市中心一百二十平方米的新房。有天吃饭时，父亲拍拍我的头，说我可以去读艺大附中了。母亲却说，中考得考进全市前一百名。那时我最好的成绩只是全校前五十。我不知道她是否早已算准我做不到，还是在故意用这种方式鞭策我。但那年中考，我做到了。又过了三年，我考上全国最顶尖的沛海大学艺术系。入学后，母亲不知哪里来的主意，一定要找关系帮我转系读金融，好在父亲把她拦下来。父亲说，只要还没破产，爸就一直供你读下去。

那时家里生意已经走上正轨，父亲便有了说话的底气。我们置办设备，开了工厂，利润稳定地滚起来。本科四年后，我顺利保送了本校一位名师的研究生，不久便在青年美展上崭露头角，夺得一项新人大奖。在这之后，母亲的态度竟发生了一百八十度大转变。她不再反对我学画，甚至会督促我练笔。此外，安排我每周陪同父亲打高尔夫球，会见生意上的客户。每两周，我需要穿着母亲昂贵的衣服参加酒会。母亲说，你年轻漂亮，有学历，有才华，这就是资本。可我不喜欢这些场合，我更喜欢自己待着，一草一木都比人类要使人放松些。那里太吵了，母亲的粗花呢套装使我喘不过气。

3

整理完这些物件，父亲忽然说心脏不适，要去公园透透气。短短几日，他的精气神像是被命运扒下一层皮，一瞬间苍老了几岁，但也最终得到了解脱。我停歇下来，搬了把凳子，坐在窗边。太阳的暖意令人呆滞，映在纸上，白花花地黄，照在箱子上，明晃晃地白。无意间，我看到箱底的胶皮有一个方形突起。俯身揭开，里面是一方折叠成手掌大小的纸片，尽管常年压放，表面依然能看出揉皱的褶痕。对着光打开，熟悉的字迹，排列成行。

我被蜇了一下。

不需要读，只消映入眼帘，便已记起。

我几乎忘却了，自己曾经写过这样一封离别信。

原来实现当初许下的诺言，需要付出许多苦楚。

七年前，我选择了最难的那条路。以往，若是犯了任何错，我都可以有托词；可从那天起，我必须为自己承担全部的责任。卑躬屈膝的财富令我不齿，可赤贫同样不能让一个人变得高贵。在乌岛，单是生存立足，我便花了两年的时间。

白天，我在餐厅打工，晚上到夜校学习乌语。我学会了记账，管理开支，在窘迫的时候，收集餐厅扔掉的过期面包当早餐。半年后，我开始投递简历，好在学历技能过关，不久便找到一份设计师的工作。

尽管日子孤单而拮据，但我体会到了人格的舒展。海报，书封，广告，从最基础的工作做起，等到逐渐胜任，便把所有能量投入到绘画之中。

我随心而画，在斑驳的砖墙上画，在路旁的水泥地上画，我的画没有起点，也没有终点。当想画时，我便画了，不需要工作的日子，一画就是一整天，不吃不喝，也不觉得饿。我与自己交谈，那些沉重的事实，像曝晒的胶卷，变得越来越清淡透明。我不再去想是否存了足够多的钱，不再去想是否能出人头地。能这样画，便是上帝赐给我的礼物，需要怀着虔诚之心感恩。我可以一直这样画，直到死亡降临。

日子又这样流淌了两年，在意识到它的消逝之前，一家曾经表示过兴趣的本地画廊伸出了橄榄枝。我有了稳定的藏家。

一年后，他们将我的画作推荐至京都，举办了第一次个人画展。

我曾经问画廊经理为什么要签下我。经理是一位混血儿，身上能看见多种文化的痕迹。他说，这世上的艺术家有很多种，而你身上有种无所畏惧的气质。奔着梦想来的年轻人太多了，大部分只是青年意气，现实稍微磨炼，便泄了气。才华被现实磨尽时，艺术生涯也走到了尽头。

那时我多少感受到一种令人后怕的幸运。或许，有一点才华的人，都需要下油锅一般，在现实的泥泞中打许多滚，仍站得起来，才担得起命运的馈赠。

回国之前，我办了三次个人画展，有了新的朋友与生活。天气适宜时，结伴到海边冲浪，喝了许多水，如今可以在浪尖站稳。原本惨白的肤色，也如小麦一般黝黑，柔软的四肢变得如磐石一般坚硬。

这是一个崭新的我。我，这世上最使人一无所知的事物，藏在说不清道不明的地方，每每让人害怕去思考。但确定的是，只有通过最深层的观念和最坚定的行为，我，才能重生。而这些思索，同沉浸的生活相比，又只是微不足道的一瞥罢了。

如今，我回到家乡，收拾旧日的狼藉。若是以前的熟人见到我，大约是不会认出的。那时的日子是晦涩的。我努力适应规则，和大家一样，从来不去追问。那些深层次的、关于生命的动机，正是在与他预料之外的相遇，在暧昧的冲突中，才显露出一丝端倪。

那时，在我出生的那座城市，似乎依旧有遍地机会通往更高处。夹在二十岁和三十岁中间，对于世界的看法那样模糊。是那个男孩，站在一束光下告诉我，什么是不可否认的真实。我抵达了他曾指给我的去处，可那已经同他无关。现在回想起他，我依然会怀疑他是否真的出现过。或许，他也只是我在充满幻想的青年时期，对现实编织的一个谎言。

现在，我终于有了足够的心智，来整理这一段回忆。

三　天人五衰

1

那时，我还是一个女孩，一张白纸。我太早地早熟了，却又在某些地方发育迟缓。当男人的目光过早地投射到我身上，母亲告诉我，贞洁是一个女人最重要的资产，它是后半生优渥生活的凭依。那之后，当情书出现在课桌上，我像防盗贼一般，同男性保持着距离。黑色的、从未烫染过的长发，因为缺乏阳光照射而苍白的脸颊，以及包裹严实的长裙，使我看起来与同龄人格格不入地保守。直到二十岁出头，我还有着高中生一般瘦削的身材。我的面容空无一物，无处不透露着文静与顺服。后来我才知道，那是某种女人的类型，单纯柔弱，作为客体而存在。

七年前那个夏天，在我二十出头之时，或许是受荷尔蒙驱使，我终于迎来了作为女人的迟来的成熟。也就半个月时间，单薄的、少女的身躯开始显露出曲线，干瘪的四肢换了层皮，如莲藕一般白净光滑，小巧的胸部开始饱满。臀部脂肪积累起来，腰肢更细，小腹也生了微微的隆起，失去了平坦的紧致，却增添了诱人的起伏。这些生理上的改变，昭示着一个女人一生中黄金时代的来临。

未来得及享受这具躯体带来的愉悦，我便遭遇了一场健康的溃败。

起初，是未婚夫震耳欲聋的呼声。我彻夜难眠，未满一个星期，便不堪忍受，搬到别墅二楼另一个套间。深夜里有一种鸣响，那是人们停止活动，喧嚣退去所凸显出的，电器或其他某种未知事物的细碎声。这些声音径直冒出来，像藏着耳语，令人不安。我只能蒙着被子辗转反侧。等躺累了，便从床上爬下来，在空旷的房子里，漫无目的地游荡。而后便每况愈下。

失眠一个月后，我开始没命地惧怕衰老。愈恐惧，愈执着于自己的脸。没有隐形眼镜，我探着身子，洗手台上的水沾湿衣摆下沿，贴到身上很凉，但我听之任之。终于，在某个夜晚，像是希冀已久的事情得到证实，我看见因身体机能缺乏修复而积累出的眼袋，眼睛下面蜻蜓翅膀一般细细的纹路。一个月，两个月……就这样，青春从我脸上消退。那张半年前尚且饱满、稚气，又流露着天真神色的脸，变得冷寂而沉默。

头痛、背痛、胃痛、静脉曲张，一切不应当出现在一个二十四岁女人身上的问题，同时开始浮现。与急性病不同，这种侵蚀是缓慢的。它并不宣判人的死亡，只是暧昧地用某些最细微部位的疼痛，来彰显它的存在。去医院，医生说没病，倒是中医给开了密密麻麻的方子。为了尽快康复，未婚夫雇了个护工。养病的一个月里，中药与饭食被送到门口。我足不出户，却更加虚弱。

那时，整个城市都笼罩在一种霾中。那是工业生产的结果，每个人都咒骂这种天气，但整整五六年，依旧毫无改善。一场重感冒袭来，我卧床不起。门窗紧闭，净化器没日没夜开启，可肮脏的颗粒还是填满每个角落，沉积在身体中，呼吸不堪重负。我吃了很多药，吃饱了药，食欲便小得可怜。躺在床上，意识模糊，开始胡思乱想。想那些商业计划，想家人赚了钱，获得了成功与幸福。有时无休止地从网络上寻找信息，以支持对未来的预判；有时只想一觉睡死。

某个早上，母亲来探望我。

人生，便是要在对的时候，做对的事。该读书就读书，该结婚就结婚，春天播种，才能秋天收获。他的条件摆在这，愿意扑上来的女人肯定很多。对你好，就足够了。你要知道，这个世界上，只有自己的亲人，会永远对你好。母亲说着，拍了拍盖在我身上的棉被，把边角掖得更紧了些。她总是这样周全，帮我计划好一切。我曾经想，如果没有她的帮助，我该以什么作为往后一生的凭依？

到了元旦，病才终于有些好转的迹象。走出房门，西式穹顶下的大厅那样空旷，好容易聚起的热量，不消一刻便被稀释了。未婚夫正坐在起居室的沙发上。我起身坐到他旁边稍远的地方。他看了看病恹恹的我，仿佛有些不满，但还是关心地说，总这样也不是法子，去外面走走吧。

认识未婚夫时，我刚拿下青年美展大奖。那时他正在我校的总裁班进修，我们作为颁奖者与获奖者在台上相识。当一个女人，单独地拥有才华、美貌或家世，男人似乎还可以心平气和；若是都沾了些，便获得了蛊惑人心的能力。我记得他起初表现出的痴迷，极尽一切解数来讨我欢心，送奢侈品，去高级餐厅。但在我生病之后，他没由来的热情，以及对于校园生活幻想般的情结，在逐渐的熟悉中冷淡下来，形成一种维持现状的心照不宣。

他把头转向我，陷在沙发里的姿势，像一颗柔软的土豆。由于没有尽到妻子的义务，我满怀歉疚，如同失去了诚信。我看着他那张面孔，广袤的平原上坐着一座圆形小土丘，是鼻子；嘴巴很小；同样小的，还有那双眼睛，显出一种疲倦的关怀。现在回想起来，那时我还并不厌恶他。我把他当作一个重要客户，我们之间的关系，并不是情愫的联结，而是一种契约。

2

我父母做电梯生意。往年工程多时，每年有上千万收入。可那两年，生意不景气，工厂很久不开张，人工费还月月地耗。未婚夫便是在这种境况下出现的。他比我大六岁，那场颁奖典礼上看中了我，之后便主动邀约我共进晚餐。母亲一查便查到了他的底细：一家家族地产的少爷，正是我们急需的买主。

在母亲的出谋划策下，我以矜持的姿态俘获了他。除了给到一笔采购订单，他和他的董事长父亲还为我量身定制了慈善基金。借着我的形象，集团打出了美育慈善的品牌，股价一度跟着涨了不少。这次成功后，他们找人算了我的八字，大约觉得是某种旺夫命，便应许了我进门。

那时我读研二，身边的女孩大约分为两类。如若长相普通，会去考编做公务员或者中小学老师；若是有些姿色，顶着名校光环，再包装以艺术，那么上嫁才是最要紧的。可这条路早已人满为患。因此，像我这般顺遂，大约是很值得痛恨的。我察觉到一些平添的殷勤和白眼，但并不理会。我只想做艺术家。除此之外，我无法想象自己的任何其他存在。我从未低头找过一份正经工作，也从未真正体会过人情冷暖。也因此，我庆幸自己所抓住的机会，这允许我以某种方式保全了自由。

抓住上迁的机会，是一种生存的天赋，从做生意的第一天开始，便深深刻在我们的骨子里。最好是成交一笔生意，把下辈子所有的开销都赚到手，而后高枕无忧，睥睨那些还在为钱苦苦奔波、求而不得的下位者。我们取得了阶段性的成功。大约从十年前开始，曾经勤俭持家的母亲，喜欢上了购买奢侈品。人们看到衣服的品牌，便可以猜到这套装束的价格不菲。起先，母亲告诉我，这样是为了做生意方便。可后来，我们早已拥有过多，她的购买欲却没有停歇。我想，或许她在获得某种补偿。母亲是深知那种求而不得之苦的，毕竟，小生意人毫无地位可言，只有成了大富，才担得起这个社会的一点青眼。

可那时，我又无时无刻不对这种生存天赋感到自卑。我们越是成功，我便越是羞愧。我很奇怪为何我无法获得那种源自富裕的尊荣和满足。

按照那时我的理解，未婚夫对我的喜欢，是一种交换。这并没有什么，人人都要往上爬，从已婚男人身上捞好处的女人比比皆是，更何况我们是正常婚配。我应该满足他的需要，这是天经地义的事。

我记得他的那双手，很有肉，据说是福气的表现。我抗拒它，却又感到自己有义务握住它。这双手会在身上游走。那是一种冻僵的感受。它占有领地般地侵犯而来，我感受到的，不是轻飘飘的欢乐。

交往了两个月以后，终于迎来了那一晚。我记得他光着上半身，穿着拳击短裤，我看见他白晃晃的肉，披着窗外的月光，在夜色中很是明显。你也得奖励我一下了，不是吗？一阵强烈的撕裂感袭来，我像被人绑在十字架上，千刀万剐。

我居然流泪了。

他开了灯，看到床单上有血，又关了灯。说了句，你真美。

我感到羞耻。可我只有沉默。

我以为我可以完全接受这种关系，直到生病后，才发现它已经在侵蚀人格的根基。那或许归因于一种非常特殊的道德感，一种诡异的不幸的矛盾，是一种天分，也是一种诅咒。以前，我以为我所走的路便是唯一的选择，如今我才清楚，财富和人格的实现，本可以不必如此背离的。

3

现在想来，那捆绑住我和周围人身的，是一种重力加速度一般的东西，在这个坚实的地面上，是活着所注定要偿还的一笔债务。我们会老去，要吃饭，嘴是个窟窿，总也填不满。灵魂是自由的，可以飘到任何地方去，只是终归要回到这具肉身。人都恐惧，会抓住什么不放，那是一种面对死亡的准备。有的人用钱来堆积安全感；有的人用精神来达成永恒。我夹在中间，上不着天，下不着地。走上那条路，是母亲的安排，也是我的合谋。

所谓上流社会，像是一场演出。活动中，面对媒体，我是慈善项目的形象大使，和一众有身份的人一同站在聚光灯之下。寒暄之后，演出散场，我与他们便再无联络。那时我常会想，他们是怎样心安理得地享受富足的呢？他们会不会也像我一样承受着煎熬？

住在别墅的那个夏天，我给自己做了详细的计划。我以为，当一切就绪，我便可以直抵成功。过一年，就开场个展，借用未婚夫的名义，把那些名流都邀来。假设我的佳作产出率是七成，每两天画一幅，一个假期大约可以画二十多幅。为了完成目标，我一刻不敢放下画笔。可过几天再看，怎么挑，也挑不出一张满意的画。随后，整整半年，我再也画不出来。现在我才明白，这同我真正的目标，完全背道而驰。

对于未婚夫的出轨，我并不感到意外。或许我对他压根没有产生过期望。如果不是回家取电脑，或许还不至于同她撞上。那女人确实很美，有一种流行的、模板一般的美。那种美有着反自然的特点，比如头发，是修剪得当的短发，染成灰色。锁骨凸出，在光线下闪着珠光。腿很长，很直。衬衣上印着奢侈品的标记，我认出是他的那件。她住在一间客房，正是我和他第一晚的那间。看见我的眼神，她仿佛明白了什么，流露出一种嘲笑。在她的映衬下，我的内敛与沉静一文不值。

宠爱是一种赏赐，他同样可以施舍给别人。我终究也只是个女人，和所有女人一样，有相似的生理构造与功能，完成使用者的同一类欲望。

又或许，他们早已习惯了，把一份喜欢切割成很多份，并且可以把喜欢同上床这种欲望，隔离成两条线，并行而不打架。

那晚回到爸妈家里，我发了一场高烧。母亲坐在床边，眼里写满心疼和无奈，她告诉我婚姻都是这样的，父亲也一样如此。那些难熬的日子，她都熬过来了，这是每个女人逃不掉的一关。把男人留在身边，日子还可以过，不然无依无靠，在这个世上，实在是太难了。

我记得那件事。父亲原先便很斯文，发迹之后，更多了些成熟的风度与派头。大约几年前，母亲审账，发现一笔可疑款项。一查，才知道父亲给一个二十出头的女孩付了一套房的首付。那件事给母亲造成了巨大的打击，可最终，在父亲把钱要回来之后，她原谅了他。

于是我也沉默了。可这些东西堆在肠胃里，使我消化不良。那之后，每次看到未婚夫，我便开始莫名其妙地偏头痛。再后来，我开始失眠。如今我明白，人不会无缘无故地生病。可那个时候，我并没有这种觉察。

如今回忆起未婚夫，总有一些剜心的细节，在某些情景下跳出来，挥之不去。他会和一些官员一起去夜总会。这是有权势的男人所乐此不疲的活动。他们说，如果连夜总会都没有人，那么经济便没救了。我很早便接受了他不止我这一个女人的事实，如果不是一件事将我彻底击垮。某天夜里，我慌张去了急诊室，得知从未婚夫处染来的生物叫作阴虱。医生把阴毛剃光，抹上药膏，说，这东西脱离人体三天后就会死亡，传染大都是通过交叉接触。我慌忙到网上搜索了性病的表现症状，淋病、梅毒、软下疳。哦，最重要的，还有艾滋。

那天我感受到一种莫大的幻灭。这些行当在我们这儿是违法的，可是总有存在的地方。多少女人是为了糊口而迫不得已从业，又有多少是为了生存以外的东西呢？或许反对妓女存在的女人，都像我一样，感到了生存空间的挤压。男人们呼吁性工作合法化，因为他们脑子里自己是拿着钱、高高在上的人。可如果男性工作者也加入这种行当，他们的妻女可以同样合法地成为性服务的享受者，他们还会对这些经济活动冠之以时代开放的标签，称市场经济能够调节一切吗？

我想了很多以前从未想过的事。我不知道如果真的到了那一天,我是否还有那样的胆识去参与这些活动。或许会,或许不会。那该死的道德感,我希望把它们一把火烧了,去做一切我愿意并且能做的事。

4

我和胡煜,便是在那种情形下相识的。为了证实他的存在并不是我编织的谎言,这两日,我特地找到了初次相遇的地点。穿过荒芜的花园进到楼内,熟悉的单元门口,那个写着"欢迎回家"的招牌早已不在。中介说,青年空间被关以后,开了个教育培训机构,干了三四年又关门了,一直空到现在。用手拨开发霉的空气,跃层使空间更加空旷,嬉闹声仿佛还拍打在墙,而今只剩壁上青斑,四顾寂寥。

元旦那一日,许久未出门,为了一种仪式感,我穿上黑色套裙,把每一根发丝归到恰当的位置,反复用梳子厘清它们,细致地涂上润发油,使它们看起来像绸缎一般整齐光亮。用蜜粉遮住每一丝皱纹与瑕疵,细细扑上胭脂,以使脸颊显现少女的玫瑰色,就这样隐藏了所有表象上的衰败。未婚夫精神也比往常好,开出跑车,发出隆隆声,引来行人侧目。到了地方,我告诉他晚上自己回去。

那是一个电影分享会。许久没有遭遇人群,陌生面孔使我紧张。一楼咖啡厅坐满年轻人,木质桌椅做旧,台面上摆着干花和玻璃器皿,空气中飘着热烈的气味。他们分成几簇,交颈而谈,紧凑地黏到一起。咖啡厅尽头是个面积很大的露天阳台,靠栏杆摆放着两排圆形坐垫,几人正围成圈,中间坐着个弹吉他的男生,有人跟着哼唱,有人趴在围栏上,眺望远方的夜色。转到拐角,从阳台旁的楼梯走上二楼,先经过一个安静的小图书馆。一面书墙之下,四五个脑袋正伏案阅读。沿过道继续向前走,透过一面落地玻璃墙,七八个青年男女正在活动室里排练戏剧。

推开放映室的门，灯关着，一片影子席地而坐。电影已经开始了。这部电影叫《浮生一日》，讲述的是世界各地的人们，在一天内所做的每一件细琐的事。电影结束时，一个扎着脏辫、戴着黑框镜的男孩跑上台，说，我们讨论一下。他站在投影屏幕前，面部色彩像水一样流动。

这部影片让我不再孤独。就好像全世界的人都能触碰到彼此。就像我们现在。每周末，我都会来这里。我不喜欢学校，我不想把青春浪费在无意义的事情上。但在这儿，一切都不一样了。我活着这件事是可以触摸的。那些人，他们的人生像厕所里的卫生纸一样被浪费掉。可我不一样。

他声音高亢，眼睛失焦地看着远处某个点，仿佛并没有在同我们说话。突然，他俯身拎起脚边的啤酒瓶，大声问，有人要喝酒吗？

男孩是这场电影分享会的组织者。靠近他，很容易被他的活力感染，但这活力中又潜伏着无法调和的不安。我试图回避这种负担。

放映结束后，大家到楼下咖啡厅，随意攀谈。

你看，你做的所有事情，都是被外力强加的。考上大学，读研，我们做所有的事情，好像都是别人认为人生应该这样。可是这样的人生有什么意义？后来我就变得很不开心。和爸妈闹了很久，终于休学一年，一个人去了印度。你们一定要体验一下，真的太刺激了。我左手边一个胖胖的男孩说。

那你现在想做什么呢？我问。

我给自己设了一个目标，三年之内走遍二十个国家。

这很棒呢。不过路费怎么办？

可能沿途教一些汉语吧。

那你旅行回来，要做什么？

唔，看罢。

空气静了一下。

男孩突然有些焦躁。出去抽根烟。他说。

我想自己或许说错话了。独自坐着，不知把手往哪放。正准备起身离开，他走了进来。

这不是多么引人注目的开场,只是在我日复一日的回忆中,将它蒙上一层又一层滤镜。那时的他还是孩子模样,穿着黑色牛角扣大衣,衣襟磨损,泛起白边。挺拔的脖子上有一条淡蓝色条纹围巾,绕个圈,两头搭在胸前,衬出里面的圆领灰毛衣。他很高,单薄的身材使他看起来更高。长长的鬈刘海藏住浓眉,步伐却又坚定有力。他带着一阵风走进来,黑色发梢剪成上下跳跃的轮廓线。

抱歉,我来晚了。他向人群打招呼。我抬头打量:下颏略尖,连着微微凸起的喉结。小麦色皮肤,嘴唇厚实,鼻子挺拔,上面是一双单眼皮,不够传神,却也直白。这样的五官组合,透出一股浓厚的异域气息。他的目光扫到我,便径直走了过来。

你好,我可以坐在你旁边吗?他说。沿着嘴角弧线,浮起两颗绿豆粒大小的酒窝。

我点点头,手心出汗。他坐下来。

你好,我叫方阿梦,你也可以叫我阿梦。我说。

为了表示友好,我笨拙地抬起胳膊,想同他握手。

他握住我的手,摇了摇。

他的手很暖,我的手很冰。

我突然咳嗽起来,他递来一杯水。又咳了好一阵,才平复下来。

这时,他忽然说,你好,我叫胡煜,你也可以叫我阿煜。

这便是我与他相识的起始。

后来,在我来到乌岛之后,每一次举办画展,望着人群,我都会想,他会不会忽然出现?但他从未出现,直到新春的首展日,在人群中看见一个熟悉的影子。阿煜!我竟脱口而出。那身影一闪而过,消失在人群中,像一种征兆,一个隐喻。次日,我接到那通来自大洋另一边的电话。

5

我所去往的地方,是乌岛的一座滨海之城,它连同周围的几座城市,一同被称为艺术家的天堂。立夏之后，季风裹挟水汽，抚过大海，从南方赶来，穿山越林，最后抵达窗台，和悬铃握手，蝉鸣应和响起。我的家，一排双层木屋，靠在一座平缓的山脉下。院子背后是一片树林，清晨阳光射下来，热气蒸腾成云雾，从草木深处升起，冰冷的四肢和脸庞触到，便有了温度。家门前，一条海滨大道，是这座城市的主干。沿这条路向北望去，城市的五脏六腑沿着海岸线，一字铺陈开来。远处几栋林立的大厦，便是我工作的地方，一家设计公司，离家几站公交的距离。往内陆走，便是通往山脉的路，路两旁是向日葵和麦田。微风吹来，能看到一片起伏的麦浪葵海。

这便是乌岛。它与沛海相隔一湾海峡，面积相差无几。乌岛人原先也是华人后裔，数百年中逐渐形成了本土语言。上个世纪初，由于独特的地理位置，这儿成为全球的情报集中港。战后，保持了同几大邻国的密切关系，延续互免签证政策。当硝烟散去，历史留下的文化痕迹交相融汇，形成了极度开放的氛围。这是全球艺术家的飞地，也是他为我挑选的去处。

我特地选择了离他不远的这座城市。或许在潜意识中，还是希望他能来找我的。或许是拜托好友打听，又或许是故意出没在我的活动范围内。我希望我和他的重逢，是巧合一般，在聚光灯下，不证自明地告诉他，我已抵达彼岸。数年来，物是人非，当我终于站在台上，却早已难觅他的踪迹。

时间每流逝一天，关于他的回忆便模糊一分。丢掉一分，便立刻补回来一分。所以时至今日，他还存续着。现在，他所残留下来的形象，如此不真实，我只能用仅存的那些材料概括。数十年前，祖国刚同乌岛建交，一批建筑师去支援，他的爷爷便是其中一个。父母离婚后，刚上小学的他来到乌岛，跟着爷爷生活。他曾经给我看他爷爷建在乌岛中部沙漠边缘的房子，每块砖石都是玉一样的质地，光滑而富有纹理。他说沙漠很软，就算飞机撞到沙丘，也像是撞到棉花糖一般，没有大碍。刚到乌岛的那段日子，他孤独地和钢琴与吉他相伴。等到长大些，他迷上了冲浪，在阳光与涌动的海浪中，逐渐开朗起来。他没有读大学，只是混迹在音乐圈，而后顺其自然地，上手了配乐的工作，虽然报酬微薄，却也活得自在。

我记得这些关于他的事，可在岛国的这些年，却完全遗忘了他的名字，那么简单的两个字。我尝试着琢磨出哪怕是单独的姓，但它们落在了回忆的缝隙中，直到回国前的那一日才忽然出现。

第一次见面的那天，我们像老朋友一般聊了许多。聊各自的生活，也聊关于艺术的认知。夜里十一点，他才送我回家。他开着一辆很旧的车，据说是租来的，款式类似十几年前的桑塔纳，由几个立方体铁盒拼接而成。车里放着钢琴曲，旋律在旧音响中过滤一遍，便像在牛奶中撒了把沙砾，很涩。我们并排坐着。半分钟后，他侧过脸问，你是否介意同我多待一会儿？他的睫毛在路灯光下颤动。我们在四环上绕圈，雾霾中，天桥在头顶掠过，路上车辆越来越少。我们都没有说话。我不敢看他，只是偶尔盯着方向盘上修长的手。

晚上一点，回到住处。在楼下，我与他道别。除了走廊那盏，别墅的灯已经全熄了。院门没关，半掩着。我轻轻推开门，吱呀声划破宁静。我忽然想到什么，回头看他。

我和未婚夫住在这儿。以后有时间，欢迎来做客。我说。

他愣了一下，而后笑了笑。接着有几天，我们没有联系。我以为事情会这样平淡下去。直到一周后，我收到一条信息。

我在边地作曲。你也应该来这里，它会帮助你恢复。他说。

我拒绝。

知道你为什么会生病吗？也许理性不能解决所有问题。他说。

第二天，我告诉未婚夫，想一个人出去走走。

边地南门。天空被人拿起玻璃罩，一眼可以望见大气层的边缘。深吸一口气，肺泡得以与氧气亲昵。鸟儿在树荫里鸣啼，阳光赤裸在风里，有泥土的味道。胖女人在旅店前招徕住客，老妪挎着篮子，强行把花环套到行人头顶。在红楼柱前的灰色石阶上，我拎着半人高的白色行李箱，在人群中张望。须臾，我找到一个修长的黑色身影，向他招了招手。这个介于成年男子与男孩之间的男性，正拨开人群走来。他接过行李箱，低头说，你来了。

来之前，他叮嘱我，选飞机左侧一个靠窗的座位。他要求我定一个闹钟。七点四十二分。Hoppipolla，提前下载。虽不明所以，我还是照做了。在准确的时刻，戴上耳机。第一声钢琴音符落下，望向窗外，黎明前那片灰蓝的云海上，一丝橙光探出脑袋，慢慢向上跳跃。它点出层层亮色，倾洒下不规则的叠叠倒影。光与影向视野两侧无限延伸。这只是这个宏伟宇宙最微小的一次日常活动，却像是造物主向人间洒下神启。随着音轨交加涨起，这颗橙色火球逐渐升高、变亮。它的光芒逐层晕染开，到了一瞬间，忽而一跃跳出云海，变得无比耀眼，明黄而极白。眼睛一阵刺炫，皮肤接受到热量的传达。闭上眼，再睁开眼，白日降临。就在这一瞬间，耳边澎湃的音符与眼前的景象融合汇腾，交织成一个圆形通道。通道里涌动出无数细腻的触感，全身毛孔一齐打开。

空间中飘浮着信息，可接收的，无法接收的。一次触碰。眼睛捕捉。耳边的声音。它们确实是存在的，但以往对我而言，却又都不存在。

无数信息呼啸而来。

须臾之间，一齐奔来。

人生中第一次，我完成一种延伸。我感到了与太阳、与云彩、与宇宙之间的一种联系。这种联系与财富、标签、光环都无关，只与空气、风和天空有关。它与造物主有关。

它便是存在本身。

四　边地

1

或许是时候了。我收拾了一个背包，决定回边地看看。侧身坐在火车窗边,相遇像两根抛物线,景色倒退,冲向我,又离开我。耳机里播放着那首歌,这些年来,我没有勇气再听。太阳升起又走远,水汽聚合为云,雨点打在车窗上,又被阳光带走。站在边地那扇朱红色大门前,记忆中的旅客如潮水退去,只有穿着民族服饰的本地人偶尔经过。沿街道向前,石子路铺满青苔,鸟儿很吵,树木发出沙沙响动。酒吧,小吃,演出现场,已关了一半。

我试图找到先前曾住过的那家民宿。在夕阳开始衰落之时,发现了那个地点。熟悉的一扇门,开着,透过卷帘,看到一个女人的身影。敲敲门,她抬起头。一张熟悉的面庞,却又比回忆中年轻许多。她同我年纪相仿,穿一身原色麻衣,坐在石桌旁的蒲团上,桌上摆着毛笔与宣纸,青烟从香炉里飘出。她抬头看见我,便说,请进吧。我脱掉鞋,走上编织的凉席,盘腿坐在她对面。她继续写字。

这里和回忆里,完全不一样了。沉吟半晌,我开口。

她放下笔端详我。你之前来过这里吧?她说。

我点头。环顾四周,四下素净,中庭有一个圆形拱门,墙上是扇形园林,底部铺满白色的碎石子。原先种着桃木的院子,现在成了一片菜圃,打理得很好。我问,你住在这吗?

她点点头。

原来的老板娘,安姨,去了哪里?

她笑了笑说,那是我的母亲。她已经去世了。

我沉默。半晌,请她节哀。可她的表情并不悲伤。

虽然只有一面之缘,我时常会想起她。我说。

她打开香炉的盖子,把里面的香灰清理到一个小竹筐里,又往香炉里加了一炷香。我看见她面前的宣纸上,有密密麻麻的小楷,似乎是某种经文。

母亲走的这三年,陆续会有一些人回来。她说。她的脸干干净净,没有妆容,也没需要遮掩的斑痕,头发在头顶扎成发髻。我再次试图从她的表情中找出伤感,可只找到一种平静淡然,我觉得这种表情不应该出现在与我年龄相近的女人脸上。

从你刚进来，我便觉得你很面熟。你是个画家，对吗？她问。

我诧异。

她接着说，大约半年前，一位男士，找到这里。聊天时，他拿出一张相片，提到了你。

我的五脏六腑被揉皱了，燃烧起来。我问，那个人是不是叫，胡煜。

她说，看来你们认识。也是有趣，他们两口子都是音乐家，女儿却喜欢画画。他说，他的女儿和你一样有天赋。

我呆坐在那里。

你看，墙上那一幅，就是小女孩画的。她只有三岁。她指了指背后。

那是一幅笔记本大小的日出，放置在一众书法之间。云彩是紫罗兰和橙色，揉成棉花糖，画面中心，靛蓝和柠檬黄抱着摔跤，看得出是油画棒。

她比我幸运。我说。

她倒了一杯茶，递给我。我拿起茶杯，静默无言。

或许是看出了什么。她宽慰我说，过去的都过去了。

那天晚上，我一个人坐在天台发呆。大约十点，她走了上来，手里拿着一条毛毯，递给我。那是一条熟悉的毯子，印着阔叶龟背竹。

你没有将它扔掉。我说。

这是母亲经常用的东西。她说。

我记得，那时安姨也要来乌岛的。

是。原本是这样计划。只是四年前，她染上大流感，不到两个月，便去了。

或许，这是真正的解脱吧。

你相信灵魂不灭吗？

我不知道。

我总感觉，母亲还在这里。

你不会感觉被回忆困住吗？

当你觉得被困住是一件需要解决的事,才是真的被困住。

我不知该说什么。我们并排坐着。

她又下了楼。再上来时,递给我一只马克杯。那杯子被捏成匹诺曹的形状,穿绿背带裤,戴蓝色帽子,红鼻子从两撇小胡子上直直伸出来。我见过这只杯子,它曾经坐在一楼那张椭圆餐桌上,被安姨捧在手里。

我先休息了。一会儿你困了,可以直接睡在这。她起身,指了指我身后的小木屋。

我向马克杯里看了看,茶叶皱作一团,在热水中伸展开来。

我叫住她。

你想听故事吗?最俗套的那种。

我抬头看向她。

2

那是一个二十四岁女人迟来的情窦初开,就像大雨后的田野,雾气蒸腾,发芽与否并不能由稻谷选择。现在想来,他只是众多男生之中的一个,甚至才华也算不上特别,但那时对于我而言,是首个有了连接的异性,也因此有着无可取代的地位。即便,他现在已经有了自己的家庭、自己的生活。

第一次进入这栋房子时,我被它内部的气质所惊讶。那时这里还保留着安姨的痕迹。它和我所习惯的后现代建筑不同,没有极简的几何棱角与白色色块,却含着某种地方性的缓慢,仿佛被时间遗忘。门廊左手边是餐厅。一个椭圆形的橡木长桌,沐浴在蕾丝窗帘透进的光中。右侧一整排柜子靠着墙,陈列着烛台、陶瓷、餐具、茶叶、咖啡、手工艺品,精巧细致,风格各异。桌子尽头挂着一幅风景油画,画下面,扁长的茶几上摆满了书籍。向前走,拨开蜡染门帘走出餐厅,正对着一条过道,白色台阶通向二楼。过道左侧是会客室，装饰着各种灯具。右侧敞开一个小院子，厨房挨着院子的一条边。顺着院子里的一棵桃树向上，可以看到三楼高高的天井和上方的天空。

我们喊了几声，没人应答。阿煜说，老板娘可能正在对面山上建图书馆。我跟在他身后，走过铺着月季花瓣的台阶，到二楼去看我的房间。客厅不大，靠墙摆放着可卧的榻榻米。袖珍小茶桌立在上面。透过门帘可以直接看到卧室。编织地毯、木雕、玻璃烛台摆放规整，紧凑和谐。我觉得你会喜欢这里。阿煜说。

我们在屋内走了一圈，回到客厅书架前。我与他讨论起云上日出的感受。他说，这是每个人与生俱来的天赋，只是人们关闭了这种感官。我们依存于这种感官而活，所以和大多数人注定有些不同。我说，这种不同是危险的。他轻轻地说，没关系，我们是同一类人。

虽然比我小一岁，没有读过大学，他的阅读量却是惊人的。尽管一直按部就班读到研究生，我明白，我脑海里的内容，是死的。而他心中的，却是活的。这或许是因为他聊起这些思想条分缕析又富有激情，而那些我虽然熟背于心，却只是一堆干瘪的纲要。他拿起一本《银河系漫游指南》，开始阅读。于是我也随手拿下一本书，仔细一看，是杜拉斯的《情人》。这令我脸上发烫，随手翻开一页。

"我宁可要你不爱我，我希望你能像和其他女人做的那样做起来。"这是我同未婚夫的状态吗？这是最让我困惑的一句话。都是钱财与肉体，可她所描绘的情欲，仿佛并不存在于我的体内。我那沉默的、内敛的、自我强迫的性格，早已将契约以外的次要感受摒弃。对于我而言，克制是得以生存的至高品格。那时，我还不能理解这种目的和手段的背离，只是抱着一种莫名矛盾的心态看他，像看着一个谜团。

他正垂着眼帘，长睫毛微微颤抖，面庞上凝聚着专注。似乎是察觉到来自我的窥视，他抬起头，看到我和手中的书，笑了笑。

不知不觉，室内暗到要开灯了。他起身，把书本合上，往厨房走去。他很高，我的眼睛刚刚能够到他的胸口，看得见他下巴上淡淡的胡茬。

　　我不知道他身上孩子般的天真与活力是从哪里获得的。在回忆里，他如此惹人欢喜，以至于这些事情是否真的按照所说的状况发生，我也不能准确说明。也许在大部分时间里，回忆只是人类按照自己的理解与逻辑，重新组织的想象罢了。如果他知道这些，大约会哂笑的。

　　从来不做家务的我笨拙地为他帮厨。他说，一个人生活，这是必须的技能。这看似讨厌的琐事，便是生活原本的面貌，也是乐趣所在。他支使我把楼下的小音响、烛台、毛毯搬运到天台的餐桌去。一月份，边地夜间颇有些冷。天台很黑，周围没有人声。黑暗中，眼睛逐渐适应。偶然一抬头，看见一整片璀璨的星空。我突然想到曾经仰望这片星空的梵高、康德或是王尔德，仰头呆呆看着。

　　我们将食物陆续运上天台。黄色烛光映照出稚嫩的面庞，面对面坐着，时间更慢了。他说，你看，做菜就好像画画，或者做音乐。你有一个概念的起点，然后让不同的味觉混合起来。他拿起刀叉，将牛排切成多个小块，把其中一块递给我。咀嚼一会儿，我没有感到特别不同。再仔细品味，倒是有些真诚的温度。

　　真不错。我赞许。

　　这就是生活本身啊。

　　真羡慕你能选择想要的生活。我说。

　　其实你也可以。

　　我低下头。他突然伸出手来，摸了摸我的脑袋。

　　餐至七八分，他放出一首探戈，说要请我跳支舞。我直摇头。

　　别怕，我教你。左手搭在我右肩，右手握着我的手，对，一二三四，前进走步……对，换方向，回头……你看，就是这样！

　　他保持距离，绅士般的把手搭在我的腰附近。我松了一些，但总是踩到脚，很确信自己是在胡乱走步。他的身躯包围着我。有松木的气味，洗涤的清香，又有男人荷尔蒙的气息。余光可以看到地上的烛流与天上的银河。一阵清风，苍穹上云层移动。我们看到视野尽头如黛的远山。

我们停下来。他低头，双手搭在肩膀，越来越近，我可以听见他的呼吸，吹在脸上，有些痒。他似乎想同我说什么。夜空衬着柔和的表情，刘海垂下来，露出好看的额头。又一阵风吹来，我打了个寒战。忽而视野黑了，我听见他紧促的心跳。

我伸出手想推开他，却搂住了他。

不知过了多久，我们为目光腾出空间。下楼走进房间，南方的夜间，没有暖气，温度令人打颤。我们盖着同一条印花毯子，并排坐在榻榻米上。应当从哪里开始呢？我把画册摊开。干净的，躁动的，阴郁的。他说，这是上天赋予你的，不应该被浪费。我低下头，说，我再也画不出来了。他拿起我拙劣的一幅风景，坚定地说，你应当克服恐惧。你身体里藏着能量，而你不自知。

我感受到了我和他同步的呼吸与心跳，感受到他胸膛的起伏，以及我体内荷尔蒙的变化。那是我第一次对情欲的涌动有了真正的认知。他突然回过头，看着我，羞怯又紧张。

我把头转向一边。

那种事……就别想了。我小声说。

似乎感到了对我的冒犯，他只是默默起身，道了声晚安。

那一整晚我都没睡好。那是一种飘在空气中的感受，我无法把控它。他的做法或许太过于轻佻。我掐住手心，警告自己不可以陷入这种圈套。早上，市井里吃完早饭，我们坐在一起读昨日没读完的书，各自有一种僵硬的沉默。他转过身来真诚地看着我，说，我为昨晚的事情道歉。我问为什么。因为我不想让你觉得，我想要占你的便宜。或者说，我有时会感受到欲望，但我认为这种欲望是次要的，有些事情更加重要。

夜色已至，心情闲适，结伴出门散步。随意走入一家酒吧。大提琴与洞箫、电音，以及一种酷似吉他、却说不出名字的乐器。这是今晚的乐队演出。演奏者仙风道骨，挽着发髻。鬼神之声响起，电音清脆利落，大提琴悬而未决，洞箫清冷。曲子没有内容，追着山峦，一路向上。邻座是一对中年夫妇，带着孩子与老人，全家人脸上写满茫然。

此时，我俩正靠在墙上。我出神地看着他随吞咽活动上下滚动的喉结。举杯饮一口白啤，味道很淡，有一种贴切的好处，水一般清淡，又有麦的芬芳。或许这便是过犹不及。现在我想，若我与他的关系停留在这里，或许是个不错的结尾。

回到民宿，他从客厅墙上拿下一把吉他。他说，刚到乌岛时，没有朋友，只有吉他和钢琴陪着。他和着原唱演奏，叮嘱我仔细听。是披头士的一首老歌。

I look at you all see the love there that's sleeping

While my guitar gently weeps

I look at the floor and I see it needs sweeping

Still my guitar gently weeps

I don't know why nobody told you how to unfold your love

I don't know how someone controlled you they bought and sold you

他看向我的眼睛，忽而变得深沉。琴弦清脆拨响，重低音撞击耳膜，使我手心出汗。恍惚中看见一堵高墙，他穿过栅栏的缝隙，紧紧握住我。我坐立难安，他只是坦然迎着我的目光。

洗漱完，他来找我。头发乱蓬蓬，发尾潮湿，裹在宽松的灰色连帽卫衣里。看电影吗？他抱着电脑，眨眨眼。犹豫很久，还是让他进来。

这部片，叫《爱在黎明破晓前》。一整部电影，两个人都在漫无目的地聊天。我说，这真无聊。他说，不是所有事情都有目的的啊。于是，循着男女主人公的轨迹，我重新体味它，得到一种新的领悟。原先觉得无聊的细节，有了些许滋味。

正在沉默观赏之中，他忽然说，我理解你，第一次见你时，我便已经这样觉得。说完，他匆忙起身，说已经太晚了。

我想说什么，但没说出口。

那晚，我梦见一个疯子。一个女人，衣衫褴褛，满口烂牙。她潜入房间，像牧羊犬一般追逐。醒来，我忽而记起刚搬到铁皮房子里时，楼上曾经住着一个疯子,每到深夜便使劲跺脚。那之后,每每入夜,我便听见有人跺脚。然而母亲说,女人早已搬走。我的母亲,她惧怕任何可能的危险。被骗。下岗。破产。或许她见过太多种令人骇然的衰落。我们再也不想回到铁皮房子里。

中午,阳光很好,我们站在院内,准备出门。毫无征兆地,他举起拍立得,冲我按下快门。照片显影,我看见一张明亮的面庞,裹在白色羽绒服和黑色羊绒衫套裙之中,围一条黄色围巾。还来不及多看一眼,便被他抢走,藏进大衣口袋。向外走,被音乐声吸引,绕过两个街区,一个院子里正进行即兴演奏会。很多异乡人,鬈曲的棕色与金色混在一起,张扬的肢体互相呼应,狂放地踏着脚步。

好想加入他们。他说。

要是弹错了该多尴尬。我说。

错?哪里有绝对的对错。在当下倾听自己,这样每一件事都顺其自然。而且你还有伙伴。你们同时在不确定性上舞蹈,感受对方的走向,你们是连接在一起的。这种忘我,极其美妙。

见我惊诧的眼神,他接着说,如果是前几年,你或许能赶上更鼎盛的时期。各地的自由艺人,在街边演奏、画画。不过现在,人们开始寻找下一个目的地了。他突然握住我的肩。跟我来乌岛吧,那里才是能让你生长的世界,他说。

晚上回到客栈,一位女士正坐在沙发上,四十五岁上下,满头碎发,身穿藏蓝色长袍,身上零星有几处白色膏状物。这种女人给人带来的感觉,同生活优渥、娇嫩欲滴的贵妇,是完全不同的。没有细嫩的皮相,不撩动男人的情欲,却让人想到兰草一类的植物。气质是一种极其玄妙的东西,仿佛每件做过的事情、去过的场所、思考过的问题,都沉淀在一个人周围的空气中,只需要静静坐着,便会自然挥发。在安姨身上,这种气质是从容与安宁。我挨着阿煜在对面沙发坐下,她给我们每人泡了一杯茶。

哎呀，从山上回来了，阿煜说，进展得怎样？

稍微有一些问题。之前赞助的朋友撤资了，地产现在自顾不暇。安姨说，不过这也不打紧。没有了工人，我们几个就自己动手。愚公移山，总能做完的。

过两天我去帮你出点力，你可千万别把自己累倒了。阿煜说着，用手拍了拍我：介绍一下，这是我的朋友阿梦，她是个画家。

阿梦你好。安姨看向我，眼睛弯成一条缝。

我问，安姨，你们建这个图书馆花了多少钱？

她说，没有太仔细计算，是朋友们自发筹的款，算是众人的心血。

什么时候来岛上找我？阿煜问。

快了，等完成了，就过去。安姨说完，又问我，阿梦，你去过岛上没有？

我摇摇头。

她也会来的。她没有理由不来，对不？阿煜说。

上次去还是半年前的爵士音乐节，夏天岛上的气温正适宜，还有雪莉，她还好吗？安姨边说，边把手焐在一个匹诺曹图案的茶杯上暖手。她的手像是刚在冷水中浸泡过那样红。

朋友们都是很棒的人，你会喜欢的。阿煜说。

去体验吧，趁现在还年轻。安姨和蔼地看着我们。

她的目光，里面有某种光亮，像是镜子没有蒙上过尘埃，天空没有经历过雾霾，热带草木在适宜的气候中健康生长，一切都只是它原来的样子。

夜深了，我们同安姨道别。上楼，说了晚安，正准备关门，他忽然伸手拉住我。

他说，那是全世界最好的地方，你一定要来找我。

那真是一句很重的话。或许在他说出这句话的那一刻，自己都不能意识到它背后所包含的分量。他太年轻了，比我还要小一岁。如果换作是现在的我，或许并不会将这样一句话当真。可在那时，他像是保管天堂钥匙的圣彼得，仿佛只要握住他的手，便可以即刻活出崭新的人生。

我闭上眼睛，体内有一团温暖的、令人困惑的东西逐渐升起，与他胸膛中的温暖汇聚到一处。他吻了我。那个吻很轻，有松木的香味，而后浓烈起来。这一缕香镌刻在我的脑海中，成为了爱情的表征。我们相互拥抱。那是我第一次真正接触一个异性的身体。他的身体是男孩的，刚刚形成男人的轮廓，可以触到浅浅的肌肉块。胳膊和腿平放着，山峦一般绵亘在跟前。气息混合，仿佛两株木棉。我们在对话。侵略像灼热的太阳。柔弱是蜿蜒的沼泽。大提琴低沉悲伤，钢琴脆落，纯洁地共鸣，鼓点猛烈进击。思绪呼啸卷过，而抓住每张碎片，又都是空无一物。弹钢琴形成的修长大手，比我的手长出两个指节，紧紧相扣。另一只手扫弦一般，有节奏地拍我的肩。

你知道吗？很多事物，并不是我们想象的线性因果。正如我和你。我们有自己的上下文。我们的连接像是螺旋的轮回，不停牵扯着。这就是命运。

头靠着他的肩。我完全地依赖他，像依赖我不存在的兄弟姐妹，依赖另一个自己。

他说，第一次见到你时，我想，这女孩好美，内心却这样沉重。我完全地理解到你，理解到你的孤独与痛苦，我看着你，仿佛那不是你，而是许多年前的我。你便是我心中的那个小孩。以后，无论发生了什么，你都可以来找我，我对你毫无保留。

又说，连接，这是我找到的，解决我所有困惑的答案。活下去，生存，繁衍，真的有那么重要？我们是基因的奴隶，作为个体，谁能逃脱死亡呢？这过程，难道不更重要？这便是你和我的存在啊。看过《太空漫游2001》吧？理性能帮助我们理解环境，但最终对本质的抵达，只能通过直觉与感受。这是上帝给我们的本能，也是母性的本能。理性无法与人连接。没了连接，我们活在世上，便只剩孤独……

强烈的睡意袭来，我靠着他，逐渐失去知觉。

这是我人生中睡得最沉的一晚。

次日，下了小雨。有所察觉一般，未婚夫发了消息过来，问我何时回家。我告诉阿煜，得马上离开。吃完午餐，我们一同奔往机场。候机时，靠着他的肩，但又都不说话。

抵达沛海，已是傍晚。下了飞机，喧嚣扑面而来。冰冷的雾霾笼罩整个城市。在摆渡车上，我们看着彼此，忽然同时从对方眼睛里读懂了什么。

过年留在沛海吗？我问。

我回乌岛。

我想学乌语，你能教我吗？

看罢。停顿一会儿，他问，需要送你回家吗？

不用……未婚夫会来。我说。

他低下头，不再说话。

下了飞机，他径自领上行李，匆匆离去。

坐上副驾，我想这一段因缘际会，或许已经结束了。

回头看看未婚夫，一股浅浅的愧疚涌上心头。他用厚重的手掌握住我的手。在那一刻，他的手变了。或者，他的手仍是原先的手，只是我的手发生了变化。

3

我犯错了。那是我第一次确认身为人的欲望。如今回想起来，这做法依旧是个错误。可那时似乎无论怎样做，都是错的。这是种结构性的错置，并不由我自己决定。这些年来，我一直用这个理由宽慰自己。

回住处一星期之后，未婚夫还是跟我说，他觉得我和以前不同了。

原先的平淡生活，忽然变得无法忍受。那个一月份的尾声，以一场疾病的终结，迎来了另一场声势更大的疾病。他的脉搏仍连接着我的呼吸。他的面容开始出现在房间，形成一幅挥散不去的画面。我在人群里看到他，在电影里看到他，在黑夜的幻影中看到他。他无处不在。

未婚夫察觉到我的改变。他并没有再说什么，也没有发作。我们之间隔着各自的秘密。我日常的恭维冷淡下来，代之以躲避与疏离。他开始以一种复杂的眼神看我。那天晚上，忘记锁门，半梦半醒之中，他开门走进来，穿着白色睡衣，头发乱糟，守夜灯照耀出他脸上的纹路。他坐在床头，望着我，而后靠近我，想要吻我。

我推开他，拍了拍他的肩。他的眼神忽然哀伤下去，而后脸色变得阴沉。

我留在了这栋房子里。我需要继续假装一切都还是原先的样子。不仅仅是因为母亲来看我时残留在这栋房子里的劝诫，也因为他曾经对我的关照。我开始变着法子对他好。在我的前半生中，从未对一个人如此关怀。为他挑选有审美的衣物，制定健康的饮食习惯，督促他减肥。为房间添置优雅的装饰与手工艺品，铺上西班牙风格的地毯，安装璀璨的灯饰。这些也许并不是他最需要的，却是我最能给予的。那些房间也同样打上了我的烙印。很多年以后，当他的新女友搬进他的房间，依然能从这里读出我的影子。

可是，在那个雾霾笼罩的冷峻冬日，生活暗淡无光。房子里有那么多器物，光是喝水的杯子，便有十几种。茶碗，主人杯，大肚子的红酒杯，方形的威士忌杯，用来喝清酒的不规则手工玻璃杯，少女情调的水晶玻璃杯，这些东西像是把我困住了。

在埋头打理这些事务时，思念使我提心吊胆。每一辆车经过楼下，都仿佛是他的到来。他应当早已把我忘了，我知道自己不应有所奢求。在这种期待与恐惧中对峙着，直到两个星期后的一个下午。

那天，是未婚夫开的门。他正收拾了行装准备去公司。路口处，他和阿煜的车几乎迎面碰上。幸而，他没有注意到他。那一刻我正倚在窗边向外看。等到未婚夫的车开远了，立刻披上大衣，一边整理头发，一边往外跑，差点站不稳。他摇下车窗，说，上车吧。我要求他把车停到更远一些的地方，可他没有那么做。我等他说话，可他只是沉默地盯着远方某个点。

我伸出左手，覆盖在他紧握方向盘的右手上。

他的呼吸急促起来，而后眼睛里有些湿润。我们都没有说话。就这样一动不动，坐了许久。

五　抉择

1

近午，阳光透过十字窗棂，将我从木屋唤醒。四下一片寂静。窗外，陶瓷杯还立在桌上，伸着长鼻子。我们都睡得太晚。把视线投向远方，那座雪山，白日之中，蓝天之下，透过一尘不染的空气，从山脉中耸立出来。岩壁的纹理一览无余，白色尖角向上延伸，那是终年的积雪。时间如水，凝结成冰，山下的人们，把自己的累世盛放在那里。

昨晚，我梦见了阿煜。我站在后窗，远远望见美满的一家三口。我曾经那么强烈地渴望身处其中。现在想来，他或许并不是能够托付的人。那些动人的话语，我无法深究其本质。他是否如记忆里那般爱我，也无法得到准确的答案。或许真相如何，已经不那么重要了。

走出房间，坐到桌子旁。不知过了多久，她端着一个托盘上来。一碟萝卜，一碗粥，走过来，在我身边坐下。我接受了她的好意。正吃着，忽然想起还不知她的姓名。

名字是个代称，想叫我什么，都可以。她说。

安妹。不知为何，我一下便想到这个名字。

她笑说，大家正是这么叫我的。

抱歉，让你做了这么久的听众。我说。

她还是笑，说，这个故事，倒也不是和我完全无关。

它太复杂了。几乎每一段时间我便要回忆一遍。我强迫自己不再去想这件事，但它好像无处不在。我说。

我倒是没有过这种经历，你们后来在一起了吧。

是。克服了心理那一关，再次见面，便不再顾得了那么许多。

种一大片向日葵，风吹过的时候，花朵就像一阵温暖的声浪，一列列大和弦，一层一层往上推。他告诉我，这存在于他的城市。在房间中，我们一起去到那里。后来，当我一个人去往我的城市，才明白这并不是幻想。

在阿煜破旧的出租房中，新作如井喷一般诞生。他不能离开音乐，就如同我无法停止画画。他是我的模特。下颌线浅浅的棱角，在转折处是着重描绘的阴影。头发微鬈，最适合背光的质感，空气藏在里面，有浮动的毛流。鼻梁上凸起的小节，以及微微翘起的指肚，这些天然存在的起伏，都是造物主的精妙。一个人，同一套五官与器官，线条，色块，光影，景观却难以穷尽。从前，我画风景与静物，画幻想，都是一个人。同他一起，我体会到了凝视者的感受。从他坐到对面的凳子上，我拿起画笔的那一刻起，我便获得了新的身份。笔刷蘸满颜料，行走在方寸天地，松节油的气味令人振奋。我在塑造他的形象，也在重塑着自己。这种力量使我上瘾。那是我的武器，盛放灵魂的安息之处。我确认了我，也忘却了我。

工作完，我们一起出门混迹。我记得那些嘈杂的夜色，不同肤色的人们凑在一起，穿着奇异的服饰，或染了头发，神情热烈。舞池里拥挤的人们相互贴近，在音乐的律动下，呈现出一种同步。前排的人们扒着栏杆，一齐甩头，形成某种秩序，像巨人的手拨出麦田怪圈。鼓点穿过水泥墙壁，从空气和地面钻到我们的骨头里，身子里的每一个腔体都跟着共鸣。人们的灵魂震了出来，飘到灯光与烟灰弥漫的半空中，好像把自我拽出身体，内心便平复了。在那种海洋般的涌动中，陌生人之间放下了约定俗成的社交距离，也不再有崎岖微妙的戒心。在那一刻，人们都是不分你我的婴儿。演出现场藏在旧弄堂，电影放映室躲在街边的小门店后，独立剧院搭建在旧工厂里。在沛海住了那么久，我才发现这里藏着这样多好去处。

想了许久，我告诉他，这是城市中的爱丽丝洞，是精致、昂贵且有秩序之外的那部分。混乱，疯狂，无逻辑可循，却又散发着魅力，是一种例外的美感。他说，所以，我们始终可以选择。

2

选择。掷地有声的两个字。那时我忽然明白它是种权力，是不再被支配的可能。看见无形的枷锁，这意味着迈出第一步。可当我去挣脱枷锁，才发现它早已同我骨肉相连，醒悟之后，将是无法避免的撕裂与伤痛。过往的言行举止，被养育长大的方式，十几年如一日的习惯，深深刻在人格里。某种选择必然意味着另一种选择的牺牲。这是我的困境，也是选择的代价。

转眼到了年关。阿煜回乌岛过年，我住回父母家，他们正忙于生意，无暇他顾，对我的转变丝毫没有觉察。年前，未婚夫曾邀我一同回岭西祭祖，我回绝了。毕竟没有领证，这样跟过去，多少不够矜持。他便不再说什么。我实在不愿再同他独处。若是没有心爱的人，女人或许觉得同谁过日子，并没有很大的差别。而那时我心里有了人，那么其他想要亲近的男性就会变得面目可憎，仿佛是揩油的盗贼。

那个春节，日子像刀片插在面团里，我们家过得并不轻松。之前有几笔货款追不回来，成了死账，工资发不出，员工们围坐在办公室门口。拉下脸来四处求了许多熟人，才算是勉强过关。在新年晚上，全家人花费二十分钟时间，揣度给未婚夫父亲祝福短信的字词。祝福是由头，目的是旁敲侧击。什么福星高照，鹏程万里，精诚合作，秦晋之好。董事长没有回复，倒是未婚夫回了母亲，说年后准备给我们一个非常大的订单。希望是最稀缺的东西，是黑暗中洒下的月光，高挂在天上。若是迟迟兑现不了，就成了挂在驴车前的胡萝卜。而那时我们想做的，就是伸长脖子，把胡萝卜咬到嘴里。天早晚会黑，人终有一死。只是在那当口，我们只看得到希望。我们需要希望。

伴随着距离的拉开，我和阿煜的分歧显现出来。回到乌岛的阿煜，一头扎进原先的生活，他无法理解我在现实中的难处，正如我将他的任性视为不成熟。那时我已临近毕业，论文压着心思，当我在视频中看到他那样自在地玩耍，甚至会有些气恼。他总是热情地发出邀请，希望我到乌岛去。可扔下父母和既成的一切，哪里是一句话那样轻松。几次之后，我开始不耐烦。我说，我去不了，你不能这样自私，至少要等家里这笔订单先做完。

在我说完那些话之后，他忽然沉默了。半晌，他说，我和你的关系，已被你亲手抛弃。说完，一把挂断电话。拨回去，总是响一声，便被按掉。发信息过去，没有回音。而后几天，一直没有消息。

我不能理解他的反应。对我而言，只是说了一句实话。为何不能妥协一些呢？我把心挖出来放在案板上，里里外外地检视，我想有一块肿瘤，摸起来如此硌手，可怎么割都翻不出来，我不肯停手，血一直流。

后来我明白，那时对于人生一些重要价值的排序，我与他截然相反。我还是道了歉。一个月后，他消了气。忙于论文的日子里，我们的联系逐渐淡下去。

3

若不是事情进展到那步田地，我想我并不会真的出走。

年后我见到了未婚夫。他的眼神，藏在一层雾霭里，看不真切。他想必是已经察觉到了什么。就算小心翼翼加以掩饰，有心人也可以从一些细微的肢体、表情甚至气味察觉。他或许也只是没有说破，像我对他也留下余地。一对情侣，手上各拿了线的一头，如果同时拽，一丝空间都不剩，便会把人勒死。母亲拽过这条线的一头，从此父亲被她牵着鼻子走。我和未婚夫互相试探地对望着，仿佛在等待谁先扯动这条线，但我们都没有轻举妄动。我们都知道，稍有不慎，这条线就断了。

对于我落实生意上允诺的请求，他只是说回去问问他父亲。我观察他的表情，想要找出一丝证据。他也在观察着我。从他的眼神中，我发现了残留的温情与征服的欲望，可理智而冷淡的面部表情，使我琢磨不透。

那时我已经察觉到事情不对劲。劳动节回家，等了两天才凑齐一顿饭。父亲坐在桌子里侧，满面愁云，不停地出去接电话。为了不和父亲的音量互相影响，母亲来回往阳台跑，我从未听过他们用如此恳求的语气跟人说话。吃饭的时候，他们心不在焉，先问了问毕业进展。随后，拿出一份文件。

我看着那份文件：婚前财产协议。白纸黑字，已经有未婚夫的签名。

母亲说，你们该结婚了。她垂目看向桌面，表情如此平静，轻易地将这句话从口中说出，仿佛这只是去超市买菜。我说，我不想。母亲说，这件事已经定了。我追问他们出了什么事。父亲涨红了脸，面有难色地看着我，而后又无奈地看了看母亲。母亲站了起来，想伸手去拉我，而后忽然哽咽住，力气被抽空似的，斜着倒在沙发上。

我从未见过这样的母亲。她的坚韧与定力被击溃了。她一边流泪，一边把事情的原委告知我。原来新楼盘开发，未婚夫确实给了一个大单，但需求量过于庞大，我们从未见过，工厂的产能也消化不了。于是，母亲和父亲用房子和工厂设备向银行抵押贷了款，又从别的渠道那里进了许多货。货到位了，可到了交付时，发现实际需求只有合同上的两成。未婚夫不再出面，只是让采购部门和我们联系，说计算出现了偏差，以后有需求再补，来日方长。虽然白纸黑字签了合同，我们并不敢打官司得罪这样一个靠山。即便打了官司，等到法庭宣判，我们也早已破产。贷款到期，拆东墙补西墙，能问的熟人都问遍了，可以往关系非常好的人，这次听了都直摆手。最后关头，未婚夫开了个条件，说可以马上拆借资金给我们，但前提是和我结婚。结了婚，便是自己人，才值得帮。

直觉立刻告诉我，这件事不简单。我与未婚夫已然有了裂痕，结婚并不是水到渠成的事。我原以为，两人的关系若是发展得不顺，他至多会将我抛弃，换一个女人罢了。没想到，他用了一种最不留余地的手段，强迫我低头。可能还有喜欢，但更多是一种占有欲，或许在用这种方式宣扬他的意志，报复我对他的背叛。他或许会很得意，只是稍微施展了点手腕，便这样大获全胜。

有一刻我想过驯服。可一思考往后的日子，便觉得后背发凉。这一次，他假意帮了我们，成了我们的债主，往后，我们全家人只能听命于他。在合法婚姻的表面下，他可以对我做任何事。我将成为一个听话的妻子，继续为慈善事业服务，满足他生活的一切需求。他的女人一定不止我一个，而我却一定是最服帖的那个。当有一天，我容颜不再，青春与价值消耗完毕，他的执念转变为厌恶，一定会将我抛弃。这比现在便立刻抛弃我，还要残忍百倍。

我把这些告诉母亲，可母亲并不相信。母亲哭着说，在这个世界上，只有婚姻和血缘是靠得住的，你不能眼睁睁看着家里破产呀。我没办法再听她说下去了，起身回到自己房间，可她把我反锁在房里。我只得拍打着门，说这都是未婚夫设的圈套，可他们无论如何也不愿意相信。母亲说，他那么喜欢你，又怎么会害你？……这只是个意外，只要解决了，一切都会好的。我喊出来，说我永远都不会嫁给这样一个人。门外忽然传来父亲的声音，嗓音比平日里低沉。阿梦，这次你真的要为家里想一想。你学艺术，爸爸一直很支持你。可现在我觉得，我们是不是把你惯坏了。你不要再任性了。

我靠着门坐到地上，不再说话。父亲从未这样同我说过话。我的心沉下去，热量一丝丝抽离。他们怎能对我提出这样的要求？他们如果真的爱我，又怎么会如此强迫我？他们究竟将我看作什么？一个工具吗？还是生意场上的筹码？可我是他们的孩子呀。我再也忍不住，哭了出来。

对未婚夫，若原先还对他存有一些感激，那么这时连同愧疚一起，全部转变为憎恨。那时我方才醒悟，强者对于弱者，没有真正的施舍，绵羊怎能寄希望于老虎大发慈悲？我原以为得到他的钟意是一种幸运，直到那时才发现，这是一个标了价码的噩梦。可我们也不是没有错。有我的错，也有我父母的错。若不是因为贪婪，我们便不会去相信这天上掉馅饼的订单，更不会去贷款，我们本可以把订单分给其他人，大可不必非要自己独吞⋯⋯

我在房间里不停踱步。到了晚上，我无法入睡，用牙咬着自己的嘴唇，直到口腔中一股腥味。一片黑暗中，我一生的时光投影在墙上。我翻身起床，拿起抽屉里的美工刀。一下，两下，在自己的手背上划着。我痛了。这很好，至少说明这身体现在还是我的。我把手心翻过来，看着自己腕管上的脉络。一根，两根，血管明明是青色与紫色的，流出的血却是红色的。我哆嗦了，刀掉到地上。回过神来，用右手狠狠地抽了自己一巴掌。打开窗，夜空一片漆黑。

我给阿煜发了一条信息，讲了我的处境，问他能不能带我离开。已经太久没有他的消息，他大约已经将我遗忘。我想如若他不回复我，我便真正地放弃抵抗了，从此以后，无论终点如何，只管顺着那条路向下滑。到了第二天，他依旧没有音信。我在床上躺了两天，不吃不喝。第三天，他给我回了一个电话，告诉我，他已订了机票，明天便到沛海。

我的心终于又落回肚子里。挣扎着起床，吃饭。吃饱了，便又有了力气。在阿煜的帮助下，我开始了周密的计划。签了婚前财产协议，告诉母亲，要先回学校专心准备答辩，毕业后就可以结婚。离家之前，从床头柜顺走了户口本和护照。回到学校，开始盘点必需品，清点积蓄，计算时间。写了封信，放在寝室的一个空抽屉内。

六　消失的女儿

1

　　我只能离开。我已经做了力所能及的一切。剩下的，大人们总能自己找到解决办法。那时我只是坚定地这么想。这一切，从一开始便是错的，不管是最初的动机，还是后续的发展。我彻底厌烦了，失望了，我还那么年轻，不能步入那种生活，一错再错。阿煜的出现，将乌岛指作目的地，那是目之所及的希望，彼岸的一座灯塔，是同我原先人生完全不同的可能性。为了这哪怕一丝一毫的可能性，我情愿孤注一掷。

　　和阿煜再次见面那天，我们互相都有些陌生。两个人的关系僵在原地，一时不知应当向后查找，还是向前追寻。他还是那样温柔，先过来抱了抱我，告诉我不用怕，一切都会变好。而我只能用力抓住他的手臂，直到在胳膊上留下白色指痕。他是暴风雨中我唯一能抓住的那块浮木。正当我以为终于找到了停歇的港湾，新的矛盾却再次爆发出来。

　　为了安排出走事宜，我和他待在一起。经历数月的分隔后，我们之间不可避免地发生了变化。先前那种亲密冷却了，变为一种淡淡的陪伴。我认识了他的朋友们，在不同的餐厅和酒吧。我记得曾经去到一个朋友家，茶几是用轮胎和门板做的。有乐器或没乐器，他们总能找到合适的工具，敲敲打打，节奏和上音调，情绪便表达出来。他们心无旁骛，任谁也无法打扰，包括我。

　　在一个演出现场，我见到了雪莉，那大概便是阿煜女儿的母亲。她满头细碎的鬈发，黑色长裙面料柔软，勾勒出曲线。当她坐到钢琴前，琴键仿佛自己会跳舞，那是爵士乐；当她开始即兴演奏，我能感觉到她的灵魂，连接着更大的某种存在。她邀请他上台，四手联弹。在他们共同构成的场域中，有一股澄净的能量，他们无法左右它，却可以捕捉并骑乘它。在兴起之时，他们回头直视彼此。舞台上，他们闪闪发光，在众人的喝彩中，融为一体。

我停留在台下。或许他们才更为合适。那时潜意识已经这样告诉我。这台上和台下的距离，便是我们的距离。那些场合，我不知道为何我在那里？可他在那里，所以我也应该在那里。我不再画画。

我记得最后那一晚，在郊区的一处基地，院子里燃起篝火。演出完，亢奋未消，火光把每个人的脸庞都映得有些暧昧。夜里三点，有些冷，有些困倦。我告诉他，我想回家，但他没有听见。他正同一位女乐手攀谈，聊到激动之处，他会紧紧握住她的手。

我们没有回家，睡在基地里。大家盖着不知是谁的衣服和被褥。我侧躺在沙发上，早上醒来，只觉得浑身散架。饿了。走到院子外，热辣的阳光洒进来，大部分人还没有醒。回头看了看他，身边有好几个女孩，他们睡得那么近。

强烈的不安使我煎熬。我把他轻轻摇醒，说我想回家。睡眼惺忪的他看了看周围，说，还早着呢。满屋横尸，歪歪斜斜。他们是他的朋友，身上有着一样的气质，洒脱，随性。在我的理想中，我应当是他们之中的一员。

他再次睡着。厂房高高的通气窗洒下阳光，在他的脸颊投下剪影。空气中是蛮荒的泥土味道。我轻轻亲了他一下，作为道别，站起身，独自往外走。

从基地回来的第二天，我开始偷查他的手机，而后从蛛丝马迹中得到了自我验证。我开始抽烟，吐出的云雾像是远行的火车头，仿佛到不知是哪里的什么地方，就可以将疑虑抛诸脑后。烟雾下压盖的，是我那残废一般的手，画笔从它的末端断裂开来。灵魂的一片剥落了，它那最具有生命力的一部分剥落了，它为自己的无能而凋谢。那时，我知道这段关系应该结束了。

争吵，出轨，分手，破碎，漂泊异乡。像所有被爱情眩晕了理智，奔着一个虚无缥缈的前程而去的女人。我仿佛看到她们迷失在旅途，站在陌生道路的分岔口，树的枝干是歪曲错节的，远处有孩子的哭声。包法利夫人和安娜·卡列尼娜都站在这路口彷徨。这结局属于茶花女，属于珍妮姑娘，属于任何人，但不应属于我。我这条命，已为画画死过一次，也只应当为画画而生。

当我告诉他，不会再同他一起走，他用惊讶的目光望着我。

我说，你不能为我的人生负责。没有人能为我的人生负责。如果不能真正明白这些，那么无论出走多少次，我始终只能做个别人的附属品。

他只是继续看着我。

现在分开，或许对你，对我，都是最好的结局。谢谢你，帮我到这里，足够了。我只能彻底地破碎，才能牢固地重建。否则，猜疑和恐惧，会把我拖垮。你明白吗？剩下的路，让我自己走。

我对他说，也对自己说。

他看着我，仿佛不再认识我。

我再次选择了克制。我以为自己可以做到彻底的冷静决绝。可或许，内心里还有一丝侥幸：如果他能够挽留我，告诉我，无论发生什么都会一如既往，或许我依然会跟他走。

是的，我以为他会挽留，说无法离开我。至少会愤怒，对我的变卦。或许会尝试说服我。他会恨我吗？我想有可能，但应该也不会太久。他会马上遇到一个自己钟爱的姑娘。又或许，他会对我念念不忘，在心里始终保留一个位置。像所有求而不得的物件，心里始终残存一丝执念，当然这种执念，已然同爱无关了。

可他的反应，出乎我的预设。

说完上面的话之后，我紧张地观察他的表情。他长久地凝视着我，从那股湿润的眼神中，我读出许多。他只是凝视着我，良久，长长地叹了口气。随着时间的推移，讶异与愤怒都从目光中流走，最终，只剩下一种忧愁的欣慰。他微笑起来。这种笑，如此熟悉，同我和他第一次在昏黄的路灯下道别，如此相似。

他没有挽留我，只是起身轻轻抱了抱我，说，就这样吧。

我的心无法控制地抽到一起。可他只是这样抱了抱我。他的气息烙印在皮肤之上。那一瞬间，我明白他不再对我的归属有欲求，或许，从来都没有过欲求。他同我，同我的未婚夫，是多么不同的人啊。他看着我，就像刚刚认识那般。我拽着他后背的衣服，像拽着我那虚无缥缈的理想。一个念头浮现出来。

你会看到我的，就像我在台下看着你。我说。

未来是全新的。他说。你学会自由了。

他最后亲了我一下，而后再次拥抱，伸出手轻轻地拍我的背。一股暖流滴落在我背颈同肩胛的交界处。那泪水仿佛会移动，从后背渗入我的眼中。我和他就这样长久地拥抱着，感到因果在这里画了一个圈。我同他，他同我，或许原本就是一体，在涌动的命运潮水中，必须从旧世界里脱出，窥见新世界的脉搏，而后互相告别，走入下一段旅程。于是，我便咬住嘴唇，不再做声。

2

他走的那天，我没有现身，但我又确实去了。站在人群中，在等一种冲动，让我冲过去，抓住他的手，告诉他，请和我一起走。那个瘦削的身影，缓缓走上扶梯。他不停地回头望，他在找我。想要开口喊他，那一声闷在喉腔与鼻腔之间的、想发而未能发出的声音，被毫不费力地淹没在周围人、机器与风笼罩而来的背景中。我知道，这或许是最后一次见到他。

他在甲板上望了许久许久，像一个黑色灯塔。终于，在我的方向，他看到人群中的我。他的眼神中充满不舍。我们对视着。轮船开动，我们越来越远，直到彼此变成一粒粟，消失在茫茫沧海之中。

那时我想起春节前，第一次离别的场景。沛海的冬天，温度不太低，风吹过来还是有一种阴森，渗到人骨头里。我穿一件红色呢大衣，戴一顶圆边檐的黑帽子，一只手扶着它，头发在脑后呼啦啦地扯动，脸色因为海风吹拂而苍白，只在鼻尖透出红晕。他还穿着那一身黑色大衣，嘴边冒出白色热气，刘海在风中摆动，就像浸泡在水底一样不真实。

希望你在人群中，总是能第一眼认出我。我说。

我们春天再见，好吗？他拥抱我，用手套拍拍我的背。

你不要忘记我。我说。

我询问他的眼睛，仿佛要在不确定中寻找到一丝确定。

暗色的海面掀起波涛，远处雾气袭来。

呜的一声，船启动了。我看着他走上高高的桥梯，像在走进另一个世界。他站在甲板上，冲我挥手。我也把帽子摘下来挥动。

恋人分隔两岸，还有机会再会。但我与他的这一次，是此生真正的别离。

我独自回到学校。翻开抽屉，第一封信纹丝未动。像是什么都没发生过，准备毕业答辩，幸而平日里积累足够，没有受到太大影响。我在网上搜集了很多资料，关于居留许可，关于语言，关于求职。对于家中，只是平静地敷衍。按照计划，毕业三天后，我和未婚夫会有一个隆重的婚礼。见我没有反对，他们自顾自推进。

毕业典礼举行时，天气已十分炎热。宿舍堆放着大包小包，毕业证书是两本红封皮，拿在手里沉甸甸。我们身穿学位服，麦穗一般的流苏在帽子一侧晃荡。典礼结束后，学生们和院长到台上合影，到处乱糟哄闹。我告诉父母，肚子突然有些痛，让他们在座位上等我。

计算时间，跑回寝室，拿上行李。出租车已在最近的校门口等候。半小时后，我会赶到机场。一小时后，我会坐上去往乌岛的飞机。

我知道，等他们发现我不见，会在桌子的空抽屉里找到一封信。

那是我新写的一封信。

3

之后发生在你父母身上的事情,我可以想象了。安妹说。

转眼到了晚上。糯米的清香,混合着茶叶的安神气息,碎银普洱沉淀在茶碗里,层层颜色向上晕染。我和她相对而坐,客厅四角的地灯把光线投射上来,白墙涌现出温度。午后,我们坐到这里,几个小时,泡着茶香,忘记了饥肠。回忆像清泉从石缝中流出,从酸涩到畅通,一场大雨冲刷了血管,热气蒸腾在躯干和四肢。这些年来,这种轻松实属罕见。

现在想来,我或许是过于残忍了。可如果不能画画,我便无法继续活下去。我说。

安妹换了一泡铁观音,西施壶在石板岩做的茶台上打盹,片刻后被拿起,水流倾泻而下,注入一个大肚容器,又分解至小杯。她把茶递给我。

你为什么会觉得自己非走不可呢?

这便是我吧。我想一百个人中,大约有九十九个人与我有不同选择。那正是能够支撑我成为今天的我的东西。那时我痛恨画不出的自己,痛恨别的东西吞噬了我的人格,如果我继续沿着他们设定的路线走,或许心早已空掉,只剩一个躯壳。对我而言那是比死亡还要残酷的事情。

吞噬人格,你是指他们对于利益的执着吗?可钱并不是一个给人带来诅咒的事。安妹问。

我说,或许能够吞心的并不是金钱,而是破格获取的贪婪。刚开始自力更生时,那种拮据的感觉,仿佛是把儿时的恐惧放大了百倍。但是,当领到第一份薪水,我确信自己为这份酬劳而激赏。当我卖出第一幅画,这种愉悦又放大了千倍。对我这类人而言,只有通过实践这种方式,才能获得人格的完整。我并不期望所有人都理解这种选择。

安妹问,你为什么一定要离开阿煜呢?去一个陌生的城市,有那么多不确定性,你完全可以先借助他的力量。

我说，我想最主要的原因，或许是那时我已经失去了平衡。他爱我吗？到今天我仍旧不能得到完整的定论，更何况在那个剧烈变动的时刻。我害怕他是出于怜悯帮助我，害怕他会像其他男人一样出轨，也害怕把自己完全托付出去。那些负面的情绪会拽着你向下，让你看不见本有可能出现的光明。当我的内在无法处理它，便只有先将它放弃。或许从一开始，我最想要的，便不是爱情。人都有恐惧，也都有勇气，只是到最后关头灵魂深处的勇气才迸发出来。没有了保护，也没有了退路，到只能面对的时候，你的大脑反而不会去拉扯了。你只有一个信念，那就是接受现实，集中，更加集中，去不停地行动，去达到一种专注的状态。每当恐惧从心底浮现，我都用这种方法克服它。并不会每一次都成功，但时间久了，便会形成自我肯定的反馈。我通过这种训练找到了绘画的突破口。这都是经过长期独自面对才学会的东西。

安妹点点头。又问，离开家，对这个选择，你后悔吗？

我点点头。须臾，又摇头，说，这个问题，我回答不了。有时我想，命运好像掌握在自己手里，又仿佛不是。发生的就那样发生了。一切都好像注定要这样发生一般，但或许即使留下来，也是另一种注定。在一个走向中，你完全地拥有自由意志，可要确认这自由意志的走向，便涉及对此生目的的体悟。我选择离开，是因为我此生以绘画作为志业；如果我留下，完整地经历了生活的破灭，或许兜兜转转还是成为了现在的自己，尽管中间的路线并不相同。

她俯身喝了口水，像是在思索什么。再次把头抬起来，她的表情告诉我，她已准备好关于她的倾诉。

她缓缓说，母亲的事业，我曾十分不解。我家中还算宽裕，只是她太着迷了，我在国外读书的费用都曾中断。流感发生之后，我回国，才看到了她的成果。她走后，我在图书馆里待了一年。那是真正重要又不重要的知识，也是他们留给我们的遗产，关于世界的真相。于是我选择留在这里。

真相？真相早已不存在。我说。

她接着说，这听起来或许十分不主流，但我们的心主宰着命运。这就是这个世界的真相。我们是声音，是光线，是磁场，我们有频率，有共振。在假定的时间轴上，我们存在，未来像在黑箱中等待打开。可在另一个维度的世界，超越单向的时间，观看这些黑箱，就像是用透视光，一清二楚。所以，我们所感慨的时间，或许只是一种表象。灵魂是永恒的。灵魂失去记忆，灵魂重新经历，灵魂学习和选择。所以，爱欲、痛苦、恨、求不得、嗔怨，都只是你所见真相的一小部分罢了。这些是每个人与生俱来的知识，只不过需要被重新发现。如果有人愿意花工夫寻找，线索就在自己的经历中。我们总是觉得，人生只有一次，于是便毫无顾忌地去掠夺，去强求。可这世界有比物理规律更复杂的规则，正在默默地衡量着你我，如同一杆秤。正所谓举头三尺有神明，无非如此而已。

她的麻布衣服在夜灯下呈现出白色的光泽，像是飘浮在失重之中。她的声音如山涧的叮咚小溪，手指划过一串风铃，像一根犍椎，熟练地在我天灵盖上敲了一下。

那天晚上，我做了一个梦，梦见自己离开身体，去往了另一个维度。我看到自己投射出的无数个影子，看到许多个同我一样半透明的灵魂。我像是睡着了，可又感到真实而清醒。时间消失，引力消失，原子核消失，太阳跌落在地球上，银河系的轨道不复存在。我不再存在，却在观摩整个世界，世界在我的上面，也在我的下面；在我的里面，也在我的外面，它无处不在。整个梦境中，我平静而喜悦。

七　雪山

离开边地之前，安妹带我去拜访那座山上的图书馆。雪山脚下有大片的茂盛草坪，灌木丛和杜鹃花成簇出现，远近错落，旷野宜人，空气清朗。坐了大半个小时的车，到了山顶，云气氤氲，有雨丝，环绕在岩尖。在一片黑色石基之上，伫立着一个白色图书馆，斜坡从两侧叠加交替而上，指向天空。走进建筑，内里的多个斜角使用了榫卯结构，棕色古杉顶天立地，蔚为壮观。四层楼，每一层的立面都是书墙，密密麻麻，立着扶梯。内部口字回廊中空，阳光从最高处的玻璃顶洒下，落在粗糙的大理石地面，反射出白光，填满整个空间。很难想象这样的工程要耗费多少人力与心血。

这里建了几十年，前两年才完工，许多古籍都藏在这里。有三代人在为它而努力。母亲在这里待了十几年，最后永远留在了这儿。她向前踱步，继续说，以前，这个地方总是无人问津的，这几年开始，人逐渐多了起来。

我看了看周围，有二十岁出头的年轻人，戴着耳机，将头埋在书里；有僧人，袍子是深红色和土黄色，盘腿坐在一楼地面的蒲团上，望着穹顶；有金发的外国人，爬在一楼的书架扶梯上，不知在寻找什么。我说，或许，人们关注的重心发生了转变。

那个时代说起来遥远，却也仅仅是几年之前。她说着向书墙走去。随着她向前，在第一层，我看到众多中文古籍，遍布历朝历代，我只认出《道德经》，马王堆汉墓帛书抄本，还有许多其他的文献，随便打开一本，许多象形符号，如读天书。向前走，另一侧是藏语区。这时，我注意到在第一层的穹顶斜面之上，有一幅巨大的壁画，上面画着一些志异之物，像是关于轮回。有许多骇人的鬼怪形象，有些神明，两三个形象我叫得出名号。我盯着这幅画，挪不开脚步。

安妹示意我继续向前。上到二楼，进入西方文明区域，有希伯来语、希腊文、拉丁语的典籍，还有阿拉伯语的古书，每一本都是厚厚的大部头，页面的边角都已磨花，不知在时间的长河中曾被多少人注视。中世纪的手绘彩画，塑封在画册中，是战争与寓言。二楼穹顶也有一幅壁画，似乎是创世记，有亚当与夏娃，智慧之果，天堂与地狱，画风很像博斯，又加入了流水线旁的工人、计算机、宇宙飞船等现代因素，很是新奇。三楼，存放着哲学家和物理学家的著作，苏格拉底、康德、笛卡尔、培根、爱因斯坦、普朗克并排展示。这一层的壁画是天体运行轨迹，飘浮在一片璀璨的星云之上，银河系像一块蓝色天鹅绒，捧出钻石一般的星体。第四层，是文学与艺术，摆放着但丁、歌德、王尔德、本雅明、桑塔格、达·芬奇、拉斐尔、提香、戈雅，以及印象派人物的作品，等等。抬起头，在穹顶的最高处，古今各国语言并列，写着同一句话：

人类是星辰的灰烬。

Man is the ashes of the stars.

书卷浩如烟海。我忽然想，人的生长或许存在着自发秩序，尤其是对于一些拥有特殊天分的人，一如阿煜，一如我。我们不能无视上天赐予的禀赋，而去刻意追求天命之外的东西。这是良知，也是混乱生活中指引我们经历生老病死的线索。我们曾以为用理性设计出完美的人生，便可以摆脱不确定性带来的焦虑和不安。这是一种致命的自负，一种认知上的错乱，一个安全感的假象，一种无谓的寄托。

她安静地站在我身旁，和我一起观看这壁画。

以前我不理解母亲的选择，觉得她是极傻的一个人，看不清时事，不注重实际。现在看来，她只是走得比别人早些。她说。以前，我总是嘲讽她的无能。

或许是看出了我的好奇，她继续说。

现在想起来，那些人为制造出来的、昂贵的物品包装出来的自我填充，务必要走到一个极端，才知道向回走。我便是如此。

或许重力总是在那里的。可浮力也存在。我说。

保持平衡是一种需要训练的技巧。她说。

我和她相视而笑。在她看我的眼神中，我发现一种全部的理解。那是一种久违的连接。

我走过去拥抱了她。她的身上有松木的芳香。

我们一前一后，在顶层游荡。在转角的书架上，我看到那本《情人》。把书抽出来，里面似乎夹着什么。然后我看到了那张照片，在最后一页。一九八四年二至五月。在落款的上方，那段铅块一般的文字之上，覆盖了一个年轻的、逐渐泛黄的女孩。那是我，青春盛年的我。皮肤干净，面颊饱满，被白、黑、黄的色块所包裹。

我问安妹，这张照片是你夹进去的吗？

安妹笑着摇摇头。

我的眼泪忽然流下来。

走出图书馆，我们在山顶眺望夕阳。雨停了，云朵龟裂，排列成鱼鳞的形状，橙色火球在背后时隐时现。一阵风吹来，云层整体地移动，它们的动作看起来如此缓慢，却又可以观测到真实的改变。这一须臾，在我们眼中如此细微，在千万米的高空之上，是时速数十公里的位移。我喜欢这种变化，那些水汽，成了云，云多了，又成了雨，飘上天，又重新成为云。云朵总是存在，可云朵总不相同。云朵的边缘是水汽的随机行走，这种随机行走，我们称之为命运。我想阿煜、外婆、母亲、安姨，还存在着的，或者已经故去的，正在世界上某个角落，用另一种形式观照这一缕夕阳。正当我这样想时，橙色的火球从云朵后跳出，抚摸我们的前额。阳光已不再刺眼，作为夕阳，它同朝阳看起来如此相似，却已是生命的另一团火光。

八　葬礼

今天，是母亲下葬的日子。

早上，我穿着一身黑色套装，头发像一团乌云，顺着鬓角结束在后脑勺，挽成一个发髻。那天出门之前，我特意照了镜子。那些曾经隐藏着的衰败，已然隐藏不住，写在眼角与嘴角。饱满的面颊也已干涸，在眼眶处留下深深的沟壑，像是泪水冲刷出的河床。记忆中那完美而青涩的面颊，已经在岁月的摧残中，变得支离破碎，像是一张白纸填写了许多内容，让人失去了对未来的遐想。回国以来，我更加瘦削，鼻梁突出起来，皮肉紧紧地趴在骨骼的走向上，又像退潮的沙滩露出地貌，显出一种坚实。女性特质愈发稀薄，四肢也变得精瘦，隔着衣服，能用手摸出清晰的肌肉轮廓。大浪淘沙，我原本的模样得以显现。

而今在沛海，已经不时兴披麻戴孝。上个世纪，传教士在老家附近的郊区盖了个教堂，建在小土坡上。历经修缮，如今外表富丽，地产商在百米开外造了一大片墓地，格局齐整，算是有格调的归宿。今天，母亲的骨灰将葬在这里。在密密麻麻的墓碑之中，一个方寸大小的天地，左邻右舍没有她熟识的人。而熟不熟识都已不重要，就连熟识本身，都已经随着这烟灰一同飘散。

在我的想象里，曾经思考过，若是母亲的葬礼，应当是下着淅沥小雨，让人心生惆怅迷惘。可沛海这烟雨蒙蒙的地方，当天却出了大太阳。站在墓园里，日光烤得人头皮发麻，黑色的衣服吸收着，在场所有人一起发了个烧。

安妹也来了，陪在我身旁。三个舅舅来了两个。母亲生病时，他们未曾探望过，可一段关系，若占了比重，总是当事人亲自结束，才比较圆满，否则，悬在空中，前后摸不着边，让人不是滋味。多年不见，中年人的衰败，完全写在脸和肚皮上。他们看着我的眼神那样复杂，仿佛在面对一个陌生人。他们也未曾想过我还会回来。若是走在街上，迎面撞见，我也大约并不会认出他们。舅舅们和同龄人群体融合在一起，分辨不出你我，形成社会巨大的背景布。被关注的永远是青春盛年的那一批。

或许人心老了，总是会梦见旧事，最近，我总是梦到母亲。有时是她早上帮我冲豆奶，那时我身体不好，闻到奶味便要吐出来；有时是她在厨房里做午饭，红烧鲫鱼，放很多香菜；高中下晚自习，她来接我，一次都不落；晚饭后，她洗完碗筷，会和父亲坐在茶几旁边，盘点一天的大事，盘算下一步怎么走，从他们卧室半掩的房门内，总能听见两个人的细语。有时我想，若我更加温顺一些，是否真的可以换来一个皆大欢喜的结局。

百米开外的教堂的钟声响起，嗡嗡的私语顿时肃穆下来。用烫卷来掩饰发量的女人，以及身材诉说着地心引力的男人，在这组钟声的提醒下，从某种旁观的态度中抽离。钟声像灵魂在头顶盘旋，人们意识到，这钟声为所有人而鸣。

我出神地望着远方的地平线。在一栋仓库一般的矮房子旁边，那里有一片很白的云。

父亲支使工人把墓盖上。

大理石的表面光洁无瑕，被擦得干干净净。

我走到父亲身旁，阳光下，看见他满头的白发，眼睛里写着悲哀到极致的麻木。我挽起他的手臂，他愣了，紧紧抿住嘴唇，使劲吞咽了一下。在那一刻，我忽然意识到，我与他的血液，那么深刻地缔结到一起。

一阵风吹来，树叶落下，像一只只白鸽。回忆握在手里，是一把灰烬，风轻轻一吹，散向天边。没什么好回忆的了，也没什么是必须要回忆的。我无法形容这种改变，面对同样的事物，一双同样的眼睛，所见之物已全然不同。我站在一块坚实的土地上，双脚如树根扎进泥里。春风之中，冬日寒雪消融，仰头看见清澈的天光，舒展在云边。

遥远海岸的另一侧，一团水汽中的火光正重新明亮起来。那时，我又想到了他对我那最后的寄语，仿佛一切答案的谜底。江水沿城市向前奔流，海水覆盖在海底的泥沙之上，只有波涛汹涌浮于表面，而底部永远不曾被人们望见。在甲板之上，她与他拥抱，他亲吻她，一如往常一般，猜疑、困惑、怯懦，都一齐在轮船吃水的底部，被声浪吞没了。她会抚摸他的身体，像抚摸一个孩子。他对她说，和过去一样，他依然爱她，他根本不能不爱她，他说他爱她将一直爱到他死。

流觞曲水一般，我人生的故事，一个等待解释的谜团，一个存在的困惑，逐渐被剖析清晰。我忽然明白，这个故事，早已无关情欲了。

我想，我已做好了准备。

人生中真正的时光，正以我期待的方式，缓缓到来。

（原刊于《收获》2022 年第 4 期）

谁能杀死变色龙

赵 松

在外面,而不是在平时的地方,三天也可以漫无边际。

这简单得就像把石头扔入寂静的湖水,沉入深处,任由那些波纹荡漾而去。那块石头,就是她自己,形状不规则,棱角还在,磨损明显。那湖是这山谷,空气是湖水,而被墨绿山峦勾勒出的蓝色天空是其倒影,阳光则是涣散中的波纹。这里,离那个现实世界是三百一十九点三公里。山其实很小,连绵环绕,远近重叠,即使待在房间里,她都能感觉到它们那种温柔而又紧密的簇拥。五月初了,这里仍是凉爽的。要是沉浸在强烈的阳光里,皮肤会有轻微的灼热感,可是有轻风拂过时,就会体会到那种初秋才有的清爽。

无论如何,她都要感谢他的,能想到带她到这里休息。她需要休息,需要漫无目的的懒散,哪怕是像退潮后留在沙滩上的海螺,晒着最后的太阳,然后死去,也没什么。在这种状态里,未来什么都不意味,就算没有也可以。她无所期待。被抛出去的石头，那轨迹跟落点是注定的了，需要的只是耐心等待那最后落地的瞬间，而不是调整姿态。没人知道要等多久。对于这种观点，他的看法显得过于现实，不管你把自己抛到什么样的高度，关键还是要看最后的落点。听起来，这更像是在点评乒乓球比赛，区别在于，他把自己当成了打球的人，却不知道，在她看来，他跟她都只是那个又轻又小的球，身不由己。可她并不想说出这些。

令她有些歉意的是，在六个多小时的行车路上，自己都在睡觉。直到后来醒来时，她才意识到，神情凝重的他，在开车的时候，或许需要有人陪他说点什么，哪怕只是陪着默默注视前面的路也会好些吧。认识他以来，这还是她头回觉得有歉意。他之前究竟发生了什么，她并不清楚，不过想来能让他这种人不安的，应不是小麻烦，而且没人能帮得上他。可能就是在她即将醒来的时候，他才想到需要有点声音出现在车里。最后播放的不是音乐，而是评书。听声音就知道，是袁阔成的《三国演义》。她父亲就爱听这个，会反复听。正播放的，是关云长单刀赴会："这时候关云长已经拉着鲁肃到了江边了，看关公啊，还是那样谈笑自若，再看这位鲁肃鲁子敬，浑身都软了，脚底下跟踩着棉花一样……"

到达时，是四月三十日的深夜。过去的三天，他没有勉强她一起去山里，而是随她所愿，留在房间里。他每天早起进山，中午回来，跟她一起吃饭。下午两三点，他会再出去，直到天黑前才回来。他有很多心事，她则完全没有。有了独处的白天，她就不至于被他那莫可名状的压抑所感染了。他也透露了一些事，她只能听着。没办法，总会有办法的，他这样说着，却像头被困在角落里的野兽，即使在睡梦中身体也是紧绷的。而她呢，从未像现在这样感觉自己就像个观众，怀着无用的同情看着，除了叹息，什么都做不了。躺在黑暗里，她还有些歉意，为了白天里残留下来的那些散漫与惬意。

直到今天上午十点多，他发来微信，这些混合着歉意与惬意的感觉才瓦解了。有位朋友，中午来见我们。他在这句话后面缀了个坏笑的表情。谁呢？她有些诧异。过了片刻，他回复，小A。看到这名字，她就沉默了，但也只是沉默而已，并无什么想法。是我让她来的，他继续说道。她就在离这里不到五十多公里的县城里，跟她的朋友出来度假的。差不多又过了十几分钟，他又发来了信息，不好意思，山里信号不好，是我给她打了电话，因为之前还欠她一笔钱，想还给她。只能给她现金，没法转账，否则她也就不用来了。好啊，她回道。我无所谓的，当初她离开时，我都没机会跟她当面道别，这样也好，可以补上了，拜你所赐，那我就等着了。

认识他，是三年前的事。当时正值年底，她每天都加班到很晚。那天晚上，临近加班结束时，她已疲惫不堪，只想早点回去睡觉。同事兼室友小A，却偏要约她去宵夜。她犹豫半天，还是答应了。到了地方，她就后悔了。小A带她来到座位时，那里已坐着个陌生人了。小A就介绍，这位就是之前提到过的那个老网友。说实话，要是小A不说，看到他那正襟危坐的样子，她还真猜不出这位叔叔是什么人。不过事已至此，也无所谓了，反正跟她也没关系，那就专心吃吧。

她完全没胃口，又很困倦。这里的东西不好吃，可她也只能低头努力吃，这样至少不需要抬头看这二位。由于没戴隐形眼镜，她都没看清他，只知道圆脸，没胡子，还有些胖，略微鬈曲的头发紧贴着头皮，像刚出过汗。后来小A笑她的吃相，还跟他说，你不知道，她能吃到男友都养不起她了，只好分手。听着小A那夸张的笑声，她也没有什么反应。只是，她觉得他在观察她，但也只能更努力地吃东西。再后来，就听他说，你胃口这么好，怎么还这么瘦呢？这时她也吃得差不多了，就放下筷子，喝了一大口冰水，眯起眼睛，打量了一下他，这才说道，吃完回去，我都会吐掉。

话题终结者！小A大笑，然后就发微信给她，他今晚要住到家里哦。她回复，好，那我先到江边走走，消化消化。然后她就起身告辞了，都没再看他们一眼。当时已是夜里十点多。江边步道上空空荡荡，有的就是那些金灿灿的步道灯、护栏灯、景观植物灯和白色路灯。还是没人的地方好，连那些灯都是喜气洋洋的。没有风，可还是觉得有些冷。对面那些建筑物都被黑暗包裹着模糊的轮廓，后面的光远远的，就连平时常见的那种射向夜空的光柱都不见了踪影。缓慢波动的江面上，除了靠近这边的部分映动着斑驳光影，其余的都在黑暗里。闻着江水的土腥味儿，她走着，不时看看江面，要是能看到一艘无声无息的驳船就好了。后来，她找了个角落，干呕了几次，却没能吐出来。

走在小区里，她还在酝酿着。一只枯瘦的野猫经过路口，钻入灌木之前，还扭头朝她望了一眼。她就把胃里的东西想象成那只猫，它蠕动着，挣扎着，来吧，出来吧。来到自家楼下，她站在路边的灌木旁边，俯下身子，想要吐出来，那只猫在扭动，却出不来。等她围着这幢老楼走了几圈之后，它已经不动了，像块石头。上楼回到房间里，她并没有去洗澡，而是直接搬了把椅子，坐到了阳台上。点了支烟，只抽了不到一半就掐掉了。卧室里没开灯，坐在阳台上看外面，即使对面楼灯光稀疏，也还是会觉得空中有些亮意。烟已从窗口飘出去了，寒意正漫进来。尽管她穿着外套，却还是觉得比在江边时要冷。这样坐着，感受着那种清冷，她稍微觉得舒服了些，放弃了呕吐的愿望。没有任何声音。

第二天早上，她没吃饭就到了办公室，觉得整个人都是肿胀的。小A迟到了，见到她就撇了下嘴。她就在微信里问，如何？小A回复，不如何，完全不行，草草了事，聊聊天还可以，呵呵。我跟他说，其实我是性冷淡。过了几分钟，又补充道，哦，对了，我把你微信给他了哦，他临走时跟我要的。她歪着脑袋，看着电脑屏幕，出了会儿神。小A意犹未尽，说真的，你昨晚上太能吃了，有点夸张，你回来时，我还没睡着呢，但也没听到你吐呢。她就回复，没吐出来。哦，小A回道。不过，当时看你那么猛吃，我还是有点不好意思的，不该那么晚了还叫你出来……不过你肯定想不到，他在临睡前，还在念叨你说的那句话呢，吃完了，回去吐掉。小A发了一长串大笑的表情，我就跟他说，不懂了吧？这就是社恐的表现。她回了个微笑的表情，胃里有些抽搐，除了酸水，什么都没有。

接下来发生的事,就是她又一次把父母的微信拉黑了。

而上一次,则是在两年前的春节前夕。离家多年,她一直努力传递给父母的,都是那种完美定型的乖巧状态,可父母却从中察觉到某种疏离感,认为她看似乖巧如故,其实是越来越冷漠了。其实不用母亲暗示,她也觉得有些演不下去了。渐渐失去耐心的是她,而最后爆发的,却是母亲大人。这场几乎卷起所有旧事的大清算的结果,就是她把他们的微信都拉黑了。若不是没过多久她就陷入了抑郁并濒临崩溃,不得不打电话给父亲,然后他们从老家匆匆赶来,陪了她一个多月,直到她恢复,还真不知道这事要怎样收场。送他们离开时,在机场候机大厅里,母亲就凄然地说,你要是还有点心,就好好活着吧。凡事能将就,就将就点儿,等我们都不在了,你怎么着,我们也管不到了。她就拥抱了母亲那健壮的身躯,然后蹲下身去,摸了摸母亲右裤管里那条新装不久的金属假肢。不远处,玻璃幕墙上的黄昏余晖正在隐没。放心吧,她说,我不闹腾了。

到了这把年纪,父母的多数言行其实都已是惯性的自由落体式的了。他们已无力去理解这个世界了。他们的很多记忆、身体功能、人际关系,甚至包括跟她的关系,其实都在慢慢地瓦解脱落。而他们的脑袋里,则像是很多年都不整理的塞满杂物的仓库,她要是稍有不慎,碰倒了其中的某件东西,就有可能瞬间引发坍塌式的连锁反应。至于后果,她都见识过很多次了,够了。说是够了,可这次,她还是在不经意间就重蹈了覆辙。导火索并非他们只看标题就转发到群里的那些暗藏很多垃圾的信息,也不是母亲发的那些长语音——她没有听,只是转成了文字,后来也没看——而是她在群里宣布,刚跟那个认识不到半年的男友分了。搞笑的是,他最后在微信里对她说的话,你需要的不是男友,而是一个爹,你就该去找个爹过日子。这次爆发的,是父亲,一口气发了不下二十条语音。她就把它们转成了文字,看着那些文字一段段地浮现。等到看完最后一行,她就把他们都拉黑了。放下手机,她感觉自己在发抖,不,不是难过，而是某种释然跟古怪的兴奋。

第二天晚上，她发了高烧，最后感觉挨不过了，就只好去了医院。医生说是急性阑尾炎，至于是要手术，还是保守输液，你自己决定。她也没多想，那就手术好了。手术倒是简单的，只是术后要住院五天。夜里，躺在病床上，她就在微信里跟小A简单说了手术的事，也不能回老家过年了。啊？！小A回复，可是明天我就要飞回老家了，不能来看你了，只能祝你早点康复了！过了片刻，又补充道，哦对了，他又来了，昨晚到的，我没空见他，就让他住宾馆了……那我就让他找时间替我去看看你吧。她回复，不用了。小A也就没再回复。

微信里有个加友申请。看那头像，是台小型家用天文望远镜。想了想，她还是通过了验证。没过多久，他就发来了长长的语音信息，背景声像是在闹市里，人声，车声。大意是，他这两天是来处理生意上的事，然后明天就直接飞回深圳了，小A让我替她来医院看望你，但我的行程都排满了，实在是赶不过来，只能说声抱歉了。她就回复，没关系。他就又补了句语音，那就下次我来请你吃饭吧。她过了好久才回复，到时再说吧。后来，他又发来几句语音，都是关于买房的，请她帮忙参谋一下，哪里有位置好、小区环境也好的，价钱不是问题。她对那些喜欢在微信里发语音而不打字的人向来没有好感，就有些烦了，随便搜了几家房屋中介的App，都转给了他。他只是回了个大笑的表情。没深没浅的人，她想。

父母那边仍旧静默。那她也就不能回老家了。自从那次手术后，她的身体就留在了痊愈前的状态里，胃口也不好。那些天，他偶尔跟她微信聊天，一来二去的，就知道了这情况。有一次都深更半夜了，他忽然就问她，最想吃什么？她想都没想，就回道，想吃草。吃草？他就说，那好，我来给你送草吧。她觉得这就有些无聊了，就回复，好啊。除夕前一天的下午，当他把登机牌拍照发给她时，她也只能无语了。其实她是想婉转地拒绝的，比如跟他说，大过节的，你应该跟家人在一起。但转念想想，还是算了，一个听说你要吃草，就能飞过来的人，想必也是没什么事做不出来的吧。

　　就这样，整个春节，他都是陪她过的。他每天烧菜做饭，打扫卫生。菜烧得很差，但诚意满满。这似乎也正是他们的关系实质，除了没什么味道，其他倒还说得过去。他睡在小A的房间里。两人相处，都是在客厅。坐在那个长沙发上时，她总是有意跟他保持些距离。以至于他故意问道，你留这空位，是还有人要来吗？她打量了下他，给小A的。他也只是尴尬地笑了笑。她并没有什么表情变化，只是打量着他。他后来又来过两次，都是吃饭，小A好像习惯了每次都叫上她。这次见到，他明显变黑了，显老。他被她看得有些不自在，就问她在看什么。她想了想，我估计，你跟我爸年纪差也差不了多少。这话令人沮丧。她就继续说道，上次见到你，还是挺白的，这次怎么就黑了呢？不会是下次又变白了吧？

　　他就起身到洗手间，对着镜子，仔细端详。是有点黑了呢，他自语道。哦，可能是我前段时间跑了几次工地，晒到了。之前的微信聊天里，他都喜欢说自己在哪里，忙些什么，可是从没听他说起过还有什么工地的事。她就忽然想到了小A，要是她知道他在这里，会作何感想，有什么反应？尽管小A已明确表示过现在对他已没什么兴趣了，但至少还没说要放弃。不过，到目前为止，她跟他连半点暧昧都还没有过呢，问心无愧。话是这么说，但想想还是会有些尴尬的。

　　你不觉得尴尬吗？她看着他。要是我跟小A说了，你觉得她会怎么想？她说着就又叼了支烟。他就给她点上了，然后摆弄着那只绿色塑料打火机。犹豫了片刻，他才慢悠悠地说道，你又不会真的跟她说的，有什么可尴尬的呢？你觉得她真的会在乎我怎么样吗？再说了，她怎么想，你会在乎吗？我觉得不会。这时，她的手机响了，铃声是叶倩文的那首《潇洒走一回》，在这个诡异的时刻，听着这样热闹的歌声，真是足以笑场了。她还没拿到手机，就脱口而出，小A。拿起手机，果然就是……天地悠悠过客匆匆潮起又潮落，她忍住笑，接了，还开了免提。

春节假期的最后一个傍晚，他拖着那只黑色行李箱，站在了门口。想到他能无所求地陪她过了这个春节，她决定给他一个礼节性拥抱，就平静地走了过去。当她被这个肥硕的身体拥入怀里时，虽然只持续了几秒钟，但她还是有些意外，这个拥抱是如此的有力，没有多余的动作。她轻轻推开他，开了门，那就再见了，一路平安。他抿着嘴唇，出了会儿神，这才转过身去，拖着行李箱进了电梯。她轻轻地关上房门。瞬间的寂静里，她忽然感到有些疲惫和茫然，这可真是个诡异的开始。

那天小Ａ打来电话时，她觉得自己有种古怪的兴奋。开着免提的手机里，传出小Ａ那慵懒的声音，回老家后的无聊，相过几次亲，乏味至极，都是些什么人啊，你无法想象……至于为什么懒得理他，以及他正在三亚过春节，还撒谎说只有他自己之类的事，就不说了。她用眼角余光看着他神情变化时，甚至觉得自己心里的那种兴奋多少有点变态。她就告诉小Ａ，幸好有个朋友过来陪她，不然真不知道怎么过这个春节。小Ａ一听就来了精神，谁呢？她就说，你不认识的，从没跟你提过。后来，小Ａ在结束通话前告诉她，我准备不再理他了，就这样吧。她沉默了几分钟，才问道，你想清楚了？小Ａ想了想说，我这个人，没别的特点，就是容易厌倦，不管什么人，只要让我觉得腻了，就完了。反正我最近就是这样，对什么人都提不起兴趣。

后来，大年初七的下午，小Ａ在去机场的路上给她发来微信，不晚点的话，五点多就落地了。她就出去买了些菜。回来后，又去小Ａ的房间里仔细察看过。等小Ａ发来落地的信息时，她已在做晚饭了，还开了瓶红酒。因为堵车，小Ａ进门时已是晚上七点多了。卸了妆，洗过澡，小Ａ就穿着睡衣坐到了餐桌旁边，看着那些菜和杯里的红酒，有些心不在焉。过了会儿，小Ａ才说起来，登机前，我给那个家伙发了微信，我说咱们就到此为止吧。他没回。落地后，我又给他打了个电话，想正式跟他说一下。他没接。刚才上楼时，他才在微信里回复了两个字，好的。她只是听着，吃着。好吧，小Ａ举起酒杯说，我结束了，轮到你了，跟我说说，你的神秘春节，保密工作如此到位，说明这人对你挺重要的。

你想多了，她说道，哪里有什么保密，我跟他平时都没什么来往的，只是说到我生病了，没回家过年，他就跑来了，说是来送草。送草？小A没懂。对，她说，送草，他问我想吃什么，我就随口说，我想吃草。小A就大笑。说实话，她继续说道，这些天里，只是证明了一点，我对他确实没什么感觉。我们没什么话题。我是有点别扭的，他呢，倒是挺自然的，好像不说话都没什么。小A点了支烟，吸了一口，然后就把手臂支在桌面上，擎着那支燃烧的烟，过了一会儿才说道，那天我给你打电话的时候，听声音，感觉像是开的免提？哦，她点了下头，当时我在敷面膜，就开了免提，在房间里，关着门的。小A就说，我估计也是。后来，她们不知不觉就把那一瓶干红都喝掉了，话也就多了起来。

小A就说起过去的感情生活，奇怪自己为什么总是跟一些没什么感觉的人搞在一起。这次春节回老家，也是整天待在家里，谁都没见。后来呢，小A若有所思地说道，就是我听说，大学时的男友，从美国回来了，带着老婆孩子……这个家伙，当初是办好出国留学手续之后，才告诉了我。当时我就想，谁还离不开谁呢？那就再见吧。其实呢，直到去年底，认识了那位大叔之后，我才意识到，我其实是有点走偏了，因为那个前男友的事，走到了反面。跟这么个大叔呢，牵扯到现在，也就是混着，他不认真，我也不认真，他撒谎，我也撒谎，其实是一点意思都没有，也没什么实惠，可他还觉得我是个很物质的人。所以那天我跟你说，要跟他结束了，也是真的……我看他，对你好像是有那么点意思的，不过这是他的常态了，即兴的，随时都能发生的，当然这跟我也没什么关系了。

人是挺奇怪的，她想了想说道，就拿那个来陪我过春节的人来说吧，他是我在大学毕业后第一个工作单位里认识的，他一直都喜欢我，至今还是单着呢，是不是为了我，就不知道了。可我对他没有任何想法。当时他也知道，我有喜欢的人，他认识，就是那时我们单位的领导，长得跟金城武有点像，对我特别好，我呢，其实也就是暗恋，从没表露过，他对我就像兄长和老师那样，教会了我很多东西。最初我们是在广州，后来他调到北京，然后把我也调去了。有天晚上，他找我到酒吧喝酒，跟我说了他的情况，其实我宁愿他不说出来。都说出来了，我也就没戏可唱了。我这个人就喜欢唱独角戏。他说的时候，我也就听着。最后，他希望我能一直在他身边，好让他放心。我什么都没说。第二天他出差了，我就到人事那里递了辞职信。人事问我，领导知道吗？我说知道。人事就把手续办了，只等他回来签字。然后我就回老家了。没想到，他当晚就打来电话，不同意我辞职。我说那我也不会回去了。结果第二天他就开了十来个小时的车，到了我老家。我只好给他订了酒店，去见他。我们在房间里待了一个晚上，什么都没有发生，只是一直拥抱着，在床上，待到天亮。第二天一早，他就走了。直到现在，他偶尔还会在微信里跟我聊几句，说说彼此的近况。他在两年前就结婚了，门当户对，豪门联姻。他说他过得并不开心，那我又能说什么呢？

听完这个故事，过了很久，小A才抬起头来说，我要是你，就不会这样，我会跟喜欢的人在一起的，其他的都不管了……那，这次来的那个喜欢你的，你们……她想了想说，他就睡沙发了。可能你是对的，不过我这人就是这样，喜欢跟自己的想法背道而驰。其实呢，也无所谓对错，我只是不希望事情变得很复杂，还是简单些好，我不想麻烦任何人……我喜欢的那个人，来我老家的那天晚上，我还跟他讲了我小时候的事。我奶奶是个盲人，生了六个子女，都对她不好。我上小学的时候，经常去看她。有一天她摔倒了，髋部骨折，我的一个叔叔就说是我把她推倒的。结果呢，我父亲就当着亲戚们的面，抓起一把椅子砸在了我身上，我下意识地伸手挡了一下，手腕就骨折了。我说着，就把伤处给他看，他就哭了，我也哭了，两个人就抱头痛哭。哭完，天也亮了。现在想想，能这样也挺好的。

小A站起身来，拥抱了她。就这样，两个交换了故事的女人，拥抱在了一起。她抱着小A的身体，感觉有些陌生，还有些僵硬，就拍了拍小A的后背，咱们就不要再煽情了，就是个故事，你有你的，我有我的，讲完了，就过去了。小A点点头，在那里站了几分钟，这才把行李箱里的东西都取了出来。她收拾完餐桌，回到房间里，找到iPad，搜到一部卓别林的老电影《城市之光》，然后关了灯，躺在床上，并没有去看那片子，只是抽着烟，三点多才睡。

他的年纪，他的身份，其实她都不清楚。不过她也只是偶尔才会想到这些。某个神思涣散的瞬间，脑子里空了，他的脸，就浮现了，或明或暗的，多少有些模糊的。可她并不会由此展开想象或猜测，而只是任由这张脸浮现然后隐没。奇怪的是，有时她会发现，自己想不起他的样子，似乎只会不经意间再次自行浮现。

年纪大的行吗？某次母亲习惯性地纠缠于她的婚姻大事时，她这样问道。多大呢？母亲警觉了起来。她就笑了，我就是随口一说。她知道这是中止话题的理想方式。当时，他还是刚出现在她的视野里，还是室友小A初次见面的暧昧网友。后来，他好像说过自己的年龄，在她走神的某个瞬间，完全没听清楚，但也没去追问。这样一个话头，已足够让母亲紧张多时了，多次警告她，你不要乱来。你觉得我是那种乱来的人吗？她反问。难说，母亲回道。这种对话的好处，就是能让她在相当一段时间里免除那种无聊的辩论。

他多大年纪，真不重要。她甚至都没把他当作现实中真实存在的人。他就像颗轨迹不明的彗星，既无法预测何时会出现，也不能确定轨迹。他的这种不确定性，会体现在很多方面。比如他有时会把胡子刮得很干净，有时又会好多天都不刮胡子。而他的着装，也像是为此而搭配的——刮过胡子，就会西装革履白衬衫；不刮，则是随便穿穿，毫不讲究。还有，她发现，当他把脸刮得干净时，谎话大话就会多，反之就比较少。观察这种变化，是她跟他相处时为数不多的乐趣之一。

那天，她观察他的脸，过了几分钟之后就说，你就像个变色龙。他似乎有那么一点尴尬。当然，也可能他只是故作如此。他能看出来，她不是在开玩笑，也不是意在嘲讽。她确实没这意思。她是个喜欢有话直说的人。要是她觉得他是个骗子，那她就会直接说出来，而不会转弯抹角。至于他究竟是不是个骗子，她其实是无所谓的，以目前这种关系，她也没什么可让他骗的。而且她曾跟他说过，对于你，我没有什么要知道的，也没什么要求。他觉得这样挺好的。她也觉得挺好，至少你可以不用说或少说些谎话。

说他是变色龙，只因她发现他的肤色会变化，有时看着挺白的，有时却有些黑。她也并没有展开这个话题，只是继续若无其事地观察那张脸，就像在看某个东西。只是要避免看眼睛，以免让对方误以为她是想要交流什么。就像那种人脸识别系统，她只是比对形象与印象。要是想交流，就不能仔细观察了。作为人最裸露的部位，脸跟手一样，都是最容易透露隐秘信息的。他的这张脸，多油脂，毛孔粗大，年轻时应是出过很多青春痘，可能还涂抹过各种药物，导致质地有些类似于被打磨过的橘子皮。她的观察，也仅限于此。

变色龙吗？他并不恼火。这是不是说明，你其实并不相信我？也没有，她语气平和，不存在相信不相信的问题，我看你，跟看棵树，看只鸟，看只猫，或是看路边的某个人，其实没有区别……我只看表面。比如我看你的脸，是因为它跟我上次见到的有点不一样，颜色上的……而我想的是，要是我能画画，那我就给你画个肖像，也就不用解释了。可惜，我不会画画，就只能这样看了。他想了想说，我这么丑的。这也不是问题，她说。你会觉得一棵树丑吗？他歪了下头，也不是不可能吧？不会的，她说，我经常观察一些陌生人，可我从不会去想，他们是美的还是丑的，他们只是有值得观察的地方。

他就像电梯里的那些屏幕，喜欢随时为自己投放各种广告。他的生意，他的人脉，他的文物收藏，他的房子，等等。她对这些没兴趣，之所以容忍，只不过是因为她知道，他这样完全是习惯使然。这习惯就如同人后天长出的一个器官，已经无法摘除了，而他又并不知道它的存在有多么的突兀。有一次，她就跟他说，你要是不说这些，可能我们都会觉得自在些。不过她也知道，想让他不这样说话，确实也不容易。她就提示他，你其实可以试着不说话，或是只说点眼前的话。眼前的话？他没明白。她只好说，比如你是个演员，或是播音员、主持人之类的，现在你在这里了，就不需要再说台词了，可以把剧本忘了，随便说点什么，或是不说什么，都没问题的。

　　他还有个毛病，就是偶尔给她带来什么礼物时，都要马上就说出价格。可笑吧？不过也没什么，她觉得，至少他还能想着带给她礼物。考虑到每月顶多就能见一次，有时甚至要两个多月才能见一次，她就把他这种行为看作是想强调其重视她的蹩脚表现。他也有接近真实的时候。比如他曾告诉她，有个地方，上个月我去看过，在桐庐那边，有个民宿项目，离那里不远，有个民宅出售。当时他低头看着拖鞋上露出的脚趾，跷了跷拇指，然后继续说道，我就想着，买下来，改造一下，给你用来做民宿，你自己住也可以，随你。哦，她点了点头。能这样想想，也不错。他就点开手机里的几张实景图给她看。

　　然后，他又从包里取出白纸和油笔，随手勾勒起来。那些线条逐渐交织在一起。这里在半山腰，他解释道，是个小台地，原有四间老房，两正两厢，视野开阔，俯瞰下面的山谷，看对面那些山，会有种环抱感，日出的位置，在这里……房子原有框架结构是实木的，都保留，墙壁重做，重点是这几处的窗户，能营造好的视野，不管你是躺在床上，还是待在厅里，朝外面望去，都会有很好的景观效果。她点了支烟，慢慢吸着，吐了几个烟圈儿。他咳嗽了几下。等他都画完，呈现在她眼前的，就是一幅建筑草图。

　　嗯，有点意思。她歪着头看着。你不会是搞过建筑设计吧？他看着那幅图，没吭声。等到即将出现某种抒情氛围时，她已想到了一句有杀伤力的话，就先问了句，你好像少说了什么？他有些诧异，什么？她把烟掐灭在茶几上的烟缸里，见那个黄色烟蒂还翘立着，就又把它摁了下去。你忘了说价钱了，她看了眼他右脚上那个刚才还在跷动的大拇指，又补了句，你好像有灰指甲哦。

其实，她还有个乐趣，就是他们见面或分别时，他给她的有力拥抱。这样的时刻里，她会觉得他没那么虚幻，还有种戏剧感。谁会没事儿闲得去用力拥抱一个不需要的人呢？嗯，她需要这种短暂而又真实的被需要的感觉。彼此偶尔有点需要，即是她跟他的关系实质。而这是她前几任男友做不到的。他们也会拥抱她，但就像跟客人握手，无力而又敷衍。他们无法理解，拥抱是她在两性关系里仅有的乐趣了。更为可笑的是，要是她稍用些力去拥抱他们，那无一例外的，他们的身体都会紧张，会下意识地后缩，就好像她的这个动作里还隐藏着什么未知企图。而他跟他们最大的不同，就是至少在拥抱时会全力以赴，有力而又热情。

他们不懂，身体只在有衣服遮蔽时才更易露出某种真实，要是都脱光了，就算是缠绕在一起，也会失真，只剩下本能的动作——人类随时可以出现的发情期状态。你又怎么可能跟他们说清楚，穿着衣服时的拥抱，才是更接近真实的关系状态呢？她可以容忍他们举止粗俗没有情趣，但不能容忍他们在拥抱时的退缩敷衍。这是人格缺陷。她又不是 4S 店，不负有修复他们失灵部分的责任。因此，她跟他们的分手方式向来简明，就是直接删除所有联系方式，从不预警。当然，他们也就消失了，带着不明就里的恼火或沮丧。只有最近那个男友，在那天凌晨三点多，给她发来短信，我知道，你从来就没喜欢过我，可我也从来都没有真的喜欢过你。你需要的，不是我这种人，也不是男友，而是一个爹，你就应该找个爹过日子。当时，她在黑暗里坐了起来，点了支烟，然后回复了他：谢谢你，提醒了我，我觉得，你说的是有道理的。她说的是真心话，而不是故意气他。那天，刚好是他们认识半年整。

她经常会在凌晨时刻，从床上爬起来，到阳台上去。说是阳台，其实跟卧室间的隔墙已拆除，这就让卧室显得宽敞些。原来隔墙的位置装了落地窗帘。她拉开窗户，俯身在窗沿上，抽着烟。对面楼房只有几家还亮着灯，园区里除了黑暗，就是步道地灯的星星点点的微光，有风，那些沉浸在很多树里的细碎灯光，就有了时隐时现的感觉。

有一次是在十月里，她闻到了浓浓的桂花香气，就把烟圈吐向窗外。跟涌入的花香气那种暴力感相比，这点烟实在是微不足道，瞬间就被吞没了。无论如何，都不能阻止花香充满她的肺子乃至周身。有那么一会儿，她甚至怀疑自己即将被这花香引爆了。幸好，她的躯体终于感受到外面涌进来的气息其实是冷的，就关了窗户，重新拉上落地厚窗帘。

躺回到床上，她睁着眼睛，注视着室内恢复完整的黑暗。即使是那个老男人就睡在她身边，她也会经常如此，只是注视着黑暗。有一次，黑暗里隆起的一团黑影，他盯着她那闪烁的眼睛，你在想什么。我在放空，她说。在她的印象里，会在黑暗里忽然爬起来，盯着她的眼睛看，然后还要跟她说话的，只有他了，那样子，就像个睡眼惺忪的大男孩。她当时只是摸了一下他的脸庞，油腻腻的，也可能是汗，然后她在枕巾上擦了擦手指头，睡吧，乖。她喜欢偶尔对这个老男人说出这个字。而当他倒头又睡下时，她甚至觉得，有时候，自己其实并不讨厌他。

她还留着那张草图，那些线条富有动感，有着天然的感染力。她偶尔翻出它，看上一会儿，想象一下那种环境里特有的静谧，还有浓郁的植物气息。只是在这种想象里，并没有他的戏分。尽管那天在她说出那句有意煞风景的话之后，他有些失望，但仍然相当淡定，还不忘补充说道，我就知道你不会当真的，我也就是这么一说，用你的话讲，能这样想想，不也挺好的吗？你可能不信，我画着画着，就把它当成真的了……那我现在就坦白交待吧，它的样子，不是我想的，它就是个民宿，在上次我去考察过的地方。她忍不住笑了，你就不要玩剧情反转了，我又不会真的要你把它买下来给我，放松，就算是这样吧，我还是挺喜欢这幅草图的，有点没想到，好看，留给我吧。

听说小A调到南京分公司工作这个消息时，她正在外地出差。发来消息的，却是另一位同事。当时她还在开会。后来，当她准备在微信里问小A为什么时，小A的微信也来了，不好意思，我走了，也是上面临时做的决定，问我的意见，我就同意了。我们那个房子，下月底到期，到时你自己决定要不要续约吧，房租不用给我，祝你好运，再见了。她就回复，那晚上我们电话吧。小A也没回。晚上，她给小A打过两次电话，都没接。她就给小A发微信，方便时通个电话吧。还是没有回复。这让她不免有些茫然。后来，她就在微信里问他，你知道小A调去南京的事吗？他回复，不知道，我们春节后就没联系了。

出差回来，她直接回了家里。小A的房间已搬空了。过去的几天里，她几乎每天都会给小A发几条微信，但都没有回复。她在小A那空荡荡的房间里站了好半天。回到客厅里，坐在餐桌前，她下意识地侧过头去，看了眼桌面。看到了那个空杯子，发现下面压了张纸片。她拿开杯子，拈起它，是张登机牌。名字是他的。再看时间，又查了手机里的日历，正是大年除夕前一天的。她又把它放回到桌面上。当初他走了之后，她是仔细收拾过小A的房间的。她就拨通了他的手机，那个登机牌，你留在了小A的房间里，对吧？她的语气平静。什么登机牌？他愣了一下，然后想了想又说，哦，想起来了，那些天，我睡前没事，就翻小A的一本书，应该是随手把登机牌夹在里面当书签了，走时就忘了。你可以的，她说道，这都能想得出来。信不信由你，他说。这样做，对我又能有什么好处呢？她跟你翻脸，难道你就不会跟我翻脸吗？她沉默了，几分钟后，就挂断了电话。

人跟人，说到底也就那么点脆弱的联系，稍有不慎，就断了，再难续上。除了误会，还是误会。显然，在小A看来，她跟他已是一路货色，都很虚伪，谎话连篇。他明明在春节期间就跟她在一起了，她却还要装模作样演了那么一出戏，然后还编出另外一个故事。跳进哪里都洗不清了。既然如此，那就不要想着洗清了。她坐在沙发上，点了支烟，又看了看那张登机牌，就用打火机把它点燃了。她叼着烟，略微侧着头，看着那蓝黄相间的火焰，上面的那些文字跟数字逐渐被黑色吞噬，快要烧到手时，她才把它丢到了烟缸里，拧开矿泉水瓶盖，倒了些水进去，有些黑的纸灰就浮了起来。后来，她点开微信，把他拉黑了。接着，又点开小A的朋友圈，显示的是三天可见，但没有内容。她就把小A也拉黑了。随后，她又给房东发了微信，到期后就不续了，押金请都打给小A，谢谢。

半年后，有天下午，前台打来电话，说有访客找她，是位先生，说是跟你预约过。她请前台把电话给客人。她听到的，是他的声音，是我，想着跟你见一面，半小时后，我就去机场了。她想了想，好吧。在电梯里，看着楼层数字的变化，她有些出神。耳朵有些不舒服。她甚至都没有注意到电梯里有同事在跟她打招呼。

一楼大厅里人来人往。他站在离前台几米处，身旁立着那只黑色的行李箱。她示意到外面去。在正门侧面的吸烟点那里，她站住了，掏出烟盒，抽出一支烟，点着，吸一口，看着他。就是想看看你，他表情严肃得有些可笑。另外就是觉得，还是得跟你说一下，那个登机牌，不是我有意留下的，就是个误会，我本来是想跟小A解释的，但她把我拉黑了，打电话也不接，我也没办法了。你拉黑我，也正常。但我还是想当面跟你解释一下的，那就是个误会，我说完了。她吹着烟，眯起眼睛，打量着这个男人。他看上去比上次要白些，穿着打扮很正式。他看了看手表，又看了看一辆正停下的车子的牌号，哦，我的车到了，那，就再见了。她点了下头，好。当天晚上，他又发来加微信申请，她就通过了验证。

小A跟他是在某个交友平台上认识的。按小A的说法，他这个人，要说还有什么优点，那就是耐心，还有就是永远在线，随便什么时候给他发个微信，他都是即刻回复，不管是清晨，还是深更半夜的，就像从来都不睡觉似的，像个二十四小时便利店。小A在微信里备注他的名字，就是"全家"。另外就是，这个人呢，别管什么话题，他都能接得住，虽说观点挺俗套的，但态度是真的好。这年月，有人愿意二十四小时在那里候着，随时陪你聊天，也是不容易。他们甚至可以聊上半天老鼠。有天半夜里，小A下楼去全家便利店买方便面，结果发现店门锁着，上面挂着"请稍候"的牌子，就透过玻璃门，望着那些商品。忽然有只老鼠从货架下面钻了出来，四处转悠。小A就抓拍了照片，在微信里发给他。于是他们就聊老鼠。老鼠也不容易，他说，但也比人要自在多了，你看它，住在这家便利店里，想吃什么就吃什么，也没有天敌，心情好了，就多生几窝，没意思了，就少生几窝。怎么就没天敌？小A反驳道，人就是天敌，早晚要下药的，或是黏鼠板什么的，高风险。这你就不知道了，他回复道，老鼠精着呢，只要有一只老鼠吃了药，或是被黏鼠板黏住了，其他老鼠就都知道了，人家那也是个社会。

当时小A还把对话截屏发给她看，像不像两个神经病在聊天？不过呢，小A随后又补充道，他这个人，说些闲话是可以的，但要是想听他说句实话，那可就难了。我发现，他至少有三个手机，是不是够复杂？我都不知道他到底是做哪行的，听起来是什么都做，可实际上每天似乎都挺空的。我就说他，你就像是四五线演员，演技不行，但干劲可以。他听了也不生气。就算我跟他说，你是我交过的男人里品相的下限，他也不生气。

回想一下，她觉得跟小A也确实不算是好友，只是同事加室友的关系。小A总是有男友，而她则相反。谈及此事，她曾对小A半开玩笑道，咱们还真是两极，我是零，你是无限可能。也不能这么说吧，小A说，我是什么都喜欢说出来的，你就不一样，什么都藏在肚子里。所以呢，你说你是零，我觉得未必，话多的人，故事少，话少的人，故事多嘛，我对你很好奇的……我交男友，就是不想让自己空着，像你这样，总是一个人，我是受不了的。不过你呢，就跟香港电视剧里在黑社会卧底的警察，表面上一切正常，心里却藏着重大任务，成为整个剧里的最后那个爆点。她听了就笑道，最多也就是自爆吧。

她说自爆，并不是玩笑话。这种感觉，她从来都不清楚会在什么时候就悄然袭来，围绕着她，有时会让她恐慌得近乎窒息。在那家中老年人居多的国企里，她是很受大家青睐的，都觉得她善解人意，什么事都能处理得来，跟什么人都能处得来。这个形象根深蒂固，可她并不喜欢这种人设，就像不喜欢这种永远温吞的工作环境。要是可以重选，她宁愿去养老院、孤儿院，甚至是殡仪馆之类的地方。小A认定，你这样其实真的就是社恐，跟具体在哪工作没什么关系。后来，在跟母亲解释为什么会坚持拒绝相亲这种事时，她就是用小A的说法来应付的，我就是社恐，社交恐惧症。母亲却说，最好别跟我玩这种文字游戏。

她跟他也这样说过。那时他已来见过她几次，可以住在她那里了。针对她社恐的说法，他只是说，我倒是真没觉得你是这样的，跟你待在一起，挺舒服的，话都不用多说。其实，即使是在微信里，他们聊天也不多。相对于发语音，他更喜欢发些随手拍的照片，还要改成黑白的。除了拍街景、拍早晨和黄昏时的天空，他发来最多的就是拍女人的，各种年龄样态的女人。其中有些照片显然不是他拍的，而是来自网上的。那些女人，都处于某种走神或出神的状态。偶尔也会有女人发现他在偷拍，给他以警惕甚至厌恶的眼神。跟这些照片相配的，还有那些城市的名字，从南到北，从东到西，其中的意思就是，他始终在四处游走。但也很难说这些照片是什么时候拍的，可能有的是早就拍了的，这意味着它们跟他当时所在的城市并不相符。她还发现，他发朋友圈的频率也不高，而且从来没有文字，都是照片，街景的，或是自然风景的。

不过问彼此的私生活，是他们之间从一开始就有的默契。自从她验证了小A说的他并不行之后，她甚至觉得两个人在一起时反而更放松了。既然他更喜欢跟她在一起待着，只要有些简单自然的亲昵动作就能满足，那她有什么理由不接受这种状态呢？至于他喜欢她什么，他倒是并不讳言，话少，永远从容淡定，皮肤好。那你喜欢我什么呢？他又问她。她想了想，其实是谈不上喜欢的，只是不觉得讨厌而已。不过说实话，让我不讨厌的，挺少的，你算一个。他听着就乐了，那我真荣幸，那你说咱们算是什么关系呢？她点了支烟说，伴儿吧。至少，你在的时候，我不大会去琢磨什么要不要安乐死之类的事。

这倒不是件容易的事，他不动声色地说道，至少，你得去荷兰这种国家才有可能,在那里是合法的,但估计也还是要看具体的条件,要履行一堆法律手续什么的。那样的话,你就得在那里待上一段时间了。我去过荷兰,阿姆斯特丹、海牙、鹿特丹,都是很安静舒服的城市,好多年前了……你应该会喜欢的,说不定,你去了之后,就会在那里安享晚年了。趁她有些出神的工夫,他就举起了手机。她本能地伸手去遮挡,就像明星面对狗仔队。她早就有言在先,不得偷拍。不由分说,她一把抢过他的手机,翻到那几张照片,都删掉了。下次你要是再偷拍我,她正色道,那我就把这手机直接扔到楼下去。

再次见到他,已是一个多月后。"五一"长假前,他在微信里提到桐庐那边山里的民宿,就是上次跟你说过的,其中有家是我的一位建筑师朋友搞的,说着就发过来几张广告图片,果然是在群山环绕中。山都不高,却是连绵不断的。等到四月最后一天的下午,他按说好的时间赶了过来,然后租了辆车,当天傍晚就接她去了桐庐。她坐在副驾驶位子上,发现他应是很久没刮胡子了。他在调后视镜时看了下自己的脸,是不是有些黑了?熬夜熬的,最近每天只睡不到三个小时,看着有点像个逃犯了。还行吧,她戴上了墨镜。他也戴上了墨镜,然后习惯性地整理了一下身边的东西,把三个手机里的两个放到那个黑皮包里。她注意到里面有厚厚的几沓现金。他开启导航之后,车子就在暮色里慢慢驶入了密集的出城车流。

到达目的地时,已是晚上十点多了。路上前半程几乎都是拥堵状态,没过多久,她就睡着了,只是睡得并不深,偶尔还能听到导航里嗲声嗲气的女声。等她隐约感觉到某种寂静弥漫在周围的时候,就睁开了眼睛。车灯的强光在山间狭窄公路上浮动,也在两侧那过度茂密的树丛上耀眼晃动。车内的黑暗里,借着仪表盘的绿光,她先看到的就是那张毛绒绒的脸的轮廓。之前她偶尔醒来时,就听到在播放袁阔成的《三国演义》,现在仍然是。

见她醒了,他就说快到了,还有半个来小时。然后又说,要不要换个音乐听听？她说不用，就听这个吧，我老父亲的最爱，这才是单刀赴会，离走麦城还早着呢。他就拿起手机，直接调到了《关云长败走麦城》那一章："关云长大战徐晃，关公这一仗，是带着气儿打的。好你个徐晃徐公明啊，你一不念旧交，二呢，连夺我十二座大寨，险一些把我的关平给生擒活拿了，今天我让你知道知道关羽的厉害，我非用青龙刀把你斩了不可。你看到那于禁、庞德没有，那就是你徐公明的前车之鉴。所以关公是越战越勇，可是，力不从心啊……"

看着被那车灯强光晃得白亮的缓慢摇摆的繁茂树木，她有些恍惚，感觉像在梦境里。直到车子停下来，他们下了车，在黑暗里朝着不远处的灯光走过去时，这种感觉都还在她的脑海里弥漫着。那民宿其实是幢三层小楼，建在山腰的一片台地上，入口处有个游泳池，池底有灯，映出蓝莹莹的透明水体。我还以为是你画过的那个地方呢，她随口说道。他坏笑道，你要是想看，明天带你去看看。她摇头，不想。

他们曲折到了前台，转眼又到了房间里。那些灯亮起来时，她才从那绵延的恍惚中回过些神来。放下行李，他们就下去简单吃了点东西，随即又回到了房间里。这是个层高至少有五米的大房间，卧室跟厅之间是用镂空木板隔开的。卧室飘窗位置其实是个浴缸，这让她想起他那张草图里就有同样的设计。等坐在阳台上的藤椅里，微凉的山风阵阵吹来，她感觉像是坐在摇荡不已的黑暗的柔软边缘，不断被黑暗的长长绒毛撩动着头发跟脸庞，而那黑暗本体则正在山谷里盘踞着，相形之下，那暗蓝的夜空还有点亮度。

她去洗了澡。然后他也去洗。擦干身体，她把卧室里的和厅里的灯都关掉了，然后什么都没穿，站在阳台落地窗前，拉起了那层浅灰色纱帘，随手关了阳台上的灯。她抽烟。浴室里的灯光被磨砂玻璃滤掉了很多，整体像个落地灯笼似的包裹着时强时弱的水声。这里没有别的声音了。没多久，他也洗完了，用浴巾擦着身上的水珠，站在她的旁边。两个人都没说话。过了片刻，他转过身来看她。她感觉到了，就扭头看他。在这有些臃肿的身体跟她那过于单薄的身体之间，浴室里射来的微光平缓地过去，把他们的身影模糊地映上了纱帘。他伸出手来，轻轻地抚摸着她那光滑细腻的肩头。她没动。等到手里夹着的那支烟燃出了半截烟灰，她就用另一只手在下面接着，然后慢慢地挪到那只金属垃圾桶那里，抖落了。

他的亲昵动作跟过去一样缓慢温和，但也仅限于此，就像兴冲冲带了很多食物美酒准备爬上山后再好好享用的老年人，结果只爬到三分之一就力尽了。用他自嘲的话来说，就是还在涨潮的途中就退潮了。黑暗里，她拍了拍他的手臂，休息，休息，你需要的是休息。等他满怀歉意地躺在了她的旁边，她就侧过身子拥抱了他。没有什么是应该怎样的，她像在自言自语。他用力抱了抱她。这就像吃菜，她继续说道，有人喜欢吃荤的，就有人喜欢吃素的，也会有人可荤可素，其实都正常……有人喜欢吃点就好，有人喜欢吃到满足，还有人会吃到想吐。嗯，他点了点头道，你就属于最后那种，吃到想吐的。

好了，她说，说说你的事吧。他出了会儿神，你是想问我，为什么要带那么多现金出来吧？她闭着眼睛，没有回应。他说，那是因为，我现在不能坐飞机，也不能坐高铁，我这次就是坐那种绿皮火车来的，原本高铁只要八个多小时，结果变成了二十多个小时……也不能住酒店，住这里，是因为朋友开的，不用登记身份证，另外也不能刷卡了，不能用支付宝、微信支付，只能用现金了。失信人员，她闭着眼睛，点了点头说道。被抹掉了，他说。可怜，她又抱了抱他。是啊，他说，我也觉得可怜，从未有过的。他准备讲一讲，自己到底何以如此狼狈时，却被她阻止了。她睁开眼睛，看着他那双混浊湿润的眼睛，不要讲这些事了，说点别的吧，不相关的，随便什么都可以。那我就只能讲私生活了，他说，可这个也是你禁止的。她想了想，好吧，那今天就让你破个例了，不过不要多，只要挑一件来讲，就可以了。

我结过三次婚，他说，现在就讲第三次。当时我刚从监狱里出来，在里面那两年，给我带来的最大改变，就是我又想结婚了，找个普通的姑娘，过安稳日子。我出来那天，站在马路上，看着阳光普照的城市，蓝天白云，就是这样想的。然后我就跟我的好哥们儿打听，原来办公室有个小姑娘，现在怎么样了？他就说，好像是有男朋友了哦。我说不管了，创造机会让我跟她见一面吧。他就安排了。我们三个一起吃了顿饭。结束后我开车送她回家，我就跟她说，我要追求你了。她说我有男友。我说只要你们没结婚，我就有机会。她说你怎么想跟我没关系。我说你拭目以待。从那以后，我就经常找她吃饭，约三五次，她总归会答应一次的。就这样，持续了有半年多。我很平静，吃饭就是聊聊天，然后就送她回家。我告诉她，吃饭就是为了让你多了解一些我这个人。她话不多，有着超出年纪的沉稳。我知道，只要她愿意出来，我就还有机会。之前我在那个公司做高管时，她知道我的口碑不错的。出事进去，也就是替罪羊。我跟她吃饭时，就讲过去的经历，都是真实的。我的创业史，兄弟情义，爱情故事，包括怎么进去的。她听进去了。后来，有朋友邀我去附近城市看一个度假村项目，我就让她跟我一起去，她开始是拒绝了，我就跟她磨，直到我当她面打电话请朋友安排两个大床房，她才同意了。那个度假村依山傍海，风景美，好吃的多，那两天她挺开心的，因为我多数时间都是在跟朋友们一起聊项目的事。第三天下午，我就跟她说，跟我去深圳吧，去见见我父母。她就很镇定地看了看我说，你白费心思的，就算我去见过你父母，我父母那边也是过不了关的。她这个人，你看她文静，其实思路跟别人很不一样。就在我觉得她不会跟我去深圳的时候，她却突然答应了。我就买了机票，当晚就见了我父母，只待了两个来小时。回来后，又过了一周，我们就飞去了她陕西老家。她说，要是我父母不同意，这事就结束了，你以后也不要再找我。我答应了。等到了她家里，我就把一个皮箱放在了她父母面前，里面是一百万现金，我说，我要娶你们的女儿。然后才坐下来，跟他们聊了我的情况。他们就同意了。她当时吃惊地看着父母，你们就这么把我给卖了？她父母就说，这个人，可以的。后来，她就郑重地告诉我，你以后别跟我耍花样，否则会很惨的。一个月后，我们结婚了。我们生了一儿一女。三年前，她说咱们移民加拿大吧，我老早就想要去那里了，等过去之后，你继续回来做你的生意。于是我们就移民了，在一个海边小城里买了房子，离海滩不远，她喜欢。这就是她想要的生活，在一个没有熟人的好地方，安静地生活。她说，我认识你之后，就觉得你能做到。然后又说，等你折腾不动了，就可以回这里养老了，我会等你的。就这样，我就又回来做我的生意了，每半年回去一次，待上个把月，再回来。

嗯，她点了点头道，这样听起来，近乎完美了。他想了想说，她比我小二十岁，我很爱她，她也爱我，可是我呢，却偏偏要出来继续折腾。说实话，有时候想想，我也不知道这是不是一种惯性状态。她现在也很忙，每天除了带孩子，就是参加各种培训班，学音乐，学绘画，学陶艺，学插花，一天下来，晚上经常都没力气跟我视频了。以前我们几乎每天都要视频的。这次生意上出了状况，我没告诉她。要等后面看看情况再说了。坦白说，这些年我在很多地方都有女朋友的，但你是唯一让我有些动心的。你这个人呢，无欲无求的，甚至都不需要明确的关系，也就是跟你在一起时，我才是不需要动脑子的，也不需要多说话，可以安稳地待着，或是睡觉。你好像不会琢磨任何人。在我看来，你就像——她打断了他的话头，可以了，感觉你接下来就要抒情了。

寂静中，她能听到外面山谷里的风声，能听到窗外不远处的竹林摇荡的刷刷声。这山风比她想象的要大多了。她喜欢这样的风声，甚至觉得可以一直听下去，直到黎明。她又回想起来时的路上，忽然醒来之后，车在盘山路上七转八转的，车大灯的强光一阵阵照亮了黑暗里的繁盛草木，看着像是一团团的白亮的东西，在摇荡着，转眼又消失了。她就想，要是从空中俯瞰的话，那这辆车，就是在山里滑动的一个小小的光斑了，而自己呢，不过就是这光斑里的一颗尘埃而已。他呢，也不过是另一颗尘埃而已，近在咫尺，又是相距遥远，或许某个瞬间，一阵风吹过，也就散掉了。甚至不只是散掉，而是各自从这世界里脱落了。

不知过了多久，他忽然又说话了，对了，你之前跟我说过的，安乐死，只是说着玩的吧？她就笑了笑，算是吧，现在想想，也只是个想法，否则你也就看不到我了……不过呢，现在我又有新想法了。他愣了一下，是什么呢？她出神地想了想，我准备，徒步去珠穆朗玛峰，不过就算走到那里，我也不会去攀登它的，只是要走到那里。等到了，再看看还会不会有别的什么想法出来。说不定，到了那时，我可能又想安乐死这事了，当然也有可能是别的想法，没准儿就会想去藏区支教了。那你准备什么时候出发呢？他问。她就说，等我回去，先辞职，再做些准备，就可以出发了。那你准备怎么跟父母说呢？他又问。很简单啊，她说，就告诉他们，公司安排我去各地考察项目。

两个人又沉默了。后来不知道什么时候，他睡着了。她却一直醒着。等到天色蒙蒙亮时，他又醒了，忽然就爬起来，看着她的眼睛。她也看着他的眼睛。谁都没有说话。他就又躺下了。过了一会儿，他就闭着眼睛问她，那，咱们什么时候，才能再见到呢？她想了想说，不知道了，可能会很久吧。这个世界啊，你不觉得吗，它还是挺大的。我这样走出去，你也在四处走着，走着走着，也就散了，这是常有的事。我会怀念你的，他过了一会儿说道。她就微笑道，那就怀念好了。

沉默良久，他有些迷惘地说道，这么听着，你这次出来，是特地跟我道别的？其实也谈不上什么道别，她说，这事也是我计划了一段时间的，只是没跟你提过而已，毕竟也还没想清楚，还要做些功课，不是想走就走得了的，你说是不是？再说了，你我还需要什么特意道别吗？你其实也是知道的，凡事都有时限，时间到了，也就变化了。我跟你不一样，我几乎没有什么可牵挂的，你呢，是有太多的牵挂，所以呢，有些时候，你可能要远比我脆弱得多。

厅里的长沙发上，放着他的那个黑皮包、iPad，还有本旧书。她拿起书，发现做书签的，仍是一张登机牌，时间是去年的十月里，出发地是深圳，到达地是新西兰的惠灵顿。书是盗版的《林肯传》，翻开的这页，正是那章名为《刺客出逃》的开篇。把书放回原处，她继续在室内慢慢地游走。来之前,她跟他约定,第五天下午离开就可以了。现在她的想法是,明天就可以走了。然后她就回到床上,又睡了一觉。

醒来时,已是下午两点多了。她来到阳台上,坐在那把被晒得有些发热的藤椅里,看着下面的山谷;过了一会儿,又去看楼下的那片草坪,还有入口的那个泳池。正看着,发现有两个人从远处走了过来。其中一个,就是他。旁边是位戴着遮阳帽和墨镜的女人,瘦瘦的,一身黑色长裙。他们到了楼下,停住脚步,低声聊着什么。她就扶着栏杆,看着他们。他抬起头来,看到了她。那女人也抬起头,摘下了墨镜,冲她挥了挥手。她歪了下头,嘴角抽动了一下,算是回应了。他把小A带到了房间门口,对已等在那里的她说,你们先聊,我出去转转。

我之前给你发过短信,小A坐到沙发上,摆弄着手机。你没回,估计你早就把我手机号删了。她就说,是手机静音了,之前在睡觉,起来后也没看手机。没关系,小A说,我不是特地跑来打扰你们的,我刚好在离这里不远的小县城里玩儿,他打电话给我,说是要还我钱,是老早就欠的,我都忘了。我就让他转账,他说银行账户都被封了,只能给现金。那好吧,我就看在钱的分上,过来一趟,好在离这里也不算远。他说你也在的,我就想啊,都这么久了,那就见见你吧。我这人你知道的,不管什么事,过去就算了。刚才在过来时,他还特地跟我解释,说之前那就是个误会,当时你们并没有什么,是跟我分开后,才跟你有了这种关系的,而且也不是恋人……我就跟他说啊,你不需要说这些的,都过去了。

哦,她点了点头。我其实也没什么要解释的,确实就像你说的,都过去了。当初我给你发微信,想跟你通电话,也不过就是想说一声,我跟他没什么的。这是事实。当然你不理我,我也就算了,也不想有越描越黑的感觉。说着话,她到床那边取回手机,翻看了一下,小A确实发过一条短信:我过来了。当时她要是看到了,还是会回的,问上一句,你是哪位?这时他发来了微信,我在停车场下面的那家茶室里喝茶,你们好了,就告诉我,我再上来,送小A出去。她就回了,好。然后她就坐到了小A对面，两个人有些面面相觑的意思，又都尽量显得坦然些。

不过我没想到你会拉黑我，小A看着手机说道，我犹豫过要不要拉黑你，但想想还是算了，那样的话你会以为我真的把这事当成事了。我真没当回事，当时就是不知道该跟你说什么，才没回你的微信，不接你的电话。她就说，当时我是把你跟他都拉黑了，觉得这样也就一了百了了，大家都清净了。我跟他恢复联系，也是半年后的事了。小A笑了笑，这些我就不关心了。我以为他不会还我这笔钱了，现在他要还了，我还有点意外呢。哦对了，我去年结婚了。想不到吧？我这么爱玩的人，也会有这一天，我自己都意外。可能就像你当初跟我说的那样，我这个人，其实骨子里还是很传统的，时机到了，就会立即恢复正常的生活状态。我还是佩服你的眼光的，够毒。刚才来的路上，他跟我说了，你准备徒步去西藏，我就告诉他，当初你最想做的，其实是到大凉山之类的地方支教，不过呢，能说出来的想法，总归是要变的，只有不说出来的想法，才真有可能去做，对吧？我还告诉他，一个女人说的，跟想的，不是一回事。他就说，他跟你在一起很舒服，这就够了。我说那不挺好的嘛，两个人都无所求，完美了。他也告诉我了他现在的处境，我也不知该说什么，既不能说我有点幸灾乐祸，也不能说我为他惋惜，只能谢谢他在这种情况下，还想着还我的钱，还有利息，可以了。他现在这样子，也挺不容易的，听他那意思，他那个年轻的老婆好像也懒得理他了，他说他现在就像丧家之犬。

她递给小A一支烟。小A摆了下手，戒了。不过呢，我其实还是原来那个我，还是那么的自以为是，不管别人。我这次出来玩，是跟另一个朋友，算是对我很重要的一个人吧，也是我的贵人，对我也是无条件地好。跟你说这些，我一点顾虑都没有。不过说实话，即使是在以前，在我的感觉里，咱们也不是一个世界里的人，那种距离感……我好像多少了解你一些，你的那个世界，是封闭的，对任何人都是。这么说吧，当初也算是我有意把他推给你的，反正他对你也有兴趣，而我对他又没了兴趣，不如做个顺水人情。我知道你对他也没什么兴趣，你对大多数人都没什么兴趣，可是谁知道呢？说不定你们就能擦出点意外的火花呢？结果你看，还真的就有了，你们该感谢我才是……不过，以我对你的了解，估计你们也差不多了。挺好的，就像咱们一样，我来跟你说了这么多，也就是想说，好聚好散。

她想了想，确实也没什么是要对小A说的，就站起身来，咱们再拥抱一下吧。小A就站起来，跟她轻轻地拥抱了。然后，她把小A送到房门外，我就不远送你了。小A戴上墨镜和那顶遮阳帽，不用了，我也不跟他打招呼了，你代我再感谢一下他。哦，对了，你以前给我讲过的那个你心爱的男人，你们后来还有联系吗？她笑了笑，当然，一直都有，再过半个小时，他就会来这里接我了，去另一个地方，靠近千岛湖的。哦，小A沉吟了一下，呃，那他知道吗？她摇了摇头，还没想好要不要告诉他呢。这不会又是你即兴创作的故事吧，小A反问道，你不觉得这剧情也过于巧合了些吗？她意味深长地注视着这个表情有些复杂的女人说，不是故事，也可以说，是另一个故事。不错，小A摸了摸她的肩头说道，可以的，祝你好运。

她回到沙发那里，坐下，拿起手机，想了想，并没有给他发微信。大约坐了十来分钟，她叫了网约车。几分钟后，就有人接单了，距离这里还有十多公里。她就起身去卧室里收拾东西。没过多久，车就到了。她下楼，把那只黑色小拖箱放到了车的后备厢里，然后钻进车里，坐在后面的位子上。车窗玻璃上贴有遮光膜。司机看了下导航上的路线，就出发了。外面的阳光依旧强烈，道路两侧的树木都有些发白的感觉，透过遮光膜看上去，又多少有些暗淡的意思。车子经过那个停车场时，她在那些车之间看到了他的那辆车，再往前，就看到了那个茶室。她拿着手机，点开微信，找到他的那个天文望远镜的头像，然后又翻了翻之前的那些为数不多的对话，过了一会儿，就把他拉黑了，接着，把他的手机号也屏蔽了。

车里开始播放音乐了，都是些很老的粤语歌。听着听着，困意就袭来了，很快就包裹了她的身体。她就想，好了，这样安稳地睡上一觉，等醒来时，差不多也就到家了。其实她睡得并不安稳。车开得明显有些快，不时的会有些摇晃，这就使得她始终处于半梦半醒的状态里。在某个醒来的瞬间，她听到了梅艳芳的声音，还有那过于熟悉的粤语歌词，听着，却听出了某种莫名荒诞滑稽而又讽刺的感觉：

"同是过路同做过梦，本应是一对。人在少年梦中不觉醒后要归去。三餐一宿也共一双到底会是谁？但凡未得到但凡是过去，总是最登对。台下你望台上我做，你想做的戏。前事故人忘忧的你，可曾记得起？欢喜伤悲老病生死，说不上传奇……"

（原刊于《收获》2022年第5期）

马厩岛

黄立宇

> 大多数时候，我们那些惊天动地的伤痛，在别人眼里，不过是随手拂过的尘埃，或许成年人的孤独，就是悲喜自渡。
>
> ——加西亚·马尔克斯

李沫是我的朋友，我们已经有很多年没有见面。记忆中的他，是个沉稳的胖子，尤爱红烧肉。他停在酒店外面的车，被一个冒失鬼撞得面目全非。李沫说，不好意思，给你添麻烦了。我陌生地看着他。日本待几年，给他带来的变化还是蛮大的，他瘦了很多，而且变成了一个"食草动物"，烟也戒了。我是一只单身老狗，无肉不欢，他只吃草，而且每次只吃一点点。

相聚的欢畅很快过去，我们经常陷入长久的停顿与沉默。我知道他着急回上海。在我家客厅的长桌上，我们喝着加冰的威士忌，听着李沫送我的日本原版唱碟。他的太太偶尔会打电话过来，听得出来她是在日本家中。我听到一声妩媚的猫叫。李沫在电话里，常会蹦几句叽里呱啦的日语出来。眼前这个矜谨的男人，已然不是往日的李沫。他问我是否还在写小说，我有些难过，这并不是他关心的问题。他说，我给你讲一个故事吧。

一九九七年的七月天，夏日蝉鸣，我正在家里翻箱倒柜地找一样东西。

我的两个朋友，冯礼和朱海波，别说你不认识，我也已经几十年没见。他们进来的时候，我意外地在一本书的扉页上，发现当初买这本书时邂逅某人的记载。他俩是我那里的常客，无须我格外照应。我一边跟他们搭腔，一边整理东西。两人以为我一直在参与他俩的交谈，实际上我的头绪多半陷在手头的那些乱七八糟的事情上。等我整理停当，他们已经决定，主要还是朱海波的主意，第二天一早动身去舟山，目的地是一个叫做马厩的小岛。这可是几个钟头前连个影子都没有的事。

你别笑，这便是我们当年的行事风格。我们都才二十出头，心浮气盛，装腔作势，生活极其苍白，眼睛里总是闪烁着冲动的光芒，整天想着奇迹的诞生。想走就走，只是那个年纪的鲁莽，连勇气都不需要。朱海波老家在舟山，不知道为什么，他老是有一种莫名其妙的家乡自豪感，已经约过我们好几次。他的一个写诗的表哥跟他神吹，说马厩岛如何荒蛮，如何民风剽悍，这些在我们年轻的闪闪发光的脑袋里都是好词。马厩岛就这样凸显在我们的想象里，往往就是这样，事情一经提出，便非去不可了。

那天下午到了舟山沈家门，他表哥请我们吃夜排档，称兄道弟了一番，我们不胜酒力，回到旅馆后便昏然睡去。朱海波是个急性子，第二天，我和冯礼几乎是在他绝望的惊呼声中醒来的。我们匆匆忙忙赶往沈家门民间码头，在码头对面的一家生煎店坐下来。朱海波把一碗豆腐脑吃得惊心动魄。他自己吃好了，便一直在催，快点啦，船就要开了。

冯礼说他,你怎么弄得像枪毙鬼一样,着什么急嘛!

冯礼还在那里慢条斯理地吃他的生煎包子,他怕油飙出来,溅到他的衬衣,那个既要躲开去,又噘着嘴巴去够包子的架势,朱海波看了直摇头。他只好摆弄起他手头的一架袖珍望远镜,不停地观察码头那边的情况。我去旁边买烟,找了几家才找到我要的上海红双喜。正在找零的时候,朱海波又在那边火急火燎地叫我。

到了码头那边,乘客们都堵在一扇铁门前,实际情形远没有朱海波的表现来得紧迫。朱海波看看我,又看看冯礼,他的意思好像是说,咱们的人都齐了吧?

来往于沈家门和各岛屿之间的这条航线,基本上都是与渔业相关的当地人。外人很容易把我们三个人从他们中间分辨出来,特别是冯礼,涤纶衫、棒球帽、墨镜、帆布包、可口可乐、机械相机、数字寻呼机,一副标准的短途旅行的派头。朱海波背了一只鼓鼓囊囊的牛仔行李包,与之不搭的是,他穿了一件他爸刚给他买的一千多块的梦特娇。他平常也没穿这么好,可能是他爸觉得儿子到了该找对象的年纪罢。冯礼说,哇,梦特娇嘛。显然有一种轻微的不易被察觉的讥讽口气在里面。说实话我蛮眼痒,那个美好的夏天才刚刚开始。

码头不卖票,说是上船之后有人会来收钱。没有票,座位也无所谓对号,你得抢。所以朱海波表现出来的急迫,也是有道理的。铁门一开,乘客大乱,朱海波一看情形不对,立刻百米冲刺,我和冯礼还在后面,他已经越过舷梯,光看到他的牛仔包在铁门边闪了一下,就消失了。他这是替我们抢座位去了。冯礼跟我说,朱海波这个人,没出过门还是怎么的?我们无非是来吹吹海风,领略海岛风光,怎么被他弄得慌里慌张,像轧公交车一样。

那艘铁壳船很小,只有一个统舱。朱海波在船舱里抢了两个座位,他和牛仔包各占一席,左顾右盼地等待我们的到来。我和冯礼在外面的舷廊上,隔窗看到他。我跟冯礼说,朱海波在里面。冯礼并不着急,他说,很好,我们先去甲板上吹吹风。

风有点大，甲板上的帆布篷砰砰作响，冯礼的中分发式已经大乱。在我看来，他之所以还挺在那里，完全是因为前面有个好看姑娘，白皙，高挑，苗条，时尚，长发飘飘。此时有人来向我们售票，我正要付钱，冯礼跟那个售票员说，等会儿，我们里面还有一位兄弟。他的意思是朱海波可能已经买过了。他倒也不是小气，而是觉得没有必要。是否必要是他的行事法则，因为再买也来得及。

我上了趟厕所，折回船舱。朱海波见到我，简直跟见了亲爹一样，口气里有那么一点小委屈。他说，你们都到哪里去了？他又说，你帮我占着座位，我去上个厕所，我好像肚子坏掉了。他刚走，前后脚，冯礼像打醉八仙一样进来了。船波动有点大，他觉得不对，他认为有必要温习一下救生衣的穿戴方法。他把救生衣从屁股底下的箱子里翻出来，并且向正好经过他身旁的一位船员请教，这幕情景真有点感动人。这就是我佩服冯礼的地方，他是对的，尽管看上去很滑稽，滑稽又有什么关系呢？朱海波一直没有来，看来真是闹肚子了。我想象他光着屁股抓着蹲坑边上的扶杆，一边又抵抗海浪颠簸的悲惨模样。我这边也不好受，船舱里浓厚的铁腥与海腥混杂的馊不拉叽的味道，让我备受煎熬。冯礼耷拉着脑袋。后来我们都吐了，那个专用的小铅桶，本来就挨着冯礼的脚边，冯礼嫌它恶心，一脚拨拉到旁边。没有想到，这会儿我和冯礼却争抢着往那只铅桶里干呕——如何把肚子里那点货色准确无误地吐到那个铅桶里去，已经是我们唯一能做的还称得上体面的事情了。

船舱里正在放映一部香港警匪片，特别匹配船舱里乱糟糟的气氛。这点风浪对大部分渔民来说小菜一碟，他们抽着烟，就影片内容即兴发表自己的创见，不时哄堂大笑。那些站在舷廊上的人把脸贴在窗玻璃上，紧张兮兮地专注剧情的发展。我和冯礼都没心思看，半死不活地瘫坐在那里，朱海波的牛仔包和我的包都夹在中间，成为彼此的倚靠。冯礼从来包不离手。他的一只脚还搁在对座的扶手上，稍一伸腿就能把那个歪斜着脑袋睡觉的女乘客的脸踩个稀巴烂。这个时候，我看到朱海波踉跄着摸进舱来，我和冯礼死皮赖脸地在那里装睡。只见朱海波环顾四周，这时候哪里还有他的座位，便又无可奈何地往舱外的舷廊走去。望着朱海波跟跄的背影，我心里多少有些不安的，但这个不安远没有到礼让的程度，如果没有他抢的那两个座位，我和冯礼恐怕是挺不过去的，朱海波一路上总想着给大家谋福利。他是舟山人，渔民的后代，想必能扛得住外面的风浪，老天保佑他。

不知过了多久，我被别人的行李箱碰醒，船好像平稳多了，我感觉身体里开始有了一点力气。冯礼仍在昏睡中，嘴角还淌着口水。一个人在梦中是无法顾及体面的。我把他推醒，冯礼一副不知身在何处的样子，茫然地望着周围的一切。这时候警匪片也结束了，乘客也都活泛过来，大声说话，抽烟，打开自己的随身物品，各处溜达。当时是上午十点半，我从包里摸了一块面包给冯礼，我说先填填肚皮吧，等会儿吐的时候就有内容了。冯礼说好，一边又嫌弃地看着我的那只被压扁的面包。他从自己的帆布包外面的隔层里抽了几张餐巾纸。他的包里永远不会有面包，但却带足了吃面包时用得着的餐巾纸。

当时船正在打转，乘客正在往外出。冯礼说，我们是不是到了？

不一会儿，汽笛响了。船转过去以后，看到的不再是一望无际的大海，一座岛屿神话一般出现在我的面前，而且上面房子的密集程度令我大为吃惊。后来朱海波告诉我，这个地方叫麦仓岛。可以想见，麦仓岛比我们要去的地方繁华多了。我们为什么舍本求末呢，不太明白。这条铁壳船上的乘客几乎都是麦仓岛上的人。几个青壮渔民眼疾手快，未等船舷靠拢，已从舷栏上飞身而出，奔到船首去接应，把甲板上的货色挪到码头上去。更多的乘客还堵在跳板前的舷廊上，等待随着一记铁索声响，如潮涌出。

我还在船舱里，朱海波的包还在这里呢。冯礼跟我说了句，我先上去了。船舱里转眼就空了，朱海波碰上一个熟人，正在舷廊上跟人家告别。他进来跟我说，那个人是他的中学同学，乡宣传委员。我说，你见到冯礼了吗？他已经下船了。朱海波这才"哎呀"一声，我们不在这里下船啊。我这才明白过来，船喇叭原来一直在喊：去马厩岛的乘客请不要下船！去马厩岛的乘客请不要下船！我大喊不好，立刻奔到舷栏边唤冯礼，这时候从麦仓岛又上来几个客人。朱海波眼看着老船工解掉了第一根缆绳，脚下的铁板开始旋转，他的叫喊更是添了一层灾难来临时胆肝俱裂的味道。听到我们的喊叫，正在跟那个姑娘搭腔的冯礼立刻像澳洲鸵鸟一样飞奔而来。这时船体已偏离泊位，好在冯礼前面已有一段助跑，他跳过来了，被老船工骂得狗血喷头。我和朱海波赶紧跟老头赔笑，冯礼拍遍口袋，拔一支烟递过去。老头把烟夹在耳朵上，就像是保留再一次追究我们的权利。

铁壳船继续向马厩岛进发。

风浪平息了很多，剩下的人都在甲板上。除了我们三个，还有另外七八个马厩岛人。甲板两边各有一把条椅，他们坐在其中的一把条椅上，盯着我们看，想必在猜度我们的身份。他们身边的所堆之物，都是刚从沈家门进来的货，主要是蔬菜，土豆、卷心菜、冬瓜、莴苣，当然还有猪肉、黄酒、香烟、腐乳、榨菜、咸齑、饮料、调味品，再者就是沐浴露、洗涤精之类的日用品。有一个细节，我看到其中一个男人的手腕上，套着两三个漂亮的发圈儿，女孩子扎头发用的，带花色饰边的那种。后来我在女朋友那里看到过，她告诉我，这个东西叫猪大肠发圈儿。当时，我们坐在另外一把条椅上，和马厩土著形成奇怪的对峙关系。朱海波试图用舟山话跟他们搭腔，但没有一个人理他，他们的目光并没有回避，依然毫无表情地看着我们。只有当冯礼举起相机的时候，马厩岛人才纷纷扭过脸去。他们不习惯在照相机镜头前抛头露面，仿佛因此泄露了他们的隐私。另外还有一个长着兔子脸的人，默立舷边。他是刚才从麦仓岛跳上来的，他戴着眼镜，这里戴眼镜的人可不多，他的身份有点不太好判断。我看到刚才有马厩岛人在跟他搭腔，但他显然不属于这个群体。我提醒冯礼注意，我说这个人有可能是乡政府的人。冯礼看了一眼说，不太像，有点村队会计的意思。

马厩岛先是一个点，在我们的视野中渐渐放大。随着铁壳船的行进，马厩岛在我们的视野中渐渐显出一些斑驳的内容。有关它的一些粗略的印象，全部来自朱海波的那位诗人表哥的三寸不烂之舌。至于它为什么叫马厩岛，他并没有说清楚，或许跟地形有关，但也不尽然。几百年里人们因躲避战乱和饥馑迁徙到此，我想他们来的时候也不一定就是渔民，他们会按自己老家熟悉的物件，来命名这些岛屿，于是便有了蓑衣岛、牛轭岛、花烛岛、稻桶岛等等。刚才我们经过的那个大岛就叫麦仓岛。我从舟山地图上，还看到一个叫砚瓦岛，那显然出自一个破落文人的臆想。如此，两天前还在我们想象之中的风景，现在已近在眼前。我当时的感觉还是蛮震惊的。马厩地貌，宛若冰河时代遗址，触目都是巨大的裸岩群，远远看去，整个岛屿形同覆掌，岬角为指，关节如峦，从山冈上俯冲下来，陡然裂开一道沟壑，沟壑里堆叠着鳞次栉比的石屋，一路挟持过来，又忽然展开，形成一个小小海湾。

这鬼地方真他妈的不错啊！朱海波兴奋地在那里指指点点，你们看，马厩岛是不是有点像……他突然低下声来，在冯礼耳边嘀咕了一句。冯礼的脸一时暧昧得不行。我猜到他会说什么。当时我们根本没有意识到，我们与当地人有多么格格不入，我们的扮相，我们的乖张，我们的自说自话。身后的马厩岛人都奇怪地看着我们，发出意味不明的笑声。但我注意到那个兔子脸的人，他没有笑，他的兔子脸，天生一副别人欠他三百两银子的样子。他在偷偷观察我们，当他注意到我的目光，又立刻把脸扭了过去。

我注意到岛上接近山顶的地方，有一幢白色外墙的水泥楼房，与下面沟壑里的那些石头屋显然不同。我猜测说，一般来说是公家的房子。

朱海波说，肯定是乡政府。

冯礼拊掌笑道，这么说，我们找到组织了？

正说着，赫然看到码头边的一块挂满渔网的巨石上，写着几个已经斑驳褪色的红字：

上岛外来人员，请务必到乡政府登记报备→

这几个字显然有些年份了，也不知道是在什么样的情况下作出这样的要求。所谓外来人员，无非是那些前来走访的亲戚、下乡来的县干部，还有就是游走四方的手艺人、捕蛇者、卜算家，当然还有就是鱼贩子和那些与马厩岛建立了良好贸易关系的人，但他们好像都没有必要去乡政府报备。像我等游手好闲之辈，倒是非常希望能得到乡政府的优待。

朱海波想起来了，他问冯礼，你名片带了吧？

冯礼是见习记者，还没有记者证。他说，名片倒是带了。

朱海波说，有你冯大记者的名片，起码住宿不会有什么问题。

他对冯礼道，你想啊，有乡政府必有招待所。

冯礼大喜过望，说的是啊！弄得好还能凑上一桌海鲜。

朱海波说，生猛海鲜有什么稀奇？你知道这是什么地方？这地方就是出生猛海鲜的，你要吃青菜萝卜还办不到！

船已靠岸。那位兔子脸已率先跳了上去，这个人跑起来也像兔子，在海边公路上疾步如飞。来帮忙接货的人已经等在码头上了，场面很热闹的样子。但是上岛以后，这个世界又猝然静寂下来，只剩下风声和远处传来的渔船马达的声音。

一条石阶，把我们引入岛内。

路边堵着一条木船，有个渔民正在那里敲敲打打，近旁散落着与渔业密切相关的物件，铁锚、渔网、绳索、浮子。屋弄里堆积着蟹笼和插着浮筒的彩旗，不时有肩驮网具的渔民从旁经过。路极窄，我们一路闪让。越往里走，越是屋高路窄，每一块石头都像尚未风干的鱼鲞，腥咸而潮湿。这里长年台风肆虐，生存环境非常严酷，石屋都造得跟碉堡似的，窗开得极小，当地人还用旧渔网把屋顶罩起来，每块瓦片上都压上石，用来抵抗风浪的袭击。这样一个荒蛮之岛，应该没什么游客吧，万事都有例外，比如说现在，我们来了。

我们经过一家烟酒小店，店门口放着一张破败不堪的台球桌，其中一个球袋里还留着一只双色球，像一个隐喻。它让我感叹良多，可以想见这个岛上曾经也有过年轻人的喧哗，现在却变成了店主堆放杂物的地方。听朱海波的表哥说，这里最鼎盛的时候，有三百多户，一千多号人。城市化让这里日渐萧条，有条件的纷纷在沈家门买房子，岛上唯一的小学被撤并，交通船也从一天两班变成了两天一班，马厩岛重归往日的荒蛮。

　　再往前走，遇到几个在阴影里闲坐的老头，他们张着嘴巴惊奇地打量我们，互相打听这是谁家的亲戚。他们没有找到答案，这个世界落在了他们的经验之外。他们的身后是一道驳墙，驳墙上面又是路，路边又是石屋，如此繁复，长长的石阶路，蜿蜒着穿过密集的石屋群，向着山冈挺进。

　　我说，我们这是上哪，真要去乡政府报备啊？

　　那两位笑死，冯礼感慨道，真是没有办法，别看我们一个个都像叛徒，可骨子里还是挺正规，见到组织都跟亲人似的。

　　我们渐渐走出了石屋群，前面传来一声接一声凿石头的声音。在一条岔路口，我们见到了一位老石匠，他正在凿墓碑上的一朵莲花。老头没有注意我们的到来，待他看到眼皮底下的三双沙滩鞋时，惊讶地抬起头来。老头说，你们是不是去水獭洞？

　　朱海波说，水獭洞？什么水獭洞，水獭洞好不好玩？

　　老头对我们打量了一番，不再吭声。

　　看样子，你如果对水獭洞一无所知的话，老头是懒得跟你搭腔的。

　　我们选择继续往前走，一只海鸟突然噗噜噜从芒草丛中飞出，消失在山坡后面。此时风澄雾开，视野空旷而高远，绕开那些东倒西歪的裸石，地被植物像草波一样涌向高处。一只淡粉红的薄膜袋，犹如《阿甘正传》里那片飘浮的羽毛，悠悠晃晃地从眼前飘过去。我们已经看到了那幢孤零零的房子，我们还没有走到它的跟前，就感觉情况不妙。那幢楼跟我们在甲板上看到的，完全是两码事。在阳光的作用下，远远看去，它像一幢崭新的楼房，眼前却是颓废的墙、破败的木梯、断裂的窗棂，透过窗棂格子，我还看到一面仿佛附了阴魂的在风中颤动的锦旗。老式办公桌上有一只红墨水瓶倒着，洇在桌上的红墨水像一摊血迹，早已干涸。院子中央有一株雪松，几只草鸡在树底下周旋。墙上有两块显著的白，想象中的马厩乡党委、乡政府的两块木牌已经不翼而飞，一切都死气沉沉。

有人吗？朱海波喊了几声，回答他的依然是山冈后面不绝的风声。

我一看这情形，就知道一桌生猛海鲜已经飞走了。

冯礼一拍脑袋，他说对了，各地市都在搞乡镇撤并，马厩乡肯定被并掉了。

事情就是这样地不凑巧。后来我在网上查过，我们是七月份去的马厩岛，然而在三月份的时候它就被撤并掉了，和我们路过的那个麦仓岛并成了一个乡。

我们转到后面，发现坡下有一片平整的水泥地，那里有一排平房，还有废弃的水龙头和水槽。可以看出那里应该是原来乡政府的食堂或者招待所。那里的门窗全都被卸走了，满地滚着黑色发亮的羊屎球。冯礼知道没戏，可他还在安慰自己，他说有羊也可以，可以搞一个烤全羊。朱海波在那嘿嘿地笑，他的笑声在当时的环境里特别地怪异。我们屋前屋后绕了半天，一根羊毛也没有看见，倒是钻出一只小猫，尖啸着逃遁而去。

我们傻了半天，像三个孕妇都不约而同地听到了肚皮里的声音。

我们走回原路，来到刚才的那家烟酒店。

烟酒店老板有点面熟，应该在船上见过，台球桌上还搁着刚从船上卸下来的货。现在我们是他的顾客，虽然他的笑容还是有点潦草，但毕竟亲和了很多。

他问，你们是沈家门人吧？

不过他马上自我否定了。看着不像。他说，沈家门人不开国语。

我们笑了，可能是我的上海腔暴露了身份。冯礼因为家庭背景的关系，一直习惯说普通话，倒是朱海波一直在学我的上海腔。我跟朱海波说，别让他们觉得我们是上海人，我和冯礼说普通话，你说舟山话也行。

朱海波说，好。

　　他们跟老板要了牛肉罐头、可乐和一些面包饼干，我另要了一份泡面。老板过来把搁在台球桌的一箱饮料拿下来，好腾出地方，让我们在那里将就。

　　冯礼跟老板说，再来包万宝路。

　　老板说，没有。我这里有哈德门和红梅，要么你抽红塔山。

　　冯礼有点懵，有点猝不及防，怎么可以没有万宝路呢，什么破地方。

　　我说你省省吧，上海红双喜怎么样？我抽着蛮好。

　　这个地方来来往往的人很多，他们跟店老板打招呼，并对我们表示适度的讶异。倷阿里来啦？朱海波说，沈家门啦。他们摇着头，迟疑地打量我们。

　　在场的还有一个来买烟的男人，他四十来岁，精瘦，一张鳖黑的胡桃脸。他买了一包哈德门香烟，撕开，给老板拔了一支，又给自己点上。我发现他的一只手不太利索，不由自主地要收起来，像一把折叠刀似的。因为我们的出现，他没有马上走开，索性坐在角落里的啤酒箱上，一边抽烟，一边观察我们。

　　冯礼还在翻来覆去地看罐头，看上面的生产日期有没有过期。

　　凑合着吃罢。我说，这种地方就别讲究了。

　　老板递来一把生锈的脏兮兮的罐头刀，冯礼竟有些恐惧，连说，我有我有。

　　他用带来的那把瑞士军刀开罐头，用其中的一把小刀挑着罐头牛肉，塞自己嘴巴里细嚼慢咽，末了还拔出上面的一根塑料牙签剔牙缝。这似乎引起了"哈德门"的注意。

　　你这个就有点过了。我说，一把瑞士军刀也不值得你这么来炫耀。

　　冯礼笑，还是你了解我。

　　这时，走来一个穿裙子的女人，嗑着手里的瓜子，趿拉着人字拖，吧嗒，吧嗒。"哈德门"冲着她乐。那女人条好，就是有点哀怨相，笑起来倒也生动。

"哈德门"跟那个女的说，昨天夜里麻将统让你包了。

女的敷衍一笑，也就这么一回。

"哈德门"贼兮兮地凑到她的耳边，你手气这么好，昨夜里你下边没有穿三角裤吧？

放你娘狗屁！女的跳起来，又佯装要去追打他。

"哈德门"乐得不行，拍屁股走了。

我们听着蛮有点意思。老板也在笑，那女的说，你笑个屁呀！老板说，你家那位今天回来么？女的说，明天回。老板说，我有数了。你有数个屁啊！她把刚嗑的一粒瓜子壳扔在他脸上。老板笑煞。她拿了一瓶腐乳，看到刚到的油枣，又要了一包。

记账的时候，老板朝她背后努努嘴，他说，你生意来了。

他们干吗的？

我哪里晓得，老板说，来旅游的吧。

这地方有啥玩的？女的嘴里咕哝着，回过来看我们，你们住宿么？

朱海波立刻迎过去，住住，你是旅馆老板？

她笑了。我们这里的条件你们也知道，你们怕是看不上。

朱海波连忙表示，稍稍过得去就行，过得去就行。

女的说，那你们慢慢吃，我就在前面。人字拖吧嗒吧嗒走远了。

吃完，我们跟老板打听那个女人的名字。老板不禁吐了一下舌头，伊叫小乌贼，倷到前面打听一下。小乌贼，一听就是个绰号，而且令人玩味。我们似乎也不能拿人家的绰号去打听。冯礼说，我们都是有修养的人。我们往前走到一个地方，便听到身后有声音，哎，城里后生，你们走过头嘞。原来就是那几个老头闲坐的地方，她家在驳坎上，路边两层楼，因为是石屋，没有阳台，女主人就在二楼的小窗户里跟我们招手。屋外没有标识，在一块离地很低的石头上，应该出自小孩子的手笔，极稚气地写着三个字：小旅馆。

女主人拿着钥匙下来，她把楼下的一间留给我们，外门开向路边，可独立出入。里面有三张床和一张小圆桌，没有电视，也没有卫生间，黑咕隆咚的。我看看冯礼，冯礼再看看朱海波，他的意思是，你把我们叫来，就这个条件？

朱海波心里想的是，得亏还有旅馆，满口应下，好的好的。

女主人告诉我们，她丈夫在船上，儿子在沈家门读书，不过马上回来了，因为学校就要放假了。她说这里平时没什么人，夏季的时候，岛上的人才一点点多起来。

问到食宿价格，女主人有点绕嘴，反正啊，海岛就这个条件，你们城里小老板，平日里都阔手阔脚的，在我这儿，还在乎那几个小钱呀？

我们听着总觉得哪里不对，但也无可奈何。

房间里浮尘满地，有一股咸腥味，凉席上也是，摸上去有沙子般的颗粒感。看样子，女主人也是刚来不久，她家在沈家门有房子，两边跑，过着候鸟的生活。我们把凉席扒下来，到外面抖了又抖，然后用湿毛巾擦拭了一遍，又把毛巾泡在一脸盆的肥皂水里。当时，我倚在门边抽烟。冯礼拿着那块毛巾，闻了又闻，心里终究过不去，跑去店里买了一条新毛巾。朱海波拿着他的微型望远镜东看西看。这个岛也就这副鸟样，而铁壳船要等到后天中午才能来，当时大家的心情反正都挺落寞的。这个时候，朱海波在望远镜里看到了什么，快快呼我和冯礼同享。冯礼抢先夺过望远镜，哈哈笑了两声。他一直霸占着望远镜不放，轮到我的手里，只看到很快就消失的三个年轻女人的背影。她们看上去一副外地人的模样，她们胆子也贼大，这种地方也敢来。那么留给我们的问题是，她们住在哪个旅馆？

冯礼说，她们好像到海边去了。

马厩岛的海湾，一边是峭壁开凿出来的交通码头，另一边是小丘陵，岸海之间有一条水泥路，沿途是近岸礁石和碧蓝的海，还有并肩摇晃中的渔船，和远处闪耀的灯塔。有人摇着泡沫筏，向摇晃中的船只靠近；有人拎着钢刀一样闪亮的鱼迎面走来；顶着花毛巾的渔家女在自家船上收拾；采螺归来的人挑着绿网兜大步流星。这是马厩岛一天的收场时刻，山坡人家端着饭碗好奇地看着我们。我们走到哪里，总有人侧目而视。

我们遇到了一个身着黑色橡胶潜水衣的跛子，他向我们兜售他刚刚采来的贻贝。看样子，他好像径直从海底世界走到我们的面前，两只黑色的蹼子还拎在他的手上。后来知道，这种潜水服，连同采集野生贻贝的人和行当，当地人都叫水乌龟。我们讨价还价，要了三斤，这让水乌龟极轻蔑地撩了我们一眼。

我们没有看到那三个女的。殊途同归，从前面我们也可以绕回去，兴许我们还能碰上她们。路盘旋而上，山坡上也都是房子，屋弄里传来推倒又重来的麻将牌的声音。冯礼说，这个地方好，警察来抓赌，恐怕还没有上岸，这里的人早已看到了海上的公安快艇，等警察上岸，他们早就收摊了，统统都是循规蹈矩的良民。这样嘻哈说着，在一个拐弯抹角的地方，意外地看到了一块马厩村委会的牌子，那里门窗紧闭，只见老式写字台上放着一架电话机，它被放置在一个上了锁但又不妨碍接电话的木匣子里。这可能是马厩岛跟外界唯一的联系方式。我的脑海又浮现出那个长着兔子脸的男人。

晚餐是和女主人一块儿吃的。我们把餐桌端到外面来，女主人给我们备了酱螺、虾干、红烧比目鱼、土豆咸齑汤，还有我们刚买的野生贻贝，另外又去买了两瓶啤酒。男主人不在。她说或许明天你们能够见到他。我们由贻贝说起刚才碰到过的那个穿潜水服的跛子。女主人说，你们别看他残疾，水性极好，他回到海里，比一条鱼还要灵活。这段话令我印象深刻，我无法提前预知的是，我们与"水乌龟"之间，后面还会有更深刻的交集。不知道为什么，我们没有跟她提起那三个年轻女人，只是问她，这里还有没有其他的旅馆？她说，有人来，家家都是旅馆，连个客人的影子都没有，开个鸟。我们以为自己听懂了。朱海波故意用筷子不停地掏弄着贻贝里面那团带草的肉，你看它像什么？我给了他一个眼色，这种俚亵之趣，说出来就没有意思了。不过，老板娘还是先笑了。

天色渐暗，路边没有灯，老板娘准备的一盏马灯只能照亮桌上的两个酒瓶子。她不陪我们，吃完搓麻将去了。我们还坐在那里聊天。这时候,冯礼的寻呼机响了。他看到一个熟悉的号码。放在两天前,现在正是我们几个呼朋唤友的时候。冯礼说,谢霆锋的个人专辑不知道哪里买得到。朱海波说,香港回归了,我们是不是随便去啊。冯礼说,怎么可能。我喝了大半瓶啤酒,感觉刚刚好,眼睛里还有点小迷茫,看着下面屋弄里影影绰绰的灯光,看远处的海面上,有一抹极明亮的光带,映着一条归途中的小船。

山雾缭绕。尽管是夏天,海岛的早晨还是有点凉意。我在外边刷牙,对面屋后的芒草丛里,突然钻出一个人来,麻利地提着裤子,看到我,落荒而逃。

吃罢早饭,朱海波建议去水獭洞走走。听女主人的意思,那只是一个村庄的名字,也不是动物的那个水獭,而是水塔村。至于水塔洞,她也没有见过,它差不多就是一个传说,说那里潮水奔流,日夜吞吐,台风之前还能发出怪异的声音,在没有气象预报的年代里,村民们可以据此作出台风来袭的预判。

女主人说,除了石匠夫妻俩还住在那,水塔村已经没有人烟了。

我们出发,当地人向我们行注目礼。问题出在朱海波身上,他还拿了主人的一个加强版的手电筒。我跟他说,手电筒就不必了,或许根本就没有什么水塔洞。他非要带,明晃晃的太阳底下拿着一只手电筒,授人以柄,昭然若揭。

走到那个岔路口,未见老石匠的身影,空余一堆石头。

我们沿着那条分岔的小道,走到高处,在路边看到一个山体碉堡。有一个小台阶,从侧面深入它的内部。从紧贴路面的瞭望口,可以看到方圆数十海里的动静。里面有股子尿骚味。战争远去,它事实上成为乡间小道上的一个路亭,起码可以在这里痛痛快快撒泡尿,留下一段意淫文字,比如某某人的老婆其实是个烂婊子,诸如此类。我们好像不经意看到了这个村庄最隐秘的一页。

这时,外面有细碎的脚步声由远及近。侧耳细听,冯礼说,花姑娘!

里面空间狭小,瞭望口又贴着地面,我们只看见三条裙子。

她们走到那个地方停住了,她们说,咦,他们人呢?

我们出去侦察了一下,不出所料,正是我们在望远镜里看到过的那三位。她们说的是普通话,这与我们之前的判断也是吻合的。

哈啰。

女的一看是我们,互相看了一眼,然后扑在那里笑。

你们是昨天刚来的吧?

是啊,你们咋知道?

你们是外地人嘛,这里哪怕飞进一只苍蝇,都逃不过他们的眼睛。

我注意到对方说的是他们。还有,我们是外地人,难道她们不是?

朱海波说,你们也是来玩的吧?

没有应答。这个问题似乎让对方陷入了困难,她们面面相觑。

这时,冯礼朝她们做了一个摁相机快门的假动作。

她们在镜头面前还有些羞涩。三个年纪都很轻,虽然相貌平平,但她们的青春气息也蛮打动人。从她们的举止、稍显过气的穿着打扮以及对照相的兴趣上,我隐约感觉到她们的乡村背景——我不知道,朱海波这时候把我说成是中学老师,是否也是基于这一点。

有一个叫三妹的问我,你真是老师?

看得出,她对老师有特别的信任和期待。

我嗯了一声,我显然不能说不是。我说,你们从哪来啊?

贵州。她们怯生生的,似乎说出来,就会透露出什么秘密。

哎哟,冯礼说,你们够远的。

不知道为什么,这个遥远的地名似乎印证了我心里的预感和不安。但是,我依然没有猜到最后的结果。当时大家都很开心的,旅途中遇到同行者,总是一件幸事。

她们当中,数三妹年纪最小,她是一个机灵鬼,特别会笑。三妹介绍她旁边那个梳马尾辫的,叫花花。花花稍有几分姿色,也很文静。我注意到她的马尾辫上，系着黑蓝相间的花式猪大肠发圈儿，和昨天船上一个男人套在手腕上的东西是一样的。也许这只是一个巧合。另外一个肥嘟嘟的矮个女孩，她的脸好像没长开的样子，三妹说，这个小坏蛋，我们都叫她小肉包。

好像眨眼之间，故事就开始了。朱海波从口袋里摸出一颗糖。他有低血糖，口袋里经常带着糖。他把糖单单给了身边的三妹，三妹剥开来，还看了他一眼，慢慢塞到嘴里，这其中的甜蜜让她的笑容格外动人。不知何时，三妹已经悄悄抓上了朱海波的衣袖。她问朱海波是做什么的，我在一旁信口胡诌，我说他呀，著名流浪诗人。朱海波回头冲我笑，他的笑里已经有了秘密。三妹特别期待地看着他，他便咳嗽了几声：啊，大海啊，你全是水；蛤蟆呀，你四条腿。

她们乐不可支，尤其是三妹，笑得岔了气。

冯礼真是一个人精，他不想暴露自己的记者身份，连忙介绍自己是乡镇企业的推销员，推销的是菜刀。冯礼比画着两个掌片子，在花花边上磨刀霍霍：小姐啦，要不要买菜刀啦，我的菜刀很好用的啦，不相信可以在脖子上试试看的啦。花花在那里配合着尖叫。

三妹说，水塔村有一个水库，我们去那里摇船玩罢。

她这话好像只是对朱海波说的，其他人似乎并不在此列。朱海波回过头来看我和冯礼，但是他很快让三妹拉走了，消失在前面的小树林里。

冯礼说了句上海话，册那！

我们正在下坡。小肉包跟我走在一块儿，她一直管我叫老师，我也不便澄清。马厩岛确实不像我们想象的那么小，据说以前有三四个村庄。我们经过的那个地方，仿佛是史前巨石阵的遗址，全都是巨大的裸石，非常像现在游戏里的一些场景。脚下的那条土路沿着海岸线一直向前蜿蜒起伏，路两边都是芒草，海面上的光斑在草叶间不停地闪烁，前面的人已经看不到了，刚才还听到冯礼和花花在前面说话，现在只有风声簌簌，还有海面上寂寞的马达。

我看到了水库。从我的角度看过去，水库与大海之间的村庄被折叠了，水库和大海似乎处于同一平面，映着蓝天白云。微风轻拂，水面上泛起阵阵涟漪，这真是一个美丽的景致，一切都挺好。朱海波已经跳到船上去了，还没有等三妹上去，船已经漂开了。他完全不得要领，小船越漂越远，他开始担心自己是否还能回到岸上。三妹让他把缆绳抛过来。这时候，冯礼最开心了，他一点都不掩饰自己报复性的狂笑。

  那天，太阳酷热，我们躲在水库近旁的小树林里，朱海波和三妹隔着一棵树依偎着，冯礼正在跟花花密谈，而我和小肉包像路人甲似的绕着圈子。有一个细节，我一直记得，三妹将朱海波的手拿过去，在他的手腕上画了一只手表。她画这个手表的时候，周遭很安静，空气里似乎弥散着甜品店的味道。这个情景非常地打动人，看得我和冯礼醋意十足，虽然我们未必愿意让她也在手上画一个，但画在别人手上就是不行。冯礼又说了句，册那。

  这时候，花花的手指进了一根刺，冯礼在帮她看，他让她别动，花花的手指让他捏得通红，脸也跟着红。我开始深刻怀疑那根刺的存在。冯礼说好了，花花果然也不疼了。冯礼握着人家的手不松，翻过来把它掰开。冯礼说，我给你看个手相吧。

  花花吃惊地看着我，似乎所有的答案都在我这里。

  冯礼说，我在你手上看见了两个男人。

  我记得这是法国电影《最后一班地铁》里男主角的一句台词，台词是这样的：我在你身上看见两个女人。冯礼对三妹说，我在你手上看见了两个男人。

  花花的脸立刻苍白如纸。

  她吃惊地看着冯礼。冯礼不知道自己捅了什么娄子，两只手慌得没地方搁，他表示自己只是开了个玩笑，胡说的，一定不要往心里去。Sorry。

  这时，小肉包说了句，你们不知道，我们是被人贩子卖过来的。

  石破天惊，空气在这一刻凝固了。我们极度震惊。

  冯礼无比惊骇道，你们是被卖到这里来的？

小肉包倒是一副无所谓的模样,是啊,我们来这里已经大半年了。

冯礼再看花花,花花点了点头。

很难想象我当时的感觉。以前这样的新闻也见过,我知道它们都确凿无疑地发生过,就是有什么愤慨的话,也很快烟消云散。但是现在不一样,眼前的这个事情就发生在我们的眼皮子底下,当事人就在边上,我内心的震惊无以复加。有那么一刻,好像所有声音都被抽空了,我听得到太阳穴两边跳动的声音。我有点懵。

三妹还在给朱海波画手表,她正在画表带,她的圆珠笔绕过去,看到了朱海波手腕后面的疤痕。朱海波把手挣脱了,他问三妹,三妹说,是啊,我们都是被贩卖过来的。

朱海波无法相信眼前发生的事情,他的声音里有些哆嗦。这不对,这不对啊!

他看看冯礼又看看我,这不对啊,天底下怎么还会有这种事情?

我跟小肉包说,你们有没有报警,你们逃啊。

你以为我们不想?小肉包斜我一眼说,没有用的。不光是我们的婆家,整个岛上的人都死盯着我们。有一回我们都已经逃到船上去了,但是他们不让船走啊。我们想不明白,船为什么不走?为什么要听他们的?直到我们被拖出去为止。

冯礼说,这世道,还有没有王法了?

我还是第一次感受到他的平静语调里少见的盛怒之下的战栗。

水塔村就在水库下面,那是一座石头的堡垒,一座空城。部分石屋还保存完好,门都被堵得死死的,仿佛原住民还要回来的样子。穿过村庄的过程,就是下坡的过程,我们在这个村子里走散了。我和小肉包在一户人家的门槛上坐下来吹风,身后是残垣断壁,当年的虎面咒符还留在门楣上,在风中发出细碎的声响。从那里可以看到海边,还有冯礼、朱海波他们像打地鼠一样偶尔冒出来的身影。

最初的震惊,开始像退潮一样在我心里慢慢退去。我眼前老是浮现那个黑蓝相间的花式发圈儿。船上那个男人长得很排场，如果忽略掉他的生活背景，我想他一定很讨女人的欢心。他不停地去捋手腕上的那几个漂亮发圈儿，咧着嘴角笑。我不能确定他是否就是花花的丈夫。这个有点恩爱色彩的小插曲，似乎也不符合我对人口贩卖的一贯认知。在我的认知里，人口贩卖必然充塞着暴力与毒品。我不知道，她们当初是如何被人拐走的，又是如何来到这个岛上。

我问小肉包，你家先生他欺负你吗？

我忽然意识到"先生"一词不当，不过她也没在乎。

她说，你是不是觉得，只要他不打我骂我，我他妈的就应该待在这个破地方？

我辩解说，那当然不是。

她说，我太亏了，我他妈的年纪轻轻就结了婚，跟一个他妈的窝囊男人困死在这样一个破岛上，我的青春就这样泡汤了。我的生活本来不应该是这样子的，我还没有看过花花世界，我他妈的应该去过自由自在的城里人的生活。

她嘟嘟囔囔地说个没完，我听着感觉有点不对，好像她只是在对一个失败婚姻抱怨。说实话，我不喜欢她说话的样子，脏话连篇，只有一些糟糕的情绪发泄。还有，她实在是太胖了。我不得不承认，颜值与正义感在这个时候是成正比的。

我一直以为自己仅仅是旁观者和聆听者，这件事确实令我震惊，我也给予了极大的同情，但是事情在发生一些微妙的变化。我终于明白过来，她们早就注意到了我们，她们是来求救的。当时，我和冯礼就愣在那里了，我们吓坏了。我们没有想过，这里面我们还要承担点什么，我们也没有这个能力。

我和小肉包继续往前走，这个地方的路和房子都是串联在一起的，走着走着，就走到房子里来了。这是一栋七八成新的房子，墙还很白，火灶里还有未烧尽的柴火。这个房子似乎没住多少年，就被废弃掉了。他们造这个房子的时候，肯定是怀着对新居生活的向往。但是好像发生了始料不及的变故，抑或是这个急剧变化的时代在这里摁下了暂停键。比如马厩小学撤并到大岛上去，为了孩子读书，他们也必须搬到麦仓岛上去。诸如此类的事情，在旁人是谈资，在他们就是一根最后压垮他们的草。我注意到墙上有一个小涂鸦，是孩子用毛笔勾画的一个非常简单的图案，我看出来，画的是小鸟。这非常击中我的内心，感慨万千。

  始料未及的是，小肉包突然把我抱住了，她说李老师，你要救我。

  我说，你别这样，我们回头再商量。

  她越抱越紧，抱着我不撒手。她哭了。

  说实话，我的感觉很糟糕。我说你别这样，这样不好。

  正说着，忽然屋后传来什么声响，有瓦片被踩碎的声响。我立马把小肉包甩开，直奔屋后，后面也没看到什么人，只看到草叶在风中抖动。

  我有些吃慌，我说，我们走吧。

  他们都在海边，小码头差不多已经溃塌了，栈桥下长满了藤壶。

  我看到朱海波的时候，他身上多了一样东西，那是一只从废船上拆下来的舵轮，文化人都喜欢这个破烂玩意儿。朱海波说，挂我书房里挺好。我说别人的东西，你去动它干什么？他说，我捡的呀。我说，当地人会给你难看的，虽然它被扔在路边，但并不意味着，你可以随便拿走。他身边的三妹说，没事的。好吧，我也不说什么了。

  冯礼看到我，把我拉到一边，他问我，你刚才看到那个老石匠没有？我说没有。冯礼说，这个老家伙好像在暗中监视我们。他这一说，我就明白了，形势陡然严峻。所以他的建议是，无论如何让三个女的先回去，我们不能再跟她们回去，太过注目。我说，好。

  当时冯礼找了一个很好的理由，借口要到海里游泳，让女孩们先回去。

  她们不肯走。三妹说，我们看你们游泳不好么？

  冯礼斜着脑袋，小眼神阴邪地贴着人家，裸泳啦，你也要看么？

  他本来是想吓唬对方，但是没吓住，小肉包又跳出来说，不脱是孙子！

冯礼好像被刺激到了,说着就要扒自己的衣衫。朱海波赶紧把他拉到一边,你有病啊你!冯礼说,你他妈的才有病呢,把我们哄到这种鸟不拉屎的地方来。朱海波气极,嘴唇发抖,说不出话来。这时,冯礼犯了一个错误,他把烟圈慢悠悠地吐到三妹的脸上,朱海波觉得某种神圣的东西被他冒犯了,他扑将上去,我赶紧劝架,又及时充当了那个虚拟的中学教员的角色,好说歹说,总算把三个贵州女的给劝走了。

冯礼对朱海波说,我是流氓,我把脸撕破给人看,你装什么正人君子,好像你能把人家救出苦海似的,狗屁!朱海波还在情绪上,他扔掉那个舵轮,上去就给了冯礼一拳。冯礼说好,很好,像是你朱海波的风格。他并不着急起身,鼻子流了血,自己拿餐巾纸堵上。他跟朱海波说,路上你念的那首诗不对,你应该念这首:I love three things in the world, sun, moon, and you, sun for morning, moon for night, and you forever。浮世万千,吾爱有三:日、月与卿。日为朝,月为暮,卿为朝朝暮暮。

说罢大笑。

朱海波拿着人家的那只舵轮,一路上还骂骂咧咧的,贵州女的故事让他难以消化。都已经快到旅馆了,他还在嚷嚷,都什么年代了,怎么还会有这种人口贩卖的鬼事。一个刚走过去的渔民回过头来看他。我说,你少说两句啦。我总觉得这是别人的地盘。朱海波听不进去,一时还刹不住,喉咙还胖得厉害,讲讲有什么关系?

女主人不在。本来以为我们会很晚回来,没让她安排午餐。三人各吃了一碗泡面。吃泡面的时候,冯礼很专注地观察了朱海波手腕上的那只表,看得朱海波都不好意思。风水轮流转,这只曾经让我和冯礼平生嫉妒心的表,已然成了一个可笑的话柄。冯礼想笑,没笑出来,倒让泡面一口呛住,让他打了几个响亮的喷嚏。冯礼的鼻孔里还塞着纸团,这个喷嚏让鼻腔里的纸团像子弹一样射了出来,他捡起来看了看,又扔掉了。他给自己点了支烟,烟雾再次从他通畅的鼻孔里喷出来。

朱海波后来一直在水龙头底下洗手腕上的那只手表,肥皂擦了三遍,但依然没有彻底抹掉。他刚才还沉浸在三妹的爱情里，转眼间三妹变成了别人的老婆，这个打击是巨大的。我不知道，这时候他是打算急流勇退，还是英雄救美。

他洗完手进来说，我们总不能袖手旁观吧？

冯礼说，那你说咋弄？要不要派架直升机来，把她们接走？

虽是风凉话，但也深刻地揭示出我们所处的困境。冯礼说，她们自己逃过好几回，都没有逃掉，难道我们多长了一对翅膀么？冯礼说，事情没有我们想象的那么简单，似乎也不能完全等同于人口贩卖。其实女方是知情的，家里也收了彩礼。花花跟我说，带她们出来的那个女的也是从贵州嫁过来的，她在这里生了孩子以后，获得了相应的自由，回了趟贵州老家，然后又带了一帮女孩出来。那三个女孩来之前就知道有这么一个岛，她们都没有见过大海，以为是什么神仙地方。来了以后，她们被囚禁在这个岛上，起码在生下孩子之前是这样，这也是逾越法律红线的地方。但如果马厩岛人不这样做，煮熟的鸭子就会飞走。

朱海波说，她们不是鸭子，是跟我们一样活生生的人！

冯礼说，你这种廉价的愤怒有个屁用！

朱海波怒斥冯礼，我最瞧不起的就是你这种知识分子的懦弱！

冯礼无声地笑了。也许朱海波是对的，我只是觉得自己是个弱鸡，屁用没有。

朱海波说，反正我不能装作啥事也没有发生，我内心过不去。

冯礼给他递过去一支烟，他说，其实我们又何尝不是呢？只是形势太过严峻嘛，我们也没有这个能力。如果你有什么想法，我们听听看。冯礼看我，我连忙说是。

我们围坐在那张小圆桌旁，气氛陡然有些紧迫。朱海波画了一张草图——他美院没考上，最后被分配到皮革化工厂，所以他在画这张图的时候，显然有炫技的嫌疑。在他的笔下，马厩岛的地貌得到了生动地描绘，他还标出了前后两个村庄的码头。他说想办法弄条船，让三个女孩半夜逃出来，然后趁着风高月黑，我们到水塔村码头秘密接应。冯礼又笑了，他捂着嘴，怕刺激到朱海波。可能连朱海波都觉得荒诞得不可能，他又说，要么半夜破门，去村委会打电话报警。冯礼提醒他，村委会的电话锁在一个木匣子里——还有，村委会能不知道这种事么？连你在船上碰到的那位麦仓乡宣传委员也一定心知肚明。

如此再三，最后说下来，都落入无法实现的虚无里。虽然都是空头支票，但我的紧张情绪是真实的。开始门还哗啦啦开着，我去把门关上，还往桌子上放了一副纸牌，并且打乱，怕突然有人闯进来，我们好以打牌的名义掩护。门一关，气氛就来了，三个人压着嗓子说话，像是在一个装有窃听器的房间里谈一笔可卡因生意。

下午四点，我们听到山上喇叭响了。这个喇叭，平常除了上午短暂的新闻和一些零星的通知，通常不会响。现在它开始不停地播报台风消息。听到广播，朱海波像土拨鼠似的竖起脑袋来，舟山人都是风的使者，他太明白我们面临的是什么。他说，看样子明天的船可能会停掉。冯礼大惊失色，我心里蹦出两个字，完了。我们草草收场，打开门，一屋子的烟。外面如常，没有任何台风来袭的迹象，连对面的芒草都没怎么动。

一个钟头后，老板娘回来，她证实了这个坏消息。她笑道，老天爷留客了。

如果明天没有船，第三天台风肯定到了。台风一来，不知道猴年马月才能离开此地，一想到我们还有如此阔绰的时间滞留在此，内心的沮丧无以言表。

吃晚饭的时候，我们都没怎么说话。老板娘不经意问了一句，你们上午是不是和三个贵州女的在一块儿？这句话立刻引起了我们的警觉。冯礼说没有，只是路上碰上而已。朱海波的狗情绪又来了，我按下了他的蠢蠢欲动的胳膊。

老板娘爽朗地笑了，她笑得意味深长。我们也不好再问。

我们真正关心的是明天的船班。饭后我们去海边遛了一圈，海边一切如常，并没显示有什么异常，傍晚的海面像湖面一样平静。我们问了几个当地人，他们都说明天不可能有船。他们这样说，必有往日的经验作底，只是我们不肯死心而已。

在海边，我们还碰见了三妹和小肉包。我们有点回避的意思了，三妹还把朱海波拉到一边，说了些什么，我看朱海波是浑身的不自在。

回来以后，冯礼一直在桌边洗牌。他说来呀。他说的是一种叫沙蟹的纸牌游戏，也叫梭哈。这个时候，三个贵州女人带给我们的震惊，其实已经消退得差不多了，连朱海波也不再提起。我们更关心明天有没有船。纸牌游戏很快消解了我们内心的焦虑，好像要在这里待这么多天，有点万事不必着急的意思了。我赢了些小钱。

晚上七点多，马厩岛就已万籁俱寂，不搓麻将的人都已经睡下，只有芒草在风中发出细碎的声响，若有夜兽奔袭。天气热，我们的门一直开着，偶有晚归的村民在外面经过。当时马厩岛的供电到晚上九点结束。它熄灯的过程是这样的，一开始显得电压不足，闪烁不停，里面的灯丝还不时地制造出死灰复燃的假象。最后彻底陷入黑暗，慢慢地，随着我们瞳孔的放大，周遭世界的边边角角又一点点显现出来。当时我手里拿着一对A呢。我哪里肯放过这个机会，冒昧去敲女主人的门，里面应声的却是她的丈夫。我们一直没见过他，但我们能够从女主人给他预留的饭菜里，还有莫名的楼梯声响中，得知他的存在。他从门里面伸出一只手来，递给我两根蜡烛。虽然蜡烛都只有半截，好歹有了光，那晃动的火苗把我们背后的影子勾画得高大而飘忽。

冯礼坐在里角，正好冲着门。玩了会儿，冯礼说，门外好像站着一个女的。

从黑暗里浮出一张脸来，我一看是小肉包。是你啊，快进来快进来。

她也不客气，插在我和朱海波中间，她还叫了我一声老师，我心里五味杂陈。

她冲发牌的冯礼说，来，给我也发一手。

冯礼说，我们都是赌博分子，不好腐蚀无知少女。

小肉包说，你才无知少女。我要来，你们肯定玩不过我。

哟，冯礼的眼睛一亮。他看我，好像走了趟水塔村，我就是她的监护人似的。

小肉包确实出手不凡，极善诈唬，空手套白狼，我一对皮蛋败下阵来。

正玩着，门口又多了一个人。我回头一看，是"哈德门"，心里一惊。

你怎么来了？小肉包说，你他妈的跟踪我？

我猜这位就是小肉包的老公，连忙请他进来。"哈德门"没打算进来，站在门边，鼻孔里喷着酒气。屋里微弱的烛光映着他一脸的混浊。他打量里面的人，主要是观察我。我嬉皮笑脸地赔小心。这时候朱海波从里角直接跨出来，他人高马大，像个螳螂似的，拍遍口袋，连忙给"哈德门"敬烟。我简直看呆了，那他一天来的出离愤怒又是哪门子事嘛。

"哈德门"毫不客气地把烟打掉了。我们一看这阵势，都有点憷。

他斥问小肉包，你在这里干什么？给我回去！

小肉包哼了一声，哪里用得着你来管我！

我们一听，傻眼了，这画风不对啊，小肉包的嚣张气焰完全压"哈德门"一头嘛。在我们看来，"哈德门"应该上去给她几巴掌才是嘛，但是没有，看"哈德门"憋屈的样子，看样子是被小肉包拿捏惯了，与烟酒店门口碰到的那个"哈德门"判若两人。

小肉包说，我现在没空理你，我要打牌。她朝冯礼说，你他妈的发牌啊。

冯礼说，这样不太好。

"哈德门"走了，走之前极鄙夷地扫视了我们一眼。我们哪里还有心情玩牌，我们赶紧劝小肉包，这样不好，你也回去吧，你老公已经不高兴了。

小肉包说，他不高兴有个屁用！

我们心里又是一惊。

第二天一早，被朱海波的歌声吵醒。朱海波有早起的习惯，他在外面吼了一嗓子，他是沙喉咙，唱的又是摇滚《鹿港小镇》。台北不是我的家，我的家乡没有霓虹灯，鹿港的街道，鹿港的渔村，妈祖庙里烧香的人们。我们知道歌词，搁别人，完全是一笔糊涂账。冯礼冲着敞开的门说，你唱屁啊，人家还以为你在念经作法呢！

等我出来刷牙，下面几个老头已经议论纷纷，其中有一个老头说得特别起劲，他指着我们说，伱犯关滴雷！我心里一惊。朱海波跟我说，他说我们闯祸了，昨天夜里有一对夫妻因为我们吵得不可开交。然后老头又说他家老婆怎么泼辣，把她男人的脸也挠破了。我们听得出来，这大致就是小肉包回去之后发生的一场家庭战争。我感觉非常不妙，总觉得有什么事要发生。菩萨保佑，但愿上午有船，让我们早点拍屁股走人。

不管有船没船，我们总要做好离开的准备。这方面朱海波有经验，他说我们到海边去候着，交通船不来，万一有渔船要赶回沈家门也说不定，我们可以搭他的船走。我和冯礼深以为然，连忙打点行李。吃罢早饭，朱海波跟老板娘说，我们还是把账结了吧，如果没有船的话，我们再回来。老板娘笑了，她的笑容里的隐秘部分为我们所未知。不出所料，老板娘果然春风满面地狠敲了我们一笔竹杠，然后优雅地告诉我们，这顿早餐算我送你们的。我们认栽，万一没船，还得乖乖回来不是。

在离开之前，我们检查了所有可能遗漏的地方，我提醒冯礼，尤其不要把你的名片落下。他总是在要记点什么又找不到纸的情况下，把名片当便笺。冯礼哦哦。好了，我们走了，一路下来，都有人侧目相送，一边细声议论，他们很奇怪，今天不是没船么？

我们经过一口水井，在那里遇到了三妹。事情坏就坏在这个地方。

三妹正在洗衣服。她跟我们打招呼，她说你们这就走啦，今天不是没船么？

朱海波说，我们去看看，可能有渔船要去沈家门也说不定。

三妹哦一声，仿佛若有所思。我们也顾不上那么多，匆匆与她道别。

当时我们完全蒙在鼓里，实际上三妹一听有去沈家门的船，立刻扔下洗衣盆，跑去跟另外两位通风报信。花花说她刚有了身孕，不肯走——这似乎跟我前面的猜测是一致的。三妹和小肉包连忙预备现金和衣物，准备行动。她们的慌张，引起了婆家的警觉，她们很快被家人控制。然后，那两个男人猛虎下山，找我们的麻烦来了。

我们没有问到船，问了几个船主，都爱答不理。他们也不去沈家门。看上去风也不是很大，但海面已经有点荡漾的意思了。我们至少要等到十一点以后，才能知道那艘铁壳船最后来不来。我们知道船不会来，但时间还没有到，在它成为一个巨大的事实之前，我们还怀有一丝希望。我们三个人聚坐在一块大礁石上发呆，全然不知凶险的来临。

身后有人在叫我们，他就是昨天在海边见过的那个"水乌龟"。我们在他手里买过三斤贻贝。他虽然是个跛子，但长期在深海采集野生贻贝的生涯让他臂力过人，他很魁梧。他问我们，你们是不是要去沈家门？我们说是的是的。他的话听上去有点含混不清，似乎还掺和着我们所未知的危险情绪。这都是事后的结论，当时我们完全没有警觉。他每天开着船出去采集贻贝，我们知道他有船，他要捎我们去沈家门，开心都来不及。"水乌龟"挥手道，你们跟我来吧。我们闻之大悦，连忙上岸。"水乌龟"叫我们跟他去，却不再回头看我们一眼，他走路很冲，甩着他那条病腿，勾着脑袋在前面晃。冯礼跟在最前面，朱海波次之，我落在最后。朱海波把他的从水塔村捡来的宝贝舵轮给落在礁石上了，我又过去替他捡回来。我在后面叫他，你他妈的把你自己的东西拿去，他回头看看我，并没有明白我在说什么。他太迫切了，他个子太高，走起路来有点晃，衣袂飞扬。

"水乌龟"走到一个地方停住了，那个地方是码头附近的一片开阔地。有几个人站在那里。我看到了"哈德门"，心想坏了。"水乌龟"故意把我们引到那个地方。这时候他回过头来，脸上布着奇怪的笑，他已经拉开决斗的架势，眼睛里面闪着凶光。他说，你们为什么要拐走我的老婆？马厩岛人都习惯吼着说话，隔这么远的路我也听得到。是的，他说的是拐。你为什么要拐走我的老婆？冯礼连忙摆手，说没有的事，完全误会了。还没等他把话说完，几个勾拳已经把他打翻在地，血流出来了，墨镜也碎了。可怜的冯礼趴在那里检查自己的相机，这是他最担心的事情。这时候，他的相机突然从他手里飞走了，它被踢到海里去了，它先是落在礁石上，反弹起来，化成许多碎片，在海里激起一点小小浪花。可以想象冯礼内心的绝望。然后是他的帆布包，我看见一个漂亮的弧度，帆布包在空中翻了几个跟头，率先掉下来的是他心爱的瑞士军刀，我看到许多名片，在空中飞舞，洋洋洒洒。冯礼从地上捡到一张自己的名片，他大概想把这张名片塞给"水乌龟"，让他看看，我是一名记者，不是他们想象的坏人。还没有等冯礼站稳，他又受到了另外一个人的袭击，这个人就是"哈德门"，飞起一脚把冯礼踢翻，嘴里还骂了一句，傣阿麻卵泡！

眼前的场景把我吓坏了，当时我只有一个信念，我们不能还手，至死不能还手。我看见朱海波大力甩着他的牛仔包，迎上前去，我叫他的名字，我心里在想不要，不要啊！他只是凭他的血脉偾张，炫耀他实际上并不拥有的战斗力。我们根本不是人家的对手，他们长期户外作业，比我们强壮太多。此时，"水乌龟"和"哈德门"扔下冯礼，穷凶极恶地向朱海波扑来，找死啊！"水乌龟"一把扯过朱海波的衣领，冲着他的脸就是一拳。朱海波猛然摇晃了一下，他没有倒下，他踉跄着退到山边，"哈德门"大吼着，横着脑袋向他胸口猛烈撞去，我看到朱海波像橡皮人一样弹跳了一下，血顺着他的嘴角流出来。"水乌龟"又把他拎回去，把他抡起来再往地上甩。在他的重击下，朱海波像一件在风中凌乱的衣服，终于不支，飘落在地。"水乌龟"仍然没有放过他，揪着他的脚脖子在极粗砺的砾石路面拖过去，我在心里发出阵阵哀叹，哎呀，这可是梦特娇，一千多块钱的梦特娇啊。朱海波没有想到，他在三妹那里得到的点滴幻想，却要在"水乌龟"那里加倍偿还。"水乌龟"对此了如指掌，老石匠的绘声绘色犹在耳畔，他要置朱海波于死地。朱海波已经被打得求饶了，他跪下了，阿舅，饶了我吧阿舅。这个可怜的兄弟，他的父亲在他童年的时候就死了，他的所有的亲戚都来自母亲那边。一声接一声的"阿舅"，让"水乌龟"像一个胜利者一样笑了。你在叫我什么，他奇怪地笑了起来。

当时，我有过逃跑的念头。我早早丢掉了朱海波捡来的那个舵轮，我不想激怒本地人。哪怕他们扔在地上的东西，也不归外人所有，它跟我们没有关系。我把我的包也扔在路边，那里边还有半块面包。我希望回头还能找到它。我不知道朱海波的望远镜还在不在，几乎所有像样的代表城市文明的东西都被他们抛到海里去了。我的腿开始不由自主地向后撤退，我已经朝着相反的方向大步流星。这只是我的想象。前来助阵的"水乌龟"从后面锁住了我的脖子，我动弹不得。"哈德门"早已切断我的退路，两只小眼睛挑衅地看着我，他肮脏地笑了，怎么听说你是老师？呸！他往我脸上吐了一口痰，这个动作格局小了。我这才看到，他的那张脸，昨天晚上被小肉包给挠得凶啊。我知道，他连杀我的心都有，他用膝盖猛烈地撞击我的下腹，一阵撕心裂肺的疼痛向我袭来，剧烈的疼痛让我睁不开眼睛，世界如此迷蒙。这个时候，冯礼好像已经远离刚才的位置，他抱着自己的大腿，坐在路边，看着海，完全忽略他身后正在如火如荼展开的殴打。他认输了，他再也无法顾及斯文和脸面，哪怕我被打死，他也不会回头看我一眼。他不会，他是来旅行的，是来欣赏海天风光的，这正是他现在正在做的，很好。朱海波在另外一头，他还跪在地上，终于慢慢地半趴在地上，双肩一耸一耸的。他在那里哭。

我这边，两个男人一边一个抓着我的胳膊，浑身上下不停地击打。他们一边打我，一边跟我控诉，说我们如何勾引他们的老婆。我一直在辩解，不是的，事情不是这样的，我们什么也没有干。"哈德门"说，你还想抵赖！我笑了，我告诉自己尽量保持轻松，保持最后的一点可怜的尊严，被打倒了再试着站起来。我像傻子一样微笑，我可以逃跑，但我绝不求饶，这不是我的性格。我一直保持微笑，君子坦荡荡，小人长戚戚，我只能以笑来证明自己的无辜和清白。现在想起来，那个场面格外滑稽。我没有还手，我流血了，衣服也破了。在这个过程中，冯礼和朱海波一直在现场,朱海波跌跌撞撞地从地上爬起来,坐在近旁的一块石墩上,以同样的姿势,看着空荡荡的海平面发呆。他们都跟没事人似的,他们不能顾及我,也未必能顾及自己的内心。我们一败涂地。

现场围观的人越来越多,马厩岛上的人迅速向这里聚集,他们同仇敌忾,纷纷插嘴指责我们。一个刚赶到的老头,在听了人们似是而非的议论之后,大喊着,格是要打,打伊煞啦!我能够理解"哈德门"和"水乌龟"的仇恨,但我不明白,那些熟悉的面孔,为什么全都站在了我们的对立面,至少是可怕的沉默和壁上观。还有那个长着兔子脸的男人。

人群突然躁动起来,"哈德门"可能被我的笑容刺激到了,他从近处的一艘渔船上拿来一把太平斧。看到这把斧子,他邪魅地笑了,我看到他举着斧子向我奔来,看到阳光在斧刃上的闪烁,它像一个慢镜头。我在危险面前已经力不从心,也许这就是命运的安排。起风了,风吹拂着我的衣服碎片,我反而没有一丝疼痛的感觉,我没能等来那艘铁壳船,就要在此永别人间,好吧,就这样吧。这时,听到有人怪吼了一声,此人正是"兔子",他非常有效地调动了现场,几个人扑上来抱住了"哈德门","水乌龟"反过来夺下了他手里的斧子。

现场鸦雀无声。

我一直处于半眩晕的状态。现场的人相继散去,只剩下我们三个人,以同样的姿态面对大海。只不过我在他们的后面,我们之间的关系是等边三角形。我们彼此都没有说话,好像一说话就会撕破最后的遮羞布,就权当什么也没有发生。

铁壳船没有来。我从一开始就知道这个结局,我不知道在等待什么。

过了很久,来了一个陌生男人,他过来跟我说,他的船到沈家门去,问我们去不去。如果去,跟我来好了。他说罢自己走了,也没有顾及我们是否跟得上来。

我在想,哪怕他也要打我们一顿,我们也会跟他去的。我们没有选择。我冲前面一左一右那两个人的背影,试着哎了一声,他们迟疑地回过头来，我指着远去的那个人说，沈家门。冯礼一股脑儿爬起来就跟他去了。朱海波也还好。我是被打得最惨的，我连爬起来都费劲。他俩似乎已经把我撇开，他们是把我遗忘了吗？他们虽然挨了打，但体力似乎得到了恢复，看上去还是蛮敏捷的，冯礼甚至奔跑起来了，他太害怕留在这里了。我也害怕，我还坐在地上，我在想，哇，他们居然把我落下，也不顾及我，但我马上为自己这种怨妇般的情绪感到可耻，这不应该是我的风格。我慢慢调动自己的胳膊和腿，我也想敏捷来着，但是我的身体背叛了我，我的腿像铅一样沉重，我是拖着走过去的。那个人的船在很远的地方，要从礁石群上趟过去，这对我来说尤其困难。我从岸上慢慢地摸索下去，我的腿已经抖得非常厉害，搁平常极轻松的一跳，现在却如登天。这个时候，我想起我扔在路边的那个包了，我已经不可能再去把它找回来，于是我默立在那里，在心里缅怀了一下。我流泪了。过完礁石，还要过船，那些渔船都是一排排横向挨着的，你要一条船一条船地踏过去，才能最终到达最外面的那条船。我看到冯礼在船上跨越腾挪、身手不凡的样子。朱海波多少还是有点问题，他突然停在那里，他发觉不对，好像还有另外一个人，谢天谢地，他总算想起了我，他叫住了前面的冯礼，两个人过来搀扶我。我们彼此都没有说话。马厩岛的海水真是干净，我记得我在船上摔了一跤，我扒着船帮吐了几口血，血在水里洇开，像极盛开的蔷薇。

    他们在甲板上抽烟，衣衫猎猎，海风吹乱他们的头发，吹亮他们手中的烟头。我一个人缩在船舱里，怀着劫后余生的破心情。船舱极低矮，里面是榻榻米式座位，仅允许坐躺——为的是不遮挡后面掌舵人的视线，能够巡视到船头和海面的情况。船舱里，前有通向甲板的木移门，后壁有小窗，看得见机舱和带寮棚的驾驶台，以及追着白花花海浪的船屁股。

    马厩岛终于远离我们的视线，它作为一个越来越小的点，消融在一片苍茫之中。

    船上一共有八个人。我们三个，船主和伙计各一，还有两个搭便船的女人——她们交头接耳,并一直毫不掩饰地打量我们——我不知道她们在看什么,我们即便是被她们的乡党打得死去活来,也不值得这么不依不饶地观察啊。另外还有一个人,他就是"兔子"。他刚才看到我们,脸上闪过一丝痞笑。对,是痞笑。刚才,冯礼从皱巴巴的仅剩小半包的烟壳里,拔出一支给他,有点巴结的意思。也许这时候他已经明白,"兔子"的身份不一般。"兔子"接过烟,不停地在自己的拇指盖上敲了又敲。他并不打算搭理我们。他对我们的遭遇了如指掌,似乎也很好地调控了现场节奏。他在太平斧的环节上,及时按下了暂停键。不知道为什么,我不喜欢这个人,我总能在他身上看到若隐若现的权力的影子。

  风大,大家纷纷进到这个低矮而局促的空间里。我注意到,"兔子"进来的时候,两个女人主动为他腾出了空隙。他后来从船主的柜子里翻出两根香蕉,他掰下来一根,慢条斯理地剥开来吃。他还要移开小门板,告诉在船头打电话的船主,你的香蕉快要烂掉了。他不光要为自己找到堂而皇之的理由,还要让香蕉的实际拥有人感觉到,他吃掉香蕉是一件多么及时而正确的事情。我看到船舱一角高悬的佛龛。我在想,那两根香蕉,船主一定是用来供观音菩萨的。但他很快又吃掉了第二根香蕉。他再度移开那个小门板,将香蕉皮扔了出去,我看见没扔多远的香蕉皮,有一块贴在船帮上,由风在那里撩拨。

  船主姓顾,他在几个岛之间来回跑,收购当地鱼货,然后到沈家门卖掉。我不太明白,他为什么要急吼吼地回趟沈家门。他正在跟沈家门那边打电话,我听了大概,总是跟他的行当有关。这是我们几天来第一次看到手机。朱海波死盯着那只崭新的诺基亚手机,我知道他在想什么。船主打完电话进来,他移开后窗板,跟他的伙计交待了几句,然后挨着我坐下。他拍了一下我的肩膀,说,我看你们也都是蛮老实的,他们可能是误会了。如果你们还手呢,我也不会管你们——他虽然还是站在马厩岛人的立场上跟我们说话,但我们已然如沐春风。他说,最终决定带你们几个走,还是我家那位替你们说了好话。我们这才恍然,原来他就是我们未曾谋面的旅店男主人,我想到黑暗里从门后面伸出来的那只手,那天夜里他给我递过两根半截的蜡烛。我们感动得不知如何是好，说实话，他若不把我们捎回去，最后的结局真的很难说，我们死在那里都有可能。

船主跟我们聊起贵州女的有关情况，他说，一般来说，娶贵州女做老婆的，都是生活里各方面都比较弱的男人。他们好不容易有了老婆，肯定是百依百顺，一句呛声也不敢有。

这时，那两个女的插话了，她们是说给我们听的：佽弗晓得，贵州女人多少泼辣啦，阿里个男人吃得消。她们简直是在控诉：哎呀呀，佽弗晓得啊，男人像菩萨一样供着伊拉，麻将随便搓，钞票随便花，伊拉还不心满意足，还要往外面奔啦。

我听着有点懵，不知道她们秉持什么样的立场，明明就是羡慕嫉妒恨。

船主笑了。他说，他们在老婆那里败下阵来，心里憋着一股气，打打你们几个城里后生刚刚好。船主说，幸亏啦，他们两个都有残疾，"哈德门"从桅杆上摔下来过，右手落下毛病，否则，你们早就被打死了。这时，朱海波翻了一下身，我以为他听不下去，要来一番阔论，结果他只是白了那船主一眼。

"兔子"正在玩船主的手机。

船主说，你别玩了，我的手机快没电了。

说着船主就出去了，"兔子"都没有抬头看他一眼。

我看船主对他一点办法没有，从他的目光里我看到了无奈和忍让。

"兔子"在玩贪吃蛇，引我手痒。那是一款永远无法通关的游戏，就算不吃到自身和障壁，最终也会因为吃太饱而撑满那个小小的手机屏幕。朱海波听到贪吃蛇的音乐，脸上有了惊喜，他被激活了。他要比人家高一头，张望着要去看人家手里的手机屏幕，被人家恶毒地扫了一眼。冯礼笑死。他不知道从哪里翻出一件救生衣，早早给自己穿上了。他已经积累了经验。后来我们三个人偎拥而睡，我们又饿又困，我扔掉的那只包里还有半块面包，我这样想着，便闭上了眼睛，那只面包就在我眼前悬浮着。贪吃蛇的背景音乐,像一个小人踩在弹簧上在不停地蹦跶,又好像,在上面蹦跶的是我。

从船屁股看出去,云层越压越低,如同海面上燃烧的乌焰。天空尽管阴郁,但天地间还弥散着异常的清亮感,不久那道神秘的光芒消失了,混沌一片。

风浪太大,我们东倒西歪,如钟摆一样平衡着船体的颠簸。这时候,冯礼的整张脸都蒙在一只塑料袋里,准备出货,场面不忍细看。我也想吐,肚子里仅剩的一点东西——那只是一顿草率的早餐,老是荡漾着要泛上来。要命的是,我还憋着一泡老尿,从早上一直积攒到现在。他们还在外面抽过烟,我一进来,就把自己安顿在此。此刻那点混浊物占据的不是我的膀胱,而是我的大脑。我想到了童年,一闭眼睛,遍地都是厕所。

风力持续加大,听得见船尾的旗杆上扑扑作响,风裹挟着雨水,寻找着每一个可能的缝隙,把门板敲得噼啪响,像是有人正在把它们一点点撬开。门已经形同虚设,风长驱直入,还有雨,雨倒是不大,有点凉。我肚子里的那点东西正在持续发酵,企图突破我的防线。我死憋着,一点点爬过去,下巴刚刚扣到门槛,秽物便倾巢而出。海浪哗然,刚好冲刷了这一切。我尝试着站起来,抓着门外的一个金属部件,慢慢撑起来。雨水横扫过来,我的衣服顷刻湿透,尿滴在风中飞扬,我的右腿感受到了一小股异样的温暖。这个时候,我感觉有一只胳膊从背后有力地抓着我腰里的皮带,那一定是好兄弟朱海波,他怕我被风浪卷走。

大概煎熬了四个多小时,我正紧闭双目,苦熬时光,突然有人惊呼,普陀山!女人已经在那里跪拜了。众人欢欣,引颈望去,前面黑乎乎似乎啥也看不见。她偏说看到了普陀山上的观音大佛,那需要多么强大的信仰支撑,绝非我等一双俗眼看得出来。船主说,那是普陀山旁边的葫芦岛,哇,这听上去跟普陀山也没啥区别啊,也就是说,我们离沈家门渔港已是一步之遥。船舱里迅速被激活,大家重拾欢颜,纷纷寻找和整理自己的东西，我们身无别物，我在找我的鞋，我刚才撒尿时好像只穿回来一只鞋，另外一只死活找不到了。我还想着等会儿怎么上岸。这件小小的事情非常打击我。

谁也没有想到，更糟糕的事情还在后面，船突然没了声息，异乎寻常的寂静，马达熄火了，一颗由柴油供给的心脏停止了跳动。船有动力，尚有侧翻的风险，船一旦失去了控制，如同豆荚之于巨浪，后果不堪设想。此时海面滔滔，只剩下我们一条孤零零的小船，任凭风浪和命运的摆布。这个时候，我脑子里描绘着沈家门的十里渔街，深刻领会到，什么叫咫尺天涯。佛龛里的一只苹果掉了下来，有人惊叫，船舱里乱成一团，恐惧霎时在船舱里膨胀开来，死揪着每一个人的心。冯礼抱着朱海波，像婴儿一样把头深深地扎在他的怀抱里。那个"兔子"也好不到哪里去，痛不欲生地趴在那里。船主在机舱里钻了半天，这时候浑身油污地出来了，看他垂头丧气的样子，我知道最后的一点可能也丧失了。最大的折磨莫过于希望的破灭和精神的无助。两个女的朝观音大佛的方向跪拜，其实片刻之间已是南辕北辙，船只的剧烈动荡，很快把她们掀翻，最终和"兔子"混抱在一起，女人嘴里还念念有词，菩萨保佑，菩萨保佑。这时，我又听到冯礼的寻呼机响了，这个寻呼机屁用没有，但总是在关键时刻跳出来嘲讽我们。冯礼看了一下，他说，册那娘逼。

船主来敲我们的后窗板，他伸进来一只油污的手。我手机呢，快把手机拿给我！众人恍然，对啊，可以打电话啊。"兔子"一脸懵逼，大家都伸手在地板上摸索的时候，"兔子"从一条毯子的皱褶里摸到了手机，好在手机有毛毯保护，没有进水，但是，船主拿到手机后，他的脸霎时就黑了。他接手机的时候，我已经预料到这一幕，也就是说，"兔子"玩贪吃蛇，把最后一点电都玩完了。但凡手机还有一格电，能让船主打一个电话出去，我们就会有救。船主是一个温和的人，但此刻咆哮了，他冲"兔子"咆哮道，闻西侟麻匹！"兔子"自知理亏，埋头不响，两个女人看上去就像在丈夫面前撒娇一样，对"兔子"一阵徒具形式的拳打脚踢。

葫芦岛消失了，附近的岛屿也看不到了，我们在迅速退场。

船主喊了一嗓子，像是在骂自己，他的伙计听懂了，他的意思是要落拱。落拱指用铁锚或重物在船头或船尾抛推入海，把船身固定住，减少倾翻的可能。只听一阵铁索声响，铁锚跌入海中。船体一头受力后，猛然打起转来，船体严重倾斜，船主和他的伙计连忙扑地，船主还死拉着他的年轻伙计的手。在几股力量的拉扯下，船板在咔咔地叫着，似乎随时都有崩裂和沉没的可能。终于，在风浪的强大作用下，铁锚没能拉住船只，这艘独孤之舟如同脱缰的野马，拖着长长的锚链，继续往外海漂流。

天崩地裂的几声巨响，蛇形闪电刹那间把海面照得雪亮。

暴风雨更加猛烈，海浪在无尽地回旋、痉挛和咆哮，船只一次次地被海浪埋葬，然后又像巨鲸一样从沧海横流中升上来。巨大的落差和失重感让我难受至死，感觉五脏六腑都在漂浮、翻腾，肚子里根本没有东西，吐的感觉就像有一只手要从喉咙里张牙舞爪地伸出来。船上所有的没有固定的东西都在滚动。底舱已经进水，机器全部泡在水里，漂满了油污。一只从机舱里逃难出来的老鼠，酩酊大醉似的趴在窗板上，想从我们这里过路，我听到了持续而恐怖的惊叫。我不知道，船主为什么会选择这个时候回沈家门，他既然有勇气作此选择，必然胜券在握。还有我觉得，我们的坏运气也应该到头了吧。看来不是，是我猜错了。此刻我的内心并无大悲恸，肉体的折磨已然超越对生死的考量，回忆都像一场飘然的梦。

天色完全暗了下来，世界陷入最初的蒙昧。我听到有人在哭泣。朱海波一如平常，这个渔民的儿子一点反应没有。我和冯礼依偎在他的怀里，他搂着我们，抚摸着我们的脑袋。我永生记得这样的情景。我还记得，从后窗望出去，那白花花的巨滔恶浪，也很美。

后来，我们获救了，否则我也不会坐在这里。

我们是被别的船用钢缆拖回沈家门渔港的。那时候，舟山还没有跨海大桥，我们被台风截留在当地。我们原来说好的，到了沈家门就报警，并到船主家登门致谢。这两件事我们都没有做，再也无人提起。我们在旅馆里昏天黑地一连睡了好几天。有几次我都梦见自己还在那条船上，那种恐惧像种子一样在我的心里扎下根来。我们彼此都没怎么说话。在船上，我们还可以相拥在一起，随着场景的变化，每个人都陷入了可怕的沉默。朱海波居然一个人出去吃了碗面条。在回上海的大巴车上，坐在我旁边的冯礼，完全像一个陌生人。

　　回上海不久，我们出席过一场朋友的婚礼，令我纳闷的是，我们三个人不在一张桌子上，这令我非常地悲哀。我看到冯礼和一个盛装女人坐在一起，并不时尴尬地回应她的搭讪。他明明看到了我，却转向了别处。那场婚礼简直就是一场闹剧，多少年过去，人们偶尔还在谈论着它。没有人知道，被终结的，还有另外三个人的友谊。那天，在隔壁的盥洗间里，我不停地在水龙头底下洗脸，其实是想掩盖那止不住的泪水。

　　我听说，冯礼回来不久，便向报社辞职了。他后来经商，据说做得很成功。朱海波的皮鞋化工厂倒闭后，他东干西干，给广告公司画过墙绘，一度开过滴滴，再后来不知所终。这件事对我的影响还是蛮大的，我很晚才结的婚，本来有一个非常好的姑娘，她简直就是我生命里那个对的人，但她是舟山人，我最终绕不过去，我朝自己最柔软的地方砍了一刀。我不辞而别，去了日本，我再也没有见过她。

（原刊于《收获》2022年第6期）